Steget efter

Henning Mankell

Steget efter

O

ORDFRONT FÖRLAG

Stockholm 1999

Till Victoria och Dan

Henning Mankell: Steget efter
Ordfront förlag, Box 17506, 11891 Stockholm
www.ordfront.se forlaget@ordfront.se

© Henning Mankell 1997
Omslagsbild: Mikael Eriksson
Grafisk form & typografi: Christer Hellmark
Andra tryckningen
Satt med Monotype Sabon (Postscript)
Tryck: Svenska Tryckcentralen AB, Avesta 1999

ISBN 91-7324-649-2

Det finns alltid många fler oordnade tillstånd än ordnade...

UR TERMODYNAMIKENS ANDRA LAG

Uvertyren till Rigoletto

GIUSEPPE VERDI

PROLOG

Strax efter klockan fem upphörde regnet.

Mannen som satt på huk intill den tjocka trädstammen började försiktigt ta av sig jackan. Regnet var inte kraftigt och hade inte heller hållit på mer än en halvtimme. Men han märkte att vätan ändå hade trängt igenom hans kläder. Ett häftigt ursinne drog hastigt genom honom. Han ville inte bli förkyld. Inte nu, inte mitt i sommaren.

Han la ifrån sig regnjackan på marken och reste sig upp. Benen hade stelnat. Försiktigt började han gunga fram och tillbaka för att få igång blodomloppet. Samtidigt såg han sig forskande omkring.

Han visste att de han väntade på inte skulle komma förrän klockan åtta. Precis som de hade bestämt. Men det fanns en risk, även om den var liten, att någon annan kunde komma gående på någon av stigarna som ringlade genom naturreservatet.

Det var det enda som låg utanför den plan han gjort upp. Det enda han inte kunde vara säker på.

Ändå kände han sig alltså inte orolig. Det var midsommarafton. I reservatet fanns varken campingområden eller festplatser. Dessutom hade de han väntade på valt ut platsen med omsorg. De ville vara ifred.

Det var för två veckor sedan som de hade bestämt sig för var de skulle mötas. Då hade han följt dem tätt i spåren under flera månader. Redan dagen efter det att de fattat sitt beslut hade han letat reda på platsen. Han hade noga sett till att ingen hade lagt märke till honom när han befann sig i strövområdet. Vid ett tillfälle hade det kommit ett äldre par längs en av stigarna. Då hade han gömt sig i en skogsdunge tills de hade passerat.

När han sedan hade hittat platsen de sett ut för sin midsommarvaka hade han genast tänkt att stället var idealiskt. Det låg i en sänka. Runt om fanns täta busksnår. Och där bortom stod några träddungar.

De kunde inte ha valt en bättre plats.

Vare sig för sina egna syften. Eller för hans.

9

Regnmolnen höll på att skingras. När solen kom fram blev det genast också varmare.

Det hade varit en kylig junimånad. Alla han talat med hade klagat över den skånska försommaren. Och han hade hållit med.

Han höll alltid med.

Det var den möjlighet man hade att undkomma, brukade han tänka. *Undkomma allt som kom i ens väg.*

Den konsten hade han lärt sig. Konsten att hålla med.

Han såg upp mot himlen. Det skulle inte komma mer regn. Våren och försommaren hade verkligen varit mycket kyliga. Men nu, när det började bli kväll på själva midsommaraftonen, kom solen äntligen fram.

Det blir en vacker kväll, tänkte han. Dessutom kommer den att bli minnesvärd.

Det doftade från det våta gräset. Någonstans hörde han ett par flaxande fågelvingar. Till vänster nedanför sluttningen skymtade havet.

Han ställde sig bredbent och spottade ut snuset som börjat rinna i munnen. Sedan trampade han ner det i sanden.

Han lämnade aldrig spår efter sig. Aldrig någonsin. Men ofta tänkte han att han borde sluta snusa. Det var en ovana. Något som inte passade honom.

*

De hade bestämt att mötas i Hammar.

Det var lämpligt eftersom några kom från Simrishamn och de andra från Ystad. Sedan skulle de köra till naturreservatet, parkera sina bilar och gå till den plats de hade valt ut.

Egentligen var det inget gemensamt beslut. De hade länge haft olika alternativ och skickat förslagen mellan sig. Men när en av dem till slut föreslog den här platsen hade de utan vidare bestämt sig. Kanske för att de inte längre hade tid. Det var många förberedelser som skulle klaras av. Tiden hade börjat bli knapp. En av dem tog ansvar för maten medan en annan reste till Köpenhamn och hyrde de kläder och peruker som behövdes. Ingenting skulle lämnas åt slumpen.

De förberedde sig också på att det kunde bli dåligt väder.

Klockan två på midsommaraftonens eftermiddag packade den

som hade ansvaret ett stort plastskynke i en röd sportbag. Där la han också ner en rulle tejp och några gamla tältpinnar av lättmetall. De skulle vara ute även om det regnade. Men de skulle ha skydd över sina huvuden.

Allt hade varit förberett. Det som ändå skedde hade ingen kunnat förutse.

En av dem blev hastigt sjuk.

Det var en ung kvinna. Och kanske också den som mest hade glatt sig åt det som skulle ske på midsommaraftonen. Hon hade träffat de andra för mindre än ett år sedan.

Hon hade vaknat tidigt på morgonen och känt sig illamående. Först hade hon tänkt att det bara berodde på att hon var nervös. Men några timmar senare, när klockan redan var över tolv, hade hon börjat kräkas och fått feber. Fortfarande hoppades hon att det skulle gå över. Men när han som skulle hämta henne ringde på dörren stod hon där på darrande ben och sa att hon var sjuk.

Därför blev de bara tre som möttes i Hammar strax före halv åtta på midsommaraftonens kväll. Men de lät sig inte nedslås. De var erfarna, de visste att sådant kunde ske. Mot hastiga sjukdomsfall kunde man aldrig gardera sig.

De parkerade bilarna utanför naturreservatet, tog sina korgar och försvann längs en av stigarna. På avstånd tyckte sig någon av dem höra ett dragspel. Men annars fanns där bara fåglarna och det avlägsna bruset från havet.

När de kom fram till den plats de bestämt sig för insåg de genast att valet varit riktigt. Här skulle de få vara ifred. Här skulle de kunna invänta gryningen.

Himlen var nu alldeles molnfri.

Midsommarnatten skulle bli ljus.

De hade bestämt sig för hur de skulle fira sin midsommarfest i början av februari. Då hade de suttit och talat om sin längtan efter den ljusa sommarnatten. De hade druckit mycket vin och länge, på ett lekfullt sätt, grälat om vad som egentligen menades med *dunkel*.

När inträdde detta läge mellan ljus och mörker som kallades dunkel? Hur kunde man egentligen i ord beskriva ett skymningsland? Hur mycket kunde man se när ljuset var så svagt att man befann sig i detta vaga mellanläge, detta glidande tillstånd, alldeles intill skuggorna som långsamt växte?

De hade inte kommit överens. Dunklet förblev en olöst fråga. Men det var ändå den kvällen som de hade börjat planera sin fest.

När de kom fram till sänkan och hade ställt ner korgarna drog de sig tillbaka, var och en för sig, och i skydd av de täta buskarna bytte de kläder. Med små fickspeglar inkilade bland grenarna kunde de se att perukerna satt rätt.

Ingen av dem anade att en man på avstånd stod och betraktade deras komplicerade förberedelser. Att få perukerna att sitta rätt var nästan det enklaste. Svårare var snörliven, kuddarna och underkjolarna. Eller halsdukarna, kråsen och inte minst de tjocka lagren av puder. Men allt skulle vara riktigt. De lekte en lek. Men de lekte på allvar.

Klockan var åtta när de steg fram ur sina buskar och såg på varandra. Känslan var överväldigande hos dem alla tre. Ännu en gång hade de stigit ur sin egen tid och gått in i en annan.

I Bellmans tid.

De närmade sig varandra och brast i skratt. Men sedan blev de genast allvarliga igen. De bredde ut en stor duk, plockade upp ur korgarna, och satte på en bandspelare där de hade samlat olika inspelningar av Fredmans Epistlar.

Så började festen. När det åter blev vinter skulle de kunna tänka tillbaka på den här kvällen.

De höll på att skapa ännu en hemlighet åt varandra.

*

Vid midnatt hade han fortfarande inte bestämt sig.

Han visste också att han inte hade bråttom. De skulle stanna ända till morgonen. Kanske skulle de stanna och sova ut under hela förmiddagen?

Han kände till deras planer in i minsta detalj. Det gav honom en känsla av oinskränkt övertag.

Bara den som hade övertaget kunde undkomma.

Strax efter elva, när han kunde höra att de var berusade, hade han försiktigt bytt position. Redan vid sitt första besök på platsen hade han utsett den punkt från vilken han skulle utgå. Det var ett tätt buskage en bit upp i slänten. Han hade full uppsikt över allt som skedde kring den ljusblå duken. Och han kunde komma alldeles inpå dem utan att själv bli sedd. Då och då lämnade de duken för att uträtta sina behov. Han kunde se allt vad de företog sig.

Klockan hade passerat midnatt. Fortfarande väntade han. Han väntade eftersom han tvekade.

Det var något som hade blivit annorlunda. Något hade skett.

De skulle ha varit fyra. Men en hade inte kommit. I huvudet gick han igenom tänkbara orsaker. *Det fanns ingen förklaring.* Något oväntat hade inträffat. Kanske flickan hade ändrat sig? Kanske hade hon blivit sjuk?

Han lyssnade på musiken. Skratten. Då och då föreställde han sig att han själv satt där nere vid den ljusblå duken, med ett glas i handen. Efteråt skulle han prova en av perukerna. Kanske också några av kläderna? Det fanns så mycket han kunde göra. Det fanns inga gränser. Hans övertag skulle inte ha varit större om han kunnat göra sig osynlig.

Han fortsatte att vänta. Skratten steg och sjönk. Någonstans ovanför hans huvud svävade en nattfågel hastigt förbi.

Klockan blev tio minuter över tre.

Nu ville han inte vänta längre. Tiden hade blivit mogen. Den tid han bestämde över själv.

Han kunde nästan inte komma ihåg när han senast burit en armbandsklocka. Men timmarna och minuterna tickade oavbrutet inom honom. Han visste alltid vad klockan var. Han hade ett urverk inom sig som alltid gick rätt.

Nere kring den ljusblå duken var det stilla. De hade slingrat sig om varandra och lyssnade till musiken. Han visste att de inte sov. Men de var långt inne i sina drömmar, anade inte att han fanns där alldeles bakom dem.

Han tog upp pistolen med ljuddämparen som han lagt vid sidan av sig, på den hopvikta regnjackan. Hastigt såg han sig omkring.

Sedan smög han, lätt nerhukad, fram till det träd som fanns alldeles bakom gruppen. Där stannade han upp några sekunder. Ingen hade märkt någonting. Han kastade en sista blick omkring sig. Men ingen fanns i närheten.

De var ensamma.

Sedan steg han fram och sköt dem med ett skott var i pannan. Han kunde inte undvika att det stänkte blod på de vita perukerna. Det gick så fort att han själv knappt hann bli medveten om vad han gjorde.

Men nu låg de döda framför honom. Sammanslingrade, som bara några sekunder innan.

Han stängde av bandspelaren. Lyssnade. Fåglarna kvittrade. Ännu en gång såg han sig om. Naturligtvis fanns där ingen.

Han la ifrån sig pistolen på duken. Men först bredde han ut en servett. Han lämnade aldrig några spår.

Sedan satte han sig. Såg på de som nyss hade skrattat och som nu var döda.

Idyllen har inte förändrats, tänkte han. Skillnaden är bara att vi nu är fyra. Som det var tänkt från början.

Han hällde upp ett glas rödvin. Egentligen drack han inte. Men nu kunde han inte låta bli.

Sedan provade han en av perukerna. Åt lite av maten. Han var inte särskilt hungrig.

När klockan hade blivit halv fyra reste han sig.

Fortfarande hade han mycket kvar att uträtta. Naturreservatet brukade besökas av människor som var morgontidiga. Om någon mot all förmodan skulle lämna stigen och söka sig till sänkan skulle där inte finnas några spår.

I alla fall inte än.

Det sista han gjorde innan han lämnade platsen var att gå igenom deras väskor och kläder. Han hittade också vad han sökte. Alla tre hade haft sina pass med sig. Nu stoppade han dem i sin jackficka. Senare under dagen skulle han bränna dem.

En sista gång såg han sig om. Ur fickan tog han fram en liten kamera och tog en bild.

En enda.

Det var som om han betraktade en tavla. Från en utflykt på 1700-talet.

Skillnaden var bara att någon hade stänkt blod på bilden.

Det var midsommardagens morgon. Lördagen den 22 juni 1996.

Dagen skulle bli fortsatt vacker.

Sommaren hade äntligen kommit till Skåne.

DEL I

I

Onsdagen den 7 augusti 1996 höll Kurt Wallander på att omkomma i en trafikolycka strax öster om Ystad.

Det skedde tidigt på morgonen, strax efter klockan sex. Han hade just kört igenom Nybrostrand på väg ut mot Österlen. Plötsligt hade han sett en lastbil torna upp sig framför hans Peugeot. Han hade uppfattat lastbilens signalhorn samtidigt som han häftigt vred på ratten.

Efteråt hade han kört in till vägrenen. Och det var då rädslan hade kommit. Hjärtat hade bultat innanför bröstbenet. Han hade mått illa, känt yrsel och trott att han varit på väg att svimma. Händerna hade han hållit hårt knutna runt ratten.

När han hade lugnat sig insåg han långsamt vad som hade hänt.

Han hade somnat vid ratten. Nickat till den korta sekund som var nog för att hans gamla bil skulle börja kränga över på den motsatta vägbanan.

En enda sekund till så hade han varit död, krossad av den tunga lastbilen.

Insikten gjorde honom för ett ögonblick alldeles tom. Det enda han kunde tänka på var den gång, några år tidigare, då han hade varit nära att krocka med en älg utanför Tingsryd.

Men då hade det varit dimma och mörker. Nu hade han nickat till över ratten.

Tröttheten.

Han förstod den inte. Den hade kommit över honom utan förvarning, strax innan han gått på semester i början av juni. Just detta år hade han tänkt att han skulle ta en tidig ledighet. Men hela hans semester hade regnat bort. Först när han gick i tjänst igen, strax efter midsommar, hade det vackra och varma vädret kommit till Skåne.

Tröttheten hade hela tiden funnits där. Han kunde somna till i den stol där han för tillfället satt. Även efter en lång natts ostörd sömn hade han fått tvinga sig upp ur sängen. Ofta när han satt i bilen var han tvungen att köra intill vägkanten för att sova en stund.

Han förstod inte tröttheten. Hans dotter Linda hade frågat honom om den under den semestervecka de hade firat tillsammans, då de gjort en bilresa på Gotland. Det var en av de sista kvällarna och de hade tagit in på ett pensionat i Burgsvik. Kvällen hade varit mycket vacker. De hade tillbringat dagen med att ströva omkring på Gotlands sydspets. Sedan hade de ätit middag på en pizzeria innan de återvänt till pensionatet.

Hon hade undrat över hans trötthet. Han hade sett hennes ansikte på andra sidan av fotogenlampan. Insett att hennes fråga var väl förberedd. Men han hade slagit bort den. Det var inget fel på honom. Att han använde en del av sin semestertid till att ta igen förlorad sömn kunde knappast betraktas som underligt. Linda hade inte frågat mer. Men han förstod att hon inte trott på hans svar.

Nu insåg han att det inte gick längre. Tröttheten var inte naturlig. Något var fel. Han hade försökt spåra andra symptom som kunde tyda på att han var sjuk. Men frånsett att han ibland vaknade om nätterna av att han hade kramp i vaderna hade han inte kunnat hitta någonting.

Han insåg hur nära döden han varit. Nu kunde han inte skjuta upp det längre. Han skulle beställa tid hos en läkare redan samma dag.

Han startade motorn och fortsatte. Vevade ner sidorutan. Trots att det redan var augusti låg högsommarvärmen kvar.

Wallander var på väg till sin fars hus i Löderup. Hur många gånger han hade rest den här vägen visste han inte. Men fortfarande hade han svårt att förlika sig med att fadern inte skulle sitta där ute i sin ateljé, omgiven av den eviga terpentinlukten, framför staffliet där han målade sina tavlor med det ständigt återkommande och oförändrade motivet. Ett landskap med en tjäder i förgrunden. Eller utan. Och med solen hängande i osynliga trådar strax ovanför trädtopparna.

Snart hade det gått två år. Två år sedan Gertrud ringde till polishuset i Ystad och berättade att hans far låg död på golvet ute i ateljén. Han kunde fortfarande, som i en skarp och utdragen bild, erinra sig hur han den gången hade förnekat det han visste var sant medan han körde ut till Löderup. Men när han såg Gertrud på gårdsplanen hade han inte kunnat förtränga det längre. Då visste han vad som väntade honom.

De två åren hade gått fort. Så ofta han kunde, men ändå alldeles för sällan, brukade han besöka Gertrud som bodde kvar i hans fars hus. Det hade gått över ett år innan de på allvar hade börjat städa upp i ateljén. Sammanlagt hade de hittat 32 tavlor som var färdiga och signerade. En kväll i december 1995 hade de suttit vid Gertruds köksbord och gjort en lista över vilka som skulle få dessa tavlor i present. Wallander hade behållit två själv. En med tjäder och en utan. Linda hade fått en, liksom hans förra fru Mona. Hans syster Kristina hade till hans förvåning, och kanske också sorg, inte velat ha någon. Gertrud hade redan flera och behövde inga. De hade alltså haft 28 tavlor som de skulle ge bort. Wallander hade med tvekan skickat en till en kriminalinspektör i Kristianstad som han då och då hade kontakt med. Men när de hade fördelat 23 av tavlorna hade de inte kunnat komma på flera namn. Då hade också alla Gertruds släktingar fått var sin. Alltså fanns det nu fortfarande fem tavlor kvar.

Wallander undrade vad han skulle göra med dem. Han visste att han aldrig skulle kunna förmå sig att bränna dem.

Egentligen tillhörde de Gertrud. Men hon hade sagt att det var han och Kristina som skulle ha dem. Inte hon som kommit in så sent i hans fars liv.

Wallander passerade avtagsvägen till Kåseberga. Snart skulle han vara framme. Han tänkte på det som väntade. En kväll i maj, när han gjorde ett av sina besök hos Gertrud, hade de tagit en lång promenad längs traktorvägarna som ringlade mellan rapsfälten. Hon hade sagt att hon inte ville bo kvar längre. Det började bli alltför ensamt.

– Jag vill inte bo kvar så länge att han börjar spöka för mig, hade hon sagt.

På något sätt trodde han sig ha förstått vad hon menade. Sannolikt skulle han ha reagerat likadant själv.

De hade gått mellan åkrarna och hon hade bett honom att hjälpa till med att få huset sålt. Det var inte bråttom, det kunde vänta tills sommaren var över. Men innan det blev höst ville hon flytta därifrån. Hon hade en syster som just blivit änka och som bodde utanför Rynge. Där skulle hon bosätta sig.

Nu var tiden inne. Wallander hade tagit ut semester denna onsdag. Klockan nio skulle en mäklare komma ut från Ystad och de skulle tillsammans diskutera fram vilket pris som kunde vara rimligt att begära. Innan dess skulle Wallander och Gertrud tillsammans gå igenom de sista kartongerna med faderns tillhörigheter. Veckan innan hade de packat. Hans kollega Martinsson hade kommit ut med en släpkärra och de hade kört flera lass till soptippen utanför Hedeskoga. Wallander hade med växande obehag tänkt att det som till slut blev kvar av en människas liv hamnade på närmaste soptipp.

Efter hans far fanns nu, förutom minnen, ett antal fotografier. Samt fem tavlor och några kartonger med gamla brev och dokument. Ingenting mer. Livet var bokfört och avslutat.

Wallander svängde in på avtagsvägen till faderns hus.

Han skymtade Gertrud ute på gårdsplanen. Hon var alltid tidigt uppe.

De drack kaffe i köket där skåpdörrarna var öppna och avslöjade tomma hyllor. Redan samma eftermiddag skulle Gertruds syster komma och hämta henne. Wallander skulle behålla en nyckel och ge den andra till mäklaren.

Gertrud hade mött honom på gårdsplanen. Till sin förvåning upptäckte han att hon bar samma klänning som hon haft den gången hon och hans far gifte sig. Genast fick han en klump i halsen. För Gertrud var detta ett ögonblick av allvar och högtid. Hon skulle lämna sitt hem.

Innan de drack kaffe ögnade de igenom innehållet i de två kartongerna. Bland de gamla breven upptäckte Wallander till sin förvåning ett par barnskor som han tyckte sig minnas från sin uppväxt. Hade hans far sparat dem under alla dessa år?

Han bar ut kartongerna och ställde in dem i bilen. När han slog igen bildörren såg han Gertrud stå på trappan. Hon log.

– Det finns fem tavlor kvar, sa hon. Har du glömt dem?

Wallander skakade på huvudet. Han gick bort mot det uthus som varit hans fars ateljé. Dörren var öppen. Trots att de hade städat hängde doften av terpentin kvar. På den gamla kokplattan stod den kastrull i vilken hans far kokat ett oändligt antal koppar kaffe.

Det kan vara sista gången jag är här, tänkte han. Men i motsats till Gertrud har jag inte klätt mig fin. Jag kommer i mina vanliga säckiga kläder. Och hade jag inte haft turen på min sida kunde jag också ha varit död. Som min far. Linda skulle få köra till soptippen

med det som fanns kvar efter mig. Och bland det skulle hon finna
två tavlor, varav en hade en tjäder målad i förgrunden.

Wallander kände sig illa till mods. Hans far fanns fortfarande
kvar därinne i den skumma ateljén.

Tavlorna stod lutade mot ena väggen. Han bar dem till bilen. La
dem i bagageluckan och täckte över med en filt. Gertrud stod kvar
på trappan.

– Så var det inte mer.

Wallander skakade på huvudet.

– Ingenting mer, svarade han. Ingenting.

Klockan nio svängde fastighetsmäklarens bil in på gårdsplanen.
När mannen bakom ratten steg ur kände Wallander till sin förvå-
ning igen honom. Han hette Robert Åkerblom. Några år tidigare
hade hans hustru blivit brutalt mördad och efteråt nerstoppad i en
gammal brunn. Det hade varit en av de svåraste och obehagligaste
mordutredningar Wallander någonsin hade varit inblandad i. Han
rynkade undrande pannan. Han hade valt att kontakta en av de sto-
ra fastighetsförmedlingar som hade kontor runt om i Sverige. Åker-
bloms tillhörde inte dem. Om den överhuvudtaget fanns kvar. Wal-
lander trodde sig ha hört att den blivit nerlagd kort tid efter det att
Louise Åkerblom blivit mördad.

Han gick ut på trappan. Robert Åkerblom såg ut precis som Wal-
lander mindes honom. Vid deras första möte hade han suttit och
gråtit på Wallanders kontor. Han erinrade sig att han då hade tänkt
att Robert Åkerblom var en man vars utseende han aldrig skulle
komma ihåg. Men hans oro och sorg efter hustrun hade varit äkta.
Wallander kom ihåg att de hade tillhört en frikyrkoförsamling. Han
trodde de hade varit metodister.

De skakade hand.

– Vi träffas alltså igen, sa Robert Åkerblom.

Wallander kände nu också igen hans röst. För ett ögonblick gjor-
de situationen honom brydd. Vad skulle han egentligen säga?

Men Robert Åkerblom förekom honom.

– Jag sörjer henne lika mycket nu som då, sa han långsamt. Men
det är naturligtvis ännu värre för flickorna.

Wallander mindes de två döttrarna. De hade varit så små den
gången. De hade förstått utan att förstå.

– Det måste vara svårt, svarade han.

Ett ögonblick var han rädd att händelsen från den gången skulle upprepas. Att Robert Åkerblom skulle brista i gråt. Men så skedde inte.

– Jag försökte driva byrån vidare, sa han. Men jag orkade inte. När jag fick ett erbjudande om anställning hos en av konkurrenterna slog jag till. Det har jag aldrig ångrat. Inte minst har jag sluppit dom långa kvällarna med bokföringen. Jag har kunnat ägna mig mer åt flickorna.

Gertrud kom ut på gården. Tillsammans gick de igenom fastigheten. Robert Åkerblom gjorde anteckningar och tog några fotografier. Efteråt satt de i köket och drack kaffe. Det pris som Åkerblom antydde föreföll Wallander till en början lågt. Sedan insåg han att det ändå var tre gånger så mycket som vad fadern en gång hade betalat.

Strax efter halv elva körde Robert Åkerblom därifrån. Wallander tänkte att han kanske borde stanna kvar tills Gertruds syster kom och hämtade henne. Men hon anade hans tankar och sa att hon inte hade något emot att vara ensam.

– Det är en vacker dag, sa hon. Sommaren blev bra till slut. När den nästan redan är över. Jag sätter mig i trädgården.

– Jag stannar om du vill. Jag är ledig idag.

Gertrud skakade på huvudet.

– Kom och hälsa på mig i Rynge, sa hon. Men vänta några veckor. Jag måste komma i ordning först.

Wallander satte sig i bilen och körde tillbaka mot Ystad. Han skulle åka direkt hem och beställa tid hos en läkare. Sedan skulle han skriva upp sig för en tvättid och städa lägenheten.

Eftersom han inte hade bråttom valde han den längre vägen. Han tyckte om att köra bil. Se på landskapet och låta tankarna vandra.

Han hade just passerat Valleberga när telefonen ringde. Det var Martinsson. Wallander bromsade in vid vägrenen.

– Jag har sökt dig, sa Martinsson. Ingen har naturligtvis talat om att du skulle vara ledig idag. Vet du förresten om att din telefonsvarare är trasig?

Wallander visste att den kunde hänga upp sig. Men han anade också genast att något hade hänt. Hur länge han än hade varit polis var känslan alltid densamma. Det stramade till i magen. Han höll andan.

– Jag står inne på Hanssons rum och ringer, fortsatte Martinsson. I min besöksstol sitter just nu Astrid Hillströms mamma.

– Vem?

– Astrid Hillström. En av dom försvunna ungdomarna. Hennes mamma.

Wallander visste nu vem han menade.

– Vad vill hon?

– Hon är mycket upprörd. Det har kommit ett vykort från dottern. Avstämplat i Wien.

Wallander rynkade pannan.

– Det borde väl vara en god nyhet? Att dottern hör av sig?

– Hon säger att det inte är hennes dotter som har skrivit det. Hon menar att kortet är falskt. Och hon är upprörd för att vi inte gör nånting.

– Vad ska vi göra när det inte verkar ha skett nåt brott? När vi har fått mängder av bevis för att dom måste ha gett sig av frivilligt?

Det dröjde ett ögonblick innan Martinsson kom tillbaka.

– Jag vet inte vad det är, sa han. Men jag har en känsla av att det kanske kan ligga nåt i det hon säger. Vad vet jag inte. Men nånting. Kanske.

Wallander skärpte med ens sin uppmärksamhet. Under åren hade han lärt sig att ta Martinssons föraningar på allvar. Ofta hade det senare visat sig att han hade haft rätt.

– Vill du jag ska komma in?

– Nej. Men jag tycker att du och jag och Svedberg ska sätta oss och prata igenom det här i morgon.

– Säg en tid.

– Klockan åtta? Jag ska tala med Svedberg.

Samtalet tog slut. Wallander blev sittande i bilen. Ute på en åker körde en traktor. Han följde den med blicken.

Han tänkte på det Martinsson hade sagt. Han hade också själv vid flera tillfällen träffat Astrid Hillströms mor.

I tankarna gick han återigen igenom det som hade hänt.

Ett par dagar efter midsommar hade några ungdomar rapporterats saknade. Det hade skett precis när han hade återkommit från sin bortregnade semester. Tillsammans med några kollegor hade han tagit sig an ärendet. Redan från början hade han haft en känsla av att det inte förelåg något brott. Efter tre dagar hade det också

23

kommit ett vykort från Hamburg. Motivet var stadens järnvägsstation. Wallander mindes fortfarande ordagrant vad som hade stått skrivet på det. *Vi reser ut i Europa. Kanske blir vi borta till mitten av augusti.*

Idag var det onsdagen den 7 augusti. Snart skulle de alltså komma hem. Det hade också kommit ett nytt kort, från Astrid Hillström. Avstämplat i Wien.

Det första kortet hade varit underskrivet av alla tre. Föräldrarna hade känt igen deras namnteckningar. Bara Astrid Hillströms mamma hade varit tveksam. Men hon hade låtit sig övertygas av de andra.

Wallander kastade en blick i backspegeln och svängde ut på vägen igen. Martinsson hade ofta rätt i sina föraningar.

Wallander parkerade på Mariagatan och bar upp kartongerna och de fem tavlorna. Sedan satte han sig vid telefonen. Hos den läkare han vanligtvis gick till möttes han av en telefonsvarare. Läkaren skulle återkomma från sin semester den 12 augusti. Wallander övervägde om han skulle vänta till dess. Men tanken på hur nära döden han varit samma morgon lämnade honom inte. Han ringde till en annan läkare och fick tid dagen efter, klockan elva. Efter att ha antecknat sig för en tvättid nästa kväll började han städa lägenheten. Redan när han var färdig med sitt sovrum hade han tröttnat. Han slarvade över vardagsrummet med dammsugaren och ställde sedan undan den. Kartongerna och tavlorna hade han burit in i det rum som Linda brukade använda när hon någon enstaka gång var på besök.

Efteråt drack han tre glas vatten i köket.

Också törsten var något han undrade över.

Tröttheten. Och törsten. Var kom den ifrån?

Klockan hade blivit tolv. Han kände att han var hungrig. En blick in i kylskåpet avslöjade att han inte hade något att erbjuda sig själv. Han satte på sig jackan och gick ut. Det var varmt. Han promenerade in till centrum. Vid tre mäklarkontor stannade han och studerade de fastigheter som förevisades i skyltfönstren. Han insåg att det pris som Robert Åkerblom hade föreslagit var rimligt. Mer än 300.000 skulle de knappast kunna få för huset ute i Löderup.

Han stannade vid en servering och åt en hamburgare. Och drack två flaskor mineralvatten. Sedan gick han in i en skoaffär där han kände ägaren och lånade toaletten. När han kom ut på gatan igen kände han sig för ett ögonblick villrådig. Han borde använda sin lediga dag till att handla. Det var inte bara kylskåpet som var tomt. Samma gällde för skafferiet. Men just nu orkade han inte med tanken på att hämta bilen och åka till någon av stadens stormarknader. Han gick Hamngatan ner, passerade järnvägsspåren och svängde sedan av längs Spanienfararegatan. När han kom fram till småbåtshamnen gick han långsamt längs bryggorna och såg på de förtöjda båtarna. Försökte föreställa sig hur det skulle vara att kunna segla. Något som han alldeles saknade erfarenhet av. Så märkte han att han hade blivit kissnödig igen. Han lånade toaletten inne på serveringen, drack ytterligare en flaska mineralvatten och satte sig sedan på bänken intill Sjöräddningens röda barack.

Senast han hade suttit där hade det varit vinter. Den kväll Baiba for.

Han hade kört henne till Sturup. Det hade redan varit mörkt. Byiga vindar med inslag av snö hade virvlat förbi i strålkastarljuset. De hade suttit alldeles tysta. Efteråt, sedan han hade sett henne försvinna in genom passkontrollen, hade han återvänt till Ystad och gått ut och satt sig på bänken. Vinden hade varit kall. Han hade frusit. Men han hade suttit där. Och han hade tänkt att allting nu var över. Baiba skulle han inte komma att träffa igen. Deras uppbrott var definitivt.

I december 1994 hade hon kommit till Ystad. Då hade hans far nyligen dött. Och han hade genomlevt en av de mest krävande utredningar han varit med om under alla sina år som polis. Men den hösten hade han också, kanske för första gången på många år, gjort upp planer för framtiden. Han hade bestämt sig för att lämna Mariagatan. Flytta ut på landet. Skaffa sig en hund. Han hade till och med besökt en kennel och sett på labradorvalpar. Han skulle göra ett uppbrott i sitt liv. Och det viktigaste av allt var att han önskade att Baiba skulle stanna hos honom. Hon hade kommit och varit i Ystad över julen. Wallander hade kunnat märka att hon och Linda redan från början kom bra överens. Då, på nyåret 1995, de sista dagarna innan hon återvände till Riga hade de på allvar talat om framtiden. Kanske skulle hon komma till Sverige för gott redan till sommaren.

De hade också sett på hus tillsammans. En liten avstyckad gård utanför Svenstorp hade de besökt vid flera tillfällen. Men sedan, en dag i mars, eller rättare sagt en kväll, när Wallander redan hade somnat, hade hon ringt från Riga och förklarat att hon tvekade. Hon ville inte gifta sig, ville inte flytta till Sverige. I alla fall inte än. Full av oro hade Wallander flugit till Riga några dagar senare. Han hade tänkt att han skulle kunna övertala henne. Det hade slutat med att de grälat, för första gången, länge och hårt. Efteråt hade de inte talat med varandra på över en månad. Sedan hade Wallander ringt och de hade då bestämt att han skulle komma till Lettland den sommaren. De hade tillbringat två sommarveckor ute vid Rigabukten, i ett förfallet hus som hon hade lånat av en av sina kollegor vid universitetet. De hade tagit långa promenader längs stränderna och Wallander hade vis av tidigare skador väntat på att hon själv skulle ta upp frågan om framtiden. Men när hon till slut gjorde det var hon vag och undvikande. Inte nu, inte än. Varför kunde de inte ha det som de hade det nu? När Wallander flög hem hade han känt sig nerslagen och fortfarande inte vetat hur det skulle bli. Hela den hösten hade gått utan att de hade träffats. De hade talat om det, planerat, värderat olika alternativ. Men ingenting hade blivit av. Det var också under den här perioden som Wallander hade börjat bli misstänksam. Var det så att det fanns en annan man där i Riga? Någon som han inte visste om? Vid flera tillfällen ringde han henne svartsjukt mitt i natten och åtminstone två gånger hade han fått känslan av att det funnits någon annan där i hennes lägenhet, trots att hon bedyrat att så inte var fallet.

Hon kom till Ystad över julen även det året. Den gången hade Linda inte varit med annat än på själva julaftonen. Sedan hade hon rest med några vänner till Skottland. Och det var då, några dagar in på nyåret, som Baiba sagt att hon aldrig skulle kunna tänka sig att flytta till Sverige. Länge hade hon tvekat. Men nu visste hon. Sitt arbete på universitetet ville hon inte förlora. Vad skulle hon kunna göra i Sverige? I Ystad? Hon kunde kanske bli tolk. Men vad mer? Wallander hade försökt övertala henne. Men han hade inte lyckats och han hade snart gett upp. Utan att de hade sagt det direkt visste båda att förhållandet nu var på väg att ta slut. Efter fyra år fanns inga vägar som ledde framåt längre. Wallander hade kört henne till Sturup, sett henne försvinna genom passkontrollen och sedan suttit i vinterkvällen på den frusna bänken utanför Sjöräddningens byggnad. Han hade varit nerstämd och känt sig mer övergiven än någonsin. Men där hade också smugit sig fram en annan känsla. Upplevelsen av lättnad. Trots allt behövde han nu inte undra längre.

En motorbåt försvann ut ur hamnen. Wallander reste sig. Han behövde gå på toaletten igen.

De hade fortsatt att talas vid i telefon då och då. Men sedan hade det också tagit slut. Nu var det mer än ett halvår sedan sist. En dag när han och Linda gick omkring i Visby hade hon frågat om det nu verkligen var alldeles slut med Baiba.

– Ja, hade han svarat. Det är över.

Hon hade väntat på en fortsättning.

– Det var nog nödvändigt, hade han svarat. Jag tror ingen av oss egentligen ville. Men det var nog oundvikligt.

Han gick in på serveringen. Nickade till servitrisen och försvann in på toaletten.

Sedan promenerade han hem till Mariagatan, hämtade bilen och for till utfarten mot Malmö. Innan han gick in på den stormarknad han brukade handla på satt han i bilen och försökte göra upp en inköpslista. Men när han drog omkring med matkärran mellan hyllorna kunde han inte hitta den lapp han skrivit. Han brydde sig inte om att gå ut i bilen och hämta den. Klockan hade hunnit bli närmare fyra innan han hade ställt in allt det han handlat i kylskåpet och skafferiet. Sedan la han sig på soffan för att läsa tidningen. Men han somnade nästan genast. När han en timme senare vaknade med ett ryck hade han drömt.

Han hade varit i Rom med sin far. Men där hade också Rydberg funnits med. Och några småvuxna, dvärgliknande människor som envist nöp dem i benen.

Wallander blev sittande i soffan.

Jag drömmer om de döda, tänkte han. Vad betyder det? Min far är död. Honom drömmer jag om nästan varenda natt. Och nu också Rydberg. Min gamle kollega och vän. Den polis som lärde mig det mesta av det jag trots allt kanske kan idag. Och han har varit borta i snart fem år.

Han gick ut på balkongen. Det var fortfarande varmt och vindstilla. En molnskärm höll på att bildas vid horisonten.

Plötsligt insåg han med förfärande tydlighet hur ensam han var. Frånsett Linda, som bodde i Stockholm och som han sällan träffade, hade han nästan inga vänner. De han umgicks med var de han arbetade med. Och dem träffade han aldrig på sin fritid.

Han gick ut i badrummet och sköljde av ansiktet. Såg sig i spegeln. Han var brun. Men tröttheten lyste igenom. Det vänstra ögat var blodsprängt. Hårfästet hade flyttat sig ännu ett litet steg uppåt.

Han ställde sig på badrumsvågen. Det var några kilo mindre än före sommaren. Men ändå för många.

Telefonen ringde. Han gick och svarade. Det var Gertrud.

– Jag ville bara säga att jag har kommit fram till Rynge. Och resan gick bra.

– Jag har tänkt på dig, sa Wallander. Jag kanske borde ha stannat där ute.

– Jag behövde nog vara ensam. Med alla minnen. Men det kommer att bli bra här. Min syster och jag trivs tillsammans. Det har vi alltid gjort.

– Jag kommer ut om nån vecka.

Samtalet tog slut. Genast ringde det igen. Den här gången var det hans kollega Ann-Britt Höglund.

– Jag ville bara höra hur det gick, sa hon.

– Gick med vad då?

– Skulle du inte träffa en mäklare idag? Om din fars hus?

Wallander mindes att han hade växlat några ord med henne dagen innan.

– Det gick nog bra, sa han. Du kan få köpa det för 300.000.

– Jag fick ju aldrig ens se det, svarade hon.

– Det känns egendomligt, sa Wallander. Det är tomt där nu. Gertrud har flyttat. Nån kommer att köpa det. Förmodligen blir det en sommarstuga. Andra människor kommer att leva där. Och dom kommer inte att veta nånting om min far.

– Det finns spöken i alla hus, svarade hon. Utom i dom nybyggda.

– Lukten av terpentin kommer att hänga kvar, sa Wallander. Men när den också är borta finns ingenting som påminner om dom som en gång bodde där.

– Det låter vemodigt.

– Det är som det är. Vi ses i morgon. Tack för att du ringde.

Wallander gick ut i köket och drack vatten.

Ann-Britt var omtänksam. Hon kom ihåg. Själv skulle han natur-
ligtvis aldrig ha tänkt på att ringa i en liknande situation.

Klockan hade blivit sju. Han stekte falukorv och potatis. Sedan åt
han framför teven med tallriken på knäna. Växlade mellan kanaler-
na men hittade ingenting som intresserade honom. Efteråt tog han
med sig kaffekoppen ut på balkongen. Så fort solen gått ner för-
svann värmen. Han gick in igen.

Resten av kvällen ägnade han åt att gå igenom det han tagit med
från Löderup tidigare under dagen.

I botten på en av kartongerna låg ett brunt kuvert. När han öpp-
nade det såg han att där fanns några gamla och bleknade fotografi-
er. Han kunde inte påminna sig att han någonsin hade sett dem tidi-
gare. På ett av dem fanns han själv med, fyra eller fem år gammal
och sittande på motorhuven till en stor amerikansk bil. Bredvid står
hans far och stöttar honom så att han inte ska ramla.

Wallander tog med sig fotografiet ut i köket och letade reda på ett
förstoringsglas i en av kökslådorna.

Vi ler, tänkte han. Jag ser rakt emot kameran och lyser av stolthet.
Jag har fått lov att sitta på en av konstnasarnas bilar. En av dem som
köpte min fars tavlor och betalade hutlösa underpriser. Min far ler
också. Men han ser på mig.

Wallander blev länge sittande med fotografiet framför sig. Det
talade till honom från en sedan länge förseglad och oåtkomlig verk-
lighet. En gång hade han och hans far haft ett bra förhållande till
varandra. När han bestämt sig för att bli polis förändrades allt. De
sista åren hans far levde hade de långsamt letat sig tillbaka till något
av det som gått förlorat.

Men vi kom aldrig så här långt, tänkte Wallander. Till det här le-
endet när jag sitter uppflugen på motorhuven till en glänsande
Buick. I Rom kom vi nära. Men ändå inte ända fram.

Wallander satte upp fotografiet med ett häftstift på en köksdörr.
Sedan gick han ut på balkongen igen. Molnskärmen hade närmat
sig. Han satte sig vid teven och såg slutet på en gammal film.

Vid midnatt gick han och la sig.

Dagen efter skulle han ha möte med Svedberg och Martinsson.
Sedan skulle han besöka en läkare.

Han blev länge liggande vaken i mörkret.

För två år sedan hade han drömt om att flytta från Mariagatan.

Att skaffa sig en hund. Att leva tillsammans med Baiba.

Men ingenting hade blivit av. Ingen Baiba. Inget hus. Ingen hund. Allt hade förblivit vid det gamla.

Något måste hända, tänkte han. Något som gör att jag orkar se framåt igen.

Klockan blev över tre den natten, innan han äntligen somnade.

2

Under morgontimmarna drog molnskärmen långsamt bort.

Wallander vaknade redan klockan sex. Då hade han drömt om sin far igen. Fragmentariska och osammanhängande bilder hade flimrat förbi i hans undermedvetna. I drömmen hade han själv varit barn och vuxen på en och samma gång. Något begripligt sammanhang hade inte funnits där. Drömmen hade varit som ett undanglidande skepp i en dimbank.

Han steg upp, duschade och drack kaffe. Då han kom ner på gatan märkte han att sommarvärmen låg kvar. Dessutom var det för ovanlighetens skull alldeles vindstilla. Han tog bilen och körde upp till polishuset. Eftersom klockan ännu inte var sju låg korridorerna övergivna. Han hämtade en kopp kaffe och gick till sitt rum. Då han såg på sitt skrivbord som för en gångs skull inte var överbelastat med pärmar undrade han när han senast haft så lite att göra. Under många år hade Wallander upplevt hur hans egen arbetsbörda hade växt i takt med att tillgängliga resurser hade krympt. Utredningar blev liggande eller slarvades över. I många fall där en förundersökning ledde till att ett misstänkt brott lämnades utan åtgärd visste Wallander att det inte skulle behövt vara så. Om de hade haft den tid som krävts. Om de inte varit så få.

Man kunde alltid diskutera om brott lönade sig eller inte. Någon exakt historisk brytpunkt när det eventuellt blivit så skulle man heller aldrig kunna fastställa. Men han hade för länge sedan insett att brottsligheten idag stod starkare än någonsin i Sverige. De människor som sysslade med avancerad ekonomisk brottslighet levde nästan som i en fredad zon. Där tycktes rättssamhället totalt ha kapitulerat.

Med sina kollegor diskuterade Wallander ofta de här problemen. Han märkte också att medborgarnas oro inför utvecklingen var stor. Gertrud talade om det. De grannar han mötte i tvättstugan talade om det.

Wallander visste att deras oro var befogad. Men han såg inga tecken på några kraftfulla åtgärder. Däremot fortsatte polis och domstolar att rusta ner.

Han hängde av sig jackan, öppnade fönstret och blev stående och såg på det gamla vattentornet.

Under de senaste åren hade det i Sverige växt fram olika privata skyddsgrupper. Medborgargarden. Wallander hade länge fruktat att så skulle ske. När den normala rättvisan inte längre fungerade låg lynchjustisen alltid strax intill och lurade. Människor började betrakta det som naturligt att ta rättvisan i egna händer.

När han stod där vid fönstret undrade han hur många illegala vapen som flöt omkring i det svenska samhället. Och han undrade hur det skulle bli om bara ytterligare några år.

Han satte sig vid skrivbordet. Bläddrade igenom några PM som någon lagt in under gårdagen. Det ena handlade om vilka åtgärder som på riksnivå planerades för att komma till rätta med det ständigt ökande antalet falska kontokort. Wallander läste frånvarande vad som stod skrivet om de förfalskningsfabriker man avslöjat i några asiatiska länder.

Det andra papperet var en utvärdering av den försöksverksamhet med pepparspray som hållit på sedan 1994 och avslutats denna sommar. Hotade kvinnor hade under vissa omständigheter kunnat få dessa sprayer av den lokala polisen. Trots att Wallander läste igenom texten två gånger förblev han osäker på vilket resultat man egentligen hade uppnått. Han ryckte på axlarna och lät de två papperen försvinna i papperskorgen. Han hade lämnat dörren på glänt och hörde röster ute i korridoren. En kvinna skrattade. Wallander log. Det var deras chef, Lisa Holgersson. Hon hade efterträtt Björk några år tidigare. Många av Wallanders kollegor hade till en början varit reserverade mot att få en kvinna i den högsta ledningen. Men Wallander hade på ett tidigt stadium fått respekt för henne. Det intrycket hade inte ändrats.

Klockan blev halv åtta. Telefonen ringde. Det var Ebba ute i receptionen.

– Gick det bra? frågade hon.

Wallander insåg att hon syftade på det som hänt dagen innan.

– Huset är ju inte sålt än, svarade han. Men det går säkert bra.

– Jag ringer för att fråga om du kan ta emot ett studiebesök klockan halv elva, fortsatte hon.

– Studiebesök på sommaren?

– Det är en grupp pensionerade sjöbefäl som brukar träffas här i Skåne i augusti. Dom tycks ha en förening av nåt slag. »Sjöbjörnarna« kallar dom sig.

Wallander tänkte på sitt läkarbesök.

– Du måste nog be nån annan, svarade han. Jag är ute mellan halv elva och tolv.

– Jag ska prata med Ann-Britt, sa Ebba. Gamla sjöbefäl tycker kanske det är trevligt med en kvinnlig polis.

– Eller så tycker dom precis tvärtom, svarade Wallander.

När klockan blivit några minuter i åtta hade Wallander inte gjort något annat än att vagga på stolen och se ut genom fönstret. Trött-heten malde i kroppen. Han oroade sig för vad läkaren skulle säga. Var tröttheten och dessa ständigt återkommande kramper tecken på att han led av någon allvarlig sjukdom?

Han reste sig ur stolen och gick längs korridoren till ett av mötes-rummen. Martinsson hade redan kommit. Han var nyklippt och sol-bränd. Wallander tänkte på den gång för snart två år sedan när Mar-tinsson varit mycket nära att ge upp sin bana som polis. Hans dotter hade blivit överfallen på skolgården. Orsaken hade just varit att hon hade en far som var polis. Men han hade blivit kvar. För Wallander var Martinsson fortfarande yngstemannen som en gång kommit ny till polishuset. Trots att han idag var en av dem som arbetat längst i Ystad.

De satte sig och kommenterade vädret. Klockan blev fem minuter över åtta.

– Var fan är Svedberg? frågade Martinsson.

Hans undran var befogad. Svedberg var känd för sin punktlighet.

– Talade du med honom?

– Han hade gått när jag sökte honom. Men jag lämnade ett med-delande på hans telefonsvarare.

Wallander nickade mot telefonen som stod på bordet.

– Det är kanske bäst att du ringer igen.

Martinsson slog numret.

– Vart har du tagit vägen? sa han. Vi väntar.

Han la på luren.

– Telefonsvararen var fortfarande på.

– Han är säkert på väg, sa Wallander. Vi kan väl börja ändå.

Martinsson bläddrade i en hög med papper. Sedan sköt han över

33

ett vykort till Wallander. Det var ett flygfoto över de centrala delarna av Wien.

– Det här kortet låg alltså i familjen Hillströms brevlåda i tisdags. Den 6 augusti. Som du själv kan läsa skriver Astrid Hillström att dom tänker stanna borta lite längre än planerat. Men att allt är bra. Och att dom andra hälsar. Hon ber dessutom att hennes mor ska ringa runt och säga att allt är bra.

Wallander läste kortet. Handstilen påminde om Lindas. Avrundade bokstäver.

Wallander la ifrån sig vykortet.

– Och Eva Hillström kom alltså hit?

– Hon kom bokstavligen instormande på mitt kontor. Att hon är nervös vet vi från förr. Men nu var det värre än tidigare. Hon är alldeles uppenbart rädd. Hon är säker på sin sak.

– Vad är det hon är säker på?

– Att nånting har hänt. Att det där vykortet inte är skrivet av hennes dotter.

Wallander tänkte efter innan han fortsatte.

– Är det handstilen? Namnteckningen?

– Den liknar hur Astrid skrivit tidigare. Men mamman hävdar att Astrid har en stil som är lätt att härma. Namnteckningen med. Och det måste man naturligtvis ge henne rätt i.

Wallander drog till sig ett anteckningsblock och en penna. Det tog honom mindre än en minut att kopiera Astrid Hillströms handstil och namnteckning. Han sköt undan blocket.

– Eva Hillström kommer hit och är orolig. Det kan man förstå. Men om det inte är handstilen eller namnteckningen som gör henne orolig, vad är det då?

– Det kunde hon inte svara på.

– Men du frågade henne?

– Var det något med ordvalet? Sättet att formulera sig? Jag ställde frågor om allt. Hon visste inte. Men hon var ändå säker på att det inte var hennes dotter som hade skrivit det.

Wallander grimaserade och skakade på huvudet.

– Nånting måste det ha varit.

De såg på varandra.

– Du minns vad du sa till mig i går, sa Wallander. Att du själv började bli orolig.

Martinsson nickade.

– Det är nånting som inte stämmer, sa han. Jag vet bara inte vad det är.

– Ställ frågan på ett annat sätt, sa Wallander. Om det nu skulle vara så att dom inte har begett sig ut på den här oplanerade resan, vad har då hänt? Och vem skriver korten? Vi vet att deras pass är borta och deras bilar. Det har vi undersökt.

– Jag tar naturligtvis fel, svarade Martinsson. Förmodligen blev jag smittad av Eva Hillströms oro.

– Det är naturligt att föräldrar oroar sig för sina barn, sa Wallander. Om du anar hur många gånger jag har undrat över vad Linda har hållit på med. När det kommit vykort från dom mest egendomliga platser i världen.

– Vad gör vi? frågade Martinsson.

– Vi fortsätter att bevaka, sa Wallander. Men låt oss gå igenom allt från början igen. Bara för att se att det inte är nåt som vi har förbisett.

Martinsson gjorde sammanfattningen. Som vanligt var den tydlig och klar. Vid något tillfälle hade Ann-Britt Höglund frågat Wallander om han insåg att Martinsson hade lärt sig att göra en föredragning av just honom. Wallander hade slagit ifrån sig. Men Ann-Britt Höglund hade insisterat. Fortfarande visste inte Wallander om hon hade rätt.

Händelseförloppet var enkelt och överskådligt. Tre ungdomar, samtliga i åldern 20 till 23 år, hade bestämt sig för att fira midsommaraftonen tillsammans. En av dem, Martin Boge bodde i Simrishamn, de två andra, Lena Norman och Astrid Hillström i västra delen av Ystad. De var vänner sedan länge och tillbringade mycket tid tillsammans. De var alla barn till välbärgade föräldrar. Lena Norman läste vid Lunds universitet medan de två andra hade olika korttidsjobb. Ingen av dem hade någonsin haft problem vare sig med rättvisan eller med droger. Astrid Hillström och Martin Boge bodde fortfarande hemma medan Lena Norman hade ett studentrum i Lund. De hade inte sagt till någon var de skulle fira midsommar. Föräldrarna hade talat med varandra och med andra av deras vänner. Men ingen hade kunnat ge några besked. Det var heller ingenting ovanligt. De kunde ofta vara hemlighetsfulla och avslöjade inte alltid sina planer för utomstående. När de försvann hade de haft tillgång till två bilar, en Volvo och en Toyota. Och dessa bilar var lika försvunna som de tre ungdomarna, som hade lämnat sina hem på eftermiddagen den 21 juni. Efter det hade ingen sett dem. Det första vykortet hade varit poststämplat i Hamburg den 26 juni. Där hade de förklarat att de skulle göra en resa i Europa. Några veckor senare hade Astrid Hillström skickat ett kort från Paris. Där hade hon skrivit att de var på väg söderut. Och nu hade hon alltså skrivit igen.

Martinsson tystnade. Wallander tänkte efter.

– Vad skulle egentligen ha kunnat hända? frågade han.

– Jag vet inte.

– Finns det överhuvudtaget nåt som talar för att deras försvinnande inte skulle ha naturliga orsaker?

– Egentligen inte.

Wallander lutade sig bakåt i stolen.

– Det enda vi har är alltså Eva Hillströms känsla, sa han. En orolig mamma.

– Som påstår att kortet inte är skrivet av hennes dotter.

Wallander nickade.

– Ville hon att vi skulle efterlysa dom?

– Nej. Hon ville att vi skulle göra nånting. Det var så hon sa. »Polisen måste göra nånting.«

– Vad kan vi egentligen göra annat än att efterlysa dom? Vi har redan lagt in spärrar på deras namn i registren.

Det blev tyst. Klockan hade blivit kvart i nio. Han såg undrande på Martinsson.

– Svedberg?

Martinsson lyfte på luren igen och slog numret hem till Svedberg. Sedan la han på.

– Samma telefonsvarare.

Wallander sköt vykortet över bordet i riktning mot Martinsson.

– Vi kommer knappast mycket längre, sa han. Men jag tror att jag också ska tala med Eva Hillström. Sen får vi värdera hur vi ska gå vidare. Men det finns inga motiv för att efterlysa dom. I alla fall inte än.

Martinsson skrev upp hennes telefonnummer på en lapp.

– Hon arbetar som revisor, sa han.

– Och var hittar vi hennes man? Astrid Hillströms far?

– Dom är skilda. Jag tror han ringde en gång. Precis efter midsommar.

Wallander reste sig. Martinsson samlade ihop sina papper. De lämnade mötesrummet.

– Det är kanske med Svedberg som med mig, sa Wallander. Att han har tagit ut en semesterdag. Utan att vi vet om det.

– Han har haft sin semester, svarade Martinsson bestämt. Varenda dag har han tagit ut.

Wallander såg förvånat på honom.

– Hur vet du det? Svedberg brukar inte vara särskilt meddelsam?

– Jag frågade om han ville byta en vecka med mig. Men det kunde han inte. Då sa han också att han för en gångs skull ville ta ut varenda dag av sin semester i en följd.

– Det har han nog aldrig gjort tidigare, sa Wallander.

De skildes utanför Martinssons rum. Wallander fortsatte till sitt eget kontor. Han satte sig vid bordet och ringde det första av de telefonnummer han fått av Martinsson. När hon svarade kände han igen rösten. Det var Eva Hillström. De avtalade att hon skulle komma till polishuset samma eftermiddag.

– Har det hänt nånting? frågade hon.

– Nej, svarade Wallander. Ingenting annat än att jag också vill tala med dig.

Wallander avslutade samtalet. Han skulle just gå och hämta kaffe när Ann-Britt dök upp i dörren. Trots att även hon nyligen hade haft semester var hon lika blek som vanligt.

Han tänkte att blekheten kom inifrån. Fortfarande hade hon inte kommit över den svåra skottskada som hon ådragit sig två år tidigare. Hon hade återvunnit sin fysiska hälsa. Men Wallander var fortfarande osäker på hur hon egentligen mådde. Ibland fick han en känsla av att hon hade drabbats av en kronisk rädsla.

Det förvånade honom inte. Det gick nästan inte en dag utan att han själv tänkte på hur han en gång hade blivit knivskuren. Och det var mer än tjugo år sedan.

– Stör jag?

Wallander slog ut med handen mot sin besöksstol. Hon satte sig.

– Har du sett till Svedberg? frågade han.

Hon skakade på huvudet.

– Vi skulle haft ett möte med honom. Martinsson och jag. Men han dök aldrig upp.

– Han missar väl aldrig ett sammanträde?

– Det är just det han inte gör. Men han kom inte.

– Har ni ringt honom hem? Han kanske är sjuk?

– Martinsson har lämnat flera besked på hans telefonsvarare. Dessutom är Svedberg aldrig sjuk.

De begrundade för ett ögonblick under tystnad var Svedberg kunde vara.

– Vad var det du ville? frågade Wallander sedan.

– Minns du den där ligan som smugglade bilar till öststaterna?

– Hur skulle jag ha kunnat glömma den? Jag höll på med det där eländet i två år. Innan vi fick det hela sprängt. Och kom åt huvudmännen. Eller åtminstone dom som fanns i Sverige.

– Det verkar som om det har börjat om igen.

– Huvudmännen sitter ju inne?

– Det tycks vara andra som har gått in för att fylla tomrummet. Utnyttja läget. Den här gången utgår dom inte från Göteborg. Spåren leder bland annat mot Lycksele.

Wallander häpnade.

– Det ligger ju för fan i Lappland?

– Med dagens kommunikationer befinner man sig mitt i Sverige var man än är.

Wallander skakade på huvudet. Men han visste samtidigt att Ann-Britt hade rätt. Den organiserade brottsligheten var alltid tidigt ute med att använda sig av den moderna tekniken.

– Jag orkar inte börja om från början igen, sa han. Inte flera utsmugglade bilar.

– Jag ska hålla i det. Det var Lisa som bad mig. Hon anar nog hur trött du är på försvunna bilar. Men jag vill gärna att du ger mig en översikt. Och helst också några goda råd.

Wallander nickade. De bestämde en tid dagen efter. Sedan gick de och hämtade kaffe. Satte sig i matrummet vid ett öppet fönster.

– Hur var semestern? frågade han.

Plötsligt fick hon tårar i ögonen. Wallander ville säga någonting men hon lyfte avvärjande handen.

– Den var inte så bra, sa hon när hon återvunnit behärskningen. Men jag vill inte tala om det.

Hon tog sin kaffekopp och reste sig hastigt. Wallander såg efter henne. Sedan blev han sittande. Undrade över hennes reaktion.

Det är inte mycket vi vet, tänkte han. De om mig eller jag om dem.

Vi arbetar tillsammans, kanske under ett helt yrkesliv. Men vad vet vi egentligen om varandra? Ingenting.

Han såg på sin klocka. Ännu var det gott om tid. Men han bestämde sig ändå för att lämna polishuset och promenera ner till Kapellgatan där läkaren hade sin mottagning.

Han var orolig. Gruvade sig.

Läkaren var ung. Wallander hade aldrig tidigare träffat honom. Han hette Göransson och kom uppifrån landet. Wallander redogjorde för sina problem. Tröttheten, törsten, det ständiga springandet på toaletten. Han nämnde också de återkommande kramperna.

Svaret från läkaren kom fort och överraskade honom.

– Det tyder på socker, sa han.

– Socker?

– Att du har fått diabetes.

För ett kort ögonblick blev Wallander lamslagen. Den tanken hade aldrig fallit honom in.

– Du ger intryck av att väga en hel del för mycket, sa läkaren. Vi ska snart få besked om det stämmer eller inte. Men jag vill börja med att lyssna på dig. Vet du om du lider av högt blodtryck?

Wallander skakade på huvudet. Sedan tog han av sig skjortan och la sig på britsen.

Hjärtat lät normalt. Men blodtrycket var för högt. 170 över 105. Han ställde sig på vågen. 92 kilo. Sedan skickade läkaren ut honom för att lämna urinprov och bli stucken i ett finger. Sköterskan log. Wallander tyckte att hon till utseendet påminde om hans syster, Kristina.

Sedan gick han in till läkaren igen.

– Normalt ska du ha en sockernivå i blodet på mellan 2,5 och 6,4, sa Göransson. Du har 15,3. Det är naturligtvis alldeles för högt.

Wallander kände sig illamående.

– Det här förklarar din trötthet, fortsatte Göransson. Det förklarar din törst och kramperna i vaderna. Det förklarar varför du springer på toaletten.

– Finns det medicin? frågade Wallander.

– Först ska vi försöka komma till rätta med det här genom att ändra dina matvanor, sa Göransson. Vi måste också få ner ditt blodtryck. Motionerar du mycket?

– Nej.

– Det bör du börja med. Diet och motion. Om inte det hjälper så får vi gå vidare. Med den här sockernivån sliter du ner hela systemet i kroppen.

Diabetiker, tänkte Wallander. Tanken slog honom i ögonblicket som förfärande.

Göransson tycktes inse hans obehag.

– Det går att komma till rätta med här, sa han. Du dör inte av det. I alla fall inte riktigt än.

Det togs ytterligare blodprov. Dessutom fick Wallander med sig dietlistor. Redan på måndagen skulle han komma tillbaka. Klockan var halv tolv när han kom ut från mottagningen. Han gick in på Gamla Kyrkogården och satte sig på en bänk. Ännu kunde han inte helt ta till sig vad läkaren hade sagt. Han letade reda på sina glasögon och började läsa dietlistorna.

Klockan halv ett var han tillbaka på polishuset igen. Det låg några telefonmeddelanden till honom i receptionen. Ingenting var så viktigt att det inte kunde vänta. Han mötte Hansson i korridoren.

– Har Svedberg dykt upp? frågade Wallander.

– Är han borta?

Wallander sa ingenting mer. Eva Hillström skulle komma strax efter ett. Han knackade på Martinssons halvöppna dörr, men rummet var tomt. På skrivbordet låg den tunna pärmen från morgonens möte. Wallander tog den och gick in till sig. Han bläddrade hastigt igenom de papper som fanns där. Såg på de tre vykorten. Men han hade svårt att koncentrera sig. Hela tiden tänkte han på det läkaren hade sagt.

Ebba ringde från receptionen och sa att Eva Hillström hade kommit. Wallander gick och hämtade henne. En grupp äldre och muntra män var på väg ut. Wallander antog att det var sjöbefälen som varit på studiebesök.

Eva Hillström var lång och mager. Hennes ansiktsuttryck var vaksamt. Wallander hade redan första gången han träffat henne fått ett intryck av att hon var en orolig människa som alltid väntade sig att det värsta kunde ske.

Han tog i hand och bad henne följa med till hans rum. På vägen frågade han om hon ville ha en kopp kaffe.

– Jag dricker inte kaffe, svarade hon. Min mage tål det inte.

Hon satte sig i besöksstolen utan att släppa honom med blicken.

Hon förväntar sig att jag har nyheter, tänkte Wallander. Och de tror hon kommer att vara dåliga.

Han satte sig vid skrivbordet.

– Igår talade du med min kollega, började han. Du lämnade ett vykort som kom för några dagar sedan. Undertecknat av din dotter Astrid och poststämplat i Wien. Men du menar att det inte är hon som har skrivit det. Stämmer det?

– Ja.

Hennes svar kom mycket bestämt.

– Enligt Martinsson kunde du inte förklara varför?

– Det kan jag inte heller.

Wallander plockade fram vykortet och la det framför henne.

– Du sa att din dotters namnteckning och handstil är lätta att kopiera?

– Du kan ju pröva.

– Det har jag redan gjort. Och jag håller med. Hennes handstil är inte särskilt besvärlig att imitera.

– Varför frågar du om det du redan vet?

Wallander betraktade henne ett ögonblick. Hon var verkligen precis så spänd och orolig som Martinsson hade sagt.

– Jag ställer frågor för att få olika saker bekräftade, sa han. Ibland kan det vara nödvändigt.

Hon nickade otåligt.

– Ändå finns det knappast skäl att tro att det inte är Astrid som har skrivit kortet, fortsatte Wallander. Är det nånting annat som gör att du betvivlar äktheten?

– Nej. Men jag vet att jag har rätt.

– Rätt i vad då?

– Att det inte är hon som har skrivit vykortet. Vare sig det här eller nåt av dom första som kom.

Plötsligt reste hon sig upp ur stolen och började skrika. Wallander var alldeles oförberedd på hennes våldsamma reaktion. Hon lutade sig över skrivbordet, tog tag i hans armar och skakade honom. Hela tiden skrek hon.

– Varför gör inte polisen nånting? Det måste ha hänt nåt!

Wallander lyckades med visst besvär göra sig fri och tog sig upp ur stolen.

– Jag tror det är bäst att du försöker lugna dig, sa han.

Men Eva Hillström fortsatte att skrika. Wallander undrade vad de som eventuellt gick förbi i korridoren skulle tro. Han gick runt skrivbordet och tog ett kraftigt tag i hennes axlar. Sedan tryckte han ner henne i besöksstolen och höll henne kvar där.

Hennes utbrott tystnade lika tvärt som det hade börjat. Wallander släppte långsamt greppet om hennes axlar. Sedan återvände han till sin stol. Eva Hillström stirrade i golvet. Wallander väntade. Samtidigt hade han blivit ordentligt uppskakad. Det fanns något i hennes reaktioner, något av hennes övertygelse, som började smitta av sig på honom själv.

– Vad är det egentligen du tror har hänt? frågade han efter en stund.

Hon skakade på huvudet.

– Jag vet inte.

– Det finns absolut ingenting som talar för att en olycka skulle ha inträffat. Eller nåt annat.

Hon såg på Wallander.

– Astrid och hennes vänner har gett sig ut på resor tidigare, fortsatte han. Kanske inte under så lång tid som den här gången. Dom hade bilar, dom hade pengar, dom hade pass. Allt det här har vi gått igenom tidigare. Dessutom är Astrid och dom andra i en ålder när man tillåter sig att följa sina impulser. Utan alltför mycket planering. Jag har själv en dotter som är några år äldre än Astrid. Jag vet hur det kan vara.

– Ändå så vet jag, sa hon. Jag oroar mig visserligen ofta i onödan. Men den här gången är det nåt som inte stämmer.

– Dom andra föräldrarna verkar inte vara lika bekymrade som du? Martin Boges och Lena Normans föräldrar?

– Jag förstår dom inte.

– Vi tar din oro på allvar, sa han. Det är vår skyldighet. Jag lovar att vi ska överväga en efterlysning en gång till.

Hans ord tycktes för ett ögonblick göra henne lättad. Men sedan återkom oron. Hennes ansikte var mycket öppet. Wallander kände medlidande med henne.

Samtalet var över. Hon reste sig. Han följde henne ut till receptionen.

– Jag beklagar att jag förlorade behärskningen, sa hon.

– Det är naturligt att man är orolig, svarade Wallander.

Hon tog honom hastigt i hand och försvann ut genom glasdörrarna.

Han gick tillbaka till sitt rum. Martinsson stack ut huvudet ur sitt rum och såg nyfiket på honom.

– Vad höll ni på med därinne?

– Hon är verkligen rädd, sa Wallander. Hennes oro är äkta. Vi måste ta ställning till den på nåt sätt. Men hur vet jag inte.

Wallander såg fundersamt på Martinsson.

– Jag skulle vilja att vi hade en samlad genomgång i morgon. Med alla som har tid. Vi måste fatta ett beslut. Ska vi efterlysa eller inte? Det är nåt med det här som bekymrar mig.

Martinsson nickade.

– Har du sett till Svedberg? frågade han.

– Har han fortfarande inte hört av sig?

– Ingenting. Samma telefonsvarare.

Wallander grimaserade.

– Det är inte likt honom.

– Jag försöker ringa honom igen.

Wallander fortsatte till sitt rum. Stängde dörren och ringde ut till Ebba.

– Inga telefoner den närmaste halvtimmen. Har du förresten hört nåt från Svedberg?

– Borde jag ha gjort det?

– Jag bara undrade.

Wallander la upp benen på skrivbordet. Han var trött och torr i munnen.

Sedan fattade han ett beslut. Han tog jackan och lämnade rummet.

– Jag går ut, sa han till Ebba. Tillbaka om en timme eller två.

Fortfarande var det varmt och vindstilla. Wallander gick ner till stadsbiblioteket som låg vid Surbrunnsvägen. Med viss möda letade han bland hyllorna tills han kom till den medicinska litteraturen. Snart hittade han vad han sökte. En bok om diabetes. Han satte sig vid ett bord, letade fram glasögonen och började läsa.

En och en halv timme senare tyckte han sig ha fått en bild av vad sjukdomen egentligen innebar. Han insåg också att han hade sig själv att skylla. Matvanorna, bristen på motion, ideliga bantningsförsök som bara ledde till att han inom kort fick tillbaka sin övervikt igen.

Han ställde tillbaka boken på hyllan. En känsla av självförakt och misslyckande hade bemäktigat sig honom. Samtidigt visste han att det nu inte fanns någon återvändo. Han måste göra något åt sin livsföring.

Klockan var redan halv fem när han återvände till polishuset. På hans bord hade Martinsson lagt en lapp om att han fortfarande inte fått tag på Svedberg.

Wallander läste på nytt igenom sammanfattningen av de tre ungdomarnas försvinnande. Granskade de tre vykorten. Känslan av att det var något han förbisåg återkom. Fortfarande lyckades han inte gripa fatt i tanken. Vad var det han inte såg?

Han kände hur oron ökade. Han tyckte sig se hur Eva Hillström satt i besöksstolen igen.

Plötsligt insåg han allvaret i det hela. Det var mycket enkelt.

Hon visste att dottern inte hade skrivit kortet. Hur hon visste det betydde ingenting.

Hon visste. Och det var nog.

Wallander reste sig och ställde sig vid fönstret.

Något hade hänt dessa tre ungdomar.

Frågan var bara vad.

3

Den kvällen försökte Wallander, om än i begränsad omfattning, börja ett nytt liv. Till middag åt han ingenting annat än en tunn buljong och en sallad. Han var så koncentrerad på att inget olämpligt skulle hamna på tallriken att han först i efterhand kom ihåg att han den kvällen hade antecknat sig för tvättstugan. Men då var det redan för sent.

Han försökte tänka att det som hade hänt egentligen var något positivt. Att ha för höga sockerhalter i blodet var ingen dödsdom. Däremot hade han fått en varning. Ville han i fortsättningen leva normalt måste han göra några enkla förändringar i sitt liv. Knappast någonting dramatiskt, men grundläggande. När han ätit kände han sig lika hungrig som innan. Han åt ytterligare en tomat. Sedan satt han kvar vid köksbordet och försökte med utgångspunkt i dietlistorna utforma ett måltidsschema för de kommande dagarna. Han bestämde sig också för att han alltid skulle gå fram och tillbaka till polishuset. På lördagar och söndagar skulle han åka ut till någon strand och ta långa promenader. Han påminde sig att han vid något tillfälle hade talat med Hansson om att spela badminton. Kanske ögonblicket för det nu var inne?

När klockan blivit nio reste han sig från köksbordet. Han öppnade balkongdörren och gick ut. Det blåste en svag vind från syd. Men det var fortfarande varmt.

Rötmånaden var inne.

Nere på gatan gick några ungdomar förbi. Wallander följde dem med blicken. När han hade suttit med sina dietlistor och viktdiagram hade han haft svårt att koncentrera sig. I hans huvud fanns också Eva Hillström och hennes oro. Hon hade fått ett utbrott och gripit tag i honom. Rädslan för vad som hänt dottern hade lyst i hennes ögon. Och den hade varit äkta.

Det händer att föräldrar inte alls känner sina barn, tänkte han. Men det kan också vara så att en förälder känner sitt barn bättre än någon annan. Något säger mig att så är fallet med Eva Hillström och hennes dotter.

Han gick tillbaka in i lägenheten. Balkongdörren lät han stå öppen.

Där fanns också känslan av att det var något han förbisåg. Något som i ett slag kunde klargöra för honom hur de borde gå vidare, som kunde leda dem till en polisiärt välgrundad slutsats. Om Eva Hillströms oro var befogad eller inte.

Han gick ut i köket och kokade kaffe. Torkade av på bordet medan han väntade på att vattnet skulle bli varmt.

Telefonen ringde. Det var Linda som ringde. Från den restaurang på Kungsholmen i Stockholm där hon arbetade. Det förvånade honom. Han hade trott att den bara var öppen på dagtid.

– Ägaren har ändrat det hela, svarade hon på hans fråga. Och jag tjänar mer på att arbeta kvällstid. Det är dyrt att leva.

I bakgrunden hördes sorl och slammer. Han tänkte att han just nu inte alls visste vad Linda hade för planer. En gång hade hon velat bli möbeltapetserare. Sedan hade hon slagit om och trevat sig fram i skådespelandets värld. En dag hade också det varit över.

Hon tycktes kunna följa hans tankar.

– Jag tänker inte leva hela mitt liv som servitris, sa hon. Men jag märker att jag klarar att spara pengar. I vinter kommer jag att ge mig ut och resa.

– Vart då?

– Det vet jag inte än.

Wallander insåg att tillfället inte var lämpligt för att inleda något mera omfattande samtal. Han nämnde bara att Gertrud nu hade flyttat. Och att hennes farfars hus fanns hos en mäklare.

– Jag önskar att vi hade behållit det, sa hon. Jag önskar jag hade haft pengar så jag kunde ha köpt det.

Wallander förstod. Linda och hennes farfar hade alltid haft ett nära förhållande. Det hade funnits stunder då han hade känt avundsjuka när han såg de två tillsammans.

– Jag måste sluta nu, sa hon. Jag ville bara höra hur du har det.

– Allt är bra, svarade Wallander. Jag var hos doktorn idag. Han hittade inga fel på mig.

– Sa han inte ens åt dig att du borde gå ner i vikt?

– Frånsett det var allting bra.

– Det måste ha varit en snäll läkare. Är du fortfarande lika trött som i somras?

46

Hon ser rakt igenom mig, tänkte Wallander hjälplöst. Och varför säger jag inte som det är? Att jag är på väg att bli diabetiker? Att jag kanske redan är det? Varför upplever jag det som om jag drabbats av en skamlig sjukdom?

– Jag är inte trött, sa han. Veckan på Gotland var en upplevelse.

– Ja, svarade hon. Men jag måste sluta nu. Om du vill ringa hit så är det ett annat telefonnummer på kvällarna.

Han memorerade det. Så var samtalet över.

Wallander tog med sig kaffet in i vardagsrummet och satte på teven. Men sänkte ljudet. Han skrev ner det telefonnummer hon hade gett honom på ett hörn av en tidning.

Han skrev slarvigt. Siffrorna skulle knappast vara läsliga för någon annan än honom själv.

I samma ögonblick kom han på vad det var. Den tanke som hade gnagt i honom under dagen.

Han sköt undan kaffekoppen. Såg på klockan. Den var kvart över nio. Han övervägde om han skulle ringa till Martinsson. Eller låta det bero till dagen efter. Sedan bestämde han sig. Han gick ut i köket och satte sig vid köksbordet med telefonkatalogen. Det fanns fyra familjer med namnet Norman i Ystadsdelen. Men Wallander kom ihåg adressen från de papper som legat i Martinssons pärm. Lena Norman och hennes föräldrar bodde på Käringgatan, norr om sjukhuset. Hennes far hette Bertil Norman och hade titeln »direktör«. Wallander visste att han hade ett företag som exporterade element till färdighus.

Han slog numret. Det var en kvinna som svarade. När Wallander presenterade sig försökte han låta så vänlig som möjlig. Han ville inte att hon skulle bli orolig. Han visste vad det innebar när en polisman ringde. Särskilt på kvällen.

– Jag antar att jag talar med Lena Normans mamma?

– Jag heter Lillemor Norman.

Wallander kom ihåg namnet.

– Det här samtalet kunde ha väntat till i morgon, fortsatte Wallander. Men det är en sak jag gärna skulle vilja veta. Poliser arbetar tyvärr på udda tider.

Fortfarande verkade hon inte orolig.

– Vad kan jag hjälpa till med? Eller ni kanske vill tala med min man? Jag kan ropa på honom. Han sitter just och hjälper Lenas bror med en matematikläxa.

Wallander blev förvånad över svaret. Han trodde inte att det förekom läxor i skolan längre.

– Det är inte nödvändigt, sa han. Vad jag egentligen skulle vilja ha är ett prov på Lenas handstil. Ni kanske har några brev hemma som hon skrivit?

– Frånsett vykorten har det inte kommit nånting. Det trodde jag polisen visste?

– Ett annat brev. Från tidigare.

– Varför vill ni se det?

– Det är en rutinåtgärd. Vi jämför handstilar. Ingenting annat. Det är inte ens särskilt viktigt.

– Ringer verkligen polisen om sånt en kväll? Som inte är viktigt?

Eva Hillström är rädd, tänkte Wallander. Lillemor Norman är däremot misstänksam.

– Kan ni hjälpa mig med det här?

– Jag har många brev från Lena.

– Det räcker med ett. En halv sida är nog.

– Jag ska ta fram det. Kommer nån och hämtar det?

– Jag hade tänkt komma själv. Om tjugo minuter kan jag vara där.

Wallander letade vidare i telefonkatalogen. I Simrishamn fanns bara en som hette Boge. En revisor. Wallander slog numret och väntade otåligt. Han skulle just lägga på när någon äntligen svarade.

– Klas Boge.

Rösten som svarade var ung. Wallander antog att det var en bror till Martin Boge. Han sa vad han hette.

– Har du dina föräldrar hemma?

– Jag är ensam. Dom är på en golfmiddag.

Wallander tvekade om han skulle fortsätta. Men pojken verkade redig.

– Har din bror Martin skrivit brev till dig nån gång? Brev som du har sparat?

– Inte nu i sommar. Från Hamburg eller så.

– Men tidigare kanske?

Pojken funderade.

– Jag har ett brev han skrev från USA förra året.

– Var det skrivet för hand?

– Ja.

48

Wallander tänkte efter. Skulle han sätta sig i bilen och köra till Simrishamn? Eller vänta till dagen efter?

– Varför vill du läsa ett brev som min bror skrivit?

– Jag vill bara se på handstilen.

– Då kan jag ju faxa över det. Om det är bråttom.

Pojken tänkte snabbt. Wallander gav honom ett av polishusets faxnummer.

– Jag vill gärna att du talar om det här för dina föräldrar, sa han sedan.

– När dom kommer hem hoppas jag att jag sover.

– Du kanske kan tala om det för dom i morgon?

– Brevet från Martin var till mig.

– Det är bäst att du talar om det i alla fall, sa Wallander tålmodigt.

– Martin och dom andra kommer nog hem snart, sa pojken. Jag förstår inte att hon Hillström oroar sig som hon gör. Hon ringer hit varenda dag.

– Men dina föräldrar oroar sig inte?

– Dom tycker nog mest det är skönt att Martin är borta. Åtminstone farsan.

Wallander väntade förvånat på en fortsättning. Men det kom ingen.

– Tack för hjälpen, sa han.

– Det är som en lek, sa pojken.

– En lek?

– Dom går ut och in i olika tider. Klär ut sig. Som man leker när man är barn. Fast man är vuxen.

– Jag är inte riktigt säker på att jag förstår, sa Wallander.

– Dom spelar roller. Fast inte i teaterpjäser. Utan i verkligheten. Kanske har dom rest ut i Europa för att leta reda på nånting som inte finns.

– Det brukade dom alltså göra? Leka? Men en midsommarfest är ingen lek. Då äter man och dansar.

– Och dricker, sa pojken. Men om man klär ut sig blir det nånting mer. Eller hur?

– Brukade dom göra det?

– Ja. Men jag vet egentligen ingenting. Det var hemligt. Martin sa inte så mycket.

49

Wallander mer anade än förstod vad pojken sa.

Han såg på klockan. Lillemor Norman skulle snart börja vänta på honom.

– Tack för hjälpen, avslutade han samtalet. Glöm inte att berätta för dina föräldrar att jag ringt. Och vad jag bad om.

– Kanske, svarade pojken.

Tre olika reaktioner, tänkte Wallander. Eva Hillström är rädd. Lillemor Norman är misstänksam. Martin Boges föräldrar tycker det är skönt att sonen håller sig borta. Och hans bror verkar i sin tur föredra att deras föräldrar håller sig borta.

Han tog sin jacka och gick. I tvättstugan skrev han upp en ny tid på fredagen. Trots att det inte var långt till Käringgatan tog han bilen. Motionen fick vänta till dagen efter.

Han svängde in på Käringgatan från Bellevuevägen. Stannade utanför den vita tvåvåningsvillan. När han gick in genom grinden öppnades ytterdörren. Han kände igen Lillemor Norman. I motsats till Eva Hillström var hon kraftig. Han påminde sig de fotografier som fanns i Martinssons pärm. Lena Norman och hennes mamma liknade varandra.

Hon hade ett vitt kuvert i handen.

– Jag beklagar att jag stör, sa Wallander.

– Min man kommer att ha ett och annat att säga till Lena när hon är hemma igen. Det är naturligtvis alldeles oförsvarligt att dom ger sig iväg på det här viset.

– Trots allt är dom ju myndiga, svarade Wallander. Men visst blir man irriterad. Och orolig.

Han tog emot brevet och lovade att det skulle återlämnas.

Sedan for han upp till polishuset. Han gick in till det rum där den vakthavande polisen satt i larmväxeln. Han var upptagen i telefon när Wallander steg in. Men han pekade mot en av faxarna. Klas Boge hade skickat sin brors brev. Wallander gick till sitt rum och tände skrivbordslampan. Han la de två breven och vykorten bredvid varandra. Riktade in lampan och satte på sig glasögonen.

Martin Boge beskrev för sin bror en rugbymatch han hade sett. Lena Norman skrev om ett pensionat i Sydengland där varmvattnet inte fungerade.

Han lutade sig bakåt i stolen.

Hans tanke hade varit riktig.

Både Martin Boges och Lena Normans handstilar var oregelbundna och ryckiga. Likaså deras namnteckningar.

Om någon hade velat kopiera en av handstilarna hade valet varit mycket lätt.

Astrid Hillströms.

En känsla av obehag drog genom Wallander. Samtidigt tänkte han metodiskt. Vad betydde det? Egentligen ingenting. Det besvarade inte frågan varför någon skulle ha skrivit falska vykort. Och vem hade för övrigt tillgång till deras handstilar?

Ändå kunde han inte komma ifrån sin oro.

Vi måste gå igenom det här på allvar, tänkte han. Om något har hänt har det snart gått två månader.

Han hämtade en kopp kaffe. Klockan hade blivit kvart över tio. Ännu en gång läste han igenom beskrivningen av händelseförloppet. Men det fanns ingenting där som överraskade honom.

Några ungdomar som var goda vänner hade bestämt sig för att ha en midsommarfest tillsammans. Sedan hade de begett sig ut på en resa. De hade skickat vykort hem. Det var allt.

Wallander plockade ihop breven och la in dem i pärmen tillsammans med vykorten. Det fanns ingenting mer han kunde göra ikväll. I morgon skulle han tala med Martinsson och de andra. De skulle göra ett återtåg till midsommaraftonen och sedan bestämma om de skulle skicka ut en efterlysning eller inte.

Wallander släckte lampan och lämnade rummet. När han gick längs korridoren upptäckte han att det lyste inne hos Ann-Britt Höglund. Dörren stod på glänt. Han vidgade försiktigt springan. Hon satt och såg ner på sitt skrivbord. Men där fanns inga papper. Bara den tomma bordsskivan.

Wallander tvekade. Det var sällan hon befann sig på polishuset sent på kvällarna. Hon hade barn att ta hand om. Hennes man resemontören var sällan hemma. Samtidigt påminde han sig hennes häftiga reaktion i matrummet. Och nu satt hon här och stirrade på den tomma bordsskivan.

Det fanns en stor möjlighet att hon ville vara ifred. Hennes integritet kunde ingen ifrågasätta. Men möjligtvis var det också så att hon egentligen ville ha någon att tala med.

Hon kan alltid be mig gå, tänkte Wallander. Värre är det inte.

Han knackade på dörren. Väntade på hennes svar och steg in.

– Jag såg att det lyste, sa han. Du brukar inte vara här sent på kvällarna. Om det inte har hänt nåt speciellt.

Hon såg på honom utan att svara.

– Om du vill vara ifred säger du bara till.

– Nej, svarade hon. Egentligen vill jag nog inte det. Varför är du själv här? Har det hänt nåt?

Wallander sjönk ner i hennes besöksstol. Han kände sig som ett tungt och oformligt djur.

– Det är dom där ungdomarna som försvann på midsommarafton.

– Har det hänt nåt nytt?

– Egentligen inte. Jag fick bara en tanke i huvudet som jag ville undersöka. Men jag tror vi ska ha en ordentlig genomgång av det hela. Åtminstone Eva Hillström är ordentligt orolig.

– Men vad skulle egentligen ha kunnat hända?

– Det är det som är frågan.

– Vi ska alltså efterlysa dom?

Wallander slog ut med armarna.

– Jag vet inte. Vi får bestämma det i morgon.

Rummet låg i halvmörker. Hennes skrivbordslampa lyste mot golvet.

– Hur länge har du varit polis? frågade hon plötsligt.

– Länge. Ofta tänker jag att det är för länge. Men jag inser också att det nog är polis jag är. Tills jag går i pension.

Hon såg länge på honom innan hon ställde sin nästa fråga.

– Hur orkar du?

– Det vet jag inte.

– Men du orkar?

– Inte alltid. Varför frågar du?

– Jag hade en reaktion ute i matrummet. Jag sa att sommaren hade varit dålig. Det har den. Min man och jag har problem. Han är aldrig hemma. Det kan ta en vecka för oss att hitta varandra när han kommer från nån av sina resor. Och då är det dags för honom att ge sig av igen. I somras började vi tala om att skiljas. Och det är aldrig nåt som är enkelt. Särskilt inte när man har barn.

– Jag vet, sa Wallander.

– Samtidigt har jag börjat undra vad jag egentligen håller på med. Jag öppnar tidningen på morgonen och läser om hur kollegor i Malmö har häktats för häleribrott. Jag slår på teven och får veta att höga polisbefäl simmar omkring i den organiserade brottslighetens bassänger. Eller paraderar som hedersgäster vid skurkarnas bröllop på utländska semesterorter. Jag ser det här och jag märker att det blir mer och mer. Till slut börjar jag undra vad det är jag håller på med. Rättare sagt: jag undrar över hur jag ska orka vara polis i trettio år till.

– Det svajar och knakar, sa Wallander. Det har det gjort länge. Rättsrötan är inget nytt. Ohederliga poliser har alltid funnits. Men det är värre nu. Då är det viktigare än nånsin att såna som du kan stå emot.

– Och du själv?

– Det gäller mig också.

– Men hur orkar du egentligen?

Wallander märkte att hennes frågor var aggressiva. Han kände igen sig själv. Hur många gånger hade han inte själv suttit och stirrat på sitt skrivbord, oförmögen att hitta en enda förmildrande omständighet i sitt arbete?

– Jag försöker tänka att utan mig skulle det vara värre, svarade han. Det är en tröst i vissa ögonblick. Visserligen liten. Men finns det ingen annan så griper jag till den.

Hon skakade på huvudet.

– Vad är det som håller på att hända med det här landet?

Wallander väntade på en fortsättning. Men den kom aldrig. En långtradare slamrade förbi ute på gatan.

– Minns du det där brutala överfallet i våras? frågade Wallander. I Svarte?

Hon mindes.

– Två pojkar, båda fjorton år gamla, slår ner en tredje. Som är tolv år. Utan orsak. Och sen när han ligger där, redan medvetslös, börjar dom stampa på hans bröstkorg. Tills han inte längre bara är medvetslös. Utan död. Jag tror aldrig jag tidigare förstått det så tydligt. Att det verkligen har inträffat en dramatisk förändring. Slagits har man alltid gjort. Men förut slutade man när den ene låg ner. Var besegrad. Man kan kalla det vad man vill. Rent spel. Eller varför inte en självklarhet? Men så är det inte längre. Eftersom dom här pojkarna aldrig har fått lära sig vad det är. Det är som om en hel generation ungdomar har övergivits av sina föräldrar. Eller som om vi har upphöjt till grundläggande norm att inte bry sig.

53

Plötsligt ska man som polis börja tänka om. Förutsättningarna är helt förändrade. Dom erfarenheter man har släpat ihop är inte giltiga längre.

Han tystnade.

– Jag vet inte vad det var jag väntade mig när jag gick på Polishögskolan, sa hon. Men inte var det det här.

– Ändå måste man orka, sa Wallander. Men jag tror heller inte att du föreställde dig att du en dag skulle bli skjuten.

– Jag försökte faktiskt, sa hon. När vi hade vapenträning. Jag försökte tänka mig att det skott jag avlossade träffade mig själv. Men man kan inte föreställa sig smärta. Och man tror förstås inte heller att det ska hända en själv.

Det hördes röster utifrån korridoren. Någon av de kvällsarbetande poliserna talade om en rattfyllerist. Sedan blev det tyst igen.

– Hur mår du egentligen? frågade han.

– Tänker du på den gång jag blev skjuten?

Han nickade.

– Jag drömmer om det, sa hon. Jag drömmer att jag dör. Eller att skottet träffar i huvudet. Det är nästan det värsta.

– Det är lätt att man blir rädd, sa Wallander.

Hon reste sig.

– Den dag jag blir rädd på allvar ska jag sluta, sa hon. Men jag tror inte jag är riktigt där än. Tack för att du kom in. Jag är van att lösa mina problem själv. Men just ikväll kände jag mig hjälplös.

– Det är alltid en styrka att våga erkänna det.

Hon satte på sig sin jacka. Log sitt bleka leende. Wallander undrade om hon sov ordentligt. Men han sa ingenting.

– Ska vi prata om bilsmugglarna i morgon? frågade hon.

– Helst på eftermiddagen. Glöm inte att vi måste prata om dom här ungdomarna i morgon förmiddag.

Hon såg granskande på hans ansikte.

– Du verkar bekymrad?

– Eva Hillström är orolig. Jag kan inte bortse från det.

De följdes åt ut på gården. Han kunde inte se hennes bil på parkeringplatsen. Men hon tackade nej när han frågade om hon ville bli skjutsad hem.

– Jag behöver gå, sa hon. Dessutom är det ju varmt. Vilken augusti!

– Rötmånad, sa han. Vad som nu egentligen menas med det.

De tog avsked. Wallander satte sig i bilen och körde hem. Han drack en kopp te och bläddrade igenom Ystads Allehanda. Sedan gick han och la sig. Han satte upp fönstret på glänt eftersom det var varmt i sovrummet.

Snart hade han somnat.

Han vaknade med ett ryck. En våldsam smärta hade väckt honom.

Vadmuskeln på vänster ben hade låst sig. Han satte ner benet på golvet och tog spänntag. Smärtan försvann. Han la sig försiktigt ner igen, rädd för att krampen skulle återkomma. Klockan på nattygsbordet visade på halv två.

Han hade drömt om sin far igen. Osammanhängande, ryckigt. De hade gått omkring på gator i en stad som Wallander inte kände igen. De hade letat efter någon. Vem hade drömmen inte avslöjat.

Gardinen framför fönstret rörde sig långsamt. Han tänkte på Lindas mamma. Mona som han varit gift med så länge. Och som nu levde ett helt annat liv, med en ny man som spelade golf och säkert inte hade för hög halt av socker i sitt blodomlopp.

Tankarna vandrade. Plötsligt såg han sig själv gå längs Skagens oändliga stränder tillsammans med Baiba.

Sedan var hon borta.

Med ens var han klarvaken.

Han satte sig upp i sängen. Varifrån tanken hade kommit visste han inte. Men plötsligt hade den bara funnits där, brutit sig fram bland alla de andra tankarna. Svedberg.

Det var inte naturligt att han inte gav besked om han var sjuk. Dessutom var han aldrig sjuk. Hade något hänt skulle han ha gett besked. Han borde ha tänkt på det tidigare. Om Svedberg inte hörde av sig kunde det egentligen bara betyda en enda sak.

Att han befann sig i en situation där han inte kunde ge något meddelande ifrån sig.

Wallander märkte att han blivit rädd. Naturligtvis var det bara inbillning. Vad skulle ha kunnat hända med Svedberg?

Men känslan var stark. Wallander såg på klockan igen. Sedan gick han ut i köket och letade reda på Svedbergs telefonnummer. Slog numret. Efter några signaler kom telefonsvararen med Svedbergs röst. Wallander la på. Nu var han säker på att något hänt. Han klädde på sig och gick ner till bilen. Det hade börjat blåsa men var fortfarande varmt. Det tog honom bara några minuter att köra till Stortorget. Han parkerade bilen och gick mot Lilla Norregatan där Svedberg bodde. Det lyste i hans fönster. Wallander blev lättad. Men bara för några korta sekunder. Sedan återkom oron med än mer kraft. Varför svarade inte Svedberg om han var hemma? Wallander kände på porten. Den var låst. Portkoden hade han inte. Men dörrhalvorna glappade. Wallander letade fram sin fickkniv. Såg sig omkring. Sedan stack han in det kraftigaste knivbladet mellan dörrarna och tryckte till. Dörren gick upp.

Svedberg bodde högst upp i huset, på tredje våningen. Wallander var andfådd när han gått uppför trapporna. Han tryckte kinden mot dörren. Allt var tyst. Sedan öppnade han brevinkastet. Ingenting. Han ringde på. Signalen ekade inne i lägenheten.

Han ringde tre gånger. Sedan bultade han på dörren.

Wallander försökte tänka efter. Dessutom hade han ett behov av att inte vara ensam. Han kände efter i fickan. Mobiltelefonen låg kvar hemma på köksbordet. Han gick nerför trapporna igen och kilade in en sten mellan de två dörrhalvorna. Sedan skyndade han sig ner till telefonkioskerna vid Stortorget. Han slog numret hem till Martinsson. Det var han själv som svarade.

– Jag är ledsen att jag väcker dig, sa Wallander. Men jag behöver din hjälp.

– Vad är det?

– Fick du nånsin tag på Svedberg?

– Nej.

– Då måste det ha hänt nånting.

Martinsson blev tyst. Wallander insåg att han nu hade vaknat på allvar.

– Jag väntar på dig utanför huset på Lilla Norregatan, sa Wallander.

– Tio minuter, svarade Martinsson. Inte mer.

Wallander gick till sin bil och låste upp bagageluckan. Där låg några verktyg i en smutsig plastpåse. Han tog ut ett kraftigt bräckjärn. Sedan återvände han till Svedbergs hus.

Efter nio minuter bromsade Martinsson in sin bil. Wallander upptäckte att han hade pyjamasjackan under sin kavaj.

– Vad tror du har hänt?

– Jag vet inte.

De gick uppför trapporna. Wallander nickade åt Martinsson att ringa på dörrklockan. Fortfarande kom ingen och öppnade.

De såg på varandra.

– Han kanske har ett par reservnycklar liggande på sitt kontor?

Wallander skakade på huvudet.

– Det tar för lång tid, sa han.

Martinsson tog ett steg åt sidan. Han visste vad som väntade.

Wallander tog fram bräckjärnet.

Sedan bröt han upp dörren.

4

Natten till den 9 augusti 1996 blev en av de längsta i Kurt Wallanders liv. När han i gryningen vacklade ut från huset på Lilla Norregatan hade han ännu inte lyckats göra sig fri från känslan av att han befann sig djupt inne i en obegriplig mardröm.

Men allt som han hade tvingats se under den långa natten hade varit verkligt. Och denna verklighet hade varit förfärande. Många gånger under sitt liv som polis hade han bevittnat det som återstått efter det att ett blodigt och brutalt drama hade utspelats. Men det hade aldrig kommit honom så nära som nu. När han bände upp dörren till Svedbergs lägenhet hade han inte vetat vad som väntade honom. Men han hade redan från det ögonblick han stack in bräckjärnet intill dörrkarmen fruktat det värsta. Och han hade haft rätt.

De hade ljudlöst gått in i tamburen, som om de varit på väg att beträda fientligt territorium. Martinsson hade befunnit sig tätt bakom honom. Lamporna i tamburen hade varit släckta. Men inifrån lägenheten hade ljuset slagit emot dem. Ett kort ögonblick hade de stått alldeles tysta. Wallander hade kunnat höra Martinssons oroliga andhämtning bakom sin rygg. Sedan hade de närmat sig vardagsrummet. I dörröppningen hade Wallander ryggat så häftigt att han törnat emot Martinsson. Denne hade då böjt sig fram för att få syn på det som Wallander hade sett.

Efteråt skulle Wallander minnas Martinssons reaktion som ett jämrande. Han skulle aldrig glömma det. Hur Martinsson jämrade sig som ett barn inför det obegripliga han såg framför sig på golvet.

Svedberg hade legat där. Hans ena ben hade hängt över den trasiga karmen från en omkullvält stol. Kroppen hade varit egendomligt förvriden, som om Svedberg inte hade haft någon ryggrad.

Wallander hade stått alldeles stilla i dörröppningen, fastfrusen i sin egen förfäran. Det hade i det ögonblicket inte funnits något som varit oklart. Det var Svedberg som låg där. Och han var död. Den man som han samarbetat med i så många år låg livlös i en förvriden ställning på golvet och fanns inte mer. Han skulle aldrig mer sitta på sin vanliga plats, vid en av bordets långsidor, i något av mötesrummen, och klia sig på flinten med änden på en blyertspenna.

Svedberg hade ingen flint längre. Halva hans huvud var bortsprängt.

Ett stycke ifrån honom låg ett dubbelpipigt hagelgevär. Blod hade stänkt ända upp på den vita väggen några meter bakom den stol som fallit.

Wallander stod orörlig, med bultande hjärta, och betraktade bilden. Den skulle sedan för alltid finnas kvar inom honom. Svedberg död, ett bortskjutet huvud, en omkullvält stol och ett gevär som låg på en röd matta med invävda, ljusblå ränder.

En förvirrad tanke drog hastigt genom Wallanders huvud. Nu skulle Svedberg aldrig heller mer behöva plågas av sin paniska skräck för getingar.

– Vad är det som har hänt? sa Martinsson. Hans röst var ostadig. Wallander insåg att Martinsson var på väg att brista i gråt. Själv hade han fortfarande långt kvar till en sådan reaktion. Han kunde inte brista i gråt inför något han inte förstod. Och han förstod inte vad det var han såg framför sig. Svedberg död? Det var en orimlighet. Svedberg var en polisman i 40-årsåldern som skulle sitta på sin vanliga plats i morgon igen, när de hade något av sina återkommande spaningsmöten. Svedberg med sin flint, sin rädsla för getingar, och sin vana att i all ensamhet bada bastu på polishuset varje fredagskväll.

Det kunde helt enkelt inte vara Svedberg som låg där. Det var någon annan, som liknade honom.

Instinktivt kastade Wallander en blick på sin klocka. Den visade nio minuter över två. Kanske stod de kvar i dörröppningen några minuter. Sedan återvände de ut i tamburen. Wallander tände en vägglampa. Han märkte att Martinsson skakade. Han undrade hur han själv såg ut.

– Det får bli full utryckning, sa han.

Det stod en telefon på ett bord i tamburen. Men där fanns ingen telefonsvarare.

Martinsson nickade och skulle just lyfta telefonluren. Men Wallander höll tillbaka honom.

– Vänta, sa han. Vi måste tänka.

Men vad var det egentligen som behövde tänkas? Kanske hoppades han att ett mirakel skulle inträffa? Att Svedberg plötsligt skulle stå där bakom dem och att ingenting av det de nyss hade sett var verkligt.

– Har du Lisa Holgerssons hemnummer i huvudet? frågade han. Han visste av erfarenhet att Martinsson hade en högt utvecklad förmåga att minnas olika adresser och telefonnummer.

De hade tidigare varit två om detta goda minne. Martinsson och Svedberg. Och nu fanns plötsligt bara den ene kvar.

Martinsson nämnde numret. Han stammade. Wallander knappade in siffrorna. Lisa Holgersson svarade vid andra signalen. Hon måste ha en telefon vid sidan av sängen.

– Det är Wallander. Jag är ledsen att jag väcker dig.

Hon tycktes genast vara klarvaken.

– Det är bäst att du kommer hit, sa han. Jag befinner mig i Svedbergs lägenhet på Lilla Norregatan tillsammans med Martinsson. Svedberg är död.

Han hörde hur hon stönade till.

– Vad är det som har hänt?

– Jag vet inte. Men han har blivit skjuten.

– Det är ju fruktansvärt. Det är alltså mord?

Wallander tänkte på geväret som låg på golvet.

– Jag vet inte, sa han. Mord eller självmord. Jag vet inte.

– Har du varit i kontakt med Nyberg?

– Jag ville ringa till dig först.

– Jag ska bara klä på mig så kommer jag.

– Vi tar kontakt med Nyberg under tiden.

Wallander tryckte ner klykan med ett finger. Sedan räckte han luren till Martinsson.

– Nyberg, sa han. Börja med honom.

Det gick att komma in i vardagsrummet från två håll. Medan Martinsson talade i telefon gick Wallander omvägen genom köket. En kökslåda låg på golvet. Dörren till ett hörnskåp stod öppen. Papper och kvitton låg utströdda över golvet.

Wallander registrerade allt han såg. I bakgrunden hörde han hur Martinsson förklarade för den kriminaltekniker som hette Nyberg vad som hade hänt. Wallander gick vidare. Han såg sig noga för var han satte ner fötterna. Han kom in i Svedbergs sovrum. I en byrå var alla tre lådorna utdragna. Sängen var obäddad och täcket hade fallit ner på golvet. Med en känsla av oändlig sorg såg han att Svedberg hade sovit på blommiga lakan. Sängen var som en sommaräng. Han gick vidare. Före vardagsrummet låg ett litet arbetsrum. Där fanns bokhyllor och ett skrivbord. Svedberg hade varit en ordningsam människa. Hans skrivbord på polishuset hade alltid varit pedantiskt rent från ovidkommande papper. Men nu var böckerna i hans hem utrivna ur sina hyllor. Skrivbordslådorna var tömda. Överallt låg det papper.

Wallander hade kommit fram till vardagsrummet igen. Men från andra hållet. Nu stod han närmare geväret och hade Svedbergs förvridna kropp i bakgrunden. Han stod alldeles stilla och betraktade hela scenen. Alla detaljer, allt det som hade frusit fast och blivit kvar av det drama som måste ha utspelats i rummet. Frågorna virvlade förbi i hans huvud. Någon måste ha hört skottet? Eller skotten. Allt tydde på att det hade varit inbrott. Men när hade det skett? Vad var det egentligen som hade hänt?

Martinsson dök upp i dörröppningen på andra sidan vardagsrummet.

– Dom är på väg, sa han.

Wallander gick långsamt tillbaka samma väg han kommit. När han befann sig i köket hörde han plötsligt en schäferhund skälla till och sedan Martinssons upprörda röst. Han skyndade ut i tamburen. I trappuppgången stod en hundpatrull och där bakom några människor i morgonrockar. Polismannen med hunden hette Edmundsson och hade nyligen kommit till Ystad.

– Vi fick larm, sa han osäkert när han fick syn på Wallander. Om ett inbrott. I en lägenhet som skulle tillhöra nån som hette Svedberg.

Wallander insåg att Edmundsson inte förstod vilken Svedberg det var fråga om.

– Det är bra, sa han. Det har hänt en olycka här. Det är kriminalinspektör Svedberg som bor här.

Edmundsson bleknade.

– Det hade jag inte klart för mig.

– Hur skulle du kunnat ha det? Men du kan återvända till polishuset. Det är full utryckning på väg.

Edmundsson såg undrande på honom.

– Vad är det som har hänt?

– Svedberg är död, svarade Wallander. Det är allt vi vet för närvarande.

Sedan ångrade han att han hade sagt något överhuvudtaget. Grannarna i trappan lyssnade. Någon kunde få för sig att ringa tidningarna. Och var det något Wallander minst av allt önskade just nu var det att journalister skulle komma stormande i trappan.

En polisman som dött under oklara omständigheter var alltid en säljande nyhet.

Edmundsson försvann nerför trappan med sin hund. Wallander tänkte oklart för sig själv att han inte visste vad hunden hette.

– Kan du ta dig an grannarna? sa han till Martinsson. Om inte annat så måste nån ha hört skotten. Vi kanske kan få fram en tidpunkt redan nu.

– Var det mer än ett skott?

– Jag vet inte. Men nån måste ha hört nånting.

Wallander såg att dörren mittemot Svedbergs lägenhet stod öppen.

– Be att få vara där, sa han. Jag vill helst inte ha några i onödan härinne. I trappan kommer det att bli för mycket spring.

Martinsson nickade. Wallander märkte att han var rödögd. Dessutom skakade han.

– Vad fan är det som har hänt? frågade han.

Wallander skakade på huvudet.

– Jag vet inte.

– Det verkar ha varit inbrott? Allt som är utrivet och utkastat.

Det slog i porten på nedre botten. Steg närmade sig. Martinsson började fösa in de sömniga och oroliga människorna i lägenheten mittemot.

Lisa Holgersson kom skyndande i trappan.

– Jag vill gärna förbereda dig, sa Wallander. På vad som väntar dig.

– Är det så illa?

– Svedberg har blivit skjuten i huvudet. Med ett hagelgevär. På nära håll.

Hon grimaserade. Sedan såg han hur hon stålsatte sig. Wallander följde henne in i tamburen och pekade mot vardagsrummet. Hon gick fram till dörröppningen och vände sig häftigt om. Gungade till som om hon höll på att svimma. Wallander tog tag i hennes ena arm och förde in henne i köket. Hon sjönk ner på en blåmålad pinnstol. Sedan såg hon på Wallander med uppspärrade ögon.

– Vem har gjort det här?

– Jag vet inte.

Wallander tog ett glas från diskstället och gav henne vatten.

– Svedberg var borta igår, sa han. Utan att ge besked.

– Det är ovanligt, sa Lisa Holgersson.

– Mycket ovanligt. I natt vaknade jag med en känsla av att nåt inte var som det skulle. Jag åkte hit.

– Det behöver alltså inte ha skett i går kväll?

– Nej. Martinsson försöker få fram om nån av grannarna har hört nånting. Det borde dom ha gjort. Ljudet från ett hagelgevär är kraftigt. Men annars blir tidpunkten en fråga för rättsläkarna i Lund.

Wallander hörde sin egen sakliga kommentar eka inne i huvudet. Han märkte att han mådde illa.

– Jag vet att han var ogift, sa Lisa Holgersson. Men hade han några anhöriga?

Wallander tänkte efter. Han kände till att Svedbergs mor hade dött några år tidigare. Om hans far visste han ingenting. Den enda släkting Wallander med säkerhet kände till hade han träffat något år tidigare, under en mordutredning.

– Han hade en kusin som heter Ylva Brink och är barnmorska. Nån annan vet jag faktiskt inte om.

Nybergs röst hördes ute i tamburen.

– Jag sitter kvar här några minuter, sa Lisa Holgersson.

Wallander gick ut till Nyberg som höll på att sparka av sig sina gummistövlar.

– Vad fan är det som har hänt?

Nyberg var en skicklig kriminaltekniker. Men han kunde vara svår att samarbeta med och hade dåligt humör. Han tycktes inte ha förstått att det rörde sig om en kollega. En död kollega. Kanske Martinsson hade glömt att säga som det var?

– Vet du var du är? frågade Wallander försiktigt.

Nyberg såg ilsket på honom.

– Jag vet att jag blivit kallad till en lägenhet på Lilla Norregatan, svarade han. Men Martinsson var ovanligt vimsig när han ringde. Vad är det fråga om?

Wallander såg allvarligt på honom. Nyberg märkte hans blick och stillnade.

– Det är Svedberg, sa Wallander. Han är död. Det ser ut som om han har blivit mördad.

63

– Är det Kalle? sa Nyberg vantroget.

Wallander nickade och kände att klumpen i halsen växte. Nyberg var en av de få som tilltalat Svedberg med förnamn. Han hette Karl Evert. Men Nyberg hade sagt Kalle.

– Han ligger där inne, fortsatte Wallander. Han har blivit skjuten med ett hagelgevär. Rakt i ansiktet.

Nyberg grimaserade.

– Jag behöver inte tala om för dig hur det ser ut, sa Wallander.

– Nej, svarade Nyberg. Det behöver du inte.

Nyberg gick in. Också han ryggade till i dörröppningen. Wallander väntade ett ögonblick, som för att ge Nyberg möjlighet att begripa det han hade framför sig. Sedan gick han bort till honom.

– Jag har en fråga redan nu, sa han. En som är avgörande. Du ser att geväret ligger minst två meter från kroppen. Jag har en fråga. Skulle det kunna ha hamnat där om Svedberg begått självmord?

Nyberg tänkte efter. Sedan skakade han på huvudet.

– Nej, sa han. Det är omöjligt. Ett gevär som man håller i händerna och riktar mot sig själv kan inte kastas så långt. Det är en absolut omöjlighet.

För ett kort ögonblick kände Wallander en oklar lättnad. Svedberg hade alltså inte skjutit sig själv.

Det började samlas folk i tamburen. Läkaren var där, liksom Hansson. En av teknikerna höll på att packa upp sin väska.

– Lyssna ett ögonblick, sa Wallander. Det är alltså kriminalinspektör Svedberg som ligger där inne. Han är död. Och han har blivit mördad. Jag vill förbereda er på att det är en fruktansvärd syn. Vi kände honom. Vi sörjer honom. Han var vår kollega och vän. Det gör allting så mycket svårare.

Han tystnade. Känslan av att han borde ha sagt något mer var mycket stark. Men han hade inga flera ord. Han gick tillbaka in i köket igen medan Nyberg och hans kollegor började arbeta. Lisa Holgersson satt fortfarande på sin stol.

– Jag måste ringa till hans kusin, sa hon. Om det nu är hans närmaste släkting.

– Jag kan göra det, sa Wallander. Jag känner henne.

– Ge mig en översikt. Vad är det egentligen som har hänt?

– Då behöver vi ha Martinsson här. Jag ska hämta honom.

Wallander gick ut i trappuppgången. Dörren till den andra lägenheten stod på glänt. Han knackade och steg på. Martinsson befann sig i vardagsrummet tillsammans med fyra andra personer. En av dem var fullt påklädd, de andra var i morgonrock. Det var två kvinnor och två män. Han gav tecken till Martinsson att följa med.

– Vi ber er vänta här så länge, sa han.

De gick in i köket. Martinsson var mycket blek.

– Låt oss ta det från början, sa Wallander. När såg nån Svedberg för sista gången?

– Om jag var den siste vet jag inte, sa Martinsson. Men jag skymtade honom i matrummet i onsdags förmiddag. Klockan elva ungefär.

– Hur verkade han då?

– Eftersom jag inte tänkte på det måste allt ha varit som vanligt.

– Sen ringde du mig på eftermiddagen. Vi bestämde att ha ett möte på torsdag morgon.

– Jag gick till Svedbergs rum direkt efter vårt samtal. Då var han inte där. I receptionen sa dom att han hade gått för dagen.

– När hade han gått?

– Det frågade jag inte om.

– Vad gjorde du då?

– Jag ringde honom hem. Där var en telefonsvarare. Jag lämnade ett besked om att vi skulle ha ett möte på torsdag morgon. Sen ringde jag flera gånger. Men jag fick aldrig nåt svar.

Wallander tänkte efter.

– Nån gång under onsdagen lämnar Svedberg polishuset. Allt verkar normalt. På torsdagen kommer han inte. Vilket är ovanligt. Oavsett om han har hört ditt meddelande på telefonsvararen eller inte. Svedberg var aldrig borta utan att säga ifrån.

– Det betyder med andra ord att det här kan ha hänt redan i onsdags, sa Lisa Holgersson.

Wallander nickade.

När övergår det normala till att bli onormalt, tänkte han. Det är den punkten vi måste söka oss fram till.

En annan tanke hade också slagit honom, en kommentar som Martinsson hade gjort. Om att Wallanders egen telefonsvarare inte fungerade.

– Vänta ett ögonblick, sa han och lämnade köket.

Han gick in i Svedbergs arbetsrum. På skrivbordet stod telefonsvararen. Wallander fortsatte till vardagsrummet. Nyberg stod på knä intill hagelgeväret. Wallander vinkade honom till sig. Tog honom med in i arbetsrummet.

– Jag skulle vilja lyssna på telefonsvararen. Men samtidigt vill jag inte förstöra några spår.

– Vi kan få bandet att återgå till samma utgångsläge, sa Nyberg. Han hade plasthandskar på händerna. Wallander nickade. Nyberg tryckte på uppspelningsknappen.

Där fanns tre meddelanden från Martinsson. Varje gång han hade ringt hade han sagt vad klockan var. Förutom dessa meddelanden fanns ingenting.

– Jag vill gärna höra vad Svedberg säger, sa Wallander.

Nyberg tryckte på en annan knapp.

Wallander ryckte till när han hörde Svedbergs röst. Också Nyberg blev illa berörd.

Jag är inte hemma. Men lämna gärna ett meddelande.

Det var allt.

Wallander gick tillbaka in i köket.

– Dina meddelanden fanns på bandet, sa han. Men vi kan förstås inte veta om han nånsin lyssnade på dom.

Det blev tyst. Alla tänkte på det Wallander hade sagt.

– Vad säger grannarna? frågade han.

– Ingen har hört nånting, svarade Martinsson. Det är mycket märkligt. Ingen har hört nåt skott. Och alla har i stort sett varit hemma.

Wallander rynkade pannan.

– Det är orimligt att ingen skulle ha hört nåt.

– Jag ska fortsätta att prata med dom.

Martinsson gick. En polisman kom ut i köket.

– Det står en journalist här ute, sa han.

Helvete, tänkte Wallander. Det var alltså någon som hann ringa. Han såg på Lisa Holgersson.

– Vi måste prata med dom anhöriga först, sa hon.

– Längre än till mitt på dagen i morgon kan vi inte hålla det, sa Wallander.

Han vände sig till polismannen som väntade.

– Inga kommentarer just nu, sa han. Men det blir information på polishuset i morgon.

– Klockan elva, sa Lisa Holgersson.

Polismannen försvann. Nyberg röt till inne i vardagsrummet. Sedan blev det stilla igen. Nyberg hade häftigt humör. Men hans utbrott var korta. Wallander gick in i arbetsrummet och plockade upp en telefonkatalog från golvet. Vid köksbordet letade han reda på Ylva Brinks telefonnummer. Han såg frågande på Lisa Holgersson.

– Ring du, sa hon.

Det fanns ingenting Wallander tyckte var så svårt som att ge besked till en anhörig om ett plötsligt dödsfall. Så ofta som möjligt försökte han ha med sig en polispräst. Trots att han tvingats göra det ensam många gånger hade han aldrig lyckats vänja sig. Och även om Ylva Brink bara var Svedbergs kusin skulle det bli svårt nog. Med bävan hörde han hur den första signalen gick fram. Han märkte hur han spände sig.

Sedan slogs hennes telefonsvarare på. Hon var i tjänst på BB den här natten.

Wallander la tillbaka luren. Han mindes plötsligt hur han själv och Svedberg hade besökt henne på sjukhuset för snart två år sedan.

Och nu var Svedberg död. Han kunde ännu inte förstå det.

– Hon arbetar, sa han. Jag får gå upp dit och prata med henne.

– Det kan knappast vänta, sa Lisa Holgersson. Svedberg kan ju ha andra släktingar. Närmare än kusiner. Som vi inte känner till.

Wallander nickade. Hon hade rätt.

– Vill du att jag ska följa med dig? frågade hon.

– Det är inte nödvändigt.

Helst av allt skulle Wallander ha velat ha Ann-Britt med sig. I samma ögonblick han tänkte tanken insåg han att ingen hade kontaktat henne. Hon borde vara med redan nu.

Lisa Holgersson reste sig och lämnade köket. Wallander satte sig på hennes stol och slog numret till Ann-Britt. En yrvaken mansröst svarade.

– Jag behöver tala med Ann-Britt. Det är Wallander.

– Vem?

– Kurt. Från polisen.

Mannen var fortfarande yrvaken. Men nu lät han arg.

– Vad fan är det fråga om?

– Är det här inte Ann-Britt Höglunds telefonnummer?

– Den enda kärring som finns i det här huset heter Alma Lundin, röt mannen och la på luren. Wallander tyckte han kunde höra hur det smällde till. Han hade alltså slagit fel nummer. Han slog numret igen, långsamt, och nu svarade Ann-Britt på andra signalen. Lika fort som Lisa Holgersson.

– Det är Kurt.

Hon lät inte alls sömnig. Kanske inte heller hon hade sovit? Kanske hade problemen hållit henne vaken? I så fall skulle hon nu få ett problem till, tänkte Wallander.

– Vad har hänt?

– Svedberg är död. Förmodligen mördad.

– Det är inte sant.

– Tyvärr. Hemma i bostaden. Lilla Norregatan.

– Jag vet var det är.

– Kommer du?

– Genast.

Wallander la på luren och blev sittande vid bordet. En av polisteknikerna dök upp i köksdörren. Wallander viftade avvärjande med handen. Han behövde tänka. Inte länge. Men han behövde en minut för sig själv. Det tog honom också bara denna enda minut för att inse att det var något konstigt med det hela. Någonting som absolut inte stämde. Men vad det var kunde han inte svara på.

Kriminalteknikern kom tillbaka till köket.

– Nyberg vill tala med dig.

Wallander reste sig och gick in i vardagsrummet. En känsla av olust och plåga vilade över arbetet som pågick. Svedberg hade alltid funnits där som en kollega. Han hade inte varit någon färgstark person. Men omtyckt. Och nu hade han blivit dödad.

Läkaren stod på knä intill kroppen. Då och då skar en fotoblixt genom rummet. Nyberg gjorde anteckningar. Han kom bort till Wallander som stannat i dörren.

– Hade Svedberg några vapen?

– Du menar hagelgeväret?

– Ja.

– Jag vet inte. Men jag tror knappast han jagade.

– Det är ju konstigt att gärningsmannen skulle lämna kvar sitt vapen.

Wallander nickade. Det hade också varit en av hans första tankar.

68

– Har du märkt nåt annat som är konstigt med det här? frågade han.

Nyberg kisade med ögonen.

– Allting är väl konstigt när en kollega får huvudet bortskjutet?

– Du vet vad jag menar.

Wallander väntade inte på svar. Han vände sig om och gick. I tamburen stötte han ihop med Martinsson som var på väg in.

– Hur går det? Har vi nån tidpunkt?

– Ingen har hört nånting. Men om det stämmer, som jag tror, så har det alltid varit nån här i huset sen i måndags. Dygnet runt. Antingen på den här våningen eller här under.

– Och ingen har hört nånting? Det är ju omöjligt!

– Det bor en pensionerad läroverksadjunkt här nedanför som verkar lite döv. Men dom andras hörsel är det inget fel på.

Wallander förstod det inte. Någon måste ha hört skottet. Eller skotten.

– Du får fortsätta med dom, sa han. Jag måste upp till sjukhuset. Minns du Svedbergs kusin Ylva Brink? Barnmorskan?

Martinsson mindes.

– Hon är förmodligen hans närmaste släkting.

– Hade han inte en faster nånstans i Västergötland?

– Det ska jag fråga Ylva om.

Wallander gick nerför trapporna. Han behövde få luft.

Utanför porten väntade en journalist. Wallander kände honom. Han var från Ystads Allehanda.

– Vad är det som står på? Stor utryckning mitt i natten. Till ett hus där det bor en kriminalpolis som heter Karl Evert Svedberg?

– Jag kan inte säga nånting, sa Wallander. Klockan elva är det pressinformation på polishuset.

– Du kan inte eller vill inte?

– Jag kan faktiskt inte.

Journalisten som hette Wickberg nickade.

– Det betyder att nån är död. Eller hur? Du kan inte säga nånting eftersom du måste underrätta dom anhöriga? Har jag rätt?

– Om det hade varit så, kunde jag ha använt telefonen.

Wickberg log. Inte ovänligt. Men bestämt.

– Det gör man inte. Man tar kontakt med en polispräst. Om det finns nån. Svedberg är alltså död?

Wallander var för trött för att bli arg.

– Vad du gissar eller tror spelar ingen roll, sa han. Det blir press-information klockan elva. Innan dess kommer varken jag eller nån annan att säga ett enda ord.

– Vart är du på väg?

– Jag ska ta en promenad och lufta huvudet.

Sedan gick han därifrån. Följde Lilla Norregatan. Efter några kvarter vände han sig om. Wickberg hade inte hängt sig på. Wallander svängde till höger på Sladdergatan och sedan till vänster på Stora Norregatan. Han märkte att han var törstig. Och kissnödig. Inga bilar kunde höras. Han ställde sig intill en husvägg och lättade blåsan. Sedan fortsatte han.

Någonting är fel, tänkte han. Någonting är alldeles fel med det här.

Han kunde inte komma på vad det var. Men känslan blev hela tiden starkare. Det gnagde i magen. *Varför hade Svedberg blivit skjuten? Vad var det i den förfärande bilden av den döde mannen med det bortskjutna ansiktet som inte alls stämde?*

Wallander hade kommit fram till sjukhuset. Han gick runt till baksidan, ringde på klockan vid akutintaget och tog sedan hissen upp till BB-avdelningen. Minnesbilder flimrade förbi. Återigen var det han och Svedberg som var på väg att tala med Ylva Brink. Men det fanns ingen Svedberg där.

Det var som om han aldrig hade funnits.

Plötsligt såg han Ylva Brink där innanför glasdörrarna. Hon upptäckte honom i samma ögonblick. Han märkte att det tog henne några sekunder att känna igen honom. Hon kom bort till dörrarna och öppnade.

I samma ögonblick förstod hon också att något hade hänt.

5

De satte sig på förlossningsavdelningens kontor. Klockan hade blivit nio minuter över tre. Wallander sa precis som det var. Svedberg var död. Dödad av ett eller flera skott från ett hagelgevär. Vem som hade avlossat skotten, vad som var orsaken, och när det hade skett, visste de inte. Han undvek också alla detaljer om hur brottsplatsen sett ut.

Just när han hade tystnat kom en av de nattarbetande sköterskorna in för att fråga Ylva Brink om någonting.

– Jag har just kommit med ett dödsbud, sa Wallander. Kan det vänta lite?

Sköterskan skulle just gå igen när Wallander undrade om han kunde få ett glas vatten. Han var så torr i munnen att tungan klibbade fast mot gommen.

– Vi är upprivna och chockade, fortsatte Wallander när sköterskan hade gått. Det som har hänt är förstås helt ofattbart.

Ylva Brink sa ingenting. Hon hade blivit mycket blek, men tycktes ändå fattad. Sköterskan kom tillbaka med ett vattenglas.

– Kan jag göra nåt? frågade hon.

– Inte just nu, svarade Wallander.

Han tömde glaset i ett enda svep. Efteråt var törsten lika stark.

– Jag kan inte fatta det, sa hon. Jag förstår det inte.

– Det gör inte jag heller, sa Wallander. Det kommer att ta lång tid innan jag gör det. Om ens nånsin.

Han letade reda på en penna i en av jackfickorna. Något anteckningsblock hade han som vanligt inte fått med sig. Bredvid stolen fanns en papperskorg. Han tog upp ett använt papper där någon ritat streckgubbar, slätade ut det och tog en tidning från bordet som underlägg.

– Jag måste ställa några frågor, sa han. Hade han några anhöriga? Jag måste erkänna att den enda jag känner till är du.

– Hans föräldrar är borta. Några syskon har han inte. Förutom mig själv är det bara en. Jag är kusin på farssidan. Det finns en kusin på hans mors sida också. Han heter Sture Björklund.

Wallander noterade.

– Bor han här i Ystad?

– På en gård utanför Hedeskoga.

– Han är alltså lantbrukare?

– Han är professor vid Köpenhamns universitet.

Wallander blev förvånad över upplysningen.

– Jag kan inte påminna mig att jag nånsin hört Svedberg tala om honom?

– Dom träffades nästan aldrig. Om du frågar efter vilka av sina anhöriga som Svedberg hade kontakt med så är svaret att det bara var jag.

– Han måste ändå informeras, sa Wallander. Som du förstår kommer det här att väcka stor uppmärksamhet i pressen. En polisman som dör under våldsamma omständigheter.

Hon såg uppmärksamt på honom.

– »Våldsamma omständigheter«? Vad betyder det?

– Att han med största sannolikhet blev mördad.

– Vad skulle det annars ha varit?

– Det var min nästa fråga, sa Wallander. Kan han ha begått självmord?

– Kan inte alla göra det? Under vissa förutsättningar?

– Det är möjligt.

– Syns inte det? Om en människa har blivit mördad? Eller har dödat sig själv?

– Det kan vi nog se. Men jag måste ändå fråga.

Hon tänkte efter innan hon svarade.

– Jag har ibland själv tänkt på möjligheten, sa hon sedan. I svåra perioder. Som gudarna ska veta att jag gått igenom. Men jag har nog aldrig tänkt tanken att Karl skulle kunna göra det.

– Eftersom han aldrig hade anledning?

– Nån olycklig människa var han knappast.

– När hade du senast kontakt med honom?

– Han ringde i söndags.

– Hur verkade han då?

– Som vanligt.

– Varför ringde han?

– Vi brukade ha kontakt med varandra en gång i veckan. Ringde inte han så ringde jag. Ibland kom han hem till mig och åt middag.

72

Ibland gick jag hem till honom. Som du kanske minns är min man sällan hemma. Han är maskinchef på en oljetanker. Och våra barn är stora.

– Svedberg lagade alltså middag?

– Varför skulle han inte ha gjort det?

– Jag har nog aldrig sett honom framför mig i ett kök.

– Han lagade god mat. Särskilt fisk.

Wallander tog ett steg tillbaka.

– Han ringde alltså i söndags. Den fjärde augusti. Och allt var som vanligt.

– Ja.

– Vad pratade ni om?

– Allt och inget. Men jag minns att han klagade över att han var trött. Han sa att han var utarbetad.

Wallander blev betänksam.

– Sa han verkligen det? Att han var utarbetad?

– Ja.

– Men han hade just avslutat sin semester?

– Jag minns inte fel.

Wallander tänkte efter innan han fortsatte.

– Vet du vad han gjorde på sin semester?

– Du kanske känner till att han inte tyckte om att lämna Ystad. Han brukade vara hemma. Kanske gjorde han nån kortare resa till Polen.

– Men vad gjorde han hemma? Satt han inne i lägenheten?

– Han hade ju sina intressen.

– Vad var det?

Hon skakade på huvudet.

– Det måste du väl känna till? Att han hade två stora passioner i livet: att se på stjärnor och att studera dom amerikanska indianernas historia.

– Indianerna har jag hört talas om. Och att han ibland åkte till Falsterbo och såg på fåglar. Men det där med stjärnorna var nytt.

– Han hade en väldigt fin stjärnkikare.

Wallander kunde inte påminna sig ha sett någon i lägenheten.

– Var hade han den?

– I sitt arbetsrum.

– Det gjorde han alltså på sina semestrar? Såg på stjärnor? Och läste om indianer?

– Jag tror det. Men den här sommaren var sig inte riktigt lik.

– På vilket sätt?

– Vi brukade träffas på somrarna. Mer än under resten av året. Men i år hade han inte tid. Han sa nej flera gånger när jag bjöd honom på middag.

– Varför sa han nej?

Hon tvekade innan hon svarade.

– Det var som om han inte hade tid.

Instinktivt anade Wallander att de nu befann sig nära något som var viktigt.

– Han sa inte varför?

– Nej.

– Men du måste ha funderat?

– Inte särskilt mycket.

– Kunde du märka nån förändring hos honom? Om han blev annorlunda? Om han verkade ha bekymmer?

– Han var som vanligt. Men han hade alltså dåligt med tid.

– När la du märke till det? När sa han det första gången?

Hon tänkte efter.

– Strax efter midsommar. Ungefär när han gick på semester.

Sköterskan återkom i dörren. Ylva Brink reste sig.

– Jag kommer strax tillbaka.

Wallander letade reda på en toalett. Där drack han ytterligare två glas vatten och kissade. När han kom tillbaka till kontoret satt Ylva och väntade på honom.

– Jag ska gå nu, sa Wallander. Alla ytterligare frågor kan vänta.

– Om du vill kan jag ringa till Sture, sa hon. Vi måste ordna med begravningen.

– Jag vore glad om du ringde senast om ett par timmar, sa Wallander. Klockan elva idag kommer vi att släppa det här till pressen.

– Det är fortfarande alldeles overkligt, sa hon.

Hon hade plötsligt fått tårar i ögonen. Wallander kände att han själv höll på att brista i gråt. De satt tysta, var och en kämpande med sina egna reaktioner. Wallander försökte fixera klockan på väggen, sekundvisaren som gick.

– Jag har en fråga till, sa han sedan. Svedberg var ungkarl. Jag har aldrig hört talas om att det förekommit nån kvinna i hans liv.

– Det gjorde det nog inte heller, svarade hon.

– Du tror inte att det var det som hände nu i somras?

– Att han skulle ha träffat en kvinna?

– Ja.

– Att det alltså var därför han skulle ha varit utarbetad?

Wallander insåg det absurda i situationen.

– Jag måste fråga, sa han igen. Annars kommer vi ingenvart.

Hon följde honom till glasdörrarna.

– Ni måste ta den som har gjort det här, sa hon och grep Wallander hårt i armen.

– Att döda en polis är det mest ödesdigra man kan göra, svarade Wallander. Det är som en oskriven garanti för att vi griper gärningsmannen.

De tog i hand.

– Jag ska ringa till Sture, sa hon. Senast klockan sex.

I dörren insåg Wallander att han hade ytterligare en fråga. En av de mest grundläggande som fanns.

– Vet du om han brukade förvara några större penningsummor hemma?

Hon ställde sig oförstående.

– Var skulle han ha fått dom ifrån? Han brukade klaga över att han tjänade så lite.

– Det gör vi också.

– Vet du vad en barnmorska har i lön?

– Nej?

– Det är nog säkrast att jag inte talar om det. Frågan är inte vem som tjänar bäst utan vem som tjänar sämst.

När Wallander kom ut från sjukhuset drog han djupt efter andan. Fåglarna kvittrade, klockan var ännu inte fyra. Det blåste en svag vind. Fortfarande var det varmt. Han började långsamt gå tillbaka längs Stora Norregatan.

En fråga avtecknade sig som viktigare än andra.

Varför hade Svedberg känt sig utarbetad? Trots att han just hade avslutat sin semester?

Kunde det på något sätt ha med mordet att göra?

Wallander stannade på den smala trottoaren. I tankarna gick han tillbaka till det ögonblick då han hade stått i dörröppningen till vardagsrummet och sett förödelsen. Martinsson hade funnits där bakom honom. Wallander hade sett en död man och ett gevär. Men nästan genast hade han fått en känsla av att det var något som inte stämde.

Kunde han se det nu? Han ansträngde sig utan att lyckas.

Jag måste ha tålamod, tänkte han. Dessutom är jag trött. Natten har varit lång. Och den är ännu inte över.

Han började gå igen. Undrade när han skulle få tid att sova. Och läsa sina dietlistor. Återigen stannade han. En fråga hade plötsligt formulerats i hans huvud. Vad händer om jag dör lika plötsligt som Svedberg? Vem kommer att sakna mig? Vad kommer man att säga? Att jag var en duktig polisman? Som lämnar efter mig en tom stol vid mötesbordet? Men vem kommer egentligen att sakna mig som människa? Kanske Ann-Britt Höglund? Kanske även Martinsson?

En duva flög förbi tätt över hans huvud.

Vi vet ingenting om varandra, tänkte han. Frågan är vad jag själv egentligen tyckte om Svedberg. Om jag nu rannsakar mitt eget inre. Saknar jag honom överhuvudtaget? Kan man sörja en människa man inte kände?

Han började gå igen. Men han visste att de frågor han ställt sig skulle följa honom.

När Wallander på nytt steg in i Svedbergs lägenhet var det som om han trädde tillbaka in i mardrömmen. Borta var sensommaren, fågelkvittret. Här inne, upplyst av starka lampor, härskade bara döden. Lisa Holgersson hade begett sig till polishuset. Wallander tog med sig Ann-Britt Höglund och Martinsson in i köket. Han skulle just fråga om någon av dem hade sett Svedberg när han lyckades hejda sig. De satte sig vid köksbordet. De var gråa i ansiktet. Wallander undrade hur han själv såg ut.

– Hur går det? frågade han.

– Kan det vara nåt annat än inbrott? sa Ann-Britt.

– Det kan vara mycket annat, svarade Wallander. Hämnd, en galning, två galningar, tre galningar. Vi vet inte. Och så länge vi inte vet måste vi utgå från det vi kan se.

– Och en sak till, sa Martinsson långsamt.

Wallander nickade. Han anade vad Martinsson skulle säga.

– Det faktum att Svedberg var polis, sa Martinsson.

– Har ni hittat några spår? frågade Wallander. Hur går det för Nyberg? Vad säger läkaren?

De hade gjort anteckningar. Ann-Britt var den som bläddrade färdigt först.

– Båda piporna på hagelgeväret har blivit avlossade, började hon. Både läkaren och Nyberg är rätt säkra på att skotten kommit i tät följd. Hur han nu kan avgöra det. Rakt mot Svedbergs huvud.

Hon darrade på rösten. Tog ett djupt andetag. Och fortsatte:

– Om Svedberg satt i stolen när han blev skjuten går inte att svara på. Inte heller vet vi hur långt avståndet var. Om man ser på rummet och möblernas placering kan det ha varit högst fyra meter. Sen kan det förstås också ha varit hur nära som helst.

Martinsson reste sig hastigt och mumlade något ohörbart. Sedan försvann han in på toaletten. De väntade. Efter några minuter kom han tillbaka.

– Jag skulle ha slutat för två år sen, sa han. Jag skulle ha slutat som polis då när jag hade bestämt mig.

– Nu om nånsin behövs vi här, sa Wallander med skärpa. Men han förstod mer än väl vad Martinsson menade.

– Svedberg är påklädd, fortsatte Ann-Britt. Det tyder på att han inte har ryckts upp ur sängen. Men vi har fortfarande inget klockslag.

Wallander såg på Martinsson.

– Jag har gått igenom det gång på gång, sa han. Men ingen av grannarna har hört nånting.

– Hur är det med trafiken på gatan? frågade Wallander.

– Jag har svårt att tro att den skulle dämpa ljudet av två hagelskott.

– Alltså vet vi inte när det har skett. Vi vet att Svedberg var påklädd. Det kan tyda på att vi bör utesluta dom allra senaste nattimmarna. Personligen har jag alltid haft uppfattningen att Svedberg la sig tidigt.

Martinsson instämde. Ann-Britt hade ingen åsikt.

– Hur har gärningsmannen tagit sig in? Vet vi det?

– Det är ingen synlig åverkan på dörren.

– Å andra sidan gick det lätt att bryta upp den, sa Wallander.

– Varför lämnar han vapnet kvar? Drabbas han av panik? Eller vad?

De hade inga svar på Martinssons frågor. Wallander såg på sina trötta och nerstämda kollegor.

– Jag ska ge er en personlig åsikt, sa han. Hur mycket den är värd får vi vänta med att avgöra. Men genast jag kom in här i lägenheten och såg vad som hade hänt fick jag en känsla av att det var nåt som inte stämde. Vad det är vet jag inte. Det är mord, det tyder på inbrott. Men om det inte är inbrott, vad är det då? Hämnd? Eller kan man tänka sig att nån är här, inte för att stjäla utan för att leta reda på nånting?

Han reste sig, tog ett glas från diskbänken och drack vatten på nytt.

– Jag har talat med Ylva Brink på sjukhuset, fortsatte han. Svedberg hade en mycket liten släkt. Närmare bestämt två kusiner, varav hon är den ena. Dom tycks ha haft regelbunden kontakt. Hon sa en sak som jag reagerade på. I söndags hade hon talat med Svedberg. Då hade han klagat över att han var utarbetad. Hur kan det komma sig? När han just hade haft semester?

Ann-Britt och Martinsson väntade på en fortsättning.

– Jag vet inte om det betyder nånting, sa Wallander. Vi måste ta reda på vad som ligger bakom.

– Är det nån som vet vad Svedberg höll på med för utredning? frågade Ann-Britt.

– Dom försvunna ungdomarna, sa Martinsson.

– Han bör ha hållit på med nåt mer, invände Wallander. Det kan han bara ha haft vid sidan av eftersom det inte var nån formell utredning. Bara ett ärende vi bevakar. Dessutom gick han på semester redan några dagar efter det att föräldrarna kom till oss med sin oro.

Ingen kunde svara något mer på Wallanders fråga.

– Nån av er får se efter vad han höll på med, sa Wallander.

– Tror du att han hade nån hemlighet? undrade Martinsson försiktigt.

– Har inte alla det?

– Det är alltså den vi ska leta efter? Svedbergs hemlighet?

– Vi ska ta den som har dödat honom. Ingenting annat.

De bestämde att träffas för genomgång på polishuset klockan åtta. Martinsson återvände till lägenheten intill för att slutföra samtalen med grannarna. Ann-Britt dröjde sig kvar. Wallander såg på hennes trötta och härjade ansikte.

– Var du vaken när jag ringde?

Han ångrade genast sin fråga. Om hon sovit eller varit vaken hade han inte med att göra. Men hon tog inte illa upp.

– Ja, svarade hon. Jag var klarvaken.

– Eftersom du kom så fort antar jag att din man är hemma? Och tar sig an barnen?

– När du ringde var vi mitt inne i ett gräl. Ett litet och dumt gräl. Ett sånt man har när man inte orkar med dom stora och viktiga grälen.

De satt tysta. Då och då hördes Nybergs röst.

– Jag förstår det inte, sa hon. Vem kunde vilja Svedberg nåt ont?

– Vem kände honom bäst? sa Wallander.

Hon betraktade honom förvånat.

– Var det inte du?

– Nej. Jag kände honom inte särskilt väl.

– Men han såg upp till dig.

– Det kan jag aldrig tänka mig.

– Du märkte det inte. Men jag gjorde det. Kanske dom andra också. Han var alltid lojal mot det du gjorde och sa. Även när du hade fel.

– Det besvarar inte frågan, sa Wallander och upprepade: Vem kände honom bäst?

– Ingen kände honom bäst.

– Men nu måste vi lära känna honom. När han är död.

Nyberg kom ut i köket. Han hade en kaffemugg i handen. Wallander visste att Nyberg alltid hade en termos beredd, om han skulle bli utkallad mitt i natten.

– Hur går det? frågade Wallander.

– Det verkar ju vara inbrott, sa Nyberg. Frågan är bara varför gärningsmannen slänger geväret ifrån sig här.

– Vi saknar en tidpunkt, fortsatte Wallander.

– Det får bli läkarnas sak.

– Jag vill ändå gärna höra din åsikt.

– Jag tycker inte om att gissa.

– Jag vet. Men du har erfarenhet. Jag lovar att det inte ska vändas emot dig om du tar fel.

Nyberg strök sig över den orakade hakan. Hans ögon var blodsprängda.

– Kanske ett dygn, sa han. Knappast mindre.

De begrundade under tystnad vad Nyberg hade sagt. Ett dygn, tänkte Wallander. Onsdag kväll. Eller någon gång under torsdagen. Nyberg gäspade. Sedan lämnade han köket.

– Jag tycker du ska åka hem nu, sa Wallander till Ann-Britt Höglund. Klockan åtta måste vi försöka orka lägga upp den här spaningen.

Klockan på köksväggen visade kvart över fem.

Hon tog sin jacka och gick. Wallander blev sittande vid köksbordet. I fönsterkarmen låg några räkningar i en bunt. Han bläddrade igenom dem. Någonstans måste man alltid börja, tänkte han. Lika gärna med några räkningar i ett köksfönster som något annat. Där fanns en elräkning, ett utdrag efter ett bankomatuttag och ett kvitto från en herrekipering. Wallander satte på sig sina glasögon. Svedberg hade gjort uttaget från bankomaten den 3 augusti. 2 000 kronor. Efter det var behållningen 19.314. Elräkningen skulle förfalla till betalning i slutet av augusti. På kvittot från herrekiperingen såg Wallander att Svedberg hade köpt en skjorta den 3 augusti. Samma dag han tog ut pengarna från bankomaten. Skjortan hade kostat 695 kronor. Oväntat dyr, tänkte Wallander. Han la tillbaka papperen i fönsterkarmen. Sedan gick han in till Nyberg och fick ett par plasthandskar. Han återvände till köket. Såg sig långsamt om. Öppnade metodiskt skåp och lådor. Svedberg hade hållit samma goda ordning i sitt kök som på sitt skrivbord. Ingenting verkade anmärkningsvärt, ingenting tycktes vara borta. Wallander återvände till Nyberg och lånade en ficklampa. Sedan lyste han under avloppet. Vad han letade efter, eller hoppades finna, visste han inte. Han lämnade köket och gick in i arbetsrummet. Någonstans ska här finnas en stjärnkikare, tänkte han. Han satte sig i skrivbordsstolen och såg sig om. Nyberg kom in och sa att de var klara att ta bort Svedbergs kropp. Ville han se den en gång till? Wallander skakade på huvudet. Synen av Svedberg med halva huvudet bortskjutet fanns som en fotografisk bild i hans huvud. En bild som inte besparade honom några detaljer. Blicken fortsatte att vandra. Bokhyllan där de flesta böckerna var utrivna och nu låg på golvet. På skrivbordet fanns telefonsvararen, ett pennställ, några gamla tennsoldater, en almanacka. Wallander bläddrade igenom den, månad efter månad. Den 11 januari klockan 9.30 besöker Svedberg tandläkaren. Den 7 mars fyller Ylva Brink år. Den 18 april har Svedberg antecknat ett namn, »Adamsson«. Namnet återkommer den 5 och 12 maj. För juni och juli finns inga anteckningar alls. *Svedberg har semester. Han klagar sedan över att han känner sig utarbetad.* Wallander bläddrade vidare, långsammare nu. Inga anteckningar. De dagar som är Svedbergs sista i livet är kalendern helt tom. Den 18 oktober fyller Sture Björklund år. Den 14 december återkommer namnet »Adamsson« igen. Därefter inga fler noteringar. Wallander la tillbaka kalendern på sin plats igen. Om man ville kunde man tyda den som att Svedberg hade varit en mycket ensam människa. Men vad var egentligen en kalender? Wallander tänkte på sin egen. Stod där egentligen så mycket mer av betydelse? Han lutade sig bakåt i stolen. Den var bekväm. Han märkte hur trött han var. Och törstig. Han slöt ögonen och undrade vem »Adamsson« var? Sedan lutade han sig framåt igen och lyfte på det bruna skrivunderlägget. Där låg några minneslappar och visitkort. En adress till Bomans antikvariat i Göteborg. Ett telefonnummer till Audi-specialisten i Malmö. Svedberg var märkestrogen och körde Audi. På samma sätt som Wallander alltid bytte sin Peugeot mot en annan Peugeot. På ett av visitkorten stod en adress i Minneapolis till ett företag som hette »Indian Heritage«. Där fanns också en annons som rivits ur en tidning. »Örtagårdens naturmediciner« i Karlshamn. Wallander la tillbaka skrivunderlägget. Två av skrivbordets lådor var utrivna och låg på golvet. De andra två var öppna till hälften. Han drog ut den första. Där låg några kopior av deklarationer. I den andra lådan vykort och brev. Wallander bläddrade igenom brevbunten. De flesta av breven var äldre än tio år. Nästan alla kom från hans mor. Han la tillbaka dem och såg på vykorten. Till sin förvåning hittade han ett som han själv hade skickat till Svedberg. Från Skagen. *Stränderna här är fantastiska*, hade han skrivit. Wallander blev sittande med kortet i handen.

Det var tre år sedan. Han hade varit sjukskriven och länge tvivlat på att han någonsin skulle gå i tjänst igen. Långa tider hade han inrättat sitt ensliga polisdistrikt på Skagens höstliga och övergivna stränder. Han kunde inte påminna sig att han hade skrivit kortet. De minnesbilder han hade från den där tiden var få. Men han hade alltså skrivit till Svedberg. Efter lång tid hade han återvänt till Ystad och börjat arbeta igen. Också från det ögonblicket, det första morgonmötet på polishuset hade han en minnesbild av Svedberg. Björk

81

hade hälsat honom välkommen tillbaka. Det hade blivit mycket tyst eftersom alla hade varit övertygade om att han aldrig skulle återvända. Den som till sist hade yttrat sig och brutit tystnaden hade varit Svedberg. Wallander mindes ordagrant vad han hade sagt. *Det är bra att du kommer tillbaka. För här hade det jävlar i min själ inte gått en dag till utan dig.*

Wallander dröjde vid minnesbilden. Försökte se Svedberg som han varit. Ofta tystlåten. Men också den som kunde lösa upp en besvärande tystnad, komma med en förlösande replik. Han hade varit en duglig polis. Inte framstående på något anmärkningsvärt sätt. Utan just duglig. Envis och plikttrogen. Inte särskilt fantasifull. Inte heller en pennans man. Hans rapporter hade ofta varit illa skrivna och irriterat åklagarna. Men han fyllde sin plats i polisarbetet, han hade gott minne och en känsla för att det han gjorde var viktigt.

En annan minnesbild for förbi i Wallanders huvud. Några år tidigare hade de genomlidit en komplicerad mordutredning där en man som ägde Farnholms slott hade spelat en kuslig huvudroll. Wallander kunde påminna sig hur Svedberg en gång hade sagt: *En man som äger så mycket kan helt enkelt inte vara hederlig.* Vid ett annat tillfälle, under samma utredning, hade Svedberg avslöjat en dröm för honom. Hur han en gång hoppades att *på allvar kunna sätta dit en av de där herrarna som tycks tro att de är immuna i vårt samhälle.*

Wallander reste sig och fortsatte in till Svedbergs sovrum. Inget spår någonstans av en stjärnkikare. Han gick ner på knä och tittade under sängen. Svedberg höll rent. Där fanns inget damm. Och ingenting annat heller. Han lyfte på kuddarna, en efter en. Ingenting. Sedan öppnade han garderobsdörrarna. Svedbergs kläder och skjortor var ordentligt upphängda. På golvet stod en skohylla. Wallander lyste med ficklampan bakom kläderna. Där fanns några resväskor. Han tog ut dem och öppnade. Fortfarande ingenting. Sedan ägnade han sig åt en byrå som stod vid ena kortväggen. Där fanns underkläder och lakan. Wallander kände på botten av lådorna. Han satte sig på sängkanten. På nattygsbordet låg en uppslagen bok. »Siouxindianernas historia«, på engelska. Svedberg talade dålig engelska, tänkte Wallander. Men han kanske läste bättre.

Wallander blev sittande och bläddrade frånvarande i boken. Stannade upp vid en vacker och stolt bild av Sitting Bull. Sedan reste han sig och gick ut i badrummet. Öppnade ett spegelförsett vägg-skåp. Ingenting av det som fanns där överraskade honom. Så såg hans eget badrumsskåp också ut. Han gick ut igen. Nu återstod tamburen och vardagsrummet. Han började med tamburen. En av kriminalteknikerna kom ut från köket. Wallander satte sig på en pall och drog ut en låda i en liten byrå som stod under spegeln. Där fanns handskar och ett par mössor. En av dem gjorde reklam för en kedja med radiohandlare som hade butiker i hela Skåne.

Wallander reste sig. Nu återstod bara vardagsrummet. Helst ville han inte gå dit. Men han insåg att han var tvungen. Han gick ut i köket och drack ett glas vatten. Klockan närmade sig sex. Han var mycket trött. Sedan gick han in i vardagsrummet. Nyberg hade satt på sig knäskydd och kröp omkring vid den svarta skinnsoffan som stod längs ena väggen. Stolen låg fortfarande kullvält. Geväret hade ingen flyttat ur dess position. Det enda som nu var borta var Svedbergs kropp. Wallander såg sig omkring i rummet. Försökte föreställa sig vad som hade utspelat sig här. *Vad hade hänt just före det slutliga ögonblicket? Innan skotten avlossades?* Men han såg ingenting. Känslan av att det var något avgörande som inte alls stämde kom över honom igen. Han stod alldeles stilla, höll andan, och försökte locka upp sin aning till ytan. Men det kom ingenting. Nyberg reste sig upp. De såg på varandra.

– Förstår du det här? sa Wallander.

– Nej, svarade Nyberg. Det är som en underlig tavla.

Wallander såg forskande på honom.

– Vad menar du med det? En tavla?

Nyberg snöt sig och vek sedan omsorgsfullt ihop näsduken.

– Allt är en enda röra, sa han. Omkullvälta stolar, utrivna lådor, papper och porslinssaker kastade huller om buller. Men det är som om det är för mycket oreda.

Wallander förstod vad han menade. Men han hade inte tänkt tanken själv.

– Du menar att det hela skulle vara arrangerat?

– Det är naturligtvis bara ett mycket löst antagande.

– Vad är det exakt som gör att du misstänker att det här kaoset skulle vara arrangerat?

Nyberg pekade på en liten porslinstupp som låg på golvet.

– Man kan ana att den har stått på den där hyllan, sa han och

83

pekade. Var skulle den annars ha hört hemma? Men om den nu har hamnat på golvet när nån slitit och dragit i lådorna; varför hamnar den då ända här borta?

Wallander nickade. Han förstod.

– Det finns säkert en rimlig förklaring, sa Nyberg. Fast den får du hitta.

Wallander sa ingenting. Han stod kvar i vardagsrummet några minuter. Sedan lämnade han lägenheten. När han kom ner på gatan var det full morgon. En polisbil stod parkerad utanför huset. Men inga nyfikna hade samlats. Wallander förutsatte att poliserna fått besked om att tills vidare inte säga något om vad som hade hänt.

Han stod alldeles stilla och drog några djupa andetag. Det skulle bli en vacker sensommardag.

Men det var som om han först nu kände hur överväldigande sorgen efter Svedberg skulle bli. Vare sig den var äkta eller en reaktion på påminnelsen om hans egen dödlighet. Han kände också en rädsla. Döden hade kommit honom nära. Inte som när hans far dog. Utan på ett annat sätt.

Det skrämde honom.

Klockan hade blivit fem i halv sju på fredagsmorgonen den 9 augusti. Wallander gick långsamt till sin bil. En cementblandare började slamra i bakgrunden.

Tio minuter senare steg Wallander in genom dörrarna på polishuset.

6

De samlades i mötesrummet strax efter klockan åtta och höll en improviserad minnesstund. Lisa Holgersson hade ställt ett brinnande stearinljus framför den stol där Svedberg hade brukat sitta. Alla som fanns på polishuset denna morgon hade samlats. Chocken och sorgen låg tunga över rummet. Lisa Holgersson sa inte många ord. Hon hade svårt att behärska sig. Alla som fanns i rummet bad sina tysta böner för att hon skulle nå den punkt hon strävade efter utan att alldeles bryta ihop. Det skulle göra situationen outhärdlig för alla. Sedan stod de tysta i en minut. I Wallanders huvud svävade oroliga bilder omkring. Redan nu tyckte han det var svårt att helt fånga Svedbergs ansikte. Han tänkte på det han upplevt när hans far hade dött, och tidigare även Rydberg. *Förvisso kan man minnas de döda. Men ändå är det som om de aldrig har existerat.*

De bröt långsamt upp från minnesstunden. Kvar i rummet, förutom den direkta spaningsgruppen, blev Lisa Holgersson. De satte sig vid bordet. Stearinljusets låga fladdrade när Martinsson stängde ett fönster. Wallander såg frågande på Lisa Holgersson. Men hon skakade på huvudet. Ordet var hans.

– Vi är alla trötta, började han. Vi är upprörda och sorgsna och vilsna. Det som vi nog fruktar mest av allt har inträffat. I vanliga fall sitter vi och försöker utreda brott, ibland grova våldsbrott, som drabbat nån som inte tillhör vår egen krets. Men nu har det hänt mitt ibland oss. Ändå måste vi försöka tänka på det vi gör som om det gällde vem som helst.

Han gjorde en paus och såg sig runt i rummet. Ingen sa någonting.

– Låt oss göra en sammanfattning, fortsatte Wallander. Och sen lägga upp spaningen. Det vi vet är mycket lite. Nån gång mellan onsdag eftermiddag och torsdag kväll har Svedberg blivit skjuten. I sin egen lägenhet. Av nån som tagit sig in genom dörren utan att göra synlig åverkan. Vi kan förutsätta att det vapen som låg på golvet är mordvapnet. Lägenheten ger intryck av att ha varit utsatt för inbrott. Det kan tyda på att Svedberg konfronterats med en beväpnad tjuv. Vi vet inte om det här stämmer, men det är en möjlighet. Vi ska dock inte glömma att det kan finnas andra förklaringar. Vi måste söka brett. Vi kan heller inte bortse från det faktum att Svedberg var polis. Det kan betyda nånting. Men det behöver inte vara så. Nån tidpunkt för mordet finns inte. En förbryllande omständighet är att ingen av grannarna har hört skotten. Vi kommer alltså att avvakta vad rättsläkaren i Lund kan ge för besked.

Han hällde upp ett glas vatten och tömde det innan han fortsatte.

– Det här är vad vi vet. Det enda som kan tilläggas är att Svedberg inte kom till sitt arbete på torsdagen. Vi som känner honom vet att det var egendomligt. Han gav inget besked om varför han var borta. Den enda rimliga förklaringen är att han inte kunde ge nåt besked. Vad det betyder förstår vi alla.

Nyberg gav ett tecken till Wallander.

– Jag är ju ingen rättsläkare, sa han. Men jag tvivlar på att Svedberg dog redan i onsdags.

– Det betyder att vi måste ställa oss även den frågan, sa Wallander. Alltså vad hindrade Svedberg att gå till arbetet igår? Varför gav han inget besked? När blev han dödad?

Wallander fortsatte med att berätta om sitt samtal med Ylva Brink.

– Frånsett att hon gav upplysningar om den enda ytterligare släkting som Svedberg hade, sa hon en annan sak som jag noterade. Enligt henne hade Svedberg den sista tiden klagat över att han känt sig utarbetad. Trots att han varit på semester. Det får jag inte riktigt att gå ihop. Särskilt inte med tanke på att han inte använde sina semestrar till strapatsrika resor eller liknande.

– Lämnade han nånsin Ystad? frågade Martinsson.

– Mycket sällan. Han gjorde nån dagstur till Bornholm. Eller tog Polenfärjan. Det kunde Ylva Brink intyga. Annars sysslade Svedberg på sin fritid med amerikanska indianer och med att titta på stjärnor. Enligt Ylva Brink skulle han ha ett avancerat teleskop i sitt hem. Men nåt sånt har jag inte hittat.

– Var han inte fågelskådare? undrade Hansson som hittills suttit tyst.

– I mindre omfattning, sa Wallander. Jag tror vi kan utgå ifrån att Ylva Brink verkligen kände honom ganska väl. Då var det indianer och stjärnor som intresserade honom.

Han såg sig omkring.

– Varför var han utarbetad? Vad innebär det? Det kanske inte alls är viktigt. Men jag kommer inte ifrån att det kan ha betydelse.

– Jag såg efter före mötet vad han höll på med, sa Ann-Britt. Just innan semestern var det han som hade samtalen med föräldrarna till dom försvunna ungdomarna.

– Vilka försvunna ungdomar? frågade Lisa Holgersson förvånat. Wallander förklarade. Ann-Britt fortsatte.

– Dom två sista dagarna innan han gick på semester besökte han i tur och ordning familjerna Norman, Boge och Hillström. Men jag hittar inga anteckningar från dom där utflykterna. Jag tittade faktiskt också igenom hans skrivbordslådor.

Wallander och Martinsson såg frågande på varandra.

– Det här kan knappast stämma, sa Wallander. Vi hade ett gemensamt och grundligt möte med dom här familjerna. Det var aldrig tal om att vi skulle gå vidare och ha enskilda samtal. Eftersom det inte fanns några skäl att misstänka brott.

– Jag tar inte fel, envisades Ann-Britt. Han har noterat klockslagen i sin almanacka.

Wallander tänkte efter.

– Det skulle alltså ha inneburit att Svedberg gjorde det här på eget initiativ. Utan att informera oss andra.

– Det är inte likt honom, sa Martinsson.

– Nej, sa Wallander. Det är lika märkligt som att han var borta från arbetet utan att höra av sig.

– Det är ju mycket enkelt att kontrollera, sa Ann-Britt.

– Gör det, sa Wallander. Undersök samtidigt vilka frågor som Svedberg ställde.

– Egentligen är hela den här situationen absurd, sa Martinsson. Sen i onsdags har vi sökt Svedberg för att ha ett möte om dom här försvunna ungdomarna. Nu är Svedberg borta. Och vi sitter här och talar om just dom.

– Har det hänt nåt nytt? frågade Lisa Holgersson.

– Inte annat än att en av mödrarna blir alltmer orolig. Och att det har kommit ett nytt vykort från hennes dotter.

– Borde inte det ha varit en god nyhet?

– Det är bara det att hon påstår att kortet är en förfalskning.

– Varför skulle det vara det? sa Hansson. Vem fan skriver falska vykort? Checkar kan jag förstå. Men vykort?

– Jag tror vi ska hålla isär det här, sa Wallander. Låt oss börja med att bestämma hur vi ska lägga upp spaningen efter den eller dom personer som sköt Svedberg.

– Ingenting tyder på att det skulle ha varit mer än en, sa Nyberg.

– Kan vi vara säkra på det?

– Nej.

Wallander lät sina handflator falla mot bordet.

– Vi kan inte vara säkra på nånting, sa han. Vi måste arbeta brett och förutsättningslöst. Om några timmar kommer Svedbergs död att vara ute. Då måste vi vara igång på allvar.

– Det här har naturligtvis högsta prioritet, sa Lisa Holgersson. Allt som kan vänta läggs åt sidan.

– Presskonferensen, sa Wallander. Låt oss klara av den på en gång.

– En polisman har blivit mördad, sa Lisa Holgersson. Vi ska säga precis som det är. Har vi några spår?

– Nej.

Wallanders svar var mycket bestämt.

– Då säger vi det.

– Hur pass detaljerade ska vi vara?

– Han har blivit skjuten. På nära håll. Vi har mordvapnet. Finns det några spaningstekniska skäl att hålla inne med det?

– Knappast, sa Wallander och såg sig runt bordet. Ingen gjorde någon invändning.

Lisa Holgersson reste sig.

– Jag vill gärna att du är med, sa hon till Wallander. Kanske alla borde vara med? Trots allt är det en kollega och vän som har blivit mördad.

De bestämde att träffas en kvart innan mötet med journalisterna skulle börja. Lisa Holgersson lämnade rummet. I draget från dörren slocknade stearinljuset. Ann-Britt tände det igen.

Ännu en gång gick de igenom vad de visste och fördelade olika arbetsuppgifter. Spaningshjulet började långsamt att rulla. De skulle just bryta upp när Martinsson höll tillbaka dem.

– Vi kanske borde bestämma oss. Om dom här tre försvunna ungdomarna tillhör det vi ska lägga åt sidan. Eller inte.

Wallander kände sig osäker. Men han visste att han måste fatta ett beslut.

– Ja, sa han. Vi lägger det åt sidan. Åtminstone dom närmaste dagarna. Sen får vi se. Om det nu inte visar sig att Svedberg ställt några uppseendeväckande frågor.

Klockan hade blivit kvart över nio. Wallander hämtade en kopp kaffe. Sedan gick han in på sitt rum, stängde dörren och letade reda på ett kollegieblock i en av lådorna. Överst på den första sidan skrev han ett enda ord.

Svedberg.

Under namnet ritade han ett kors som han sedan genast strök över.

Sedan kom han inte längre. Han hade föresatt sig att skriva ner alla de tankar han haft under natten. Men han la ifrån sig pennan, reste sig och gick fram till fönstret. Augustimorgonen var vacker. Känslan från tidigare återkom. Det var något som inte alls stämde med Svedbergs död. Nyberg hade haft ett intryck av att något hade blivit arrangerat. Frågan var bara varför? Av vem? Helst av allt önskade Wallander att det handlade om ett vanligt inbrott som fått ett fruktansvärt slut. Och att de så snart som möjligt kunde utesluta alla andra alternativ. En man som skjuter en polis och sedan slänger ifrån sig geväret, det tydde på någon som saknade självkontroll. Av erfarenhet visste Wallander att en sådan gärningsman lät sig gripas oftare än andra. I bästa fall skulle de hitta fingeravtryck på geväret som ledde dem rakt på målet i något register.

Han återvände till skrivbordet och skrev upp att en stjärnkikare som förmodligen var dyrbar saknades. Därefter fattade han två beslut. Direkt efter presskonferensen skulle han besöka Svedbergs andre kusin som bodde utanför Hedeskoga. Och han skulle gå igenom lägenheten ännu en gång. Dessutom fanns där sannolikt både vindskontor och källarutrymmen.

Han letade reda på Sture Björklunds telefonnummer i katalogen. Det gick fram många signaler innan han fick svar. Mannen presenterade sig med sitt namn.

– Jag får börja med att beklaga sorgen, sa Wallander.

Sture Björklunds röst lät spänd och avlägsen.

– Jag kanske bör göra samma sak. Jag förmodar att du kände min kusin bättre än jag. Men Ylva ringde mig klockan sex i morse och berättade vad som hade hänt.

– Det är oundvikligt att det här blir en stor nyhet i massmedia, sa Wallander.

– Jag förstår det. Det är för övrigt andra gången i släktens historia som nån faller offer för en mördare.

– Jaså?

– År 1847, närmare bestämt den 12 april, blev en man som var Karl Everts farfarsfarfarsbror ihjälslagen med en yxa i utkanten av Eslöv. Mannen som begick mordet var en gardist som hette Brun och som hade fått onådigt avsked på grund av diverse förseelser. Det som hände var ett rånmord. Vår släkting hade gjort ett antal kreatursaffärer och hade gott om pengar.

– Vad hände? frågade Wallander, medan han dolde sin otålighet.

– Polismyndigheten, som väl närmast bestod av någon sorts landsfiskal och hans medhjälpare, gjorde en föredömlig insats. Brun blev fast några dagar senare när han försökte ta sig över till Danmark. Han dömdes senare till döden. Och blev faktiskt avrättad. När Oscar I tillträdde som kung var det första han gjorde att göra sig kvitt ett antal dödsdomar som blivit liggande, eftersom Karl XIV Johan inte velat skriva under dem. Oscar I firade sitt trontillträde med att se till att 14 vilande dödsdomar verkställdes. Brun blev alltså halshuggen. Närmare bestämt i Malmö.

– En märklig historia.

– För några år sen bedrev jag en smula släktforskning. Historien om gardisten Brun och mordet i Eslöv har förstås varit känd från tidigare.

– Om det passar skulle jag vilja träffa dig och tala lite mera redan idag.

Wallander fick en känsla av att Sture Björklund genast blev på sin vakt.

– Om vad då?

– Vi försöker skapa oss en så tydlig bild som möjligt av Karl Evert.

Wallander kände det som ytterst ovant och främmande att använda Svedbergs förnamn.

– Jag kände honom mycket dåligt. Dessutom bör jag resa över till Köpenhamn i eftermiddag.

– Det är angeläget och det behöver inte ta så lång tid.

Det blev tyst i luren. Wallander väntade.

– Vilken tid?

– Skulle det kunna passa strax efter klockan två?

90

– Jag ska ringa till Köpenhamn och säga att jag inte kommer.

Sture Björklund gav Wallander en vägbeskrivning. Det skulle inte vara svårt att hitta.

Efter sitt telefonsamtal ägnade Wallander en halvtimme åt att skriva ner en översikt åt sig själv i kollegieblocket. Hela tiden letade han i sin hjärna efter ursprunget till den känsla han hade haft från det ögonblick han sett Svedberg ligga död på golvet, att det var någonting som inte stämde. Vilket också hade föresvävat Nyberg. Wallander insåg att det kunde bero på något så enkelt som att det var en alltför outhärdlig och obegriplig upplevelse att se en av sina kollegor död. Men ändå fanns osäkerheten där.

Strax efter klockan tio hämtade han ytterligare en kopp kaffe. Många var samlade i matrummet. Nerslagenheten och chocken var stor. Wallander blev stående och pratade med några trafikpoliser och skrivbiträden. Sedan gick han tillbaka till sitt rum och ringde till Nyberg, som svarade på sin mobiltelefon.

– Var är du? frågade Wallander.

– Vad tror du? svarade Nyberg vresigt. I Svedbergs lägenhet förstås.

– Du har händelsevis inte hittat ett teleskop?

– Nej.

– Och annars?

– Det finns gott om fingeravtryck på geväret. Åtminstone ett par, tre av dom ska kunna avläsas utan svårigheter.

– Då får vi hoppas att vi har honom registrerad från förr. Nånting annat?

– Ingenting uppseendeväckande.

– Efter lunch ska jag besöka en kusin till Svedberg utanför Hedeskoga. Men sen hade jag tänkt gå igenom lägenheten på allvar.

– Till dess är vi färdiga. Jag tänker för övrigt själv vara med på presskonferensen.

Wallander kunde inte påminna sig att Nyberg någonsin hade varit med i ett sammanhang där polisen mötte journalister. Förklaringen kunde bara vara att Nyberg ville markera sin personliga upprördhet över vad som hade hänt. För ett ögonblick gjorde det Wallander berörd.

– Har du hittat några nycklar? frågade han sedan.

– Det finns bilnycklar och en till ett källarförråd.

– Men ingen till vinden?

– Jag har undersökt saken. Det finns inga vindsutrymmen. Bara källaren. Du får nycklarna av mig vid presskonferensen.

Wallander avslutade samtalet och gick till Martinssons rum.

– Svedbergs bil, sa han. Audin. Var är den?

Det visste inte Martinsson. Tillsammans gick de och frågade Hansson. Inte heller han visste. Ann-Britt Höglund fanns inte på sitt rum.

Martinsson såg på klockan.

– Den måste stå på nån parkering i närheten av huset, sa han. Jag hinner leta reda på den före elva.

Wallander gick tillbaka till sitt rum. I receptionen hade det börjat komma blommor. Ebba såg förgråten ut. Wallander sa ingenting. Han skyndade förbi så fort han kunde.

Presskonferensen startade på slaget elva. Efteråt skulle Wallander tänka att Lisa Holgersson hade hållit i det hela med kraftfull värdighet. Han sa det också till henne, att ingen hade kunnat göra det bättre.

Hon hade bytt om till uniform och hon hade varit mycket tydlig och klar. På bordet framför henne hade stått två stora fång med rosor. Hon hade gått rakt på sak och den här gången hade hennes röst inte sviktat. En aktad kollega, kriminalinspektören Karl Evert Svedberg hade blivit mördad i sin lägenhet. Tidpunkten eller motivet var ännu inte fastslaget, men mycket talade för att Svedberg hade överraskat en beväpnad inbrottstjuv. Polisen hade dock för ögonblicket inga säkra spår att följa. Sedan hade hon länge talat om Svedbergs polisiära karriär och om honom som person. Wallander hade lyssnat och tänkt att hennes beskrivning av Svedberg hade varit mycket precis. Utan att hon tog till några överord.

Frågorna hade varit få. Wallander hade besvarat de flesta av dem. Nyberg hade beskrivit mordvapnet, ett hagelgevär av märket Lambert Baron. Efter en halvtimme hade det hela varit över. Lisa Holgersson hade låtit sig intervjuas av Sydnytt medan Wallander talat med några kvällstidningsreportrar. Han hade dock sagt blankt nej, med ett illa dolt rytande, när de ville ha honom att posera utanför huset på Lilla Norregatan.

Klockan hade blivit tolv när Lisa Holgersson tog med sig de som ingick i spaningsgruppens kärna till en enkel lunch i sitt hem. Både Wallander och Holgersson berättade om händelser som de upplevt tillsammans med Svedberg. Det var också Wallander som kände till den förklaring som Svedberg själv hade gett till varför han över-huvudtaget blivit polis.

– Han var mörkrädd, sa Wallander. Han berättade om det själv. En mörkerrädsla som hade följt honom från den tidigaste barndo-men och som han aldrig kunde förstå eller komma över. Han blev polis eftersom han trodde han på det sättet skulle kunna lära sig att bekämpa sin fruktan. Men hans rädsla för mörkret gick aldrig över.

Strax före halv två återvände de till polishuset. Wallander åkte med Martinsson.

– Hon talade fint, sa Martinsson.

– Lisa är en bra chef, svarade Wallander. Men det visste du väl från tidigare?

Martinsson svarade inte. Wallander påminde sig.

– Hittade du Audin?

– Dom som bor i huset har privat parkering på baksidan. Den stod där. Jag tittade igenom den.

– Det låg händelsevis inte en stjärnkikare i bagageutrymmet?

– Där fanns bara reservhjul och ett par stövlar. I handskfacket låg en insektsspray.

– Augusti är getingarnas månad, sa Wallander dystert.

De skildes utanför polishuset. Wallander hade fått ett antal nyck-lar av Nyberg som varit med på lunchen hemma hos Lisa Holgers-son. Men innan Wallander återvände till Svedbergs lägenhet skulle han åka till Hedeskoga. Han körde ut på Ringleden och tog av mot Sjöbo. Sture Björklunds vägbeskrivning hade varit mycket tydlig. Wallander svängde in på den lilla avstyckade gård som låg strax ut-anför samhället. På framsidan av huset fanns en stor gräsmatta med en fontän i mitten. Överallt stod också olika gipsstatyer på socklar. Wallander upptäckte till sin förvåning att de alla föreställde olika djävlar, med mer eller mindre uppspärrade och skräckinjagande gap. Han undrade hastigt vad han hade föreställt sig att en professor i sociologi skulle ha i sin trädgård. Men han blev avbruten i sina tan-kar av att en man i stövlar, sliten skinnjacka och med en trasig halm-hatt på huvudet steg ut genom dörren. Han var mycket lång och smal. Genom den trasiga halmhatten kunde Wallander se att det fanns en likhet mellan Sture Björklund och Svedberg: båda var i det närmaste flintskalliga. Även om det naturligtvis inte behövde vara utslag av något avläget kusinarv. Wallander kände sig för ett ögonblick brydd. Han hade knappast föreställt sig att professor Björklund såg ut så här. Hans ansikte var solbränt, skäggstubben säkert minst ett par dagar gammal. Kunde en professor undervisa på universitetet i Köpenhamn orakad? tänkte Wallander. Men sannolikt hade han haft andra ärenden över Sundet. Det var fortfarande tidigt i augusti. Höstterminen hade inte börjat på någon läroanstalt.

– Jag hoppas det inte vållade alltför stort besvär, sa Wallander. Att jag kom.

Sture Björklund kastade huvudet bakåt och gapskrattade. Wallander fick en känsla av att skrattet innehöll ett visst mått av hån.

– Jag har en dam i Köpenhamn som jag brukar besöka om fredagarna, sa Sture Björklund. Älskarinna brukar det kallas. Håller sig svenska kriminalpoliser som är stationerade i landsorten med älskarinnor?

– Knappast, sa Wallander.

– Det är en utomordentlig lösning på dom grundläggande samlivsproblemen, fortsatte Björklund. Varje gång kan vara den sista. Inga beroenden, inga nattliga diskussioner som lätt urartar i att man börjar köpa möbler tillsammans och låtsas att äktenskap skulle vara ett alternativ att ta på allvar.

Wallander märkte att mannen i halmhatten med det gälla skrattet hade börjat irritera honom.

– Mord är i alla fall allvarligt, sa han.

Sture Björklund nickade. Sedan tog han av sig den trasiga hatten, som om han kände ett behov att demonstrera något som kanske var sorg.

– Låt oss gå in, sa han.

Huset som Wallander trädde in i påminde inte om något han hade sett tidigare i sitt liv. Utifrån hade det varit en klassisk skånelänga. Men den värld Wallander trädde in i var helt igenom oväntad. Där fanns inga innerväggar kvar. Hela huset var ett enda stort rum som sträckte sig ända upp till taknocken. På olika ställen fanns tornliknande upphöjningar med ringlande trappor, av gjutjärn och trä. I rummet fanns ytterst få möbler och väggarna var kala. Den kortvägg som vette mot väster var omgjord till ett stort akvarium. Sture

Björklund förde honom bort till ett massivt träbord där det stod en gammal kyrkbänk och en träpall.

– Jag har alltid varit av den uppfattningen att man ska sitta hårt, sa Björklund. Eftersom man sitter obekvämt uträttar man det man ska på kortast möjliga tid. Vare sig det är att äta, tänka eller konversera en polisman.

Wallander satte sig i kyrkbänken. Den var verkligen mycket obekväm.

– Om jag har förstått saken rätt är du professor vid Köpenhamns universitet? frågade han.

– Jag undervisar i sociologi. Men jag försöker skära ner föreläsningarna till ett absolut minimum. Min egen forskning är mer intressant. Den kan jag dessutom bedriva här hemma.

– Det har knappast med saken att göra, men jag frågar ändå: Vad för sorts forskning?

– Människors förhållande till monster.

Wallander undrade om Björklund skämtade. Han avvaktade en fortsättning som också kom.

– Medeltidens föreställningar om monster var inte desamma som 1700-talets. Mina föreställningar är inte desamma som den kommande generationens. Det hela är ett mycket komplicerat och fascinerande universum. Helvetet, fasornas boningar, befinner sig i ständig förändring. Dessutom ger det mig möjlighet till extrainkomster som inte är att förakta.

– På vilket sätt?

– Jag arbetar som konsult för amerikanska filmsällskap som producerar monsterfilmer. Utan att skryta tror jag man kan påstå att jag är en av dom mest eftersökta konsulterna i världen när det gäller kommersialisering av fasor. Det finns en japan som bor på Hawaii. Men sen är det bara jag.

Wallander började undra om mannen som satt på den lilla pallen mitt emot honom var rubbad. Men i samma ögonblick sträckte Björklund sig efter en teckning som låg på bordet.

– Jag har intervjuat en del sjuåringar inne i Ystad om deras föreställningar om monster. Jag har försökt använda mig av deras informationer och ritat den här. Amerikanerna är mycket förtjusta. Han ska få huvudrollen i en ny serie med animerade monsterfilmer som riktar in sig på att skrämma just sju- och åttaåringar.

Wallander betraktade bilden. Den var mycket obehaglig. Han la den ifrån sig.

– Vad tyckte kommissarien?

– Kurt går bra.

– Vad tyckte du?

– Den var obehaglig.

– Vi lever i en obehaglig värld. Går du på teater?

– Inte särskilt ofta.

– En av mina studenter, en begåvad flicka från Gentofte, har rotat sig igenom repertoaren under dom senaste 20 åren på ett antal teatrar runt om i världen. Resultatet är intressant. Men inte alls överraskande. I en värld som alltmer präglas av sönderfall, misär, plundring, ägnar man sig på teatrarna i ökande grad åt att visa föreställningar om samlivsproblem. Shakespeare hade alltså fel. Hans sanning gäller inte om vår förfärliga tid. Teatern är inte längre en spegel av världen.

Han tystnade. La ifrån sig halmhatten på bordet. Wallander märkte att han luktade svett.

– Jag har just bestämt mig för att säga upp mitt telefonabonnemang, sa han. För fem år sen gjorde jag mig av med teven. Nu ska telefonen ut ur mitt liv.

– Är det inte en smula opraktiskt?

Björklund såg allvarligt på honom.

– Jag hävdar min rätt att själv bestämma när jag vill ha kontakt med omvärlden. Min dator behåller jag naturligtvis. Men telefonapparaten ska ut.

Wallander nickade och grep initiativet.

– Din kusin Karl Evert Svedberg är alltså död. Mördad. Förutom Ylva Brink är du hans enda släkting. När träffade du honom senast?

– För ungefär tre veckor sen.

– Kan du vara mer exakt?

– Fredagen den 19 juli klockan 16.30.

Svaret kom fort och bestämt och överraskade Wallander.

– Hur kommer det sig att du minns klockslaget?

– Därför att vi hade avtalat den tiden. Jag skulle resa till goda vänner i Skottland. Kalle skulle som vanligt passa huset. Det brukade han göra när jag var borta. Egentligen var det bara då vi träffades. När jag skulle resa iväg och när jag kom hem.

– Vad innebar det? Att han passade huset?

– Han bodde här.

Wallander förvånades över svaret. Men han hade inga skäl att tro annat än att Björklund talade sanning.

– Det här hände alltså regelbundet?

– Dom senaste tio åren. Det var ett utmärkt arrangemang.

Wallander tänkte efter.

– När kom du tillbaka?

– Den 27 juli. Kalle hämtade mig på flygplatsen. Han körde mig hit. Vi sa hej. Sen for han tillbaka till Ystad.

– Hade du nån känsla av att han var utarbetad?

Åter en gång kastade Björklund huvudet bakåt och brast ut i sitt gälla skratt.

– Jag antar att det där var ett skämt? Men är det inte lite osmakligt med tanke på att han är död?

– Min fråga var allvarligt menad.

Björklund log.

– Nog kan vi väl alla bli lite utarbetade om vi umgås alltför passionerat med kvinnor? Eller hur?

Wallander stirrade på Björklund.

– Vad menar du med det?

– Att Kalle brukade ha sin kvinna här när jag var borta. Det var överenskommet mellan oss. Dom bodde här under den tiden jag var i Skottland. Eller var jag nu var.

Wallander sa ingenting. Han höll andan.

– Du verkar förvånad, sa Björklund.

– Var det samma kvinna? Vad hette hon?

– Louise.

– Och mer?

– Det vet jag inte. Jag träffade henne aldrig. Kalle var mycket hemlighetsfull. Eller diskret kanske man ska säga.

För Wallander var överraskningen total. Ingen hade någonsin hört talas om att Svedberg hade haft en kvinna som han träffade regelbundet.

– Vad vet du mer om henne? frågade Wallander.

– Ingenting.

– Men Kalle måste ha sagt nånting?

– Aldrig. Och jag sa naturligtvis ingenting. I vår släkt är vi inte nyfikna i onödan.

Wallander hade inget mer att fråga om. Det han mest av allt behövde nu var att tänka igenom det Björklund hade sagt. Han reste sig. Björklund såg förvånat på honom.

– Var det allt?

– Tills vidare. Men jag kommer förmodligen att höra av mig igen.

Björklund följde honom ut. Det var varmt och nästan alldeles vindstilla.

– Har du nån aning om vem som kan ha dödat honom? frågade Wallander när de kommit fram till hans bil.

– Var det inte ett inbrott? Vem känner den beväpnade tjuv som står och väntar bakom husknuten?

De tog i hand. Wallander satte sig i bilen. Han hade just startat motorn när Björklund böjde sig fram mot den öppna vindrutan.

– Det är kanske en sak till, sa han. Louise brukade ha olika färg på håret.

– Hur vet du det?

– Hårstrån i badrummet. Ena året rött, ett annat år svart. Eller blont. Det växlade alltid.

– Men det var samma kvinna?

– Jag tror uppriktigt sagt att Kalle var mycket förälskad i henne.

Wallander nickade.

Sedan körde han därifrån.

Klockan hade blivit tre. En sak är säker, tänkte Wallander. Svedberg, vår vän och kollega, har bara varit död i ett par dygn. Men redan vet vi mer om honom än vi visste medan han levde.

Tio minuter över tre parkerade Wallander sin bil vid Stortorget och promenerade upp till Lilla Norregatan.

Utan att han förstod varför hade han plötsligt fått en krypande känsla i kroppen.

Någonting var bråttom.

7

Wallander började med att gå ner i källaren.

Trappan sluttade brant. Det var som om han gjorde en nerstigning till underjorden, på väg mot något som låg djupare än normal källarnivå. Han kom fram till en blåmålad ståldörr, letade bland de nycklar han fått av Nyberg, låste upp och klev in. Det var mörkt och luktade unket och instängt. Han hade tagit med sig en ficklampa från bilen som han lät spela över väggen tills han hittade strömbrytaren. Den satt egendomligt lågt ner, som om den varit anpassad till ytterst småväxta människor. Han hade kommit in i en trång passage där det fanns burar av nät på båda sidorna. Han hade tänkt tanken tidigare, att dessa svenska källarutrymmen kunde leda känslan till primitiva fängelser. Där satt inte fångar, där fanns istället välbevakade gamla soffor, skidutrustningar, och alla dessa berg av väskor. Den ursprungliga husmuren fanns kvar på sina ställen. Teglet var mycket gammalt. Sannolikt hörde det till ett hus som byggts för många hundra år sedan. Vid något tillfälle under våren hade Linda ringt och berättat om en underlig lunchgäst hon hade serverat på restaurangen på Kungsholmen. Han hade burit monokel, gett intryck av att vara på besök från en helt annan tid, och han hade frågat henne var hon kommit ifrån. Linda talade skånska och han hade gissat på trakten kring Sjöbo. När hon sa att hon var född i Malmö men uppvuxen i Ystad hade han berättat om några ord som den store Strindberg hade utgjutit över just den staden i slutet av förra seklet. »Ett tillhåll för sjörövare«, hade han sagt. Och det hade hon med förtjusning ringt ner och meddelat sin far.

Svedberg hade sitt källarutrymme längst bort, där den trånga passagen tog slut. Där var buren av nät förstärkt av ett yttre, grovt galler. Två korslagda järnreglar möttes i en punkt där det satt ett mycket kraftigt hänglås. Svedberg hade förstärkt sitt källarkontor, tänkte Wallander fundersamt. Betyder det att han förvarade något här som han till inget pris ville bli av med? Wallander hade kommit ihåg att stoppa ett par plasthandskar i fickan. Han satte på sig dem, letade reda på den riktiga nyckeln och låste upp. Sedan studerade han hänglåset noga. Det verkade nytt. Han tände ljuset inne i källarkontoret. Där fanns sådant som brukade finnas i sådana utrymmen. Till och med ett par slalomskidor av äldre modell stod lutade mot en vägg. Wallander undrade varför. Det var för honom en omöjlig tanke att se Svedberg kasta sig utför en fjällsida. Besöket hos Sture Björklund hade dock klargjort med stor tydlighet att Svedbergs liv på avgörande punkter varit okänt för de som hade trott sig veta vem han var. Jag är på väg in i en hemlighet, tänkte Wallander. Vad jag kommer att hitta kan jag omöjligt veta på förhand. Han såg sig runt i det trånga källarutrymmet. I motsats till i lägenheten rådde här god ordning. Ingenting hade blivit utrivet eller kringkastat. Wallander började gå igenom resväskorna och några pappkartonger. Det tog honom inte lång stund att inse att Svedberg varit en samlare. Där fanns utslitna gamla skor och jackor som enligt Wallanders bedömning måste vara över tjugo år gamla. Han arbetade sig metodiskt igenom det som fanns i utrymmet. I en resväska låg några gamla fotoalbum. Han satte sig på en upprest koffert och bläddrade igenom det första. Det var fullt av åldrade fotografier. Människor i olika skånska landskap. Högtidsdagar i sommarträdgårdar, människor stelt uppställda framför okända fotografer. Deras ansikten ofta så avlägsna att det var omöjligt att urskilja några detaljer. Människor som plockade betor på ett fält, i bakgrunden kärror och hästar. Kuskar som saluterade med piskorna. I bakgrunden molnbankar. Jorden våt och tung. Mellan bilderna inga anteckningar, inga namn, inga platser. De tre albumen var alla likadana. Wallander gissade att de yngsta fotografierna var från 1930-talet. Efter det fanns ingenting. Wallander la försiktigt tillbaka dem och gick vidare. För ett ögonblick hade alla dessa, sedan länge döda, människor blivit synliga igen. En resväska var full med gamla dukar, en annan med 60 år gamla veckotidningar. Längst inne i ett hörn, bakom de trasiga resterna av ett gammalt spelbord med grå filt, stod en kartong som innehöll en ljusbrun träsockel. Först förstod han inte vad det var. Sedan insåg han att det måste vara en gammal perukstock. Det tog honom en dryg timme att gå igenom det hela. Ingenting hade han hittat som hejdat honom. Han sträckte på ryggen och såg sig omkring. Han letade hela tiden efter något som kunde fattas. Ett hålrum som inte borde ha varit där. Eller en avancerad stjärnkikare. Han lämnade källarutrymmet och låste.

Sedan steg han upp mot ljuset igen. Eftersom han var törstig gick han till det konditori som fanns på södra sidan av Stortorget och drack mineralvatten och en kopp kaffe. Han övervägde om han kunde äta ett wienerbröd. Insåg att han inte borde göra det. Men köpte ett i alla fall. Tjugo minuter senare var han tillbaka vid Lilla Norregatan. Nu gick han upp till Svedbergs lägenhet. I huset rådde en gravlik tystnad. Wallander hämtade andan utanför dörren. Polisens skyltar om att det var förbjudet att beträda brottsplatsen satt uppklistrade. Han petade loss en tejpremsa, låste upp och gick in. Genast hörde han cementblandaren nere på gatan. Den slamrade våldsamt. Han gick in i vardagsrummet, kastade en ofrivillig blick mot den plats där Svedberg hade legat, och gick fram till fönstret. Cementblandaren ekade mellan husväggarna. Där stod också en stor lastbil och lastade av byggmateriel.

Wallander hade slagits av en tanke. Han lämnade lägenheten igen och gick ner på gatan. En äldre man stod med bar överkropp och sprutade vatten från en slang in i blandaren. Mannen nickade när han fick syn på Wallander. Han verkade omedelbart ha identifierat honom som polis.

– Det är hemskt det som har hänt, ropade han för att överrösta oljudet.

– Jag behöver tala med dig, svarade Wallander.

Mannen med slangen ropade på en yngre byggnadsarbetare som stod i skuggan intill husväggen och rökte. Han kom och övertog slangen.

De gick runt hörnet på huset och där försvann cementblandarens ljud nästan helt.

– Du vet alltså vad som har hänt här inne, sa Wallander.

– En polis som heter Svedberg har blivit ihjälskjuten.

– Det är riktigt. Vad jag skulle vilja veta av dig är hur länge ni har hållit på här. Det ser ut som om ni precis har börjat.

– Vi kom i måndags. Det ska bli en ny trapphall inne i huset.

– När började ni använda cementblandaren?

Mannen tänkte efter.

– Det måste ha varit i tisdags, sa han. Vid elvatiden på förmiddagen.

– Och sen har den gått?

– I stort sett oavbrutet. Från sju till fem. Ibland lite längre.

– Har den stått på samma ställe hela tiden?

– Ja.

– Det betyder att du har haft god uppsikt över dom som har kommit och gått i huset.

Plötsligt förstod mannen vad Wallander egentligen frågade om. Han blev genast mycket allvarlig.

– Du vet naturligtvis inte vilka som bor där, sa Wallander. Men några personer har du säkert sett komma och gå mer än en gång.

– Jag vet inte hur den där polisen såg ut. Om det är det du undrar över.

Den möjligheten hade Wallander förbisett.

– Jag ska be nån komma hit och visa dig ett fotografi, sa han. Vad heter du?

– Nils Linnman. Som han med naturprogrammen.

Wallander påminde sig en man som under en lång följd av år hade förekommit i televisionen.

– Har du sett nåt ovanligt under dom dagar ni arbetat här? frågade Wallander medan han förgäves letade i fickorna efter något att anteckna med.

– Vad skulle det ha varit?

– Nån som betedde sig nervöst. Nån som hade bråttom. Man brukar lägga märke till det som inte riktigt passar in i bilden.

Linnman tänkte efter. Wallander väntade. Det var fortfarande varmt. Och han behövde gå på toaletten.

– Nej, sa Linnman till slut. Jag kan inte minnas nånting. Men kanske Robban har sett nåt.

– Robban?

– Han som fick slangen. Fast jag tvivlar på att han lagt märke till nåt som helst. Han tänker bara på sin motorcykel.

– Det är bäst vi frågar honom, sa Wallander. Kommer du på nåt mer så vill jag att du hör av dig genast.

För en gångs skull hade Wallander sina visitkort med sig. Linnman stoppade ett i den säckiga overallens bröstficka.

– Jag ska hämta Robban.

Samtalet med den yngre byggnadsarbetaren blev mycket kort. Han hette Robert Tärnberg och visste knappt om att en polis hade blivit dödad i huset. Än mindre hade han lagt märke till något som kunde vara av intresse. Wallander misstänkte att en elefant kunde ha passerat på gatan utan att Tärnberg skulle ha lagt den på minnet. Wallander brydde sig inte ens om att ge honom ett visitkort. Han återvände till lägenheten. Nu hade han ändå en tänkbar förklaring till varför ingen i huset hade hört skotten. Han gick ut i köket och ringde till polishuset. Den enda som fanns tillgänglig var Ann-Britt. Wallander bad henne att komma med ett fotografi av Svedberg och visa för byggnadsarbetarna.

– Vi har poliser ute i dom omgivande husen, sa hon. Som knackar dörr. Men byggnadsarbetarna på gatan tycks dom ha glömt.

Wallander gick tillbaka ut i tamburen. Han stod alldeles stilla och försökte skala bort alla ovidkommande tankar. Många år tidigare, när Wallander kommit till Ystad från Malmö hade Rydberg använt just de orden. *Skala bort,* hade han sagt. *Allt som är ovidkommande. På varje brottsplats finns avtrycken kvar. Skuggor av ett förlopp. Det är de du måste hitta.*

Wallander öppnade ytterdörren. Redan här var det något som inte stämde. I en korg under spegeln låg ett antal exemplar av Ystads Allehanda. Svedberg var prenumerant. Men det låg ingen tidning på dörrmattan. Wallander tänkte efter. Minst en borde ha funnits där. Men det kunde också ha funnits två. Mindre troligt tre, även om det inte var alldeles uteslutet. Någon hade alltså flyttat på tidningarna. Han gick in i köket. På diskbänken låg onsdagens och torsdagens tidning. Fredagsnumret låg på köksbordet. Wallander slog numret till Nybergs mobiltelefon. Han svarade genast.

Wallander började med att berätta om cementblandaren. Nyberg var tveksam.

– Ljud tränger in, sa han. Dom på gatan har med säkerhet inte kunnat höra gevärsskotten om blandaren varit på. Men ljud som skapas inomhus fortplantar sig på ett annat sätt. Jag har läst om det där nånstans.

– Vi kanske borde provskjuta, sa Wallander. Med och utan cementblandare. Utan att förvarna grannarna.

Nyberg höll med.

– Egentligen ringde jag om tidningen, fortsatte Wallander. Ystads Allehanda.

– Jag la den på köksbordet, sa Nyberg. Dom tidningar som låg på diskbänken måste nån annan ha lagt dit.

– Vi bör leta fingeravtryck, sa Wallander. Vi vet faktiskt inte vem som har lagt dom där.

Nyberg blev tyst.

– Du har naturligtvis rätt, sa han. Hur fan kunde jag missa det?

– Jag rör dom inte, sa Wallander.

– Hur länge blir du kvar?

– Säkert flera timmar.

– Jag kommer.

Wallander drog ut en av kökslådorna. Han mindes rätt. Där låg några pennor och ett anteckningsblock. Wallander gjorde några minnesanteckningar. Nils Linnman och Robert Tärnberg. Sedan skrev han upp att någon skulle tala med tidningsbudet. Han återvände till tamburen igen. *Skuggor och avtryck.* Han stod alldeles stilla och höll andan medan han långsamt lät blicken vandra. Svedbergs skinnjacka, den som han nästan alltid använde, vinter som sommar, hängde på en galge. Wallander kände igenom fickorna. Där fanns hans plånbok. Nyberg har slarvat, tänkte han. Han återvände till köket igen. Plånboken var gammal och sliten som skinnjackan. Där fanns 847 kronor. Bankomatkort, bensinkort och ett antal visitkort. Kriminalinspektör Svedberg. Körkort och polislegitimation. Fotografiet på körkortet var äldst. Svedberg ser dystert in i kameran. Bilden var sannolikt tagen på sommaren. Svedberg hade ett av sina återkommande brännsår på flinten. Louise borde ha sagt åt dig att ta på en mössa, tänkte Wallander. Kvinnor tycker inte om att se sina män sönderbrända. Han blev hängande kvar vid tanken. Svedberg hade nästan alltid haft rester av brännsår på flinten. Som om där inte funnits någon som sagt åt honom att skydda huvudet. Det finns en Louise och det finns ingen Louise, tänkte han. Bara två personer hade påstått att hon existerade: Svedberg och hans kusin. Monstermakaren. Men han har aldrig sett henne. Bara hennes hårstrån. Wallander grimaserade. Det hela hängde inte ihop. Han lyfte telefonluren och ringde till sjukhuset. Ylva Brink skulle komma på kvällen igen. Wallander slog upp hennes hemnummer. Där var upptaget. Han väntade och slog numret igen. Samma sak. Han återvände till innehållet i plånboken. Fotografiet på polislegitimationen var taget nyligen, med Svedberg något tjockare om kinderna, men lika dyster. Wallander kände igenom alla fack. Där fanns några frimärken. Ingenting annat. Wallander letade reda på en plastpåse och la in plånboken med sitt innehåll. Sedan återvände han för tredje gången ut i tamburen. *Skala bort, leta efter avtrycken.* Wallander gick in i badrummet. Kissade. Tänkte på det Sture Björklund hade sagt. Om de olikfärgade hårstråna. Det enda Wallander visste om den kvinna i Svedbergs liv som hette Louise. Hon färgade håret. Han gick ut i vardagsrummet och ställde sig bredvid den omkullvälta stolen. Sedan ändrade han sig. *Du går för fort fram,* skulle Rydberg ha sagt. *Du skrämmer avtrycken på flykten om du rusar fram.* Han återvände till köket och ringde till Ylva Brink. Den här gången svarade hon.

– Jag hoppas jag inte stör, sa han. Jag vet att du har arbetat hela natten.

– Jag klarar ändå inte att sova, svarade hon.

– Redan nu finns många frågor. En av dom viktigaste vill jag inte vänta med.

Wallander berättade om sitt besök hos Sture Björklund. Och om den påstådda förekomsten av en kvinna vid namn Louise.

– Det har han aldrig sagt nåt till mig om, svarade hon när Wallander tystnat. Han fick en känsla av att nyheten hade upprört henne.

– Vem har inte sagt nåt? Kalle eller Sture?

– Ingen av dom.

– Låt oss börja med Sture. Vilket förhållande har ni till varandra? Blir du förvånad över att han ingenting sagt om den här kvinnan?

– Jag kan helt enkelt inte tro att det är sant.

– Men varför skulle han ljuga?

– Jag vet inte.

Wallander insåg att det pågående samtalet inte borde föras per telefon. Han såg på klockan. Den var tjugo i sex. Han behövde minst en timme till i lägenheten.

– Det kanske skulle vara bättre om vi träffades, föreslog han. Efter sju ikväll har jag tid.

– På polishuset? Det är nära till sjukhuset. Jag ska arbeta i natt igen.

När samtalet var över återvände Wallander till vardagsrummet. Han ställde sig vid den omkullvälta och trasiga stolen. Såg sig om i rummet. Försökte föreställa sig det drama som hade utspelats. Svedberg hade blivit skjuten rakt framifrån. Nyberg hade antytt att skotten möjligen kunde ha kommit i en svagt uppåtriktad bana. Som om den som avlossat dem hållit geväret vid höften eller i brösthöjd. Blodstänken bakom Svedberg fanns också på den övre vägghalvan. Svedberg hade sedan fallit åt vänster. Sannolikt hade han dragit med sig stolen i fallet varvid ena karmen gått sönder. Men hade han suttit och varit på väg att resa sig? Eller hade han redan stått upp? Wallander betraktade med ens frågan som avgörande. Om Svedberg hade suttit i stolen måste han på något sätt ha varit bekant med gärningsmannen. Hade han överraskat en beväpnad inbrottstjuv hade han knappast slagit sig ner eller blivit sittande i en stol. Wallander gick över golvet till den punkt där geväret hade legat. Han vände sig om och betraktade rummet på nytt. Det behövde inte vara den plats från vilken skotten avlossats. Men det borde rimligen ha varit alldeles i närheten. Han stod alldeles stilla och försökte frammana skuggorna och avtrycken. Känslan av att det var något som var alldeles galet blev allt starkare. Hade Svedberg kommit in och överraskat en tjuv? Hade denne kommit genom tamburen befann Svedberg sig i alldeles felaktigt läge. Samma sak om han kommit den andra vägen, från sovrummet. Det var rimligt att tänka sig att tjuven inte hade haft geväret i handen. Då skulle Svedberg sannolikt ha gett sig på honom. Svedberg var rädd för mörker. Men han tvekade inte att gå handgripligt till väga om det var nödvändigt.

Wallander blev stående. Plötsligt tystnade cementblandaren. Han lyssnade. Trafikljuden från gatan var inte särskilt märkbara. Det andra alternativet, tänkte han. Den som har kommit in i lägenheten är en person som Svedberg känner. Dessutom känner så väl att ett medhavt hagelgevär inte bekymrar honom. Sedan sker någonting, Svedberg blir dödad och gärningsmannen raserar halva lägenheten. Varför? Han letar efter någonting. Eller han försöker att få det att se ut som ett inbrott. Wallander tänkte på stjärnkikaren igen. Den saknades. Men vem kunde svara på om det var något annat som försvunnit? Kanske Ylva Brink.

Wallander gick fram till fönstret och såg ner på gatan. Nils Linnman höll på att låsa en arbetsbod. Robert Tärnberg hade redan försvunnit. Wallander hade hört en motorcykel starta några minuter tidigare. Det ringde på dörren. Wallander hajade till. Sedan gick han och öppnade. Det var Ann-Britt.

– Dom har gett sig av, sa Wallander. Byggnadsarbetarna. Du kommer för sent.

– Jag har redan visat dom en bild på Svedberg, sa hon. Men ingen av dom hade sett honom. Åtminstone inte som dom kom ihåg.

De satte sig i köket. Wallander berättade om sitt möte med Sture Björklund. Hon lyssnade uppmärksamt.

– Om det stämmer förändras bilden av Svedberg mycket dramatiskt, sa hon när Wallander hade talat till punkt.

– Han har alltså hållit den här kvinnan dold mycket länge, sa Wallander. Varför har han gjort det?

– Hon kanske är gift?

– Ett hemligt förhållande? Och tydligen bara när dom haft tillgång till Björklunds hus? Ett par veckor om året. Det är inte rimligt att hon skulle varit här i lägenheten utan att nån sett henne.

– Rimligt eller inte så måste vi hitta henne, svarade Ann-Britt.

– Det är nåt annat jag tänker på, fortsatte Wallander långsamt. Om nu Svedberg har hållit henne dold för oss; vad har han då för ytterligare hemligheter?

Han kunde se att hon följde hans tanke.

– Du tror alltså inte att det här är ett inbrott?

– Jag tvekar. En stjärnkikare är borta. Ylva Brink kanske kan tala om för oss om nåt annat har försvunnit. Men det hela är så undanglidande. Det finns inga *självklarheter* på den här brottsplatsen.

– Vi har gått igenom hans bankkonton, sa Ann-Britt. Åtminstone dom vi har kunnat hitta. Vi har inte funnit spår av vare sig nån dold förmögenhet eller några anmärkningsvärda skulder. 25.000 i lån på Audin. Varken mer eller mindre. Enligt banken har Svedberg alltid skött sina affärer på bästa sätt.

– Man ska inte tala illa om dom döda, sa Wallander. Men ibland upplevde jag honom faktiskt som snål.

– Hur då?

– Om vi nån gång gick ut och åt så delade vi naturligtvis på notan. Men det var alltid jag som betalade dricksen.

Ann-Britt skakade långsamt på huvudet.

– Vi uppfattar människor så olika. Jag upplevde aldrig att Svedberg kunde vara snål.

Wallander redogjorde för sin upptäckt av cementblandaren. Han hade just berättat färdigt när de hörde en nyckel i dörren. Båda drabbades av samma kusliga förnimmelse. Sedan hörde de Nybergs välbekanta harkling.

– Dom här förbannade tidningarna, sa han. Hur kunde jag glömma dom?

Han stoppade ner dem i en plastpåse som han sedan förseglade.

– När vet vi nåt om fingeravtrycken? frågade Wallander.

– På måndag. Tidigast.

– Och rättsläkarna?

– Det tar Hansson hand om, sa Ann-Britt. Men dom kommer att arbeta fort.

Wallander bad Nyberg sätta sig ner. Sedan berättade han ytterligare en gång om upptäckten att det funnits en kvinna i Svedbergs liv.

– Det låter helt otroligt, sa Nyberg misstroget. Fanns det en mer inbiten ungkarl än Svedberg? Hans ensamma bastubad på fredagarna?

– Det är ännu mer osannolikt att en professor vid Köpenhamns universitet ljuger för oss, sa Wallander. Utgångspunkten måste vara att han talar sanning.

– Svedberg kanske hittade på henne själv? Förstod jag det rätt så har faktiskt ingen sett henne?

Wallander övervägde det Ann-Britt hade sagt. Kunde Louise vara en fantasiskapelse i Svedbergs huvud?

– Det låg hårstrån i Björklunds badrum. Dom var i alla fall ingen fantasi i hans huvud.

– Varför skulle man hitta på en kvinna åt sig själv? frågade Nyberg.

– Ensamma människor, svarade Ann-Britt. Dom kan göra mycket för att åstadkomma en gemenskap som alldeles saknas.

– Hittade du några hårstrån i badrummet? frågade Wallander.

– Nej, svarade Nyberg. Men jag ska undersöka badrummet en gång till.

Wallander reste sig.

– Jag vill att ni följer med mig, sa han.

När de kommit in i vardagsrummet sammanfattade han de tankar han haft en stund tidigare.

– Jag försöker komma fram till åtminstone en provisorisk slutsats, sa han. Eller kanske man hellre ska kalla det en provisorisk utgångspunkt. Om det här är ett inbrott så finns många oklara punkter. Hur kom gärningsmannen in? Varför hade han gevär med sig? När dyker Svedberg upp? Vad har egentligen blivit stulet mer än stjärnkikaren? Varför blir Svedberg överhuvudtaget skjuten? Ingenting tyder på slagsmål. Den här röran finns i alla rum. Man kan knappast tänka sig att dom har jagat varandra från rum till rum. Jag får inte det hela att gå ihop. Och då frågar jag mig vad som händer om vi för ett ögonblick avskriver inbrottshypotesen. Vad ser vi då framför oss? Är det hämnd? Är det rena galenskapen? Med en kvinna i bilden kan vi börja föreställa oss svartsjuka. Men skulle en kvinna skjuta Svedberg? Rakt i ansiktet? Jag har svårt att tro det. Vad återstår då?

Ingen sa någonting. För Wallander var denna tystnad mycket talande. De hade helt enkelt ingen utgångspunkt som de genast kunde artbestämma: ett inbrott, ett svartsjukedrama, eller någonting annat. Svedberg hade blivit mördad i ett drama helt utan urskiljbar intrig.

Utgångspunkten var med andra ord ett oklart ingenmansland.

– Kan jag gå? sa Nyberg. Jag har en hel del skrivarbete jag borde bli färdig med redan ikväll.

– Imorgon förmiddag samlar vi spaningsgruppen till genomgång.

– Vilken tid?

Wallander visste inte. Han antog att det var han som borde bestämma det eftersom han var spaningsledare.

– Klockan nio, sa han. Vi försöker med det.

Nyberg försvann. Ann-Britt och Wallander blev stående i vardagsrummet.

– Jag har försökt se ett händelseförlopp, sa Wallander. Vad ser du?

Han visste att hon kunde vara skarpsynt. Hennes metodiska och analytiska förmåga var det inget fel på.

– Vad händer om man börjar med allt det som ligger kringstrött i lägenheten? sa hon.

– Ja, vad händer då?

– Tre förklaringar är tänkbara. En inbrottstjuv som antingen är nervös eller har bråttom. Eller en person som letar efter nånting. Vilket naturligtvis en inbrottstjuv också gör. Men han vet knappast redan från början vad han letar efter. Det tredje alternativet är vandalism. Nån river ur hyllorna bara för att förstöra.

Wallander följde hennes tanke tätt i spåren.

– Det finns ett fjärde alternativ, sa han. En människa som får ett okontrollerbart raseriutbrott.

De såg på varandra och visste båda vad den andra tänkte. Vid några enstaka tillfällen hade Svedberg alldeles tappat fattningen. Hans raseriutbrott hade kommit från ingenstans. En gång hade han nästan raserat sitt eget kontor.

– Svedberg kan naturligtvis ha ställt till den här oredan själv, sa Wallander. Tanken är inte orimlig. Vi vet att det har hänt tidigare. Det leder oss vidare till en väldigt viktig fråga.

– »Varför «?

– Just det. Varför?

– Sista gången Svedberg slog sönder sitt kontor var jag med. Det var Hansson och Peters som fick stopp på honom. Men jag blev nog aldrig helt klar över vad som hade hänt innan.

– Björk var chef den gången. Han hade kallat in Svedberg på sitt kontor och anklagat honom för att bevismaterial hade försvunnit.

– Vad för sorts bevismaterial?

– Bland annat några värdefulla lettiska ikoner. Det var ett stort och omfattande hälerimål.

– Svedberg blev alltså anklagad för stöld?

– Slarv. Men när nåt är borta finns naturligtvis misstanken om stöld med i bilden.

– Vad hände?

– Svedberg kände sig kränkt och slog sönder sitt kontor.

– Kom ikonerna till rätta?

– Aldrig. Men ingenting gick naturligtvis att bevisa. Hälaren blev för övrigt dömd ändå.

– Men Svedberg hade alltså känt sig kränkt?

– Ja.

– Det leder oss ändå ingenstans. Svedberg raserar sin lägenhet. Och sen blir han skjuten.

– Vi saknar ett händelseförlopp, sa Wallander.

– Kan man tänka sig att det har funnits ytterligare en person här? sa hon plötsligt.

– Vi kan tänka oss vad som helst, svarade han. Det är ett av våra problem. Vi vet inte om gärningsmannen var ensam eller om det fanns fler människor här i rummet. Vi har inte hittat några spår av vare sig det ena eller det andra.

De lämnade vardagsrummet.

– Har du hört talas om att Svedberg varit utsatt för några hot? frågade Wallander i tamburen.

– Nej.

– Har nån annan blivit hotad?

– Det kommer ju alltid konstiga brev och telefonsamtal, sa hon. Men sånt finns naturligtvis registrerat.

– Gå igenom det som kommit in under sista tiden, sa Wallander. Dessutom vill jag be dig att prata med tidningsbudet. Om han eller hon har gjort några iakttagelser.

Ann-Britt noterade i en anteckningsbok.

– Var är den förbannade stjärnkikaren? sa Wallander.

– Hur ska vi hitta henne som heter Louise? undrade Ann-Britt.

– Jag ska ha ett samtal med Ylva Brink om en liten stund, sa Wallander. Den här gången måste jag borra djupt.

Han öppnade dörren.

– Vi kan vara säkra på att vapnet inte var Svedbergs, sa Ann-Britt. Han hade inga vapen registrerade på sitt namn.

– Då vet vi i alla fall det.

Hon försvann nerför trapporna. Wallander stängde dörren och återvände in i köket. Drack ett glas vatten. Tänkte att han snart måste äta någonting.

Han var trött. Han satte sig på en stol, lutade huvudet mot väggen och somnade.

Han befann sig högt uppe i ett fjällandskap som gnistrade i den skarpa solen. Han åkte skidor. Skidorna liknade de som stod nere i Svedbergs källarkontor. Farten ökade hela tiden. Han var på väg neråt. In i en dimbank. Plötsligt öppnade sig ett stup framför honom.

Han vaknade med ett ryck. Enligt köksklockan hade han sovit i elva minuter.

Han satt alldeles stilla och lyssnade på tystnaden.

Sedan skrällde det till i telefonen. Han lyfte luren. Det var Martinsson.

– Jag antog att du var där, sa han.

– Har det hänt nåt?

– Eva Hillström har varit på besök igen.

– Vad ville hon?

– Om vi inte gör nåt kommer hon att gå ut i tidningarna. Hon var mycket bestämd.

Wallander tänkte efter innan han svarade.

– Jag tror att jag fattade ett felaktigt beslut idag, sa han. Ett beslut som jag hade tänkt ändra på imorgon när vi träffas.

– Vad är det?

– Vi måste naturligtvis prioritera Svedberg. Men vi kan inte avskriva dom där tre försvunna ungdomarna. På nåt sätt måste vi ägna tid åt dom också.

– Var ska vi få den ifrån?

– Det vet jag inte. Men det är inte första gången vi är överhopade med arbete.

– Jag lovade att jag skulle ringa Hillström efter att ha talat med dig.

– Gör det. Försök lugna henne. Vi ska ta tag i saken.

– Kommer du hit?

– Jag är på väg upp. Ylva Brink kommer.

– Klarar vi att lösa det här med Svedberg?

Wallander uppfattade Martinssons oro.

– Ja, sa han. Det gör vi. Men jag har en känsla av att det kan bli mycket besvärligt.

Samtalet tog slut. Några duvor flaxade förbi utanför fönstret. En tanke hade slagit Wallander.

Ann-Britt hade sagt att vapnet som legat på golvet inte hade varit registrerat på Svedberg. Alltså hade Svedberg inte haft något vapen. Det var den rimliga slutsatsen. Men verkligheten var sällan rimlig. Hur många oregistrerade vapen flöt inte omkring i det svenska samhället? Det var något som ständigt oroade polisen. Vad var det egentligen som talade emot att en polis kunde ha ett illegalt vapen i sin ägo?

Vad betydde i så fall det?

Om vapnet ändå hade tillhört Svedberg?

Wallander satt orörlig på stolen. Känslan från tidigare återkom. Att någonting brådskade.

Han reste sig hastigt och lämnade lägenheten.

8

István Kecskeméti hade kommit till Sverige för exakt 40 år sedan. Han hade tillhört den ström med ungerska flyktingar som efter det krossade upproret tvingats lämna Ungern. När han kom till Sverige hade han varit 14 år. Han hade anlänt till Trelleborg i sällskap med sina föräldrar och tre yngre syskon. Fadern hade varit ingenjör och en gång tidigare, i slutet av 1920-talet, hade han besökt Separators fabriker utanför Stockholm. Där hoppades han nu på att få arbete. Men han kom aldrig längre än till Trelleborg. På väg nerför trappan på färjeterminalen hade han fått ett slaganfall. Hans andra möte med den svenska jorden var när hans kropp föll mot den våta asfalten. Han hade blivit begravd på kyrkogården i Trelleborg, familjen hade stannat i Skåne, och nu, när István var 54 år gammal, var han sedan länge innehavare av en av de pizzerior som låg längs Hamngatan i Ystad.

Wallander hade hört István berätta om sitt liv många år tidigare. Då och då åt Wallander hos honom. Var det få gäster just den kvällen slog sig István gärna ner och berättade om sitt liv.

Klockan var halv sju när Wallander steg in genom dörren. Han hade en halvtimme på sig innan han skulle träffa Ylva Brink. Det fanns inga gäster i lokalen, precis som Wallander hade förutsett. Från köket hördes en radio och ljudet av hur någon bankade kött. István höll just på att avsluta ett telefonsamtal vid bardisken och vinkade. Wallander slog sig ner vid ett hörnbord. Samtalet tog slut. István kom fram. Hans ansikte var allvarligt.

– Vad är det jag hör? En polis som är död?

– Tyvärr, svarade Wallander. Karl Evert Svedberg. Om du vet vem det var?

– Jag tror inte han nånsin var här, sa István allvarligt. Vill du ha en öl? Jag bjuder.

Wallander skakade på huvudet.

– Jag vill ha nåt att äta som går fort, sa han. Och som är lämpligt för en person som har för mycket socker i blodet.

István såg betänksam ut.

– Har du blivit diabetiker?

– Nej. Men jag har för mycket socker i blodet.

– Då är du diabetiker.

– Det kan vara tillfälligt. Men jag har bråttom.

– En bit kött stekt i olja, sa István. Och en sallad. Blir det bra?

– Det blir alldeles utmärkt.

István gick. Wallander undrade över sin reaktion. Diabetes var ingen skamlig sjukdom. Men han visste varför han betedde sig som han gjorde. Han tyckte illa om sin övervikt. Han ville blunda och låtsas som om den inte fanns.

Han åt, som vanligt alldeles för fort, och drack sedan en kopp kaffe. István hade blivit upptagen av ett större sällskap med polska turister. Wallander var glad att slippa de frågor om mordet på Svedberg som han visste annars skulle ha kommit. Han betalade notan, reste sig och gick. Det var fortfarande varmt. På gatorna var det ovanligt mycket folk. Wallander nickade då och då åt förbipasserande som han kände. Han försökte tänka efter hur han skulle lägga upp samtalet med Ylva Brink. Att hon skulle svara ärligt på hans frågor och anstränga sig för att komma ihåg var han övertygad om. Det svåra var att få henne att berätta sådant hon inte visste att hon visste. En av nyckelfrågorna handlade om den kvinna som hette Louise. Kanske Ylva trots allt visste något om henne, utan att hon tidigare varit klar över det?

Wallander kom till polishuset strax efter sju. Ylva Brink hade ännu inte kommit. Han gick raka vägen till Martinssons kontor. Hansson var där.

– Hur går det? frågade Wallander.

– Det har varit förvånansvärt få tips, sa Martinsson.

– Ingen preliminär rapport från Lund?

– Inte än, svarade Hansson. Vi kan nog knappast vänta oss nåt före måndag.

– Tidpunkten, sa Wallander. Den är viktig. Har vi den har vi nånting att hålla oss till.

– Jag har letat i registren, sa Martinsson. På ett ytligt plan påminner inte det här mordet och inbrottet om nåt annat.

– Vi vet inte om det var inbrott, påpekade Wallander.

– Vad skulle det annars ha varit?

– Det vet vi inte. Jag ska tala med Ylva Brink nu. Jag tänker mig att vi ses klockan nio imorgon.

Han gick till sitt rum. En lapp på bordet var från Lisa Holgersson. Hon ville tala med honom så fort som möjligt. Wallander ringde in till hennes rum utan att få svar. Efter visst besvär lyckades han koppla sig själv till receptionen. Ebba hade gått. Wallander la på luren och gick ut till larmcentralen.

– Lisa har gått hem, svarade den polis som satt i växeln.

Wallander bestämde sig för att ringa senare på kvällen. Han ställde sig ute i receptionen och väntade. Efter några minuter kom Ylva Brink. På vägen till hans kontor frågade Wallander om hon ville ha kaffe. Hon tackade nej.

För en gångs skulle hade Wallander bestämt sig för att använda bandspelare. När bandet rullade var det som om någon obehörig lyssnade. Hans egen uppmärksamhet kunde också svikta. Men nu ville han ha tillgång till vartenda ord hon sa. Han ville ha inspelningen utskriven, minnesanteckningarna avlästa direkt från bandet. Han frågade om hon hade något emot att han använde bandspelare. Hon svarade nej.

– Det här är ju inget förhör, sa han. Utan ett samtal för att minnas. Men bandspelaren minns bättre än jag.

Spolarna rullade. Klockan hade blivit nitton minuter över sju.

– Fredagen den 9 augusti 1996, sa Wallander. Samtal med Ylva Brink. Ärende: kriminalinspektör Karl Evert Svedbergs frånfälle, där mord eller dråp kan misstänkas.

– Vad skulle det annars vara? frågade hon.

– Poliser uttrycker sig onödigt formellt ibland, svarade Wallander. Han hade själv reagerat på sitt otympliga sätt att tala.

– Det har gått några timmar, fortsatte han. Du har haft tid att tänka. Du har frågat dig varför det har hänt. Ett mord är alltid meningslöst för alla utom för den som begår gärningen.

– Jag har fortfarande svårt att förstå att det är sant. För några timmar sen talade jag med min man. Det går att ringa till båten per satellit. Han trodde att jag yrade. Men det var då, när jag berättade för en annan människa, som jag på allvar insåg att det verkligen har hänt.

– Det hade naturligtvis varit bra om det här samtalet kunnat vänta. Men det går inte. Vi måste gripa gärningsmannen så fort som möjligt. Mördaren har försprång. Och det ökar hela tiden.

Hon avvaktade hans första egentliga fråga.

– En kvinna vid namn Louise, sa Wallander. Som Karl Evert ska ha träffat regelbundet under många år. Du har aldrig mött henne?

– Nej.

– Du har aldrig ens hört talas om henne?

– Nej.

– Vad var din reaktion när jag först förde henne på tal?

– Att det inte var sant.

– Vad tänker du nu?

– Att det förmodligen är sant. Men fullständigt obegripligt.

– Du och Karl Evert måste ha talat om kvinnor under årens lopp. Om varför han inte gifte sig. Vad sa han då?

– Att han var en inbiten ungkarl. Och att han trivdes med det.

– Du märkte ingenting när ni talade om det?

– Vad skulle det ha varit?

– Att han blev osäker. Att han inte talade sanning.

– Han var alltid mycket övertygande.

För ett ögonblick anade Wallander en osäkerhet hos henne.

– Jag fick en känsla av att du tänkte nånting?

Hon dröjde med svaret. Spolarna snurrade.

– Då och då funderade jag naturligtvis på om det kunde vara så att han var annorlunda...

– Du menar att han skulle vara homosexuell?

– Ja.

– Varför undrade du det?

– Är inte det rimligt?

Wallander hade själv någon gång upplevt att tanken skymtat förbi i hans medvetande.

– Det förefaller mig alldeles naturligt.

– En gång kom det på tal. För ganska många år sen. Jag tror det var när han åt julmiddag hemma hos oss. Inte att han skulle ha varit homosexuell. Men nån annan. Som vi båda kände. Jag minns att han var oväntat häftig i sitt fördömande.

– Av vännen som var homosexuell?

– Av alla homosexuella. Det var obehagligt. Jag hade alltid trott att han var frisinnad.

– Vad hände sen?

– Ingenting. Vi talade aldrig mer om saken.

Wallander tänkte efter.

– Har du nån föreställning om hur vi ska kunna få tag på den här kvinnan som heter Louise?

– Nej.

– Eftersom han nästan aldrig lämnade Ystad borde hon bo här i stan. Eller åtminstone i närheten.

– Jag vet inte.

Hon såg på klockan.

– När måste du vara på ditt arbete?

– Om en halvtimme. Jag tycker inte om att komma för sent.

– Precis som Karl Evert. Han var en mycket punktlig polisman.

– Jag vet. Vad är det man brukar säga? Att han var en människa man kunde ställa klockan efter?

– Hur var han egentligen?

– Det har du frågat om tidigare.

– Jag frågar igen. Hur var han som människa?

– Han var snäll.

– På vilket sätt?

– Snäll. En snäll människa. Jag vet inte hur jag ska förklara närmare. En snäll människa som kunde bli arg. Även om det sällan hände. Han var blyg. Plikttrogen. Många skulle nog ha tyckt han var tråkig. En ganska anonym människa. Lite långsam, kanske. Men inte dum.

Wallander tänkte att hennes beskrivning av Svedberg var mycket precis. Om rollerna varit ombytta skulle han nog själv ha gett samma karaktäristik.

– Vem var hans bäste vän i livet?

Hennes svar överraskade honom.

– Jag tror det var du.

– Jag?

– Han brukade säga så. Att Kurt Wallander är den bäste vän jag har i livet.

Wallander blev förstummad. För honom kom hennes ord alldeles oväntat. Han hade betraktat Svedberg som en kollega bland de andra. De hade aldrig umgåtts privat, aldrig utväxlat några egentliga förtroenden. Rydberg hade varit en vän, Ann-Britt Höglund var långsamt på väg att bli det. Men inte Svedberg, aldrig någonsin.

– Det kommer som en stor överraskning, sa han till sist. Jag upplevde det aldrig så.

– Det hindrar inte att han faktiskt såg dig som sin bäste vän.

– Naturligtvis inte.

Wallander fick en känsla av att han såg rakt in i Svedbergs stora ensamhet. Där förutsättningen för vänskap byggde på den minsta av alla gemensamma nämnare. Att de inte varit ovänner.

Han stirrade på bandspelaren. Sedan tvingade han sig vidare.

– Hade han några andra vänner? Människor han regelbundet umgicks med?

– Han hade kontakt med nån förening som ägnade sig åt amerikanska indianer. Men där var det nog mest fråga om brevväxling. Jag tror den hette »Indian Science«. Men jag är inte alldeles säker.

– Det kan vi ta reda på. Fanns det ingen annan?

Hon tänkte efter.

– Han talade ibland om en pensionerad bankdirektör. Som bor här i staden. Dom brukade se på stjärnor tillsammans.

– Vad heter han?

Hon tänkte efter igen.

– Sundelius. Bror Sundelius. Men jag träffade honom aldrig.

Wallander noterade namnet i sitt kollegieblock.

– Fanns det ytterligare nån?

– Det var jag och min man.

Wallander bytte spår.

– Kan du påminna dig att han förändrades på nåt sätt under den sista tiden? Om han gav uttryck för oro. Om han var okoncentrerad.

– Inte annat då än att han sa att han var utarbetad.

– Men han förklarade alltså inte varför?

– Nej.

Wallander kom på att det fanns en följdfråga som han borde ställa.

– Förvånade det dig? Att han berättade att han kände sig utarbetad?

– Inte alls.

– Han anförtrodde sig alltså till dig om hur han mådde?

– Jag borde ha tänkt på det innan, sa hon. När du bad mig beskriva hur han var. Det finns en sak till. Han var nog ganska inbillningssjuk. Den minsta krämpa bekymrade honom. Blev han förkyld trodde han genast att han drabbats av en allvarlig virusinfektion. Jag tror han hade bacillskräck.

Wallander kunde se honom framför sig. Hur han ständigt befann sig på toaletten för att tvätta händerna. Hur han undvek de som för tillfället var förkylda.

Hon såg på klockan igen. Tiden höll på att rinna ut.

– Hade han några vapen?

– Inte vad jag vet.

– Är det nåt annat som du tänker på just nu, som kan vara viktigt?

– Jag sörjer honom. Han kanske inte var en så märkvärdig människa. Men jag kommer att sakna honom. Han var den hederligaste människa jag känt.

Wallander slog av bandspelaren. Han följde Ylva Brink ut till receptionen. För ett ögonblick verkade hon hjälplös.

– Vad ska jag göra med begravningen? sa hon. Sture tycker att man ska sprida dom dödas aska för vinden. Utan ceremonier och präster. Men jag vet ju inte vad han själv skulle ha velat.

– Nåt testamente hade han alltså inte?

– Inte som jag känner till. Hade han haft nåt skulle han säkert ha berättat det för mig.

– Hade han nåt bankfack?

– Nej.

– Det skulle du också ha känt till?

– Ja.

– Vi inom polisen ska naturligtvis delta på begravningen, sa Wallander. Jag ska prata med Lisa Holgersson om saken och be henne att kontakta dig.

Ylva Brink försvann ut genom polishusets glasdörrar. Wallander återvände till sitt kontor. Ytterligare ett namn hade kommit upp. Bror Sundelius, pensionerad bankdirektör. Wallander slog upp hans namn i telefonkatalogen. Han bodde på Vädergränd, mitt i centrum. Wallander noterade hans telefonnummer. Sedan tänkte han igenom samtalet med Ylva Brink. Vad hade hon egentligen berättat för honom? Som han inte hade vetat från tidigare? Den kvinna som hette Louise var en välbevarad hemlighet. Välbevakad, tänkte Wallander. Det är den riktiga beskrivningen. Han noterade i blocket. Varför håller man en kvinna hemlig i många år? Ylva Brink hade berättat om Svedbergs våldsamma avståndstagande från homosexuella. Han hade haft bacillskräck. Och han träffade alltså då och då en pensionerad bankdirektör med vilken han betraktade natthimlens stjärnor. Wallander la ifrån sig pennan och lutade sig bakåt i stolen. Ingenting förändras, tänkte han. I det stora hela är Svedberg fortfarande den han var i livet. Med detta enda undantag, den kvinna som heter Louise. Ingenting leder oss in mot ett centrum där hans död kan förklaras.

Han tyckte plötsligt att han såg det hela framför sig, alldeles klart och genomskinligt. Svedberg hade inte kommit till arbetet eftersom han redan varit död. Han ertappar en inbrottstjuv som skjuter honom. Som sedan flyr, med ett teleskop i famnen. Det drama som utspelats var tillfälligt, banalt och alldeles förfärande.

Det fanns helt enkelt ingen annan förklaring.

Klockan hade blivit tio minuter över åtta. Wallander ringde hem till Lisa Holgersson. Det visade sig att hon hade velat tala med honom om på vilket sätt de skulle delta i begravningen. Wallander hänvisade henne vidare till Ylva Brink. Sedan redogjorde han för det som hade skett under eftermiddagen. Han sa också att han alltmer lutade åt att Svedberg fallit offer för en våldsam, kanske drogad, inbrottstjuv.

– Rikspolischefen har ringt, sa hon. Han beklagade och han var bekymrad.

– I den ordningen?

– Tack och lov.

Wallander sa att de skulle träffas dagen efter klockan nio. Han lovade att hålla henne underrättad om något av avgörande betydelse inträffade under kvällen.

Wallander tryckte ner klykan och slog sedan numret till bankdirektör Sundelius. Där var inget svar, inte heller någon telefonsvarare.

Efteråt kände han sig villrådig. Hur skulle han nu gå vidare? Otåligheten jagade honom. Han visste att han måste vänta. På rättsläkarnas utlåtanden, på att resultaten från de tekniska undersökningarna skulle bli klara.

Han satte sig vid bordet igen, spolade tillbaka bandet och började lyssna på sitt samtal med Ylva Brink. När bandet hade rullat färdigt tänkte han på det sista hon hade sagt. Att Svedberg varit en alltigenom hederlig människa.

– Jag letar efter begravda hundar som inte finns, sa han högt ut i rummet. Vad vi letar efter är en våldsman som begått inbrott.

Det knackade på dörren. Martinsson steg in.

– Det väntar otåliga journalister ute i receptionen, sa han. Trots att det är sent.

Wallander grimaserade.

– Vi har inget nytt att komma med.

– Jag tror dom nöjer sig med nåt gammalt. Bara dom får nånting.

– Kan du inte skicka iväg dom? Lova en presskonferens så fort vi har nåt att berätta.

– Det har utgått order från högsta ort om att vi ska hålla oss väl med massmedierna, sa Martinsson ironiskt. Har du glömt det?

Wallander hade ingenting glömt. Det hade utgått upprepade direktiv från Rikspolisstyrelsen om att de olika polisdistrikten skulle förbättra och intensifiera sitt förhållande till massmedia. Journalister skulle aldrig avvisas. De skulle beredas rikligt med tid och tas emot på bästa tänkbara sätt.

Wallander reste sig tungt från bordet.

– Jag ska tala med dom, sa han.

Det tog honom tjugo minuter att övertyga de två journalisterna om att han faktiskt inte hade några nyheter att komma med. Mot slutet av samtalet höll han på att förlora behärskningen när han insåg att de betraktade honom med öppet misstroende. De utgick från att han inte talade sanning. Men han lyckades hålla sig lugn och journalisterna avtågade. Han hämtade en kopp kaffe i matrummet och återvände sedan till kontoret. Ringde Sundelius nummer ytterligare en gång utan att få svar.

Klockan var kvart i tio. Termometern som han på eget bevåg satt upp utanför fönstret visade plus 15 grader. En bil med högt uppskruvad stereo passerade utanför på gatan. Han kände sig rastlös och orolig. Den slutsats han dragit, att mordet på Svedberg var en del av ett banalt inbrott, lugnade honom inte. Det var något annat gömt i det hela.

Och vem var denna Louise?

Telefonen ringde. Fler journalister, tänkte han uppgivet. Men det var Sten Widén.

– Jag sitter här och väntar, sa han. Var blir du av? Jag inser naturligtvis att du har mycket att stå i. Jag beklagar det som har hänt.

121

Wallander svor tyst för sig själv. Det hade han alldeles glömt, att han denna kväll lovat besöka Sten Widén på hans hästgård utanför Stjärnsunds slottsruin. De hade känt varandra sedan ungdomstiden och de hade delat ett intresse för operamusik. Sedan hade de glidit ifrån varandra. Wallander hade blivit polis och Sten Widén hade övertagit gården där han tränade galopphästar, efter sin far. För några år sedan hade de återupplivat sin vänskap igen. De träffades nu med viss regelbundenhet. Just denna kväll hade de avtalat att Wallander skulle besöka Widén. Det hade alldeles försvunnit ur hans minne.

– Jag borde ha ringt, sa Wallander. Men jag hade glömt alltsammans.

– Dom sa det på radion. Att din kollega hade blivit dödad. Ett dråp eller ett mord.

– Vi vet inte än. Det är för tidigt att svara på. Men det har varit ett förfärligt dygn.

– Vi kan ses en annan gång, sa Sten Widén.

Wallander fattade sitt beslut utan att tveka.

– Jag kommer nu, sa han. Jag är där om en halvtimme.

– Du behöver inte känna dig tvingad.

– Jag behöver komma bort från det här en stund.

Wallander försvann från polishuset utan att säga någonting. Innan han lämnade Ystad svängde han dock förbi Mariagatan och hämtade sin mobiltelefon. Sedan for han västerut längs E65-an, passerade Rydsgård och Skurup och tog av till vänster. Han passerade slottsruinen och svängde in på Sten Widéns kringbyggda gård. I en hage skriade en ensam hingst. Annars var det mycket stilla.

Sten Widén kom ut och mötte honom. Wallander var van att se honom i smutsiga arbetskläder. Men nu hade han vit skjorta och hans hår var blött. När de tog i hand kände Wallander lukten av sprit. Han visste från tidigare att Sten Widén drack för mycket. Men han hade aldrig kommenterat det, aldrig tyckt sig ha någon orsak.

– Det är en vacker kväll, sa Widén. Augusti kom med sommaren. Eller kanske man ska säga tvärtom? Att sommaren kom med augusti? Vem bär egentligen vem?

Ett stråk av avund for igenom Wallander. Det var så här han hade drömt om att ha det, att bo ute på landet, med en hund, och kanske även med Baiba. Men av den drömmen hade det inte blivit någonting.

– Hur går det med hästarna? frågade han.

– Inte så bra. 80-talet var gyllene år. Alla tyckte sig ha råd med en häst. Idag är det inte så längre. Folk håller i pengarna. Folk ber till sina gudar om kvällarna att dom inte ska stå näst i tur att drabbas av arbetslösheten.

– Jag trodde det var rikt folk som hade galopphästar? Och dom brukar väl inte bli arbetslösa?

– Visst finns dom, sa Widén. Men inte i så hög grad som förr. Det är som med golfen. Vanligt folk klättrar över staketen till dom rikas gräsmattor.

De hade börjat gå mot stallet. En flicka i ridkläder kom runt hörnet med en häst som hon ledde i tyglarna.

– Hon är den enda jag har kvar, sa Widén. Sofia. Dom andra har jag varit tvungen att säga upp.

Wallander erinrade sig några år bakåt i tiden, då det på gården funnits en flicka som Widén hade haft ett förhållande med. Men han kunde inte påminna sig hennes namn. Kanske hade hon hetat Jenny.

Widén växlade några ord med flickan. Wallander uppfattade att hästen hette »Black Triangle«. Han upphörde aldrig att förvånas över de egendomliga namnen.

De gick in i stallet. Widén stannade utanför en box där en häst stod och stampade.

– Hon heter »Dreamgirl Express«, sa Widén. Det är hon som för närvarande nästan ensam betalar mitt bröd. Frånsett henne är det tunt. Hästägarna klagar över att allting är så dyrt. Min revisor ringer allt oftare och allt tidigare på morgnarna. Jag vet faktiskt inte hur länge till det går att hålla på.

Wallander klappade försiktigt hästen på mulen.

– Det har ju löst sig tidigare, sa han.

Widén skakade på huvudet.

– Just nu vet jag inte, sa han. Men jag kan nog fortfarande få ett hyggligt pris för gården. Och då ger jag mig av.

– Vart då?

– Jag ska packa min väska. Sen ska jag sova gott en lång och ostörd natt. När jag vaknar ska jag bestämma mig.

De lämnade stallet och gick mot det hus där Widén hade kombinerat bostad och kontor. Allt brukade vara en enda kaotisk röra. Men när de steg in såg Wallander till sin förvåning att det var städat.

– För några månader sen upptäckte jag att städning kan vara en bra terapi, sa Widén som såg Wallanders förvånade min.

– Det fungerar inte på mig, svarade Wallander. Gudarna ska veta att jag har försökt.

Sten Widén pekade på ett bord där det fanns flaskor. Wallander tvekade. Sedan nickade han. Den läkare som hette Göransson skulle inte tycka om det. Men just nu orkade han inte stå emot.

Vid midnatt började Wallander känna sig berusad. De satt i trädgården på baksidan av huset. Genom ett öppet fönster strömmade musik. Sten Widén satt med slutna ögon och dirigerade finalen av »Don Juan« med ena handen. Wallander tänkte på Baiba. Den ensamma hästen i hagen bortanför trädgården stod orörlig och betraktade dem.

Musiken tog slut. Allt var mycket stilla.

– Våra drömmar från ungdomen förgår men musiken består, sa Widén. Men svårt måste det vara att växa upp idag. Jag ser på flickorna som jobbar hos mig i stallet. Vad har dom egentligen att hoppas på eller att drömma om? Dom har dålig utbildning, dålig självkänsla. Vem behöver dom om jag tvingas slå igen?

– Sverige har blivit ett hårt land, sa Wallander. Hårt och brutalt.

– Hur fan står du ut med att vara polis? frågade Widén.

– Jag vet inte, svarade Wallander. Men jag fruktar ett samhälle där privata bevakningsarméer har tagit över. Och jag tror inte att jag är det här landets sämsta polisman.

– Det var inte det jag frågade om.

– Jag vet. Men det är det svar du får.

De gick in. Kvällen hade börjat bli fuktig. De hade kommit överens om att Sten Widén skulle köra in Wallanders bil dagen efter. Själv skulle han ta en taxi. Sova över ville han inte.

– Minns du den gången vi åkte till Tyskland för att höra på Wagner? sa Sten Widén. Det är 25 år sen nu. Jag hittade några fotografier för ett tag sen. Vill du se?

– Gärna.

– Jag behandlar dom som dyrgripar, sa Widén. Därför har jag gömt dom i min hemliga låda.

Wallander såg hur Widén lossade en träpanel intill ett av fönstren. Där bakom fanns en inbuktning. Han tog fram ett plåtskrin och räckte sedan några fotografier till Wallander, som häpnade när han såg sig själv. Bilden var tagen någonstans utanför Lübeck, på en rastplats. Wallander hade en ölflaska i handen. Det såg ut som om han vrålade mot fotografen. De andra bilderna var likadana. Han skakade på huvudet och lämnade tillbaka dem.

– Vi hade roligt, sa Widén. Roligare än vi kanske nånsin senare har haft det.

Wallander hällde upp mera whisky åt sig själv. Widén hade rätt. Roligare hade de aldrig haft det senare i livet.

Klockan blev närmare ett innan de ringde till Skurup och beställde en bil. Wallander hade fått huvudvärk. Dessutom mådde han illa. Och han var mycket, mycket trött.

– Vi borde göra om den där resan till Tyskland nån gång, sa Sten Widén när de stod ute på gårdsplanen och väntade på bilen.

– Inte göra om, sa Wallander. Vi borde ge oss ut på en ny resa. Fast jag har ingen gård att sälja.

Taxin kom. Wallander klev in och sa vart han skulle. Sten Widén stod och såg bilen fara. Wallander hade satt sig i baksätet, kurade ihop sig i ett hörn och slöt ögonen. Han somnade och började genast drömma.

Men just när de hade passerat avtagsvägen till Rydsgård var det något som drog upp honom till ytan igen. Först visste han inte vad det var. Någonting hade skymtat förbi i drömmen. Sedan kom han ihåg: *Sten Widén hade stått vid fönstret och lösgjort träpanelen.*

Med ens var Wallander klarvaken. Under många år hade Svedberg gått och bevakat en hemlighet. En kvinna som hette Louise. När Wallander undersökt hans skrivbord hade han inte funnit annat än några gamla brev som Svedberg utväxlat med sina föräldrar.

Svedberg har ett hemligt rum, tänkte Wallander. Precis som Sten Widén.

Han böjde sig framåt och ändrade adressen från Mariagatan till Stortorget. Strax efter halv två steg han ur taxin. Nycklarna till Svedbergs lägenhet hade han i fickan. Han påminde sig att han hade sett huvudvärkstabletter i Svedbergs badrumsskåp.

Han låste upp lägenheten. Höll andan och lyssnade. Sedan blandade han till ett glas med huvudvärkstabletter. Utifrån gatan trängde ljud från några skrålande ungdomar in. Sedan var det tyst igen.

Han ställde ifrån sig glaset på diskbänken och började leta efter Svedbergs hemliga rum. När klockan blivit kvart i tre på morgonen fann han det. En bit av plastmattan under byrån i sovrummet gick att ta loss. Wallander riktade in sänglampan så att den lyste mot hålet. Där fanns ett brunt kuvert. Han tog upp det och gick ut i köket. Kuvertet var inte igenklistrat. Han öppnade det.

Precis som Sten Widén hade Svedberg behandlat fotografier som dyrgripar.

Där fanns två bilder. Det ena var av en kvinnas ansikte. En porträttbild, förmodligen tagen i en ateljé.

Det andra fotografiet föreställde några ungdomar som satt i skuggan av ett träd och lyfte sina vinglas mot en okänd fotograf.

Det hela verkade mycket idylliskt. Där fanns dock en sak som var märkligt med fotografiet.

Ungdomarna verkade utklädda. Som om deras fest utspelade sig någon gång i förfluten tid.

Wallander hade satt på sig sina glasögon.

Någonting hade börjat värka i hans mage.

Han påminde sig att han hade sett ett förstoringsglas i en av Svedbergs skrivbordslådor. Han hämtade det och studerade bilden noga.

Det var något bekant med de här ungdomarna. Särskilt den flicka som satt längst ut till höger.

Sedan kände han igen henne. Han hade nyligen sett ett fotografi av henne. Men då hade hon inte varit utklädd.

Flickan till höger på bilden var Astrid Hillström.

Wallander la sakta ifrån sig fotografiet på bordet.

Någonstans slog en klocka tre.

9

Klockan sex på lördagsmorgonen den 10 augusti stod Wallander inte ut längre. Då hade han gått fram och tillbaka i lägenheten, alltför orolig för att tänka, alltför rastlös för att gå till sängs. På bordet i köket hade de två fotografier han några timmar tidigare hade hittat i Svedbergs lägenhet legat. De hade bränt i hans ficka när han gick genom den nattomma staden mot Mariagatan. Först när han hängde av sig jackan insåg han att det måste ha duggregnat på vägen utan att han hade märkt det.

Fotografierna som han hittat i Svedbergs hemliga rum var avgörande, utan att han kunde säga hur. Men den oro och den rädsla han tidigare hade känt, kanske mest som en formlös föraning, hade nu drabbat honom med full kraft. Ett fall som inte hade varit något fall, de tre försvunna ungdomarna, som antogs vara på resa någonstans i Europa hade plötsligt dykt upp i den tyngsta mordutredning polisen i Ystad någonsin hade stått inför. Det var en av dem själva, en ur den egna kretsen som hade mördats. Under de nattliga timmarna efter det att Wallander gjort sin upptäckt hade han hunnit tänka många tankar, alla lika förvirrande, otydliga och motsägelsefulla. Han hade ett avgörande genombrott i sin hand, men han visste inte vad det innebar.

Vad var det egentligen fotografierna berättade? Bilden av Louise var svartvit, den av ungdomarna i färg. Det fanns inga maskinstämplade datum på baksidorna. Innebar det att de framkallats i något privat laboratorium? Eller fanns det framkallningsfirmor som inte använde sig av maskinstämplade datum? Bildformatet var normalt. Han försökte värdera om de hade tagits fram av en yrkesman eller en amatör. Han visste av erfarenhet att bilder som framkallades hemma lätt kunde bli buckliga. Frågorna var många och han insåg att han inte var kapabel att besvara dem med säkerhet.

Han hade också funderat på vad bilderna framkallade för stämningar? Vad berättade de om fotograferna? Han tyckte han vågade utgå från att det inte hade varit samma person. Hade Svedberg själv fotograferat Louise? Hennes blick avslöjade ingenting. Bilden av ungdomarna var också svårfångad. Han tyckte inte han kunde uppfatta någon medveten komposition. Det viktigaste hade varit att alla kommit med. Någon hade lyft en kamera, hojtat till om uppmärksamhet, och sedan knäppt. Det föresvävade honom att det någonstans kanske fanns ytterligare bilder, att den han hade framför sig på bordet ingick i en hel serie upprymda festfotografier. Men var fanns de?

Det orimliga i själva sambandet var dock det som oroade honom mest. Redan hade de fått antydningar om att Svedberg just innan han gått på semester bedrivit spaning efter de försvunna ungdomarna. Varför hade han gjort det? Och varför hade han gjort det i hemlighet?

Var kom fotografiet med de skålande ungdomarna ifrån? Var var det taget?

Sedan fanns alltså också detta kvinnoansikte. Någon annan än den kvinna som hette Louise kunde det knappast vara. Wallander hade suttit i kökslampans sken och studerat bilden. Det var en kvinna i 40-årsåldern. Några år yngre än Svedberg. Om de hade träffats för ungefär tio år sedan skulle hon ha varit 30 och Svedberg 35. Det var ingen orimlighet. Kvinnan på bilden hade rakt mörkt hår, i en frisyr som Wallander trodde kallades pageklippning. Bilden var svartvit. Hennes ögonfärg framgick inte. Hon hade smal näsa, hela hennes ansikte var smalt och läpparna sammanknipna i ett antytt leende.

Ett Mona Lisa-leende. Men kvinnan på bilden saknade en leende glimt i sina ögon. Om bilden var retuscherad i en ateljé eller om hon var kraftigt sminkad kunde Wallander inte avgöra.

Det var också något annat med bilden. Något han inte kunde komma åt. Kvinnans ansikte var undanglidande. Det hade fastnat på plåten, men det var ändå inte där.

På baksidan av fotografierna stod ingenting skrivet. Inget av fotografierna var tummat eller vikt.

Det är två oanvända fotografier jag har hittat, tänkte Wallander. Två bilder som saknar fingeravtryck, två bilder som är som oupprättade böcker.

Han stod ut till klockan sex. Då ringde han till Martinsson som alltid var morgontidig. Det var också han som svarade.

– Jag hoppas jag inte väckte dig, sa Wallander.

– Om du ringer klockan tio en kväll kan det hända att du väcker mig. Men inte klockan sex på morgonen. Jag var just på väg ut för att rensa lite i rabatterna.

Wallander gick rakt på sak. Han berättade om fotografierna. Martinsson lyssnade utan att ställa några frågor.

– Jag vill att vi träffas så fort som möjligt, slutade Wallander. Inte klockan nio. Men om en timme, klockan sju.

– Har du talat med dom andra?

– Du är den förste jag ringer till.

– Vilka vill du ha där?

– Alla. Inklusive Nyberg.

– Honom får du ringa till. Han är så ilsken på morgnarna. Jag orkar inte med människor som är förbannade innan jag har druckit mitt kaffe.

Martinsson åtog sig att ringa till Hansson och Ann-Britt Höglund, Wallander de andra.

Han började med Nyberg som mycket riktigt var vresig och yrvaken.

– Mötet blir klockan sju, sa Wallander. Inte klockan nio.

– Har det hänt nåt? Eller är det på rent fanskap?

– Klockan sju, sa Wallander. Om du nånsin upplever att ett möte i en spaningsgrupp är inkallat på fanskap tycker jag du ska ta kontakt med polisfacket.

Han satte på kaffevatten. Ångrade det sista han sagt till Nyberg. Sedan ringde han till Lisa Holgersson som lovade att komma.

Wallander tog med sig kaffekoppen ut på balkongen. Ett molntäcke höll på att skingras. Termometern tydde på att det skulle bli ännu en varm dag.

Tröttheten tyngde honom. Med avsmak föreställde han sig plötsligt hur små öar av vitt socker flöt omkring i hans blodådror.

Strax efter halv sju lämnade han lägenheten. I trappan mötte han tidningsbudet, en äldre man som hette Stefansson och hade cykelklämmor vid byxbenen.

– Jag är så försenad idag, ursäktade han sig. Men det var nåt fel med tryckpressen.

– Delar du ut tidningarna vid Lilla Norregatan? frågade Wallander.

Stefansson förstod genast.

– Du menar till polisen som blev skjuten?

– Ja.

– Det är en tant som heter Selma. Stadens äldsta tidningsbud. Hon började 1947. Vad blir det? 49 år?

– Vad heter hon mer än Selma?

– Nylander.

Stefansson räckte fram tidningen mot Wallander.

– Det står om dig, sa han.

– Lägg den där uppe, sa Wallander. Jag hinner ändå inte läsa den förrän ikväll.

Wallander skulle hinna i tid till polishuset om han gick. Men han tog bilen. Det nya livet fick vänta ytterligare en dag.

På parkeringsplatsen steg Ann-Britt Höglund ur sin bil samtidigt.

– Tidningsbudet hos Svedberg heter Selma Nylander, sa han. Men du kanske redan har talat med henne?

– Hon är en av dom få människor som inte har telefon hemma.

Wallander tänkte på Sture Björklund och hans beslut att kasta ut telefonen från sitt hem. Var det något som höll på att bli en allmän och spridd företeelse?

De gick in i mötesrummet. Wallander vände i dörren och hämtade en kopp kaffe. Sedan blev han stående i korridoren. Han försökte tänka efter hur han skulle lägga upp mötet. Normalt brukade han alltid vara väl förberedd. Men nu kom han inte på något annat än att lägga fram fotografierna och öppna för en diskussion.

Han stängde dörren bakom sig och satte sig på sin vanliga plats. Svedbergs stol stod tom. Ingen hade satt sig där. Wallander tog fram kuvertet med fotografierna ur sin innerficka. I korthet berättade han om sin upptäckt. Att han slagits av tanken när han i berusat tillstånd varit på väg hem från Sten Widén i en taxi behöll han dock för sig själv. Sedan den gång för snart sex år sedan när han kört bil berusad och blivit ertappad av några av sina kollegor undvek han att överhuvudtaget tala om den sprit han emellanåt hällde i sig.

Fotografierna låg framför honom. Hansson höll på att dra fram episkopprojektorn.

– Jag vill redan nu påpeka en sak, sa Wallander. Flickan som sitter längst till höger på den stora bilden är Astrid Hillström. En av dom ungdomar som varit försvunna sedan midsommar.

Han la in bilderna i projektorn. Det rådde tystnad runt bordet. Wallander väntade samtidigt som han själv studerade bilderna. Några nya detaljer framträdde egentligen inte. Han hade använt sitt förstoringsglas flitigt under de oroliga nattimmarna.

Den som till sist bröt tystnaden var Martinsson.

– Man får väl ändå lov att säga att Svedberg hade god smak, sa han. Kvinnan är vacker. Är det nån som känner igen henne? Ystad är en liten stad.

Ingen hade sett henne tidigare.

Ingen kände heller igen de tre andra ungdomarna på bilden. Att flickan längst till höger var Astrid Hillström stod dock klart för alla. Det foto av henne som fanns i den tunna utredningspärmen var mycket likt. Frånsett att hon där inte var utklädd.

– Är det nån maskerad? frågade Lisa Holgersson. Vilken tid ska det föreställa?

– 1600-talet, sa Hansson bestämt.

Wallander såg förvånat på honom.

– Varför tror du det?

– 1700 kanske är närmare, ändrade han sig tveksamt.

– Jag tror mer på 1500-talet, sa Ann-Britt Höglund. Gustav Vasas tid. Dom gick klädda så. I puffärmar och trikåer.

– Vet du det säkert? undrade Wallander.

– Naturligtvis är jag inte säker. Jag sa vad jag tror.

– Vi kan tills vidare lägga undan alla gissningar. Det viktigaste är inte heller *hur* dom har klätt ut sig. Så småningom kommer frågan att vara *varför* dom har klätt ut sig. Men dit är det fortfarande lång väg.

Han såg sig runt i rummet innan han fortsatte.

– Ett kort på en kvinna i 40-årsåldern. Och ett fotografi av en grupp utklädda ungdomar. Varav en är Astrid Hillström. Som har varit försvunnen sen midsommarafton. Även om hon förmodligen befinner sig på resa nånstans i Europa tillsammans med dom andra två. Det är vår utgångspunkt. Jag hittar dom här fotografierna i ett hemligt förvaringsutrymme hemma hos Svedberg som blivit mördad. Men det är med midsommaraftonens händelser vi ska börja. Ingen annanstans.

Det tog dem över tre timmar att gå igenom det material som fanns tillgängligt. Den mesta tiden gick åt till att formulera nya frågor och utse den som skulle ansvara för att de så fort som möjligt fick ett svar. Efter två timmar föreslog Wallander att de skulle ta en kort paus. Alla utom Lisa Holgersson hämtade kaffe. Sedan fortsatte de igen. Spaningsgruppen hade börjat fungera. När klockan blivit kvart över tio ansåg Wallander att de inte skulle komma längre.

Lisa Holgersson hade suttit tyst större delen av tiden. Som hon brukade när hon deltog i något spaningsmöte. Wallander visste att hon hade stor respekt för deras samlade kunnande.

Men nu lyfte hon handen som tecken på att hon ville tala.

– Vad skulle egentligen ha kunnat hända med dom här ungdomarna? frågade hon. Efter så lång tid borde väl till exempel en olycka ha blivit upptäckt?

– Jag vet inte, svarade Wallander. Att nåt skulle ha hänt bygger på en mycket speciell förutsättning. Att dom vykort där deras namnteckningar identifierats skulle vara förfalskade. Vilket fortfarande framstår som helt omotiverat. Varför skulle nån förfalska vykort?

– För att dölja ett brott, sa Nyberg.

Det blev tyst i rummet. Wallander såg på Nyberg och nickade långsamt.

– Och inte vilket brott som helst, sa han. Försvunna människor är antingen försvunna för gott. Eller så återvänder dom. Det finns bara en enda tänkbar förklaring till att nån skulle ha förfalskat vykorten. Att i det längsta försöka dölja att dom här tre ungdomarna Boge, Norman och Hillström är döda.

– Det berättar en sak till, sa Ann-Britt Höglund. Att den som skrivit vykorten är en person som vet vad som har hänt.

– Inte bara det, sa Wallander. Det är den person som har dödat dom. En person som kan imitera deras namnteckningar, som vet deras namn och adresser.

Det var som om Wallander behövde ta sats för att komma till sin nödvändiga slutsats.

– I förlängningen av några förfalskade vykort döljer sig ett överlagt mord, sa han. Om det här skulle vara riktigt, måste vi räkna med att dom här tre ungdomarna har fallit offer för en beräknande och välplanerande mördare.

Det dröjde länge innan någon bröt tystnaden som följde. Wallander visste redan vad han skulle säga. Men han ville vänta för att se om någon av de andra skulle föregripa honom.

Någon skrattade ljudligt ute i korridoren. Nyberg snöt sig. Hansson satt och stirrade i bordet, Martinsson trummade med fingrarna. Ann-Britt Höglund såg på Wallander liksom Lisa Holgersson. Mina två kvinnliga bundsförvanter, tänkte han.

– Vi tvingas till spekulationer, sa han. En av dom kommer med nödvändighet att bli obehaglig och svår att överhuvudtaget föreställa sig. Men vi kan inte undvika att tala om Svedberg i det här fallet. Vi vet att han har ett fotografi, undanstoppat i hemlighet, av Astrid Hillström tillsammans med några vänner. Vi vet att han i hemlighet har fortsatt sina undersökningar. Vad det är som driver honom vet vi inte. Ungdomarna är fortfarande försvunna. Och Svedberg blir mördad. Det kan ha varit inbrott, det kan ha varit nån som har letat. Kanske efter det här fotografiet. Men vi får tyvärr inte låta bli att tänka oss även en annan möjlighet. Att Svedberg på nåt sätt själv skulle ha varit inblandad.

Hansson släppte sin penna i bordet.

– Detta kan bara inte vara sant! sa han upprört. En av våra kollegor har blivit brutalt mördad. Vi sitter här för att lägga upp spaningarna efter gärningsmannen. Och nu talar vi om möjligheten av att Svedberg själv skulle ha varit inblandad i ett ännu värre brott.

– Det är precis så vi måste tänka, sa Wallander. Som en hypotes bland andra.

– Du har naturligtvis rätt, sa Nyberg. Hur obehagligt det än är. Men sen händelserna i Belgien har jag en känsla av att precis vad som helst kan inträffa också här i landet.

Wallander visste att Nyberg hade rätt. De makabra barnamorden i Belgien hade avslöjat både polisiära och politiska samband. Ännu var allting mycket oklart. Men ingen tvekade om att fler och fler dramatiska avslöjanden skulle komma.

Han nickade åt Nyberg att fortsätta.

–Vad jag nu undrar över är hur den här kvinnan som antas heta Louise kommer in i bilden, fortsatte Nyberg.

– Det vet vi inte, sa Wallander. Vad vi måste börja med nu är att gå fram på bredast tänkbara front och försöka få svar på dom allra viktigaste frågorna. Dit hör vem den här kvinnan är.

Olusten låg som en tung dimma över mötesrummet. De fördelade olika arbetsuppgifter mellan sig. Alla insåg att de nu skulle arbeta dygnet om. Lisa Holgersson skulle se till att ytterligare personal blev avdelad.

Strax efter halv elva bröt de upp. En återsamling skulle ske under kvällen. Martinsson stod redan vid telefonen och talade med sin hustru om att han inte kunde vara med på en bjudning. Wallander hade blivit sittande på sin plats. Egentligen var han i stort behov av att gå på toaletten. Men det var som om han kände sig för trött till och med för det. Drevet är igång, tänkte han. Varje brottsutredning är som att organisera en skallgång. Inte efter någon som försvunnit i en stor skog. Utan en skallgång efter klarhet.

Han gav tecken till Ann-Britt Höglund att hon skulle dröja sig kvar. När de blivit ensamma nickade han åt henne att stänga dörren.

– Ge mig ditt omdöme, sa han när hon hade satt sig ner.

– Vissa tankar är naturligtvis så obehagliga att jag värjer mig inför dom.

– Det gör vi alla. För några få timmar sen var Svedberg en kollega som hade blivit brutalt mördad. Plötsligt förändras alla perspektiv. Nu anar vi en möjlighet att Svedberg själv kan vara inblandad i nåt som kan visa sig vara ett ännu värre brott.

– Tror du att det är så?

– Nej. Men jag måste tänka mig även det jag anser otänkbart. Vilket inte är så konstigt som det låter.

– Vad kan egentligen ha hänt?

– Det är det jag vill att du ska svara på.

– Ett samband är etablerat. Mellan Svedberg och dom försvunna ungdomarna.

– Det är fel. Det finns ett samband mellan honom och Astrid Hillström. Tills vidare ingenting annat.

Hon nickade.

– Du har rätt. Svedberg och Astrid Hillström. Dottern till den mest oroliga mamman.

– Vad ser du mer?

– Att Svedberg varit nån annan än vi trott.

Wallander högg sig fast.

– Vad är det vi har trott om honom?

Hon tänkte efter innan hon svarade.

– Att han var den han verkade vara.

– Och hur verkade han vara?

– Lättillgänglig, öppen. Pålitlig.

– Han skulle alltså istället ha varit otillgänglig, sluten och opålitlig? Är det så du menar?

– Inte helt. Men delvis.

– Han hade en hemlig kvinna. Som kanske heter Louise. Vi har hennes utseende.

Wallander reste sig, slog på projektorn och petade in fotografiet av kvinnoansiktet.

– Jag har en känsla av att det är nåt egendomligt med den här bilden. Med ansiktet. Men jag kommer inte på vad det är.

Ann-Britt Höglund var tveksam. Men Wallander fick en känsla av att hans påstående inte kommit alldeles oväntat för henne.

– Det är nånting med hennes hår, sa hon tveksamt. Jag vet inte vad det är.

– Vi måste hitta henne, sa Wallander. Och vi ska hitta henne.

Han la in det andra fotografiet och såg på henne. Hon svarade tveksamt.

– Jag är ganska övertygad om att dom bär kläder som dom man hade under 1500-talet. Jag har en bok hemma som handlar om modets växlingar genom tiderna. Men jag kan naturligtvis ta fel.

– Vad ser du mer?

– Ungdomar, som verkar glada. Upprymda och berusade.

Wallander tänkte plötsligt på de bilder Sten Widén hade visat honom från den resa de en gång gjort till Tyskland. Wallander hade stått med en ölflaska i handen och varit mycket berusad.

Det fanns en likhet i uttrycket.

– Vad ser du mer?

– Pojken som är nummer två från vänster verkar ropa nåt till fotografen.

– Var befinner dom sig nånstans?

– Det kommer in en skugga i bilden från vänster. Fotografiet är taget utomhus. I bakgrunden är det buskar, kanske också några träd.

– Dom sitter på en duk där det finns mat. Och dom är utklädda. Vad betyder det?

– En maskerad. En fest.

– Låt oss gissa att det är en sommarfest, sa Wallander. Hela bilden ger en känsla av att det är varmt. Det skulle kunna vara en midsommarfest. Men det kan inte ha varit i år. Eftersom Norman inte är med men däremot Astrid Hillström.

– Hon kan kanske verka vara lite yngre.

Wallander var överens.

– Det är min uppfattning också. Bilden kan vara tagen för ett eller kanske två år sen.

– Ingenting i fotografiet ger intryck av hotfullhet, sa hon. Precis så glad kunde man vara i den åldern. Livet var oändligt, sorgerna måttliga.

– Jag har en känsla, sa Wallander. Av att jag aldrig har befunnit mig vid ingången till en utredning som den här. Naturligtvis är Svedberg den tunga punkten. Men jag ser inte åt vilket håll vi ska vända oss. Kompassnålen snurrar.

– Det finns naturligtvis också en rädsla, sa hon. För att det ska visa sig att Svedberg har varit inblandad i nånting vi helst inte vill föreställa oss.

– Ylva Brink sa nåt egendomligt när jag talade med henne igår. Hon påstod att Svedberg hade sagt att jag var hans bäste vän i livet.

Hon såg undrande på honom.

– Förvånar det dig?

– Naturligtvis gör det det.

– Han såg dessutom upp till dig. Det visste alla.

Wallander slog av projektorn och stoppade tillbaka bilderna i kuvertet.

– Om det nu visar sig att Svedberg var en helt annan än den vi trott. Då måste det också gälla hans syn på mig.

– Vilket skulle innebära att han egentligen hatade dig.

Wallander gjorde en grimas.

– Det tror jag knappast han gjorde. Men jag vet ju inte med bestämdhet.

De lämnade rummet. Ann-Britt Höglund tog kuvertet med bilderna för att ge det till Nyberg som skulle söka efter fingeravtryck. Först skulle hon dock ta ett antal fotostatkopior av de båda fotografierna.

Wallander gick på toaletten och pissade länge och färglöst. Sedan drack han nästan en liter vatten inne i matrummet.

De hade fördelat de olika arbetsuppgifterna mellan sig. Wallander skulle själv börja med att tala med Eva Hillström och göra ett förnyat besök hos Sture Björklund i Hedeskoga. Han satte sig på sitt kontor och la handen på telefonluren. Sedan bestämde han sig för att börja med Eva Hillström. Utan att ringa henne på förhand. Ann-Britt Höglund knackade på dörren och lämnade in fotostatkopiorna. Bilden på ungdomarna hade hon förstorat så att deras ansikten framträdde så tydligt som bara var möjligt.

Klockan hade blivit tolv när Wallander lämnade polishuset. I receptionen hade han hört någon säga att det var 23 grader. Innan han satte sig i bilen tog han av sig jackan.

Eva Hillström bodde på Körlings väg, strax intill stadens östra infart. Han parkerade utanför grinden. Huset var mycket stort, byggt någon gång i början av seklet och med en väl tilltagen trädgård. Han gick fram till dörren och ringde på. Eva Hillström öppnade. Hon hajade till när hon fick syn på honom.

– Ingenting har hänt, sa Wallander, orolig för att hon skulle börja tro att han bar bud som bekräftade hennes värsta föraningar. Jag kommer för att jag har ytterligare några frågor.

Hon släppte in honom i en stor hall. Doften av rengöringsmedel var mycket stark. Eva Hillström hade på sig träningskläder. Hennes fötter var bara. Hon betraktade honom med oroligt vandrande ögon.

– Jag hoppas jag inte kommer olämpligt, sa Wallander.

Hon mumlade något otydligt som Wallander inte lyckades uppfatta. Sedan följde han efter henne in i ett stort vardagsrum. Möbler och tavlor gav intryck av att vara dyrbara. Något grundläggande fel på familjen Hillströms ekonomi kunde han inte upptäcka. Han satte sig lydigt i den soffa som hon pekade på.

– Kan jag bjuda på nånting? frågade hon.

Wallander skakade på huvudet. Han var törstig. Men ett glas vatten ville han av någon anledning inte be om.

Hon satte sig ytterst på en stolskant. Wallander fick en egendomlig känsla av att hon var som en löpare, som just gått ner i startblocken och gjorde sig beredd på skottet. Han tog fram fotostatkopiorna ur fickan och började med att räcka fram bilden av kvinnoansiktet. Hon kastade en hastig blick på det och såg sedan undrande på honom.

– Vem är det?

– Du känner alltså inte igen henne?

– Har hon med Astrid att göra?

Hennes ton var aggressiv. Wallander insåg att han måste vara mycket bestämd tillbaka.

– Polisen måste ibland ställa ett antal rutinfrågor, sa han. Nu visar jag dig en bild. Och jag undrar om du känner igen henne?

– Vem är hon?

– Svara på min fråga.

– Jag har aldrig sett henne tidigare.

– Då behöver vi inte tala mer om det.

Hon skulle just ställa en ny fråga när Wallander gav henne den andra fotostatkopian. Hon såg hastigt på den. Sedan reste hon sig ur stolen, som om startskottet äntligen hade gått, och lämnade rummet. Efter ungefär en minut var hon tillbaka hos den undrande Wallander. Hon räckte honom ett fotografi.

– Fotostatkopior blir aldrig så bra som originalen, sa hon.

Wallander betraktade fotografiet. Det var samma som den kopia han nyss lämnat henne, samma som den bild han hittat hemma hos Svedberg.

Genast fick han en känsla av att ha närmat sig någonting avgörande.

– Berätta om fotografiet, sa han. När är det taget? Vilka är dom andra ungdomarna?

– Var det är taget vet jag inte, svarade hon. Nånstans på Österlen. Kanske vid Brösarps backar. Jag fick det av Astrid.

– När är det taget?

– Förra sommaren. I juli. Magnus fyllde år.

– Magnus?

Hon pekade. Magnus var den pojke som på bilden ropade något till den okände fotografen. Wallander hade för en gångs skull kommit ihåg att ta med sig ett anteckningsblock.

– Vad heter han mer än Magnus?

– Holmgren. Han bor i Trelleborg.

– Vilka är dom andra?

Wallander noterade namnen och var de bodde. Plötsligt slogs han av en tanke.

– Vem är det som har tagit bilden? frågade han.

– Astrid har en kamera med självutlösare.

– Det är alltså hon som har tagit den?

138

– Jag sa just att kameran har självutlösare!

Wallander gick vidare.

– Det är en födelsedagsfest. Magnus fyller år. Men dom är också utklädda.

– Dom brukade göra så. Jag kan inte se nåt konstigt med det.

– Inte jag heller. Men jag behöver ställa dom här frågorna ändå.

Hon tände en cigarett. Wallander hade hela tiden en känsla av att hon befann sig i hotande närhet av ett nervöst sammanbrott.

– Astrid hade alltså många vänner, sa han.

– Inte många, svarade Eva Hillström. Men goda.

Hon tog upp fotografiet och pekade på den andra flickan.

– Isa skulle ha varit med, sa hon. Nu vid midsommar. Men hon blev sjuk.

Det tog ett ögonblick innan Wallander förstod. Sedan insåg han sammanhanget. Han pekade på fotografiet.

– Den här andra flickan skulle alltså ha varit med i år också?

– Hon blev sjuk.

– Därför blev dom bara tre? Tre som hade en fest nånstans? Och som då bestämde sig för att resa ut i Europa?

– Ja.

Han kontrollerade sina anteckningar.

– Isa Edengren bor alltså i Skårby?

– Hennes pappa är affärsman.

– Vad har hon sagt om den här resan?

– Att ingenting var bestämt på förhand. Men hon är säker på att dom har gett sig av. Dom brukade alltid ha sina pass med sig när dom träffades.

– Har hon fått några vykort?

– Nej.

– Tycker hon det är konstigt?

– Ja.

Eva Hillström släckte cigaretten.

– Nånting har hänt, sa hon. Jag vet inte vad. Men nånting allvarligt har hänt. Isa tar fel. Dom reste ingenstans. Dom är kvar.

Wallander såg att hon hade tårar i ögonen.

– Varför vill ingen tro mig? sa hon. En enda person har lyssnat. Men det hjälper inte längre.

Wallander höll andan.

– En enda person har lyssnat, sa han sakta. Förstod jag dig rätt?

– Ja.

– Jag antar att du menar den polisman som besökte dig i slutet av juni?

Hon såg förvånat på honom.

– Han kom flera gånger, sa hon. Inte bara då. I juli var han här varje vecka. Han kom också flera gånger nu i augusti.

– Du menar den polisman som hette Svedberg?

– Varför måste han dö? frågade hon. Han var den ende som lyssnade på mig. Han var lika orolig som jag.

Wallander satt tyst.

Han hade plötsligt ingenting att säga.

10

Vinden var svag.

Ibland märktes den nästan inte alls.

För att få tiden att gå hade han räknat de vindstötar som han kunde känna mot ansiktet. Han hade tänkt att han skulle notera det på den lista där han skrev upp alla glädjeämnen i livet. Det som tillhörde den lyckliga människan.

Han hade stått dold under ett högt träd under flera timmar. Att vara ute i god tid gav honom också en känsla av tillfredsställelse.

Det var fortfarande varmt, denna lördagskväll i augusti.

När han hade vaknat på morgonen hade han vetat att han inte skulle vänta längre. Tiden var mogen. Som vanligt hade han sovit precis åtta timmar, varken mer eller mindre. Någonstans i drömmarna och hans undermedvetna hade beslutet fattats. Det var idag han skulle återskapa verkligheten, precis som den varit för 51 dagar sedan. Ögonblicket var inne då han skulle lägga fram den till allmän beskådan.

Klockan hade varit fem när han steg upp. Han ändrade inte sina vanor bara för att det var en dag när han råkade vara ledig. Efter att ha druckit en kopp av det speciella te som han direktimporterade från Shanghai hade han vikit undan den röda mattan i vardagsrummet och gjort sin morgongymnastik. Efter tjugo minuter mätte han sin puls, noterade resultatet i sin träningsbok och tog en dusch. Kvart över sex satte han sig vid skrivbordet och började arbeta. Just denna dag gick han igenom en omfattande rapport han hade beställt från Arbetsmarknadsdepartementet där olika åtgärder för att komma till rätta med den stora arbetslösheten diskuterades. Han hade en penna i handen och gjorde förstrykningar och ibland även anteckningar i marginalen. Men ingenting var nytt eller oväntat. Allt det som tjänstemannen hade vaskat fram av slutsatser ur statistik och analyser kände han redan till.

Han la ifrån sig pennan och tänkte på de anonyma människor som hade formulerat den meningslösa rapportens innehåll. De riskerade inte att bli arbetslösa, tänkte han. De skulle aldrig förunnas lyckan att se rakt igenom tillvaron, se vad som egentligen betydde något. Vad som gav en människa hennes egentliga värde.

Han fortsatte att läsa fram till klockan tio. Då klädde han sig och gick ut och handlade. Sedan lagade han till en lunch och vilade några timmar, fram till klockan två.

Han hade ett ljudisolerat sovrum. Det hade kostat mycket pengar. Men det hade varit värt sitt pris. Inga ljud från gatan trängde in till honom. Fönstren var borttagna och förmurade. En ljudlös luftkonditioneringsanläggning gav honom den luft han ville andas. På ena väggen hängde en ljustavla som föreställde världen. Där kunde han följa hur solen vandrade över jordklotet. Detta rum var hans centrum. Här kunde han tänka alldeles klart. På det som hade hänt och det som skulle ske.

Det ljudisolerade rummet var en mittpunkt. Här rådde en klarhet som han inte kunde uppleva någon annanstans.

Här behövde han aldrig tänka på vem han var. Inte heller på att han hade rätt.

Rätt i att ingen rättvisa existerade.

Det hade varit en konferens på ett hotell någonstans i den jämtländska fjällvärlden. Chefen på den ingenjörsbyrå där han då arbetade hade plötsligt stått i hans dörr och sagt att han måste resa dit. Någon hade blivit sjuk. Naturligtvis hade han sagt ja, trots att han egentligen hade gjort upp andra planer för den helg då konferensen skulle hållas. Han hade sagt ja eftersom han ville hålla med sin chef. Om det lämpliga i att just han for. Det hade handlat om den nya digitala tekniken. Konferensen leddes av en äldre man som en gång hade hållit på med de mekaniska kassaregister som tillverkades i Åtvidaberg. Han talade om den nya tiden och alla som deltog hade suttit lutade över sina anteckningsblock.

En av kvällarna, kanske det hade varit den sista, hade de badat bastu. Men han tyckte inte om att bada bastu. Han tyckte inte om att visa sig naken inför andra män. Han visste inte hur han skulle reagera. Därför hade han väntat i baren medan de andra satt och svettades. Efteråt hade de druckit. Någon hade börjat berätta en historia. Om lämpliga sätt att avskeda folk. Alla hade varit män i ledande ställningar, utom han själv, som fortfarande bara var en menig ingenjör. De hade berättat historier, det ena hade gett det andra, och till sist hade de sett på honom, och han hade inte vetat vad han skulle säga. Han hade aldrig avskedat någon. Han hade heller aldrig tänkt tanken att han själv någon gång skulle mista sitt arbete. Han hade studerat, han kunde sitt arbete, han betalade sina studielån. Och han höll med.

Efteråt, när katastrofen kom, hade han plötsligt påmint sig en av historierna. En liten obehagligt lönnfet person från ett verkstadsföretag i Torshälla hade berättat hur han hade kallat in en trotjänare på sitt kontor och sagt:

– Inte vet jag hur vi skulle ha klarat oss här utan dig under alla dessa år.

Sedan hade han skrattat.

– Det var ett utmärkt sätt, sa han. Gamlingen hann bli både stolt och glad och miste sin vaksamhet. Sedan gick det lätt. Jag bara sa: Men vi ska försöka klara oss utan dig från och med i morgon.

Och så var han avskedad.

Ofta hade han tänkt på den historien. Hade han kunnat så hade han rest till Torshälla och dödat den som avskedat den gamle mannen och skrutit med det.

Klockan tre lämnade han sin lägenhet. När han satt sig i bilen körde han ut ur staden mot öster. På en parkeringplats i Nybrostrand stannade han och väntade tills det inte fanns någon i närheten. Då gick han hastigt till en annan bil som stod parkerad och for därifrån. Innan han svängde ut på huvudvägen satte han på sig ett par glasögon och en skärmmössa som han drog djupt ner i pannan. Det var varmt. Men han hade sidorutan uppvevad. Han hade känsliga bihålor. Risken för att bli förkyld i draget var alltid stor.

När han kom fram till naturreservatet insåg han att han hade haft tur. Där fanns inga bilar. Det innebar att han inte behövde sätta på de falska skyltarna. Eftersom klockan redan var över fyra och det var lördag trodde han heller inte att det skulle komma några besökare under kvällen. Under tre lördagar på rad hade han bevakat ingången till reservatet. Besökarna under kvällstid var inga eller få. De som kom hade alla lämnat området innan klockan hade blivit åtta. Ur bagageluckan tog han fram plastväskan med verktygen. Han hade också tagit med sig några smörgåsar och en termos med te.

Han såg sig om. Lyssnade. Sedan försvann han längs en av stigarna.

Vindstöten var svag. Men han hade känt den. Det var den 27:e han hade räknat till. Han såg på sitt armbandsur. Klockan var tre minuter i åtta. Under de timmar han väntat hade ingen passerat förbi på stigen intill det träd där han stod gömd. Någonstans hade han hört en hund skälla strax efter sju. Men det var allt. Han visste vad det betydde. Reservatet var tomt. Han skulle få vara ifred.

Precis som han hade planerat och förutsatt.

Han såg på klockan igen. En minut över åtta. Han bestämde sig för att vänta tills klockan var kvart över.

När tiden var inne hasade han sig försiktigt nerför en slänt och var sedan uppslukad av det täta buskaget. Det tog honom sedan ytterligare några minuter att komma fram till platsen. Han kunde genast se att ingen hade varit där. Mellan två träd som utgjorde själva öppningen till den lilla gläntan hade han fäst en tråd. Han gick ner på knä och såg att den var orörd. Sedan plockade han upp den hopfällbara spaden och började gräva. Han gjorde det metodiskt utan att pressa sig. Minst av allt ville han bli svettig. Risken för att bli förkyld skulle då vara överhängande. Efter vart åttonde spadtag stannade han upp och lyssnade. Det tog honom tjugo minuter att gräva bort de hårt sammanpackade torvorna som utgjorde det övre lagret. Sedan var han nere vid presenningen. Innan han vek undan den smorde han mentol under näsborrarna och satte på sig ett munskydd. Han tog bort presenningen och stoppade ner den i väskan. I gropen låg de tre gummisäckarna. Ingen lukt slog emot honom. Alltså hade de hållit tätt. Han lyfte en av säckarna och bar ut den från gläntan. Hans ständiga tränande hade gjort honom stark. Det tog honom knappt tio minuter att bära bort de tre säckarna till deras ursprungliga plats. Sedan la han grästorvorna på plats och trampade till marken så att allt blev slätt. Hela tiden stannade han upp med jämna mellanrum och lyssnade.

Efteråt lämnade han gläntan och gick till det träd där säckarna låg. Ur väskan tog han upp duken, glasen och några plastpåsar som innehöll de ruttnade matrester han sparat i sitt skafferi.

Sedan öppnade han säckarna och tog ut de döda. Deras peruker hade förlorat något av sin vita färg. Blodfläckarna hade grånat. Han la kropparna på plats och tvingades bryta och bräcka för att det skulle se ut som på det fotografi han tagit under midsommarkvällen.

Det sista han gjorde var att slå upp lite vin i ett av glasen.

Återigen lyssnade han. Allt var stilla.

Han tog säckarna under ena armen, återvände till väskan där han pressade ner dem, och lämnade sedan platsen. Först hade han dock tagit av sig munskyddet och torkat bort mentolen från näsan. På vägen tillbaka mot bilen mötte han inte en människa. Också parkeringsplatsen var tom. Han for till Nybrostrand, bytte bil och var tillbaka i Ystad strax före tio. Han åkte inte direkt hem utan fortsatte på vägen som ledde mot Trelleborg. På ett ställe där bilen kunde köra ner mot vattnet, skyddat från insyn, stoppade han ner två av plastsäckarna i den tredje, la ner några avhuggna järnrör som han hade i bilen och slängde sedan säckarna i vattnet. De sjönk genast.

Sedan återvände han hem. I den öppna spisen brände han upp munskyddet. De skor han använt under kvällen la han i en soppåse. Burken med mentolbalsam ställde han in i badrumsskåpet. Så tog han en varm dusch och tvättade hela kroppen med desinfektionssprit.

Efteråt drack han te. När han såg ner i burken insåg han att han redan nästa vecka måste göra en ny beställning. Han skrev upp det på den skrivtavla han hade i köket. Sedan såg han på teve en stund. Det var ett debattprogram om hemlösa människor. Som vanligt hade ingen något att säga som han inte redan visste.

När klockan närmade sig midnatt satte han sig vid köksbordet. Framför honom låg en bunt brev.

Det var tid för honom att börja se framåt.

Försiktigt öppnade han det första brevet och började läsa.

*

Strax före halv två, denna lördag den 10 augusti, lämnade Wallander den Hillströmska villan på Körlings väg. Han hade bestämt sig för att köra raka vägen till Skårby där Isa Edengren bodde. Den flicka som enligt Eva Hillström skulle ha varit med vid midsommarfirandet. Wallander hade frågat henne varför han hade fått veta det först nu. Men han kände också en gnagande skuld över att han inte tidigare hade anat att något allvarligt kunde ha inträffat med de tre ungdomarna.

Han stannade till vid konditoriet som låg vid busstorget. Åt en smörgås och drack vatten. För sent kom han ihåg att han skulle ha bett om att få sin smörgås utan smör. Nu försökte han istället skrapa bort det med kniven. Vid ett bord mitt emot honom satt en man och iakttog honom. Wallander antog att han blivit igenkänd. Säkert skulle det nu börja gå rykten om att polismän satt och skrapade bort smör från sina brödskivor istället för att leta efter den som dödat en av deras kollegor. Wallander suckade invärtes. Ryktesspridning hade han aldrig lyckats lära sig leva med.

Han drack en kopp kaffe, besökte toaletten och lämnade sedan konditoriet. När han kommit ut ur staden valde han den inre vägen och körde över Bjäresjö. Just när han hade tagit av från huvudvägen ringde hans mobiltelefon. Han stannade vid vägkanten. Det var Ann-Britt Höglund.

– Jag har varit på besök hos Lena Normans föräldrar, sa hon. Jag tror jag har kommit på nåt viktigt.

Wallander tryckte luren tätare mot örat.

– Det verkar som om ytterligare en person skulle ha varit med på den där festen, sa hon.

– Jag vet. Jag är just på väg hem till henne.

– Isa Edengren?

– Just hon. Eva Hillström visade det fotografi som Svedberg hade en kopia av. Det var en bild som dottern hade tagit med självutlösare. Förra året.

– Det känns som om Svedberg hela tiden är före oss, sa hon.

– På en viss punkt hinner vi ifatt honom, svarade Wallander. Annars ingenting?

– En del tips har kommit in. Men knappast nåt som verkar avgörande.

– Gör mig en tjänst, sa Wallander. Ring Ylva Brink och fråga henne hur stor Svedbergs stjärnkikare var. Och om den var tung. Jag förstår inte vart den har tagit vägen.

– Har vi redan avskrivit alla tankar på att det var inbrott?

– Vi har inte avskrivit nånting. Men om en person kommer bärande på en stjärnkikare borde kanske nån annan ha sett det.

– Är det viktigt eller kan det vänta? Jag ska snart åka till Trelleborg för att tala med en av pojkarna på fotografiet.

– Då kan det vänta, sa Wallander. Vem tar den andre pojken?

– Martinsson och Hansson skulle åka tillsammans. Jag gav dom namnet. Dom är just nu i Simrishamn hos familjen Boge.

Wallander nickade belåtet.

– Det är bra att vi får tag på alla redan idag, sa han. Ikväll tror jag vi kommer att veta betydligt mycket mer än vad vi vet just nu.

De avslutade samtalet. Wallander kom fram till Skårby och följde den vägbeskrivning som Eva Hillström hade gett honom. Han hade förstått att Isa Edengrens far hade en mycket stor gård och att han dessutom hade flera schaktmaskiner i arbete.

Wallander körde upp längs en allé och stannade. Huset framför honom var i två våningar. På gården stod en BMW parkerad. Han steg ur bilen och ringde på dörrklockan. Ingen öppnade. Han bultade på dörren och ringde ännu en gång. Klockan var två. Han märkte att han svettades. Han ringde ytterligare en gång utan att få någon reaktion. Sedan började han gå runt huset. Det var en stor gammaldags trädgård, med välskötta fruktträd. Där fanns en pool och ett antal vilstolar som Wallander anade var dyrbara. Längst ner i trädgården fanns ett lusthus, halvt dolt av buskar och nerhängande grenar. Wallander såg sig omkring, och fortsatte ner till lusthuset. Den grönmålade dörren stod på glänt. Han knackade men fick inget svar.Han sköt upp dörren. Gardinerna var fördragna för de små fönstren. Det tog ett ögonblick för Wallanders ögon att vänja sig vid dunklet.

Sedan upptäckte han att det fanns en person där. Någon som låg på en divan och sov. Han kunde se svart hår som stack fram ovanför en uppdragen filt. Den sovande hade ryggen emot honom. Wallander gick ut igen, stängde försiktigt dörren och knackade på nytt. Men ingenting hände.

Då slog han upp dörren och gick in. Han vred på en strömbrytare. Det blev ljust i rummet. Han gick fram till den sovande, grep om axeln och skakade. När han fortfarande inte fick någon reaktion insåg han att något inte var som det skulle. Han vred på den sovande och såg att det var Isa Edengren. Först försökte han tala med henne, sedan skaka henne. Hennes andhämtning var långsam och tung. Han skakade henne hårt och omilt, lyfte henne upp i sittande. Fortfarande reagerade hon inte. Han la henne ner igen. Letade i jackfickan efter sin mobiltelefon. Han hade lagt den på bilsätet efter samtalet med Ann-Britt Höglund. Han sprang upp mot huset och hämtade telefonen. Redan på vägen tillbaka slog han larmnumret och gav en vägbeskrivning.

– Jag antar att det är sjukdom eller självmordsförsök, sa han. Vad gör jag medan jag väntar?

– Ser till att hon inte slutar andas, fick han till svar. Du vet väl hur du gör eftersom du är polis.

Ambulansen kom efter sexton minuter. Wallander hade då fått tag på Ann-Britt Höglund som fortfarande inte hade gett sig av till Trelleborg. Han bad henne åka upp till sjukhuset och möta ambulansen. Själv ville han stanna kvar ute i Skårby. Han såg ambulansen försvinna. Sedan kände han på ytterdörren till huset. Den var låst. Han gick runt till baksidan och kände på den dörr som fanns där. Också den var stängd. Samtidigt hörde han hur en bil närmade sig på framsidan. Han gick tillbaka. En man i gummistövlar och overall steg ur en liten Fiat.

– Jag såg ambulansen, sa han.

Hans ögon var mycket oroliga. Wallander presenterade sig och berättade att Isa Edengren förmodligen var sjuk. Mer ville han inte säga.

– Var är hennes föräldrar? frågade han istället.

– Bortresta.

Wallander märkte att svaret hade varit undvikande.

– Kan du säga var dom är? Dom måste underrättas.

– Dom kanske är i Spanien, sa mannen. Eller i Frankrike. Dom har hus på båda ställena.

Wallander tänkte på de låsta dörrarna.

– Jag antar att Isa bor här även när dom är borta?

Mannen skakade på huvudet.

– Hur ska jag tolka det?

– Jag är inte en sån som lägger mig i, sa mannen och började gå tillbaka till bilen.

– Det har du redan gjort, sa Wallander bestämt. Vad heter du?

– Erik Lundberg.

– Och du bor här i närheten?

Lundberg pekade på en gård som låg strax söder om den plats där de befann sig.

– Nu vill jag att du svarar på min fråga: Bodde Isa här också när hennes föräldrar var bortresta?

– Hon fick inte lov.

148

– Vad menas med det?

– Hon fick sova i lusthuset där bakom.

– Varför fick hon inte lov att vara inne i huset?

– Det har varit bråk ibland. När föräldrarna varit borta. Hon har haft fester. Saker har försvunnit.

– Hur kommer det sig att du vet allt det här?

Svaret var överraskande för Wallander.

– Dom behandlar henne inte bra, sa Lundberg. Förra vintern, när det var tio grader kallt, reste dom bort och låste. Lusthuset kan man inte värma upp. Hon kom ner till oss, alldeles sönderfrusen, och fick bo där. Då berättade hon en del. Inte för mig. Men för min fru.

– Då åker vi hem till dig, sa Wallander. Jag vill gärna höra vad hon sa.

Han bad Lundberg ge sig av i förväg. Själv ville Wallander gå tillbaka till lusthuset. Han hittade inga spår av sömntabletter och heller inget brev. Hennes handväska innehöll ingenting som överraskade honom. Han såg sig runt en sista gång innan han gick upp till bilen. Telefonen ringde.

– Vi har henne inne nu, sa Ann-Britt Höglund.

– Vad säger läkarna?

– Inte särskilt mycket än så länge.

Hon lovade att ringa så fort hon hade några nyheter. Wallander ställde sig vid bilen och kissade innan han for ner till Lundbergs gård. En misstänksam hund låg intill yttertrappan och betraktade honom. Lundberg kom ut och schasade bort den. Wallander steg in i ett ombonat kök. Lundbergs fru hade satt på kaffe. Hon hette Barbro och talade en utpräglad göteborgska.

– Hur är det med henne? frågade hon.

– Jag har en kollega på sjukhuset som kommer att ringa.

– Har hon försökt ta livet av sig?

– Det är för tidigt att svara på, sa Wallander. Men jag lyckades inte väcka henne.

Han satte sig vid köksbordet och la telefonen bredvid sig.

– Jag antar att det inte är första gången, sa han. Eftersom ni direkt frågar om hon har försökt ta livet av sig.

– Det är en självmördarfamilj, sa Lundberg med obehag i rösten. Sedan slutade han tvärt, som om han genast ångrat vad han sagt.

Barbro Lundberg satte kaffepannan på bordet.

– Isas bror gick bort för två år sen, sa hon. Han var bara 19 år gammal. Det var ett år emellan dom två, Isa och Jörgen.

– Vad hände?

– Han la sig i badkaret, sa Lundberg. Först hade han skrivit ett brev till föräldrarna. Där han bad dom dra åt helvete. Sen kopplade han in en brödrost i uttaget för rakapparater och släppte ner den i badvattnet.

Wallander lyssnade med obehag. Han tyckte sig också, om än mycket vagt, kunna påminna sig händelsen.

Sedan kom han plötsligt ihåg att det varit Svedberg som hållit i utredningen och slagit fast att det verkligen hade varit ett självmord. Eller en olyckshändelse. Ofta gick det inte att fastställa om det varit det ena eller det andra.

Det låg en tidning på en gammaldags soffa under fönstret. Wallander hade sett den när han kom in i köket. På framsidan hade han skymtat ett fotografi av Svedberg. Nu sträckte han sig efter tidningen. Det fanns en fråga som han genast ville ha svar på. Han vecklade upp tidningen och pekade på fotografiet.

– Ni kanske har läst att en polis blivit dödad, sa han.

Svaret kom innan Wallander ens hade hunnit ställa sin fråga.

– Han var här för ungefär en månad sen.

– Hos er eller hos familjen Edengren?

– Först hos dom. Sen här. Precis som du.

– Hade föräldrarna redan rest den gången?

– Nej.

– Han träffade alltså Isas föräldrar?

– Vi kan ju inte veta vem han talade med, sa mannen. Men dom hade i alla fall inte rest.

– Varför kom han hit? Till er? Vad frågade han om?

Kvinnan med den sjungande göteborgsdialekten hade satt sig ner vid bordet.

– Han frågade om festerna, sa hon. Festerna som Isa brukade hålla när föräldrarna var borta. Innan dom låste henne ute.

– Det var det enda han var intresserad av, sa mannen.

Wallanders vaksamhet hade skärpts. Han insåg att han nu faktiskt hade en möjlighet att förstå något av Svedbergs underliga agerande under sommaren.

– Jag vill att ni försöker minnas precis vad det var han frågade om.

150

– En månad är lång tid, sa hon.

– Men ni satt här vid köksbordet?

– Ja.

– Och jag antar att ni drack kaffe?

Kvinnan log.

– Han sa att han tyckte om min sockerkaka.

Wallander gick försiktigt fram.

– Det måste alltså ha varit strax efter midsommar?

Mannen och kvinnan utväxlade blickar. Wallander såg att de sökte stöd i varandras minnen.

– Det måste ha varit nån av dom första dagarna i juli, sa kvinnan. Det är jag säker på.

– Han kom alltså hit i slutet av juni. Först besökte han familjen Edengren. Och sen kom han hit.

– Isa var med honom. Men hon var sjuk.

– På vilket sätt?

– Hon hade legat en vecka i nån sorts magåkomma. Hon var mycket blek.

– Isa var alltså med här i köket?

– Hon visade bara vägen. Sen gick hon hem igen.

– Och han frågade er om festerna?

– Ja.

– Vad frågade han?

– Om vi kände dom som hade brukat vara med. Men det gjorde vi naturligtvis inte.

– Varför var det så naturligt?

– Det var ju ungdomar. Som kom från olika håll i sina bilar. Och sen försvann igen.

– Vad frågade han mer?

– Om det hade varit maskerader, sa mannen.

– Sa han så?

– Ja.

Kvinnan skakade på huvudet.

– Det gjorde han inte alls. Han frågade om dom som var med på dom där festerna var utklädda.

– Var dom det?

De såg förvånat på Wallander.

– Hur i herrans namn ska vi kunna veta det? sa mannen. Vi var inte med. Vi gluttar inte bakom gardinerna. Vi såg bara det vi råkade se.

– Men nånting har ni ändå sett?

– Festerna kunde vara på hösten. Det var mörkt. Inte kunde man se om folk hade spökat ut sig då.

Wallander tystnade och tänkte efter.

– Vad frågade han om mer? sa han sedan.

– Ingenting. Han satt mest och kliade sig i pannan med en penna. Kanske var han här en halvtimme. Sen ursäktade han sig och gick.

Mobiltelefonen ringde. Det var Ann-Britt Höglund.

– Dom magpumpar.

– Alltså självmordsförsök?

– Det är sällan folk får i sig så mycket sömnmedel av misstag.

– Kan läkaren veta det redan nu?

– Hennes medvetslöshet tyder på förgiftning. Då utgår man från det.

– Klarar hon sig?

– Jag har i alla fall inte hört nåt annat.

– Då är det väl lika bra att du åker till Trelleborg.

– Jag tänkte det. Vi träffas sen.

Samtalet var över. De såg på Wallander med oroliga ögon.

– Hon klarar sig, sa Wallander. Men jag behöver kontakta hennes föräldrar.

– Vi har faktiskt några telefonnummer, sa mannen och reste sig.

– Dom ville vi skulle ringa om nåt hände med huset, sa kvinnan. Men dom sa ingenting om att vi annars skulle ringa.

– Om till exempel Isa blev sjuk?

Hon nickade. Mannen gav Wallander en papperslapp. Han skrev ner de två numren.

– Kan vi besöka henne på sjukhuset? frågade kvinnan.

– Det kan ni säkert, svarade Wallander. Men vänta till i morgon. Det tror jag blir bäst.

Mannen följde honom ut.

– Har ni nycklar till huset? frågade han.

– Det skulle dom aldrig anförtro oss.

Wallander tog adjö. Sedan for han tillbaka till Edengrens gård och gick ner till lusthuset. Under den närmaste halvtimmen letade han igenom huset mer noggrant. Vad han sökte efter visste han inte.

Sedan blev han sittande på den säng där han hittat Isa Edengren.

Någonting går igen, tänkte han. Svedberg besöker den flicka som inte kom med på midsommarfesten. Och som därför inte har försvunnit. Svedberg frågar om fester. Fester och utklädda människor. Och nu försöker Isa Edengren ta livet av sig och Svedberg är mördad.

Wallander reste sig och lämnade lusthuset.

Han var orolig. Ingenstans tyckte han sig hitta några rimliga antydningar om vart han borde vända sig. Allting pekade åt alla och inga håll samtidigt.

Han satte sig i bilen och for tillbaka mot Ystad. Hans närmaste mål var nu att göra ett förnyat besök hos Sture Björklund i Hedeskoga.

Klockan närmade sig fyra när han svängde in på gårdsplanen. Han knackade på dörren och väntade. Ingen öppnade. Sture Björklund hade antagligen rest över till Köpenhamn. Eller kanske han befann sig i USA för att diskutera sina senaste monsteridéer? Wallander bultade hårt. Men han brydde sig inte om att vänta på någon reaktion. Istället gick han runt huset. Trädgården på baksidan var vanvårdad. Några halvruttna trädgårdsmöbler låg omkringslängda i det oklippta gräset. Wallander gick fram till huset och kikade in genom ett fönster. Sedan fortsatte han. Den bortre huslängan användes som förrådsutrymme. Wallander kände på dörren. Den var olåst. Han öppnade och klev in. Förgäves letade han efter en strömbrytare. Han slog upp dörren på vid gavel och kilade fast den med en plankstump. I förrådet rådde stor oreda. Han skulle just gå därifrån när han uppmärksammade en presenning som dolde något i ett hörn. Han gick ner på huk och lyfte försiktigt på ena hörnet. Det fanns någon sorts maskin där under. Försiktigt lösgjorde han hela presenningen.

Det var verkligen en maskin som stod där. Eller rättare sagt ett instrument.

Wallander kunde inte påminna sig att han någonsin tidigare hade sett något liknande.

Ändå visste han genast vad det var.

En stjärnkikare.

11

När Wallander kom ut på gården igen märkte han att det hade börjat blåsa. Han stod alldeles stilla med ryggen mot vinden och försökte tänka. Hur många människor hade stjärnkikare i sina bostäder? Det kunde knappast vara något större antal. Dessutom skulle Ylva Brink med största säkerhet ha vetat ifall de två kusinerna hade delat intresset för natthimlen. Wallander kunde bara dra en slutsats. Stjärnkikaren som han just hade upptäckt tillhörde Svedberg. Någon annan förklaring var helt enkelt inte möjlig.

Det innebar också att en helt annan fråga uppstod: Varför hade Sture Björklund ingenting sagt? Hade han något att dölja? Eller visste han inte om att stjärnkikaren fanns i hans hus?

Wallander såg på klockan. Kvart i fem. Lördagen den 10 augusti. Vinden som blåste mot hans rygg var varm. Hösten höll sig fortfarande på avstånd.

Han började gå mot bilen. Oron fanns kvar. Kunde Sture Björklund trots allt ha dödat sin egen kusin? Han hade svårt att tro det.

Han måste få klarhet så fort som möjligt i vad Sture Björklund visste eller dolde. När han kommit fram till bilen ringde han till polishuset. Varken Martinsson eller Hansson fanns på sina rum. Då bad han den vakthavande polismannen skicka ut en bil till Hedeskoga.

– Vad har hänt? frågade han.

– Jag behöver personal till bevakning, svarade Wallander. Tills vidare kan du notera att det har med Svedberg att göra.

– Vet vi vem som sköt honom?

– Nej. Det här är ren rutin.

Wallander bad om en omärkt bil. Han förklarade vid vilken vägkorsning han skulle möta.

När Wallander nådde fram till vägkorsningen hade bilen från Ystad redan kommit. Han förklarade var de skulle parkera. Så fort Björklund visade sig skulle de kontakta Wallander.

Sedan for han till Ystad. Han var mycket hungrig. Munnen var alldeles uttorkad. Han stannade vid en hamburgerkiosk som låg längs Malmövägen och åt. Medan han väntade på att maten skulle bli klar drack han en sodavatten. När han hade ätit, som vanligt alldeles för fort, köpte han med sig en literflaska mineralvatten.

Han insåg att han nu måste ha tid att tänka. Risken var stor att han skulle bli störd på polishuset. Därför körde han ut ur staden och parkerade vid Saltsjöbadens hotell. Vinden hade friskat i, men han hittade en plats där det var lä. Dessutom stod där av någon egendomlig anledning en gammal sparkstötting. Han satte sig ner på den och blundade.

Någonstans måste det finnas en ingång till allt det här, tänkte han. En beröringspunkt som jag förbiser eller inte klarar att identifiera. Han försökte göra en noggrann genomgång av allt som hade hänt och vad han tidigare hade tänkt. Men trots att han ansträngde sig förblev allt lika oklart och förvirrande. Han ställde sig frågan vad Rydberg skulle ha gjort. Så länge han levde kunde Wallander alltid fråga honom till råds. De brukade gå en promenad längs stranden eller satt på ett nattligt kontor och resonerade sig fram till något att hålla fast vid. Men Rydberg var borta. Wallander lyckades inte höra hans stämma inom sig. Det var tyst.

Ibland hade han känt det som om Ann-Britt Höglund skulle kunna bli hans nya samtalspartner. Någon som lyssnade lika bra som Rydberg hade gjort, som inte tvekade att vända sig åt oväntade håll för att finna en punkt där de kunde bryta igenom väggen.

Det kan nog gå, tänkte han. Ann-Britt är en duktig polis. Men saker och ting tar sin tid.

Han reste sig tungt från sparken och började gå tillbaka mot bilen.

En enda sak skiljer ut sig som ett återkommande moment i den här utredningen, tänkte han.

Förklädda människor. Som dyker upp överallt.

Svedberg reser runt och frågar om fester där människor varit utklädda. Vi har ett fotografi med några ungdomar som också är utklädda.

Överallt dessa förklädda människor.

Vid sextiden var han tillbaka på polishuset. Han räknade med att Ann-Britt Höglund skulle återkomma från Trelleborg vid sjutiden.

Hansson och Martinsson hade just gett sig iväg för att äta. Han antog att de hade åkt hem till Martinsson. När de två arbetade ihop brukade Martinsson ta den andre med hem.

Wallander visste att kvällen skulle bli lång. Så fort alla var samlade skulle de stänga dörrarna om sig. Han hängde av sig jackan och ringde upp till sjukhuset. Efter viss möda fick han tag på en läkare som kunde meddela att tillståndet för Isa Edengren var stabilt och att det skulle bli en lycklig utgång.

Han kände läkaren. De hade träffats vid något tidigare tillfälle.

– Säg nåt du inte får säga, sa Wallander. Var det ett rop på hjälp eller försökte hon verkligen göra slut på sig?

– Om jag förstår saken rätt var det du som hittade henne, sa läkaren.

– Det stämmer.

– Låt mig då leka diplomat, fortsatte han. Det var tur att du hittade henne. Och att du inte hittade henne så värst mycket senare.

Wallander förstod. Han skulle just lägga på luren när ytterligare en fråga dök upp i hans huvud.

– Vet du om det är nån som har varit uppe för att besöka henne?

– Hon kan naturligtvis inte ta emot nån.

– Det förstår jag. Men jag undrar om nån har visat intresse för henne?

– Jag ska höra efter.

Wallander väntade i luren. Samtidigt letade han i fickan reda på den papperslapp där Lundberg skrivit upp hennes föräldrars telefonnummer i Frankrike och Spanien.

Läkaren återkom.

– Ingen har varit här, sa han. Ingen har ringt heller. Vem kontaktar för övrigt hennes föräldrar?

– Det gör vi.

Wallander tryckte ner klykan. Sedan slog han det första numret, utan att veta om det var det franska eller spanska landsnumret. Signalerna gick fram. Han räknade till femton. Sedan la han på och slog det andra numret. En kvinna svarade nästan genast. Wallander presenterade sig. Hon svarade att hon hette Berit Edengren.

Wallander berättade vad som hade hänt. Hon lyssnade under tystnad. Wallander tänkte på den pojke som hetat Jörgen och varit Isas bror. Han försökte ge en så återhållen bild som möjligt av det som hade hänt. Men ett självmordsförsök var vad det var, det kunde och skulle heller inte döljas.

Hon var samlad när hon svarade.

– Jag ska tala med min man, sa hon. Vi får naturligtvis överväga om vi ska resa hem.

Hon älskar verkligen sin dotter, tänkte Wallander och märkte att han blev upprörd.

– Jag hoppas det framgår att det kunde ha slutat illa.

– Men det gjorde det tydligen inte. Och det ska vi vara glada för.

Wallander gav henne telefonnumret till sjukhuset och namnet på läkaren. Sedan bestämde han sig för att tills vidare låta bli att ställa några frågor om Svedberg. Däremot behövde han få besked om den midsommarfest som Isa skulle ha varit med om.

– Isa är inte särskilt meddelsam, svarade hon. Naturligtvis visste jag ingenting om nån midsommarfest.

– Kanske hon hade talat med sin pappa?

– Det tvivlar jag på.

– Martin Boge, Lena Norman och Astrid Hillström, sa Wallander. Jag antar att du känner igen dom namnen?

– Dom är Isas vänner, svarade hon.

– Isa hade alltså inte sagt nånting om vart dom skulle på midsommaraftonen?

– Nej.

– Frågan är viktig. Det är nödvändigt att du tänker efter noga. Kan hon ha nämnt nån plats?

– Mitt minne är det inget fel på. Isa sa ingenting.

– Kan du påminna dig om hon hade några maskeradkläder hemma?

– Är det här verkligen nåt som har betydelse?

– Ja. Svara på min fråga.

– Jag går inte i hennes garderober.

– Finns det nån nyckel till huset?

– Det ligger en i reserv i stuprännan på högra gaveln. Men den vet Isa inte om.

– Hon lär inte heller behöva den under dom närmaste dagarna.

Wallander hade bara en fråga till.

– Hade Isa talat om att hon planerade att resa bort efter midsommar?

– Nej.

– Skulle hon ha gjort det om hon hade tänkt tanken?

– Bara om hon hade behövt pengar. Vilket hon alltid gjorde.

Wallander hade nu svårt att behärska sig.

– Vi kommer med all säkerhet att höra av oss igen, sa han.

Med kraft la han på telefonluren. Samtidigt insåg han att han inte visste om det varit till Spanien eller Frankrike han hade ringt.

Han gick ut i matrummet och hämtade kaffe. På vägen tillbaka till kontoret påminde han sig att han hade ytterligare ett samtal att ringa. Han letade reda på telefonnumret. I motsats till de tidigare försöken fick han nu svar.

– Bror Sundelius?

– Det är jag.

Det var en äldre man som talade. Hans röst var mycket bestämd.

Wallander berättade vem han var. Han skulle just börja tala om Svedberg när han blev avbruten.

– Jag har väntat att polisen skulle ringa. Det förefaller mig ha tagit besynnerligt lång tid.

– Jag har ringt utan att få svar. Varför har ni väntat på att vi skulle höra av oss?

Sundelius svarade utan att tveka.

– Karl Evert hade inte många nära vänner. Jag var en av dom. Därför tog jag för givet att ni skulle höra av er.

– För att fråga om vad då?

– Det borde ni veta bättre än jag.

Alldeles riktigt, tänkte Wallander. Den här pensionerade bankdirektören har inte drabbats av några svårare mentala ålderskrämpor.

– Jag skulle gärna vilja att vi träffades, sa Wallander. Antingen här eller hemma hos er. Helst i morgon förmiddag.

– Förr gick jag till mitt arbete. Nu klättrar jag på väggarna, sa Sundelius. Jag har en oändlig tid som rinner bort till ingen nytta. Efter halv fem i morgon bitti går bra. Här på Vädergränd. Mina ben är inte så bra. Hur gammal är kommissarien?

– Jag ska snart fylla femtio.

– Då bör ni ha bättre ben än jag. I den åldern ska man också röra sig. Annars är risken stor att man får problem med hjärtat. Eller diabetes.

158

Wallander lyssnade häpet.

– Är kommissarien kvar?

– Ja, sa Wallander. Jag är kvar. Passar det om jag kommer klockan nio i morgon?

Klockan halv åtta samlades de i mötesrummet. Lisa Holgersson hade anlänt strax innan. I sitt sällskap hade hon den åklagare som nu under hösten skulle vikariera för Per Åkesson som befann sig i Uganda. Denne hade efter många års tvekan äntligen bestämt sig för att ta tjänstledigt. Nu arbetade han för Internationella flyktingkommissionen. Han hade snart varit borta i åtta månader. Då och då skrev han brev till Wallander. Han berättade om sitt liv och på vilket sätt den dramatiska förändringen av miljö och arbetsuppgifter hade påverkat honom.

Wallander kunde ofta sakna honom, även om de aldrig hade varit nära vänner. Då och då drabbades han också av en oklar avund inför det uppbrott Per Åkesson hade gjort. Skulle han själv någonsin förmå sig att göra något annat än att vara polis? Snart fyllde han femtio. Marginalerna krympte. Och det skedde i allt raskare takt.

Åklagaren hette Thurnberg och kom närmast från Örebro. Wallander hade inte haft så mycket att göra med honom eftersom han tillträtt i Ystad så sent som i mitten av maj. Han var några år yngre än Wallander, vältränad och snabbtänkt. Wallander hade hittills inte kunnat bestämma sig för vad han egentligen tyckte om honom. Han kunde emellanåt ge intryck av att vara mycket arrogant.

Wallander knackade med en blyertspenna i bordet och såg sig runt i rummet. Svedbergs stol stod fortfarande tom. Wallander undrade när någon på nytt skulle börja använda den.

Eftersom han räknade med att Björklund kunde återkomma från Köpenhamn när som helst under kvällen började Wallander med att berätta om sitt fynd och tankarna kring det.

– Vi hade ett litet samtal just innan mötet, sa Martinsson. Jag har upptäckt nåt som i alla fall jag tycker är egendomligt. Det finns inga dagböcker. Jag frågade dom andra. Samma sak. Ingen av dom här ungdomarna tycks ha skrivit dagbok. Vi hittar heller inga kalendrar.

– Det är mer ändå, sa Hansson. Det finns heller inga brev.

– Det är min uppfattning också, sa Ann-Britt Höglund. På nåt sätt sopar dom här ungdomarna igen spåren efter sig.

– Gäller det också dom som ni har träffat idag? Dom som fanns på den andra bilden?

– Ja, sa Martinsson. Det är möjligt att man borde pressa dom ytterligare på den punkten.

– Vi måste ta det från början, sa Wallander. Isa Edengren håller på att långsamt återvända till livet. Om nån dag ska vi tala också med henne. Till dess ska vi bara ha två saker i minnet. Att hon har gjort ett allvarligt självmordsförsök. Och att hennes bror Jörgen tog livet av sig för nåt år sen efter att ha skrivit ett meddelande till avsked där han i mycket kraftiga ordalag ber sina föräldrar att dra åt helvete.

Martinsson bläddrade i sina anteckningar. Han skulle just börja tala när det knackade på dörren. Polismannen som stod där nickade mot Wallander.

– Björklund har kommit hem, sa han.

Wallander reste sig.

– Jag åker ut ensam, sa han. Det är ju inte fråga om nåt gripande. Vi får fortsätta här när jag är tillbaka.

Också Nyberg hade rest sig.

– Jag bör nog titta på det där teleskopet redan nu, sa han.

De for ut till Hedeskoga i Nybergs bil. Polisbilen väntade i vägkorsningen. Wallander klev ut och pratade med polismannen bakom ratten.

– Han kom för tjugo minuter sen. Han kör en Mazda.

– Då kan ni återvända, sa Wallander.

– Vi ska inte avvakta?

– Det behövs inte.

Wallander satte sig i bilen igen.

– Han har kommit hem, sa Wallander. Inget tvivel om det.

De parkerade utanför infarten till Björklunds gård. Från ett öppet fönster strömmade musik. Sydamerikanska rytmer. Wallander ringde på dörren. Musiken skruvades ner. Björklund öppnade. Frånsett ett par shorts var han naken.

– Jag har ett par frågor, sa han, som inte kan vänta.

Björklund tycktes tänka efter. Sedan började han le.

– Då förstår jag sammanhanget bättre, sa han.

– Vilket sammanhang?

– Bilen som stod där uppe vid avtagsvägen.

Wallander nickade.

– Jag har sökt dig tidigare under dagen. Och frågorna kan alltså inte vänta.

Björklund släppte in dem. Wallander förklarade vem Nyberg var.

– En gång i min avlägsna ungdom funderade jag på att bli kriminaltekniker, sa Björklund. Det verkade lockande att ägna sitt liv åt att tyda spår.

– Det är mindre äventyrligt än man tror, sa Nyberg.

Björklund såg förvånat på honom.

– Jag talar inte om äventyr, sa han. Jag talar om att leva sitt liv som stigfinnare.

De blev stående just vid ingången till det stora rummet. Wallander såg att Nyberg betraktade Björklunds möbler med stor förvåning.

– Jag tänker gå rakt på sak, sa Wallander. I husets östra länga har du ett förråd. Under en presenning i ett hörn står ett instrument som jag tror är en stjärnkikare. Nu undrar jag om det kan vara den som saknas i Svedbergs lägenhet.

Björklund ställde sig oförstående.

– Ett teleskop? I mitt förråd?

– Ja.

Björklund tog ett steg bakåt, som om han kände behov av att markera distans till de två polismännen.

– Vem är det som har varit här och snokat?

– Som jag sa tidigare har jag sökt dig under dagen. Dörren till förrådet var öppen. Jag gick in. Det var då jag hittade stjärnkikaren.

– Är det verkligen tillåtet? För poliser att gå in hur som helst i andras bostäder?

– Om du menar att det inte är det kan du naturligtvis sända en anmälan mot mig till JO.

Björklund såg länge på honom. Blicken var fientlig.

– Jag tror faktiskt jag ska göra det, sa han.

– För helvete, sa Nyberg ilsket. Kom till saken nu.

– Du känner alltså inte till att det finns en stjärnkikare i ditt förråd?

– Nej.

– Du inser naturligtvis att det inte låter särskilt trovärdigt?

– Hur det låter bryr jag mig inte om. Såvitt jag vet finns inget teleskop i mitt förråd.

– Vi ska snart gå och se på det, sa Wallander. Om du vägrar släppa in oss kommer jag att lämna Nyberg kvar här som vakt. Sen begär jag en rannsakningsorder från åklagaren. Och du kan vara säker på att jag kommer att få den.

Björklund var fortfarande fientlig och avvisande.

– Är jag misstänkt för nåt brott?

– Tills vidare vill jag bara ha svar på min fråga.

– Det har jag redan gett.

– Du känner alltså inte till stjärnkikaren? Kan Svedberg ha ställt dit den själv?

– Varför skulle han ha gjort det?

– Frågan är om han *kan* ha gjort det. Ingenting annat.

– Naturligtvis kan han ha ställt dit den i somras när jag var borta. Inte fan går jag och kontrollerar vad som finns i förrådet.

Wallander var nu övertygad om att Björklund talade sanning. Han insåg att han faktiskt upplevde det som en lättnad.

– Ska vi gå ut och titta?

Björklund nickade och stoppade fötterna i ett par träskor. Överkroppen behöll han fortfarande bar.

När de hade öppnat dörren till förrådet och tänt ljuset höll Wallander tillbaka dem och vände sig mot Björklund.

– Kan du se om nåt har förändrats här inne?

– Vad skulle det vara?

– Det är ditt förråd. Du borde veta.

Björklund såg sig omkring och ryckte sedan på axlarna.

– Jag tycker det ser ut som det brukar göra.

Wallander förde dem fram till hörnet. Där lyfte han på presenningen.

Björklunds förvåning verkade äkta.

– Hur den har kommit hit vet jag inte, sa han.

Nyberg hade gått ner på huk för att syna instrumentet. Han hade en stark ficklampa som han lyste med.

– Vi behöver knappast tvivla på vem den tillhör, sa han och pekade.

Wallander såg efter. På en liten fastnitad metallplatta stod Svedbergs namn.

Björklunds ilska var borta. Han såg undrande på Wallander.

– Jag förstår det inte, sa han. Varför skulle Svedberg ha gömt undan sitt teleskop här hos mig?

– Låt oss gå in igen, sa Wallander. Nyberg stannar här en stund till.

När de gick över gårdsplanen frågade Björklund om Wallander ville ha kaffe. Han tackade nej. För andra gången sjönk Wallander ner på den obekväma bänken.

– Har du nån aning om hur länge den kan ha stått där?

Björklund verkade nu anstränga sig för att ge genomtänkta svar.

– Mitt minne för hur rum ser ut är mycket dåligt. Mitt minne av saker och ting är ännu sämre. Jag vet alltså inte hur länge den har varit där.

Wallander insåg att han borde vända på frågan. Men till det måste han ha Ylva Brinks hjälp. Hon skulle kunna tala om när hon senast hade sett den hemma hos Svedberg.

– Den frågan återkommer jag till senare, sa Wallander. Nyberg kommer att undersöka stjärnkikaren redan ikväll. Sen kommer vi att ta in den till polishuset.

Björklund verkade plötsligt ha slutat att lyssna. Någonting upptog honom. Wallander väntade.

– Kan man tänka sig att det har gått till på nåt annat sätt? sa han. Att någon annan har ställt hit den?

– I så fall bör det ha varit nån som har känt till att du och Karl Evert var släkt.

Wallander märkte att Björklund hade blivit bekymrad.

– Du tänker på nåt, sa han. Vad?

– Jag vet inte om det betyder nåt, sa Björklund tveksamt. Men en gång fick jag en känsla av att nån hade varit här.

– Hur märkte du det?

– Jag märkte det inte. Det var en känsla.

– Nånting måste ha utlöst den känslan?

– Det är det jag försöker minnas.

Wallander väntade. Björklund var nu mycket tankfull.

– Det var för några veckor sen, sa han. Jag hade varit i Köpenhamn och kom tillbaka hit på förmiddagen. Det hade regnat. När jag gick över gårdsplanen var det nåt som gjorde att jag stannade upp. Först visste jag inte vad det var. Men sen såg jag att nån hade rört en av skulpturerna.

– Ett av monstren?

– Det är kopior av medeltida djävulsfigurer som finns på katedralen i Rouen.

– När vi stod ute i ditt förråd sa du att du hade mycket dåligt minne för saker och ting.

– Det gäller inte mina skulpturer. Nån hade vridit på en av dom. Jag var alldeles säker. Nån hade varit här inne på gården medan jag var borta.

– Och det var alltså inte Svedberg.

– Nej. Han kom inte hit utom dom gånger vi hade avtalat att mötas.

– Det kan du naturligtvis inte veta säkert?

– Nej. Men jag kan vara övertygad ändå. Jag kände honom. Och han kände mig.

Wallander nickade åt honom att fortsätta.

– Nån obehörig hade varit här.

– Du hade alltså ingen som passade din gård när Svedberg inte kunde? Eller när du bara är borta några dagar?

– Hit kommer ingen annan än brevbäraren.

Björklund var övertygad. Wallander hade inget skäl att misstro honom.

– En obehörig besökare, sa han. Och nu tänker du dig den möjligheten att han skulle ha kunnat ställa in stjärnkikaren i ditt förråd?

– Det är naturligtvis en orimlig tanke.

– När var det?

– För några veckor sen.

– Exakt när?

Björklund hämtade en liten fickkalender och bläddrade fram ett datum.

– Jag var borta från den 14 till den 15 juli.

Wallander la datumen på minnet. Samtidigt kom Nyberg in. Han hade sin telefon i handen.

– Jag har ringt in till Ystad efter en väska, sa han. Jag tror jag vill gå över det där instrumentet redan ikväll. Du kan ta min bil tillbaka. Nån nattpatrull kan hämta mig när jag är klar.

Nyberg försvann. Wallander reste sig. Björklund följde honom till dörren.

– Du måste ha hunnit tänka en del, sa Wallander. På det som har hänt.

– Jag förstår inte varför nån skulle vilja döda min kusin. En meningslösare handling kan jag inte föreställa mig.

164

– Nej, svarade Wallander. Det är just det. Vem kan ha velat döda honom? Och varför?

De skildes ute på gården. Djävulsstatyerna lyste ödsligt i ljuset från huset. Wallander återvände till Ystad i Nybergs bil.

Ingenting hade klarnat.

Strax före nio fortsatte de sitt möte och gick igenom vad de övriga ungdomarna berättat. Den förste som talade var Martinsson, då och då kompletterad av Hansson. Wallander lyssnade uppmärksamt. Vid flera tillfällen bad han Martinsson förtydliga sig, vid ett tillfälle bad han honom ta om. Efteråt lyssnade de till Ann-Britt Höglund. Wallander hade gjort en lista med namnen på alla de ungdomar som nu fanns med i utredningen. När klockan hade blivit närmare elva tog de en kort paus. Wallander gick på toaletten och drack sedan ett par glas vatten. Kvart över elva var de igång igen.

– Det finns egentligen bara en sak vi kan göra, började Wallander. Vi måste efterlysa Boge, Norman och Hillström. Vi måste få hem dom. Så fort som möjligt.

Utan diskussion rådde enighet. Lisa Holgersson skulle med hjälp av Martinsson ta sig an det redan under morgondagen.

Wallander insåg att alla var trötta. Men han ville inte släppa dem riktigt än.

– Det verkar som om dom här ungdomarna har haft nånting för sig, sa han. Ni har inte fått ur dom nåt annat än att dom kände varandra. Att dom var vänner och umgicks. Ändå har ni samfällt beskrivit hur ni fått intryck av att det är nåt dom inte säger. Att dom håller på nån sorts hemlighet. Har jag uppfattat det riktigt?

– Ja, sa Ann-Britt Höglund. Det är nånting som inte slipper fram.

– Men dom verkar inte heller oroliga, sa Martinsson. Dom är övertygade om att Boge, Norman och Hillström är ute och reser.

– Låt oss hoppas dom har rätt, sa Hansson. Jag tycker det här börjar bli obehagligt.

– Jag med, sa Wallander.

Han slängde pennan ifrån sig.

– Vad fan var det Svedberg höll på med? Det måste vi ta reda på så fort som överhuvudtaget är möjligt. Och vem är den där kvinnan?

– Vi kör fotografiet genom alla register vi har, sa Martinsson.

– Det räcker inte, invände Wallander. Vi ska publicera bilden.

Trots allt har vi ett mord på en polisman att reda ut. Bilden ska visas i tidningarna. Men hon är naturligtvis inte misstänkt för nånting. I alla fall inte riktigt än.

– Det är mycket sällan kvinnor avlossar hagelgevär rakt i ansiktet på nån, sa Ann-Britt Höglund.

Ingen gjorde någon kommentar.

De höll på tills klockan var närmare midnatt. Dagen efter skulle de fortsätta med oförminskad kraft trots att det var söndag. För Wallanders del skulle dagen börja med ett besök hos bankdirektör Sundelius.

Utanför polishuset blev han stående tillsammans med Martinsson.

– Vi måste få hem dom där ungdomarna, sa Wallander. Vi ska tala med Isa Edengren. Och vi ska ta in dom andra, dom som ni har talat med idag, hit till polishuset. Dom måste släppa på sina hemligheter.

De gick till sina bilar. Wallander var mycket trött. Det sista han tänkte på innan han somnade var om Nyberg fortfarande fanns kvar ute i Björklunds förråd.

Ett stilla duggregn föll över Ystad strax före gryningen. Sedan drog molnen bort.

Söndagen skulle bli vacker och varm.

12

Rosmarie Leman och hennes man Mats brukade förlägga sina söndagspromenader till olika strövområden, beroende på väder och årstid. Just den här morgonen, söndagen den 11 augusti, hade de talat om att åka upp till Fyledalen. Men till slut hade de enats om Hagestads naturreservat. Avgörande blev att de inte hade varit där på länge, inte sedan mitten av juni. De var morgontidiga och lämnade sitt hem i Ystad redan strax efter klockan sju. Som vanligt hade de planerat för att vara ute hela dagen. I bagageluckan hade de ställt ner två ryggsäckar som innehöll det de behövde. De hade även tagit med sig regnkläder. Även om det verkade bli en solig dag kunde man aldrig vara riktigt säker. De levde välplanerade liv, hon som lärare, han som ingenjör. De lämnade aldrig någonting åt slumpen att bestämma.

De parkerade vid naturreservatet. Klockan var ännu inte åtta. Stående vid bilen drack de kaffe. Sedan tog de sina ryggsäckar och började gå. När klockan hade blivit kvart över åtta bestämde de sig för att leta efter en plats där de kunde äta frukost. På avstånd hade de hört några hundar skälla. Men de hade ännu inte stött på någon människa. Det var varmt och nästan helt vindstilla. De hade talat om att sommaren hade dröjt sig kvar denna augustimånad. När de hade hittat en plats de tyckte var lämplig stannade de, bredde ut en filt och satte sig att äta. På söndagarna brukade de resonera igenom allt som de annars inte hann med. Just denna dag talade de om att de behövde byta sin bil som började bli dålig. Frågan var bara om de hade råd. Till slut enades de om att det var bättre att vänta ytterligare någon månad, till senare på hösten. När de hade ätit sträckte Rosmarie Leman ut sig på filten och blundade. Mats Leman skulle snart göra detsamma. Först behövde han bara uträtta sina behov. Han tog med sig papper och gick därifrån. På andra sidan den stig där de hade kommit, sluttade marken neråt mot ett tätt buskage. Han gick dit. Innan han satte sig på huk såg han sig runt. Men det fanns naturligtvis ingen där. När han var färdig tänkte han att nu väntade söndagens bästa stund. Att sträcka ut sig på filten bredvid Rosmarie och sova en halvtimme. I samma ögonblick tyckte han att han skymtade något bland buskarna. Vad det var visste han inte. Det var något i färgen som stack av mot allt det gröna. Normalt var han inte särskilt nyfiken av sig. Men nu kunde han inte låta bli att vika undan de närmaste buskarna och se efter.

Så länge han levde skulle han aldrig glömma det han såg.

Rosmarie som redan hade somnat väcktes av någon som ropade.

Någon som skrek.

Först förstod hon inte vad det var. Sedan insåg hon med förfäran att det var hennes man som ropade på hjälp. Hon hade just rest sig upp från filten när han kom springande. Hon kunde inte veta vad som hade hänt. Inte heller vad han hade sett. Men han var alldeles vit i ansiktet. Han kom snubblande fram till filten och försökte säga någonting.

Sedan svimmade han.

Larmet kom till polishuset i Ystad fem minuter över nio. Polismannen som tog emot samtalet hade först svårt att förstå vad det handlade om. Den som ringde var så uppriven att det nästan var omöjligt att uppfatta vad han sa. Till slut lyckades han dock lugna ner mannen och be honom upprepa vad som hänt. Efter ytterligare ett par minuter hade polismannen bilden ungefärligt klar för sig. Någon som hette Mats Leman påstod att han hade hittat döda människor ute i Hagestads naturreservat. Han var osäker men han trodde att de var tre personer som låg där på marken. Själv befann han sig just nu tillsammans med sin hustru i en bil utanför reservatet och ringde från sin mobiltelefon. Trots att han som ringde var mycket upprörd insåg polismannen att det var allvar. Han antecknade mannens telefonnummer och sa åt honom att vänta där han var. Sedan gick han till Martinssons rum. Han hade sett honom passera förbi i korridoren strax innan. Martinsson satt vid sin dator. Polismannen blev stående i dörren och redogjorde för telefonsamtalet. Martinsson förstod genast att det var allvarligt. Men det var en detalj i det han hörde som gjorde att det knöt sig i hans mage.

– Sa han att det var tre? frågade han. Tre döda personer?

– Han trodde det.

Martinsson reste sig ur stolen.

– Jag åker på en gång, sa han. Har du sett Wallander?
– Nej.

Sedan mindes Martinsson att Wallander skulle besöka någon denna morgon. En bankdirektör som hette Sundberg. Eller kanske Sundelius. Han slog numret till Wallanders mobiltelefon.

Wallander hade promenerat till Vädergränd från Mariagatan. Det var ett vackert hus som han många gånger tidigare gått förbi och lagt märke till. Han hade ringt på dörren och blivit insläppt. Sundelius hade tagit emot honom, klädd i en välpressad kostym. De hade just satt sig i vardagsrummet när mobiltelefonen ringde. Wallander la märke till Sundelius ogillande blick när han tog upp den ur fickan med en ursäkt.

Sedan hade han lyssnat på vad Martinsson hade att säga. Efteråt hade han ställt samma fråga som Martinsson själv hade gjort.

– Sa han att det rörde sig om tre personer?
– Det är inte bekräftat på nåt sätt. Men han trodde det.

Wallander kände det som om något hade börjat pressa mot hans huvud.

– Du inser vad det kan betyda, sa han sedan.
– Ja, svarade Martinsson. Vi får bara hoppas att han som ringde har sett i syne.

– Gav han det intrycket?
– Inte enligt vakten som tog emot samtalet.

Wallander såg på en klocka som hängde på Sundelius vägg. Nio minuter över nio.

– Hämta upp mig på Vädergränd, sa han. Nummer sju.
– Ska jag begära full utryckning?
– Vi måste se vad det handlar om först.

Martinsson skulle komma genast. Wallander reste sig.

– Vårt samtal måste tyvärr vänta, sa han.

Sundelius förstod.

– Jag antar att det har inträffat en olycka?
– Ja, svarade Wallander. En trafikolycka. Och dom kan man inte förutse när man bestämmer att möta nån en tidig söndagsmorgon. Jag kommer att höra av mig igen.

Sundelius följde honom ut. Martinsson kom i sin bil. Wallander hoppade in och satte ut blåljus på taket.

– Jag fick tag på Hansson, sa Martinsson. Han avvaktar.

Sedan pekade han på en lapp som satt fast i en klämma vid handskfacket.

– Telefonnumret till den som ringde.

– Har vi nåt namn?

– Leman. I förnamn heter han antingen Max eller Mats.

Wallander slog numret. Martinsson körde fort. Det raspade i telefonen. En kvinna svarade. Wallander blev osäker på om han slagit rätt nummer.

– Vem är det jag talar med?

– Rosmarie Leman.

– Det här är polisen. Vi är på väg.

– Ni måste skynda er, sa hon. Så fort ni kan.

– Har det hänt nåt mer? Var är er man?

– Han kräks. Ni måste skynda er.

Wallander bad henne så noga som möjligt beskriva exakt var hon befann sig.

– Ring inga andra samtal, sa han. Vi kan behöva komma i kontakt igen.

Wallander avslutade samtalet.

– Nånting har hänt, sa han. Det kan vi i alla fall vara säkra på.

Martinsson ökade farten ännu mer. De var redan i Nybrostrand.

– Du vet vart vi ska? frågade Wallander.

Martinsson nickade.

– Tidigare om åren brukade vi ströva omkring där ute. När barnen var små.

Han tystnade tvärt, som om han hade sagt något olämpligt. Wallander stirrade ut genom bilrutan. Vad som väntade honom visste han inte. Men han fruktade det värsta.

När de kom fram till naturreservatet sprang en kvinna emot bilen. I bakgrunden kunde Wallander se en man som satt på en sten med huvudet lutat i händerna. Wallander steg ur bilen. Kvinnan var mycket upphetsad och började peka och skrika. Wallander tog tag i hennes axlar och sa åt henne att lugna sig. Mannen på stenen satt kvar. När Wallander och Martinsson kom fram till honom tittade han upp. Wallander gick ner på huk.

– Vad är det som har hänt? frågade han.

Mannen pekade inåt reservatet.

– Dom låg där, mumlade han. Dom var döda. Och dom hade varit döda länge.

Wallander såg på Martinsson. Sedan vände han sig mot mannen igen.

– Du sa att dom var tre?

– Jag tror det.

En fråga återstod. Den värsta av dem alla.

– Kunde du se om dom som låg där var unga?

Mannen skakade på huvudet.

– Jag vet inte.

– Jag förstår att det var en förfärlig syn, sa Wallander. Men du måste visa oss var det är.

– Jag går aldrig tillbaka dit, sa han. Aldrig.

– Jag vet var det är.

Kvinnan hade svarat. Hon stod bakom sin man och höll om hans axlar.

– Men du såg dom aldrig själv?

– Våra ryggsäckar är kvar där. Och filten. Jag vet var det är.

Wallander reste sig upp.

– Då går vi, sa han.

Hon ledde dem in i reservatet. Det var mycket stilla. På avstånd tyckte Wallander sig uppfatta bruset från havet. Men det kunde lika gärna vara de oroliga tankarna som avgav läten i hans eget huvud. De gick fort. Wallander märkte att han hade svårt att hålla samma tempo som de andra två. Svetten rann innanför hans skjorta. Dessutom behövde han stanna för att kissa. En hare spratt över stigen. I Wallanders huvud rusade herrelösa bilder omkring. Vad som väntade honom visste han inte. Annat än att det var något han aldrig tidigare hade sett. Döda människor var inte mer lika varandra än levande. Var och en unik, liksom i livet. Ingenting upprepades, ingenting var någonsin detsamma. På samma sätt som med hans oro. Han kände igen den, knuten i magen. Men ändå var det som första gången.

Plötsligt började kvinnan gå långsammare. Wallander förstod att de närmade sig. Sedan var de framme vid filten och de två ryggsäckarna. Hon vände sig om och pekade bort mot en slänt på andra sidan stigen. Hennes hand darrade. Hittills hade det varit Martinsson som gått först. Nu blev det Wallanders tur att leda. Rosmarie Leman väntade vid ryggsäckarna. Wallander såg nerför slänten. Ingenting annat än täta buskage. Sedan började han röra sig framåt med Martinsson tätt där bakom. De kom fram till buskarna och såg sig omkring.

– Kan hon ha tagit miste? undrade Martinsson.

Han talade med låg röst, som om han var orolig för att någon skulle höra honom. Wallander svarade inte. Något annat hade fångat hans uppmärksamhet. Först visste han inte vad det var. Sedan insåg han.

Någonting luktade. Han såg på Martinsson som fortfarande inte hade reagerat. Wallander började tränga sig igenom buskarna. Fortfarande kunde han inte upptäcka någonting. Det stod några höga träd längre fram. Ett kort ögonblick var lukten borta. Sedan återkom den. Nu var den starkare.

– Vad är det som luktar? sa Martinsson.

I samma ögonblick insåg han själv vad svaret måste vara.

Wallander fortsatte långsamt framåt med Martinsson bakom sig. Sedan tvärstannade han. Han märkte att Martinsson ryckte till. Det var något som lyste mellan de buskar som fanns till vänster framför honom. Lukten var nu mycket påtaglig. Martinsson och Wallander såg på varandra. Sedan la de en hand över näsa och mun.

Wallander kände hur illamåendet vällde upp i honom. Han försökte ta några djupa andetag genom munnen medan han höll för näsan.

– Vänta här, sa han till Martinsson.

Han hörde hur rösten darrade.

Sedan tvingade han sig vidare. Han vek undan några buskar och tog ytterligare några steg.

På en utbredd duk av blått linne låg tre ungdomar hopslingrade. De var utklädda och bar peruker. De hade alla blivit skjutna genom pannan. Och de var stadda i förruttnelse.

Wallander blundade och gick ner på huk.

Efter ett ögonblick reste han sig upp och återvände på ostadiga ben till Martinsson. Sedan sköt han honom bort från platsen, som om något hotade att förfölja dem. Först när de kom upp på stigen stannade de.

– Jag har aldrig sett nåt så jävligt, stammade Wallander.

– Är det dom?

– Säkert.

Sedan stod de tysta. Wallander kom senare ihåg att han hade hört en fågel som sjöng i en trädtopp i närheten. Allt hade varit som en egendomlig mardröm och allt hade samtidigt varit en förfärande verklighet.

Med den största av alla ansträngningar tvingade Wallander sig att bli polis igen, att börja utöva sitt yrke. Han tog upp telefonen ur fickan och ringde in till polishuset. Efter ungefär en minut hörde han Ann-Britt Höglunds röst.

– Det är Kurt.

– Skulle inte du besöka en bankdirektör nu på morgonen?

– Vi har hittat dom. Alla tre. Och dom är döda.

Han hörde hur hon drog ett djupt och häftigt andetag.

– Boge och dom andra?

– Ja.

– Och dom är döda?

– Skjutna.

– Herregud.

– Lyssna nu! Det blir full utryckning. Vi befinner oss i Hagestads naturreservat. Martinsson kommer att finnas vid infarten och ta emot. Lisa måste komma hit. Och vi behöver mycket folk för att spärra av.

– Vem kontaktar föräldrarna?

Wallander kände en vånda han knappast tidigare upplevt. Naturligtvis borde föräldrarna ögonblickligen bli underrättade. De måste identifiera sina barn.

Men han kunde helt enkelt inte.

– Dom har varit döda länge, sa han. Förstår du hur dom ser ut? Dom kan ha varit döda i över en månad.

Hon förstod.

– Jag måste tala med Lisa om det här, sa han. Men vi kan helt enkelt inte be föräldrarna komma hit.

Hon sa inget mer. Samtalet var över. Wallander blev stående och stirrade på telefonen.

– Det är bäst du går bort till ingången, sa han.

Martinsson nickade mot Rosmarie Leman.

– Vad gör vi med henne?

– Anteckna det viktigaste. Tidpunkt och adress. Skicka hem dom sen. Med förbud att tala med nån.

– Det kan vi knappast göra.

Wallander stirrade på Martinsson.

– Just nu kan vi göra precis vad som helst.

Martinsson och Leman försvann. Wallander var ensam. Fågeln fortsatte att sjunga. Några meter ifrån honom, dolda av täta busksnår, låg tre döda ungdomar. Wallander undrade hur ensam en människa egentligen kunde bli. Han satte sig på en sten intill stigen. Fågeln hade flyttat sig till ett träd längre bort.

Vi fick inte hem dem, tänkte han. De hade aldrig rest ut i Europa. De var kvar här hemma. Och de var redan döda. Kanske hände det redan på midsommaraftonen. Hela tiden har Eva Hillström haft rätt. Någon annan har skrivit vykorten. De har hela tiden funnits här. På den plats där de firade sin midsommarfest.

Han tänkte på Isa Edengren. Hade hon förstått vad som hade hänt? Var det därför hon försökt ta livet av sig? För att hon visste att de andra redan var döda? Liksom hon själv skulle ha varit om hon inte råkat bli sjuk?

Men redan här var det något som inte stämde. Hur kom det sig att ingen hade upptäckt de döda kropparna på en hel månad? I ett naturreservat under semestertid? Även om platsen de valt för att breda ut sin duk var undangömd måste någon ha sett dem. Eller känt lukten.

Wallander förstod inte. Men han orkade egentligen inte tänka. Det som hade hänt gjorde honom förlamad. Vem kunde döda tre ungdomar som klätt ut sig och bestämt sig för att fira midsommarafton tillsammans? Det hela var ett ohyggligt vansinnesdåd. Och i detta vansinnesdåd, om det var i utkanten eller alldeles nära ett centrum, hade ytterligare en nu död människa befunnit sig.

Svedberg. Vad hade han haft med det att göra? På vilket sätt var han inblandad?

Wallander kände hur vanmakten ökade. Trots att han bara hade sett på de döda ungdomarna några få sekunder hade han inte kunnat undgå att upptäcka skotthålen i pannorna. Den som hade hållit i vapnet hade vetat vad han siktade på.

Svedberg hade varit den bäste pistolskytten av dem alla.

Fågeln hade försvunnit. Då och då drog ett vindkast genom löven. Sedan blev det stilla igen.

Svedberg hade varit den bäste skytten. Wallander tvingade sig att tänka tanken till slut. Kunde det ha varit Svedberg som utfört massakern? Vad fanns det egentligen som motsa att det var en lika tänkbar möjlighet som något annat?

Fanns det överhuvudtaget något alternativ?

Wallander reste sig och började gå fram och tillbaka längs stigen. Han önskade att Rydberg varit någonstans där han kunde ha nått honom via sin telefon. Men Rydberg var död. Lika död som de tre ungdomarna.

Vad är det för värld vi lever i? tänkte han. Där någon dödar tre ungdomar som ännu knappt haft möjligheten att börja leva?

Wallander stannade i steget, mitt på stigen. Hur länge till skulle han egentligen orka? Han hade varit polis i snart trettio år. En gång hade han patrullerat i sin hemstad Malmö. En berusad man hade stuckit kniven i honom, alldeles intill hjärtat. Efter det hade allt i hans liv förändrats. *Att leva har sin tid, att vara död har sin,* brukade han tänka. Ärret på vänster sida av bröstkorgen fanns kvar. Och han levde. Men hur länge till skulle han stå ut? Han tänkte på Per Åkesson som fanns i Uganda. Ibland undrade han om Åkesson någonsin skulle återvända hem.

För ett ögonblick där på stigen drabbades Wallander av en våldsam förbittring. Han hade varit polis i hela sitt liv och han hade tänkt att han varit med om att upprätthålla medborgarnas trygghet. Men allt hade bara blivit värre runt honom. Våldet hade ökat och hårdnat. Sverige hade blivit ett land med allt fler stängda dörrar.

Han hade ibland tänkt på sin nyckelknippa. För varje år blev nycklarna och kodlåsen allt fler. Antalet lås som skulle öppnas och stängas ökade hela tiden. Och bland alla dessa nycklar höll ett samhälle på att växa fram som han kände sig alltmer främmande inför.

Han kände sig tung och trött och modfälld. Vad som var sorg och vad som var upprördhet kunde han inte reda ut. Men allra längst fram i hans medvetande fanns den nakna rädslan.

Någon hade med berått mod trampat rakt in i en idyll och skjutit ihjäl tre unga människor. Några dagar tidigare hade han hittat Svedberg död på golvet i sin lägenhet. På något sätt hängde händelserna ihop, även om beröringspunkten ännu var vag.

När han stod där på stigen fanns en impuls hos honom att fly. Han trodde inte han skulle klara pressen längre. Någon annan fick ta över. Martinsson eller Hansson. Själv var han utbränd. Dessutom hade han fått diabetes. Han befann sig i en utförsbacke.

Sedan hörde han dem komma. Bilar på avstånd, som letade sig fram längs de smala stigarna. Grenar som bröts. Plötsligt fanns de runt honom och han var tvungen att ta det befäl han helst av allt ville slippa ifrån. Han kände alla de som samlades i en halvcirkel runt honom. Många av dem hade han känt i både tio och femton år. Lisa Holgersson var blek. Wallander undrade hur han själv såg ut.

– Dom ligger där nere, sa han och pekade. Dom har blivit skjutna. Även om dom ännu inte har blivit identifierade vågar jag slå fast att det handlar om dom tre ungdomar som varit borta sen midsommar. Vi har trott, eller åtminstone hoppats på, att dom befunnit sig på resa i Europa. Nu vet vi att det inte stämde.

Han gjorde en paus innan han fortsatte.

– Jag vill förbereda alla på att dom kan ha legat här ända sen midsommar. Då förstår ni själva hur det ser ut. Det finns alla skäl att sätta på sig munskydd.

Han såg på Lisa Holgersson. Ville hon se? Hon nickade.

Wallander anförde. Det enda som hördes var kvistar som bröts och prasslande löv. När lukten från de döda kom drivande emot dem var det någon som stönade till. Lisa Holgersson högg tag i Wallanders arm. De hade kommit fram. Wallander visste att det alltid var lättare att konfronteras med en makaber brottsplats när man inte var ensam. Det var bara en av de unga poliserna som vände sig bort och kräktes.

– Vi kan inte låta föräldrarna se det här, sa Lisa Holgersson ostadigt. Det är ju alldeles ohyggligt.

Wallander vände sig till den läkare som var med. Också han var mycket blek.

– Undersökningen här på platsen måste gå fort, sa Wallander. Vi måste ta bort kropparna och snygga till dom. Innan föräldrarna får titta på dom.

Läkaren skakade på huvudet.

– Det här vill jag inte röra i, sa han. Jag ringer till Lund.

Han gick åt sidan och lånade Martinssons telefon.

– Vi måste vara klara över en sak, sa Wallander till Lisa Holgersson. Vi har redan en dödad polisman. Nu har vi fått tre mördade ungdomar. Det innebär att vi har fyra dödsfall att reda ut. Det kommer att bli en våldsam uppståndelse. Kravet på att vi når ett resultat på kort tid kommer att vara mycket starkt. Dessutom måste vi förhålla oss till det faktum att vi tror att allt på nåt sätt hänger ihop. Du förstår säkert att det finns en stor risk i allt det här.

– Att nån börjar misstänka att Svedberg skulle ha skjutit dom?
– Ja.
– Tror du det är han?

Frågan kom så hastigt att Wallander blev överrumplad.

– Jag vet inte, sa han. Ingenting talar för att Svedberg skulle haft nåt motiv. Ingenting talar för att han som själv blev mördad skulle ha dödat dom. Nånstans finns det en beröringspunkt. Men ett avgörande mellanled saknas. Vad det än är.

– Frågan är alltså hur mycket vi kan och bör säga?
– Jag tror tyvärr inte det spelar nån större roll. Mot spekulationer har polisen aldrig haft några vapen.

Ann-Britt Höglund hade stått bredvid och lyssnat. Wallander såg att hon skakade.

– Det finns en sak till som är viktig, sa hon. Eva Hillström kommer säkert att brista ut i anklagelser mot oss. För att vi låtit tiden gå. Och inte gjort nånting.

– Det är möjligt att hon har rätt i det, sa Wallander. Då måste vi också erkänna att vi har gjort en felbedömning. Det ansvaret får jag ta på mig.

– Varför just du?

Frågan hade kommit från Lisa Holgersson.

– Nån måste göra det, svarade Wallander enkelt. Vem spelar mindre roll.

Wallander fick ett par plasthandskar av Nyberg. De började arbeta. Det fanns rutiner att följa, arbetsuppgifter som skulle passas ihop i rätt ordningsföljd. Wallander gick bort till Nyberg som höll på att instruera den polisman som tog bilder.

– Jag vill ha det här videofilmat, sa Wallander. På nära håll och på avstånd.

– Det ska bli gjort.

– Helst av nån som inte darrar alltför mycket på handen.

– Det är alltid lättare att se på döden genom en lins, svarade Nyberg. Men vi ska för säkerhets skull använda stativ.

177

Wallander samlade sina närmaste medarbetare runt sig. Martinsson, Hansson och Ann-Britt Höglund. Han skulle just börja se sig om efter Svedberg när han hejdade sig.

– Dom är utklädda, sa Hansson. Och dom har peruker.

– 1700-tal, sa Ann-Britt Höglund. Den här gången är jag säker.

– Det har alltså skett på midsommaraftonen, sa Martinsson. Det är snart två månader sen.

– Det vet vi inte, invände Wallander. Vi vet inte ens om det här är brottsplatsen.

Han hörde själv hur orimligt det lät. Men ännu märkligare var att ingen skulle ha upptäckt de döda under så lång tid.

Wallander började gå runt duken. Han försökte se vad som hade hänt. Långsamt avskärmade han sig från allt annat.

De har samlats för att ha en fest. I utgångsläget är de fyra. Men en blir sjuk. De har burit hit maten och flaskorna och en radio i två stora korgar.

Wallander avbröt sin tankegång. Han gick bort till Hansson som stod och talade i en telefon. Wallander väntade tills han hade avslutat samtalet.

– Bilarna, sa han. Bilarna som vi trodde var ute i Europa. Var finns dom? På nåt sätt måste ju dom här ungdomarna ha kommit hit till reservatet.

Hansson lovade att ta sig an saken. Wallander upptog sin långsamma vandring runt duken där de döda låg. *De dukar upp, de äter och de dricker.* Wallander hukade sig ner. I en av korgarna låg en tom vinflaska, vid sidan av i gräset ytterligare två. Tre tomma flaskor.

Någonstans ifrån kom döden och då hade ni druckit ur tre flaskor. Det betyder att ni måste ha varit berusade.

Wallander reste sig fundersamt. Nyberg fanns alldeles intill honom.

– Det vore fint om vi kunde få reda på om det runnit ut vin här på marken, sa han. Eller om dom druckit upp allt.

Nyberg pekade på en fläck på duken.

– Här har i alla fall nån spillt, sa han. Det är inte blod om du trodde det.

Wallander fortsatte.

Ni äter och dricker och ni blir berusade. Ni har en radio, ni lyssnar

178

*på musik. Någon kommer och dödar er. Då ligger ni ihopslingrade
på duken. En av er, Astrid Hillström, i en ställning som tyder på att
du sover. Klockan kan ha varit mycket. Förmodligen är det redan
midsommardag. Kanske tidig gryning.*

Wallander stannade upp.

Hans ögon hade fallit på ett vinglas som stod intill en av korgar-
na. Han gick ner på huk igen, sedan på knä. Han vinkade till sig
fotografen för att denne skulle ta en närbild. Glaset stod lutat mot
korgen. Själva foten stöddes av en liten stenskärva. Wallander såg
sig omkring. Han lyfte på den yttersta kanten av duken. Ingenstans
såg han några stenar. Han försökte förstå vad det betydde. När Ny-
berg passerade hejdade han honom.

– Det ligger en sten intill vinglasets fot. Om du hittar nån sten som
liknar den vill jag att du säger till.

Nyberg tog upp ett anteckningsblock ur fickan och gjorde en an-
teckning. Wallander fortsatte sin vandring. Efteråt gick han undan
en bit och såg sig runt.

*Ni hade dukat vid foten av ett träd. Och ni hade valt en plats som
var skyddad från insyn.*

Wallander trängde sig igenom buskarna och ställde sig på motsatt
sida av trädet.

*Någonstans ifrån måste någon ha kommit. Ingen har försökt fly.
Ni ligger och vilar på duken, kanske en av er har somnat. Men två av
er har kanske varit vakna.*

Wallander gick tillbaka igen. Länge betraktade han de döda.

Det var något som inte alls stämde.

Sedan insåg han vad det var.

Bilden han hade framför sig var inte verklig. Någon hade arran-
gerat den.

13

När skymningen föll denna söndag den 11 augusti, och strålkastarna spred sitt ödsliga sken över gläntan i reservatet, gjorde Wallander något som överraskade alla. Han gav sig helt enkelt av därifrån. Den enda han talade med var Ann-Britt Höglund. Han hade omärkligt dragit henne med sig upp på stigen som redan nu var sönderkörd och nertrampad av alla utryckningsfordon. Han behövde låna hennes bil eftersom hans egen stod kvar på Mariagatan. Vart han skulle talade han dock inte om. Inträffade något avgörande hade han sin telefon med sig. De kunde hela tiden nå honom. Sedan försvann han längs stigen. Efteråt återvände hon till brottsplatsen där arbetet pågick för fullt. Kropparna fanns då inte längre kvar. De hade körts därifrån strax efter klockan fyra. Martinsson upptäckte efter en stund Wallanders frånvaro och frågade vart han hade tagit vägen. Sedan undrade också Hansson och Nyberg. Hon svarade som det var, att hon inte visste. Han hade lånat hennes bil, det var allt.

Men ingenting var egentligen konstigt. Wallander hade plötsligt, efter alla dessa timmar kring de makabra resterna av en midsommarfest, fått nog. Skulle han kunna skapa sig någon överblick måste han få distans. Han visste att det var han som hade det yttersta ansvaret för utredningarna. Eller utredningen som han redan börjat kalla det. Om det var något han var säker på så var det att allt hängde samman, de döda ungdomarna, Svedberg, den försvunna stjärnkikaren, allt. När kropparna bars bort hade han varit nästan förbi av trötthet och vånda. Sedan hade han tvingat sig vidare och ägnat ett par timmar åt att ännu en gång försöka föreställa sig vad som egentligen hade hänt. Efteråt hade behovet att försvinna från platsen kommit över honom. När han bad att få låna bilen av Ann-Britt Höglund visste han också vart han skulle. Det var ingen planlös flykt han gav sig ut på. Hur trött och modfälld han än var tappade han mycket sällan kontrollen över sina inre riktningar. När han trampade fram i skymningen längs stigen, hade han bråttom. Det var något han ville se, en spegel han behövde sätta upp framför sig.

Vid infarten till reservatet väntade några journalister. Ryktet hade snabbt spridit sig om att något hade hänt inne bland träden.

Wallander vinkade avvärjande när de kom emot honom för att ställa frågor. Dagen efter skulle de informera pressen. Just nu kunde de inte säga någonting. Av spaningstekniska skäl, och kanske också av andra skäl som han inte ens kunde nämna. Det sista var naturligtvis inte sant. Men just då brydde han sig inte alls om det. Det enda som hade betydelse var att han måste hitta den eller de personer som dödat de tre ungdomarna. Om det sedan skulle visa sig att Svedberg på något sätt varit inblandad så kunde det inte hjälpas. Han måste driva spaningarna åt rätt håll. Hur sanningen såg ut när de fann den brydde han sig just då inte om.

Sedan körde han därifrån och när han kom till huvudvägen mot Ystad och Malmö stannade han och kontrollerade att ingen av de journalister som stått vid reservatets utfart följde efter honom.

Han parkerade utanför Svedbergs hus på Lilla Norregatan. Cementblandaren stod kvar. Svedbergs nycklar hade han i fickan ända sedan han fått dem av Nyberg. Det fanns ett varningstecken på dörren att lägenheten inte fick röras av någon annan än polisen. Wallander ryckte loss tejpremsan över nyckelhålet och låste upp. Precis som första gången han kommit, med Martinsson några steg bakom, stannade han i tamburen och lyssnade. Det var kvavt och instängt. Han gick ut i köket och satte upp fönstret. Sedan drack han vatten vid diskbänken. Samtidigt påminde han sig att han dagen efter, på måndagsmorgonen, hade tid hos doktor Göransson. Men han visste att han inte skulle gå. Ingenting hade heller kunnat bli bättre sedan han fått diagnosen ställd. Han åt lika illa och slarvigt som tidigare. Motionen var minimal. Som det var nu måste allting vänta, även hans egen hälsa.

Ljuset från gatan slog in i vardagsrummet. Wallander blev stående orörlig i detta skymningsland. Han hade lämnat fyndplatsen i reservatet eftersom han behövde få det som hade hänt på avstånd. Men där hade också funnits en tanke, något som kommit över honom redan tidigt på förmiddagen och som han insett att han inte tidigare reflekterat över. De hade hela tiden talat om beröringspunkter, att Svedberg på något sätt var inblandad. De hade snuddat vid den svåraste tanken av alla, att han kunde ha begått detta brott. Men plötsligt hade Wallander tänkt att de hittills hade bortsett från en helt annan möjlighet, som egentligen borde ha legat närmast till hands redan från början. Svedberg hade gått in i en alldeles egen utredning. Han hade gjort det utan att informera någon om vad han höll på med. Mycket talade för att han ägnat stora delar av sin semester åt att följa i de försvunna ungdomarnas spår. Naturligtvis kunde det tyda på att han hade något att dölja. Men det kunde också lika gärna, och kanske ännu hellre, tolkas precis tvärtom. Svedberg hade kanske verkligen haft ett spår. Han kunde av någon anledning ha misstänkt att Boge, Norman och Hillström inte hade rest ut i Europa. Han hade trott att något kunde ha hänt. Någonstans på vägen kunde han sedan ha korsat en okänd persons väg. Och sedan en kväll eller natt själv blivit dödad. Wallander var klar över att det inte alls förklarade varför Svedberg inte talat med någon av sina kollegor om det han höll på med. Men till det kunde finnas orsaker som ännu var fördolda.

Stolen som Svedberg fallit ifrån låg fortfarande omkullslagen på golvet. Wallander satte sig ytterst i soffhörnet, utan att tända någon av lamporna. Dagens händelser återvände i hans huvud som en serie av långsamma bildväxlingar. Redan på ett tidigt stadium, mindre än en timme efter upptäckten av de döda, hade Wallander blivit övertygad om att något inte stämde. Vad det var som oroade honom hade han förstått först när rättsläkaren från Lund gjorde en preliminär bedömning av hur länge de varit döda. Han kunde inte säga hur lång tid som gått sedan skotten hade avlossats. Men att det skulle varit så mycket som femtio dagar avvisade han som en omöjlighet. Wallander hade genast tänkt att det gav honom och spaningsgruppen två möjligheter att utgå från: Antingen hade skotten avlossats vid en senare tidpunkt än midsommarnatten. Eller så hade de döda kropparna förvarats någon annanstans där de bevarats bättre än ute i det fria. Det kunde inte uteslutas att fyndplatsen och brottsplatsen inte var densamma. För Wallander och hans kollegor var det naturligtvis svårast att tänka sig möjligheten att någon först skulle ha dödat de tre personerna där de återfanns, sedan flyttat på liken till ett okänt förvaringsutrymme, för att sedan återföra dem till den ursprungliga brottsplatsen. Hansson hade framkastat förslaget att ungdomarna kanske trots allt hade gett sig ut på sin europeiska resa. Men att den varit kortare och att de återvänt tidigare än beräknat utan att ge besked till vänner och föräldrar.

Wallander insåg att det var möjligt. Även om det knappast var troligt. Men han avskrev ingenting. Han gjorde sina iakttagelser, lyssnade på de som hade något att säga, och kände det som om han drevs allt djupare in i en oändlig dimbank.

Den varma augustidagen hade släpat sig fram. De hade sökt skydd i sina inarbetade rutiner och gjort sin undersökning av brottsplatsen. Wallander hade sett hur hans kollegor i nerstämd och förfärad tystnad gjorde vad som förväntades av dem. Han hade sett på dem och undrat om inte alla denna dag, någon gång och på sitt eget vis, hade önskat sig vad som helst utom att vara polis. Ofta tog de paus och lämnade den omedelbara brottsplatsen. Några campingbord och stolar hade placerats på stigen. Där drack de kaffe som blev allt kallare för varje gång termosarna öppnades. Men Wallander såg ingen av dem äta någonting på hela den långa dagen.

Mest av allt hade han varit imponerad av Nybergs uthållighet. Med tjurig envishet hade han rotat bland halvruttna och stinkande matrester. Han hade kommenderat fotografen och den polis som skötte videokameran, förpackat saker i plastpåsar och markerat fyndplatser på invecklade kartor. Wallander visste att Nyberg hatade den som hade åstadkommit detta som han nu tvingades rota omkring i. Han visste också att ingen kunde vara noggrannare än just Nyberg. Vid ett tillfälle under dagen hade Wallander upptäckt att Martinsson var alldeles färdig. Han hade tagit honom åt sidan och sagt åt honom att åka hem. Eller åtminstone lägga sig i kriminalteknikernas bil och vila en stund. Men Martinsson hade stumt skakat på huvudet och återgått till att undersöka området närmast den utbredda duken. Hundpatruller hade kommit från Ystad. Edmundsson hade varit där med sin Kall. Hundarna hade sökt vittring åt olika håll. Bakom några buskar hade de hittat rester av avföring. På andra ställen hade legat ölburkar och papperssskräp. Allt samlades in och markerades på Nybergs kartor. På en annan plats, under ett träd som stod avsides, hade just Kall markerat fynd. Men de hade inte kunnat hitta någonting. Flera gånger under dagen återvände Wallander till just det trädet. Han hade upptäckt att det var en av de mest skyddade platserna för den som osedd ville blicka ut mot den plats där festen hade försiggått. En kall vind hade dragit genom honom. Hade mördaren stått där före honom? Vad hade han sett?

Strax efter klockan tolv på dagen hade Nyberg sagt åt Wallander att undersöka den radio som låg omkullvält intill duken. I en av korgarna hade de hittat ett antal omärkta kassetter. Det hade blivit alldeles stilla när Wallander tryckte på radions bandspelarknapp. En mörk mansröst sjöng. Det var musik som alla kände igen: Fred Åkerström som sjöng en av Fredmans Epistlar. Wallander såg på Ann-Britt Höglund.

Hon hade haft rätt. Festen hade utspelats på Bellmans tid.

En bil passerade ute på gatan. Någonstans ifrån, kanske från våningen under Svedbergs, hördes ljudet från en teveapparat. Wallander gick ut i köket och drack ytterligare ett glas vatten. Sedan satte han sig vid köksbordet. Fortfarande utan att tända någon lampa.

Någon gång på eftermiddagen hade Wallander haft ett ingående samtal med Lisa Holgersson. Så fort kropparna var på väg till Lund måste föräldrarna få besked. Han hade erbjudit sig att följa med till Lund. Men hon hade sagt att hon själv ville göra det. Han hade sett på henne att hon verkligen menade det hon sa. Därför hade han inte protesterat. Men han hade bestämt sagt ifrån att det skulle vara sjukvårdspersonal och en polispräst närvarande.

– Det kommer att bli förfärligt, hade han sagt som avslutning. Värre än du kan föreställa dig.

Wallander reste sig och gick in i Svedbergs arbetsrum. Först blev han stående och såg sig omkring. Sedan satte han sig bakom skrivbordet. Han tänkte på de bilder som drev omkring i utredningen. Där fanns tre vykort som Eva Hillström redan från början hade misstrott. Wallander hade tvivlat, alla hade tvivlat. Ingen förfalskade texten på ett vykort. Men nu var hennes dotter död. Korten måste ha skrivits av någon annan. Någon hade rest runt i Europa, till Hamburg, Paris och Wien och skickat falska vykort, lagt ut ett villospår. Frågan var bara varför? Även om de tre ungdomarna inte hade blivit dödade på midsommarnatten så måste de ha blivit skjutna innan det sista vykortet hade blivit avsänt från Wien. Men varför detta villospår?

Wallander stirrade ut i det dunkla rummet. Jag är rädd, tänkte han. Ondskan har jag aldrig trott på. Det finns inga onda människor, inga som föds med brutaliteten inbyggd i sina gener. Däremot finns den onda omständigheten. Ondskan finns inte. Men här anar jag något som utspelar sig i en förmörkad hjärna.

Han tänkte på Svedberg. Kunde han ha rest runt i Europa och lagt vykort med Astrid Hillströms och de andras namnteckningar i olika brevlådor? Hur osannolikt det än var kunde det knappast uteslutas. Han hade haft semester. De måste ställa samman ett schema över vilka datum han med säkerhet hade befunnit sig i Sverige. Men hur lång tid tog det egentligen att flyga fram och tillbaka till Paris? Eller Wien? Det osannolika inträffar, tänkte Wallander. Och Svedberg var en god skytt.

Frågan är om han dessutom var en galen människa.

Wallander drog till sig Svedbergs almanacka. Bläddrade igenom den igen. Där fanns dessa återkommande anteckningar. Namnet »Adamsson«. Kunde kvinnan på det fotografi han hittat, hon som Sture Björklund menade hette Louise, också ha detta efternamn? Louise Adamsson. Han reste sig och gick tillbaka till köket. Bläddrade i telefonkatalogen. Någon Louise Adamsson kunde han inte hitta. Men hon kunde vara gift. Hon kunde döljas bakom någon annan med samma efternamn. Han gick tillbaka till arbetsrummet igen. Han skulle be Martinsson leta igenom gamla tjänstgöringslistor för att se vad Svedberg hade hållit på med de dagar han noterat namnet »Adamsson« i sin kalender.

Han lutade sig bakåt i Svedbergs stol. Den var mycket bekväm. Betydligt skönare än de stolar de hade på polishuset. Sedan reste han sig häftigt. Han kunde inte sitta här och somna. Han gick in i sovrummet och tände taklampan. Sedan öppnade han dörrarna till garderoben. Letade bland Svedbergs kläder. Ingenting fick honom att stanna upp.

Han släckte ljuset och återvände till vardagsrummet. Här hade någon klivit ut på golvet med ett hagelgevär i handen. Ett hagelgevär som avlossats rakt mot Svedbergs huvud. Och som sedan blivit kvarlämnat. Wallander försökte föreställa sig om det var början eller slutet på ett händelseförlopp. Eller var det något som också hade en fortsättning?

Han orkade nästan inte med tanken. Kunde det finnas någon där ute i mörkret som tänkte fortsätta sitt meningslösa dödande?

Han visste inte. Allt gled undan. Ingenstans tyckte han sig kunna finna det fotfäste han sökte. Han ställde sig på den plats där geväret hade legat. Tänkte sig Svedberg i stolen. Eller på väg att resa sig. Cementblandaren dundrar nere på gatan. Två skott, Svedberg kas-

185

tas omkull och är död innan han faller ihop på golvet. Men han hörde inget samtal, inga upprörda röster. Bara de torra smällarna från geväret. Han bytte position och ställde sig intill den omkullvälta stolen. *Du har släppt in någon i lägenheten som du känner. Någon som du knappast är rädd för. Eller en person som har en egen nyckel. Men det kan också ha varit någon som använt dyrk. Däremot inte kofot, på dörren finns inga märken. Han har ett gevär med sig. Om det nu är en man. Eller så har det funnits ett gevär i lägenheten som du har haft utan licens. Ett gevär som dessutom har varit laddat. Och som den person du släppt in eller som tagit sig in har känt till. Frågorna är oändligt många. Men i slutänden finns egentligen bara ett vem och ett varför? Ett enda vem. Och ett lika ensamt varför.*

Han gick tillbaka till köket. Satte sig vid bordet och ringde upp till sjukhuset. Han hade tur och fick tag på den läkare han tidigare talat med.

– Isa Edengren mår bra. I morgon eller övermorgon skrivs hon ut.

– Vad säger hon?

– Inte mycket. Men jag tror nog hon är ganska glad för att du kom.

– Vet hon att det var jag?

– Varför skulle vi inte ha berättat det?

– Hur reagerade hon?

– Jag tror inte helt jag förstår frågan?

– På att en polis kommit för att tala med henne?

– Det vet jag inte.

– Jag behöver tala med henne så fort som möjligt.

– I morgon går bra.

– Helst nu ikväll. Jag behöver tala med dig också.

– Det låter som om det var brådskande.

– Det är det också.

– Jag var just på väg hem. För min del vore det en fördel om det kunde vänta till i morgon.

– För min del vore det bäst om det här samtalet hade varit helt onödigt, sa Wallander. Jag måste be dig att stanna. Jag kommer inom tio minuter.

– Har det hänt nåt?

– Ja. Nånting du inte ens kan föreställa dig.

Wallander drack ytterligare ett glas vatten. Sedan lämnade han lägenheten och körde upp till sjukhuset. Fortfarande var det varmt, vinden måttlig.

När Wallander steg in på den avdelning där Isa Edengren låg stod läkaren i korridoren och väntade på honom. De gick in på ett kontor som var tomt. Wallander stängde dörren. I bilen upp till sjukhuset hade han bestämt sig för att gå rakt på sak. Han berättade om likfynden ute i naturreservatet, att de tre ungdomarna blivit mördade, och att Isa Edengren skulle ha varit med dem. Det enda han utelämnade var deras klädsel, deras peruker. Läkaren lyssnade misstroget.

– Jag tänkte en gång på att bli rättsmedicinare, sa han sedan. Men när jag hör det här är jag tacksam för att jag inte blev det.

– Du har helt rätt. Det var en förfärlig syn, svarade Wallander. Läkaren reste sig.

– Jag antar att du vill träffa henne nu?

– Bara en sak till. Ingenting av det jag nu har berättat ska naturligtvis föras vidare.

– Läkare har faktiskt tystnadsplikt.

– Det har poliser också. Men det är förunderligt hur mycket som ändå läcker ut.

Ute i korridoren stannade läkaren vid en dörr.

– Jag ska bara se om hon är vaken.

Wallander väntade. Han tyckte inte om att vara på sjukhus. Han ville komma därifrån så fort som möjligt.

Samtidigt fick han en idé. Han mindes något Göransson hade sagt. Om enkla metoder att mäta blodsockernivån i en människas blod. Läkaren kom ut genom dörren.

– Hon är vaken.

– En helt annan sak, sa Wallander. Om du ursäktar. Men skulle du kunna mäta mitt blodsocker?

Läkaren såg förvånat på honom.

– Varför det?

– Därför att jag har tid i morgon hos en av dina kollegor som skulle göra det. Men jag inser att jag inte kommer att hinna.

– Är du diabetiker?

– Nej. Men jag har för högt blodsocker.

– Då är du diabetiker.

– Frågan är om du kan mäta mitt blodsocker eller inte. Nåt patientkort har jag·inte med mig. Men det kanske går att göra ett undantag.

187

En sköterska kom gående genom korridoren. Läkaren stoppade henne.

– Har du nån blodsockermätare här?

– Det är klart vi har det.

Wallander läste på hennes namnskylt att hon hette Brundin.

– Kan du mäta blodsockret på Wallander? Sen ska han prata med Edengren.

Hon nickade. Wallander tackade läkaren för hjälpen.

Hon stack honom i fingret och droppade blod på en remsa i en maskin som såg ut som en free-style.

– 15,5, sa hon. Det är nog i högsta laget.

– Det är åt helvete för högt, sa Wallander. Det var bara det jag ville veta.

Hon såg granskande på honom. Men inte alls ovänligt.

– Du väger nog lite för mycket.

Wallander nickade. Han kände sig plötsligt skamsen. Som ett ertappat barn.

Sedan gick han till Isa Edengrens rum. Han hade förväntat sig att hon skulle ligga i en säng. Men hon satt i en stol med en filt uppdragen till hakan. Det enda ljuset kom från sänglampan. Wallander hade svårt att urskilja hennes ansikte. När han kom närmare kunde han se hennes ögon. De såg på honom med något som verkade vara fruktan. Han sträckte fram handen och sa vem han var. Sedan satte han sig på en pall som stod intill henne.

Fortfarande vet hon inte vad som har hänt, tänkte han. Att tre av hennes nära vänner är borta. Eller är det så att hon faktiskt redan har förstått det? Att hon har gått och väntat? Och att hon till slut inte orkade längre?

Han drog pallen närmare henne. Hela tiden såg hon på honom. Just när han kom in i rummet hade han fått en känsla av att hon påminde honom om Linda. Också hon hade en gång, när hon inte var mer än 15 år, försökt begå självmord. Det var en av de händelser som Wallander i efterhand hade insett var en av de utlösande orsakerna till att Mona ville skiljas. Men det var också en av de händelser i hans liv som han i grunden aldrig hade förstått. Trots att han talat direkt med Linda om det, på senare år vid upprepade tillfällen. Men där fanns något han aldrig hade kunnat komma åt. Han undrade om han nu skulle kunna förstå varför flickan bredvid honom hade försökt ta sitt liv.

– Det var jag som hittade dig, sa han. Det vet du redan. Men du vet inte varför jag hade kommit ut till Skårby. Du vet inte varför jag gick runt det låsta huset och klev in i paviljongen där du låg och sov.

Han gjorde ett avbrott för att ge henne möjlighet att säga någonting.

Men hon fortsatte bara att se på honom.

– Du skulle ha varit med på en midsommarfest, fortsatte han. Tillsammans med Martin, Astrid och Lena. Men du blev sjuk. Du fick ont i magen. Och stannade hemma. Visst var det så?

Fortfarande reagerade hon inte. Wallander visste plötsligt inte hur han skulle fortsätta. Hur skulle han kunna berätta för henne vad som hade skett? I morgon skulle det å andra sidan finnas i tidningarna. Chocken skulle komma, hur han än bar sig åt. Jag skulle haft Ann-Britt med mig, tänkte han. Hon skulle hanterat den här situationen bättre än jag.

– Det kom vykort efter det till Astrids mamma, sa han. Underskrivna av alla tre. Eller bara Astrid. Från Hamburg, Paris och Wien. Hade ni talat om att resa dit? Att ni skulle ge er av i all hemlighet efter er midsommarfest?

Nu svarade hon. Men hon talade med så låg röst att Wallander nästan inte uppfattade vad hon sa.

– Nej, viskade hon. Ingenting var bestämt.

Wallander fick en klump i halsen. Hennes röst verkade så bräcklig att den när som helst skulle kunna brista. Och han tänkte på det som hon nu skulle få veta. Om hur en magåkomma hade räddat hennes liv.

Helst av allt ville Wallander ringa hem till den läkare han nyss talat med och fråga vad han skulle göra. Hur skulle han berätta för henne? Men det var något som hindrade honom, som drev honom åt ett annat håll.

– Berätta om den där midsommarfesten, sa han.

– Varför skulle jag göra det?

Han undrade hur en så bräcklig stämma kunde verka så bestämd. Men hon var inte alldeles avvisande. Svaren skulle helt och hållet bero på hur han ställde sina frågor.

– Därför att jag undrar. Därför att Astrids mamma är orolig.

– Det var en vanlig fest.

– Men ni skulle vara utklädda. Till människor på Bellmans tid.

189

Hon kunde inte veta hur han visste. Det fanns en risk med att ställa frågan. Hon kunde sluta sig. Men kanske skulle det bli helt omöjligt att tala med henne när hon om en stund fick veta vad som hade hänt hennes vänner.

– Vi gjorde så ibland. Klädde ut oss.

– Varför gjorde ni det?

– Det blev annorlunda.

– Att gå ut ur en tid? Och in i en annan?

– Ja.

– Klädde ni alltid ut er till Bellmans tid?

Han anade ett stråk av förakt i hennes svar.

– Vi upprepade oss aldrig.

– Varför gjorde ni inte det?

Den frågan svarade hon inte på. Wallander insåg genast att den var viktig. Han försökte ta ett steg tillbaka och närma sig från ett annat håll.

– Vet man verkligen hur människor var klädda på 1100-talet?

– Ja. Men den perioden gick vi aldrig in i.

– Hur valde ni era tider?

Inte heller det svarade hon på. Wallander anade det första tecknet på att det existerade ett mönster i de frågor hon inte besvarade.

– Berätta vad som hände på midsommarafton.

– Jag blev sjuk.

– Det måste ha kommit plötsligt.

– Diarré brukar göra det.

– Vad hände?

– Martin kom för att hämta mig. Jag sa att jag inte kunde följa med.

– Hur reagerade han då?

– Som han skulle.

– Hur då?

– Han frågade om det var sant. Som han skulle.

Wallander förstod inte hennes svar.

– Vad menar du egentligen?

– Antingen talar man sanning. Eller också inte. Talar man inte sanning så stöts man ut.

Wallander tänkte efter. Hon svarar inte på varför de inte upprepar sig. Inte heller på hur de väljer de tider de går in i. Sedan säger hon att bristen på sanning kan göra att man stöts ut. Stöts ut från vad då?

– Ni tog alltså er vänskap på stort allvar? Ingen fick ljuga. En osanning, så stöttes man ut?

Hon såg uppriktigt förvånad ut.

– Vad skulle vänskap annars vara?

Han nickade.

– Naturligtvis måste vänskap bygga på förtroende.

– Vad finns det annars?

– Jag vet inte, sa Wallander. Kärlek kanske.

Hon drog filten upp till hakan.

– Vad tänkte du när du förstod att dom hade gett sig av på en resa ut i Europa? Utan att säga nånting till dig?

Hon såg länge på honom innan hon svarade.

– Den frågan har jag redan svarat på.

Det tog en stund innan Wallander insåg sammanhanget.

– Du menar alltså att den polis som besökte dig i somras ställde samma fråga?

– Vad skulle jag annars mena?

– Kommer du ihåg när han kom hem till dig?

– Den 1 eller 2 juli.

– Vad frågade han dig om mer?

Plötsligt lutade hon sig mot Wallander. Det skedde så hastigt att han ryckte till.

– Jag vet att han är död. Han som hette Svedberg. Är det för att berätta det som du har kommit hit?

– Inte direkt, sa Wallander. Men jag vill gärna veta vad han mer frågade om.

– Ingenting.

Wallander rynkade pannan.

– Nåt mer måste han ha frågat om?

– Det gjorde han inte. Jag har det på band.

Wallander förstod först inte vad hon menade.

– Spelade du in samtalet med Svedberg på band?

– I hemlighet. Jag brukar göra så. När människor inte vet om det. Jag spelar in dom på band.

– Och det gjorde du när Svedberg kom på besök?

– Ja.

– Var finns det bandet?

– Det ligger ute i lusthuset. Där du hittade mig. Kassetten har en blå ängel på omslaget.

– En blå ängel?

– Jag gör mina omslag själv.

Wallander nickade.

– Har du nåt emot att vi hämtar bandet?

– Varför skulle jag ha det?

Wallander ringde till polishuset. Han instruerade det vakthavande befälet att skicka en patrull att hämta kassetten. Och den freestyle Wallander påminde sig ha sett på bordet intill sängen.

– En blå ängel? sa polismannen undrande.

– En blå ängel på omslaget. Och det är bråttom.

Det tog exakt 29 minuter. Medan de väntade hade hon tillbringat mer än en kvart på toaletten. När hon kom tillbaka upptäckte Wallander till sin förvåning att hon hade tvättat håret. Det slog honom också att han kanske borde ha blivit orolig för att hon skulle göra ett nytt självmordsförsök.

Polismannen kom in i rummet och lämnade kassetten och bandspelaren. Hon nickade. Det var den kassett hon menat. Med hörlurarna lyssnade hon sig fram till rätt ställe.

– Här, sa hon och gav Wallander lurarna.

Svedbergs röst kom emot honom med våldsam kraft. Han märkte att han ryckte till, som om något stuckit honom. Sedan hörde han Svedberg harkla sig och ställa sin fråga. Hennes svar försvann i ett otydligt avståndsbrus. Han spolade tillbaka och lyssnade ännu en gång.

Han hade inte tagit miste.

Hon hade både haft rätt och fel. Svedberg ställde verkligen samma fråga som han själv. Men ändå inte. Där fanns en avgörande skillnad.

– *Vad tänkte du när du förstod att dom hade gett sig av på en resa ut i Europa? Utan att säga nånting till dig?*

Det var vad Wallander hade frågat om. Svedberg hade ställt sin fråga på ett sätt som dramatiskt förändrade innebörden.

Wallander lyssnade igen på den röst han hade hört så många gånger, när den fortsatte:

– *Tror du verkligen att dom har gett sig ut på en resa i Europa?*

192

Wallander lyssnade ännu en gång. På bandet hade Isa inte svarat på Svedbergs fråga. Sedan tog han av sig hörlurarna.

Svedberg visste, tänkte han.

Redan den 1 eller 2 juli.

Svedberg visste att de inte hade gett sig av på någon utlandsresa.

14

De hade sedan fortsatt samtalet. Bandspelaren hade legat på bordet intill henne, tillsammans med den kassett som pryddes av en blå ängel och som innehöll de sista levande resterna av Svedbergs röst. Wallander hade fortsatt att ställa frågor, även om han hade besvär med att koncentrera sig. Dessutom plågades han av det beslut han snart måste fatta. Vem skulle tala om för Isa Edengren vad som hade hänt med hennes vänner ute i naturreservatet? Vem skulle göra det? Och när? Wallander hade en oklar känsla av att han kanske redan hade förrått henne. Borde han inte från början ha sagt henne sanningen? Nu när klockan redan var över nio på kvällen och Wallander inte tyckte att han kom längre var det till sist det enda som återstod. Han ursäktade sig med att han skulle försöka få tag på en kopp kaffe. Ute i korridoren ringde han till Martinsson. De hade börjat återvända in till Ystad, fick han veta. Kvar fanns snart bara kriminalteknikerna och de som skulle bevaka brottsplatsen. Nyberg och hans män skulle fortsätta arbetet under natten. Wallander sa var han befann sig och bad sedan att få tala med Ann-Britt Höglund. Hon kom till telefonen och han sade som det var, att han behövde hennes hjälp.

– Vi har en till, sa han. Isa Edengren. Hon måste också få ett dödsbud. Hur hon kommer att reagera vet vi inte.

– Trots allt befinner hon sig redan på ett sjukhus. Vad skulle kunna hända?

Svaret förvånade Wallander. Han tyckte hon verkade kallsinnig. Men han insåg sedan att hon värjde sig. Ingenting kunde bli värre än den dystra och motbjudande brottsplats hon hade haft framför sig hela denna långa augustidag.

– Ändå vore det bra om du kom hit, sa han. Så jag slipper vara ensam. Trots allt har hon alldeles nyligen försökt ta livet av sig.

Efteråt letade han reda på den sköterska som konstaterat att hans blodsockernivå var för hög och bad om läkarens namn och telefonnummer hem. Han passade också på att fråga om vilket intryck hon hade fått av Isa Edengren.

– Många som försöker begå självmord har en väldig styrka, sa hon. Naturligtvis finns också motsatsen. Men mitt intryck av Edengren är att hon tillhör den första kategorin.

Han frågade om det fanns någon möjlighet att få kaffe. Hon hänvisade honom till en automat som fanns på sjukhusets entréplan.

Wallander ringde hem till läkaren. Först var det ett barn som svarade, därefter en kvinna, och till sist mannen.

– Jag tänkte alldeles för långsamt, sa Wallander. Vi måste tala om för henne vad som har hänt. Annars får hon veta det i morgon. Kanske på ett sätt som vi inte kan kontrollera. Frågan är hur hon kommer att reagera.

Han förstod och lovade att komma. Wallander gav sig ut på jakt efter kaffeautomaten. När han hittade den hade han naturligtvis inga växelmynt i sina fickor. En äldre man kom långsamt hasande bakom sin rullator. När Wallander försiktigt frågade om han kunde växla skakade han på huvudet och gav honom de mynt han saknade. Wallander blev stående med sin sedel i handen.

– Jag ska snart dö, sa mannen. Om tre veckor eller så. Vad ska jag med pengar till?

Mannen hasade vidare. Han hade gett intryck av att vara på strålande humör. Wallander såg förundrat efter honom. Sedan tryckte han på fel knapp och fick kaffe med mjölk, något som han ytterst sällan brukade dricka. Han återvände med muggen till avdelningen där Isa Edengren befann sig. Ann-Britt Höglund hade just kommit. Hon var blek och hålögd. Några avgörande spår som på ett dramatiskt sätt kunde börja styra utredningen hade inte påträffats. Han hörde hur trött hon lät. Vi är alla trötta, tänkte han. Trötta innan vi ens har börjat borra på djupet av den mardröm vi omges av.

Han berättade för henne om samtalet med Isa Edengren. Hon lyssnade förvånat när han berättade om Svedbergs röst som han hade hört på bandspelaren. Han gav henne också utan omsvep den enda tänkbara slutsats han kunde dra. Svedberg hade vetat, eller åtminstone misstänkt, att de tre aldrig hade gett sig ut på sin resa.

– Hur kan han ha vetat det? sa hon. Om han inte befunnit sig mycket tätt inpå dom händelser som utspelats?

– Framförallt är det annat som klarnar, sa Wallander. På nåt sätt befinner han sig i närheten av det som sker. Men han vet inte allt. Hade han gjort det hade han inte behövt ställa några frågor.

– Det tyder i alla fall på att det inte är Svedberg som har dödat dom, sa hon. Men det är det väl heller ingen som på allvar har trott?

– Tanken har förekommit i mitt huvud, sa Wallander. Det erkänner jag. Nu är bilden annorlunda. Jag tror också man kan våga gå ett steg längre. Redan några dagar efter midsommarafton börjar Svedberg ställa frågor som tyder på att han vet nånting. Men vad är det egentligen han vet?

– Att dom är döda?

– Inte nödvändigtvis. Det enda han med säkerhet känner till är samma sak som vi andra, innan de hittades döda.

– Men han fruktar nånting?

– Då kommer vi fram till den viktigaste frågan. Varifrån härstammar den oro som Svedberg upplever? Eller fruktan? Eller misstanke?

– Han vet nåt som vi andra inte vet?

– Nånting gör att han i alla fall har en misstanke. Eller kanske bara en vag aning. Det kan vi inte veta. Men han delar ingenting med oss. Han vill utforska den misstanken för sig själv. Han försvinner på semester och startar sin egen utredning. Han är energisk och noggrann.

– Frågan är alltså vad det är han vet.

– Det är den beröringspunkten vi letar efter. Ingenting annat.

– Men det förklarar inte varför han blir skjuten.

– Det förklarar inte heller varför han ville dölja nåt för oss.

Hon rynkade pannan.

– Varför döljer man nånting?

– För att man inte vill att det ska komma ut. Eller för att man inte vill bli upptäckt.

– Det kan finnas ett mellanled.

– Jag har tänkt samma sak. Det kan finnas personer emellan Svedberg och dom här händelserna.

– En kvinna som heter Louise?

– Kanske. Vi vet inte.

Det slog i en dörr längst bort i korridoren. Läkaren kom gående. Ögonblicket var inne. Isa Edengren satt kvar i stolen när Wallander steg in.

– Det är en sak jag måste tala om, sa han när han satt sig bredvid henne. Nåt som kommer att bli väldigt svårt för dig. Då vill jag gärna att den läkare som har skött om dig är med. Och en kollega till mig som heter Ann-Britt.

Han såg att hon blev rädd. Men nu fanns ingen väg tillbaka längre. De två andra kom in. Wallander sa som det var. Hennes tre vänner hade blivit återfunna. Och de var döda. Någon hade tagit livet av dem.

Wallander visste att reaktionen kunde komma genast. Men den kunde också dröja.

– Vi vill tala om det för dig redan nu, sa han. Så att du slipper läsa om det i tidningarna.

Hon reagerade inte.

– Jag vet att det är svårt, sa han. Men jag måste ändå fråga dig. Kan du tänka dig vem som har gjort det?

– Nej.

Hennes röst var svag. Men svaret tydligt. Wallander fortsatte.

– Var det nån som visste om var ni skulle ha er fest?

– Vi talade aldrig med nån som inte skulle vara med.

Wallander tänkte hastigt att det lät som om hon uttalade en regel. Kanske var det också precis det hon gjorde.

– Ingen visste utom du?

– Ingen.

– Du var aldrig med eftersom du blev sjuk. Men du visste var ni skulle vara?

– I naturreservatet.

– Och ni skulle vara utklädda?

– Ja.

– Men ingen visste om det? Alla förberedelser gjorde ni i hemlighet?

– Ja.

– Varför skulle det vara hemligt?

Hon svarade inte. Jag steg in på förbjudet område igen, tänkte Wallander. Då vägrar hon svara. Samtidigt visste han att hon hade rätt. Ingen hade vetat om var de skulle ha sin fest.

Han hade inga fler frågor.

– Vi går nu, sa han. Om du kommer på nåt mer så vet dom som arbetar här var du kan få tag på mig. Jag vill också att du ska veta att jag har talat med din mamma.

Hon ryckte till.

– Varför det? Vad har hon med mig att göra?

Hennes röst var plötsligt gäll. Wallander kände ett starkt obehag.

– Jag var tvungen, sa han. Jag hade hittat dig medvetslös. Då måste jag få tag på dom anhöriga.

Hon gjorde en ansats att säga något mer, kanske bara att protestera. Men hon lät det bero. Sedan började hon gråta. Läkaren gav tecken åt Wallander och Ann-Britt att de skulle gå. När de kom ut i korridoren och dörren fallit igen märkte Wallander att han var genomsvettig.

– Det blir värre för varje gång, sa han. Jag klarar det knappt längre.

De lämnade sjukhuset. Kvällen var varm. Wallander gav bilnycklarna till Ann-Britt.

– Har du ätit nånting? frågade hon.

Han skakade på huvudet.

Hon körde ut till korvkiosken på Malmövägen där Wallander hade ätit någon dag tidigare. De väntade tålmodigt och under tystnad på att de sista medlemmarna av något idrottslag från Vadstena skulle göra sina beställningar. Sedan satt de i bilen och åt. Wallander märkte hur hungrig han var. Men någon egentlig matlust hade han inte.

Efteråt blev de sittande i bilen.

– I morgon kommer allt att bli offentligt, sa hon. Vad händer då?

– I bästa fall kommer vi att få informationer vi kan ha nytta av. I värsta fall kommer vi att dömas ut som odugliga.

– Du tänker på Eva Hillström?

– Jag vet inte vad jag tänker på. Men fyra personer är döda. Skjutna. Med två olika sorters vapen.

– Vad ser du framför dig? Vad är det för person vi letar efter?

Wallander tänkte efter innan han svarade.

– Att döda en annan människa innebär alltid en form av galenskap, sa han. Nån mister kontrollen. Men det finns också nåt medvetet i allt det här. Jag inbillar mig att man tvekar lite extra innan man mördar en polis. Jag tänker också på det flickan sa där uppe på sjukhuset. Att ingen visste om var dom skulle ha sin fest. Men nån måste ha vetat. Att det skulle ha varit ett tillfällighetsmord vägrar jag tro.

– Vi söker alltså efter nån som känner till att några ungdomar i hemlighet ska ha en fest?

– Nån som dessutom Svedberg anade vem det kunde vara.

Samtalet dog ut. Det är inte rimligt, tänkte Wallander. Det är något avgörande i allt det här som vi förbiser. Som jag inte upptäcker.

– I morgon är det måndag, sa hon. Då kommer också bilden av Louise att bli publicerad. Vi kommer förhoppningsvis att få uppgifter från rättsläkarstationen i Lund. Och tips från allmänheten.

– Jag är för otålig, sa Wallander. Det är mitt ständiga fel. Min otålighet ökar dessutom år från år.

De kom till polishuset strax före halv elva. Wallander förvånades över att där inte fanns några journalister. Han hade varit övertygad om att fyndet av de döda ungdomarna i reservatet redan hade läckt ut. Wallander hängde av sig jackan på sitt kontor och gick sedan till matrummet. Där satt trötta och tysta poliser lutade över kaffekoppar och sönderbrutna pizzor. Wallander tänkte att han borde säga något uppmuntrande. Men hur kunde man lätta upp en stämning som präglades av att tre ungdomar hittats skjutna till döds på en blå duk i en sommarskog? Och någonstans i bakgrunden det alldeles färska mordet på en av deras egna kollegor.

Wallander sa ingenting. Han nickade bara runt och visade att han fanns där.

Hansson betraktade honom med trötta ögon.

– När sätter vi oss? frågade han.

Wallander kastade en blick på sin klocka.

– Halv elva. Är Martinsson här?

– Han är på ingående.

– Lisa?

– På kontoret. Jag tror hon hade det svårt i Lund. Alla föräldrarna. Par efter par fick identifiera sitt barn. Men Eva Hillström kom visst ensam.

Wallander lyssnade utan att säga någonting. Sedan gick han raka vägen till Lisa Holgerssons kontor. Dörren stod på glänt. Han kunde se att hon satt alldeles orörlig bakom skrivbordet. Hennes ögon verkade glansiga. Han knackade och sköt upp dörren. Hon nickade åt honom att komma in.

– Jag hoppas du inte ångrar att du for till Lund?

– Det är inget att ångra. Men det var lika förfärligt som du hade sagt. Det finns ju inga ord som räcker. Föräldrar som plötsligt en dag i augusti ska identifiera sina döda barn. Dom som hade gjort dom i ordning hade varit duktiga. Men det var ju omöjligt att helt kunna dölja att dom varit döda en längre tid.

– Hansson sa att Eva Hillström hade kommit ensam?

– Hon var dessutom den mest behärskade. Antagligen för att hon väntat sig det här.

– Hon kommer att anklaga oss. Kanske med rätta. För att vi ingenting gjorde.

– Är det din uppriktiga mening?

– Nej. Men jag vet inte hur mycket min åsikt egentligen är värd. Hade vi haft mer personal hade situationen varit annorlunda. Hade det inte varit semestertid hade också allting kunnat vara på ett annat vis. Det finns alltid förklaringar. Men till slut står där en ensam mamma och får klart för sig att hennes värsta farhågor har besannats.

– Jag hade tänkt ta upp frågan med dig om att vi måste få förstärkning. Hjälp utifrån. Så fort det går.

Wallander var för trött för att säga emot. Men innerst inne var han inte överens med henne. Det fanns alltid en förhoppning om att ett ökat antal arbetande poliser fortare nådde ett uppsatt mål. Men hans egen erfarenhet talade ett annat språk. Det var den lilla sammansvetsade spaningsgruppen som oftast kunde visa upp den bästa effektiviteten.

– Vad är din åsikt?

Wallander ryckte på axlarna.

– Du vet vad jag menar. Men jag tänker inte kämpa emot om du vill kalla in förstärkningar.

– Jag tänkte vi borde ta upp det redan ikväll.

Han avrådde.

– Alla är för trötta, sa han. Du får inga vettiga svar. Vänta till i morgon.

Klockan hade blivit kvart i elva. Wallander reste sig. Tillsammans gick de till mötesrummet. Martinsson kom i korridoren. Han hade lera långt upp på byxbenen.

– Vad har hänt? frågade Wallander.

– Jag försökte ta en genväg, sa Martinsson dystert. Genom reservatet. Jag trampade fel. Men jag har ett par andra byxor på kontoret. Jag kommer strax.

Wallander gick in på en toalett och drack vatten. I spegeln såg han sitt ansikte. Han slog bort blicken.

Tio minuter i elva stängdes dörren. Svedbergs stol var fortfarande tom. Nyberg hade kommit in från brottsplatsen. När Wallander såg på honom skakade han på huvudet. Inga avgörande fynd.

Wallander började med att redovisa sitt besök på sjukhuset. Bandspelaren och kassetten hade han kommit ihåg att ta med sig. Det vilade en dimma av olust över rummet när de lyssnade på Svedbergs röst. Men när Wallander efteråt med stor koncentration presenterade sin slutsats märkte han att den trötta stämningen för ett ögonblick sjönk undan. Svedberg hade vetat någonting. Frågan var nu bara om det var på grund av den vetskapen han hade blivit mördad.

Wallander sköt undan bandspelaren och lät sina handflator falla mot bordet. När han öppnade munnen för att börja tala visste han inte alls vad han skulle säga. Han trevade sig långsamt framåt tills han hittade den tråd han sökte.

De gjorde en genomgång som kom att sträcka sig långt förbi midnatt. Någonstans på vägen besegrade de både tröttheten och olusten.

En skallgång, tänkte Wallander, kan lika väl ske i ett inre som i ett yttre landskap. Precis det är vad vi gör nu. Vi finkammar våra iakttagelser, inte några svårforcerade busksnår. Men ändå påminner det om vartannat.

Någon gång strax efter tolv på natten tog de en paus. När de skulle samlas igen råkade Martinsson sätta sig i Svedbergs stol. Men han upptäckte genast sitt misstag och flyttade sig därifrån. Wallander kissade och drack vatten. Munnen var uttorkad och han hade huvudvärk. Men han bet ihop och drev på. I pausen hade han gått in på sitt kontor och ringt upp till sjukhuset. Efter lång väntan hade han talat med den sköterska som tidigare under kvällen hade stuckit honom i fingret.

– Flickan sover, sa hon. Hon ville ha ett sömnmedel. Men det kunde vi naturligtvis inte ge henne. Hon tycks ha somnat i alla fall.

– Har hennes föräldrar ringt? Hennes mor?

– Bara en man som sa att han var hennes granne.

– Lundberg?

– Så hette han.

– Reaktionen kommer nog först i morgon, sa Wallander.

– Vad är det egentligen som har hänt?

Wallander såg ingen orsak att inte berätta. Efteråt var hon länge tyst.

– Man kan inte tro att det är sant, sa hon. Hur kan såna saker ske?

– Jag vet inte, sa han uppriktigt. Jag förstår lika lite som nån annan.

Sedan återvände han till mötesrummet. Tiden var inne för honom att göra en sammanfattning.

– Jag vet inte varför det har skett, började han. Lika lite som ni kan jag förstå vad det är för vanvett som leder till att nån kallblodigt skjuter ihjäl tre midsommarfestande ungdomar. Jag ser inget motiv framför mig och därmed heller ingen tänkbar gärningsman. Däremot ser jag ett förlopp. Samma som ni kan se. Det är inte alldeles tydligt och där finns luckor. Men jag ser det jag ser. Jag går igenom det ytterligare en gång. Rätta mig om jag tar fel. Lägg till det jag glömmer.

Han sträckte sig efter en Ramlösa och fyllde på sitt glas innan han fortsatte.

– Nån gång på eftermiddagen den 21 juni kommer tre ungdomar till Hagestads naturreservat. Dom bör ha kommit i två bilar som är försvunna. Det är en av många brådskande frågor att få svar på. Enligt Isa Edengren som skulle varit med men blev sjuk, och därmed sannolikt räddade sitt eget liv, hade de utsett platsen i förväg. Dom leker nån sorts maskerad. Och det är inte första gången. Vi har alla skäl att försöka förstå vad dom egentligen höll på med. Jag har en stark känsla av att det fanns mycket starka band mellan dom. Nåt som kanske inte bara var vänskap. Men vad det är vet vi inte än. Dom dukar till fest som på Bellmans tid. Dom är utklädda och har peruker. Musiken är Fredmans Epistlar. Ännu vet vi inte om nån har iakttagit dom, vare sig när dom kom till reservatet eller under kvällens lopp. Platsen ligger väl dold från insyn. Så plötsligt sker nåt. En gärningsman uppenbarar sig och dödar dom. Alla har träffats av ett skott, mitt i pannan. Vilken typ av vapen som använts kan vi inte säga än. Men allt tyder på att skytten vetat vad han gjort och inte heller tycks ha tvekat. 51 dagar senare hittar vi dom. Det här är den troliga bilden av händelseförloppet. Men innan vi vet hur länge dom har varit döda kan vi inte utesluta att det har gått till på nåt annat sätt. Det behöver inte ens ha varit en midsommarfest. Det kan ha skett senare. Vi vet helt enkelt inte. Oberoende av när det skedde kan vi dock slå fast att gärningsmannen måste haft vissa informationer. Det är orimligt att tänka sig att det skulle ha varit ett trippelmord som skett av en tillfällighet. Vi kan naturligtvis inte utesluta en galning. Vi kan inte utesluta nånting. Ändå talar mycket för att dom här ungdomarna har dödats som ett led i en i förväg uppgjord plan. Men vad det är för plan kan jag inte ens föreställa mig. Vem vill ta livet av unga människor, mitt i deras glädje? Vad kan det finnas för motiv? Jag förstår det inte. Det känns som om jag aldrig har varit i närheten av nåt liknande.

Han tystnade. Fortfarande var han inte färdig med sin genomgång. Men han ville ge plats för frågor. Ingen sa någonting. Han grep ordet igen.

– Det finns en fortsättning, sa han. Om det är en början eller ett slut, ett mellanled eller nåt som rör sig parallellt med dom här ungdomarnas agerande kring midsommaraftonen, kan vi inte svara på. Men Svedberg blir mördad. Vi hittar ett fotografi i hans lägenhet där en av dom här ungdomarna finns med. Ett fotografi som är taget under en av deras fester. Vi vet att Svedberg bedriver efterforskningar som tar sin början så fort Eva Hillström och dom andra föräldrarna ger uttryck för oro över att deras barn har gett sig iväg. Varför han bedriver sitt ensamma spaningsarbete vet vi inte. Det existerar dock en beröringspunkt och den kan vi inte bortse ifrån. Det är med det här vi måste börja. Vi måste se åt många olika håll samtidigt.

Han la ifrån sig blyertspennan och lutade sig bakåt i stolen. Det värkte i ryggen. Han såg på Nyberg.

– Det är kanske att föregripa, sa Wallander. Men både Nyberg och jag hade en bestämd känsla av att det fanns nåt arrangerat över brottsplatsen.

– Jag kan inte förstå hur dom kan ha legat där i 51 dagar utan att nån har upptäckt dom, sa Hansson uppgivet. Det är fullt av folk där under sommaren.

– Jag förstår det lika lite som du, svarade Wallander. Det ger oss tre alternativ. Antingen har vi fel redan i utgångspunkten. Det här var inte midsommarfesten. Utan något som skedde senare. En annan fest. Eller så är brottsplatsen och fyndplatsen inte en och densamma. Det tredje alternativet skulle vara att brottsplatsen och fyndplatsen verkligen är densamma. Men att liken flyttats undan. Och sen lagts tillbaka igen.

– Vem gör nåt sånt? sa Ann-Britt Höglund. Och varför?

– Ändå är det vad jag tror har hänt, sa Nyberg.

Alla såg på honom. Det hände mycket sällan att Nyberg var så bestämd i inledningsskedet av en utredning.

– Jag tyckte jag såg samma sak som Kurt, började han. Att nåt var arrangerat. Ungefär som man föreställer sig att det går till innan en fotograf tar sin bild. Sen upptäckte jag några saker som gjorde mig fundersam.

Wallander väntade med spänning. Men plötsligt var det som om Nyberg hade tappat sin egen tråd.

– Vi lyssnar, sa Wallander.

Nyberg skakade på huvudet.

– Ändå måste jag hålla med om att det verkar helt orimligt. Varför flyttar man på nån som är död? För att sen lägga tillbaka kroppen igen?

– Det kan finnas många skäl, sa Wallander. För att försena en upptäckt. För att ge sig själv tid att komma undan.

– Eller för att hinna skicka ett antal vykort, sa Martinsson.

Wallander nickade.

– Vi tar det hela steg för steg. Inga tankar behöver vara fel. Däremot kan dom vara mer eller mindre rätt.

– Det var glasen, sa Nyberg långsamt. I två av dom fanns det fortfarande vinrester. I det ena lite bottenslam, i det andra lite mer. Det borde naturligtvis ha dunstat bort för länge sen. Men det som förvånade mig mest var vad som inte fanns där. Varken knott eller andra döda djur. Det borde det ha funnits. Alla vet vad som händer om man lämnar ett glas där det funnits vin ute om natten. Det ligger döda insekter där på morgonen. Men i dom här glasen fanns ingenting.

– Hur tolkar du det?

– Att glasen inte kan ha stått där många timmar när Leman upptäckte kropparna.

– Hur många timmar?

– Det kan jag naturligtvis inte svara på.

– Matresterna talar emot dig, invände Martinsson. Rutten kyckling, möglig sallad, härsket smör, bröd som var hårt och torrt. Så fort förändras inte mat, på några få timmar.

Nyberg såg på honom.

– Är det inte just den möjligheten vi talar om? Att det Mats och Rosmarie Leman hittade där ute var nåt arrangerat? Man placerar ut glas och häller lite vin i botten. Man kan ha förberett den ruttna maten nån annanstans. Och sen lagt den på tallrikarna.

Nyberg var nu lika bestämd som när han började.

– Vi kommer att kunna bevisa det mesta av det här, sa han. Vi kommer att kunna avgöra hur länge det vin vi fann rester av i glasen har varit utsatt för påverkan av luft. Vi kommer att kunna fastställa och vi kommer att kunna bevisa. Men redan nu har jag en uppfattning. Om familjen Leman hade bestämt sig för att göra en promenad i förrgår morse så hade dom inte hittat nånting.

Det blev tyst i rummet. Wallander insåg att Nyberg gått längre i sina tankar än han själv. Wallander hade inte föreställt sig att kropparna hade legat ute i mindre än ett dygn innan de blev upptäckta. Gärningsmannen hade alltså befunnit sig i rörelse mycket nära dem i tiden. Det Nyberg sa förändrade också i grunden Svedbergs förhållande till brottet. Han kunde ha dödat dem och flyttat undan kropparna. Men han kunde inte ha plockat fram dem igen.

– Jag märker att du är övertygad, sa Wallander. Vilken möjlighet finns att du tar alldeles fel?

– Ingen. Jag kan ta fel på tidpunkter och tidslängder. Men i grunden måste det ha gått till på det sätt som jag har sagt.

– En fråga är obesvarad, sa Wallander. Om brottsplatsen och fyndplatsen är densamma.

– Vi är inte färdiga än, sa Nyberg. Men nog verkar det ha trängt igenom blod från duken ner i marken.

– Du tror alltså att dom blev skjutna där ute? Men att dom möjligtvis har flyttats därifrån?

– Just det.

– Frågan blir då vart dom har flyttats.

Alla i rummet insåg att frågan var avgörande. De höll på att kartlägga en gärningsmans rörelser. Även om de inte kunde se honom framför sig anade de nu något om hans förflyttningar. Och det var ett stort steg.

– Vi tänker oss en ensam person, sa Wallander. Men det kan naturligtvis ha varit mer än en. Det är desto troligare om vi föreställer oss att kropparna har flyttats fram och tillbaka.

– Kanske vi använder fel ord, sa Ann-Britt Höglund. Kanske *flytta* inte är rätt. Utan *dölja*?

Wallander hade varit på väg att säga samma sak.

– Platsen ligger inte så djupt inne i reservatet, sa han. Visst kan man köra in bilar där. Men det är inte tillåtet. Det skulle väcka uppmärksamhet. Alternativet är då mycket enkelt. Kropparna har varit dolda inne i reservatet. Kanske nånstans i närheten av mordplatsen.

– Hundarna hittade ingenting, sa Hansson. Men det behöver inte betyda nånting.

Wallander hade fattat sitt beslut.

– Vi kan inte vänta ut resultaten av dom olika tekniska undersökningarna. Jag vill att det ska börja letas redan när det ljusnar. Efter en plats där kropparna kan ha legat dolda under en längre eller kortare tid. Om vi har rätt i vår tankegång så tror jag den platsen ligger alldeles i närheten.

Klockan var över ett. Wallander visste att alla nu måste få möjlighet att sova några timmar. Snart skulle de vara igång igen.

Han var den siste som lämnade rummet. Han samlade ihop sina papper och la in dem på sitt skrivbord. Sedan satte han på sig jackan och lämnade polishuset. Ute var det nu alldeles vindstilla. Fortfarande varmt. Han drog ner luften i lungorna. Ställde sig bakom en polisbil och pissade. På morgonen hade han tid hos doktor Göransson. Men han skulle inte gå dit. Hans blodsocker var alldeles för högt. 15,5. Men hur skulle han ha tid att tänka på sin hälsa nu?

Han började gå hemåt genom den tomma staden.

Det fanns något som de inte alls hade berört under det långa mötet. Men Wallander misstänkte att han inte var ensam om tanken. Eller oron.

De anade en gärningsman och hans rörelser. Men de visste inte alls vad han tänkte. Vad som drev honom.

De visste minst av allt om han planerade att slå till igen.

15

Wallander kom aldrig i säng den natten. När han stannade på Mariagatan och började leta i fickorna efter sina nycklar, blossade oron upp med full styrka. Någonstans i skuggorna fanns en gärningsman som hade gått till verket med stor målmedvetenhet. Vad var det som drev honom? Skulle han visa sig igen? Wallander blev stående med nycklarna i handen. Sedan fattade han sitt beslut, stoppade tillbaka husnycklarna i jackfickan och gick mot sin bil. När han körde ut ur den tomma staden tryckte han in en operakassett i bandspelaren. Men han stängde nästan genast av bandet. Natten var mycket stilla. Det var stillheten han behövde. Han vevade ner rutan och lät nattluften strömma över ansiktet. Oron kom och gick i vågor. Någonstans sökte han efter en besvärjelse, ett sätt att övertyga sig om att gärningsmannen inte skulle återkomma. Men det fanns ingen punkt där han kunde vila ut. Gärningsmannen skulle finnas där ute i mörkret tills de hade gripit honom. Och gripa honom måste de. Han fick inte bli en av de brottslingar som lyckades hålla sig undan, som år efter år förföljde Wallander in i drömmarna.

Han tänkte på en händelse som hade inträffat i början av 1980-talet, strax efter det att han hade flyttat till Ystad från Malmö med Mona och Linda. En sen kväll hade Rydberg ringt honom och berättat att det kommit larm om att en ung flicka blivit funnen död på en åker utanför Borrie. Hon hade haft ett stort krossår i pannan och det kunde knappast finnas någon naturlig dödsorsak. De hade åkt dit ut i natten, det hade varit november och snökorn singlade genom luften. Att flickan blivit mördad rådde det inget tvivel om. Hon hade kommit med en buss från Ystad där hon varit på bio, stigit av vid hållplatsen och sedan genat över åkrarna till den gård där hon bodde. När hon inte kommit hem som avtalat hade hennes far tagit sin ficklampa och gått ner mot vägen. Det var då han hade hittat henne. De hade gjort en utredning som sträckt sig över flera år. Tusentals sidor hade fyllt pärm efter pärm. Men de hade aldrig lyckats gripa någon gärningsman. De hade inte ens kunnat ana sig till ett tänkbart motiv. Det enda spår de hade haft var en trasig klädnypa. Den hade legat tätt intill flickans kropp och där hade funnits stänk av blod. Men det var allt. De lyckades aldrig lösa mordet. Många gånger efteråt hade Rydberg kommit in på Wallanders rum och börjat prata om den här flickan. Någon ny tanke hade slagit honom som han ville tala om. Wallander visste att Rydberg ibland på sina lediga dagar i sin ensamhet satt på polishuset och läste igenom delar av det gamla utredningsmaterialet på nytt. I det längsta hade Rydberg sökt efter en lösning. Under den sista tiden, när han låg på sjukhus och skulle dö i cancer, hade han ännu en gång tagit upp frågan om den döda flickan på åkern. Wallander hade förstått att Rydberg manat på honom att inte glömma det som hade hänt. När han var borta skulle Wallander vara den som kanske en dag kunde finna lösningen. Men han hade aldrig någonsin gått in i arkivet och letat reda på de gamla pärmarna. Sällan tänkte han på henne. Men han hade heller aldrig glömt. Och hon dök fortfarande ibland upp i hans drömmar. Bilden var alltid densamma. Wallander står lutad över henne, Rydberg finns kanske i en otydlig bakgrund, och hon ser på honom, men hon är förlamad och hon kan inte tala.

Wallander svängde av från huvudvägen. Jag vill inte ha tre ungdomar till som spökar i mina drömmar, tänkte han. Jag vill inte heller att Svedberg ska finnas där. Vi måste hitta den eller de personer som har gjort det här.

Han stannade utanför naturreservatet. Där fanns en polisbil parkerad. Till sin förvåning upptäckte Wallander att det var Edmundsson som steg ur bilen och kom emot honom.

– Var är hunden? frågade han.

– Hemma, svarade Edmundsson. Varför skulle han ligga och sova här ute i bilen?

Wallander nickade.

– Allting lugnt?

– Bara Nyberg. Och kollegorna som finns där inne.

– Är Nyberg här?

– Han kom för en liten stund sen.

Också han jagas av sin oro, tänkte Wallander. Det borde egentligen inte ha förvånat mig.

– Det är varmt för att vara augusti, sa Edmundsson.

– Hösten kommer nog, svarade Wallander. Och den kan komma plötsligt.

Han tände sin ficklampa ock klev över de yttre avspärrningsbanden.

Sedan började han gå in i reservatet.

*

Mannen hade länge funnits där inne i skuggorna. Han hade kommit så snart det blivit tillräckligt mörkt. För att kunna ta sig in i reservatet obemärkt hade han närmat sig från havssidan. Han hade följt stranden, klättrat uppför klitterna och försvunnit in bland buskarna och träden. Eftersom han inte kunde vara säker på att där inte fanns poliser med hundar hade han gjort en lång kringgående rörelse och stannat först när han befann sig i närheten av huvudstigen som ledde in i strövområdet. Därifrån skulle han lätt kunna ta sig ut på vägen om en hund plötsligt gav skall eller började vittra fara. Men han var inte orolig. De kunde inte vänta sig att han skulle vara där.

I skydd av mörkret hade han kunnat se poliser komma och gå längs stigen. Där hade också passerat flera bilar. Två kvinnliga poliser hade han sett. Strax efter tio på kvällen hade många lämnat reservatet samtidigt. Han hade då gett sig tid att dricka det te som han hade i sin termos. Den beställning han hade gjort till Shanghai hade redan aviserats. Tidigt dagen efter skulle han hämta ut paketet. När han hade druckit ur och stoppat tillbaka termosen i ryggsäcken hade han långsamt närmat sig platsen där han hade skjutit dem. Han hade då varit säker på att det inte fanns några hundar ute i terrängen. På avstånd hade han sett strålkastarna som lyste med sitt överkliga sken inne i skogen. Han hade tänkt att det var som om han obehörigt hade besökt en teaterföreställning som inte var öppen för allmänheten. Frestelsen hade funnits där att smyga sig fram tills han var så nära att han kunde uppfatta vad poliserna sa. Och se deras ansikten. Men han besinnade sig. Det gjorde han alltid. Utan att bevara sin självbehärskning kunde man aldrig skydda sig, aldrig garantera att man kunde undkomma.

Skuggorna hade spelat i strålkastarljusen.

Poliserna hade tornat upp som jättar. Men han visste att det bara var en illusion. De famlade omkring som blinda djur i en obegriplig värld. Den värld han hade skapat. Han hade unnat sig att för en kort stund känna sig nöjd. Men han visste att övermod var farligt. Det gjorde människan sårbar.

Efteråt hade han återvänt till platsen vid huvudstigen. Han hade redan fattat beslutet att ge sig av när en ensam man kom gående längs stigen. Ficklampan spelade över marken. Ett kort ögonblick hade hans ansikte varit synligt. Då hade han känt igen honom. Någon gång hade det funnits en bild av honom i tidningen. Han visste att mannen hette Nyberg och var kriminaltekniker. Han hade lett för sig själv där i mörkret. Nyberg skulle aldrig förstå vad det var han hade framför sig. Han skulle kanske klara att identifiera de olika bitarna. Men han skulle aldrig hitta det dolda mönstret.

Han hade hängt på sig ryggsäcken och skulle just korsa stigen när han hörde att ännu en person kom gående. Sedan såg han ljuset från ficklampan. Han gled tillbaka in i skuggorna igen. Mannen som passerade var storvuxen och verkade röra sig med trötta steg. Återigen fanns frestelsen där, att ge sig till känna, att rusa förbi som ett nattligt djur, och vara borta igen, uppslukad av mörkret.

Plötsligt stannade mannen. Han lät ficklampan vandra över buskarna på sidorna av stigen. I ett ögonblick som växte till ett oändligt rum av skräck tänkte han som gömde sig att han var infångad. Han kunde inte undkomma. Sedan försvann ljuskäglan. Mannen på stigen började gå igen. Ännu en gång stannade han och lyste bakom sig. Plötsligt släckte han lampan och stod orörlig i mörkret. Sedan tändes lampan igen och han försvann.

Han låg kvar en lång stund bakom buskarna. Hjärtat dunkade. Vad var det som hade gjort att mannen stannat där ute på stigen? Han kunde inte ha hört någonting. Det fanns heller inga andra spår.

Hur länge han blev liggande visste han inte. För en gångs skull började hans inre klocka gå i otakt. Kanske var det en timme, kanske mer. Till slut reste han sig, korsade stigen och försvann ner mot stranden och havet.

Det hade då börjat bli gryning.

*

Wallander såg ljusskenet på avstånd. Strålkastarna lyste bland träden. Redan kunde han höra Nybergs trötta och irriterade stämma. En polis stod och rökte på stigen.

Wallander stannade ännu en gång och lyssnade. Varifrån känslan hade kommit visste han inte. Kanske var det tankarna han hade haft i bilen? Gärningsmannen som fanns där ute i mörkret, skuggan han inte kunde se. Plötsligt hade han tyckt sig höra någonting. Han hade stannat och känt en våldsam rädsla. Sedan hade han förstått att det bara varit inbillning. Han hade stannat ännu en gång, släckt lampan och lyssnat. Men allt som hördes var bruset från havet.

Han gick fram och hälsade på den rökande polisen. När denne fått syn på Wallander hade han gjort en ansats att släcka cigaretten. Men Wallander hade vinkat avvärjande. De befann sig precis i utkanten av strålkastarljuset. Polismannen var ung. Han hade kommit till Ystad ett knappt halvår tidigare. Han hette Bernt Svensson och var lång och rödhårig. Wallander hade hittills inte haft mycket med honom att göra. Men han påminde sig att han hälsat på honom när han något år tidigare varit i Stockholm och föreläst på Polishögskolan.

– Allt lugnt? frågade han.

– Jag tror det är en räv nånstans här i närheten, svarade Svensson.

– Varför tror du det?

– Jag tyckte jag skymtade en skugga. Som var större än en katt.

– Det finns inga rävar i Skåne. Dom försvann med pesten.

– Jag tror ändå att det var en räv.

Wallander nickade.

– Då säger vi det. Det var en räv. Ingenting annat än en räv.

Han klev in i strålkastarljuset och tog sig försiktigt nedför slänten. Nyberg stod och betraktade trädet där de döda ungdomarna hade legat intill foten. Nu fanns inte ens den blå duken kvar. Han grimaserade när han fick syn på Wallander.

– Vad gör du här? sa han. Du borde sova. Nån måste orka.

– Jag vet. Men ibland går det bara inte.

– Alla borde sova, sa Nyberg. Hans röst var sprucken av trötthet. Wallander märkte hur illa till mods han var.

– Alla borde sova, upprepade han. Och såna här saker borde inte få hända.

De blev tysta stående och såg på en polisman i overall som petade med en miniatyrspade intill trädstammen.

– Jag har varit polis i 40 år, sa Nyberg plötsligt. Om två år kan jag gå i pension.

– Vad ska du göra då?

– Klättra på väggarna kanske, sa Nyberg. Men jag ska i alla fall inte stå ute i skogen med unga människors halvruttna lik framför fötterna.

Wallander påminde sig bankdirektör Sundelius ord. *Förr gick jag på jobbet. Nu klättrar jag på väggarna.*

– Du kommer att hitta på nånting, sa Wallander uppmuntrande.

Nyberg mumlade något ohörbart till svar. Wallander gäspade. Sedan försökte han ruska tröttheten ur kroppen.

– Egentligen kom jag hit för att tänka igenom det som ska ske, sa han.

– Du menar grävandet?

– Om vi har rätt så borde vi kunna ställa oss frågan var det är logiskt att han gömde kropparna.

– Frågan är fortfarande om han är ensam, invände Nyberg.

– Jag tror han är det. Det är inte rimligt att två personer slår sig ihop om en sån här massaker. Vi förutsätter dessutom att det är en man. Av det enkla skälet att en kvinna mycket sällan skjuter folk rakt i huvudet. Särskilt inte unga människor.

– Du glömmer det som hände häromåret.

Nybergs kommentar var både riktig och giltig. De hade haft ett fall året innan där flera människor hade blivit dödade. Den gången var det en kvinna de till sist hade lyckats gripa. Men det förändrade inte Wallanders utgångspunkt.

– Vem är det vi söker efter? En övergiven galning?

– Kanske. Men det är inte alldeles säkert.

– Det ger oss i alla fall en punkt att utgå ifrån.

– Exakt. Han är ensam. Han har tre kroppar som han ska gömma. Hur tänker han? Vad gör han?

– Han begränsar distansen som kropparna ska flyttas. Av praktiska skäl. Han är antagligen tvungen att bära. Om han inte har haft en kärra med sig. Men den skulle ha kunnat väcka uppseende. Jag tror vi har med en försiktig man att göra.

– Han begränsar inte bara distansen, sa Wallander. Han har också tiden att ta hänsyn till. Han befinner sig i ett allmänt strövområde. Det är sommartid. Även på natten kan andra människor finnas här.

– Han gräver alltså ner dom i närheten?

– Om han har grävt, sa Wallander tankfullt. Vad skulle han kunna ha för alternativ?

– Med talja och block kunde han ha hissat upp dom i en trädtopp. Men då skulle kropparna varit ännu värre tilltygade.

Wallander slogs av en tanke.

– Hade du intryck av att dom hade varit utsatta för djur? Fågelnäbbar?

– Nej. Men det avgör rättsläkarna.

– Vilket innebär att dom med största sannolikhet har förvarats oåtkomligt. Men djur gräver i jorden. Det leder oss ändå vidare. Kropparna har inte bara varit undangömda. Dom har också legat i nånting. Lådor eller plastsäckar.

– Jag kan inte så mycket om det där, sa Nyberg. Om hur olika temperaturer förändrar den normala förruttnelsen. Men så mycket vet jag att kroppar i tillslutna rum beter sig annorlunda än om dom ligger direkt i jord. Vilket skulle innebära att dom kan ha legat ute längre tid än vi tror.

Wallander insåg att de hade närmat sig något som kunde ha avgörande betydelse.

–Var hamnar vi då? frågade Wallander.

Nyberg slog ut med ena armen.

– Han har knappast sökt en plats där han måste gå uppför, sa han och pekade mot slänten.

– Han korsar heller inte en stig i onödan.

De vände ryggen mot slänten och såg ut i mörkret, förbi strålkastarna där insekter dansade framför de varma linserna.

– Till vänster sluttar det fortsatt neråt, sa Nyberg. Men nästan genast bär det kraftigt uppåt igen. Där tror jag inte det är. Uppförsbranten kommer för nära.

– Rakt fram?

– Där är det slätt. Täta buskar. Snår.

– Och till höger?

– Först snår. Men inte så täta. Sen mark som nog då och då under vinterhalvåret är vattensjuk. Sen snår igen.

– Förmodligen är det där, sa Wallander. Rakt fram eller mot höger.

– Höger, sa Nyberg. Jag glömde en sak. Fortsätter man rakt fram kommer man till en stig. Men det är inte det som är viktigt.

Nyberg ropade till sig polismannen i overall som grävde vid foten av trädet.

– Berätta vad du såg när du gick igenom terrängen rakt fram, sa Nyberg.

– Det finns gott om svamp där.

Wallander förstod.

– Han undviker ett svampställe som kan dra till sig folk? Även under sommaren?

Nyberg nickade.

– Jag plockar själv en del svamp. Ofta brukar jag besöka mina ställen även när det inte är säsong.

Polismannen med overall återgick till trädet.

– Låt oss alltså börja till höger, sa Wallander. Så fort det ljusnar. En plats där marken verkar ha blivit rörd.

– Om vi har rätt så är det där kropparna har legat, sa Nyberg. Men risken är förstås att vi tar alldeles fel.

Wallander var nu så trött att han inte orkade svara. Han bestämde sig för att återvända till sin bil och försöka sova i baksätet några timmar. Nyberg följde honom upp till stigen.

– Jag hade en känsla av att det fanns nån där ute i mörkret när jag kom, sa Wallander. Och Svensson var övertygad om att han hört en räv.

– Vanligt folk har mardrömmar när dom sover, sa Nyberg. Vi som tvingas stå på huvudet i det här upplever våra mardrömmar i vaket tillstånd.

– Jag är orolig, sa Wallander. Vi vet inte om den här mannen kan slå till igen.

Nyberg tänkte efter innan han svarade.

– Vi vet i alla fall att han förmodligen inte har gjort det tidigare, sa han. Det här mordet, eller avrättningen, liknar ingenting annat som har hänt i det här landet. Det skulle vi ha känt till och kommit att tänka på.

– Ändå borde Martinsson skicka ut det över gränserna, sa Wallander. Om det har hänt nån annanstans.

– Du är orolig för att det ska upprepas?

– Är inte du?

– Jag är alltid orolig. Men jag har ändå hela tiden haft en känsla av att det som skedde här bara händer en enda gång.

– Vi får hoppas du har rätt, sa Wallander. Jag är tillbaka om några timmar.

Han återvände till utgången av reservatet utan att ha återfått känslan av att det fanns någon där ute i mörkret. Han rullade ihop sig i baksätet på sin bil och somnade genast.

När han vaknade var det full dag. Någon hade knackat på bilrutan och väckt honom. Han såg Ann-Britt Höglunds ansikte där utanför. Han krånglade sig yrvaken ur bilen. Hela kroppen värkte på honom.

– Vad är klockan?

– Strax efter sju.

– Då har jag försovit mig. Dom borde redan ha letat efter en plats att börja gräva.

– Dom är igång, sa hon. Det var därför jag väckte dig. Hansson är på väg från stan.

De skyndade iväg längs stigen.

– Jag hatar det här, sa Wallander. Att sova i en bil. Och stiga upp, otvättad och jävlig. Jag är för gammal för det. Hur ska man kunna tänka en vettig tanke utan att ens ha fått en kopp kaffe?

– Det finns, sa hon. Om inte polisen bjuder så har jag egen termos. Du kan till och med få en smörgås om du vill ha.

Wallander drev upp farten. Ändå tycktes hon hela tiden gå fortare än han. Han märkte att det gjorde honom irriterad. De passerade det ställe där Wallander några timmar tidigare hade fått en känsla av att det fanns någon ute i mörkret. Han stannade till och såg sig runt. Plötsligt insåg han att om man ville ha kontroll över vilka som passerade på stigen fanns det knappast något bättre ställe än just här. Hon såg undrande på honom. Wallander hade för ögonblicket ingen lust att förklara sig. När han hade sett färdigt hade han fattat ett beslut.

– Gör mig en tjänst, sa han. Se till att Edmundsson och hans hund går över just den här platsen. Tjugo meter in från stigen på båda sidorna.

– Varför det?

– För att jag vill det. Tills vidare får det duga som skäl.

– Men vad ska hunden söka?

– Jag vet inte. Nåt som inte borde vara där.

Hon frågade inget mer. Han ångrade redan att han inte förklarat sig bättre. Men nu var det för sent. De gick vidare. Hon räckte honom en tidning. På framsidan fanns fotografiet av den kvinna som kanske hette Louise. Utan att stanna läste han rubriken.

– Vem håller i det här?

– Martinsson skulle organisera och övervaka dom tips som kommer in.

– Det är viktigt att det sköts ordentligt.

– Martinsson brukar vara noggrann.

– Inte alltid.

Han hörde själv hur irriterad och avvisande han lät. Det fanns inga skäl för att han skulle låta sin trötthet gå ut över henne. Men det fanns ingen annan i närheten. Jag får tala med henne efteråt, tänkte han uppgivet. När allt det här är över.

I samma ögonblick upptäckte han en joggare på väg emot dem. Han reagerade direkt.

– Har dom inte spärrat av? Här ska ju inte finnas en människa utom poliser.

Han ställde sig mitt på stigen. Joggaren var en man i 30-årsåldern. Han hade hörlurar över öronen. Han försökte passera Wallander, som snabbt sträckte ut en näve och stoppade honom. Sedan gick allt mycket fort. Joggaren som trodde sig ha blivit överfallen vände sig om och slog till Wallander med knytnäven. Slaget var hårt och kom helt oväntat. Wallander ramlade ihop på stigen. När han vaknade hade det bara gått några sekunder. Ann-Britt Höglund hade slagit omkull joggaren och höll just på att bända upp hans armar på ryggen. Hörlurarna som fortfarande var kopplade till bandspelaren låg alldeles intill Wallander på stigen. Till sin förvåning tyckte han sig höra att joggaren hade lyssnat på opera. I samma ögonblick kom några uniformerade poliser springande längs stigen. Det var Ann-Britt Höglund som ropat på dem. När poliserna var framme satte de handbojor på mannen. Wallander hade under tiden försiktigt rest sig upp. Det ömmade i käken och han hade bitit sig inne i munnen. Men några tänder hade inte blivit skadade. Han såg på mannen som slagit ner honom.

– Reservatet är avspärrat, sa han. Det kan väl inte ha undgått dig?

– Avspärrat?

Mannens förvåning verkade alldeles naturlig.

– Ta hans namn, sa Wallander. Och se till att avspärrningarna i fortsättningen verkligen fungerar. Släpp honom sen.

– Jag kommer att anmäla det här, sa joggaren upprört.

Wallander hade vänt sig bort och kände med ett finger inne i munnen. Han vred sig långsamt om.

– Vad heter du?

– Hagroth.

– Mer?

– Nils.

– Vad är det du ska anmäla?

– Det här är övervåld. Jag är ute och joggar och stör inte en människa. Och blir nerslagen.

– Fel, sa Wallander. Den som blev nerslagen var jag. Inte du. Jag är polis och jag försökte stoppa dig eftersom du befann dig på avspärrat område.

Joggaren försökte protestera. Men Wallander lyfte handen.

– Du kan få ett års fängelse för det här, sa han. Överfall på polisman i tjänst. Det är allvarliga saker. Dessutom har du skyldighet att följa polismans anvisning. Och du befann dig på avspärrat område. Det blir mer än ett år. Tre. Du ska inte tro att du kommer undan med villkorlig dom. Är du straffad från förr?

– Naturligtvis inte.

– Då blir det tre år. Men om du glömmer det här och inte visar dig igen så ska jag försöka visa mig storsint.

Ännu en gång försökte joggaren protestera. Genast var Wallanders hand uppe igen.

– Du har tio sekunder på dig att fatta ditt beslut.

Joggaren nickade.

– Ta av honom handbojorna, sa Wallander. Följ honom ut. Och skriv upp hans adress.

Wallander började gå vidare längs stigen. Kinden ömmade. Men slaget hade jagat tröttheten ur kroppen.

– Inte hade han fått tre år för det där, sa Ann-Britt Höglund.

– Det vet han inte, svarade Wallander. Och jag tror knappast han kommer att undersöka om det jag sa var sant.

– Det är sånt här rikspolischefen vill undvika, sa hon ironiskt. Medborgarnas förtroende för polisen kan skadas.

– Det är inget emot vad som kommer att skadas om vi inte hittar den som har mördat Boge, Norman och Hillström. Och dessutom en av våra kollegor.

När de kommit fram till brottsplatsen tog Wallander en plast-
mugg med kaffe och letade reda på Nyberg som höll på att förbere-
da letandet efter gömstället. Nybergs hår stod på ända, han var röd-
ögd och arg.

– Egentligen ska inte jag hålla på att organisera det här, sa han
vresigt. Var fan är alla? Och varför är du blodig i ansiktet?

Wallander kände efter med handen. Det hade runnit blod ur mun-
gipan.

– Jag har varit i slagsmål med en joggare, sa han. Hansson är på
ingång.

– Slagsmål med en joggare?

– Vi struntar i det nu, sa Wallander.

Sedan satte han hastigt in Ann-Britt Höglund i hur resonemanget
hade gått i hans och Nybergs nattliga samtal.

– Du får organisera det här, sa han. Vi letar efter en plats där man
kan ha begravt tre kroppar. Nyberg och jag har en idé om var vi i alla
fall kan börja att söka.

Klockan hade blivit halv åtta. Himlen var alldeles klar. Det är
bra så länge vi slipper regn, tänkte Wallander. Spåren håller sig tor-
ra.

Hansson kom hasande nerför slänten. Han verkade lika trött som
alla de andra.

– Har du hört hur vädret blir?

Hansson hade lyssnat på väderleksrapporten i bilradion.

– Inget regn. Varken idag eller i morgon.

Wallander gjorde en hastig värdering av situationen. Med Ann-
Britt Höglund och Hansson på brottsplatsen behövde han inte stan-
na kvar. Om Martinsson dirigerade arbetet på polishuset kunde
Wallander hinna göra allt annat som snarast behövde åtgärdas.

– Du har blod på kinden, sa Hansson.

Wallander svarade inte. Han slog numret till Martinsson på sin
telefon.

– Jag kommer in, sa han. Det räcker att Hansson och Ann-Britt är
kvar här ute.

– Resultat?

– Det är för tidigt än. När kan man få tag på nån i Lund?

– Jag kan försöka ringa nu.

– Gör det. Och säg åt dom att det är bråttom. Vi är framförallt i behov av tidpunkter. Om dom sen kan ha nån mening om vem som först blev dödad vore det bra.

– Varför är det viktigt?

– Jag vet inte om det är viktigt. Men vi kan inte utesluta att det bara var en av dom här ungdomarna gärningsmannen var ute efter.

Martinsson förstod. Han lovade att genast ringa till Lund. Wallander stoppade tillbaka telefonen i fickan.

– Jag åker in till Ystad, sa han. Så fort nåt händer här får ni höra av er.

På vägen tillbaka mot bilen mötte Wallander Edmundsson och hans hund. Ann-Britt Höglund måste ha ringt genast, utan att Wallander märkt det. Och Edmundsson måste ha reagerat lika snabbt.

– Har du flugit hit hunden? frågade Wallander.

– En kollega hämtade upp honom. Vad var det du ville att vi skulle göra?

Wallander pekade och förklarade.

– Vi ska alltså inte leta efter nånting speciellt?

– Bara det som inte hör dit, sa Wallander. Ingenting annat. Hittar hunden nåt så ta kontakt med Nyberg. När du är klar här får du hjälpa till där borta. Dom letar efter en plats att gräva på.

Edmundsson bleknade.

– Tror ni det finns flera lik?

Det högg till i Wallander. Den tanken hade han inte ens tänkt. Sedan insåg han att det knappast kunde vara någon risk.

– Inga fler lik, sa han. Men en grop där dom har legat gömda.

– I väntan på vad?

Wallander svarade inte. Han gick vidare längs stigen. Edmundsson har alldeles rätt, tänkte han. I väntan på vad då? Varför har det varit viktigt för gärningsmannen att dölja liken? För att sedan ta fram dem igen? Vi har snuddat vid frågan, försökt formulera ett tänkbart svar. Men den här frågan kanske är viktigare än vi föreställt oss.

Wallander satte sig i bilen. Käken ömmade. Han skulle just starta motorn när telefonen ringde. Det var Martinsson.

Svar från Lund, tänkte Wallander och märkte att spänningen steg.

– Vad sa dom?

– Vem?

– Har du inte talat med Lund?

– Jag hann inte. Det kom ett annat samtal emellan. Det är därför jag ringer.

Wallander hade nu uppfattat att Martinsson lät bekymrad. Det brukade han sällan göra utan anledning.

Inte en till, tänkte han. Inte flera döda. Det klarar vi inte.

– Dom ringde från sjukhuset, sa Martinsson. Det verkar vara så att Isa Edengren har rymt.

Klockan i Wallanders bil visade tre minuter över åtta. Måndagen den 12 augusti.

16

Wallander körde raka vägen till sjukhuset. Han körde dessutom alldeles för fort. Martinsson stod och väntade när han kom. Wallander gjorde en slarvig parkering och lämnade bilen där det var stoppförbud.

– Vad är det som har hänt?

Martinsson hade ett anteckningsblock i handen.

– Ingen vet egentligen, sa han. Men hon har tydligen klätt sig och gett sig av tidigt i gryningen. Ingen har sett henne försvinna.

– Hade hon ringt några telefonsamtal? Kan nån ha kommit hit och hämtat henne?

– Det är svårt att få fram några klara besked. Det är många patienter på avdelningen. Nästan ingen nattpersonal. Det finns flera telefoner. Men hon har gett sig av före klockan sex. Vid fyratiden i natt var det någon inne och såg att hon låg i sängen och sov.

– Vilket hon alltså inte gjorde, sa Wallander. Hon väntade. Sen gav hon sig av.

– Varför?

– Jag vet inte.

– Tror du att hon kan försöka ta livet av sig igen?

– Det är möjligt. Men tänk efter: Vi berättar för henne vad som har hänt hennes vänner. Och då ger hon sig hals över huvud av från sjukhuset. Vad tyder det på?

– Att hon är rädd?

– Just det. Frågan är bara vad hon är rädd för.

Wallander visste bara en punkt där de kunde börja söka efter henne. Huset utanför Skårby. Martinsson hade kört ner i sin egen bil från polishuset. Wallander ville ha honom med sig, om inte för något annat så för att slippa vara ensam.

När de kommit ut till Skårby stannade de först utanför Lundbergs hus. Mannen stod på gårdsplanen och höll på att ordna med sin traktor. Han såg förvånat upp när de två bilarna bromsade in. Wallander presenterade Martinsson och gick rakt på sak.

– Du ringde igår till sjukhuset och fick höra att hon efter omständigheterna mådde bra. Nån gång i morse försvann hon därifrån. Man kan säga att hon rymde. Efter klockan fyra men före klockan sex. Frågan är nu om du har sett henne. När stiger du upp på morgnarna?

– Tidigt. Både min fru och jag brukar vara uppe vid halv femtiden.

– Isa har alltså inte varit här?

– Nej.

– Hörde du nån bil komma förbi här tidigt i morse?

Svaret kom fort och bestämt.

– Åke Nilsson som bor längre uppåt vägen kör förbi här strax efter fem. Han jobbar på ett slakteri tre dagar i veckan. Men frånsett honom så var det ingenting.

Lundbergs fru hade kommit ut genom dörren. Hon hade hört sista delen av samtalet.

– Isa har inte varit här, sa hon. Och inte har det kommit nån bil.

– Finns det nån annanstans hon kan ha tagit vägen? frågade Martinsson.

– Inte som vi vet.

– Om hon hör av sig måste vi få veta det, sa Wallander. Vi måste få veta var hon är. Är det klart?

– Hon brukar inte ringa, sa kvinnan.

Wallander var redan på väg tillbaka till sin bil. De körde upp mot den Edengrenska gården. Han kände med handen i stuprännan. Nycklarna låg där. Sedan tog han med sig Martinsson till lusthuset på baksidan. Allt såg ut som när han hade lämnat det. De gick tillbaka till framsidan av det stora huset. Wallander låste upp. Huset gav intryck av att vara ännu större inifrån. Allt verkade mycket påkostat men kyligt. Wallander fick en känsla av att han befann sig i ett museum. Spåren av att där verkligen levde människor var få. De gick igenom rummen på nedre botten. Och fortsatte till övervåningen. I ett av sovrummen hängde en stor flygplansmodell i taket. En dator stod på ett bord. Någon hade lagt en tröja över den. Wallander anade att rummet tillhört Jörgen, den bror till Isa som tagit livet av sig. Han gick in i badrummet. Det fanns en elkontakt bredvid spegeln. Med olust påminde han Martinsson om att det sannolikt var här som Isas bror hade dött.

– Det måste vara mycket ovanligt, sa Martinsson. Att nån tar livet av sig med hjälp av en brödrost.

Wallander var redan på väg ut ur badrummet. Alldeles intill låg ännu ett sovrum. När han steg in tänkte han genast att det var Isas rum.

– Vi ska leta grundligt, sa han.

– Efter vad?

– Jag vet inte. Men Isa skulle ha varit med där ute i reservatet. Hon har försökt begå självmord. Och hon har rymt. Vi tror båda att hon är rädd.

Wallander satte sig vid hennes skrivbord medan Martinsson började gå igenom en byrå och därefter den stora garderob som sträckte sig längs ena väggen. Lådorna i skrivbordet var olåsta. Det förvånade honom. Men när han öppnade dem, en efter en, insåg han att det inte var så konstigt. Lådorna var nästan helt tomma. Han rynkade pannan. Varför fanns där ingenting? Annat än några hårspännen, trasiga pennor och mynt från olika delar av världen. Kunde det tyda på att någon hade tömt skrivbordet? Isa eller någon annan? Han lyfte på det gröna skrivunderlägget. Där låg en klumpigt målad akvarell. »IE 95«, stod det skrivet nere i högra hörnet. Akvarellen föreställde ett kustlandskap. Hav och klippor. Han la tillbaka den under skrivunderlägget igen. I en bokhylla intill sängen stod flera rader med böcker. Han drog med ett finger över ryggarna och läste titlarna. Några av dem visste han att Linda hade läst. Han kände med handen bakom böckerna. Där fanns ytterligare två som ramlat ner. Eller gömts undan. Han tog fram dem. Båda böckerna hade engelska titlar. »Journey to the Unknown« hette den ena. Skriven av någon vid namn Timothy Neil. Den andra hette »How to Cast yourself in the Play of Life«. Av Rebecka Stanford. Omslagen påminde om varandra. Geometriska tecken, siffror och bokstäver, som tycktes sväva fritt i någon sorts universum. Wallander satte sig vid skrivbordet igen. Böckerna var väl lästa. De föll upp av sig själva. Sidorna var tummade och vikta. Han satte på sig glasögonen och studerade baksidestexterna. Timothy Neil talade om vikten av att man i livet följde de själsliga kartor man kunde lära sig att drömma fram under nätterna. Med en grimas la Wallander ifrån sig boken och tog nästa. Rebecka Stanford skrev om något hon kallade »den kronologiska upplösningen«. Plötsligt skärptes hans uppmärksamhet. Boken tycktes handla om hur man i vänners lag kunde lära sig att behärska tiden och flytta sig fram och tillbaka mellan olika svunna och kommande epoker. Hon tycktes mena att det var rätt sätt att förverkliga sitt liv, »i en tid av ökad meningslöshet och förvirring«.

– Har du hört talas om nån författare som heter Rebecka Stanford? sa han till Martinsson som hade ställt sig på en stol och letade på den översta hyllan i garderoben.

Han kom ner och tittade på bokomslaget. Skakade på huvudet.

– Det är nog nån sorts ungdomsbok, föreslog han. Det är kanske bättre att du frågar Linda.

Wallander nickade. Martinsson hade naturligtvis rätt. Han skulle fråga Linda som läste mycket. Under sommaren när de varit på Gotland hade han en gång sett på de böcker hon haft med sig. Han hade inte hört talas om en enda av författarna.

Martinsson återvände till garderoben. Wallander fortsatte att leta i hyllan intill sängen. Där låg några fotoalbum. Han återvände till skrivbordet och började bläddra. Bilder av Isa och hennes bror. Färgerna har börjat blekna. Bilder tagna i landskap och i rum. Vid ett tillfälle är det snö. Isa och hennes bror på varsin sida av en snögubbe. Båda är stelt uppsträckta och ser varken glada eller stolta ut. Därefter några sidor där Isa är ensam. Skolfotografier. Fotografi av Isa och några vänner i Köpenhamn. Sedan kommer Jörgen tillbaka. Han är äldre nu. Femton år och dyster. Om svårmodet var arrangerat eller äkta kunde Wallander inte avgöra. I bilden låg redan det kommande självmordet, tänkte Wallander med obehag. Men vet han om det själv? Isa ler på bilderna. Jörgen är dyster. Sedan kommer kustlandskap. Bilder av hav och klippor. Wallander tog fram akvarellen. Landskapen påminde om varandra. På en av sidorna står ett namn och ett årtal: »Bärnsö 1989.« Wallander bläddrade vidare. Ingenstans fanns några bilder på föräldrarna. Det var Jörgen och Isa. Vänner. Och landskap. Hav och utskär. Men inga föräldrar.

– Var ligger Bärnsö? frågade Wallander.

– Är det inte nåt dom brukar nämna i sjörapporten?

Wallander visste inte. Han gick igenom nästa album. Bilder tagna på senare år. Fortfarande inga föräldrar. Inga vuxna alls. Med ett enda undantag. Lundbergs står utanför sitt hus. Traktorn skymtar. Det är sommar. De skrattar. Wallander är övertygad om att det är

Isa som tagit bilden. Sedan kommer bilder av havet och klipporna igen. På en av dessa bilder finns Isa själv med. Hon står på en klippa som knappt är synlig över havsytan.

Han såg länge på bilden.

Det var som om Isa gick på vattnet. Vem hade tagit den?

Martinsson visslade plötsligt till borta vid garderoben.

– Jag tror du ska titta på det här, sa han.

Wallander reste sig hastigt.

Martinsson stod och höll en peruk i ena handen. Den liknade de som Boge, Norman och Hillström hade haft. Vid en av hårslingorna hängde ett papper som var fastsatt med ett gummiband. Wallander tog försiktigt loss det.

– »Holmsted maskeraduthyrning«, läste han. Köpenhamn. Adress och telefonnummer.

Han vände på papperet. Peruken var hyrd den 19 juni. Och skulle ha återlämnats den 28 juni.

– Ska vi ringa genast? undrade Martinsson.

– Om vi inte hellre borde åka över, sa Wallander. Men börja med att ringa.

– Det är bäst att du gör det, sa Martinsson. Danskar förstår aldrig vad jag säger.

– Det är du som inte förstår dom, sa Wallander vänligt. Eftersom du inte bryr dig om att lyssna ordentligt.

– Jag ska se om jag kan ta reda på var Bärnsö ligger. Varför är det viktigt?

– Det undrar jag också, svarade Wallander medan han slog numret till Köpenhamn på sin mobiltelefon. Det var en kvinna som svarade. Wallander presenterade sig och förklarade vad saken gällde. En peruk som var hyrd den 19 juni och som inte hade blivit återlämnad i rätt tid.

– Den är hyrd av Isa Edengren, sa han. I Skårby i Sverige.

– Ett ögonblick ska jag se, svarade hon.

Wallander väntade. Martinsson hade gått ut ur rummet. Han talade med någon om ett telefonnummer till Sjöräddningen. Kvinnan kom tillbaka i telefonen.

– Det är ingen peruk uthyrd till Isa Edengren, sa hon. Varken den dagen eller tidigare.

– Försök med nåt annat namn, sa Wallander.

– Jag är ensam i affären och har kunder, sa kvinnan. Kan inte det här vänta?

– Nej. Då blir jag tvungen att ta kontakt med danska polisen.

Hon protesterade inte. Han gav henne de övriga namnen, Martin Boge, Lena Norman, Astrid Hillström. Sedan väntade han. Martinsson lät irriterad. Han talade med en okänd person som envisades med att hänvisa honom vidare till någon annan. Kvinnan återkom.

– Det stämmer, sa hon. Nån som hette Lena Norman betalade och hyrde fyra peruker den 19 juni. Samt en del klädesplagg. Allt skulle lämnas tillbaka den 28 juni. Men ingenting har kommit in. Vi ska just skicka ut en påminnelse.

– Kan du minnas henne? Om hon var ensam?

– Det var min kollega som var här då. Herr Sörensen.

– Kan jag få tala med honom?

– Han har semester till i slutet av augusti.

– Var befinner han sig nu?

– I Antarktis.

– Var nånstans?

– Han är på väg till Sydpolen. Dessutom ska han besöka gamla norska valfångststationer. Herr Sörensens far var valfångare. Jag tror det till och med var han som höll i harpunen.

– Det är alltså ingen där som kan identifiera Lena Norman? Eller berätta om hon kom ensam när hon hyrde perukerna?

– Tyvärr inte. Men vi vill gärna ha tillbaka dom. Dom blir naturligtvis krävda på ersättning.

– Det kommer att ta tid. Det här är ett polisärende just nu.

– Har det hänt nåt?

– Det kan man nog säga. Men jag ska be att få återkomma vid ett senare tillfälle. Dessutom vill jag att Sörensen hör av sig till polisen i Ystad så fort han kommer tillbaka.

– Det ska jag säga till honom. Var det Wallander?

– Kurt Wallander.

Wallander la telefonen på skrivbordet. Lena Norman hade alltså varit i Köpenhamn. Frågan var nu om hon hade rest ensam eller inte.

Martinsson kom tillbaka in i rummet.

– Bärnsö ligger i Östergötland, sa han. Närmare bestämt i Gryts skärgård. Sen finns det ett Bärnsö uppåt Norrlandskusten också. Men det är mer som ett fiskegrund.

Wallander redogjorde för sitt samtal med uthyrningsfirman i Köpenhamn.

– Vi bör alltså tala med Lena Normans föräldrar, sa Martinsson.

– Jag hade helst väntat några dagar, sa Wallander. Men jag tror inte det går.

De begrundade under tystnad det olustiga med att inte kunna lämna de sörjande föräldrarna ifred.

Dörren på nedre bottnen öppnades. Båda slogs av samma tanke, att det kunde vara Isa Edengren. Men när de gick bort till trappan var det Lundberg i sin overall som stod där nere. När han såg dem sparkade han av sig stövlarna och gick uppför trappan.

– Har Isa hört av sig? frågade Wallander.

– Nej. Jag menar heller inte att komma och störa. Det var bara nåt som du sa. Där utanför huset. Om att jag hade ringt och frågat hur Isa mådde.

Wallander fick en känsla av att Lundberg trodde han hade gjort något olämpligt genom att ringa till sjukhuset.

– Det var förstås alldeles naturligt att du undrade hur det stod till.

Lundberg såg bekymrat på Wallander.

– Men jag ringde ju aldrig? Varken jag eller min fru. Inte ringde vi till sjukhuset och frågade hur det var med henne. Fast vi borde förstås ha gjort det.

Wallander och Martinsson såg på varandra.

– Du ringde inte?

– Nej.

– Inte din fru heller?

– Ingen av oss.

– Finns det nån annan som heter Lundberg som kan ha ringt?

– Vem skulle det vara?

Wallander såg tankfullt på mannen som stod framför honom. Det fanns inga som helst skäl att anta att han inte talade sanning. Alltså var det någon annan som hade ringt till sjukhuset. Någon som visste att Isa hade en nära kontakt med familjen Lundberg. Och som dessutom visste att hon hade förts till sjukhus. Men vad hade personen som ringde egentligen velat veta? Om Isa höll på att bli frisk? Eller om hon hade avlidit?

– Jag förstår det inte, sa Lundberg. Vem skulle ha ringt och sagt att han var jag?

– Det borde egentligen du kunna svara på, sa Wallander. Vem kände till att Isa brukade komma hem till er när hon hade besvärligheter med föräldrarna?

– Alla här i byn visste väl att Isa kom till oss, sa Lundberg. Men jag kan inte tänka mig vem som skulle ha ringt och använt sig av mitt namn.

– Ambulansen måste ha blivit iakttagen, sa Martinsson. Var det ingen som ringde och frågade vad som hade hänt?

– Karin Persson ringde, sa Lundberg. Hon bor i sänkan ner mot huvudvägen. Hon är nyfiken av sig. Följer med i allt som händer. Men hon kan knappast låta som en man i telefonen.

– Var det ingen annan?

– Åke Nilsson stannade till på vägen efter arbetet. Han hade kotletter med sig. Då berättade vi. Men han kände inte Isa, så han kan inte ha ringt till sjukhuset.

– Det var allt?

– Brevbäraren kom med en postgiroförsändelse. Det visade sig att vi hade vunnit trehundra kronor på Lotto. Han undrade om Edengrens var hemma. Då sa vi att Isa var på sjukhus. Men varför skulle han ringa?

– Sen var det alltså ingen mer?

– Nej.

– Det var bra att vi fick reda ut det här, sa Wallander och markerade mycket tydligt och bestämt att samtalet var över. Lundberg försvann nerför trappan, stack fötterna i stövlarna, och var borta.

– Jag åkte ut till reservatet i natt, sa Wallander. Plötsligt fick jag en känsla av att det var nån där. I mörkret, osynlig. Nån som bevakade oss. Det var naturligtvis inbillning. Men nu börjar jag ändå undra. I morse bad jag faktiskt att Edmundsson skulle gå över det stället med sin hund. Finns det nån som följer efter oss?

– Jag vet vad Svedberg skulle ha sagt.

Wallander såg förvånat på Martinsson.

– Vad skulle han ha sagt?

– Svedberg berättade ibland om sina indianer. Jag minns en natt när han och jag satt och bevakade färjeterminalen. 1988, tror jag, tidigt på våren. Det var en omfattande smuggelhärva, om du minns. Vi satt i bilen och Svedberg höll oss båda vakna med historier om indianer. Bland annat minns jag hur han berättade om deras sätt att spåra. Och hur dom själva undersökte om nån följde i deras egna spår. Det handlade om att stanna upp. Att veta när man skulle avbryta en rörelse, ta betäckning, och sen invänta dom som kom smygande bakifrån.

– Vad skulle alltså Svedberg ha sagt?

– Att vi då och då borde stanna upp och kasta en blick över axeln.

– Vad skulle vi se?

– Nån som inte borde vara där.

Wallander tänkte efter.

– Det betyder med andra ord att vi borde hålla det här huset under bevakning. Om nån skulle bestämma sig för att göra samma sak som vi. Leta igenom Isas rum. Är det så du menar?

– Ungefär.

– Det finns inget ungefär. Antingen menar du så eller inte?

– Jag talar om vad som skulle ha varit Svedbergs åsikt.

Wallander insåg hur trött han var. Irritationen låg strax under ytan. Han tänkte att han borde be Martinsson om ursäkt, på samma sätt som han tidigare, där ute på stigen, borde ha talat med Ann-Britt Höglund. Men han sa ingenting. De återvände till Isas rum. Peruken låg på skrivbordet, bredvid Wallanders telefon. Han gick ner på knä och tittade under sängen. Det var tomt. När han reste sig upp drabbades han av en plötslig yrsel. Han vacklade till och högg tag i Martinsson.

– Mår du inte bra?

Wallander skakade på huvudet.

– Det är många år sen jag kunde vara uppe flera nätter i rad utan att påverkas av det. Det kommer att hända dig också.

– Vi borde säga till Lisa att det måste till ytterligare personal.

– Hon har redan talat med mig, svarade Wallander. Jag sa att vi skulle återkomma till frågan. Är det mer att se här?

– Jag tror inte det. Garderoben innehåller inget som inte borde finnas där.

– Saknas nånting? Som normalt finns i en ung kvinnas garderob?

– Inte som jag kan se.

– Då går vi.

När de kom ut på gårdsplanen hade klockan blivit närmare halv tio. Wallander kastade en blick upp mot himlen. Inga regnmoln närmade sig.

– Själv ska jag ringa till Isas föräldrar, sa han. Ni andra måste ta kontakt med Boges, Normans och Hillströms. Jag törs inte ta ansvaret för vad som händer om vi inte får tag på Isa. Det är ändå möjligt att dom vet nåt. Samma sak med dom andra som fanns på fotografiet vi hittade hos Svedberg.

– Tror du nåt har hänt?

– Jag vet inte.

De satte sig i bilarna och for därifrån. Wallander tänkte på samtalet med Lundberg. Någon hade alltså ringt. Men vem? Han hade också en gnagande känsla av att Lundberg sagt något mer, kanske i en bisats, som hade betydelse. Men han slog bort det. Jag är trött, tänkte han. Jag lyssnar inte på vad folk säger och efteråt tror jag att jag har förbisett något viktigt.

När de kom till polishuset försvann Martinsson åt sitt håll. Ebba stoppade honom i receptionen.

– Mona har ringt, sa hon.

Wallander tvärstannade.

– Vad ville hon?

– Det sa hon naturligtvis inte till mig.

Ebba gav honom en lapp med hennes telefonnummer i Malmö. Wallander hade det i huvudet. Men Ebbas omsorger visste sällan några gränser. Han fick också en hög med ytterligare besked.

– Det är mest journalister, sa Ebba tröstande. Dom behöver du inte bry dig om.

Wallander hämtade kaffe och gick in på sitt kontor. Han hade just hängt av sig jackan när telefonen ringde. Det var Hansson.

– Ingenting nytt, sa han. Inte än. Jag tänkte du ville veta.

– Jag skulle vilja att antingen du eller Ann-Britt kom in hit, sa Wallander. Martinsson och jag hinner inte riktigt med allting som måste åtgärdas. Vem är det till exempel som har ansvaret för att vi spårar deras bilar?

– Det är jag. Och jag arbetar med det. Har det hänt nåt?

– Isa Edengren har rymt från sjukhuset. Och det oroar mig.

– Vem av oss vill du helst ha?

Wallander önskade att Ann-Britt Höglund kom in. Hon var en bättre polis än Hansson. Men det sa han naturligtvis inte.

– Det spelar ingen roll. En av er.

Han tryckte ner klykan med ett finger och slog sedan telefonnumret till Mona i Malmö. Varje gång hon ringde, vilket inte hände särskilt ofta, oroade han sig för att det var något med Linda.

Hon svarade efter andra signalen. Wallander kände alltid ett stråk av sorg när han hörde hennes röst. Ibland tyckte han att känslan blivit svagare med åren. Men han var inte säker på att han hade rätt.

– Jag hoppas jag inte stör, sa hon. Hur mår du?

– Det var jag som ringde upp, svarade han. Jag mår bra.

– Du låter trött?

– Jag är trött. Du kan knappast ha undgått att se i tidningarna att en av mina kollegor är död. Svedberg. Om du minns honom?

– Väldigt dåligt.

– Vad var det du ville?

– Jag tänkte tala om för dig att jag ska gifta om mig.

Wallander satt alldeles tyst. Under ett kort ögonblick var han nära att kasta på luren. Men han blev sittande, orörlig, mållös.

– Är du kvar?

– Ja, svarade han. Jag är kvar.

– Jag berättar alltså för dig att jag ska gifta om mig.

– Med vem då?

– Med Clas-Henrik. Vem annars?

– Ska du gifta dig med en golfspelare?

– Det där var både onödigt och dumt sagt.

– Då ber jag om ursäkt. Vet Linda om det här?

– Jag ville tala om det för dig först.

– Jag vet inte vad jag ska säga. Jag kanske borde gratulera.

– Till exempel. Vi behöver inte göra det här samtalet längre än nödvändigt. Jag ville bara att du skulle veta.

– Men jag vill väl för fan ingenting veta! Om ditt liv och din jävla golfspelare!

Plötsligt blev Wallander ursinnig. Var raseriet kom ifrån visste han inte. Kanske var det tröttheten, eller den sista stumma besvikelsen över att Mona nu definitivt övergav honom. Första gången hade varit när hon en dag berättade att hon ville skiljas. Och nu, ytterligare en gång, när hon skulle gifta om sig.

Han slängde på luren. Han slog den så hårt i klykan att den gick sönder. I samma ögonblick kom Martinsson in genom den öppna dörren. Han ryckte till när telefonluren gick sönder. Wallander rev

231

loss hela telefonen och slängde den i papperskorgen. Martinsson betraktade honom, rädd för att han själv skulle utsättas för Wallanders vrede. Han slog ut med händerna och vände sig om för att gå.

– Vad var det du ville?

– Det kan vänta.

– Mitt raseri är privat, sa Wallander. Säg vad det är du vill.

– Jag åker hem till familjen Norman. Jag tänkte jag kunde börja där. Dessutom kanske Lillemor Norman vet vart Isa kan ha tagit vägen.

Wallander nickade.

– Hansson eller Ann-Britt är på väg. Be dom ta sig an dom andra.

Martinsson nickade. Sedan blev han tveksamt stående i dörren.

– Du borde nog ha en ny telefon, sa han. Jag ska ordna det.

Wallander svarade inte. Han vinkade bara åt Martinsson att gå.

Hur länge han blev sittande overksam visste han inte. Men ännu en gång hade han tvingats inse att Mona fortfarande var den kvinna som stod honom allra närmast i livet.

Först när en polisman uppenbarade sig i dörren med en telefonapparat reste han sig och lämnade rummet. I korridoren blev han stående utan att veta vad han skulle göra. Sedan märkte han att han stannat utanför Svedbergs kontor. Dörren stod lite på glänt. Han sköt upp den med foten. Solen som sken in genom fönstret avslöjade ett tunt lager av damm på skrivbordet. Wallander steg in och stängde dörren bakom sig. Satte sig tveksamt i Svedbergs stol. Ann-Britt hade redan gått igenom alla papper. Hon var noggrann. Det skulle vara förspilld möda att åter gå igenom dem. Då kom han att tänka på att Svedberg också hade ett skåp i källaren. Sannolikt hade Ann-Britt gått igenom det. Men hon hade inte sagt någonting. Wallander hade fortfarande den nyckelknippa till Svedbergs lägenhet han fått av Nyberg. Där fanns ingen nyckel som kunde passa till skåpet i källaren. Wallander gick ut i receptionen och frågade Ebba.

– Hans reservnycklar hänger här, sa hon med obehag i rösten.

Wallander tog dem och skulle just gå när hon höll tillbaka honom.

– När ska begravningen bli?

– Jag vet inte.

– Det kommer att bli plågsamt.

– Vi slipper ändå en änka och små barn som gråter, sa Wallander. Men visst kommer det att bli tungt.

Han gick nerför trappan och letade reda på Svedbergs skåp. När han öppnade det visste han inte vad han hoppades finna. Förmodligen ingenting alls. Där hängde ett par handdukar. Svedberg badade bastu varje fredagskväll. Där fanns en tvålask och hårschampo. Dessutom stod där ett par gamla gymnastikskor. Wallander kände med handen på den övre hyllan. Där låg en plastficka med papper. Han tog ut den, satte på sig glasögonen och bläddrade igenom. Där fanns en påminnelse om att Svedberg skulle besiktiga sin bil. Några handskrivna lappar som han med viss möda kunde tyda som inköpslistor. Men där fanns också några biljetter för tåg och buss. Den 19 juli hade Svedberg, om det nu var han, rest till Norrköping med ett tidigt morgontåg. Den 22 juli hade han återvänt till Ystad. Av klippningen kunde han se att biljetten var slutanvänd. Bussbiljetterna var mycket suddiga. Han höll upp dem mot en lampa men kunde fortfarande inte tyda dem. Han låste skåpet och tog med sig plastfickan upp till sitt rum. Med hjälp av ett förstoringsglas försökte han se vad som stod. Men där fanns bara ett biljettpris och namnet »Östgötatrafiken«. Han rynkade pannan och la ifrån sig biljetterna på bordet. Vad hade Svedberg gjort i Norrköping? Eller någonstans i närheten av staden? Tre dagar hade han varit borta, mitt under sin semester. Han slog numret till Ylva Brink. För en gångs skull var hon hemma. Hon ställde sig oförstående till varför Svedberg hade rest till Östergötland. Han hade ingen släkt där.

– Kanske hon som heter Louise bor där, sa hon. Vet ni vem hon är än?

– Inte än, svarade Wallander. Men du kan naturligtvis ha rätt.

Han gick och hämtade en kopp kaffe. Fortfarande tänkte han på samtalet med Mona. Han förstod inte hur hon kunde gifta sig med den där lille magre golfspelaren som tydligen levde på att importera sardiner till Sverige. Han återvände till sitt kontor. Biljetterna låg där på bordet framför honom. Plötsligt stelnade han till, med kaffekoppen halvvägs mot munnen.

Han borde ha tänkt på det genast. Det som hade stått skrivet i Isa Edengrens fotoalbum. Vad hade ön hetat? Bärnsö? Och vad hade Martinsson tagit reda på? Att Bärnsö låg någonstans i Östergötlands skärgård.

Han ställde ifrån sig kaffekoppen så att det skvätte och invigde sin nya telefon med att ringa till Martinsson.

233

– Var är du? frågade han.

– Jag sitter och dricker kaffe tillsammans med Lillemor Norman. Hennes man kommer snart.

Wallander kunde höra på Martinssons stämma att besöket var svårt.

– Jag vill att du frågar henne om en sak, sa han. Nu, medan jag väntar i telefonen. Jag vill veta om hon känner till nåt om den ö som heter Bärnsö. Om Isa Edengren på nåt sätt har med den ön att göra.

– Bara det?

– Bara det. Nu.

Wallander väntade. Ann-Britt Höglund dök upp i dörren. Hansson kanske hade förstått vem Wallander helst ville ha i sin närhet. Hon pekade på kaffekoppen och försvann.

Martinsson återkom.

– Svaret är ganska överraskande, sa han. Hon påstår att familjen Edengren inte bara har sommarställen i Spanien och Frankrike. Utan också ett hus på Bärnsö.

– Bra, sa Wallander. Nu hänger nånting äntligen ihop.

– Det är mer, sa Martinsson. Vid flera tillfällen har tydligen Lena varit där. Också dom andra vännerna. Boge och Hillström.

– Jag vet en till som har varit där, sa Wallander.

– Vem?

– Svedberg. Mellan den 19 och den 22 juli.

– Det var fan. Hur har du fått reda på det?

– Det ska du få veta när du kommer tillbaka. Gör det du ska nu.

Wallander lade tillbaka telefonluren. Försiktigt den här gången. Ann-Britt Höglund dök upp igen.

Hon märkte genast att något hade hänt.

17

Wallander hade haft rätt. Ann-Britt Höglund hade aldrig tänkt på att gå ner i källaren och leta igenom Svedbergs skåp. Wallander kunde inte undgå att känna en vag tillfredsställelse över att hon begått detta misstag. I hans ögon var hon en bra polis. Men att hon hade glömt skåpet i källaren visade att inte heller hon var ofelbar.

De gick hastigt igenom det som hade hänt. Isa Edengren hade försvunnit. Wallander menade att sökandet efter henne måste ges högsta prioritet.

Ann-Britt Höglund pressade honom på vad han egentligen föreställde sig. Wallander visste inte. Men Isa skulle ha varit med på den där festen. Hon hade dessutom försökt ta livet av sig utan att de hade fått något svar på varför. Och nu hade hon rymt.

– Det finns naturligtvis ännu en möjlighet, sa Ann-Britt Höglund. Även om den både är obehaglig och knappast heller trolig.

Wallander anade vad hon menade.

– Du menar att det skulle ha varit Isa som hade dödat sina vänner? Jag har tänkt tanken. Men hon var bevisligen sjuk den där midsommaraftonen.

– Om det var då det skedde, sa Ann-Britt Höglund. Det vet vi faktiskt inte än.

Wallander insåg att hon hade rätt.

– I så fall är det ytterligare ett skäl till att så fort som möjligt ta reda på var hon befinner sig. Vi ska heller inte glömma den man som ringde och utgav sig för att vara Lundberg.

Hon lämnade hans kontor för att börja ta kontakt med familjerna Hillström och Boge. Dessutom med de övriga ungdomarna som funnits med på kortet de hittat hos Svedberg. Wallander hade försäkrat sig om att hon skulle komma ihåg att fråga om den ö i Östergötlands skärgård som hette Bärnsö. Strax efter det att hon hade lämnat kontoret ringde Nyberg. Wallander trodde genast att de hade hittat den plats de sökte efter ute i reservatet.

– Inte än, sa Nyberg. Det här kan faktiskt ta ganska lång tid. Jag ringer för nåt helt annat. Det har kommit besked om geväret som låg hemma hos Svedberg.

Wallander drog till sig ett kollegieblock.

– Vapenregistren är effektiva, fortsatte Nyberg. Det gevär som dödade Svedberg blev stulet för två år sen. I Ludvika.

– Ludvika?

– Stölden anmäldes den 19 februari 1994 till polisen i Ludvika. Anmälan togs emot av en kollega som hette Wester. Mannen som anmälde stölden var en person vid namn Hans-Åke Hammarlund. Han hade förvarat sina vapen enligt alla föreskrifter, bakom lås och bom. Den 18 februari hade han varit i Falun i ett ärende på landstinget. Han är egenföretagare i elbranschen framgår det av anmälan. Och han är jägare. Natten mellan den 18 och 19 februari hade nån brutit sig in i hans hem. Hustrun som låg och sov på övervåningen hade ingenting hört. När Hammarlund kom tillbaka från Falun dagen efter upptäckte han stölden och gjorde sin anmälan samma dag. Hagelgeväret är en Lambert Baron, spansktillverkat. Registreringsnumren överensstämmer. Inget av vapnen blev nånsin återfunnet. Ingen kunde heller identifieras som misstänkt för stölden.

– Blev han alltså av med andra vapen samtidigt?

– Tjuven hade egendomligt nog låtit en mycket dyrbar älgstudsare vara kvar. Däremot hade han tagit med sig två pistoler. Eller för att vara mer exakt, en revolver och en pistol. Vilka märken framgår inte. Wester har enligt min mening skrivit en ganska dålig inbrottsanmälan. Hur tjuven tagit sig in framgår till exempel inte. Men jag antar att du inser den möjlighet som föreligger?

– Att nåt av dom andra vapnen användes ute i reservatet? Det måste vi få svar på så fort som det överhuvudtaget är möjligt.

– Ludvika ligger i Dalarna, sa Nyberg. Långt borta. Men vapen kan dyka upp var som helst.

– Svedberg lär knappast själv ha stulit det vapen han blev skjuten med.

– När det gäller vapenstölder existerar sällan några raka led, sa Nyberg. Vapen stjäls, säljs, används och säljs vidare. Det kan ha funnits en lång kedja av ägare innan vapnet hamnar i Svedbergs lägenhet.

– Viktigt är det hur som helst, sa Wallander. Det känns som om vi försöker navigera i dimma.

– Här ute är vädret vackert, sa Nyberg. Men inte fan är det särskilt lustigt att leta efter en plats som använts till en provisorisk begravning.

– Det slipper du efter pensionen, sa Wallander. Du och jag och alla andra som tvingas hålla på med det här.

Nyberg lovade att se till att identifikationen av de stulna vapnen och kontrollen av den ammunition som använts i reservatet skulle behandlas med högsta prioritet. Wallander hade just lutat sig över sitt kollegieblock för att åt sig själv göra en sammanfattning av läget när det återigen ringde. Det var doktor Göransson.

– Du kom aldrig i morse, sa han förebrående.

– Jag beklagar, svarade Wallander. Jag har egentligen ingen ursäkt.

– Jag förstår att du har mycket att göra. Gräsliga saker som händer. Man kan nästan inte öppna tidningen. Jag arbetade några år på ett sjukhus i Dallas. Ystads Allehanda börjar få samma rubriker som tidningarna i Texas.

– Vi arbetar dygnet runt, sa Wallander. Det är ofrånkomligt.

– Jag tror nog ändå att du måste ta dig lite tid för din hälsa, sa Göransson. En misskött diabetes i kombination med högt blodtryck är ingenting att leka med.

Wallander berättade om natten på sjukhuset, om blodsockernivån.

– Det förstärker naturligtvis det jag nyss har sagt. Vi måste göra en ordentlig undersökning av dig. Lever och njurar, bukspottkörtelns funktion. Jag tycker inte heller att det kan vänta.

Wallander insåg att han inte skulle komma undan. De bestämde att han alldeles säkert skulle komma till kliniken dagen efter, klockan åtta. Han lovade att ingenting äta och helst också att ta ett urinprov första gången han gick på toaletten på morgonen.

– Jag antar att du inte har tid att komma hit och hämta en urinprovsburk, sa Göransson.

Wallander la på luren och sköt undan kollegieblocket. Plötsligt insåg han alldeles klart i hur många år han hade misskött sig. Egentligen hade det börjat redan när Mona hade begärt skilsmässa och flyttat ut. Det var nästan sju år sedan. För ett ögonblick sköt han nu över skulden på henne. Men naturligtvis var det enbart hans eget fel.

Han reste sig och såg ut genom fönstret. Augustidagen var varm.

Göransson hade rätt. Han var tvungen att ta sin hälsa på allvar. Om han ville leva i tio år till. Varför han drog gränsen just vid tio år visste han inte riktigt.

Han återvände till skrivbordet och stirrade en stund på det tomma kollegieblocket. Sedan letade han reda på telefonnumren till Spanien och Frankrike. Han kontrollerade i telefonkatalogen att det var i Spanien han hade fått tag på Isa Edengrens mor. Han slog numret och väntade. Han skulle just lägga på luren när en man svarade. Wallander presenterade sig.

– Jag hörde att ni hade ringt. Det är jag som är Isas far.

Wallander fick en känsla av att mannen beklagade detta faktum. Återigen blev han upprörd.

– Ni hade naturligtvis tänkt komma hem för att ta er an Isa, sa han.

– Egentligen inte. Eftersom det inte verkade vara nån överhängande fara.

– Hur vet ni det?

– Jag talade med sjukhuset.

– Ni sa inte möjligen att ni hette Lundberg när ni ringde?

– Varför skulle jag ha gjort det?

– Det var bara en fråga.

– Har polisen verkligen inget bättre att ta sig för än att ställa idiotiska frågor?

– Jodå, sa Wallander och försökte inte längre dölja sin ilska. Vi kan till exempel ta kontakt med den spanska polisen och be dom om handräckning att få er hem med första tillgängliga plan.

Det var naturligtvis inte sant. Men Wallander hade fått nog av Isa Edengrens föräldrar. Deras totala kyla inför sin dotter, fast de redan hade förlorat en son i ett självmord. Han undrade hur människor egentligen kunde bete sig mot sina barn.

– Det här upplever jag som förolämpande.

– Tre av Isas vänner har blivit mördade, sa Wallander. Isa skulle ha varit med när det skedde. Jag talar om mord. Nu svarar ni på mina frågor. Eller så kommer jag att ta kontakt med den spanska polisen. Har ni förstått?

Mannen tycktes bli tveksam.

– Vad är det egentligen som har hänt?

– Såvitt jag vet finns svenska tidningar att köpa på spanska solkusten. Jag antar att ni kan läsa?

– Vad i helvete menar ni med det?

– Precis vad jag säger. Ni har ett lantställe på en ö som heter Bärnsö. Har Isa nycklar dit? Eller är hon utelåst där med?

– Hon har nycklar.

– Finns det telefon dit?

– Vi använder våra mobiler.

– Har Isa nån egen telefon?

– Har inte alla det?

– Vad har hon för nummer?

– Det vet jag inte. Jag tror för övrigt inte att hon har nån telefon.

– Vilket är det nu? Har hon eller har hon inte nån mobiltelefon?

– Hon har aldrig bett mig om pengar till att köpa nån. Hur skulle hon då haft råd? Hon arbetar inte, hon gör ingenting för att få ordning på sitt liv.

– Kan det tänkas att Isa har begett sig till Bärnsö? Brukar hon vara där?

– Jag har förstått det så att hon befinner sig på sjukhus?

– Hon har gett sig av därifrån.

– Varför det?

– Det vet vi inte. Kan det tänkas att hon har begett sig till Bärnsö?

– Det kan mycket väl tänkas.

– Hur kommer man dit?

– Från Fyrudden måste man ha båt. Det finns ingen landförbindelse dit ut.

– Har hon tillgång till båt?

– Vår egen ligger just nu på varv i Stockholm för en översyn av motorerna.

– Finns det några grannar som man kan kontakta på ön?

– Det bor ingen där. Vårt hus är det enda.

Wallander hade gjort anteckningar medan han talade. För ögonblicket kom han inte på något mer att fråga om.

– Jag måste begära att ni finns tillgängliga på det här telefonnumret, sa han. Finns det förresten nån annan plats dit Isa kan tänkas ha begett sig?

– Inte som jag kan se.

– Om ni eventuellt kommer på nåt senare som kan vara av intresse för oss räknar jag med att ni hör av er.

Wallander gav honom telefonnumret till polishuset i Ystad och

239

till sin egen mobiltelefon. Sedan avslutade han samtalet. Han märkte att han hade blivit svettig om händerna.

Efter att ha letat länge i sina lådor och på sina hyllor hittade Wallander den bilatlas han sökte efter. Han bläddrade sig fram till Östergötlands skärgård. Fyrudden stod utsatt men inte Bärnsö. Eftersom det bara fanns ett hus på ön antog han att den måste vara mycket liten. Han gick ut till receptionen och bad om hjälp med att undersöka om Isa Edengren hade något mobiltelefonnummer. Sedan insåg han att hennes vänner borde känna till numret. Han hittade Martinsson på hans telefon. Han var fortfarande kvar hemma hos familjen Norman. Wallander avundades honom inte. Efter ett ögonblick fick han besked om att ingen av föräldrarna kände till något mobiltelefonnummer. Wallander bad Martinsson ta kontakt med de övriga ungdomar som funnits med på Svedbergs bild. Efter tjugo minuter fick han svar. Ingen kände till om Isa hade någon mobiltelefon.

Det hade redan blivit eftermiddag. Wallander hade huvudvärk och var hungrig. Han ringde efter en pizza som kom en halvtimme senare. Den åt han sittande vid sitt skrivbord. Fortfarande hade Nyberg inte hört av sig. Han övervägde om han själv skulle åka ut till reservatet. Men han skulle inte kunna tillföra något. Nyberg visste vad han hade att göra. Han torkade sig om munnen, slängde pizzakartongen och gick ut på toaletten och tvättade händerna. Sedan lämnade han polishuset och gick över vägen, upp till vattentornet. Där satte han sig i skuggan och grep fatt i en tanke som inte ville lämna honom.

Han anade ett mönster. Men aningen hade ingen form, inget ansikte. Det var mer som en svävande föreställning, där vissa moment var återkommande. Hans värsta fruktan, att Svedberg skulle ha dödat de tre ungdomarna, hade börjat släppa. Svedberg tillhörde förföljarna, på samma sätt som han själv. Han anade att Svedberg fanns någonstans framför honom. Ännu hade de inte riktigt hunnit ifatt honom.

Svedberg kunde inte vara en mördare som själv blivit skjuten. Därmed släppte en sorts fruktan för att genast ersättas av en annan. Vem bevakade hans egna rörelser? Eller Martinssons? Eller Ann-Britts?

Någonstans i deras närhet fanns en människa som var mycket väl informerad.

Wallander visste att han hade rätt, även om föreställningarna fortfarande inte helt hängde ihop.

Den person som hade dödat Svedberg och som även hade dödat de tre ungdomarna hade hela tiden tillgång till de informationer han behövde. Midsommarfesten hade planerats under största hemlighet. Inte ens föräldrarna visste någonting. Men det var någon som visste. Någon som också hade upptäckt att Svedberg följde honom i spåren.

Svedberg måste ha kommit för nära, tänkte Wallander. Utan att han var medveten om det själv kom han in på förbjudet område. Därför mördades han. Någon annan förklaring kan helt enkelt inte finnas.

Så långt tyckte han sig kunna följa sina egna tankar, där han satt i gräset vid vattentornet. Men därutöver var allting mycket oklart. Varför stod stjärnkikaren i Björklunds uthus? Varför hade någon skickat falska vykort från olika delar av Europa? Varför denna fördröjning? Frågorna var många och osammanhängande.

Jag måste hitta Isa, tänkte han. Jag måste få henne att berätta. Jag måste få henne att tala om det hon kanske inte ens själv vet om att hon vet. Och jag måste hitta Svedbergs spår. Vad var det han hade upptäckt som undgått oss andra? Eller hade han redan från början en misstanke som vi andra helt enkelt inte kunde ha?

Wallander tänkte på Louise. Den kvinna som Svedberg i hemlighet hade umgåtts med.

Det hade varit något oroande med fotografiet. Fortfarande visste han inte vad det var. Oron manade dock på honom att inte ge sig, inte bli alltför otålig.

Det slog honom, där han satt med ryggen mot vattentornets stenmur, att det fanns en likhet mellan de fyra ungdomarna och Svedberg. De hade alla bevakat hemligheter. Kanske låg där, ännu dold, den beröringspunkt han letade efter?

Wallander reste sig. Fortfarande var han öm i hela kroppen efter timmarna han legat hoptryckt i baksätet på sin bil. Han gick tillbaka mot polishuset.

Den största oron fanns kvar att bearbeta. Rädslan för att den gärningsman de sökte skulle slå till igen.

Han stannade på parkeringsplatsen utanför polishuset. Med ens såg han läget mycket klart framför sig. Han måste resa upp till

Bärnsö och undersöka om Isa Edengren fanns där. Av allt det som var viktigt måste han välja något. Och det var att hitta henne.

Tiden blev genast knapp. Han återvände till sitt kontor och lyckades få tag på Martinsson som äntligen hade lämnat familjen Normans hus på Käringvägen.

– Har det hänt nåt? undrade Martinsson.

– Alldeles för lite. Varför hör vi ingenting från rättsläkarna? Vi är hjälplösa om vi inte får några tidpunkter. Varför kommer det inga vettiga tips? Var är dom försvunna bilarna? Vi behöver talas vid. Kom hit så fort du kan.

Klockan fyra hade de också lyckats få tag på Ann-Britt Höglund som hunnit med att tala både med Eva Hillström och Martin Boges föräldrar i Simrishamn. Medan de väntade på henne ringde Wallander och Martinsson och talade med de ungdomar de identifierat på Svedbergs bild. Det visade sig att alla vid olika tillfällen besökt Isa på Bärnsö. Martinsson hann också med att tala med Rättsläkarstationen i Lund innan Ann-Britt Höglund kom. Fortfarande var det omöjligt att fastslå tidpunkter vare sig för Svedbergs eller de mördade ungdomarnas del. Wallander gick igenom en lista med de tips som kommit in från allmänheten. Martinsson hade avdelat en ung polisaspirant till uppgiften. Ingenting tydde på att någon gjort några avgörande iakttagelser, vare sig på Lilla Norregatan eller ute i naturreservatet. Det märkligaste var dock att ingen hade hört av sig och sagt sig känna igen kvinnan som de trodde hette Louise. Det var också det första Wallander sa när han hade satt sig i ett av de mindre mötesrummen tillsammans med sina två kollegor. Han hade dessutom lagt fotografiet i projektorn.

– Nån måste känna igen henne, sa han. Eller åtminstone tro sig veta vem hon är. Men ingen har hört av sig.

– Trots allt har det inte gått så många timmar sen bilden dök upp i tidningarna, sa Martinsson.

Wallander avvisade förklaringen.

– En sak är om vi begär att människor ska minnas skeenden, sa han. Då kan det ta tid. Men här är det fråga om ett ansikte.

– Kan hon vara utländska? föreslog Ann-Britt Höglund. I och för sig skulle det räcka om hon bodde i Danmark. Vem läser skånska dagstidningar där? Bilden kommer i rikstidningarna först i morgon.

– Du kan ha rätt, sa Wallander och tänkte på Sture Björklund som pendlade mellan Hedeskoga och Köpenhamn. Vi kontaktar den danska polisen.

De betraktade bilden av Louise som lyste på väggen.

– Jag kommer inte ifrån känslan av att det är nåt egendomligt med fotografiet, sa Wallander. Men jag vet inte alls vad det är.

Ingen kom på vad det kunde vara. Wallander släckte ner projektorn.

– I morgon tänker jag resa upp till Östergötland, sa han. Det finns skäl att tro att Isa har begett sig dit. Vi måste hitta henne och vi måste få henne att börja tala.

– Vad är det egentligen du tror att hon kan berätta för oss? Trots allt var hon inte med när katastrofen inträffade?

Martinssons fråga var mer än rimlig, det visste Wallander. Däremot var han osäker på om han kunde ge något vettigt svar. Där fanns många ihåligheter, tankar som mer var vaga antaganden än tydliga hållpunkter.

– På sätt och vis är hon ett slags vittne, sa han. Vi är övertygade om att det här inte är nåt tillfällighetsbrott. Svedbergs död kan fortfarande visa sig vara det. Även om det knappast är troligt. Däremot har ungdomarna dödats som ett led i nåt som måste ha varit väl förberett. Det avgörande är alltså att deras egen planering har skett i hemlighet. Ändå är det nån som tycks ha haft tillgång till dom viktigaste informationerna. Vad dom har tänkt, var dom skulle vara, tidpunkt, kanske till och med klockslag. Nån som spionerat ut deras hemlighet. Eller på annat sätt tagit reda på var dom skulle ha sin fest. Om det visar sig att vi har rätt, att ungdomarna har legat begravda en tid alldeles i närheten av mordplatsen, så vet vi det här med bestämdhet. En grop gräver sig inte själv. Isa har varit med om planeringen. Men just i det ögonblick festen ska gå av stapeln blir hon sjuk. Vi behöver knappast tvivla på att hon verkligen var dålig. Hade hon kunnat så hade hon också varit med. Men hennes magåkomma räddar henne sannolikt till livet. Hon är med andra ord den som kan leda oss rätt i den rekapitulation vi måste göra. Nånstans på vägen har hon och dom andra tre kommit i vägen för en person som bestämt sig för att ta livet av dom. Dom har inte lagt märke till nåt. Men så måste det ha gått till.

– Är det så du tror att Svedberg tänkte? undrade Martinsson.

– Ja. Men han måste också ha vetat nånting annat. Eller anat.

243

Haft en misstanke. Om vad vet vi inte. Inte heller på vilket sätt den här aningen eller misstanken flutit upp till ytan och varit synlig bara för honom. Vi vet inte heller varför han gjorde sina efterforskningar i hemlighet. Men det måste ha varit viktigt. Han använde sin semester till arbetet. Han var noga med att ta ut all sin ledighet i ett svep. Det har aldrig tidigare hänt.

– Nånting saknas, sa Ann-Britt Höglund. Ett motiv. Hämnd, hat, svartsjuka. Det stämmer inte. Vem vill hämnas på tre ungdomar? Eller egentligen fyra. Vem kan ha hatat dom? Vem kan ha varit så avundsjuk? Det finns en bestialitet i det här brottet som går utanpå allt jag har hört talas om. Det är värre än den där stackarn som klädde ut sig till indian häromåret.

– Han kan ha valt festen medvetet, sa Wallander. Det kan vara så outhärdligt hemskt att han valt ett ögonblick där glädjen varit som störst. Och tänk på hur extra ensam man kan känna sig en midsommarafton eller nyårsafton.

– Då återstår bara en galning, sa Martinsson som inte dolde att han var illa berörd.

– I så fall är det en metodiskt planerande galning, sa Wallander. Vilket naturligtvis är en möjlighet. Men viktigare ändå är att vi frågar oss efter den osynliga gemensamma nämnaren i allt det här. Nånstans har mördaren fått sina informationer. Han har haft tillträde till deras liv. Det är den nämnaren vi letar efter. Vi måste leta på djupet i dom här ungdomarnas liv. Förr eller senare kommer vi att hitta beröringspunkten. Det är inte omöjligt att vi redan har stött på den. Men förbisett den.

– Du tänker dig alltså att Isa Edengren ska bli den egentliga spaningsledaren, sa Ann-Britt Höglund. Det är hon som sen bildar förtruppen. Medan vi andra försiktigt följer i hennes fotspår.

– Ungefär så. Vi kan inte bortse från att hon försökt ta livet av sig. Frågan är varför. Vi vet inte heller hur den osynlige gärningsmannen ser på att hon faktiskt överlevde.

– Han som ringde till sjukhuset och utgav sig för att vara Lundberg? sa Martinsson.

Wallander nickade allvarligt.

– Jag vill att nån av er talar med den person som tog emot samtalet. Hur lät han som ringde? Vad talade han för dialekt? Var han gammal eller ung? Allt kan ha betydelse.

Martinsson lovade att ta sig an uppgiften. Den närmaste timmen använde de sedan till att göra en avstämning av spaningsläget. Vid ett tillfälle kom Lisa Holgersson in och började tala om Svedbergs begravning. Den skulle ske påföljande tisdag. Hon hade talat med både Ylva Brink och Sture Björklund. Wallander såg att hon var blek och härjad av trötthet. Han visste att hon ägnade en stor del av sin tid åt att hålla journalister på avstånd. Han avundades henne inte.

– Är det nån som vet vad Svedberg tyckte om för musik? frågade hon. Ylva Brink påstod märkligt nog att hon inte visste.

Wallander insåg själv till sin förvåning att inte heller han hade något svar. Det fanns ingen musik som han omedelbart kopplade samman med Svedberg som person.

Ann-Britt Höglund hade dock ett svar.

– Han tyckte om rockmusik, sa hon. Det berättade han vid nåt tillfälle. Jag tror hans stora favorit var en sångare som hette Buddy Holly. Som dog för länge sen, i en flygolycka tror jag.

Wallander mindes honom vagt från sin egen ungdom.

– Var det inte han som sjöng en låt som hette »Peggy Sue«? frågade han.

– Det var han. Men den kanske man inte kan spela på en begravning?

– »Härlig är jorden«, sa Martinsson. Den går alltid bra. Även om man kan diskutera om jorden verkligen är så härlig som psalmen säger. Med tanke på det vi trampar omkring i.

Lisa Holgersson lämnade rummet efter det att Wallander gett henne en sammanfattning av läget.

– Jag skulle önska vi kunde veta vad som hade hänt och varför när vi begraver Svedberg, sa hon.

– Det tror jag inte vi klarar, svarade Wallander. Men alla vill vi naturligtvis detsamma som du.

Klockan blev fem. De skulle just bryta upp när telefonen ringde. Det var Ebba.

– Inga journalister? sa Wallander.

– Det är Nyberg. Jag tror det är viktigt.

Wallander kände hur det högg till av spänning. De två andra i rummet märkte hans reaktion. Det skrapade till i luren. Sedan hörde han Nybergs stämma.

– Jag tror vi hade rätt.

– Du har hittat platsen?

– Vi tror det. Just nu håller vi på att ta bilder. Och försöker säkra spår runt omkring.

– Hade vi rätt om riktningen?

– Det är cirka 80 meter från platsen där vi hittade dom. Stället är dessutom mycket väl valt. Mellan täta snår. Alla som kom i närheten skulle sannolikt ha tagit en omväg.

– När börjar ni gräva?

– Jag tänkte bara höra om du ville se innan vi satte i spadarna.

– Jag kommer.

Wallander la på luren.

– Dom har förmodligen hittat platsen, sa han. Där kropparna legat gömda.

De bestämde hastigt att Wallander skulle åka ut ensam. De hade tillräckligt många andra arbetsuppgifter som måste skötas så fort som möjligt.

Wallander satte ut blåljuset på biltaket och lämnade Ystad. När han kommit fram till avspärrningarna körde han bilen ända in till brottsplatsen. En tekniker stod och väntade på honom.

Nyberg hade skärmat av ett område som var ungefär trettio kvadratmeter stort. Wallander kunde genast se att platsen var väl vald. Precis som de hade förutspått. Han satte sig på huk intill Nyberg. I bakgrunden väntade några poliser i overaller med spadar i händerna.

Nyberg pekade.

– Här är marken uppgrävd, sa han. Torvor som tagits upp och sen lagts tillbaka igen. Om man letar bland löven hittar man jord som skyfflats undan. Man öppnar en grop och lägger i nåt annat. Då blir det jord över.

Wallander drog med handen längs en av grästuvorna.

– Det ser ut att vara noggrant gjort, sa han.

Nyberg nickade.

– Det är ett geometriskt mönster, sa han. Inget slarv. Vi hade aldrig hittat den här platsen om vi inte hade bestämt oss för att den måste existera. Och att den borde finnas alldeles i närheten.

Wallander reste sig upp.

– Då gräver vi, sa han. Det är inget att vänta på.

Arbetet gick långsamt. Nyberg dirigerade. Det hade redan blivit kväll innan de hade tagit undan det översta lagret av grästuvor. Strålkastare hade monterats upp och var nu påslagna. Under grästuvorna var jorden porös. De grävde vidare och kunde till slut se en öppning som var rektangulär. Klockan hade då blivit över nio på kvällen. Lisa Holgersson hade kommit ut tillsammans med Ann-Britt Höglund. Tysta betraktade de arbetet. När Nyberg var nöjd och sa till om att grävandet skulle avslutas hade Wallander bilden klar för sig. Det rektangulära hål han hade framför sig hade varit en grav.

De samlades i en halvcirkel runt öppningen.

– Det är stort nog, sa Nyberg.

– Ja, sa Wallander. Det är stort nog. Till och med för fyra kroppar.

Wallander rös till. För första gången under utredningen hade de lyckats följa den okände gärningsmannen tätt i hans spår. Och de hade haft rätt i sina antaganden.

Nyberg stod på knä intill gropen.

– Det finns ingenting här, sa han. Men man kan tänka sig att kropparna varit instoppade i lufttäta säckar. Om det sen har legat ett plastskynke under grästuvorna tvivlar jag på att ens Edmundssons hund kunnat få upp några spår. Men vi ska naturligtvis gå igenom varenda jordklump ordentligt.

Wallander återvände upp till stigen i sällskap med Lisa Holgersson och Ann-Britt Höglund.

– Vad är det den här gärningsmannen är ute efter? frågade Lisa Holgersson. Hennes röst var fylld med avsmak och rädsla.

– Jag vet inte, sa Wallander. Men vi har i alla fall en överlevande.

– Isa Edengren?

Wallander svarade inte. Det var onödigt. Alla tre visste.

Graven hade varit ämnad även för henne.

18

Klockan fem på morgonen, tisdagen den 13 augusti, lämnade Wallander Ystad i sin bil. Han hade bestämt sig för att fara längs kustvägen, över Kalmar, och hade redan passerat Sölvesborg när han insåg att han alldeles hade glömt sitt löfte till doktor Göransson att denna morgon besöka kliniken. Han körde in till vägkanten och ringde till Martinsson. Klockan var strax efter halv sju, det varma och klara vädret höll i sig. Wallander berättade om sitt läkarbesök och bad Martinsson ringa och säga att han inte kunde komma.

– Du får förklara det med en brådskande tjänsteresa, sa Wallander.

– Är du sjuk? frågade Martinsson.

– Det är bara rutin, sa Wallander. Ingenting annat.

Efteråt, när han hade svängt ut på vägen och kommit upp i marschfart igen, tänkte han att Martinsson måste ha undrat över varför han inte ringde till doktor Göransson själv. Wallander frågade sig samma sak. Och varför sa han inte som det var till dem som undrade, att han sannolikt hade drabbats av den folksjukdom som hette diabetes? Han hade svårt att förstå sina egna motiv.

Strax innan Brömsebro blev han så trött att han var tvungen att ta en paus. Han svängde av från huvudvägen och stannade vid den sten som markerade var ett fredsavtal mellan danskar och svenskar en gång hade slutits. I skuggan av ett träd ställde han sig att kissa. Sedan satte han sig bakom ratten igen, slöt ögonen och somnade.

I drömmarna rörde sig oroliga gestalter i kombinationer och mönster han inte kände igen. Hela tiden regnade det. Wallander letade efter Ann-Britt Höglund. Men han hittade henne inte. Plötsligt dök hans far upp. Där fanns också Linda, men henne kunde han knappast känna igen. Och hela tiden ett envist regn.

Han vaknade långsamt. Visste var han befann sig innan han slog upp ögonen. Solen hade börjat lysa på hans ansikte. Han kände sig svettig. Men inte utvilad. Dessutom var han törstig. Han såg på klockan. Till sin förvåning hade han sovit i över en halvtimme. Kroppen ömmade. Han startade och körde upp på vägen igen. Efter ungefär två mil kom han till ett vägkafé. Där stannade han och åt frukost. På vägen ut köpte han med sig två literflaskor mineralvatten innan han fortsatte mot Kalmar. Strax före nio hade han passerat staden. Telefonen ringde. Det var Ann-Britt Höglund som lovat hjälpa honom att förbereda ankomsten till Östergötland.

– Jag talade med en kollega i Valdemarsvik, sa hon. Jag tänkte det var bäst att försöka få det att låta som om jag bad om en privat tjänst.

– Alldeles riktigt tänkt, svarade Wallander. Kollegor brukar inte tycka om att man trampar in över deras gränser hur som helst.

– Speciellt inte du, sa hon och skrattade.

Wallander visste att hon hade rätt. Han tyckte inte om att ha poliser från andra distrikt i Ystad.

– Hur kommer jag ut till Bärnsö? frågade han.

– Det beror på var du befinner dig just nu. Har du långt kvar?

– Jag har just passerat Kalmar. Det är tio mil till Västervik. Och sen tio mil till ungefär.

– Då är du sent ute, sa hon.

– Sent ute för vad då?

– Kollegan i Valdemarsvik föreslog att du skulle åka ut med postbåten. Men han ger sig iväg från Fyrudden redan mellan elva och halv tolv.

– Finns det ingen annan möjlighet?

– Det gör det säkert. Men då får du ordna det nerifrån hamnen.

– Kanske jag klarar det. Kan man inte ringa till nåt postkontor och förvarna om att jag är på väg? Var sorteras posten? I Norrköping?

– Jag har en karta framför mig, sa hon. Det borde vara Gryt. Om det finns nåt postkontor där.

– Var ligger det?

– Mellan Valdemarsvik och den hamn som heter Fyrudden. Har du ingen karta med dig?

– Tyvärr ligger den kvar på mitt kontor.

– Jag ringer tillbaka, sa hon. Men jag tänkte att det kunde vara bra att du for ut med postbåten. Om man ska tro min kollega så är det det vanligaste sättet för folk att ta sig ut till öarna. Om de inte har egen båt. Eller nån som kan hämta.

Wallander förstod.

– Bra tänkt, sa han. Du menar alltså att postbåten eventuellt kan ha kört ut Isa Edengren?

– Det var bara ett infall.

Wallander tänkte efter.

– Men kan hon ha varit där klockan elva? Om hon lämnade sjukhuset strax före sex?

– Det kan ha gått, sa hon. Om hon hade en bil. Isa Edengren har trots allt körkort. Dessutom kan hon ha lämnat sjukhuset redan strax efter fyra.

Hon lovade att återkomma. Wallander ökade farten. Trafiken hade börjat tätna. Många husvagnar befann sig ute på vägarna. Han insåg att det fortfarande var sensommar och semestertid. Ett ögonblick funderade han på om han skulle sätta ut sitt blåljus. Men han lät det bero. Istället ökade han farten ytterligare. Hon ringde upp igen efter tjugo minuter.

– Jag hade rätt, sa hon. Slutsorteringen av posten sker i Gryt. Jag lyckades till och med få tag på den som kör ut posten till öarna. Han lät mycket trevlig.

– Vad hette han?

– Det uppfattade jag inte. Men han väntar på dig. Under förutsättning att du i alla fall är framme före tolv. I annat fall kan han hämta dig senare på eftermiddagen. Men jag misstänker att då blir det dyrare.

– Jag har faktiskt tänkt debitera hela den här resan, sa Wallander. Före tolv kan jag nog vara framme.

– Det finns en parkeringsplats i hamnen, fortsatte hon. Postbåten ligger alldeles intill.

– Har du hans telefonnummer?

Wallander körde in till vägkanten igen för att skriva upp det hon sa. Samtidigt blev han omkörd av en långtradare han med stort besvär själv hade lyckats passera en stund tidigare.

Klockan hade blivit nitton minuter i tolv när Wallander körde nerför backen mot Fyruddens hamn. Han hittade en ledig parkeringsplats och gick sedan ut på piren. Det blåste en svag vind. Hamnen var full av båtar. En man i 50-årsåldern höll på att lasta ombord de sista kartongerna på en stor överbyggd motorbåt. Wallander tvekade. Han hade föreställt sig en postbåt annorlunda. Kanske med Postens symbol vajande från en flagga. Mannen som just hade ställt ner två sammanbundna flak med sodavatten såg på Wallander.

– Var det du som skulle med till Bärnsö?

– Det är jag.

Mannen klev iland och sträckte fram handen.

– Lennart Westin.

– Jag är ledsen att jag kommer lite sent.

– Så bråttom är det inte.

– Det är en sak till, sa Wallander. Jag vet inte om hon som ringde klargjorde att jag på nåt sätt måste komma tillbaka hit igen. Senare idag. Eller ikväll.

– Du ska inte bo över, alltså?

Wallander insåg att situationen höll på att bli besvärande. Han visste inte ens om Ann-Britt Höglund hade sagt att han var polis.

– Jag ska förklara mig, sa Wallander och tog fram sitt identitetskort. Jag är kriminalpolis från Ystad. Jag håller på med en efterforskning som är både besvärlig och obehaglig.

Postföraren som hette Westin tänkte fort.

– Är det dom där ungdomarna? Som jag läste om i tidningen? Var det inte en polis också?

Wallander nickade.

Westin såg plötsligt betänksam ut.

– Jag tyckte jag kände igen dom, sa han. På bilderna i tidningen. Åtminstone nån av dom. Jag hade en känsla av att dom hade åkt med mig för nåt år sen.

– Tillsammans med Isa?

– Just det. Tillsammans med henne. Jag tror det var sent på hösten för två år sen. Det blåste sydvästlig storm. Jag visste inte ens om vi skulle kunna gå in till bryggan på Bärnsö. Den ligger dåligt till när det blåser sydväst. Men dom kom iland. Fast en av deras väskor ramlade i sjön från bryggan. Vi fick upp den med en båtshake. Det är därför jag kommer ihåg dom. Om det nu stämmer. Minnet ska man inte lita på.

– Du har säkert rätt, sa Wallander. Har du sett Isa nån av dom senaste dagarna? Idag eller igår?

– Nej.

– Men hon brukar åka med dig?

– När föräldrarna är ute hämtar dom henne. Annars åker hon med mig.

– Men hon är alltså inte här?

– Har hon åkt ut till Bärnsö idag eller igår har hon åkt med nån annan.

– Med vem då?

Westin ryckte på axlarna.

– Det finns naturligtvis alltid en och annan ute på öarna som tar en skjuts. Isa vet till vem hon ska ringa. Men nog tror jag att hon skulle ha frågat mig först.

Westin såg på klockan. Wallander skyndade sig tillbaka till bilen och hämtade den lilla bag han hade tagit med sig. Sedan klev han ombord. Westin pekade på ett sjökort som låg bredvid ratten.

– Jag kan köra dig direkt ut till Bärnsö, sa han. Men det blir en omväg för mig. Har du bråttom? Om jag tar Bärnsö när den ligger närmast på rutten är vi där om en dryg timme. Jag har tre andra postbryggor innan.

– Det räcker bra.

– När vill du bli hämtad?

Wallander tänkte efter. Isa var med största sannolikhet inte ute på ön. Det var alltså en missbedömning och en besvikelse. Men när han nu hade gjort resan hit ville han gå igenom huset. Han antog att han skulle behöva några timmar.

– Du behöver inte svara nu, sa Westin och gav honom ett kort. Du kan nå mig på telefonen. I eftermiddag och ikväll kan jag hämta dig när det passar. Jag bor på en ö inte så långt därifrån. Han satte fingret mot sjökortet igen. Den här gången pekade han på sin hemö.

– Jag ringer, sa Wallander och stoppade kortet i fickan.

Westin startade de två motorerna och lossade förtöjningarna. På durken och sätet intill förarplatsen hade han packar med tidningar och post. Där fanns också ett kassaskrin. Trots att båten var stor tycktes den Wallander oväntat lättmanövrerad. Eller så var det mannen vid ratten som styrde sin båt med stor skicklighet. När de var ute ur hamnen drog han på motorerna för fullt. Båten reste långsamt stäven och planade sedan ut.

– Hur länge har du kört post? frågade Wallander. Han fick ropa
för att det skulle höras över motorbullret.

– Alldeles för länge, ropade Westin. I mer än 25 år.

– Vad gör du på vintrarna? När isen lägger sig?

– Hydrokopter.

Wallander märkte hur den envisa trötttheten för ett ögonblick
lämnade honom. Farten, upplevelsen av att vara på sjön, gav ho-
nom en överraskande känsla av välbefinnande. När hade han senast
känt det? Kanske under dagarna tillsammans med Linda på Got-
land? Han tvekade inte om att det säkert var ett slitsamt arbete att
köra post i ett skärgårdssamhälle. Men just nu var stormar och höst-
mörker långt borta. Westin såg på honom och kisade. Det var som
om han gissat Wallanders tankar.

– Kan det vara nåt? sa han. Att vara polis?

Normalt skulle Wallander genast ha inskridit till försvar av sin
yrkeskår. Men tillsammans med Westin i båten som rusade fram
över den nästan blanka vattenytan fick frågan en annan karaktär.

– Det händer att jag tvekar, ropade han. Men när man snart är 50
står man rätt ensam på stationen. Dom flesta tågen har gått.

– Jag fyllde 50 i våras, sa Westin. Alla här ute som jag känner hade
ställt till med kalas.

– Hur många känner du här på öarna?

– Alla. Kalaset var alltså ganska stort.

Westin girade och slog av på farten. Intill en hög bergsrygg låg ett
rödmålat båthus och en brygga som vilade på en rad med ålderdom-
liga stenkistor.

– Båtsmansö, sa Westin. När jag var barn bodde här nio familjer.
Över trettio personer. Nu när det är sommar är det många sommar-
boende. Men när hösten kommer finns här en enda person kvar.
Han heter Zetterqvist och är 93 år gammal. Men han klarar sig fort-
farande ensam på vintrarna. Änkeman har han blivit tre gånger.
Han är en sån där gubbe som knappast finns längre. Kanske dom
har blivit förbjudna av Socialstyrelsen?

Den sista kommentaren överraskade Wallander som brast i
skratt.

– Har han varit fiskare?

– Mångsysslare. Och lots en gång i tiden.

– Du känner alla. Och alla känner dig?

– Det blir så. Det måste bli det. Skulle han inte dyka upp en dag nere på bryggan så går jag förstås upp och ser om han är sjuk. Eller om han har ramlat. Är man lantbrevbärare, till sjöss eller till lands, så vet man hur det är med folk. Vad dom gör, vart dom ska, när dom kommer hem. Antingen man vill eller inte.

Westin hade lotsat båten mjukt intill en brygga. Han la bara fast en aktertamp medan han ställde iland lådor. En hel del folk hade samlats. Westin tog postpacken och försvann upp mot en liten röd bod. Wallander klev upp på bryggan. Några ålderdomliga stensänken låg i en hög. Luften var frisk.

Efter några minuter var Westin klar. De la ut igen. Färden fortsatte genom den omväxlande skärgården. Efter ytterligare två postbryggor närmade de sig Bärnsö. De kom ut på en fjärd som Wallander på sjökortet kunde se hette Vikfjärden. Bärnsö låg egendomligt ensamt, som om ön hade kastats ut ur arkipelagens gemenskap.

– Du känner förstås hela familjen Edengren, sa Wallander, när farten redan var låg och båten närmade sig bryggan.

– Känner och känner, sa Westin. Dom äldre, föräldrarna, har jag inte haft mycket att göra med. Dom verkar nog vara lite högdragna, om jag ska vara ärlig. Men Isa och Jörgen har ju åkt med mig många gånger.

– Du vet förstås att Jörgen är död, sa Wallander försiktigt.

– Jag hörde att han hade kört ihjäl sig, sa Westin. Jag tror det var pappan som sa det. En gång måste jag hämta honom när deras egen båt hade en skada på propellern.

– Det är alltid tragiskt när barn dör, sa Wallander.

– Jag hade nog alltid föreställt mig att det var Isa som kunde råka ut för en olycka.

– Varför det?

– Hon lever väl ganska våldsamt. Åtminstone om man ska tro henne själv.

– Hon berättade alltså för dig? Att vara postförare kanske innebär att man också blir själasörjare.

– Inte fan, sa Westin. Men jag har en son som är jämngammal med Isa. Det var för några somrar sen. Dom hängde ihop. Men sen tog det slut som det brukar i den åldern.

Båten törnade till mot bryggan. Wallander tog sin bag och steg iland.

– Jag ringer, sa han. Nån gång i eftermiddag.

– Jag äter klockan sex, sa Westin. Innan och efter går bra.

Wallander stod kvar på bryggan och såg båten försvinna runt udden. Han tänkte på det Westin hade sagt, om Jörgens död. Föräldrarna hade alltså dolt den egentliga orsaken. En brödrost i ett badkar hade förvandlats till en bilolycka.

Wallander gick iland. Ön var täckt av frodig grönska. Intill bryggan fanns ett båthus och en mindre gäststuga. Till formen påminde den om det lusthus i Skårby där Wallander hade hittat den medvetslösa flickan. En gammal eka låg uppdragen och vält över några träbockar. Wallander kunde känna en svag doft av tjära. Höga ekar stod i sluttningen som ledde upp mot boningshuset. Det var ett rödmålat tvåvåningshus, gammalt men välskött. Wallander gick upp på gårdsplanen. Lyssnade och såg sig omkring. En segelbåt skymtade ute på fjärden, på avstånd hördes det bortdöende ljudet från en utombordsmotor. Wallander svettades. Han satte ner bagen, tog av sig jackan och hängde den över räcket till yttertrappan. Gardinerna var nerdragna för fönstren. Han gick uppför trappan och knackade på dörren. Väntade. Sedan bultade han. Ingen öppnade. Han kände på vredet. Dörren var låst. Ett ögonblick var han osäker på vad han borde göra. Sedan gick han runt huset. Han hade en känsla av att han upprepade något som han hade gjort vid sitt första besök i Skårby. På baksidan fanns en fruktträdgård. Äpplen och plommon, ett ensamt körsbärsträd. Utemöbler stod staplade under ett plasttak.

En stig ledde bort från huset, in mot ön där grönskan tätnade. Wallander följde den. Efter ungefär hundra meter vände han sig om. Boningshuset syntes inte längre. Han var omsluten av buskar och träd. Stigen slingrade sig vidare. En geting började intressera sig för hans ansikte. Han viftade bort den. En gammal vattenkälla och en jordkällare låg intill stigen. Ovanför källarporten stod årtalet 1897 inristat. En nyckel satt i dörren. Wallander öppnade. Där inne var det mörkt och svalt. Han kände lukten av potatis. När ögonen hade vant sig steg han in i källaren. Där var tomt. Han stängde dörren och fortsatte längs stigen. Den vindlade uppåt. På vänster sida skymtade han vattnet genom grönskan. Solen stod så till att han insåg att han gick rakt mot norr. Kanske hade han gått en halv kilometer. Han fortsatte. En mindre stig vek av mot vänster. Han fortsatte rakt fram. Efter ytterligare några hundra meter upphörde stigen. Rakt framför honom fanns blankslipade hällar som övergick i klippor. Där bortom fanns bara öppet hav. Ön tog slut. Han gick ut på klipporna. En fiskmås skrek ovanför hans huvud, steg och sjönk på uppvindarna. Han satte sig på en sten och torkade svetten ur ansiktet. Ångrade att han inte hade tagit med sig en av vattenflaskorna som låg i bagen. Borta var alla tankar på Svedberg och de döda ungdomarna.

Sedan reste han sig och följde samma väg tillbaka. När han kom till den stig som vek av följde han den. Den slutade vid en liten naturhamn. Några rostiga järnringar var nerslagna i en klipphäll. Vattnet var spegelblankt. De höga träden speglades i havsytan. Han gick tillbaka till boningshuset. Kontrollerade att telefonen som låg i jackfickan var påslagen. Sedan ställde han sig intill en ek och kissade. Ur bagen tog han upp en av vattenflaskorna och satte sig på trappan. Munnen var alldeles uttorkad. När han ställde ner plastflaskan bredvid sig var det något som plötsligt fångade hans uppmärksamhet. Han såg sig omkring. Allt var lika stilla som tidigare. Ingenting hade förändrats. Han rynkade pannan. Något hade slagit ett knappt märkbart larm inom honom. Han stirrade på bagen som stod på det nedersta trappsteget. Han var alldeles säker på att han ställt den på trappsteget ovanför. Han gick nerför trappan och granskade minnesbilden i huvudet. *Först hade han ställt ner bagen. Sedan hade han tagit av sig jackan och hängt den på räcket. Därefter hade han ställt bagen på det andra trappsteget.*

Under hans promenad över ön hade någon flyttat på hans svarta bag. Vaksamt såg han sig omkring. Först studerade han träden och buskarna, sedan huset. Gardinerna var fortfarande fördragna. Han gick uppför trappan igen och kände på dörren. Han tänkte på bryggan där Westin hade släppt av honom. Båthuset och lusthuset. Lusthuset som påminde om det som fanns i Skårby. Han gick nerför trappan, ner mot bryggan. Den svartmålade dörren till båthuset var bara stängd med en träregel. Han öppnade. Vattenbassängen var tom. Förtöjningslinorna tydde på att där brukade finnas en stor båt. Längs väggarna hängde fisknät och håvar. Han gick ut igen och reglade dörren. Lusthuset sköt till hälften ut över vattnet. Där fanns också en nerfälld badstege. Han stod orörlig och betraktade huset. Sedan gick han fram till dörren och kände på vredet. Det var låst. Han knackade lätt.

– Isa, sa han. Jag vet att du är därinne.

Han tog ett par steg tillbaka och väntade.

När hon öppnade dörren kände han först inte igen henne. Det långa håret hade hon bundit upp i en knut. Hon var klädd i svart, något som verkade vara en overall. Wallander tänkte att hennes blick var fientlig. Men det kunde lika gärna vara rädsla.

– Hur visste du att jag var här?

Hennes röst var hes och spänd.

– Det visste jag inte. Förrän du berättade det för mig.

– Jag har väl inte sagt nånting. Och du kan inte ha sett mig.

– Poliser har den dåliga vanan att lägga märke till detaljer. Om till exempel nån av misstag lyfter på en väska och sen inte ställer tillbaka den på samma ställe.

Hon stirrade på honom som om han hade sagt något som var omöjligt att förstå. Han såg att hon var barfota.

– Jag är hungrig, sa hon.

– Det är jag med.

– Det finns mat uppe i huset, sa hon och började gå. Varför kom du hit?

– Eftersom du försvann från sjukhuset måste vi leta reda på dig.

– Varför?

– Eftersom du vet vad som hänt behöver jag knappast svara på den frågan.

Hon gick vidare under tystnad. Wallander såg på henne från sidan. Hon var mycket blek. Hennes ansikte var insjunket som på en gammal människa.

– Hur kom du hit ut? frågade han.

– Jag ringde till Lage på Wettersö.

– Varför åkte du inte med Westin?

– Jag tänkte väl att det fanns en risk att ni skulle höra efter om jag var här.

– Det ville du inte?

Återigen lät hon bli att svara. Hon hade nyckeln i handen och låste upp. Sedan gick hon runt och drog upp gardinerna. Hon gjorde det slarvigt och vårdslöst, som om hon egentligen ville förstöra allt hon hade runt sig. Wallander följde efter henne ut i köket. Hon slog upp en dörr mot baksidan och började koppla ihop en gasoltub med en spis. Wallander hade redan noterat att det inte fanns elektricitet indragen i huset. Hon vände sig om och såg på honom.

– En av dom få saker jag kan är att laga mat, sa hon.

Hon pekade på en stor frysbox och ett kylskåp, också de gasdrivna.

– Här är fullt med mat, sa hon, med en röst som var full av förakt. Mina föräldrar vill ha det så. Dom betalar en man som kommer hit och byter gasoltub. Det ska finnas mat här. Om dom plötsligt bestämmer sig för att vara här några dagar. Vilket dom aldrig gör.

– Det låter som om dina föräldrar är mycket välbärgade. Kan man verkligen tjäna så mycket pengar på att bedriva lantbruk och hyra ut schaktmaskiner?

Det lät som om hon spottade när hon svarade.

– Mamma är en idiot, sa hon. Hon är dum och inskränkt. Det kan hon knappast hjälpa. Men pappa är inte dum. Han är däremot hänsynslös.

– Jag lyssnar gärna.

– Inte nu. När vi äter.

Wallander förstod att hon ville att han skulle lämna köket. Han gick ut på framsidan av huset och ringde till Ystad. Han fick tag på Ann-Britt Höglund på hennes mobiltelefon.

– Jag hade rätt, sa han. Isa Edengren var här som vi trodde.

– Du trodde, sa hon. Om sanningen ska fram var nog vi andra tveksamma.

– Även jag måste ha rätt nån gång. Jag antar att vi kommer tillbaka till Ystad ikväll eller i natt.

– Har du talat med henne?

– Inte än.

Hon gav honom en översikt av situationen. Det hade kommit in några tips från människor som hade tyckt sig känna igen den kvinna som de trodde hette Louise. De höll på att undersöka och kontrollera. Hon lovade att återkomma.

Wallander gick tillbaka in i huset igen. Länge blev han stående framför en vacker modell av ett gammalt segelfartyg. Det hade börjat lukta mat i huset. Wallander var mycket hungrig. Han hade inte ätit något sedan han stannat till vid vägen. I huvudet gick han samtidigt igenom vad han skulle fråga henne om. Vad var det han framförallt måste få reda på?

Han återkom ständigt till samma utgångspunkt.

Han måste få veta det hon förmodligen själv inte hade klart för sig att hon visste.

Hon hade dukat på den stora inglasade veranda som fanns tillbyggd längs en av husets gavlar. Hon frågade vad han ville ha att dricka. Han tog vatten. Själv drack hon vin. Wallander undrade om det fanns risk för att hon skulle bli berusad. Då skulle det samtal han förväntade sig gå om intet. Men hon drack bara ett enda glas under måltiden. De åt under tystnad. Efteråt kokade hon kaffe. Hon skakade på huvudet när Wallander började duka av. Det fanns en liten soffgrupp i ena hörnet av verandan. Genom fönstret kunde han se ner till bryggan. En ensam segelbåt passerade långsamt med slokande segel.

– Det är vackert här, sa han. Det är en del av Sverige jag aldrig har sett.

– Dom köpte det för snart trettio år sen, svarade hon. Dom brukar påstå att jag är avlad här ute. Jag är född i februari. Det kan alltså stämma. Dom köpte huset av ett gammalt par som hade levat här i hela sitt liv. Hur pappa hört talas om det vet jag inte. Men han åkte ut hit en dag med en väska full av hundrakronorssedlar. Det kan se imponerande ut i en kappsäck men det behöver inte vara en särskilt svindlande summa. Ingen av dom gamla hade förstås sett så mycket pengar tidigare. Det tog ett par månader att övertyga dom. Sen skrev dom på köpekontraktet. Summan skulle förbli hemlig. Men naturligtvis fick min pappa det här för ingenting.

– Du menar att han lurade dom?

– Jag menar att min pappa alltid har varit en skurk.

– Om allt gick rätt till är man inte nödvändigtvis en skurk. Då kan man vara en driven affärsman.

– Min pappa har gjort affärer över hela världen. Han har smugglat diamanter och elfenben i Afrika. Ingen känner egentligen till vad han har hållit på med. Nu händer det att han ibland har ryssar på besök i Skårby. Ingen ska inbilla mig att det dom håller på med är lagligt.

– Såvitt jag vet har han aldrig haft med oss att göra, sa Wallander.

– Han är skicklig, sa hon. Och ihärdig. Mycket kan man beskylla honom för. Men knappast för att vara lat. Hänsynslösa människor har aldrig tid att vila.

Wallander ställde ner kaffekoppen på bordet.

– Låt oss lämna din pappa, sa han. Låt oss tala om dig istället. Det är därför jag är här. Resan var lång. Ikväll ska vi resa tillbaka.

– Vad är det som får dig att tro att jag tänker följa med?

Wallander betraktade henne länge innan han svarade.

– Tre av dina närmaste vänner har blivit mördade, sa han. Du skulle ha varit med när det skedde. Om du inte blivit sjuk. Vad det innebär förstår både du och jag.

Hon hade krupit ihop i stolen. Wallander såg att hon var rädd.

– Eftersom vi inte vet varför det hände måste vi vara försiktiga, fortsatte han.

Det gick äntligen upp för henne vad han menade.

– Skulle jag alltså vara i fara?

– Det kan inte uteslutas. Vi har inget motiv. Då måste vi alltså räkna med alla möjligheter.

– Men varför skulle nån vilja ta livet av mig?

– Varför ville nån döda dina vänner? Martin, Lena, Astrid?

Hon skakade på huvudet.

– Jag förstår det inte, sa hon.

Wallander flyttade stolen närmare henne.

– Ändå är det du som kan hjälpa oss, sa han. Vi måste gripa den som har gjort det här. För att gripa nån måste vi veta varför det har hänt. Du finns kvar. Det är du som kan hjälpa oss.

– Men det är ju alldeles obegripligt?

– Du måste tänka, sa Wallander. Tänka tillbaka. Vem kan ha velat döda er som grupp? Vad är det som förenar er? Varför? Det finns ett svar nånstans. Det måste finnas.

Sedan bytte han hastigt spår. Hon hade börjat lyssna på honom nu. Han ville gripa tillfället.

– Du måste svara på mina frågor, fortsatte han. Och du måste tala sanning. Jag kommer att märka om du ljuger. Det vill jag inte.

– Varför skulle jag ljuga?

– När jag hittade dig var du på väg att dö, sa han. Varför försökte du begå självmord? Var det så att du redan visste vad som hade hänt dina vänner?

Hon såg förvånat på honom.

– Hur skulle jag ha kunnat veta det? Jag undrade som alla andra.

Wallander insåg att hon talade sanning.

– Varför ville du ta livet av dig?

– Jag ville inte leva längre. Finns det nåt annat skäl? Mina föräldrar har förstört mitt liv. På samma sätt som dom förstörde Jörgens. Jag ville inte leva längre.

Wallander väntade. Kanske skulle det följa en fortsättning. Men hon sa ingenting mer. Han vände istället tillbaka till det som hade hänt i reservatet. Under nästan tre timmar tog han henne vid handen och vandrade fram och tillbaka genom det förflutna. Han lämnade ingen sten orörd, hur liten och obetydlig den än var. Han vände på alla och ibland mer än en gång. Det fanns inga gränser för hur långt tillbaka han ledde henne. När hade hon träffat Lena Norman första gången? Vilket år, vilken månad, vilken dag? Hur hade dom träffats? Varför hade dom blivit vänner? Hur blev hon vän med Martin Boge? När hon sa att hon inte mindes eller var osäker stannade han upp och började om igen. Osäkerhet och dåligt minne kunde alltid besegras. Bara man hade tålamod. Hela tiden manade han på henne att försöka påminna sig om det hade funnits någon annan där. Någon hon kanske förbisåg. *En skugga i hörnet,* sa han. *Fanns där ingen skugga i hörnet? Någon du glömmer nu?* Han frågade om allt som kanske hade varit oväntade händelser. Efter hand började hon förstå honom och följde honom allt lättare.

Strax efter klockan fem bestämde de att stanna kvar på Bärnsö till dagen efter. Wallander ringde till Westin och gav besked. Han lovade att komma och hämta dem dagen efter när Wallander hörde av sig. Han frågade aldrig Wallander om Isa. Men Wallander hade en känsla av att han redan hade vetat om att hon befann sig på Bärnsö. Efteråt tog de en promenad över ön. De fortsatte hela tiden samtalet. Då och då avbröt sig Isa och berättade om olika platser där hon lekt som barn. De gick ända ut på de yttersta klipporna mot norr. Till hans förvåning visade hon honom plötsligt en klippskreva och påstod att hon där en sommar hade mist sin oskuld. Med vem fick han aldrig veta.

De återvände, det hade då börjat skymma, och hon tände fotogenlampor runt om i huset. Wallander ringde till Ystad och talade med Martinsson. Inget av större vikt i utredningen hade inträffat. Louise var fortfarande oidentifierad. Han gav besked om att han stannade på Bärnsö över natten. Dagen efter skulle han återvända till Ystad med flickan.

De fortsatte samtalet.

Då och då gjorde de en paus, för att dricka te och äta smörgåsar. Eller bara för att vila sig. Wallander gick ut i mörkret och kissade. Det susade i trädkronorna. Allt var mycket stilla. Sedan fortsatte de igen. Wallander hade långsamt börjat förstå deras lekar. Deras rollspel. Hur de klädde ut sig, hade fester och vandrade fram och tillbaka mellan olika tidsperioder. När de på sin gemensamma tillbakaresa närmade sig den fest som skulle bli ungdomarnas sista gick Wallander oändligt långsamt fram. Vem hade kunnat veta om deras planer? Ingen? Det svaret kunde han inte godta. Någon måste ha vetat.

–Vi börjar om igen. En gång till. När bestämde ni er för att fira en fest i Bellmans tid?

Klockan hade blivit halv två när de avbröt samtalet. Wallander var då så trött att han hade blivit illamående. Fortfarande hade hon inte gett honom det spår han hoppats på. Men de skulle fortsätta dagen efter. De hade hela den långa bilresan till Ystad. Wallander tänkte inte ge sig.

Hon visade honom till ett sovrum på andra våningen. Själv sov hon på nedre botten. Hon sa godnatt och gav honom en fotogenlampa. Han bäddade sin säng och satte upp ett fönster på glänt. Natten var mycket mörk.

Han la sig mellan lakanen och blåste ut ljuset. Han hörde hur hon slamrade i köket. En dörr som låstes. Sedan blev det tyst.

Wallander somnade omedelbart.

Ingen hade lagt märke till den båt som med släckta lanternor hade gått över Vikfjärden sent på kvällen. Ingen hade heller hört när den med avslagen motor ljudlöst gled in i naturhamnen på västsidan av Bärnsö.

19

Linda skrek.

Hon fanns någonstans i hans närhet. Skriket trängde in i hans drömmar. När han slog upp ögonen i mörkret visste han inte var han befann sig. Men där fanns den kvardröjande lukten från fotogenlampan. Det var alltså inte Linda som skrikit. Han märkte att hjärtat bultade. Det var tyst. Bara ett svagt sus från trädkronorna utanför fönstret som stod på glänt. Han lyssnade. Nu hördes inget skrik längre. Hade han drömt? Han satte sig försiktigt upp i sängen. Letade efter tändstickorna som han lagt bredvid fotogenlampan. Fortfarande inte ett ljud. Han tände lampan och klädde hastigt på sig. Han satt med en sko i handen när han hörde det. Först trodde han att det kom utifrån. Något som slog mot husväggen. Kanske en tvättlina mot en stupränna. Sedan insåg han att ljudet kom från husets undervåning. Han reste sig, fortfarande med skon i handen och gick fram till dörren. Försiktigt öppnade han den på glänt. Ljudet var tydligare nu. Det kom från köket. Då förstod han. Bakdörren stod och slog. Rädslan återkom med full kraft. Han hade inte inbillat sig. Han hade heller inte drömt. Skriket hade varit verkligt.

Istället för att sätta på sig den sko han hade i handen sparkade han av sig den andra. Med fotogenlampan i handen gick han nerför trappan. Mitt i trappan stannade han och lyssnade. Fotogenlampans ljus fladdrade över väggarna. Det var handen som skakade. Han hade ingenting att försvara sig med om det blev nödvändigt. Samtidigt försökte han tänka. Det var inte rimligt att något skulle inträffa här ute på ön. Det fanns inga andra här än de två. Förmodligen hade han drömt. Eller så hade det varit en nattfågel som skrikit till utanför fönstret. Det fanns också en annan möjlighet. Att det inte varit han själv som haft en mardröm utan Isa Edengren.

Han hade kommit ner till bottenvåningen nu. Hennes sovrum låg innanför köket. Han stannade igen och lyssnade. Sedan knackade han på dörren. Hon svarade inte. Han försökte höra hennes andhämtning. Det är för tyst, tänkte han. Han kände på dörren. Den var låst. Nu tvekade han inte längre. Han bultade på dörren och skakade handtaget. Sedan gick han ut i köket. Bakdörren stod på glänt. Han stängde den och började leta i kökslådorna efter ett verktyg. Han hittade en kraftig skruvmejsel och bröt upp dörren. Sängen var tom. Fönstret var öppet utan att vara fasthakat. Han försökte tänka vad som kunde ha hänt. Sedan påminde han sig att han hade sett en stor ficklampa i köket. Han hämtade den och en hammare han hittat i samma låda där han hittat skruvmejseln. Den tog han med sig. Han öppnade bakdörren och lyste ut i mörkret.

När han kommit ut på gården märkte han att han var barfota. En fågel flaxade till i mörkret. Vinden drog genom trädkronorna. Han ropade på Isa men fick inget svar. Han gick bort till fönstret och lyste på marken. Där fanns fotavtryck. Men de var så svaga att han inte kunde följa dem. Han fortsatte att lysa ut i mörkret. Ännu en gång ropade han utan att få svar. Hjärtat bultade. Han var rädd. Han återvände till dörren vid köket och lyste på låset. Det var som han trodde. Dörren hade brutits upp. Rädslan ökade. Han vände sig om och lyfte hammaren. Men där fanns ingen. Sedan återvände han in i huset. Telefonen låg uppe på bordet intill sängen. Han försökte se händelseförloppet framför sig. *Någon hade brutit sig in genom köksdörren. Isa hade vaknat av att någon försökt ta sig in i rummet där hon sov. Då hade hon flytt ut genom fönstret.* Någon annan förklaring kunde han inte tänka sig. Han såg på klockan. Kvart i tre. Han slog numret hem till Martinsson som svarade på andra signalen. Wallander visste att han hade en telefon intill sängen.

– Det är Kurt. Jag är ledsen att jag väcker dig.

– Vad är det som har hänt?

Martinsson var fortfarande inte vaken.

– Stig upp, sa Wallander. Skölj av ansiktet. Jag ringer om tre minuter.

Martinsson började protestera. Wallander avslutade samtalet och såg på klockan. Precis tre minuter senare ringde han upp igen. Han hade då börjat oroa sig för att telefonbatteriet skulle ta slut. Naturligtvis hade han glömt att ta med sig något i reserv.

– Lyssna noga, sa han. Jag kan inte prata länge. Batteriet kan ta slut. Har du penna och papper?

Martinsson var nu klarvaken.

– Jag skriver.

– Det har hänt nåt här ute på ön i natt. Jag vet inte vad. Men Isa Edengren skrek till. Hon väckte mig. Nu är hon borta. Bakdörren på huset har blivit uppbruten. Det finns alltså nån mer här på ön. Vem det än är så har han kommit för att få tag på henne. Det finns en möjlighet att han faktiskt inte vet att jag är här. Jag är rädd för hennes säkerhet. Graven ute i reservatet var ju grävd för fyra personer.

– Vad vill du jag ska göra?

– Tills vidare ingenting, annat än att ta reda på telefonnumret till kustbevakningen på Fyrudden. Och vara beredd på att jag ringer igen.

– Vad har du tänkt göra?

– Leta reda på henne.

– Om det finns en våldsman där ute kan det bli farligt. Du måste ha assistans.

– Var får jag den ifrån? Norrköping? Hur lång tid tar det?

– Du kan väl inte leta igenom en hel ö ensam?

– Den är inte så stor. Jag slutar nu. Jag är orolig för mitt batteri.

– Jag gör som du sagt. Ta det försiktigt.

Wallander satte på sig skorna och stoppade telefonen i bröstfickan. Sedan lämnade han huset efter att ha stoppat hammaren innanför bältet. Han började med att gå ner till bryggan. Lyste ut över det svarta vattnet. Där fanns ingen båt. Hela tiden ropade han. Båthuset och lusthuset var tomt. Han sprang upp mot huset igen och begav sig av längs stigen på baksidan. Buskarna och träden lyste vita i det starka ljuset. I jordkällaren fanns ingen.

Han fortsatte och ropade hela tiden efter henne. När han kom till det ställe där stigen delade sig och en gren vek av mot naturhamnen stannade han upp. Vilken väg skulle han välja? Han lyste på marken. Några spår tyckte han sig inte kunna se. Han fortsatte mot öns norra udde. När han kom ut på klipporna var han andfådd. Vinden var kylig när den kom rakt emot honom från öppna havet. Han lät ficklampans ljuskägla vandra över klipporna. Några glimmande ögon fastnade i ljuset. Djuret var litet och försvann i en klippskreva. En mink. Han fortsatte ända längst ut på klipporna och lyste ner i skrevorna. Ingenting. Han ropade igen. Han vände sig om för att återvända till stigen.

Något gjorde att han plötsligt stannade. Han lyssnade. Vågorna kluckade och slog mot stranden. Men där fanns också ett annat ljud.

Först visste han inte vad det var. Sedan insåg han att det lät som en båtmotor. Ljudet kom från väster. Naturhamnen, tänkte han, jag skulle ha valt den andra stigen. Han började springa men tvärstannade innan han försiktigt steg ut genom det sista buskaget. Han lyssnade och lyste ut över vattnet. Inget syntes och motorljudet var borta. En båt har just gett sig av, tänkte han. Rädslan ökade. Vad hade egentligen hänt henne? Han återvände längs stigen och försökte tänka efter hur han skulle leta vidare. Hade kustbevakningen tillgång till hundar? Även om ön inte var stor skulle han inte klara av att leta igenom den ensam innan det för länge sedan hade blivit morgon. Han försökte föreställa sig hennes reaktioner. Hon hade flytt i panik genom fönstret. Den som höll på att bryta upp hennes sovrumsdörr blockerade samtidigt vägen upp till det rum där han själv legat och sovit. Hon hade hoppat ut genom fönstret och sprungit rakt ut i mörkret. Säkert hade hon inte ens haft en ficklampa med sig. Wallander hade kommit fram till den punkt där stigarna möttes. Plötsligt visste han. När de hade gått över ön hade hon berättat om ett gömställe, där hon och hennes bror Jörgen hade lekt som barn. Han försökte minnas var de hade befunnit sig när hon pekat upp mot den bergknalle som utgjorde öns högsta punkt. Det hade varit närmare huset, någonstans mitt emellan jordkällaren och den plats där han nu befann sig. Stigen hade passerat mellan två enar, mindes han. Där hade hon stannat och pekat. Han skyndade längs stigen. Där var enarna. Han lyste upp mot sluttningen åt det håll hon pekat. Sedan lämnade han stigen. Omkullfallna träd och täta snår gjorde att han bara kunde röra sig långsamt. Överallt fanns stora stenblock. Han lyste mellan dem. Sedan närmade han sig berget. Plötsligt anade han en skreva bakom höga ormbunkar. Han gick försiktigt fram till bergväggen, vek undan ormbunkarna och lyste in mot klippväggen.

Hon satt hopkrupen mot bergväggen, iklädd endast nattlinne. Hon hade lagt armarna runt sina uppdragna ben och huvudet lutade mot ena axeln. Det såg ut som om hon sov. Men han visste genast att hon var död. Någon hade skjutit henne. Rakt i pannan.

Wallander sjönk ihop på marken. Blodet rusade upp i huvudet på honom. Han tänkte att han höll på att dö. Och att det inte gjorde så mycket. Han hade misslyckats. Han hade inte lyckats beskydda flickan. Inte heller det gömställe där hon lekt som barn hade kunnat rädda henne. Något skott hade han inte hört. Alltså hade vapnet varit ljuddämpat.

Wallander reste sig upp och lutade sig mot ett träd. Telefonen gled ut ur bröstfickan. Han tog upp den och raglade sedan tillbaka till huset och ringde till Martinsson.

– Jag kom för sent, sa han.

– För sent för vad då?

– Hon är död. Skjuten, som dom andra.

Martinsson tycktes inte riktigt förstå. Wallander upprepade det han sagt.

– Herregud, sa Martinsson. Vem dödade henne?

– En man i en båt, sa Wallander. Ring polisen i Norrköping. Dom måste rycka ut. Tala med Kustbevakningen.

Martinsson lovade att göra som Wallander sa.

– Det är lika bra att du väcker upp dom andra, fortsatte han. Lisa Holgersson, alla. Mitt batteri är snart slut. När jag har fått hjälp här ute ska jag ringa igen.

Samtalet tog slut. Wallander satt på en stol i köket. Ficklampan lyste mot en bonad på väggen. »Hem Ljuva Hem«. Efter en stund tvingade han sig upp och hämtade en filt inifrån hennes rum. Sedan begav han sig ut i mörkret igen. När han kom upp till klippskrevan la han filten runt henne.

Han satte sig på en sten just vid ormbunkarna som täckte öppningen. Klockan hade blivit tjugo över tre.

I den bleka gryningen började det blåsa upp. Wallander hade hört kustbevakningsbåten närma sig och gått ner till bryggan. Det hade funnits poliser där, spända ansikten som hade betraktat honom med avvaktande misstänksamhet. Wallander kunde förstå dem. Vad gjorde egentligen en skånsk polisman på en av deras öar? Hade han varit sommargäst kunde man ha förstått det. Han ledde dem upp till klippskrevan och vände sig bort när de tog bort filten. Det var då en av poliserna från Norrköping kom fram till Wallander och avkrävde honom hans polislegitimation. Wallander blev helt ifrån sig. För en gångs skull tappade han alldeles fattningen. Han rev upp plånboken ur innerfickan och kastade sitt identitetskort framför fötterna på den polisman som hade frågat. Sedan gick han därifrån. Hans plötsliga upprördhet la sig genast och ersattes av en förlamande trötthet. Han satte sig på trappan till boningshuset med en av sina vattenflaskor i handen.

Det var där Harry Lundström hittade honom. Han hade varit med uppe vid klippskrevan när Wallander blivit rasande och han hade genast tänkt att det varit ovanligt taktlöst att fråga efter legitimationen. Nog stod det klart att det var en kollega de hade framför sig. Trots allt hade larmet kommit från polishuset i Ystad.

Beskedet hade varit mycket tydligt. Det fanns en kriminalpolis vid namn Kurt Wallander på en ö som hette Bärnsö. Han hade hittat en död flicka där. Nu behövde han hjälp.

Harry Lundström var 57 år gammal. Han var född i Norrköping och ansågs av alla utom sig själv vara stadens skickligaste kriminalpolis. När Wallander fick sitt utbrott förstod han honom. Vad som låg bakom händelserna på Bärnsö visste han inte. Informationen från Ystad hade av naturliga skäl varit ofullständig. Att det hade med mordet på poliskollegan och de tre ungdomarna att göra hade han förstått. Därutöver var det hela mycket oklart.

Men Harry Lundström hade inlevelseförmåga. Han förstod hur det hade känts att hitta en flicka i bara nattlinnet hopkrupen i en klippskreva. Med ett skotthål i pannan.

Han hade väntat några minuter. Sedan följde han efter Wallander och satte sig bredvid honom på trappan.

– Det var ovanligt klumpigt gjort, sa han. Att kräva dig på legitimation.

Han sträckte sedan fram handen och presenterade sig. Wallander kände genast förtroende för honom.

– Är det dig jag ska tala med? frågade han.

Harry Lundström nickade.

– Då går vi in, sa Wallander.

De satte sig i vardagsrummet. Sedan han ringt ett kort samtal till Martinsson från Lundströms telefon för att be honom se till att Isas föräldrar underrättades tog det Wallander nästan en hel timme att berätta vem den döda flickan var och i vilket sammanhang hennes död skulle sättas in. Lundström lyssnade utan att anteckna. Då och då blev de avbrutna av polismän som kom och ställde frågor. Lundström dirigerade arbetet med enkla och klara besked. När Wallander kom till punkt hade han några få frågor. Wallander tänkte att han skulle ha ställt just de frågorna själv.

Klockan hade blivit sju. Genom fönstret kunde de se hur Kustbevakningens båt skavde mot bryggan.

– Det är bäst jag går dit upp, sa Lundström. Du behöver naturligtvis inte följa med, om du inte vill. Du har ju redan sett nog.

Det blåste kraftigt nu. Wallander huttrade.

– Höstvind, sa Lundström. Det har börjat vända nu.

– Jag har aldrig varit i den här skärgården tidigare, sa Wallander. Här är mycket vackert.

– Jag spelade handboll i min ungdom, sa Lundström. Jag hade en färgbild av Ystads handbollslag på väggen. Men jag har nästan aldrig varit i Skåne.

De gick längs stigen. På avstånd hördes hundskall.

– Jag tänkte det var bäst att gå över ön, sa Lundström. Om han som har gjort det ändå skulle vara kvar.

– Han kom med båt, sa Wallander. Han la till på västsidan.

– Hade vi haft mera tid kunde vi ha satt bevakning på hamnarna här i närheten, sa Lundström. Men nu är det för sent.

– Nån kanske har sett nåt, sa Wallander. En båt som kommit in till nån brygga på fastlandet.

– Vi håller på, svarade Lundström. Jag har förstås tänkt på möjligheten. Att nån har sett en båt lägga till mitt i natten.

Wallander väntade på avstånd medan Lundström gick upp till klippskrevan och pratade med sina kollegor. En kort stund var han försvunnen bakom ormbunkarna. Wallander mådde illa. Han ville bort från den här ön så fort som möjligt. Känslan av att han var medskyldig till det som hänt var mycket stark. De skulle naturligtvis ha lämnat ön redan kvällen innan. Han borde ha kunnat förutse att det innebar en fara att stanna kvar. De hade att göra med en gärningsman som hela tiden tycktes veta. Det hade också varit ett misstag att hon hade sovit på nedre botten.

Han insåg att självanklagelserna var orimliga. Men han kunde inte hålla dem ifrån sig.

Lundström dök upp bland ormbunkarna igen. Samtidigt kom en polisman med hund från motsatta hållet. Lundström stoppade honom.

– Hittat nånting?

– Det finns ingen här på ön, sa polismannen. Hon spårade bort mot en vik på västra sidan. Men där tog det slut.

Lundström såg på Wallander.

– Då hade du rätt, sa han. Han kom med båt. Och for med båt.

De gick ner mot boningshuset igen. Wallander tänkte på det Lundström nyss hade sagt.

– Båten är viktig, sa han. Var har han fått den ifrån?

– Jag tänkte just på samma sak, sa Lundström. Om vi nu förutsätter att den person som gjort det här kommer utifrån. Vilket vi väl måste. Då blir alltså frågan var han fått båten ifrån.

– Han stjäl en, sa Wallander.

Lundström hade stannat på stigen.

– Men hur hittar han hit ut? Mitt i natten?

– Han kan ha känt till Bärnsö. Dessutom finns väl sjökort?

– Tror du han har varit här tidigare?

– Det kan inte uteslutas.

Lundström började gå igen.

– En stulen eller tjuvlånad båt, sa han. Och det måste ha skett här i närheten. I Fyrudden, Snäckvarp eller Gryt. Såvida han inte har tagit den vid en privat brygga.

– Han har inte haft mycket tid på sig, sa Wallander. Isa rymde från sjukhuset igår morse.

– Tjuvar som haft dåligt med tid är alltid lättast att spåra, sa Lundström.

De hade kommit ner till bryggan. Lundström talade med en polisman som höll på att strama åt en förtöjning. Wallander hörde att det gällde båten som kunde antas ha blivit stulen.

Efteråt blev de stående i lä intill båthuset.

– Egentligen finns det väl inga skäl att behålla dig här, sa Lundström. Jag antar att du helst av allt vill komma hem nu.

Wallander kände ett plötsligt behov av att säga vad han kände.

– Det borde inte ha hänt, sa han. Jag känner mig medskyldig. Vi borde ha rest härifrån redan igår. Och nu är hon död.

– Jag hade gjort samma sak själv, svarade Lundström. Det var hit hon hade rymt. I den här miljön kunde du få henne att börja tala. Du kunde inte veta vad som skulle ske.

Wallander skakade på huvudet.

– Jag borde ha insett faran, sa han.

De gick upp till huset igen. Lundström lovade att personligen se till att det inte uppstod några samarbetsproblem mellan Norrköping och Ystad.

– En och annan kommer säkert att gnälla över att vi inte blev informerade om att du var på väg hit. Men jag ska se till att få tyst på det.

Wallander hämtade sin bag. De återvände till bryggan. Kustbevakningsbåten skulle köra Wallander till fastlandet. Lundström stod på bryggan och såg efter båten. Wallander lyfte handen till avsked.

Han ställde in sin väska i bilen och gick till Skeppsfourneringen för att betala sin parkeringsavgift. När han kom ut på kajen igen upptäckte han Westin som var på väg in i hamnen med sin båt. Wallander gick ut på piren och väntade in honom. Westin var allvarlig när han steg iland.

– Jag antar att du har hört, sa Wallander.

– Isa är död.

– Det hände i natt. Jag vaknade av att hon skrek. Men allt var för sent.

Westin såg avvaktande på honom.

– Det hade alltså inte hänt om ni rest tillbaka igår?

Där kom den, tänkte Wallander. Anklagelsen. Som jag egentligen inte kan värja mig emot.

Han tog upp plånboken.

– Hur mycket är jag skyldig för resan igår?

– Ingenting, svarade Westin.

Westin började gå tillbaka mot sin båt. I samma ögonblick kom Wallander ihåg att han hade ännu en fråga att ställa.

– Det var en sak till, sa han.

Westin stannade och vände sig om.

– Nån gång mellan den 19 och 22 juli tror jag att du hade en passagerare med ut till Bärnsö.

– I juli har jag folk med på turen varje dag.

– En polisman, sa Wallander. Som hette Karl Evert Svedberg. Och som talar en ännu bredare skånska än jag. Kan du minnas honom?

– Hade han uniform?

– Det kan man utgå från att han inte hade.

– Kan du beskriva honom?

– Nästan helt flintskallig. Ungefär lika lång som jag. Kraftig. Men inte tjock.

Westin tänkte efter.

– Mellan den 19 och den 22 juli?

– Troligtvis åkte han ut på eftermiddagen eller kvällen den 19. När han åkte tillbaka vet jag inte. Men senast den 22.

– Jag får se efter, sa Westin. Jag kanske har det uppskrivet. Men jag minns honom inte.

Wallander följde med honom till båten. Westin letade fram en almanacka som låg under sjökortet. Han kom ut ur styrhytten.

– Det står ingenting, sa han. Men jag har ett svagt minne av att han var ombord. Det var mycket folk dom där dagarna. Jag kan blanda ihop honom med nån annan.

– Har du tillgång till fax? frågade Wallander. Vi kan skicka en bild på honom.

– Jag har fax på posten.

Wallander tänkte att det också fanns en annan möjlighet.

– Du kanske redan har sett honom på bild, sa han. Eller i teve. Det är den polisman som blev mördad i Ystad för några dagar sen.

Westin rynkade pannan.

– Jag har hört om det, sa han. Men nån bild kan jag inte påminna mig.

– Då kommer den på faxen, sa Wallander. Om du ger mig numret.

Westin skrev upp det i almanackan och rev ut bladet.

– Kan du påminna dig om Isa var ute på Bärnsö mellan den 19 och den 22 juli?

– Nej. Men hon har varit här en hel del i sommar.

– Möjligheten finns alltså?

– Ja.

Wallander lämnade Fyrudden. I Valdemarsvik stannade han och fyllde bensin. Sedan körde han söderut längs kustvägen. Himlen var molnfri. Han hade fönstret nervevat. När han närmade sig Västervik insåg han att han inte skulle orka längre. Han måste äta någonting. Och sova. Strax innan avfarten till Västervik körde han in vid ett vägkafé. Han beställde en omelett, mineralvatten och kaffe. Kvinnan som tog emot beställningen log.

– I din ålder borde man sova om nätterna, sa hon vänligt.

Wallander såg förvånat på henne.

– Syns det så tydligt?

Hon böjde sig ner och tog upp sin handväska som stod under disken. Där tog hon fram en fickspegel som hon höll upp. Wallander insåg att hon hade rätt. Han var blek och hålögd. Håret stod på ända.

– Du har rätt, sa han. Jag ska äta min omelett. Sen ska jag sova en stund i bilen.

Han gick ut och satte sig i skuggan av en parasoll. Hon kom ut med maten på en bricka.

– Jag har ett rum bakom köket, sa hon. Det finns en säng där. Den kan du låna.

Hon gick utan att vänta på svar. Wallander såg förvånat efter henne.

När han hade ätit gick han bort till den dörr som ledde in till köket. Den var öppen.

– Står erbjudandet fast? frågade han.

– Jag brukar inte ändra mig.

Hon visade honom till rummet där sängen fanns. Det var en enkel tältsäng, täckt med ett överkast.

– Det är i alla fall bättre än ett baksäte, sa hon. Men poliser brukar vara vana att sova var som helst.

– Hur vet du att jag är polis?

– När du betalade öppnade du din plånbok. Jag såg din legitimation. Jag var gift med en polis. Därför kände jag igen legitimationen.

– Jag heter Kurt. Kurt Wallander.

– Erika. Sov gott.

Wallander la sig ner på sängen. Det värkte i hela kroppen. Huvudet var alldeles tomt. Han tänkte att han borde ringa till Ystad och säga att han var på väg. Men han orkade inte. Han slöt ögonen och somnade.

När han vaknade visste han inte alls var han befann sig. Han såg på klockan. Den var redan sju. Han satte sig häftigt upp. Han hade alltså sovit i mer än fem timmar. Med en svordom grep han telefonen och ringde till Ystad. Martinsson svarade inte. Han ringde till Hansson.

– Var i helvete håller du hus? Vi har försökt nå dig hela dagen. Varför har du inte telefonen påslagen?

– Det måste ha varit nåt glapp till batteriet. Har det hänt nåt?

– Inte annat än att vi har undrat var du är.

– Jag kommer så fort jag kan. Vid elvatiden borde jag vara i Ystad.

Wallander avslutade samtalet så fort han kunde. När kvinnan som hette Erika dök upp i dörren ryckte han till.

– Jag tror du behövde sova, sa hon.

– En timme hade varit nog. Jag borde ha bett dig att väcka mig.

– Det finns kaffe. Men ingen varm mat. Jag har stängt.

– Du menar inte att du har väntat här på att jag skulle vakna?

– Det finns alltid bokföring som ska skötas.

De gick in i den tomma serveringslokalen. Hon ställde fram kaffe och ett fat med smörgåsar. Sedan satte hon sig på andra sidan bordet.

– Jag har hört på radion, sa hon. Om en flicka som blivit dödad ute i skärgården. Om en polisman från Skåne som upptäckte henne. Jag antar att det är du?

– Ja. Men jag vill helst inte tala om det. Du sa att du hade varit gift med en polis?

– Jag bodde inne i Kalmar då. Efter skilsmässan flyttade jag hit. Jag hade nog med pengar för att köpa det här kaféet.

Hon berättade om de första åren. Kaféet som inte bar sig. Men nu gick det bättre. Wallander lyssnade. Men mest av allt satt han och såg på henne. Helst av allt hade han velat gripa tag i henne. För att hålla sig fast i något verkligt, vardagligt.

Han satt kvar en halvtimme. Sedan betalade han och gick till bilen. Hon följde honom ut.

– Jag vet inte riktigt hur jag ska tacka, sa han.

– Varför ska man alltid tacka? frågade hon. Kör försiktigt.

Wallander kom till Ystad vid elvatiden. Han körde raka vägen upp till polishuset där arbetet pågick för fullt. Han samlade alla omkring sig i det största av mötesrummen. Också Nyberg och Lisa Holgersson var med. Under resan från Västervik hade Wallander på nytt gått igenom allt som hade hänt, från den natt han vaknat med en oro över att något hade hänt Svedberg. Känslan av att ha svikit Isa Edengren hade inte lämnat honom. Men där hade också funnits vreden över det som hade hänt. Flera gånger hade han i sitt ursinne ökat farten utan att han märkt det. Vid ett tillfälle hade han varit uppe i över 150 kilometer i timmen.

Vreden hade inte bara med det meningslösa dödandet att göra. Där fanns också känslan av misslyckande. Fortfarande visste de inte åt vilket håll de skulle vända sig. Och nu Isa Edengren ihjälskjuten ute på Bärnsö. Mitt framför ögonen på honom.

Wallander berättade om händelserna ute på ön. Efter att sedan ha svarat på frågor och lyssnat på en redogörelse för läget i Ystad gjorde han en sammanfattning som var mycket kort. Klockan hade då passerat midnatt.

– I morgon måste vi börja om från början, slutade han. Börja om från början och fortsätta framåt. Förr eller senare kommer vi att gripa den som har begått dom här vansinnesdåden. Vi måste helt enkelt göra det. Men just nu tror jag det bästa är att alla går hem och sover. Har det varit arbetsamt till nu kommer det att bli än värre i fortsättningen.

Wallander tystnade. Martinsson gjorde en ansats att säga någonting. Men han ändrade sig.

När mötet var över lämnade Wallander rummet först av alla. Han stängde sedan dörren till sitt kontor. Ingen kunde undgå att förstå att han ville vara ifred.

Han satte sig i stolen och tänkte på det han inte hade sagt under mötet. Det som de skulle tala om dagen efter.

Isa Edengren var nu död. Betydde det att mördaren också hade nått sin slutpunkt? Eller skulle han slå till igen?

Varken Wallander eller någon annan av dem visste svaret.

DEL 2

20

På torsdagsmorgonen den 15 augusti infann sig Wallander äntligen till det flera gånger inställda besöket hos doktor Göransson. Han hade ingen tid beställd men blev ändå nästan genast insläppt. Trots att han var mycket trött och hade sovit oroligt under natten lät han bilen stå när han kom ut ur huset på morgonen. Han visste att varje ny dag skulle innebära en ny ursäkt för att inte börja röra på sig mer. Den här dagen var lika olämplig som någon annan. Alltså kunde han lika gärna börja nu.

Vädret var fortfarande vackert och det var vindstilla. När han gick genom staden försökte han påminna sig när de senast hade upplevt en sådan augustimånad. Men han kunde inte hålla fast tanken. Den pågående utredningen krävde honom i varje ögonblick. Inte bara när han var vaken. Utan också när han sov.

Han hade drömt om Bärnsö. Åter hade han hört hennes skrik. När han vaknade hade han varit på väg upp ur sängen, genomvåt av svett och med våldsam hjärtklappning. Sedan hade det dröjt länge innan han somnat om.

Han hade först suttit en stund vid köksbordet. Gryningen var ännu avlägsen. Han kunde inte påminna sig ha upplevt samma kraftlöshet tidigare. Och det var inte en trötthet som bara kom från de vita öar av socker han föreställde sig driva omkring i hans blodbanor. Den kom lika mycket ur känslan av att ha blivit ifrånsprungen av tiden. Kanske hade han blivit för gammal? Trots att han ännu inte var 50?

Men han undrade också om det var så att han hade börjat uppleva en rädsla inför allt detta ansvar. Som om han, utan att egentligen vara medveten om det, hade passerat zenit och nu var på väg neråt, mot en punkt där till slut bara ängslan återstod. Han visste inte. Men det var mycket nära att han fattat ett beslut. Att ge upp. Att be Lisa Holgersson tillsätta en annan spaningsledare.

Frågan var bara vem. Martinsson eller Hansson låg närmast till. Men Wallander insåg att ingen av dem egentligen skulle klara det.

Och då återstod inget annat än att hämta någon utifrån. Vilket inte skulle gå bra. Det skulle vara som att döma ut den interna kapaciteten. Under sådana omständigheter skulle arbetet aldrig fungera väl.

Wallander kom inte till någon slutsats. När han bestämde sig för att gå till doktorn kanske det innerst inne var för att få denne att yttra de förlösande orden. Förklara honom i så dålig form att han genast borde sjukskrivas.

Men doktor Göransson hade inga sådana avsikter. Efter att på nytt ha konstaterat att Wallanders sockervärde låg för högt, att han dessutom hade utläckt socker i urinen och att blodtrycket gav anledning till bekymmer, ordinerade han medicin och ställde krav på en radikal omläggning av de katastrofala matvanorna.

– Vi måste attackera dina symptom på många olika fronter samtidigt, sa han. Allt hänger ihop och måste också lösas som en helhet. Men ingenting är möjligt utan att du själv kommer med det avgörande bidraget.

Han gav telefonnumret till en dietist. Med ett recept i handen lämnade Wallander mottagningen. Klockan var strax efter åtta. Han tänkte att han genast borde bege sig upp till polishuset. Men han kände sig inte riktigt redo än. Han gick till konditoriet vid Stortorget och drack kaffe. Den här gången avstod han dock från wienerbrödet.

Vad gör jag nu? tänkte han. Jag har ansvar för att det mest brutala massmordet i Sverige på flera år får sin lösning. Jag har kritiska och krävande blickar från varenda polisman riktade mot mig, eftersom en av de döda var polis. Jag har tidningar och massmedia på mig. Jag kommer dessutom med största sannolikhet att få kritik från de döda ungdomarnas föräldrar. Alla kommer att förvänta sig att jag inom några få dagar, helst timmar, ska ha gripit en gärningsman och kunna lägga fram en bevisföring som den mest förhärdade åklagare skulle ge sitt beröm. Problemet är att verkligheten ser helt annorlunda ut. Jag har ingenting. Idag på morgonen ska jag samla mina kollegor runt mig och vi ska börja om från början igen. Även om början aldrig låter sig upprepas. Men känslan är gemensam för oss alla. Vi befinner oss inte ens i närheten av något som kunde likna ett genombrott. Vi befinner oss i ett tomrum.

Han drack upp sitt kaffe. Vid ett bord intill satt en man och läste morgontidningen. Rubrikerna var stora och svarta. Wallander lämnade hastigt konditoriet. Eftersom klockan fortfarande inte var särskilt mycket bestämde han sig för att hinna med något mer innan han begav sig till polishuset. Han gick till Vädergränd och ringde på bankdirektör Sundelius dörr. Det fanns en risk att Sundelius inte accepterade besök som inte var planerade på förhand. Å andra sidan visste Wallander att det inte var någon fara för att Sundelius ännu inte skulle vara uppstigen.

Dörren öppnades. Trots att klockan ännu bara var halv nio hade Sundelius klätt sig i kostym. Hans slipsknut var ett under av perfektion. Han slog utan omsvep upp dörren, bad Wallander komma in och gick ut i köket efter en kaffebricka.

– Jag har alltid vatten varmt, sa han. Om det skulle komma oväntat besök. Senast det hände var för drygt ett år sen. Men man kan aldrig veta.

Wallander satte sig i en soffa och drog koppen närmare sig. Sundelius hade satt sig mitt emot honom.

– Vi blev avbrutna senast, sa Wallander.

– Orsaken har framgått med all önskvärd tydlighet, svarade Sundelius. Vad är det för människor vi släpper in i det här landet egentligen?

Kommentaren förbryllade Wallander.

– Det finns ingenting som talar för att dom här ogärningarna skulle ha utförts av invandrare, sa han. Varför tror ni det?

– Det är väl ändå ganska givet, sa Sundelius. Ingen svensk kan väl ställa till sånt här?

Wallander insåg att det bästa han kunde göra var att styra samtalet åt ett annat håll i. Sundelius var knappast en man som utan vidare lät sig rubbas i vare sig sina åsikter eller fördomar. Men ändå kunde han inte låta bli att säga emot.

– Ingenting pekar mot nån gärningsman med utländskt påbrå. Det är fullständigt klart. Låt oss istället tala om Karl Evert. Ni kände honom alltså ganska väl?

– För mig var han kort och gott Kalle.

– Hur länge hade ni känt varandra?

– Vilken dag dog han?

Återigen blev Wallander förvånad.

– Det vet vi inte än. Hur så?

– I så fall kunde jag ha gett er ett exakt svar. Låt mig då tills vidare svara att vi hade känt varandra i nitton år, sju månader och cirka femton dagar när han så tragiskt avled. Jag har fört noggranna anteckningar genom hela mitt liv. Det enda jag inte kommer att kunna föra in är det klockslag vid vilket jag själv avlider. Om jag inte bestämmer mig för att ta livet av mig. Vilket för närvarande inte är aktuellt. Men den advokat som är förordnad att göra bouppteckningen efter min död kommer att se till att mina almanackor bränns. Dom har ett värde för mig. Inte för nån annan.

Wallander anade att Sundelius var en av dessa många åldringar som hade alldeles för få möjligheter att tala med andra människor. En som inte varit sådan hade varit hans egen far.

– Om jag har förstått saken rätt förenades ni i ett intresse för stjärnhimlen?

– Det är riktigt.

– Ni talar inte skånska. Ni är alltså inflyttad hit?

– Jag kom från Vadstena den 12 maj 1959. Flyttlasset kom den 14. Jag trodde jag skulle stanna några år. Men det blev alltså betydligt längre.

Wallander kastade en blick på de hyllor och byråer som fanns i hans blickfång. Ingenstans såg han några familjefotografier.

Sundelius hade heller ingen ring.

– Är ni gift?

– Nej.

– Ni är alltså frånskild?

– Jag är ungkarl.

– Liksom Svedberg.

– Ja.

Wallander tänkte att han lika gärna kunde gå rakt på sak. Han hade fortfarande en kopia i jackfickan av fotografiet på den kvinna som kanske hette Louise. Han la det på bordet framför Sundelius.

– Har ni sett den här kvinnan tidigare?

Sundelius satte på sig ett par glasögon efter att först ha putsat dem med en näsduk. Han studerade fotografiet noga.

– Är inte det här samma bild som fanns i tidningarna häromdagen?

– Det stämmer.

– Där polisen bad att man skulle höra av sig om man visste vem det var?

Wallander nickade. Sundelius la ner fotografiet på bordet.

– Alltså borde jag redan ha hört av mig till polisen, sa han. Om jag hade känt igen henne.

– Men det gör ni inte?

– Nej. Och jag har gott minne för ansikten. Det måste man ha som bankman.

Wallander kunde inte motstå frestelsen att avvika något från det inslagna spåret. Han hade blivit nyfiken. Varför måste bankdirektörer ha gott minne för ansikten?

Han frågade och fick återigen ett mångordigt svar.

– Det fanns en tid i min ungdom när det var den enda kreditupplysning man kunde ta, sa Sundelius. Innan samhället förvandlades till ett enda stort och allomfattande medborgarregister. Före och efter Kristi födelse brukar man tala om. Men sanningen är väl närmast att man bör indela tiden i epoker före och efter tillkomsten av personnummer. Var människan som stod framför mig och ville låna pengar ärlig? Menade han vad han sa? Var han oförvitlig? Eller stod han där och ljög? Jag minns en gammal kamrer uppe i Vadstena som aldrig nånsin tog en kreditupplysning på en enda lånekund. Även efter det att det blivit lättare att få tag på uppgifter och betydligt strängare utlåningsregler. Hur mycket pengar det än gällde koncentrerade han sig på ansiktet. Han tillstyrkte och avslog beroende på det intryck han fick. Och han tog inte miste en enda gång i hela sitt bankmannaliv. Han avslog skurkarna. Och tillstyrkte de hederliga och strävsamma. Utan att tveka. Vilka som hade otur kunde varken han eller nån annan förutse.

Wallander nickade och gick vidare.

– Den här kvinnan var på nåt sätt knuten till Kalle, sa han. Enligt tillförlitliga uppgifter vi fått fram umgicks dom i ungefär tio år. Att säga att dom umgicks är kanske inte helt riktigt. Dom hade ett förhållande. Kalle var och förblev ungkarl. Men han hade tydligen ett kärleksförhållande med den här kvinnan under mycket lång tid.

Sundelius hade blivit sittande med sin kaffekopp halvvägs till munnen. När Wallander tystnat ställde han långsamt ner den på fatet.

– Det där var ingen tillförlitlig uppgift, sa han. Det var alldeles fel.

– På vilket sätt?

– På alla sätt. Kalle hade ingen fästmö.

– Vi vet att det skedde i stor hemlighet.

– Det skedde inte alls.

Wallander märkte att Sundelius var övertygad. Men han anade också en annan känsla i hans röst. Till en början kunde han inte avgöra vad det var. Sedan insåg han att det fanns ett stråk av upprördhet hos Sundelius. Han behärskade sig. Men något av det läckte ändå ut.

– Låt mig klargöra en viktig omständighet, sa Wallander. Ingen av hans kollegor, vare sig jag eller nån annan, kände till den här kvinnan som uppenbarligen fanns i hans liv. En enda människa gjorde det. Överraskningen är alltså stor på många håll.

– Vem kände till henne?

– Det vill jag tills vidare inte säga.

Sundelius såg på Wallander. Det fanns något både sammanbitet och frånvarande i hans blick. Wallander var säker. Upprördheten fanns där. Han hade inte inbillat sig.

– Låt oss lämna den här okända kvinnan för ett ögonblick, sa Wallander. Hur träffades ni?

Sundelius var förändrad nu. Svaren kom motvilligt, i stötar. Wallander förstod att han hade trampat in på ett område där Sundelius inte hade förväntat sig att hamna.

– Vi träffades hos gemensamma vänner i Malmö.

– Det är alltså er första anteckning i almanackan?

– Jag kan inte inse att vad som står eller inte står i mina almanackor har nåt intresse för polisen?

Helt avvisande, tänkte Wallander. Ett fotografi på en okänd kvinna förändrar allting. Han gick försiktigt vidare.

– Men efter det började ni alltså umgås?

Sundelius tycktes ha insett att hans aggressivitet för ett ögonblick varit märkbar. Återigen svarade han vänligt och lugnt. Men känslan av att en del av hans uppmärksamhet fanns någon annanstans lämnade inte Wallander.

– Vi såg på stjärnor tillsammans. Inget annat.

– Var gjorde ni det?

– Ute på landet. Där det var mörkt. Särskilt om höstarna. I Fyledalen bland annat.

Wallander tänkte efter.

– När jag tog kontakt med er blev ni förvånad, sa han. För att det inte hade skett tidigare. Ni sa att ni tyckte det var egendomligt. Eftersom Kalle inte hade många nära vänner. Och ni var en av dom få?

– Jag minns vad jag sa.

– Men ni beskriver det här umgänget som att ni då och då såg på stjärnhimlen tillsammans? Ingenting annat?

– Varken han eller jag var särskilt påträngande av oss.

– Jag har bara svårt att förstå att man kan kalla det för en nära vänskap. Och att du förutsätter att vi som var hans kollegor kände till det.

– Ändå var det vad det var.

Nej, tänkte Wallander. Det var det inte. Men vad det var vet jag inte.

– När träffades ni sista gången?

– I mitten av juli. Den 16 för att vara exakt.

– Då såg ni på stjärnhimlen tillsammans?

– Vi åkte ut till Österlen. Det var en klar natt. Även om sommarhimlen inte är den bästa tiden på året.

– Hurdan var han då?

Sundelius ställde sig oförstående.

– Jag förstår inte frågan?

– Var han som vanligt? Sa han nåt som var oväntat?

– Han var precis som vanligt. Dessutom brukar man se på stjärnorna under tystnad. Åtminstone gjorde vi det.

– Och efter det?

– Sågs vi inte mer.

– Hade ni bestämt att träffas?

– Han sa att han skulle resa bort några dagar. Han sa dessutom att han hade mycket att göra. Vi skulle ta kontakt med varandra i början av augusti. När han hade gått på semester.

Wallander höll andan. Tre dagar senare reser Svedberg till Bärnsö. Det Sundelius sagt kan tyda på att Svedberg redan har bestämt sig för att resa. Dessutom ger han besked om att han har mycket att göra. Han säger att han ska gå på semester i början av augusti. När han i själva verket befinner sig mitt i sin ledighet.

Svedberg ljuger, tänkte Wallander. För Sundelius som är en vän håller han sin semester hemlig. Till oss andra nämner han ingenting om att han bedriver efterforskningar. För första gången fick Wallander en känsla av att han befann sig i närheten av något som kunde leda honom rätt. Fortfarande såg han dock inte vad det var.

Svedberg hade ljugit för Sundelius som nu i sin tur ljög för Wallander. Någonstans måste det också finnas en sanning i allt det här, tänkte Wallander. Frågan är bara hur jag får tag i den.

Wallander tackade för kaffet. Sundelius följde honom ut till ytterdörren.

– Vi kommer säkert att träffas igen, sa Wallander till avsked. Sundelius hade nu återfått kontrollen över sig själv.

– Jag vore tacksam om jag fick besked om tidpunkten för begravningen.

Wallander lovade att se till att han blev underrättad. Från Vädergränd gick han och satte sig på en bänk utanför Bäckahästens kafé. Han såg på änderna som simmade i dammen. I huvudet gick han igenom samtalet med Sundelius ännu en gång. Där fanns två kritiska ögonblick. Dels när Wallander visade fotografiet, dels när han insåg att Sundelius ljög. Han stannade upp vid fotografiet. Det var inte själva fotografiet på den okända kvinnan som gjort Sundelius upprörd utan att Wallander talat om en tioårig kärleksaffär.

Kanske det är så enkelt, tänkte han. Att det inte bara är *en* långvarig kärleksaffär utan *två*? Kunde sanningen vara att Sundelius och Svedberg hade haft något tillsammans? Att misstanken om att Svedberg var homosexuell ändå hade någonting för sig? Wallander tog upp en näve grus från backen och lät den sila mellan fingrarna. Ändå var han tveksam. Fotografiet var av en kvinna. Sture Björklund hade varit mycket säker på sin sak. Louise hade funnits med i Svedbergs liv i många år. I det sammanhanget fanns naturligtvis ytterligare en fråga som var viktig. Hur kom det sig att Sture Björklund visste om den här kvinnans existens när ingen annan gjorde det?

Wallander borstade av sig om händerna och reste sig. Han påminde sig receptet han hade i fickan och gick till apoteket. Efter kort väntan fick han det Göransson skrivit ut. Han fortsatte upp mot polishuset. När han tagit fram receptet inne på apoteket hade han upptäckt att telefonen varit frånslagen. Han ökade takten. Trots allt hade samtalet med Sundelius fört honom vidare. Inte mot någon klarhet, men väl mot något som låg djupare.

När Wallander steg in genom dörrarna till polishuset sa Ebba att alla frågade efter honom. Han bad henne ge besked om att de kunde ha ett möte om en halvtimme. På vägen till sitt kontor stötte han ihop med Hansson.

– Jag var just och letade efter dig. Det har kommit en del resultat från Lund.

– Kan läkarna ge oss några tidpunkter?

– Det verkar så.

– Då tar vi det på en gång.

Wallander följde med till Hanssons rum. När de passerade det kontor som varit Svedbergs upptäckte han till sin förvåning att namnskylten var borta. Förvåningen övergick genast i en känsla av bestörtning. Och sedan ilska.

– Vem har tagit bort Svedbergs namnskylt?

– Jag vet inte.

– Det kunde väl för fan ha väntat tills han är begravd.

– Begravningen är bestämd till tisdag, sa Hansson. Lisa sa att justitieministern har anmält sin ankomst.

Wallander visste att det var en kvinna som ofta framträdde i televisionen och kunde verka både bestämd och självsäker. Men just för ögonblicket hade han glömt hennes namn. Hansson sopade hastigt undan några spelbongar från sitt skrivbord och tog fram papperen från Rättsmedicinen i Lund. Wallander lutade sig mot väggen och väntade medan Hansson bläddrade.

– Här har vi det, sa han till slut.

– Vi börjar med Svedberg.

– Han har träffats av två skott rakt framifrån. Döden måste ha varit ögonblicklig.

– När hände det? sa Wallander otåligt. Hoppa över allting annat om det inte är viktigt. Jag vill ha en tidpunkt.

– När du och Martinsson hittade honom hade han varit död i högst tjugofyra timmar. Och inte mindre än tio.

– Är dom säkra på det här? Eller kommer dom att ändra sig?

– Dom förefaller rätt säkra. Lika säkra som på att Svedberg var nykter när han dog.

– Är det nån som har ifrågasatt det?

– Jag bara säger vad som står här. Hans sista måltid, som han bör ha ätit ett par timmar innan han dog, bestod av filmjölk.

287

– Vilket säger oss att han sannolikt dog på förmiddagen.

Hansson nickade. Alla visste att Svedberg brukade äta filmjölk på morgnarna. När poliserna i perioder tvingades arbeta på nätterna ställde Svedberg alltid in filmjölk i matrummets kylskåp.

– Då vet vi det, sa Wallander.

– Det finns mycket annat här, fortsatte Hansson. Ska jag ta detaljerna?

– Dom kan jag läsa själv, sa Wallander. Vad säger dom om dom tre ungdomarna?

– Att det är svårt att fastställa tidpunkten när dom dog.

– Det visste vi redan. Men vad kommer dom till för slutsats?

– En som i avvaktan på noggrannare undersökningar måste bli provisorisk. Men dom utesluter inte att ungdomarna kan ha blivit dödade så tidigt som den 21 juni. Alltså på midsommaraftonen. Under en förutsättning, dock.

– Att dom inte har legat ute i det fria ända sen dess?

– Just det. Men dom är som sagt inte säkra.

– Det är däremot jag. Nu har vi äntligen en möjlighet att rita en tidskarta. Vi börjar med det här när vi samlas.

– Jag hittar inte bilarna, klagade Hansson. Den som slog till ute i reservatet måste ha tagit hand om dom.

– Dom kanske är nergrävda dom också, sa Wallander. Hur som helst så måste vi hitta bilarna. Så fort det nånsin går.

Han gick till sitt kontor och läste texten på medicinförpackningen. »Amaryl« för blodsockret. Det stod att tabletterna skulle tas i samband med måltider. Wallander undrade när han nästa gång skulle hinna äta. Han reste sig med en suck och gick ut i matrummet. Där låg några skorpor på ett fat. Han tuggade i sig dem och svalde sedan sina tabletter. På vägen ut höll han på att kollidera med Nyberg.

– Jag hörde att det har kommit resultat från Lund, sa han.

Wallander redogjorde helt kort för vad Hansson hade berättat.

– Det betyder alltså att vi hade rätt, sa Nyberg. Vi har att göra med en gärningsman som överfaller tre ungdomar, sen släpar undan dom för att begrava dom och sen gräver upp dom igen.

– Vi har att göra med nån som haft tid, möjlighet och behov att planera, sa Wallander. Att vi nu vet det med bestämdhet är ett stort steg framåt.

Nyberg lovade att vara med på mötet. Wallander gick till sitt rum.

Hans bord var övertäckt med telefonbesked. Efter mötet skulle han ägna sig åt dem. Han ställde sig vid fönstret. Återigen försökte han se ett ansikte framför sig. Någonstans fanns en man som dödade människor. Välplanerat och kallblodigt. Ingen utom han själv visste varför.

Wallander samlade ihop sina papper och gick in i mötesrummet. Just när Martinsson skulle stänga dörren dök Lisa Holgersson upp tillsammans med åklagare Thurnberg. Wallander insåg att han inte hade gett honom någon ordentlig översikt av spaningsläget. Thurnberg såg också missnöjd ut när han satte sig vid bordet, så långt från Wallander han kunde. Lisa Holgersson grep ordet och informerade om att Svedbergs begravning skulle äga rum tisdagen den 20 augusti klockan två. Hon såg på Wallander.

– Jag ska hålla ett tal, sa hon. Liksom justitieministern och rikspolischefen. Men frågan är om inte också nån av er borde tala. Jag tänker då på Kurt. Som har varit med här längst.

Wallander slog ifrån sig.

– Jag kan inte hålla tal, sa han. Om jag ska stå i kyrkan bredvid Svedbergs kista kommer jag inte att få fram ett ord.

– Du höll ett bra tal när Björk slutade, sa Martinsson. Naturligtvis ska nån av oss tala. Och det bör vara du.

Wallander visste att det inte skulle gå. Hans obehag inför begravningar var mycket stort.

– Det är inte fråga om att jag inte vill, sa han vädjande. Jag kan till och med ta på mig att skriva ett tal. Men jag klarar inte att stå där och hålla det själv.

– Jag kan göra det, sa Ann-Britt Höglund. Om du skriver det. Jag tycker inte man ska tvinga nån att tala på en begravning. Man kan bli så rörd att det bara inte går. Jag kan hålla talet. Om ingen har nåt emot det.

Wallander var övertygad om att varken Hansson eller Martinsson egentligen höll med om att det var en bra lösning. Men ingen av dem sa något. Därmed var det bestämt.

Wallander grep snabbt fatt i själva mötet för att komma undan tankarna på den väntande begravningen. Thurnberg satt orörlig, med uttryckslöst ansikte vid sin bordsända. Hans närvaro gjorde Wallander nervös. Det fanns något föraktfullt, eller kanske fientligt hos honom.

De började med att göra en generell avstämning. Sitt eget möte med Sundelius gjorde Wallander mer kortfattat än det egentligen hade varit. Han berörde inte med ett ord den förvandling som den pensionerade bankdirektören hade genomgått när han fått veta att Svedberg hade haft ett tioårigt kärleksförhållande med en okänd kvinna.

Det flöt in en stadig ström av tips till polisen. Men ingen tyckte sig på allvar ha känt igen kvinnan på fotografiet. Alla i spaningsgruppen tyckte det var anmärkningsvärt. Någon borde ha gjort det. De bestämde att nu också publicera bilden i Danmark och skicka ut den över Interpol. I övrigt fanns inga nya resultat att rapportera och efter två timmar hade de nått fram till de rättsmedicinska protokollen. Wallander föreslog en kort paus och vädring. Thurnberg reste sig och lämnade hastigt rummet. Hittills hade han inte sagt ett enda ord. Lisa Holgersson dröjde sig kvar när de andra hade lämnat rummet.

– Han verkar inte glad, sa Wallander, med syftning på Thurnberg.

– Det är han nog inte heller, svarade hon. Jag tror du bör tala med honom. Han tycker det går för långsamt.

– Det går så fort det kan.

– Frågan är om vi inte behöver hjälp utifrån.

– Vi ska naturligtvis ta upp frågan. Men jag kan redan nu tala om att jag inte kommer att motsätta mig ett sånt förslag.

Hans svar gjorde henne lättad. Wallander gick och hämtade kaffe. Sedan satte de sig igen. Thurnberg på samma plats, lika uttryckslös.

De gick igenom de rättsmedicinska protokollen. På en tavla skrev Wallander sedan upp de olika tidsbilder som nu fanns.

– Svedberg har alltså blivit dödad tidigast ett dygn innan vi fann honom. Allt tyder också på att mordet har inträffat på morgonen. Eller åtminstone förmiddagen. När det gäller dom tre ungdomarna så visar det sig att våra provisoriska slutsatser har hållit över förväntan. Dom ger oss inget motiv och heller ingen indikation om vem gärningsmannen är. Men dom berättar ändå nåt avgörande för oss.

Han satte sig vid bordet igen innan han fortsatte.

– Dom här ungdomarna har ordnat sin fest i hemlighet. Dom har valt en plats där dom räknar med att få vara ifred. Men nån känner till deras plan. Nån håller sig ytterst väl informerad och har tid att förbereda sig. Vi har fortfarande inget motiv för morden i reservatet. Men gärningsmannen ger sig inte heller förrän han har lyckats spåra upp och döda den person som också skulle ha varit med. Isa Edengren. Han vet att hon har begett sig till Bärnsö. Han hittar där ute bland öarna. Det här ger oss några avgörande utgångspunkter, det måste vara nån som har känt till deras festplaner. Vi söker nån med goda informationer.

Ingen sa någonting på en lång stund.

– Frågan är var vi kan hitta nån som har tillgång till all denna information, fortsatte Wallander. Det är i den änden vi måste börja. Förr eller senare kommer vi då också att hitta den beröringspunkt som för in Svedberg i bilden.

– Han finns där redan, sa Hansson. Eftersom han påbörjar den här utredningen redan några dagar efter midsommar.

– Jag tror det är mer än så, sa Wallander. Jag tror att Svedberg hade en misstanke åt nåt bestämt håll. Den fråga vi kan ställa oss men som vi aldrig kan få svar på är om det inte var så att Svedberg redan visste vem som hade dödat dom här ungdomarna. Eller vem som skulle komma att göra det.

– Varför dröjde han så länge med att döda Isa Edengren? frågade Martinsson. Han har haft mer än en månad på sig.

– Vi vet inte, svarade Wallander. Hon har dessutom knappast varit oåtkomlig.

– Det är en sak till, fortsatte Martinsson. Varför gräver han egentligen upp kropparna? Gör han det för att han *vill* bli upptäckt? Eller vad?

– Nån annan förklaring kan knappast finnas, sa Wallander. Men det i sin tur leder till nya frågor om vad som egentligen driver den här gärningsmannen. Och på vilket sätt han och Svedberg hade nåt med varandra att göra.

Wallander såg sig runt i rummet.

Svedberg visste vad som hade hänt när ungdomarna inte kom tillbaka, tänkte han. Svedberg visste dessutom vem mördaren var. Eller så var hans misstankar mycket starka.

Det var också därför han själv blev dödad.

Någon annan förklaring kan helt enkelt inte finnas.

Vilket leder oss till den viktigaste frågan av alla.

Varför ville han inte tala om för oss vem det var han misstänkte?

21

Strax efter klockan två på eftermiddagen ställde Wallander en fråga till Martinsson. Den handlade om ett förtydligande av ett tips som kommit in från allmänheten. Just i detta fall hade allmänheten utgjorts av en man som hade en kiosk i Sölvesborg och som på midsommaraftonens eftermiddag stannat till vid Hagestads naturreservat. Han hade varit på väg mot en fest i Falsterbo och insett att han skulle komma fram alldeles för tidigt om han inte tog en paus. Han trodde sig kunna minnas att det vid infarten till reservatet hade stått två bilar parkerade. Men vad mannen i detalj hade lagt märke till fick Wallander aldrig veta.

När han hade ställt sin fråga till Martinsson svimmade han.

Det hela hade naturligtvis kommit helt oväntat. I ena ögonblicket hade han viftat med en penna i riktning mot Martinsson. I nästa hade han fallit bakåt i stolen med hakan mot bröstet. Ett kort ögonblick hade ingen förstått vad som hade hänt. Sedan hade Lisa Holgersson reagerat, Ann-Britt Höglund nästan samtidigt, och därefter de andra. Hansson bekände senare att han trott att Wallander fått ett slaganfall och avlidit. Vad de andra hade trott, eller snarare fruktat, berättade de aldrig. De hade dragit ut stolen och fått ner Wallander på golvet, lossat på skjortkragen och tagit pulsen på honom. Någon hade då redan stått med en telefonlur i handen och larmat ambulans. Men innan den kom fram hade Wallander hunnit vakna till liv. Han hade fått hjälp att resa sig upp och han hade redan då anat att hans blodsocker plötsligt hade fallit till en så låg nivå att han svimmat. Han fick vatten att dricka och tog några sockerbitar från ett fat på bordet. Sedan mådde han som vanligt igen. Alla runt bordet hade betraktat honom med oro. Han borde åka ner till sjukhuset och träffa en läkare eller åtminstone åka hem och lägga sig. Men Wallander ville varken åka till sjukhuset eller hem. Han ursäktade sin svaghet med dålig nattsömn och grep sedan tag i mötet med en energi som tvingade de andra till underkastelse.

Den ende som inte hade reagerat med oro eller fruktan var Thurnberg. Han hade knappast reagerat alls. Han hade rest sig ur stolen när Wallander blev lagd på golvet. Men han hade aldrig lämnat sin plats. Ingen kunde heller påminna sig att hans ansikte hade förändrats från den grundläggande uttryckslösheten.

När de gjorde en paus gick Wallander in på sitt kontor och ringde till Göransson. Han berättade om sitt svimningsanfall. Göransson tycktes inte bli nämnvärt överraskad.

– Ditt blodsocker kommer att gunga, sa han. Tills vi har fått ner det på en stabil nivå. Men om du svimmar igen får vi kanske dra in medicinen. Se till att du har ett äpple i närheten nästa gång du börjar bli yr.

Efter den dagen hade Wallander alltid ett antal sockerbitar i en ficka. Han kände sig som en man som ständigt gick och väntade på att träffa en häst. Men han berättade fortfarande inte för någon om sin diabetes. Den förblev hans hemlighet.

Mötet drog ut ända till klockan fem på eftermiddagen. Men då hade de också gjort den dittills mest grundliga genomgången av spaningsläget. Wallander hade en bestämd känsla av att ny energi hade pumpats in i spaningsgruppen. De hade också beslutat att begära hjälp från Malmö. Men Wallander visste att centrum för spaningsarbetet skulle förbli inom den grupp som var samlad runt honom.

Thurnberg satt kvar vid bordet när mötet var upplöst. Wallander insåg att han förväntade sig ett samtal. Wallander tänkte med saknad på Per Åkesson som befann sig någonstans under Afrikas sol. Han satte sig på andra sidan bordet, i den stol som normalt användes av Ann-Britt Höglund.

– Jag har förväntat mig en föredragning ganska länge, sa Thurnberg. Hans röst var ljus och tycktes ständigt på väg att spricka.

– Det borde naturligtvis ha skett, sa Wallander vänligt. Men spaningsläget har förändrats dramatiskt dom senaste dygnen.

Thurnberg ignorerade Wallanders kommentar.

– I fortsättningen förutsätter jag att det sker fortlöpande, fortsatte han. Utan att jag behöver be om det. Riksåklagaren visar automatiskt intresse när en polisman blir dödad i tjänsten.

Wallander fann ingen orsak att svara. Han väntade på fortsättningen.

– Spaningen hittills kan knappast beskrivas som vare sig effektiv eller så omfattande som man kan begära, sa Thurnberg och pekade samtidigt på en lång lista av punkter han noterat på ett block. Wallander kände sig som om han hade återvänt till sin skoltid och fick underbetyg.

– Om kritiken är befogad ska vi naturligtvis rätta oss efter den, sa han.

Han ansträngde sig för att vara vänlig och oberörd. Men han visste att han snart inte skulle kunna dölja sin ilska längre. Vad inbillade sig egentligen den här vikarierande åklagaren från Örebro? Hur gammal kunde han vara? 33 år? Knappast mer.

– Jag ska se till att en lista över mina invändningar mot spaningsarbetet föreligger i morgon, sa Thurnberg. Jag förväntar mig sen att du gör en skriftlig kommentar.

Wallander såg undrande på honom.

– Menar du att vi ska sitta och brevväxla med varandra? Medan en gärningsman som begått fem brutala mord springer omkring i full frihet?

– Jag menar bara att spaningen hittills inte har skett på ett sätt som man kan förvänta sig.

Wallander slog näven i bordet och reste sig upp så häftigt att stolen han suttit på föll omkull.

– Det finns inga perfekta spaningsupplägg, röt han. Men ingen ska komma här och påstå att jag och mina kollegor inte har gjort allt vad vi har kunnat.

Thurnbergs uttryckslösa ansikte ändrades. Han blev alldeles vit.

– Kom med din lapp, sa Wallander. Har du rätt i det du skriver ska vi rätta oss efter det. Men nåt brev från mig ska du inte vänta dig.

Wallander lämnade rummet och smällde igen dörren efter sig. Ann-Britt Höglund var just på väg in på sitt kontor och vände sig om av smällen.

– Vad är det? frågade hon.

– Den där jävla åklagaren, sa Wallander. Han gnäller.

– Varför det?

– Vi är inte effektiva. Vi arbetar inte brett nog. Hur skulle vi ha kunnat arbeta på nåt annat sätt än det vi gör?

– Han vill väl bara visa vem som bestämmer.

– I så fall har han vänt sig till fel person.

Wallander gick in på hennes kontor och satte sig tungt i besöksstolen.

– Vad var det som hände? frågade hon. Där inne? När du svimmade?

– Jag sover dåligt, svarade Wallander undvikande. Men jag mår bra.

Han fick samma känsla som han hade haft under sommaren, på Gotland tillsammans med Linda. Att hon inte alls trodde honom.

Martinsson dök upp i dörren.

– Stör jag? frågade han.

– Det var bra att du kom, sa Wallander. Vi borde pratas vid. Var är Hansson?

– Han håller på med bilarna. Nånstans måste dom ju finnas.

– Han borde ha varit med, sa Wallander. Men ni får se till att han blir informerad.

Han nickade åt Martinsson att stänga dörren. Sedan berättade han om sin upplevelse av samtalet med Sundelius. Känslan av att det kanske ändå hade varit så att Svedberg varit homosexuell.

– Det är naturligtvis inte alls viktigt i sig självt, betonade han. Poliser kan ha vilken sexuell läggning dom vill. Att jag håller det här så internt som möjligt är bara för att det inte ska börja gå konstiga rykten. Eftersom Svedberg aldrig själv omtalade sin sexuella läggning, vilken den nu än var, ska det inte heller basuneras ut när han är död.

– Det komplicerar förstås det hela med kvinnan, sa Martinsson.

– Han kan ha varit en man med delade intressen. Frågan är bara vad Sundelius eventuellt vet. Jag fick en bestämd känsla av att han inte sa allt till mig. Det innebär att vi måste borra vidare. Djupare. I Sundelius liv. Och Svedbergs. Finns det andra hemligheter? Vi måste göra samma sak med ungdomarna. Nånstans finns den där beröringspunkten. En person som fortfarande bara är en skugga. Men han finns där.

– Jag har ett vagt minne av att Svedberg blev JO-anmäld för en del år sen, sa Martinsson. Men vad det egentligen handlade om har jag glömt.

– Det måste undersökas, sa Wallander. Det som allt annat. Jag tänkte att vi skulle dela upp det. Svedberg hamnar hos mig. Liksom Sundelius. Dessutom måste jag tala med Björklund igen. Trots allt är han den ende som kände till den här kvinnan.

– Det är orimligt att ingen har sett henne, sa Ann-Britt Höglund.

– Det är inte bara orimligt, sa Wallander. Det är en omöjlighet. Alltså måste vi fråga oss vad det beror på.

– Har vi inte släppt den där sociologiprofessorn för lätt? sa Martinsson. Trots allt var det hemma hos honom vi hittade Svedbergs teleskop.

– Så länge ingen är utpekad är alla indicier lika mycket värda, sa Wallander. Det är en gammal sliten sanning som har visst fog för sig.

Han reste sig.

– Se till att tala med Hansson om det här, sa han och lämnade rummet.

Klockan var över halv sex. Han hade inte ätit annat än några skorpor sedan tidigt på morgonen. Tanken på att gå hem och laga mat avskräckte honom. Istället for han ner till Kinarestaurangen som låg vid Stortorget. Medan han väntade på maten drack han en starköl. Till maten ännu en. Han åt som vanligt alldeles för fort. Han skulle just beställa in en efterrätt när han ändrade sig. Sedan for han hem. Kvällen var varm. Han ställde upp balkongdörren. Tre gånger försökte han ringa till Linda. Där tycktes det ständigt vara upptaget. Han var för trött för att tänka. Teven stod på med ljudet nerskruvat. Han la sig på soffan och stirrade i taket. Telefonen ringde strax före nio. Det var Lisa Holgersson.

– Jag tror vi har fått ett problem, sa hon. Efter ditt gräl med Thurnberg kom han in till mig.

Wallander grimaserade. Han anade vad som skulle följa.

– Thurnberg var förmodligen upprörd eftersom jag skällt ut honom. Slagit näven i bordet och burit mig åt.

– Det är värre än så, sa hon. Han ifrågasätter din förmåga att leda spaningsarbetet.

Det kom som en överraskning. Så långt hade Wallander inte trott att Thurnberg skulle gå.

Han tänkte att han borde bli arg. Istället blev han rädd. Att han ofta själv, kanske till och med allt oftare, hade tänkt tanken att han inte var i stånd att leda en spaningsutredning var en sak. Men att hans inre reservationer plötsligt skulle förvandlas till ett yttre hot om att han kunde bli fråntagen sin ledande position hade aldrig föresvävat honom.

– Vad hade Thurnberg för sakliga skäl?

– Framförallt är det formella orsaker. Inte minst anser han det både flagrant och allvarligt att han inte hållits mer aktivt och regelbundet informerad om utredningens utveckling.

Wallander protesterade. Vad hade de egentligen kunnat göra?

– Jag bara informerar dig om vad han sa. Dessutom anser han det allvarligt att du inte tog kontakt med polisen i Norrköping innan du for upp till Östergötland. Han ifrågasätter för övrigt hela resan.

– Men jag hittade ju Isa?

– Det anser han att polisen i Norrköping också kunde ha gjort. Medan du skulle ha stannat kvar här nere och hållit i utredningen. Jag anar att han indirekt antyder att hon kanske hade överlevt då.

– Det här är absurt, sa Wallander. Det hoppas jag du talade om för honom?

– Det är en sak till, fortsatte hon. Ditt hälsotillstånd.

– Jag är inte sjuk.

– Vi kommer inte ifrån att du svimmade mitt framför ögonen på honom. Och på mig. Mitt i ett möte.

– Det kan hända vem som helst som är tillfälligt överansträngd.

– Jag bara redovisar det han sa.

– Men vad svarade du honom?

– Att jag naturligtvis skulle tala med dig. Och tänka över saken.

Plötsligt fick Wallander en känsla av att han inte kunde vara säker på vad som var hennes egen uppfattning. Kunde han verkligen ta för givet att hon stod på hans sida?

Misstänksamheten var ögonblicklig och stark.

– Nu har du talat med mig, sa han. Återstår alltså bara att höra vad du tänker.

– Vad anser du själv?

– Att Thurnberg är en liten stöddig och obehaglig åklagare som inte tycker om vare sig mig eller nån av dom andra. Vilket för övrigt är ömsesidigt. Jag tror att han ser det här som en språngbräda för en egen lysande framtid.

– Det där var knappast särskilt sakligt.

– Men sant. Jag menar naturligtvis att det var alldeles riktigt att jag for upp till Bärnsö. Utredningen här nere pågick som den skulle. Det fanns ingen som helst orsak att berätta om resan för polisen i Norrköping. Nåt brott hade ju inte skett. Ingen hade heller kunnat förutsäga att det skulle ske. Därtill fanns det en mycket påtaglig orsak att inte tala med nån på förhand. Det kunde ha skrämt Isa Eden-gren ytterligare.

– Jag tror Thurnberg är klar över allt det här, sa hon. Jag håller dessutom med dig om att han kan verka arrogant. Vad han nog främst oroar sig för är ditt hälsotillstånd.

– Han oroar sig knappast för nån annan än sig själv. Den dag jag inte klarar av att hålla i spaningsarbetet längre lovar jag att du ska få besked.

– Det svaret får Thurnberg nöja sig med. Men det är nog bra om vi i fortsättningen ser till att han får dom informationer han ska ha.

– Jag kommer att ha mycket svårt att visa honom nåt förtroende i fortsättningen, sa Wallander. Jag kan stå ut med det mesta. Men jag tål inte folk som går bakom min rygg.

– Han har inte gått bakom din rygg. Det är naturligt att han kom-mer till mig när han inte lyckades prata med dig.

– Ingen kan tvinga mig att tycka om honom.

– Det begär han inte heller. Men jag tror att han kommer att rea-gera om spaningsgruppen visar tecken på svaghet.

– Vad fan menar du med det?

Häftigheten kom från ingenstans. Wallander lyckades inte be-härska sig.

– Du behöver inte bli arg på mig. Jag bara berättar för dig vad som har hänt.

– Vi har fem mord att lösa, sa Wallander. En gärningsman som är både kallblodig och välorganiserad. Det finns inga uppenbara mo-tiv. Vi vet inte heller om den här mannen kommer att slå till igen. En av dom döda var en nära kollega. Då tror jag vi måste räkna med att nån blir lite häftig då och då. Den här spaningen är definitivt ingen tebjudning. Med spretande lillfingrar.

Hon skrattade i andra änden.

– Det där var en ny variant av liknelsen med tebjudningar. Annars brukar den mest användas om revolutioner.

– Bara så vi förstår varandra, sa Wallander. Ingenting annat.

– Jag ville bara att du skulle få besked så fort som möjligt.

– Det är jag tacksam för.

När samtalet var över gick Wallander tillbaka till soffan i var-dagsrummet. Misstänksamheten hade inte lämnat honom. I huvu-det hade han redan börjat planera hur han skulle kunna ge igen mot

Thurnberg. Han kände något som kanske var en vilja till självförsvar, men lika mycket självmedlidande. Tanken på att han kanske riskerade att bli fråntagen sitt ansvar skrämde honom. Att vara den som ledde komplicerade brottsutredningar kunde ofta innebära nästan outhärdliga påfrestningar. Men känslan av att bli degraderad, att bli fråntagen denna börda, var värre.

Wallander kände att han behövde tala med någon. Som kunde ge honom det moraliska stöd han just nu saknade. Klockan var kvart över nio. Vem kunde han ringa till? Martinsson eller Ann-Britt Höglund? Helst av allt hade han velat ha kontakt med Rydberg. Men han låg i sin grav och hade ingenting mer att säga. Även om Wallander var säker på att han skulle ha reagerat på samma sätt som han själv inför den vikarierande åklagare som hette Thurnberg.

Då kom han att tänka på Nyberg. Sällan eller aldrig utväxlade de några förtroenden. Men Wallander visste att Nyberg skulle förstå. Han var dessutom tillräckligt kolerisk och frispråkig för att kunna vara till nytta i den här situationen. Viktigast av allt var dock att Wallander visste att Nyberg ansåg honom vara en bra polis. Han tvivlade på att Nyberg egentligen skulle stå ut med att arbeta under någon annan spaningsledare. Även om det formellt satt en åklagare och drog i alla tåtar så var Nyberg polis. Åklagarna var skuggfigurer i en avlägsen periferi som egentligen inte angick honom.

Wallander slog numret hem till Nyberg. Som vanligt lät han irriterad när han svarade. Vid flera tillfällen hade Wallander talat om det med Martinsson. Att det aldrig någonsin hände att Nyberg lät vänlig när han svarade i telefon.

– Vi behöver pratas vid, sa Wallander.
– Vad är det som har hänt?
– Ingenting när det gäller utredningen. Men vi behöver träffas.
– Kan det inte vänta till i morgon?
– Nej.
– Jag kan vara uppe på polishuset om en kvart.
– Helst inte. Låt oss träffas nån annanstans. Jag tänkte vi kunde gå ut och dricka en öl.
– Ska vi gå på krog? Vad är det egentligen som har hänt?
– Har du nåt förslag på vart vi kan gå?
– Jag går aldrig på restaurang, sa Nyberg avvisande. Åtminstone inte i Ystad.

– Det finns en liten restaurang vid Stortorget, sa Wallander. Bredvid antikaffären. Där ses vi.

– Måste man ha kostym och slips? frågade Nyberg.

– Det tror jag knappast, svarade Wallander.

Nyberg lovade att vara där inom en halvtimme. Wallander bytte skjorta och lämnade sedan lägenheten. Han lät bilen stå och gick in mot centrum. Det var lite folk på restaurangen. När han frågade fick han besked om att det var öppet till elva. Han märkte att han var hungrig. När han bläddrade i matsedeln blev han förvånad över priserna. Vem hade egentligen längre råd att gå på krog? Men han tänkte samtidigt att han hade lust att bjuda Nyberg på något att äta.

Nyberg kom efter precis en halvtimme. Han hade kostym och slips. Dessutom hade han vattenkammat håret som vanligtvis stod åt alla håll. Kostymen var gammal och verkade för stor. Nyberg satte sig mitt emot Wallander.

– Inte visste jag att det fanns en krog här, sa han.

– Den är nog ganska nyöppnad, svarade Wallander. För fem år sen eller så. Jag tänkte bjuda dig på en matbit.

– Jag är inte hungrig, sa Nyberg.

– Det finns smårätter, envisades Wallander.

– Då låter jag dig bestämma, sa Nyberg och sköt undan matsedeln.

Medan de väntade på maten drack de öl. Wallander berättade om telefonsamtalet han hade haft med Lisa Holgersson. Han återgav det i detalj. Men han la också till det han själv hade tänkt men inte sagt.

– Egentligen är det väl inte så mycket att bry sig om, sa Nyberg när Wallander talat till punkt. Men jag förstår naturligtvis att du blir upprörd. Vad vi minst av allt behöver nu är internt bråk. Om vi ska ha nån möjlighet att lösa det här.

Wallander gjorde sig mjuk och låtsades ställa sig på Thurnbergs sida.

– Han kanske har rätt? Kanske nån annan borde ta över?

– Vem skulle det vara?

– Martinsson.

Nyberg såg vantroget på honom.

– Det där kan du inte mena på allvar?

– Hansson då?

– Om tio år kanske. Men det här är den värsta utredning vi nånsin har stått inför. Då kan man inte börja med att försvaga spaningsledningen.

Maten kom på bordet. Wallander fortsatte att tala om Thurnberg. Men Nyberg svarade fåordigt och gjorde inte själv några ytterligare kommentarer. Wallander insåg till slut att han höll på att gå för långt. Nyberg hade rätt. Det var inget mer att kommentera. Blev det nödvändigt skulle Nyberg ge Wallander allt stöd han behövde. Några år tidigare hade Wallander personligen tagit upp Nybergs orimliga arbetssituation med Lisa Holgersson strax efter det att hon efterträtt Björk. Nybergs situation hade förbättrats sedan Wallander fört saken på tal. De hade aldrig talat om det efteråt. Men Wallander var övertygad om att Nyberg kände till det samtal han haft.

Nyberg hade rätt. De skulle inte ägna mer tid och kraft än nödvändigt åt att odla sin upprördhet över Thurnberg. De krafter de hade borde användas bättre.

Efter maten beställde de in ytterligare öl. Servitrisen sa att det var sista beställningen. Wallander frågade om Nyberg ville ha kaffe. Men han avböjde.

– Jag dricker mer än tjugo koppar kaffe per dag, sa han. För att orka. Eller kanske för att uthärda.

– Utan kaffe vore polisarbete inte möjligt, sa Wallander.

– Inget annat arbete heller.

De begrundade under tystnad kaffets roll i tillvaron. Några gäster vid ett angränsande bord reste sig och gick.

– Jag tror aldrig jag har varit med om nåt så konstigt som dom här morden, sa Nyberg plötsligt.

– Inte jag heller. Det är brutalt och meningslöst. Jag ser inget motiv.

– Man kunde naturligtvis föreställa sig en lustmördare, sa Nyberg. En planerande lustmördare. Nån som iscensätter och arrangerar sina förfärliga brott.

– Jag utesluter inte att du kan ha rätt, sa Wallander. Men hur kan Svedberg så snabbt ha fångat upp ett spår eller en misstanke? Det är vad jag inte kan förstå.

– Till det finns bara en rimlig förklaring. Att Svedberg visste vem det var. Eller åtminstone hade en välgrundad misstanke. Frågan om varför han inte berättade för oss blir då ännu viktigare. Den blir helt enkelt avgörande.

– Att det var nån som vi kände till?

– Inte nödvändigtvis. Det finns faktiskt ytterligare en möjlighet. Inte att Svedberg visste vem det var. Eller ens att han misstänkte nån. Men att han *fruktade* att det var nån han kände till.

Wallander insåg att Nyberg hade rätt. Att misstänka och att frukta behövde inte vara samma sak.

– Det förklarar hans hemliga undersökning, fortsatte Nyberg. Han fruktar att det är nån han känner. Sannolikt nån som står honom nära. Men han vet inte. Han vill vara säker innan han delar med sig till oss andra. Eller så vill han begrava det hela i tystnad, om det visar sig att hans fruktan varit obefogad.

Wallander betraktade uppmärksamt Nybergs ansikte. Plötsligt tyckte han att han anade ett förlopp som tidigare inte varit synligt.

– Låt oss göra ett antagande, sa han. Svedberg får veta att några ungdomar har försvunnit. Efter några dagar är han igång med en egen utredning som bedrivs i skymundan. Han fortsätter under hela sin semester. Ända tills han själv blir dödad. Låt oss anta att han drivs av en fruktan som i sig innehåller en rimlig misstanke. Låt oss vidare anta att han har rätt. Han inser att han vet vem som ligger bakom att ungdomarna har försvunnit. Han behöver inte ens veta att dom är döda.

– Det är knappast troligt, insköt Nyberg. Då hade han varit tvungen att tala med oss. Svedberg skulle aldrig ha orkat bära på en sån hemlighet.

Wallander nickade. Nyberg hade rätt.

– Han vet alltså inte att dom är döda. Men han bär på en stor fruktan. Som är riktad mot ett bestämt håll. Låt oss anta att han blir övertygad. Han konfronterar personen. Och vad sker?

– Han blir mördad.

– Mordplatsen arrangeras om. Vår första tanke var att där hade skett ett inbrott. Nåt saknas också. Ett teleskop. Som vi sen hittar i Sture Björklunds uthus.

– Dörren, sa Nyberg. Jag är övertygad om att den som dödade Svedberg blev insläppt i lägenheten. Eller till och med hade egna nycklar.

– Det är alltså nån Svedberg känner. Nån som har varit där tidigare.

– Nån som dessutom vet om att han har en kusin som heter Björklund. Den som dödar Svedberg bestämmer sig för att försöka avleda uppmärksamheten. Genom att gömma undan teleskopet i Björklunds uthus.

Servitrisen kom och la räkningen på deras bord. Wallander ville ännu inte avbryta det pågående samtalet.

– Vad har vi för gemensamma nämnare? Vi har egentligen bara två personer: Bror Sundelius och en okänd kvinna som heter Louise.

Nyberg skakade på huvudet.

– Det är ingen kvinna som har begått dom här morden, sa han. Även om vi sa samma sak för några år sen och hade fel.

– Det kan knappast heller vara Bror Sundelius, sa Wallander. Han har dåliga ben. Det är inget fel på hans huvud. Men hans hälsa är nog inte den bästa.

– Då är det nån vi fortfarande inte vet om, sa Nyberg. Svedberg måste haft andra personer som stod honom nära.

– Jag förbereder ett återtåg, sa Wallander. Från och med i morgon ska jag börja leta mig bakåt genom Svedbergs liv.

– Det är nog den riktiga vägen, sa Nyberg. Under tiden ska vi se vad dom tekniska undersökningarna har gett för resultat. Inte minst vad fingeravtrycken berättar. I morgon hoppas jag vi vet mer.

– Vapnen, sa Wallander. Dom är viktiga. Pistolen och revolvern.

– Wester i Ludvika är mycket vänlig, sa Nyberg. Jag får den bästa tänkbara assistans.

Wallander drog till sig notan. Nyberg ville vara med och dela.

– Såvida vi inte tar det på representation, sa Wallander.

– Det får du aldrig igenom, sa Nyberg.

Wallander kände efter sin plånbok. Den var borta. Genast kunde han se den framför sig. Hemma på köksbordet.

– Jag vill fortfarande bjuda dig. Men jag har tyvärr glömt plånboken hemma.

Nyberg tog fram sin egen plånbok från innerfickan. Han hade två hundra kronor. Räkningen var på nästan det dubbla.

– Det finns bankomater runt hörnet, sa Wallander.

– Såna kort använder jag inte, sa Nyberg bestämt.

Servitrisen hade blinkat med ljusen och kommit fram till bordet. De var nu de sista gästerna. Nyberg visade upp sin polislegitimation. Servitrisen betraktade den skeptiskt.

– Vi håller inte med kredit här, sa hon.

– Vi är faktiskt poliser, protesterade Wallander. Nu råkar det vara så att jag glömt min plånbok hemma.

– Vi håller inte med kredit, upprepade servitrisen. Om ni inte kan betala måste jag anmäla det.

– Anmäla till vem då?

– Polisen.

Wallander höll på att fatta humör. Men Nyberg höll tillbaka honom.

– Det här kan bli intressant.

– Ska ni betala eller inte? frågade servitrisen.

– Jag tror nog det är bäst att du ringer till polisen, sa Wallander vänligt.

Servitrisen gick och ringde. Men först låste hon ytterdörren. Sedan återvände hon till bordet.

– Det kommer polis, sa hon. Innan dess får ni inte gå.

Det tog fem minuter. Sedan stannade patrullbilen utanför på torget. Två polismän kom in. Den ene var Edmundsson. Han stirrade på Wallander och Nyberg.

– Vi har ett litet problem här, sa Wallander. Jag har glömt min plånbok. Nyberg har inte tillräckligt med kontanter. Damen som serverar här ger inte kredit. Hon var heller inte särskilt imponerad av Nybergs legitimation.

Edmundsson förstod. Han brast i skratt.

– Hur mycket är notan på? frågade han.

– Fyra hundra kronor.

Han tog fram sin plånbok och betalade.

– Det är inte mitt fel, sa servitrisen. Det är min chef som har sagt att vi aldrig får ge nån kredit.

– Vem är det som äger krogen? frågade Nyberg.

– Han heter Fredriksson. Alf Fredriksson.

– Stor och tjock? undrade Nyberg. Bor han ute i Svarte?

Servitrisen nickade.

– Honom känner jag, sa Nyberg. Det är en trevlig karl. Hälsa honom från Nyberg och Wallander.

Polisbilen hade redan farit när de kom ut på gatan.

– En märklig augustimånad, sa Nyberg. Redan den 15. Och fortfarande varmt.

De skildes i hörnet av Hamngatan.

– Vi vet inte om han slår till igen, sa Wallander. Det är det värsta av allt.

– Därför måste vi ta honom, sa Nyberg. Så fort det nånsin går.

Wallander gick långsamt hemåt. Samtalet med Nyberg hade varit inspirerande. Men han kände ingen glädje. Utan att han helt ville erkänna det hade Thurnbergs reaktion och samtal med Lisa Holgersson gjort honom nerslagen. Kanske var han orättvis gentemot åklagaren? Kanske hade han rätt? Att någon annan borde överta ansvaret för utredningen?

När Wallander kommit hem kokade han kaffe och satte sig vid köksbordet. Termometern utanför fönstret visade på 19 grader. Wallander la fram ett skrivblock och en penna. Sedan letade han reda på ett par glasögon. Det första par han hittade låg under soffan.

Med kaffekoppen i handen gick han runt köksbordet några gånger, som för att komma i rätt sinnesstämning inför den uppgift som väntade.

Han hade aldrig gjort det tidigare.

Skrivit ett tal till en kollega som blivit dödad.

Nu ångrade han att han tagit på sig uppgiften. Hur beskrev man en känsla som bottnade i att han en natt en vecka tidigare hade hittat sin kollega med bortskjutet ansikte på golvet i sin lägenhet?

Till slut satte han sig ändå ner och gjorde ett försök. I minnet kunde han erinra sig hur han första gången hade träffat Svedberg. Det hade varit för mer än tjugo år sedan. Svedberg hade varit flintskallig redan då.

Han kom till hälften. Sedan rev han sönder alltihop och började om från början igen.

När klockan redan passerat ett var han färdig. Den här gången kunde han godkänna det som stod skrivet.

Han gick ut på balkongen. Staden var tyst. Fortfarande mycket varmt. Han tänkte på samtalet med Nyberg. Tankarna vandrade. Plötsligt satt Isa Edengren där, hopkrupen i den grotta som kunnat skydda henne när hon var barn. Men inte nu längre.

Wallander gick in igen. Balkongdörren lät han stå öppen.

Tanken lämnade honom inte.

Att mannen som fanns där ute i mörkret skulle slå till igen.

22

Det hade blivit en lång dag.

Han hade haft många paket. Det hade varit rekommenderade brev och dessutom penningförsändelser från utlandet. Först när klockan var närmare två hade han blivit färdig med den bokföring han skulle lämna in på morgonen dagen efter.

I sitt tidigare liv skulle han ha blivit irriterad över att arbetet dragit ut på tiden längre än beräknat. Nu gjorde det honom ingenting längre. Den stora förvandling han genomgått hade bland mycket annat inneburit att han gjort sig osårbar inför tiden. Han hade insett att det inte fanns något som hette förfluten tid. Inte heller någon framtid. Det fanns alltså ingen tid man kunde förlora. Eller ha till godo. Det enda som räknades var det han gjorde.

Han ställde undan postväskan och kassalådan. Därefter tog han en dusch och bytte kläder. Han hade inte ätit sedan tidigt på morgonen, innan han kört till postterminalen och börjat sortera sina brev. Men han kände ingen hunger.

Det var en känsla han kunde minnas sedan han var barn. När något spännande väntade tappade han alltid matlusten.

Han gick in i det ljudisolerade rummet och tände alla lampor. Sängen hade han noga bäddat innan han lämnat lägenheten på morgonen. Nu lade han ut breven på det mörkblå sängöverkastet. Han satte sig i skräddarställning mitt i sängen. Han hade läst breven tidigare. Det hade varit det första steget. Välja ut brev som lockade. Försiktigt öppna dem utan att kuverten gick sönder. Sedan kopiera dem. Och sedan läsa. Hur många brev han öppnat, kopierat och läst under det senaste året visste han inte. Men det måste ha varit närmare två hundra. De flesta hade ingenting betytt. De hade varit intetsägande, tråkiga. Inte förrän han hade öppnat det första brevet från Lena Norman till Martin Boge.

Han avbröt tanken. Det var över. Det behövde han inte tänka på längre. Den sista fasen hade varit besvärlig och tröttande. Först en lång resa i bil upp till Östergötland. Sedan att smyga omkring med en ficklampa i handen tills han hade hittat en båt som var tillräckligt stor för att köra ut till den lilla ön som låg mitt ute på fjärden.

Det hade varit besvärligt. Och han tyckte inte om besvär. Besvär innebar motstånd. Något som han helst av allt ville undvika.

Han såg på breven som låg runt honom på sängen.

Tanken att välja ett par som skulle gifta sig hade inte slagit honom förrän i maj. Det hade varit en ren tillfällighet. Som så mycket annat i livet. Under de år han levt sitt tidigare liv, som ingenjör, hade tillfälligheten aldrig fått råda. Den hade varit portförbjuden i hans tillvaro. Nu var det förändrat. Tillfälligheternas spel mötte en människa i livet som ett ständigt flöde av oväntade erbjudanden. Han kunde välja vad han ville ta emot. Eller låta gå sig förbi.

Den lilla klämman som satt på brevlådan och talade om att någon ville ha kontakt hade inte avslöjat någonting. Men när han knackat på dörren och stigit in i köket hade där legat mer än hundra kuvert med inbjudningar till ett bröllop. Det var kvinnan som släppt in honom som skulle gifta sig. Han mindes inte längre hennes namn. Men han kom ihåg hennes glädje och den hade gjort honom ursinnig. Han hade tagit breven och sedan postat dem. Hade han inte då varit så djupt inne i de komplicerade förberedelserna för hur han skulle delta i en midsommarfest som höll på att planeras hade han kanske blandat sig i det bröllop som inbjudningarna avsett.

Men det kom ständigt nya erbjudanden från de tillfälligheter som mötte honom. Alla de sex kuverten innehöll inbjudningar till bröllop. Han hade läst deras brev. Lärt känna de som skulle gifta sig. Han visste var de bodde, hur de såg ut och var de skulle gifta sig. Inbjudningarna var bara helt formella kort. De var bara till för att påminna honom om de olika brudparen.

Nu skulle han göra det som var viktigast.

Bestämma sig för vilket av dessa par som var lyckligast.

Han gick igenom kuverten, ett efter ett. Påminde sig utseenden, andra brev de skrivit, till varandra eller till vänner. Han drog ut på sitt beslut i det längsta. Känslan av välbefinnande var mycket stor.

Han härskade. I detta ljudisolerade rum hade han undkommit allt som tidigare hade plågat honom i livet. Känslan av att vara utanförstående. Och missförstådd. Här inne orkade han också tänka på den stora katastrofen. När han blivit utestängd, förklarad onödig.

Ingenting var längre svårt. Eller nästan ingenting. Fortfarande kunde han inte uthärda minnet av hur han i mer än två år hade förödmjukat sig. Svarat på annonser, skickat sina betyg, gått på ett oändligt antal anställningsintervjuer.

Det var innan han med ett enda hugg hade gjort sig fri. Lämnat allt som varit tidigare. Blivit en annan.

Han visste att han hade haft tur. Idag skulle han aldrig ha kommit in som brevbärarvikarie. Det var stopp överallt. Människor avskedades. Han hade märkt det när han körde runt på de olika lantbrevbärarlinjer där han vikarierade. Människor satt i sina hus och väntade på brev. Allt fler stod utanför. Och de hade inte lärt sig att man kunde undkomma. Genom att bryta sig ut.

Till slut bestämde han sig för de som skulle gifta sig lördagen den 17 augusti. I hemmet utanför Köpingebro. Det skulle komma mycket gäster. Hur många inbjudningskort han fått med sig kunde han inte längre påminna sig. Men de hade varit där båda två när han stigit in genom dörren. Deras lycka hade varit gränslös. Den gången hade han haft svårt att behärska sig. Han kunde ha dödat dem där de var. Men som vanligt hade han behärskat sig. Han hade önskat dem lycka till. Ingen hade kunnat märka vad han egentligen tänkte.

Den konsten var den viktigaste för en människa. Konsten att behärska sig.

Det skulle bli en minnesvärd dag. Precis som midsommaraftonen hade blivit det.

Och ingen förstod. Ingen anade. Än en gång hade han visat hur viktigt det var att kunna undkomma.

Han la undan breven och sträckte sedan ut sig på sängen. Tänkte också på alla de brev som människor just nu satt och skrev. Brev som sedan skulle komma i hans händer när han tömde brevlådorna. Och som han sedan kanske skulle välja ut, öppna och läsa.

Tillfälligheterna skulle fortsätta att flöda emot honom.

Och allt han behövde göra var att ta emot.

*

På fredagsmorgonen började Wallander på allvar att kartlägga Svedbergs liv. Han hade kommit till polishuset strax efter klockan sju och påbörjat arbetet med en känsla av stort obehag. Vad han letade efter visste han inte, bara att det var något han behövde. Någonstans i Svedbergs liv fanns en punkt där han skulle kunna hitta lösningen på det som till slut hade inneburit att Svedberg hade blivit dödad. Det var som att leta efter liv i en människa som redan var död.

Men innan han påbörjade det mödosamma och olustiga återtåget genom Svedbergs liv knackade han på Ann-Britt Höglunds dörr. Trots att det var tidigt hade hon redan kommit. Han gav henne den text han skrivit under natten och bad henne att kommentera den när hon hade läst den i lugn och ro. Det var hon som skulle hålla talet, inte han. När han lämnade rummet tänkte han att han kanske borde ha talat med henne om Thurnberg. Men han lät det bero. Någon annan skulle berätta för henne. Rykten vandrade fort på polishuset.

Det första steget in i Svedbergs liv tog han genom att ringa till Ylva Brink. Hon hade just kommit hem efter en natt på sjukhuset. Han undrade om hon var på väg att lägga sig för att sova. I så fall kunde han återkomma senare. Men hon höll honom kvar. Hon sov dåligt, berättade hon. Tankarna på vad som hade hänt Svedberg kom över henne som starkast i drömmarna. Hon hoppades att det skulle lätta när hennes man kom hem påföljande vecka. Men inte till begravningen, det hade inte gått att ordna.

– När han är här kommer jag att sova, sa hon. Det som har hänt har gjort mig rädd.

Wallander sa att han förstod. Sedan bad han henne berätta om Svedbergs liv. Om hans föräldrar och hans uppväxt. Egentligen hade han velat ha henne framför sig, inte i en telefon. Han övervägde också om han skulle be henne komma över. De kunde skicka en bil att hämta henne. Men han lät det räcka med telefonsamtalet. Hela tiden antecknade han, fyllde sida efter sida i kollegieblocket med sin svårtydda handstil. Två gånger dök Martinsson upp i dörren, en gång Nyberg. Telefonsamtalet varade i nästan en timme. Wallander lyssnade hela tiden koncentrerat. Men det var först när hon hade nått fram till den tid som låg tjugo år tillbaka som han skärpte uppmärksamheten på allvar. Han avbröt henne bara när han tyckte att hon gick för fort fram eller när han ville kontrollera att han hade uppfattat ett namn riktigt. Under samtalets gång insåg han att hon måste ha gått igenom Svedbergs liv i sitt huvud, sökt efter minnen, kanske också efter en förklaring till det som hänt. När samtalet var över var Wallander svettig på kinden. Han gick ut på toaletten och tvättade av sig. Sedan läste han hastigt igenom det han antecknat och noterade vilka personer han skulle försöka få tag på. Den som intresserade honom mest var en man som hette Jan Söderblom. Enligt Ylva Brink hade Svedberg umgåtts mycket med honom under den tid han gjort sin militärtjänst och blivit polis. Deras umgänge hade avstannat när Söderblom gift sig och flyttat. Om det var till Malmö eller Landskrona kunde hon inte svara på. Det som intresserade Wallander var också det faktum att Söderblom blivit polis på samma sätt som Svedberg. Han skulle just ringa till polishuset i Malmö när Nyberg stod i dörren. Av dennes ansiktsuttryck kunde han genast utläsa att något hade hänt.

– Nu har det börjat röra på sig, sa Nyberg och viftade med några faxpapper han hade i handen. Vi kan börja med vapnen. Pistolen som stals i Ludvika tillsammans med hagelgeväret kan ha varit den som användes ute i reservatet.

– »Kan ha varit«?

– På mitt språk betyder det att det är den pistolen.

– Bra, sa Wallander. Det här behövde vi.

– Sen har vi fingeravtrycken, fortsatte Nyberg. Vi hittade en bra högertumme på hagelgeväret. Vi lyckades säkra en annan bra tumme på ett av dom vinglas som fanns ute där vi hittade ungdomarna.

– Samma tumme?

– Ja.

– Har vi den från tidigare?

– Inte i dom svenska registren. Men den där tummen ska vandra världen runt innan vi ger oss.

– Alltså är det samme man, sa Wallander sakta. Då vet vi i alla fall det.

– På teleskopet som vi hittade ute hos Björklund fanns inga fingeravtryck. Annat än Svedbergs egna.

– Skulle det betyda att han själv hade gömt stjärnkikaren?

– Inte nödvändigtvis. Den som gjorde det kan naturligtvis ha haft handskar.

– Du talar om tummen på hagelgeväret, sa Wallander. Men fanns den där tummen på andra ställen i Svedbergs lägenhet? Vi måste förstå vem som har ställt till det där kaoset. Om det är gärningsmannen eller Svedberg själv. Eller båda två.

– Där måste vi nog vänta lite till. Men dom håller på.

Wallander hade rest sig ur stolen och lutade sig mot väggen. Han kände att det fanns mer.

– Vad var det för typ av vapen?

– Ett märke som heter Astra Constable. Det finns nog en hel del såna pistoler i landet. Dom är vanliga i Tyskland.

– Stulen i Ludvika? Och man hittade aldrig nån misstänkt?

– Jag har talat flera gånger med Wester där uppe. Han talar dalmål så det är lite svårt att förstå honom ibland. Men han har skickat ner dom papper han hittat. Polisen avskrev det till slut. Det fanns inga spår. Däremot kopplade dom ihop det med en annan vapenstöld som skett några dagar tidigare i Orsa. Men inte heller där gick det att få fram nån gärningsman.

– Vapen är lätta att sälja.

– Man försöker köra pistolen genom olika register för att se om den kan ha blivit använd vid nåt annat tillfälle. Bankrån eller så. Det kan möjligtvis ge oss nåt att gå på.

– I varje fall måste det anses uteslutet att Svedberg har begått inbrott i Ludvika och Orsa, sa Wallander. Antingen har han köpt vapnen. Eller också tillhörde dom inte honom.

– Vi hittade inga avtryck av Svedbergs händer på hagelgeväret, sa Nyberg. Det kan betyda nåt. Men behöver inte göra det.

– Ändå har vi kommit ett stort steg vidare, sa Wallander. Vi har en gemensam gärningsman.

– Vi kanske skulle skicka in en lapp till åklagaren om det, sa Nyberg och log. Så blir han glad.

– Eller besviken. För att vi inte lever upp till det dåliga rykte han omgett oss med. Men visst ska han få en rapport.

Nyberg lämnade rummet. Wallander grep telefonen och ringde till Malmö. Där fanns mycket riktigt en polisman som hette Jan Söderblom. Han var kriminalinspektör och arbetade i huvudsak med egendomsbrott. När Wallander bad att få tala med honom visade det sig dock att han hade semester. Efter några minuters väntan fick Wallander veta att han befann sig på någon grekisk ö och inte skulle komma tillbaka förrän påföljande onsdag. Wallander gav besked om att han ville tala med honom så fort det var möjligt. Han skrev också ner Söderbloms hemtelefonnummer. Han hade just lagt på luren när Ann-Britt Höglund knackade på den halvöppna dörren. Hon höll hans tal i händerna.

– Jag läste igenom det redan nu, sa hon. Och jag tycker att det är både sanningsenligt och gripande. Dom där sakerna hör ju ihop. Ingen gråter av förljuget prat om evigheten och ljus som besegrar mörker.

– Är det inte för långt? undrade Wallander oroligt.

– Jag läste det högt för mig själv. Det tog mindre än fem minuter. Jag brukar inte tala på begravningar. Men jag tror nog det är alldeles lagom.

Hon skulle just gå igen när Wallander berättade om de nyheter Nyberg hade kommit med.

– Det är faktiskt ett stort steg framåt, sa hon efteråt. Om vi nu bara kunde hitta den eller dom som stal vapnen.

– Jag tror det blir svårt. Men vi måste naturligtvis försöka. Jag sitter just och funderar på om vi inte borde publicera bilder på vapnen. Både pistolen och geväret.

– Det är en presskonferens klockan elva, sa hon. Lisa är alldeles nerringd av massmedierna. Jag undrar om vi inte borde ta upp det här med vapnen redan då. Vad har vi egentligen att förlora? Om vi kopplar ihop mordet på Svedberg med ungdomarna? Då blir det en mordhärva som det var länge sen det här landet var med om.

– Du har rätt, sa Wallander. Jag ska vara med klockan elva.

Hon blev stående i dörröppningen.

– Kvinnan, sa hon. Den hemliga Louise. Som ingen tycks ha sett. Jag talade just med Martinsson. Det har börjat strömma in mycket tips. Men ingenting som tyder på att hon skulle vara identifierad.

– Det är märkligt, sa Wallander. För att inte säga obegripligt. Vi talade om att försöka med Danmark.

– Varför inte hela Europa?

– Ja, sa han. Varför inte? Men låt oss börja med Danmark. Nu. I detta ögonblick.

– Jag ska åka till Lund, sa hon. Och gå igenom Lena Normans studentlägenhet. Men jag kan be Hansson ta sig an det.

– Inte Hansson, sa Wallander. Han håller fortfarande på att försöka hitta två försvunna bilar. Det måste finnas nån annan.

– Vi behöver dom där förstärkningarna ganska snart, sa Ann-Britt Höglund. Enligt Lisa kommer det folk från Malmö redan i eftermiddag.

– Vi saknar Svedberg, sa Wallander. Så enkelt är det. Vi har inte vant oss vid att han inte finns här ibland oss längre.

Ingen av dem sa något på en lång stund. Sedan försvann hon ut genom dörren. Wallander öppnade fönstret. Värmen höll i sig. Dessutom var vinden svag. Telefonen ringde. Det var Ebba. Hon lät trött. Wallander tänkte att hon hade åldrats fort de sista åren. Tidigare hade hon alltid hjälpt till att hålla humöret uppe på dem. Nu kunde hon ofta vara tungsint. Det hände också att hon glömde att framföra olika besked. Till nästa sommar skulle hon gå i pension. Men ingen förmådde egentligen föreställa sig vad det skulle innebära.

– Det är nån som heter Larsson från polisen i Valdemarsvik, sa hon. Alla andra är upptagna. Kan du ta samtalet?

Larsson var polisassistent och talade östgötska.

– Vi hörde av Harry Lundström i Norrköping att du ville veta om nån båt blivit stulen i Gryt, sa Larsson. Under det där dygnet då flickan blev skjuten ute på Bärnsö.

– Det stämmer.

– Vi har kanske en som kan passa. Den försvann från Snäckvarp. Ägaren kan inte säga exakt när eftersom han inte var hemma. Men den blev återfunnen igår i en vik strax söder om Snäckvarp. En sex meters plastbåt med styrpulpet.

Wallander kände sig som vanligt osäker när det gällde båtar.

– Är den tillräckligt stor för att gå ut till Bärnsö?

– Om det inte blåser kan du väl nästan ta dig till Gotland med den.

Wallander tänkte efter.

– Kan man hitta fingeravtryck på nåt av reglagen? frågade han.

– Det har jag redan gjort, sa Larsson. Det hade kommit olja på ratten. Där kunde vi ta ett par tydliga fingrar. Dom är nog redan på väg ner till er. Fast det går via Norrköping. Det är Harry som håller i det hela.

– Fanns det nån bilväg där båten hittades? frågade Wallander.

– Båten låg inkörd i en vassrugge. Men till själva Snäckvarp går man på tio minuter. Det finns en grusväg där.

– Det här var viktiga nyheter, sa Wallander.

– Hur går det annars? Får ni tag på mördaren?

– Det gör vi säkert. Men det kan ta sin tid.

– Jag träffade aldrig flickan. Men Edengren själv hade jag lite att göra med för en del år sen.

– Vad gällde saken?

– Tjuvfiske. Han la nät och ålhommor på andras vatten.

– Är fisket inte fritt?

– Det är skiftade vatten här ute. Men det brydde han sig inte om. Om jag ska säga det rent ut så var det en dryg fan. Men det är naturligtvis synd om honom. Nu, med flickan.

– Det var ingenting annat? Utom tjuvfisket?

– Inte som jag vet.

Wallander tackade för samtalet. Sedan ringde han upp Harry Lundström i Norrköping. Han blev hänvisad till ett mobilnummer.

Lundström satt i en bil någonstans ute på Vikbolandet. Wallander berättade att de hade en positiv identifikation av mordvapnet från reservatet. Snart skulle de få besked om det hade använts även på Bärnsö. Lundström kunde berätta att de inte hade lyckats säkra några spår ute på ön. Men han tog för givet att den båt som stulits på Snäckvarp hade varit den som gärningsmannen hade använt.

– Folk är oroliga ute i skärgården, sa han. Ni måste ta den som har gjort det här.

– Ja, sa Wallander. Vi måste ta honom. Och vi ska ta honom.

Han gick och hämtade kaffe sedan han avslutat samtalet. Klockan var redan halv tio. En tanke hade slagit honom. Han gick tillbaka till sitt kontor och letade reda på telefonnumret till Lundbergs i Skårby. Det var frun som svarade. Wallander insåg att han inte hade talat med dem efter det att Isa hade dödats. Han började därför med att beklaga sorgen.

– Erik bara ligger, sa hon. Han orkar inte stiga upp. Han talar om att vi ska sälja och flytta härifrån. Vem kan göra nåt sånt mot ett barn?

Det var det Isa var, tänkte Wallander. Som en egen dotter. Det borde jag ha tänkt på tidigare.

Han hade inte mycket att svara på hennes frågor. Men han märkte att hon ändå inte anklagade honom för det som hänt.

– Jag ringde för att höra om föräldrarna har kommit hem, sa han.

– Dom kom igår kväll.

– Det var bara det jag ville veta, sa han, beklagade sorgen ännu en gång och avslutade samtalet.

Han skulle åka ut till Skårby direkt efter presskonferensen. Helst av allt hade han givit sig av nu på en gång. Men tiden var för knapp. Han lyfte på luren igen och ringde till Thurnberg. Utan att kommentera det han hade hört kvällen innan gav han honom ett kort referat av de nyheter som de kriminaltekniska undersökningarna innebar. Thurnberg lyssnade under tystnad. Wallander avslutade med den viktigaste slutsatsen, att de kunde koncentrera sökandet till en enda gärningsman. Thurnberg efterlyste en skriven rapport. Wallander lovade att den skulle komma.

– Det ska vara en presskonferens klockan elva, sa Wallander. Jag anser det lämpligt att vi släpper dom här uppgifterna. Jag anser dessutom att vi bör publicera bilder på dom vapen som använts.

– Har vi tillgång till dom bilderna redan nu?

– Vi får dom senast i morgon.

Thurnberg gjorde inga invändningar. Han skulle själv delta på presskonferensen. Samtalet var kort och officiellt. Men Wallander märkte att han ändå hade blivit svettig.

Mötet med pressen fick hållas i det största tillgängliga mötesrummet. Wallander kunde inte påminna sig när intresset från massmedierna senast varit så stort. Som vanligt drabbades han av nervositet när han gick upp på det lilla podiet. Till hans förvåning var det Thurnberg som först tog till orda. Det hade aldrig tidigare hänt att någon åklagare hade gjort det. Under alla sina år hade Per Åkesson lämnat över den uppgiften till antingen Wallander eller polischefen. Thurnberg tycktes van att tala med journalister. Den nya tiden, tänkte Wallander. Om tanken var enbart elak eller också innehöll avundsjuka kunde han inte helt reda ut för sig själv. Men han lyssnade noga på det Thurnberg sa. Han kunde inte heller förneka att åklagaren la sina ord väl.

Efteråt var det hans egen tur. Han hade krafsat ner några stödord på en papperslapp. Nu kunde han naturligtvis inte hitta den. Men han talade om vapnen. Följde spåret från Ludvika, antydde kopplingen till ett annat inbrott i Orsa, sa att de fortfarande väntade på en positiv bekräftelse på att samma vapen också hade blivit använt ute på Bärnsö i Östergötlands skärgård. Medan han talade kom han plötsligt att tänka på Westin, postföraren som hade kört honom ut. Varför han började tänka på honom visste han inte. Han talade också om fyndet av den stulna båten. När han hade tystnat kom frågorna. De var många. Thurnberg tog sig an de flesta. Då och då gjorde Wallander ett korthugget inlägg. Längst bak i salen stod Martinsson och lyssnade.

Till sist var det en kvinnlig journalist från en av kvällstidningarna som begärde ordet. Wallander hade aldrig sett henne tidigare.

– Polisen har med andra ord inga spår, sa hon och vände sig direkt mot Wallander.

– Vi har många spår, sa Wallander. Men vi kan inte påstå att vi befinner oss i närheten av att gripa nån misstänkt gärningsman.

– Jag tolkar ändå bilden som att polisen inte har kommit nånvart. Jag undrar också om det inte finns en stor risk att den som har gjort det här kommer att slå till igen. Det är väl uppenbart för alla att det här rör sig om en galning.

– Det vet vi inte, svarade Wallander. Därför arbetar vi också så brett och förutsättningslöst vi kan.

– Det låter som en strategi, sa journalisten. Men kan det inte lika gärna vara ett uttryck för hjälplöshet?

Wallander kastade en blick på Thurnberg, som med en nästan osynlig nick manade på honom att fortsätta.

– Polisen är aldrig hjälplös, sa Wallander. Vore vi det vore vi inte poliser.

– Men du håller med mig om att det är en galning ni letar efter?

– Nej.

– Vad är det annars?

– Det vet vi inte än.

– Tror du att ni kommer att gripa den som har gjort det här?

– Tveklöst ja.

– Kommer han att slå till igen?

– Det vet vi inte.

Det uppstod en kort tystnad. Wallander passade på att resa sig. Det uppfattades som ett allmänt tecken på att presskonferensen var över. Wallander gissade att Thurnberg hade avsett att avsluta den på ett mera formellt sätt. Men Wallander var ute ur rummet innan Thurnberg fick en möjlighet att tala med honom. I receptionen väntade tevefolk som ville intervjua honom. Wallander hänvisade till

Thurnberg. Efteråt kunde också Ebba informera honom om att denne med glädje hade låtit sig intervjuas framför olika tevekameror.

Wallander själv hade gått in på sitt kontor för att hämta jackan. Innan han for ut till Skårby skulle han också äta någonting. Hela tiden frågade han sig varför tanken på Westin hade dykt upp under presskonferensen. Han visste att det betydde någonting. Han satte sig vid skrivbordet och försökte locka upp tanken till ytan. Men han kunde inte komma på vad det var. Han gav upp. När han hade satt på sig jackan började det surra i fickan. Det var Hansson som ringde.

– Jag har hittat bilarna, sa han. Normans och Boges. Toyotan från 91 och Volvon som är ett år äldre. På en parkeringsplats vid Sandhammaren. Jag har redan talat med Nyberg. Han är på väg.

– Det är jag också.

Vid utfarten från Ystad stannade Wallander vid en korvkiosk och åt. Det hade blivit en vana hos honom att köpa med sig stora enlitersflaskor med mineralvatten. Medicinen han hade fått av Göransson hade han naturligtvis glömt bort att ta. Inte heller hade han den med sig. Ilsket och alldeles för fort körde han tillbaka till Mariagatan. I tamburen låg det post. Ett vykort från Linda som hälsat på vänner i Hudiksvall. Ett annat i ett kuvert från hans syster Kristina. Wallander tog med sig posten ut i köket. På baksidan av kuvertet hade hans syster angett en hotelladress i Kemi. Wallander visste att det låg i norra Finland. Han undrade vad hon gjorde där. Men han lät brevet och vykortet vänta. Istället tog han medicinen och drack ett glas vatten. När han skulle lämna köket blev han stående och såg på den post han lagt upp på bordet. Tanken på Westin återkom. Nu lyckades han fånga den.

Det var något som Westin hade sagt under båtresan ut till Bärnsö. Något som Wallanders undermedvetna hade bearbetat och skickat upp till ytan.

Han försökte återuppleva samtalet i den bullriga förarhytten utan att lyckas. Men något Westin sagt hade varit viktigt. Utan att han uppfattat det den gången. Han bestämde sig för att ringa postföraren. Men först ville han se på de två bilar som Hansson hade hittat.

Nyberg hade redan kommit när Wallander steg ur bilen. Toyotan och Volvon stod parkerade bredvid varandra. Runt om var avspärrningsband uppsatta. Bilarna blev just fotograferade. Dörrar och bakluckor var öppna. Wallander gick fram till Nyberg som höll på att ta fram en väska ur sin egen bil.

– Tack för igår, sa han.

– 1973 hade jag besök i Ystad av en gammal vän från Stockholm, sa Nyberg. Då var vi på krog en kväll. Men sen dess har jag nog inte varit ute.

Wallander insåg att han ännu inte hade betalat igen pengarna till Edmundsson.

– Hur som helst var det trevligt, sa han.

– Ryktet är redan ute och går, sa Nyberg. Att vi nästan höll på att bli gripna när vi försökte smita från notan.

– Bara inte Thurnberg får höra om det. Han kanske tar det på allvar.

Wallander gick bort till Hansson som stod och skrev i ett anteckningsblock.

– Inga tvivel?

– Toyotan är Lena Normans. Volvon tillhör Martin Boge.

– Hur länge har bilarna stått här?

– Det vet vi inte. Under juli brukar det vara fullt på parkeringsplatsen av bilar som hela tiden växlar. Det är först i augusti, när det minskar, som man lägger märke till vilka fordon som aldrig flyttas.

– Kan det finnas nåt annat sätt att ta reda på om dom stått här sen midsommarafton?

– Det får du nog tala med Nyberg om.

Wallander gick bort till Nyberg som stod och stirrade på Toyotan.

– Det viktigaste blir fingeravtrycken, sa Wallander. Nån måste ha kört hit bilarna från reservatet.

– Nån som lämnar fingeravtryck på en båtratt lämnar kanske också sin hälsning på en bilratt.

– Det är vad vi ska hoppas på.

– Det innebär sannolikt också att den här personen är säker på att hans avtryck inte finns i nåt register. Vare sig här i landet eller nån annanstans.

– Jag har tänkt tanken, sa Wallander. Vi får bara hoppas att du tar fel.

Wallander behövde inte stanna kvar längre. När han kom till av-tagsvägen mot sin fars hus kunde han inte motstå ingivelsen att svänga av. Vid infarten satt en skylt att huset var till salu. Han stannade inte. Skylten gjorde honom illa till mods.

Han hade just nått fram till Ystad när det ringde i mobiltelefonen han lagt på sätet intill.

Det var Ann-Britt Höglund.

– Jag är i Lund, sa hon. I Lena Normans lägenhet. Jag tror du ska komma hit.

– Vad är det?

– Du får se när du kommer. Låt mig bara säga att jag tror det är viktigt.

Wallander skrev ner adressen.

Sedan var han på väg.

23

Huset låg vid infarten till Lund. Det hade fyra våningar och ingick i en klunga med fem andra byggnader. En gång många år tidigare, när Wallander varit i Lund tillsammans med Linda, hade hon pekat på husen och sagt att det var studentlägenheter. Om hon någon gång började studera i Lund var det i ett sådant hus hon kanske skulle bo. Med en rysning tänkte Wallander på hur han skulle ha reagerat om det varit Linda som legat där ute i reservatet.

Han behövde inte söka efter rätt ingång. En polisbil stod parkerad utanför ett av husen. Wallander stoppade telefonen i jackfickan och steg ur. Utanför på en gräsmatta låg en kvinna och solade. Wallander hade gärna lagt sig vid hennes sida och sovit en stund. Trötthet en kom och gick i tunga vågor. En polisman stod innanför porten och gäspade. Wallander viftade med sin legitimation. Polismannen pekade ointresserat mot trappan.

– Längst upp. Ingen hiss.

Sedan gäspade han igen. Wallander fick ett plötsligt och helt oväntat behov av att strama upp polismannen. Han var överordnad, en kollega från en annan stad. De jagade en gärningsman som dödat fem personer. Då ville han inte mötas av en polisman som gäspade och knappt gitte hälsa.

Men han sa ingenting. Han gick uppför trapporna. Frånsett musik som strömmade ut från en lägenhet, högt och hårt, verkade huset tyst och övergivet. Det var fortfarande bara augusti. Höstens studier hade ännu inte börjat. Dörren till Lena Normans lägenhet stod på glänt. Wallander tryckte ändå på ringklockan.

Det var Ann-Britt själv som kom och öppnade. Han försökte utläsa av hennes ansikte vad han skulle vänta sig. Men han lyckades inte.

– Jag menade inte att låta så dramatisk i telefon, ursäktade hon sig. Men jag tror du snart förstår varför jag ville att du skulle komma.

Han följde efter henne in i lägenheten. Han kunde märka att den

320

länge stått ovädrad. Där fanns den torra och svårbeskrivbara luft som han så många gånger mött i ovädrade cementhus. Vid något tillfälle hade han i en amerikansk polistidskrift läst om hur FBI nu hade utvecklat metoder för att avgöra exakt hur länge ett hus stått ovädrat. Om Nyberg också hade tillgång till den tekniken visste han inte.

Återigen, vid tanken på Nyberg, påminde han sig att han under dagen måste komma ihåg att betala igen de pengar han lånat av Edmundsson.

Lägenheten bestod av två rum och ett trångt kök. De hade kommit in i det kombinerade vardags- och arbetsrummet. Solen sken in genom fönstren. Dammet virvlade långsamt i den stillastående luften. Ann-Britt Höglund hade gått fram till ena kortväggen. Wallander följde efter. Där satt ett stort antal fotografier uppnålade. Han letade reda på sina glasögon och böjde sig intill väggen. Genast kände han igen henne. Lena Norman. Utklädd till deltagare i något som Wallander trodde kunde vara en 1800-talstillställning. Där fanns också Martin Boge. Fotografiet taget utomhus, i en slottspark. Slottsfasaden i bakgrunden i rött tegel. Nästa bild. En annan fest. Miljön är också förändrad. Lena Norman kommer igen. Där finns plötsligt också Astrid Hillström. Nu är de inomhus. Halvnakna. Wallander gissade att det skulle föreställa en bordell. Men varken Norman eller Hillström var särskilt övertygande i sina roller. Wallander rätade på ryggen och kastade en blick på väggen.

– De spelar roller och de har fester, sa han.

– Jag tror det går djupare än så, sa hon och gick bort till ett skrivbord som stod i vinkel mot ett av fönstren. Bordet var fullt av pärmar och plastfickor.

– Jag har gått igenom det här, sa hon. Inte särskilt grundligt och inte heller i detalj. Men det jag hittills sett oroar mig. Wallander lyfte avvärjande på handen.

– Vänta med att börja. Jag behöver dricka ett glas vatten. Och jag måste gå på toaletten.

– Min pappa hade diabetes, sa hon plötsligt.

Wallander tvärstannade på väg mot dörren.

– Vad menar du med det?

– Hade man inte vetat bättre kunde man ha trott att du också hade det. Som du dricker vatten. Och springer på toaletten.

Det var för ett ögonblick mycket nära att Wallander klättrat över sin förskansning. Brutit sin tystnad och sagt som det var. Att hon hade alldeles rätt. Men istället muttrade han bara något ohörbart och gjorde som han sagt. När han druckit vatten i köket stod toaletten fortfarande och spolade.

– Det måste vara fel på flottören, sa han. Men det är knappast vårt problem.

Hon såg på honom som om hon fortfarande väntade på att han skulle berätta hur det egentligen stod till.

– Du är orolig, sa han. Varför?

– Du ska få en översikt, sa hon. Av det jag hittills har förstått. Men jag är övertygad om att det finns mer. När man har gått igenom det här ordentligt.

Wallander hade satt sig på en stol intill skrivbordet. Hon förblev stående.

– Dom klär ut sig, sa hon. Dom har sina fester. Dom vandrar fram och tillbaka mellan olika försvunna epoker och vår egen tid. Då och då gör dom också utflykter till framtiden. Men inte så ofta. Säkert eftersom det är mycket svårare. Ingen har sett hur man är klädd om tusen år. Eller femtio. Allt det här vet vi redan om dom. Vi har talat med dom av deras vänner som inte var med vid midsommar. Du hann tala med Isa Edengren. Vi vet till och med att dom ibland hyrde sina kläder i Köpenhamn. Men det finns nåt i allt det här som går djupare.

Hon tog upp en pärm från skrivbordet. På framsidan fanns olika geometriska tecken.

– Dom tycks ha varit medlemmar av en sekt, sa hon. Med rötter i Amerika. Närmare bestämt tycks det finnas nåt sorts huvudkontor i Minneapolis. Man kan få en känsla av att det här är en den nya tidens Frimurarloge. Eller Ku Klux Klan. Eller nåt annat. Det finns ett regelverk i den här pärmen som är ganska förfärande. Ungefär som dom hotelsebrev människor ibland lämnar in till oss. När dom har spräckt kedjebrev eller pyramider. Den som avslöjar hemligheten kommer att drabbas av en våldsam hämnd. Och hämnden är alltid en dödsdom. Dom betalar avgifter till det här huvudkontoret som bistår med olika förslag på hur dessa fester ska ordnas. Hur hemligheter ska bevakas och bevaras. Men där finns också en sorts andlig dimension i det hela. Om jag har förstått det hela rätt kommer människor som rör sig i tiden att i sitt dödsögonblick kunna välja vilken tid dom vill återfödas i. Det är mycket obehagligt att läsa det här. Men om jag har förstått nånting rätt så var Lena Norman nån sorts ledare för den svenska avdelningen av den här rörelsen.

Wallander hade lyssnat med stor uppmärksamhet. Ann-Britt Höglund hade verkligen haft en god anledning att be honom komma till Lund.

– Har den här rörelsen nåt namn?

– Vad det kan bli på svenska vet jag inte. Men i USA heter dom »Divine Movers«. Om jag har förstått det hela rätt finns det religiösa momentet inom dom själva. Att bevara hemligheten är som ett utövande av en mässa. Att inte betala avgifterna till det där huvudkontoret i Minneapolis är detsamma som att begå ett brott mot själva den underliggande religiösa grundtanken. Det är alltså mycket grumligt.

– Som det brukar vara när det gäller sekter av den här typen.

Wallander bläddrade i pärmen som hon hade gett honom. Överallt fanns olika geometriska tecken. Men också bilder av gamla avgudamasker och av torterade, styckade människor. Han la ifrån sig den med avsmak.

– Du tänker dig alltså att det som hände i reservatet var ett utslag av den här hotfulla rättsskipningen? Att dom på nåt sätt skulle ha brutit hemligheten? Och därmed blivit dödade?

– I vår tid kan man knappast bortse från det som en möjlighet.

Wallander visste att hon hade rätt. För inte länge sedan hade ett antal människor begått gemensamt självmord i Schweiz. Samma sekt hade sedan begått ett liknande människooffer i Frankrike. I takt med att tiderna blev allt sämre hade antalet sekter och sektmedlemmar vuxit och spritt sig över Europa med stor hastighet. Sverige var på inget vis förskonat. Så sent som i maj hade Martinsson deltagit i en konferens i Stockholm där man hade diskuterat olika aspekter från polisens sida på de här sekternas ökande härjningar. Mycket var svårt att komma åt. Sektmedlemmar samlades inte längre bara kring enskilda förvirrade galningar. Nu var de välorganiserade företag som höll sig med advokater och datoriserad bokföring. Medlemmarna skuldsatte sig frivilligt för att betala bidrag de egentligen inte hade råd med. Inte heller var det självklart att den mentala utpressning som ofta var en del av sekternas arbetsmetoder kunde klassificeras som brottslig verksamhet. Martinsson hade kommit tillbaka från konferensen och sagt till Wallander att man behövde en helt ny lagstiftning om man skulle ha något hopp om att komma åt dessa mentala bondfångare som profiterade på den ökande vanmakten i samhället.

Wallander kunde minnas vad han svarat. Att ockultism, religiöst svärmeri och världsfrånvändhet alltid ökade under ekonomiska nergångsperioder. Många år tidigare hade han en kväll suttit på Rydbergs balkong och diskuterat den beryktade Sala-ligan på 1930-talet. Där hade funnits inslag av övertro, av en Magisk cirkel. De hade varit överens om att Sala-ligan hade varit möjlig just på 30-talet. Men knappast ett årtionde innan eller efter.

Nu kanske tiden var på väg att bli 30-tal igen, tänkte han. Med ännu större brutalitet än den gången.

– Det här är naturligtvis en viktig upptäckt, sa han. Vi kommer att behöva hjälp. Rikspolisstyrelsen har folk som specialiserat sig på dom nya sekterna. Vi behöver hjälp från USA med dom här »Divine Movers«. Men framförallt måste vi få dom andra ungdomarna att tala. Även om dom spräcker sina väl bevarade hemligheter.

– Dom avlägger en ed, sa hon och bläddrade i pärmen. Sen ska man äta en bit av en rå hästlever.

– Vem avlägger dom eden inför?

– Här i Sverige var det nog Lena Norman.

Wallander skakade på huvudet.

– Men hon är död? Skulle hon som ledare själv ha brutit en hemlighet? Hade hon nån efterträdare?

– Jag vet inte. Men det kanske framgår av papperen. När vi läser dom grundligt.

Wallander hade rest sig och stod och såg ut genom fönstret. Den ensamma kvinnan låg fortfarande och solade nere vid porten. Han tänkte plötsligt på henne som han mött på kaféet, utanför Västervik. Han fick söka i minnet innan han kom ihåg hennes namn. Erika. Minnesbilden fyllde honom med en oklar längtan.

– Vi kanske inte ska låsa oss alltför hårt vid det här, sa han frånvarande. Vi ska i alla fall inte överge alternativen.

– Vilka är dom?

Eftersom svaret var givet sa han ingenting. De hade inga alternativ. Annat än en ensam galning. Det alternativ man alltid tog till när ingenting annat fanns att tillgå.

– Jag kan inte se Svedberg i den här bilden, fortsatte han. Svedberg som aktiv i en egendomlig reinkarnationssekt. Som klär ut sig, avlägger ed och äter rå hästlever. Det blir för mig en alltför omöjlig tanke. Även om han förvisso har visat sig vara annorlunda mot vad vi en gång trodde.

– Han behöver ju inte ha varit direkt inblandad, sa Ann-Britt Höglund. Men han kan ha haft kännedom om nån som varit det.

Wallander hade plötsligt börjat tänka på Westin igen. Den sjöfarande lantbrevbäraren. Det var något han hade sagt under båtresan som Wallander sökte. Men han fann det fortfarande inte.

Han bad henne upprepa vad hon hade sagt. Tänkte igenom det innan han svarade.

– Det kan naturligtvis vara som du säger. Svedberg finns nånstans utanför. I en periferi. Nån som korsar hans spår har anknytning till den här sekten. En hemlighet bryts. En dödspatrull skickas ut. Svedberg befinner sig ensam i terrängen och spårar. Han är orolig. Han bär på en fruktan som han är rädd ska besannas. Sen korsas hans spår ytterligare en gång. Och då dör han.

– Det låter inte särskilt troligt.

– Det är inte heller särskilt troligt att fyra ungdomar blir mördade. Och dessutom en polisman.

– Var får man tag på hästlever? Kanske vi borde kontakta dom slakterier som finns i Skåne?

– Egentligen är det bara en enda sak vi skulle behöva veta, sa Wallander. Som i alla komplicerade brottsutredningar. Denna enda, ensamma fråga som behöver ett svar, som sen utlöser lavinen.

– Vem stod utanför Svedbergs dörr?

Han nickade.

– Just den frågan. Ingen annan. Har vi svar på det har vi svar på allt. Utom möjligen motivet. Men det kan vi nysta upp bakifrån.

Wallander hade återvänt till stolen och satt sig ner.

– Hann du tala med danskarna om vår okända Louise?

– Bilden ska skickas ut i morgon. Tydligen har det redan stått ganska mycket om dom här döda ungdomarna. Inte bara i Danmark utan över hela Europa. Och USA. Lisa blev väckt i natt av nån från en tidning i Texas.

– Förr ringde dom till mig, sa Wallander ironiskt. Expressen kvart i tre, Aftonbladet halv fyra. Eller tvärtom. Och sen höll det på.

Han reste sig upp från stolen.

– Vi måste gå igenom den här lägenheten grundligt, sa han. Källare och vind. Frågan är bara om jag inte gör mer nytta i Ystad. Om vi hinner borde vi lägga ut det här på Interpol och amerikanerna redan idag. Martinsson kommer att älska uppgiften.

– Han drömmer nog om att vara federal agent i Amerika. Inte kriminalassistent i Ystad.

– Drömmer gör vi alla, sa Wallander, i ett tafatt och onödigt försök att försvara Martinsson. Samtidigt började han samla ihop pärmar och papper från bordet. Ann-Britt Höglund hämtade plastpåsar i köket. När han skulle gå blev de stående ute i den trånga tamburen.

– Jag har hela tiden en känsla av att det är nåt jag förbiser, klagade Wallander. Vi talar ständigt om att söka en punkt där spåren korsar varandra. Beröringspunkten som måste finnas nånstans. Jag har hela tiden en känsla av att den finns mitt framför ögonen på mig. Utan att jag upptäcker den. Det har att göra med nåt som Westin sa.

– Westin?

– Han körde mig ut till Bärnsö. Han är postförare i skärgården. När vi stod där i hans styrhytt. Jag kommer bara inte på vad det var.

– Varför ringer du honom inte?

– Han kommer knappast att minnas vad han sa.

– Ni kanske kan rekonstruera samtalet? Bara det att du hör hans röst kanske gör att det som försvunnit dyker upp till ytan igen.

– Du kan ha rätt, sa Wallander tveksamt. Jag ska ringa honom.

Sedan påminde han sig även en annan röst som förekom i utredningen.

– Vad hände egentligen med Lundberg? Den person som inte var han? Men som utgav sig för att vara det? Som ringde till sjukhuset och frågade hur det stod till med Isa?

– Jag gav det vidare till Martinsson. Vi bytte nåt med varandra. Vad minns jag inte längre. Jag tog tag i nåt han inte hann med. Han lovade att tala med sköterskan på sjukhuset.

Wallander anade den förtäckta kritiken i hennes röst. De hade för mycket att göra. De olösta uppgifterna tornade upp sig.

– Det skulle komma folk från Malmö idag, sa han. Kanske dom redan är i Ystad och håller på att överblicka läget.

– Snart går det inte längre, sa hon. Man hinner inte tänka, inte sätta sig och vända på en enda detalj för att se om det är nåt man har glömt. Vem vill vara polis om det enda som gäller är att bli så skicklig på att slarva som möjligt?

– Ingen, sa Wallander, tog plastpåsarna och försvann nerför trapporna.

Kvinnan utanför porten hade försvunnit. Wallander körde tillbaka mot Ystad. I huvudet gick han återigen igenom alla händelser. Vad innebar upptäckten i Lena Normans lägenhet? Att dessa fester ingick i något som hade mycket djupare rötter än vad de hittills kunnat ana?

Han tänkte också tillbaka på den gång för några år sedan då Linda under en period befunnit sig i något som kunde ha kallats en religiös kris. Det var alldeles efter hans skilsmässa från Mona. Linda var lika vilsen som han själv. Han hade stått utanför hennes dörr sent på kvällarna och tjuvlyssnat på ett avlägset mumlande som han tolkat som att hon bad böner. Han hade också hittat böcker i hennes rum som beskrev och berättade om Scientologernas verksamhet. Då hade han blivit orolig på allvar. Han hade försökt diskutera med henne utan att lyckas. Till slut hade det varit Mona som tagit sig an saken. Vad som egentligen hade hänt visste han inte. Men en dag hade mumlandet bakom hennes stängda dörr tystnat. Återigen hade hon koncentrerat sig på det som hon tidigare bestämt sig för, att bli möbeltapetserare.

Han rös vid tanken. Många av de sekter som hade växt fram under de senaste årtiondena var hårdföra affärsorganisationer. Religionen och ockultismen hade förvandlats till en vara bland andra. Han kunde minnas hur hans egen far föraktfullt brukat tala om själafiske. Människor som i sin egen olycka lät sig fångas upp och sprattla sig till döds i de falska profeternas garn.

Kunde lösningen trots allt ligga i det material han hade packat ner i plastpåsarna?

Han trampade hårdare på gaspedalen. Han hade bråttom.

Det första han gjorde när han kom till polishuset var att leta reda på Edmundsson och betala tillbaka de pengar han lånat kvällen innan. Sedan gick han in i mötesrummet där tre polismän från Malmö under Martinssons ledning höll på att bli insatta i utredningen. En av dem, en kriminalinspektör i 60-årsåldern som hette Rytter, hade

Wallander träffat tidigare. De två andra, båda yngre, var okända för honom. Wallander hälsade men stannade inte. Eftersom USA låg minst sex timmar efter Sverige bad han bara Martinsson att kontakta honom senare under kvällens lopp. Från mötesrummet gick han direkt in på sitt kontor och började grundligt läsa igenom innehållet i de pärmar och plastmappar som de funnit i Lena Normans lägenhet. Texten var till stora delar på engelska. Många ord var han tvungen att slå upp. Arbetet var tröttande och han fick en molande huvudvärk. Han hade kommit igenom ungefär hälften när Martinsson knackade på dörren. Klockan hade då blivit över elva. Martinsson var blek och hålögd. Wallander undrade hastigt hur han själv såg ut.

– Hur går det? frågade han.

– Det är duktiga poliser, svarade Martinsson. Särskilt den äldre, tror jag. Rytter.

– Vi kommer att märka mycket fort att vi har dom här, sa Wallander uppmuntrande. Det blir en avlastning.

Martinsson slet med en trött gest av sig sin slips och knäppte upp skjortkragen.

– Jag har ett uppdrag för dig, sa Wallander.

Han berättade utförligt om fyndet i Lena Normans lägenhet. Martinsson kvicknade långsamt till. Tanken på att han snart skulle sätta sig i kontakt med de amerikanska kollegorna gav honom ny energi.

– Det viktigaste är att vi får fram en bild av den här organisationen, slutade Wallander. Naturligtvis är det viktigt att du också beskriver vad som har hänt här hos oss. Svedbergs död, och dom fyra ungdomarna. Ge en detaljerad bild av hur det såg ut på brottsplatsen. Låna nån av Nybergs översiktskartor. Vad vi framförallt behöver veta är om det börjar ringa några klockor hos dom. Har dom haft nånting liknande? Det viktigaste är att vi etablerar den här kontakten. Sen får vi komplettera under morgondagen. Vi ska naturligtvis också tala med den europeiska polisen. Den här sekten finns förmodligen inte bara i Amerika och Sverige.

Martinsson såg på klockan.

– Det är kanske inte den bästa tiden på dygnet att kontakta dom. Men jag kan göra ett försök.

Wallander reste sig och började samla ihop pärmarna. Tillsammans gick de och kopierade de papper som Wallander ännu inte hade hunnit läsa igenom.

– Näst droger är nog sekter det jag är mest rädd för, sa Martinsson plötsligt. För mina barn. Att dom ska dras in i en religiös mardröm som dom sen inte kan ta sig ur. Och där jag inte heller kommer åt dom.

– Det fanns en tid då jag bekymrade mig för Linda, svarade Wallander. När det gällde just det du säger.

Mer sa han inte. Martinsson ställde heller inga frågor. Kopieringsmaskinen slutade fungera. Martinsson la in en ny pappersbunt. Wallander tänkte på Svedberg.

– Svedberg blev JO-anmäld en gång. Vi talade om det häromdagen. Har du fått fram nåt mer om saken?

Martinsson såg undrande på honom.

– Har du inte fått papperen?

– Vilka papper?

– Kopian på den anmälan som kom till JO? Dom skickade ner den. Tillsammans med JO:s slututlåtande.

– Jag har inte sett till nånting?

– Det skulle läggas in på ditt rum.

Medan Martinsson fortsatte att kopiera gick Wallander tillbaka till sitt rum. Han lyfte på alla pärmar som låg utspridda på bordet. Någonting från JO kunde han inte hitta. Martinsson kom med de kopierade pappershögarna.

– Har du hittat det?

– Här finns ingenting.

Martinsson lastade av sig på Wallanders bord.

– Papper har en märklig förmåga att försvinna. När alla har datorer kommer inte det här att hända.

– Det blir efter min tid, sa Wallander, som fortfarande betraktade datorer med tveksamhet.

– Redan i september startar provdriften av DUR, sa Martinsson. Då kommer du att bli tvungen att lära dig dom nya rutinerna.

Wallander visste att DUR stod för »Datoriserade utredningsrutiner«. Men vad det egentligen skulle komma att innebära visste han inte. Antagandet var att polisen skulle kunna frigöra minst en halv miljon arbetstimmar för annat arbete genom datoriseringen. Men Wallander undrade samtidigt hur mycket tid som skulle gå förlorad genom att sådana poliser som han själv sannolikt aldrig skulle lära sig använda systemet fullt ut.

Wallander stirrade dystert ner i papperskorgen intill sitt skrivbord. Han läste ordet »TVINGDOK« på ett papper han nyligen slängt ner.

– TVINGDOK, sa han. Har det med det här nya systemet att göra?

– Känner du till det? sa Martinsson glatt överraskad. »Tvångsmedels- och ingripandedokumentationssystemet?«

– Jag har hört om det, sa Wallander undvikande.

– När vi väl är igång ska jag lära dig, sa Martinsson. Det är mycket enklare än vad du tror.

Martinsson försvann. Efter ungefär fem minuter var han tillbaka med några papper i handen.

– Det låg inne hos mig, sa han. Ett missförstånd. Folk lyssnar inte.

Martinsson skyndade iväg för att börja ta kontakt med den amerikanska polisen. Wallander antog att det skulle gå genom Interpol. Eller Sverige hade kanske direkta kontakter med FBI? Hans kunskaper när det gällde internationella poliskontakter var mycket små. Trots att han under senare år hade samarbetat både med sydafrikansk och lettisk polis. Han satte sig i stolen och läste igenom den JO-anmälan som en gång riktats mot Karl Evert Svedberg. Den var daterad den 19 september 1985. Alltså för mer än tio år sedan. Anmälningen hade författats av en man vid namn Stig Stridh, med bostadsadress i Ystad. Texten var skriven på en maskin där »e«-tangenten inte fungerade. Stig Stridh hade dock följande att anföra: den 24 augusti på kvällen hade han blivit misshandlad av sin bror i hemmet. Brodern som periodvis hade alkoholproblem hade kommit för att be om pengar. När han blivit avvisad hade han brusat upp och gått till fysiskt angrepp. Han hade slagit ut två tänder på Stridh samt gett honom ett djupt jack över vänster öga. Efteråt hade han demolerat vardagsrummet och stulit en kamera. När brodern gett sig av hade Stridh ringt till polisen. Två polismän, varav den ene hetat Andersson, hade kommit till lägenheten och tagit upp en anmälan. Sedan hade Stridh själv begett sig till sjukhuset där han blivit omplåstrad. När anmälan till JO skrevs hade han besökt tandläkare som påbörjat insättning av två nya tänder. Den 26 augusti hade Stridh blivit kallad till polishuset för ett samtal med polisassistenten Karl Evert Svedberg. Svedberg hade meddelat att det knappast skulle bli någon utredning eftersom det inte förelåg några bevis mot brodern. Stig Stridh hade då blivit upprörd och protesterat kraftigt. En kamera hade blivit stulen, vardagsrummet var raserat. Två polismän hade sett hur skadad han varit. Svedberg hade dock insisterat på att det inte skulle bli någon utredning. Enligt Stridh hade polisassistent Svedberg varit allmänt otrevlig och dessutom i hotfull ton varnat honom för att eventuella rättegångskostnader mot brodern skulle kunna bli dryga. Stridh hade då gått hem och skrivit ett brev till polismästare Björk i Ystad där han klagade på den behandling han fått. Några dagar efteråt hade polisassistent Svedberg uppsökt honom i bostaden och återigen uppträtt hotfullt. Stridh hade då blivit rädd. Men efter samtal med några vänner bestämde han sig för att skriva en anmälan till JO mot polisassistent Svedberg. Vilket han härmed hade gjort och undertecknat.

Wallander hade läst med stigande förundran. Att Svedberg skulle ha uppträtt hotfullt kunde han inte förstå. Han tyckte dessutom Svedbergs agerande var allmänt underligt. Alla skäl hade förelegat för att göra en undersökning och låta åklagaren dra brodern inför domstol. Han bläddrade vidare. Där fanns det av JO inkrävda svaret från Svedberg, daterat den 4 november 1985. Det var mycket kort. Svedberg hänvisade till att han hade följt alla rutiner. Han förnekade dessutom bestämt att han på något sätt skulle ha uppträtt hotfullt eller på annat sätt i strid mot vad som kunde anses vara god polismannased.

Till sist fanns där JO:s utlåtande. Han hade inte kunnat finna skäl till annat än att avvisa Stig Stridhs klagomål och lämna det utan åtgärd.

Wallander la ifrån sig papperen på skrivbordet med rynkad panna. Sedan reste han sig och gick in till Martinsson som satt vid sin dataskärm och skrev.

– Minns du nåt av det där ärendet med Stridh? frågade han. Det som ledde till att Svedberg blev JO-anmäld?

Martinsson tänkte efter innan han svarade.

– Jag har ett minne av att Svedberg inte ville tala om det. Han var naturligtvis lättad när JO lämnade det utan åtgärd.

– Om Stridh talar sanning var Svedbergs agerande obegripligt.

– Han menade tvärtom.

– Jag vill att vi letar fram dom där papperen i morgon. Rapporten som skrevs på kvällen den 24 augusti.

– Är det verkligen värt mödan?

– Det vet jag inte än. En av poliserna som kom hem till Stridh den där kvällen hette Andersson.

– Hugo Andersson.

– Var blev det av honom?

– Han slutade och blev vaktchef nånstans. 1988 tror jag. Men det går naturligtvis att ta reda på var han befinner sig just nu.

– Det framgår inte av Stridhs anmälan vem som var den andre polismannen. Men det står naturligtvis i den rapport dom skrev på kvällen. Frågan är vem som mer kan komma ihåg det här?

– Det borde vara Björk.

– Jag ska tala med honom. Men jag tror jag börjar med Stridh. Om han lever fortfarande.

– Jag har fortfarande svårt att förstå att det här kan vara viktigt. En elva år gammal JO-utredning? Som inte ledde nånstans?

– Svedbergs agerande är obegripligt, insisterade Wallander. Han avslutar en utredning han borde ha gripit tag i. Han uppträder hotfullt. Det finner jag anmärkningsvärt. Och det är Svedbergs avvikande sidor vi letar efter.

Martinsson nickade. Han förstod.

– Jag tar hjälp av nån av dom från Malmö, sa Wallander.

Han gick tillbaka till sitt kontor. Klockan var över midnatt. Besöket hos Isa Edengrens föräldrar hade inte blivit av. Och nu var det för sent. Han satte sig vid bordet och bläddrade i telefonkatalogen. Någon Stig Stridh fanns inte bland abonnenterna. Han skulle just ringa nummerbyrån när han insåg att han inte orkade. Det fick vänta till dagen efter. Nu måste han sova. Han tog jackan och lämnade polishuset. Det blåste en svag vind. Men värmen höll fortfarande i sig. Han letade reda på bilnycklarna och låste upp. Plötsligt ryckte han till och vände sig om.

Vad det var som hade skrämt honom visste han inte. Han lyssnade och försökte se in i parkeringsplatsens dunkel, där ljuset från lamporna inte trängde in.

Naturligtvis var det ingen där. Han satte sig i bilen.

Rädslan kommer inifrån, tänkte han. Jag är rädd för att den som har gjort allt det här finns i närheten.

Vem han än är så har han goda informationer.

Rädslan kommer inifrån. Rädslan att han ska göra det här igen.

24

På lördagsmorgonen den 17 augusti vaknade Wallander av att det trummade mot fönsterblecket utanför sovrumsfönstret. Klockan på bordet intill sängen visade halv sju. Wallander lyssnade på ljudet från regndropparna. Ett svagt gryningsljus silade in genom en glipa i gardinen. Han försökte minnas när det senast hade regnat. Det måste ha varit före den natt då han och Martinsson hade funnit Svedberg död i sin lägenhet. Det var nu åtta dagar sedan. En overklig tidsrymd, tänkte han. Vare sig den var kort eller lång. Han gick ut på toaletten och kissade. Sedan drack han vatten vid diskbänken. Återvände till sängen. Rädslan från kvällen innan fanns kvar inom honom. Lika oklar i sitt ursprung. Och lika stark.

Kvart över sju hade han duschat och klätt sig. Till frukost drack han kaffe och åt en tomat. Regnet hade då upphört. Termometern visade på 15 plusgrader. Molntäcket höll redan på att spricka upp. Han bestämde sig för att ringa från lägenheten. Först till Westin, sedan till nummerbyrån för att spåra Stig Stridh. Kortet med Westins telefonnummer hade han redan letat fram. Han antog att Westin inte körde post på lördagarna. Men han låg sannolikt inte heller och sov. Wallander tog med sig kaffekoppen in i vardagsrummet och slog det första av de tre nummer han hade fått. En kvinna svarade vid tredje signalen. Wallander sa vem han var och ursäktade att han ringde så tidigt.

– Jag ska hämta honom, sa hon. Han sågar ved.

Wallander tyckte att han i bakgrunden kunde höra något som lät som en vedkap. Ljudet dog bort. Nu var där några barn som ropade. Sedan kom Westin i telefonen. De hälsade.

– Du sågar ved, sa Wallander.

– Kylan kan komma fortare än man tror, sa Westin. Hur går det? Jag försöker läsa tidningarna och se på teve. Mer än vanligt. Vet ni vem som gjorde det?

– Inte än. Det tar tid. Men förr eller senare så griper vi gärningsmannen.

Westin var tyst. Troligen hade han genomskådat den optimism Wallander försökt ge uttryck för. Den var ihålig. Men likafullt nödvändig. Pessimistiska poliser lyckades mycket sällan lösa de allra mest komplicerade brotten.

– Kommer du ihåg vårt samtal på vägen ut till Bärnsö? sa Wallander.

– Vilket av dom? svarade Westin. Jag har för mig vi pratade mellan alla bryggor.

– Ett av samtalen var lite längre än dom andra. Jag tror det var det första.

Plötsligt mindes Wallander. *Westin hade slagit av på farten. Det var på väg in mot den första bryggan. Eller kanske den andra. Ön hade haft ett namn som påminde om Bärnsö.*

– Det var en av dom första bryggorna, sa Wallander. Vad hette öarna?

– Det måste vara Harö eller Båtsmansö.

– Båtsmansö. Det bodde en gammal man där.

– Zetterqvist.

Wallander började minnas nu. Detaljer framträdde.

– Vi var på väg in mot bryggan, sa han. Du berättade om Zetterqvist som klarade sig själv ute på vintrarna. Minns du vad du sa mer?

Westin skrattade. Men inte alls ovänligt.

– Jag kan väl ha sagt precis vad som helst.

– Jag inser att det här verkar märkligt, sa Wallander. Men det är viktigt.

Westin tycktes förstå att Wallander menade allvar.

– Jag tror du frågade om hur det är att vara postförare, sa han.

– Då frågar jag det igen. Hur är det att vara postförare ute i skärgården? Vad svarar du då?

– Att det är fritt. Men slitsamt emellanåt. Och ingen vet hur länge Posten kommer att låta mig vara kvar. Snart drar man väl in det sista som finns kvar av servicen till skärgårdsbefolkningen. Zetterqvist sa en gång till mig att han ville göra en förbeställning av sin egen transport till kyrkogården. Annars var det väl risk för att han blev liggande kvar ute i stugan.

– Det sista sa du aldrig. Det skulle jag ha kommit ihåg. Jag ställer frågan igen: Hur är det att vara postförare ute i skärgården?

Westin verkade tveksam.

– Vad jag kan minnas sa jag nog ingenting mer.

Wallander visste att det hade varit något mer. En vardaglig fras. Om vad det innebar att åka med post och livsmedel mellan öarna.

– Vi var på väg in mot bryggan, upprepade Wallander. Det minns jag. Farten var låg. Du hade talat om Zetterqvist. Sen sa du nåt mer.

– Jag kanske sa att det blir så att man håller ett öga på folk. Om nån inte dyker upp. Då går man upp och tittar efter att ingenting har hänt.

Nästan, tänkte Wallander. Vi är nästan där nu. *Men du sa nånting mer, Lennart Westin. Det minns jag bestämt.*

– Nåt annat kan jag inte tänka mig, sa Westin.

– Vi ger oss inte. Inte riktigt än. Försök.

Men Westin kom inte ihåg något mer. Wallander lyckades inte hjälpa honom vidare. Inte heller fylla i den lucka som fanns där och som hade det innehåll han sökte.

– Försök fortsätta att minnas, sa Wallander. Och ring mig om du kommer på nåt mer.

– Jag brukar inte vara nyfiken av mig. Men varför är det här så viktigt?

– Jag vet inte, sa Wallander enkelt. Men när jag vet ska jag förklara för dig. Det lovar jag.

Efter samtalet drabbades Wallander av en plötslig misströstan. Inte bara för att han inte lyckats locka ur Westin hans hemlighet. Utan lika mycket för att han sannolikt bara inbillade sig att orden som fattades var av betydelse. Tankarna på att ge upp, att be Lisa Holgersson ge ansvaret till någon annan, växte sig starka. Men sedan började han tänka på Thurnberg. Och då kände han lusten att bjuda motstånd igen. Han ringde upp nummerbyrån och bad om telefonnumret till Stig Stridh. Svaret kom genast. Stig Stridh hade valt att inte stå i telefonkatalogen. Men hans nummer var inte hemligt. Wallander antecknade. Adressen var ny. Stig Stridh hade flyttat till Cardellgatan. Han slog numret. Lät signalerna gå fram och räknade till nio innan någon svarade. Det var en äldre och släpande röst.

– Stridh.

– Jag heter Kurt Wallander och är polis.

Det lät som om Stridh spottade när han svarade.

– Det var inte jag som sköt ihjäl Svedberg. Men jag borde kanske ha gjort det.

Wallander blev upprörd. Det Stridh sa var kränkande. Även om Svedberg en gång hade gjort sig skyldig till en allvarlig felbedömning. Han hade svårt att behärska sig.

– För tio år sedan skrev du en anmälan till JO. Den lämnades senare utan åtgärd.

– Det var helt obegripligt, sa Stridh. Svedberg borde ha fått avsked.

– Jag ringer inte för att diskutera JO:s beslut, sa Wallander skarpt. Jag ringer för att jag behöver tala med dig om vad som egentligen hände den där gången.

– Vad är det att prata om? Min bror var full.

– Vad heter han?

– Nisse.

– Bor han här i Ystad?

– Han dog 1991. Av orsaker som inte borde ha förvånat nån enda människa. Söndersupen lever.

Wallander blev för ett ögonblick villrådig. Kontakten med Stig Stridh hade varit tänkt som det första steget. Mot ett möte också med brodern, som spelat huvudrollen under de händelser som lett fram till Svedbergs egendomliga agerande.

– Jag beklagar hans bortgång, sa Wallander.

– I helvete du gör. Men det spelar ingen roll. Jag beklagar den inte heller. Åtminstone får jag ha mitt vardagsrum ifred. Och ingen som springer här alla tider på dygnet och ska ha pengar. Åtminstone inte lika ofta.

– Vad menar du med det?

– Nisse har en änka. Eller vad man ska kalla det.

– Antingen har han väl en änka eller också inte?

– Hon kallar sig det. Men dom var aldrig gifta.

– Hade dom barn?

– Hon hade. Men inte dom två ihop. Vilket säkert var lika bra. En av hennes ungar sitter för övrigt inne.

– Varför det?

– Bankrån.

– Vad heter han?

– Det är en hon. Hon heter Stella.

336

– Var det en styvdotter till din bror som begick bankrån?

– Är det så konstigt?

– Det är inte särskilt vanligt med kvinnliga bankrånare i vårt land. Det är alltså ganska anmärkningsvärt. Var skedde det där rånet?

– I Sundsvall. Hon sköt flera skott upp i taket.

Wallander började erinra sig händelsen, även om det var mycket vagt. Han hade börjat leta efter något att skriva med.

– Vi behöver tala igenom det här ordentligt, sa han. Det kan antingen ske på polishuset eller hemma hos dig.

– Vad ska vi tala om?

– Det ska jag berätta för dig när vi ses.

– Du börjar låta nästan lika otrevlig som Svedberg.

Wallander kände ilskan stiga. Men han behärskade sig.

– Jag kan skicka en polisbil att hämta dig, sa han. Men vi kan också hålla det här samtalet hemma hos dig.

– Nu? Halv åtta en lördagsmorgon?

– Har du ett arbete att sköta?

– Jag är sjukpensionär.

– Du bor på Cardellgatan, sa Wallander. Om en halvtimme är jag där.

– Kan poliser verkligen störa folk när som helst?

– Ja, sa Wallander. När det behövs. Vi kan till och med väcka folk om vi tycker det är nödvändigt.

Stridh började protestera. Wallander la på luren.

Sedan åt han ytterligare en tomat. Bytte lakan i sängen och samlade ihop de smutskläder som låg spridda runtom i lägenheten. Han tänkte på Lennart Westin som sågade ved ute på sin ö. På Erika och hennes kafé. Så gott som han sovit i hennes lilla rum hade han inte sovit på mycket lång tid. Han mindes när det varit. De gånger Baiba hade varit i Ystad. Eller han själv på besök i Riga.

Fem minuter i åtta lämnade han lägenheten. Bilen lät han stå. På vägen stannade han vid de olika fastighetsmäklare han passerade. Han hittade också bilden av sin fars hus ute i Löderup. En känsla av vemod, kanske sorg, intog honom. Dessutom ett dåligt samvete. Han borde ha köpt huset, om inte för annat så för att kunna ge det till Linda. Men han visste att det redan var för sent. Det skulle aldrig ske.

337

Tio minuter över åtta ringde han på dörren till Stridhs lägenhet på Cardellgatan. Först vid tredje försöket öppnades dörren. Stridh var i 60-årsåldern och orakad. Skjortan stack fram ur den oknäppta gylfen och han luktade vermouth.

– Jag vill gärna se en polisbricka, sa Stridh avvisande.

– Jag antar att det är en legitimation du menar, sa Wallander och höll upp sitt kort framför Stridh.

De kom in i en lägenhet som var minst lika ostädad som Wallanders egen. Två katter betraktade honom med misstänksamma ögon. Wallander insåg genast att Stridh var en spelare. Överallt fanns gamla exemplar av olika travtidningar. I en överfull papperskorg låg sönderrivna spelbongar. I vardagsrummet var gardinerna fördragna och textteven stod på.

– Jag tänker inte bjuda på kaffe, sa Stridh. Jag hoppas att det här samtalet går fort.

Wallander makade undan den ena av katterna och satte sig i en av de få stolar som inte var fulla med tidningar och spelbongar. Han hade kommit ihåg att ta med sig en penna och ett anteckningsblock. Stridh försvann för ett ögonblick ut i köket. Wallander hörde det svaga klirrandet av en kapsyl mot diskbänken. Sedan kom han tillbaka in i rummet.

Wallander ställde sina frågor. Stridh svarade trögt och ovilligt. Det tog en oändlig tid. Wallanders tålamod med den avvisande mannen befann sig hela tiden på bristningsgränsen. Han undrade om Svedberg för tio år sedan hade reagerat likadant. När klockan hade blivit tio i nio tyckte han sig ändå ha fått en bild av de samlade omständigheterna kring Stig Stridh och hans bror. Stig hade tidigare arbetat för Lantmännen. Strax efter det att han fyllt femtio hade han fått diskbråck. Långa sjukskrivningar och en operation hade lett till att han blivit förtidspensionerad. Han hade varit gift och hade två söner som var vuxna och som nu bodde i Malmö respektive Laholm. Brodern Nils som var tre år yngre hade tidigt i sitt liv blivit alkoholiserad. Han hade påbörjat en militär karriär men straffat ut sig efter upprepade försyndelser i samband med sitt våldsamma drickande. Till en början hade Stig försökt ha tålamod med sin bror. Men relationen hade hela tiden försämrats, inte minst på grund av broderns ständiga pockande på lån av pengar som sedan aldrig betalades tillbaka. Kulmen hade varit händelsen för elva år sedan.

Några år senare hade broderns leverskada börjat visa sig och ytterligare några år senare var han död. Wallander noterade att han var begravd på samma kyrkogård som hans egen far och Rydberg. När det gällde Nisse Stridhs privata förhållanden fick Wallander fram att han under många år, men under minst sagt kaotiska förhållanden, hade levt tillsammans med en kvinna som hette Rut Lundin. Också hon hade stora spritproblem och kom ibland till sin avdöde mans bror och bad om pengar. Fick hon inga så skällde hon, hade Stig Stridh förklarat. Men hon slog inte sönder lägenheten. Och hon stal inte. Från tidigare förhållanden hade hon en son och en dotter. Sonen hade klarat sig bra i livet och blivit styrman på en av Ålandsfärjorna. För dottern hade det alltså gått sämre. Hon befann sig nu på Hinsebergs kvinnofängelse efter att ha dömts för två väpnade bankrån. Wallander hade noterat adressen till Rut Lundin. Hon bodde i ett hyreshus alldeles i närheten, vid Malmövägen. Under samtalets gång ringde telefonen två gånger. Wallander uppfattade att Stridh talade om hästar och tänkbara spelkombinationer. Efter varje samtal försvann han ut i köket. Kapsylen klirrade mot diskbänken.

Till sist hade de nått fram till det som Wallander kommit dit för: händelserna för elva år sedan.

– Vi behöver inte gå igenom händelseförloppet i detalj, sa han. Vad jag vill veta är mycket enkelt: Varför tror du att Svedberg egentligen la ner utredningen?

– Han sa att det inte fanns bevis. Vilket naturligtvis var rena dumheterna.

– Det vet vi. Det behöver vi inte upprepa. Frågan är varför du tror att han gjorde det.

– För att han var en idiot.

Wallander var beredd på att de svar han fick skulle göra honom upprörd. Men han insåg samtidigt att Stridh hade fog för sin vrede. Svedbergs agerande den gången hade varit egendomligt. Frågan var nu om den egendomligheten gick att tolka och förstå.

– Svedberg var ingen idiot, sa Wallander. Alltså måste förklaringen ha varit en annan. Hade du träffat honom tidigare?

– Varför skulle jag ha gjort det?

– Svara på mina frågor, sa Wallander skarpt.

– Jag hade aldrig träffat honom tidigare.

– Har du själv haft med rättvisan att göra?

– Nej.

Det svaret kom för fort, tänkte Wallander. Det kom för fort och det var inte sant. Han bestämde sig för att hugga sig fast.

– Jag vill ha svar som är sanna, sa han. Om du ljuger bär det av raka vägen till polishuset.

Stridh trodde honom.

– Jag handlade med bilar vid sidan av, sa han. På 60-talet. Det blev lite bråk om en bil som påstods ha varit stulen. Men annars har det inte varit nånting.

Wallander bestämde sig för att det var sant.

– Kan Svedberg ha träffat din bror vid nåt tidigare tillfälle? fortsatte han.

– Det borde han ha gjort. Så många gånger som han åkte in för fylleri.

– Hade du en känsla av att det var så? Att Svedberg på nåt sätt hade haft andra kontakter med din bror?

– Den enda känsla jag hade var att det gjorde ont i munnen.

Stridh spärrade upp överkäken och knackade med ett finger på två av tänderna.

– Här, sa han. Här gjorde det ont.

– Det tror jag säkert, svarade Wallander. Men nu pratar vi om din bror. Och Svedberg. Din bror talade aldrig om honom?

– Aldrig. Jag skulle ha kommit ihåg det.

– Begick din bror några andra brott?

– Det gjorde han säkert. Men han satt aldrig inne för annat än fylleri.

Wallander hade en känsla av att Stridh talade sanning. Han visste verkligen ingenting om sin bror och Svedberg. Om där fanns någon annan, dold förbindelselänk.

Det är meningslöst, tänkte han. Jag står och stångar mot väggar. Jag kommer ingenvart.

Wallander avslutade samtalet. Han hade redan bestämt sig för att tala med Rut Lundin.

– Tror du att änkan är hemma?

– Det är hon säkert. Men jag kan inte garantera att hon är nykter.

Wallander reste sig. Han ville ut ur den instängda lägenheten så fort som möjligt.

– Jag hade alltså rätt, sa Stridh när de var på väg ut i tamburen.

– Rätt i vad då?

– Att Svedberg var en idiot. Eftersom det inte fanns nån annan förklaring.

Wallander vände sig hastigt om och hytte med ett finger mot Stridh.

– Nån sköt honom, sa han. Rakt i ansiktet. Med ett hagelgevär. Svedberg var en bra polis. Han såg bland annat till att såna som du kan leva någorlunda i lugn och ro. Vad som hände den där gången för elva år sen vet jag inte. Jag vet bara två saker. Att Svedberg var en bra polis. Och att han var min vän.

Stridh sa ingenting mer. Wallander slog igen dörren hårt bakom sig. Det skallrade i väggarna.

Nere på gatan drog han in luft i lungorna och vädrade ut den ingrodda lägenhetslukten. Klockan var kvart över nio. Han ringde upp till polishuset och fick tag på Hansson. Senast klockan halv elva skulle han vara på polishuset. Sedan gick han upp längs Malmövägen mot det som skulle vara Rut Lundins adress. Med tanke på hur det sett ut hemma hos Stridh bävade han lite inför besöket.

Men han blev överraskad. Den kvinna som öppnade när han ringde på dörren var blek men nykter. Hennes lägenhet var också välstädad. Flera fönster stod öppna. Rut Lundin var mager och kortvuxen. Hennes tänder var missfärgade när hon log. Wallander försökte föreställa sig vad det innebar att ha en dotter som satt i fängelse för bankrån. Men han lyckades inte. Även om han anade smärtan.

Hon bjöd honom att sitta ner vid köksbordet. Han tackade ja till kaffe och gick sedan rakt på sak. Vad mindes hon av händelserna för tio år sedan? Vad hade mannen sagt? Hade hon någonsin hört talas om en polisman som hette Svedberg?

– Du talar om han som blev skjuten?

– Ja.

– Inte annat än vad jag hörde den gången.

– Berätta vad som hände när Stig blev överfallen.

– Nils kom hem mitt i natten och väckte mig. Han var rädd. Han trodde att han hade slagit ihjäl sin bror. Man kanske kan säga att han var både berusad och nykter på en och samma gång. Det var mitt i en av hans allra värsta perioder. Han hade druckit hårt i flera veckor. Då kunde han bli väldigt aggressiv. Men aldrig mot mig.

När han kom hem den där natten insåg han ändå vad han hade gjort. Och han var rädd.

– Enligt hans bror hade han stulit en kamera.

– Den hade han slängt på vägen. Om nån hittade den vet jag inte.

– Vad hände efter det att han kommit hem?

– Han talade om att rymma. Han sa att han kände nån som kunde förändra hans utseende. Han var mycket upprörd.

– Men han gav sig aldrig av?

– Det behövdes inte. Jag undrade förstås vad jag skulle göra. Till slut kom jag på att det bara fanns en sak, nämligen att ringa till Stig. Och det gjorde jag.

– Du ringde honom hem på natten?

– Jag tänkte att svarar han så lever han. Och det gjorde han ju. Nils lugnade sig sen. På morgonen när jag vaknade hade Nils redan gått ut. Jag tänkte att han höll på att skaffa sprit. Men när han kom tillbaka senare på förmiddagen var han alldeles nykter. Och på gott humör. Han sa att vi inte behövde oroa oss för det som hade skett under natten. Han hade talat med polisen. Det skulle inte bli nåt åtal. Inga efterräkningar alls.

Wallander rynkade pannan.

– Sa han vilka poliser han hade haft kontakt med? Nämnde han Svedberg just i det sammanhanget?

– Inte vad jag kan minnas. Han sa bara »polisen«. Inga namn.

– Och han var säker på att det inte skulle bli några efterräkningar?

– Nils kunde vara skrytsam ibland. På det sättet dolde han sin stora osäkerhet. Den känsla av underlägsenhet som de flesta alkoholister går och släpar på. »Man har väl sina kontakter«, sa han. »Man klarar sig inte utan hållhakar.«

– Hur tolkade du det?

– Jag tolkade det inte alls. Jag bara tänkte att det kanske inte hade varit så farligt, det som hänt under natten. Det var naturligtvis en lättnad.

– Du vet alltså inte om han nånsin hade kontakt med Svedberg? Eller med nån annan polis som du känner till namnet på? Förutom just vid det här tillfället?

– Nej.

– Vad hände efteråt?

– Ingenting. Nisse började supa igen. Och jag med.

– Fortsatte han att försöka låna pengar av sin bror?

Plötsligt förstod hon sammanhanget.

– Du har talat med Stig? sa hon. Visst är det så? Det är därför du är här?

– Ja.

– Han hade säkert inget vänligt att säga om sin bror. Eller om mig.

– Inte om Svedberg heller. Du vet kanske att han JO-anmälde honom. Men att det hela avskrevs.

– Jag har hört om det.

– Men Nils fortsatte att låna pengar av honom?

– Varför skulle han inte ha gjort det? Stig var rik. Det är han fortfarande. När jag har mina perioder går jag också hem till honom.

– Vad menar du med att han är rik? Blir man det av att arbeta på Lantmännen? Eller som sjukpensionär?

– Han har vunnit flera miljonvinster på sina hästar. Och han är snål. Han sparar. Han gömmer. Inte tror jag han har särskilt stora problem med ryggen heller.

Wallander tog ett steg tillbaka.

– Låt oss återvända till samtalet under den där natten, sa han. Nils kom hem. Han var upprörd och trodde att han hade slagit ihjäl sin bror. Han funderade på att rymma. Om jag förstod dig rätt sa han att han kände nån som kunde förändra hans utseende. Vad menade han med det?

– Nisse kände mycket folk.

– Nån som förändrar ett utseende borde vara läkare.

Hon blev sittande med kaffekoppen i handen och betraktade honom.

– Vad vet du egentligen om alkoholister?

– Att dom är många.

Hon ställde ner koppen på fatet igen.

– Vi är många. Och vi är olika. Vi kan stimma och vara besvärliga utanför Systemet. Vi sitter på bänkar med plastpåsar och hundar. Det är fylla, det är underklass, det är sånt man helst inte vill se. Men hur många vet att det sitter före detta läkare där på bänkarna? Eller advokater? Eller varför inte poliser? Spriten har gjort att allting har spårat ur. Nu ligger hela identiteten i den där plastpåsen. Men bakom finns nånting annat. På en viss punkt blir alkoholisterna med-

343

lemmar i ett samhälle där det inte längre existerar olika socialgrupper. Det finns bara två grupper. Dom som har sprit. Och dom som har druckit upp sin och ännu inte fått tag på mer.

– Nils kan alltså ha känt en läkare?

– Naturligtvis kan han det. Han kände advokater och affärsmän och bankdirektörer. Några söp i smyg. Klarade att hålla sig i arbete. Ibland till och med utan att nån visste att dom var alkoholister. Några klarade sig också ur det hela. Även om det inte var många.

– Kommer du ihåg namnen på dom här människorna?

– En del kanske. Men långtifrån alla.

– Jag skulle vilja att du gjorde en lista åt mig.

– Många av dom hade bara smeknamn.

– Skriv upp allt du kommer ihåg.

– Då måste jag ha tid att tänka.

Wallander drack upp det sista av sitt kaffe.

– Jag kan komma tillbaka i eftermiddag, sa han.

– Men inte senare än sex. Längre än så tror jag inte jag klarar att hålla mig nykter.

Hon såg honom stint i ansiktet. Wallander lovade att vara tillbaka i tid. Han tackade för kaffet och reste sig.

– Jag undrar om du kan förstå att man faktiskt kan sakna en människa som Nisse, sa hon långsamt. Han söp i hela sitt liv. Gjorde aldrig nån egentlig nytta. Men ställde till desto mer besvär. Ändå saknar jag honom.

– Det tror jag nog att jag kan förstå, sa Wallander. Det finns alltid sidor hos människor som bara ett fåtal lyckas upptäcka.

Han kunde se att hon blev glad över hans ord. Så lite som behövs, tänkte han när han kommit ner på gatan. Som kan göra denna stora skillnad. Mellan avståndstagande och något som i alla fall liknar ett försök till förståelse.

Han gick upp mot polishuset. Luften var varm och det var vindstilla. Vid kiosken på andra sidan sjukhuset skrek löpsedlarna emot honom: »Polisens samröre med den organiserade brottsligheten.« Wallander fortsatte. Hade han kommit vidare? Vad hade den här förmiddagen egentligen gett honom? Inte mycket. Lennart Westin hade stått ute på sin ö och sågat ved. De hade aldrig kommit fram till det Wallander sökte. Det som han inte ens var säker på att det överhuvudtaget existerade. Samtalet med Stig Stridh hade bara lett honom till Rut Lundin. Och hon skulle försöka skriva en lista på människor som hennes bror hade umgåtts med. Wallander stannade på trottoaren. Känslan av att vara på alldeles fel väg kom över honom. Var det så att han höll på att leda in hela utredningen i en återvändsgränd? Men vart kunde de egentligen gå istället? Han fortsatte mot polishuset med frågorna kvar i huvudet. Trots allt fanns det både frågor som fortfarande var obesvarade och uppslag som var obearbetade. Vad han minst av allt fick göra var att mista tålamodet.

När han kom upp till polishuset var alla hans närmaste medarbetare inne. Där fanns också de tre polismän som kommit från Malmö. Wallander grep tillfället och samlade dem runt sig i mötesrummet strax efter klockan elva. Han började med att gå igenom sin egen strävan att försöka sprida ljus över en elva år gammal JO-anmälan mot Svedberg. Martinsson kunde i det sammanhanget ge besked om att Hugo Andersson, den polisman som kommit till Stridh på kvällen, nu arbetade som skolvaktmästare i Värnamo. Den polisman som varit med honom på kvällen vid utryckningen hette Holmström och fanns nu som närpolis i Malmö. Wallander skulle ta kontakt med dem innan han åkte ut till Isa Edengrens föräldrar.

Efter mötet delade Wallander en pizza med Hansson. Han hade denna dag försökt hålla reda på hur mycket vatten han druckit och hur många gånger han varit på toaletten. Men han hade för länge sedan tappat räkningen.

Med visst besvär lyckades han få tag på Hugo Andersson och Harald Holmström. Resultatet blev magert. Ingen av dem kunde minnas något som gjorde att Svedbergs roll i det hela klarnade. De hade båda tyckt det var egendomligt att Nisse Stridh aldrig blev åtalad. Men det var länge sedan, detaljerna hade fallit bort. Wallander insåg att de inte ville tala illa om en död kollega. Om det nu fanns något negativt att säga. Med Martinssons hjälp hade Wallander fått fram den rapport de skrivit om utryckningen. Inte heller där kunde han finna något han inte redan visste.

När klockan blivit fyra ringde han till sin förre chef, Björk, som nu bodde i Malmö. Efter en stunds skvaller och ivriga beklaganden från Björks sida över den situation Wallander och hans kollegor befann sig i, med de fem morden, talade de länge om Svedberg. Björk sa att han avsåg att vara med på begravningen. Wallander blev förvånad, utan att han riktigt kunde klargöra för sig själv varför. Men när det gällde JO-anmälan hade Björk ingenting att säga. Varför Svedberg lagt ner utredningen mindes han inte längre. Men eftersom JO lämnat det hela utan åtgärd måste det ha gått riktigt till.

Halv fem lämnade Wallander polishuset för att åka ut till Skårby. Först skulle han dock hämta den lista som Rut Lundin förhoppningsvis hade gjort. När han ringde på dörren öppnade hon genast, som om hon väntat på honom i tamburen. Han kunde se att hon var onykter. Hon stack en handskriven lapp i hans hand. Detta var vad hon kunde minnas. Inget mer. Wallander förstod att hon inte ville släppa in honom. Därför tackade han bara och gick.

På trottoaren ställde han sig i skuggan av ett träd och läste igenom vad hon skrivit med sina barnsligt rundade bokstäver.

Genast upptäckte han ett namn han kände igen. Det stod ungefär mitt på listan.

Bror Sundelius.

Wallander höll andan.

Någonting hängde äntligen ihop med något annat. Svedberg, Bror Sundelius, Nisse Stridh. Längre kom han inte i sin tankegång. Telefonen i hans jackficka ringde.

Det var Martinsson. Hans röst skakade.

– Det har hänt igen, sa han. Det har hänt igen.

Klockan var nio minuter i fem. Lördagen den 17 augusti.

25

Han visste att han tog en risk.

Det hade han inte gjort tidigare. Risker var till för ovärdiga människor. Själv hade han ägnat hela sitt liv åt att lära sig undkomma. Ändå kunde han inte låta bli att utmana sig själv. Också försiktigheten var en sträng som kunde brista om den inte då och då spändes till sitt yttersta.

Risken fanns. Men han hade kalkylerat ner den till att vara ytterst liten. Så liten att den nästan inte alls existerade.

Dessutom var målet alldeles för frestande. När han hade hämtat inbjudningskorten till deras bröllop hade han nästan inte kunnat behärska sig. Deras lycka hade varit så stor att den drabbat honom, som om han hade utsatts för ett förnedrande övergrepp. Vilket det ju också hade varit.

Sedan hade han läst det brev som varit avgörande. När han fått klart för sig att de, efter vigseln i kyrkan och före bröllopsmiddagen, skulle bege sig ner till stranden, ensamma med fotografen för att ta sin bröllopsbild hade han bestämt sig. Fotografen hade varit mycket precis i det brev där han lagt fram sitt förslag. Han hade ritat en karta över vilken plats han tänkt sig. Och bröllopsparet hade sagt ja. Klockan fyra skulle de ta bilderna. Om vädret var vackert.

Han hade begett sig ut till platsen. Fotografens beskrivning hade varit så tydlig att han inte kunnat ta miste. Stranden var vidsträckt. Tätt intill den fanns en stor campingplats. Vid första anblicken hade han inte trott att det skulle vara möjligt att genomföra det han önskade. Men när han sedan hade kommit till just den plats som fotografen valt ut insåg han att risken för upptäckt skulle vara mycket liten. Bilderna skulle tas mellan några höga sanddyner. Naturligtvis skulle det finnas andra människor på stranden. Men de skulle säkert hålla sig på avstånd när fotografierna togs.

Hans enda problem var från vilket håll han själv skulle komma. Att försvinna skulle vara enklare. Det var mindre än tvåhundra meter till en plats där han kunde ställa bilen. Gick allting fel, om han blev upptäckt, och någon började följa efter honom, skulle han ha ett vapen redo. Hans bil kunde också bli iakttagen. Därför planerade han in tre alternativa fordon som han sedan skulle kunna byta mellan.

När han lämnade stranden första gången visste han ännu inte varifrån han skulle komma. Men andra gången insåg han att det fanns en möjlighet som han alldeles hade förbisett. Det skulle innebära en entré som var värdig denna lyckliga komedi som han skulle förvandla till en tragedi.

Plötsligt hade allting stått klart. Tiden var knapp. Bilarna som skulle stjälas och placeras ut. En grop övertäckt med en plastduk och ett tunt lager med sand skulle han förbereda natten innan. Där skulle vapnet ligga. Liksom handduken.

Det enda han inte kunde vara säker på var vädret. Men augusti detta år hade varit en vacker månad.

Tidigt på morgonen lördagen den 17 augusti gick han ut på sin balkong. Ett regnväder höll långsamt på att dra förbi. Till eftermiddagen skulle det säkert vara borta. Allt skulle gå som han tänkt. Han återvände in i sitt ljudisolerade rum, la sig på sängen och gick ännu en gång i huvudet igenom det som skulle ske samma eftermiddag.

De hade blivit vigda klockan två i den kyrka där hon nio år tidigare hade konfirmerats. Hennes präst från den gången hade dött. Men han som hon gifte sig med hade en avlägsen släkting som var präst och han hade förklarat sig villig att viga dem. Allt hade gått som det skulle, kyrkan hade varit full av familj och vänner, och när väl bröllopsfotografierna var tagna väntade den stora festen. Fotografen hade varit med i kyrkan och hela tiden tagit bilder. I huvudet hade han redan planerat för de viktigaste bilderna, de som skulle tas nere på stranden. Han hade använt platsen några gånger tidigare. Men aldrig hade han haft sådan tur med vädret som just denna dag.

Strax före fyra hade de kommit. Bland tälten och husvagnarna på campingplatsen hade det varit mycket folk. Nere på stranden hade barn lekt. En ensam badare hade funnits en bit ut i vattnet. De parkerade bilen och gick till den plats han hade valt ut. För att inte snava tog bruden av sig skorna och drog upp kjolen. Slöjan hade hon virat runt halsen. Det hade bara tagit fotografen några minuter att rigga upp sitt stativ och den skärm som skulle reflektera ljuset och göra skuggorna mjukare. De hade fått vara alldeles i fred på platsen. På avstånd hördes ljud från barn och en radio på campingplatsen. Den ensamme badaren var kvar där ute i vattnet. Han hade kommit närmare stranden. Men han störde dem inte.

Allt var klart. Fotografen väntade vid kameran. Brudgummen höll upp en fickspegel framför brudens ansikte så att hon kunde rätta till slöjan och spegla sitt ansikte. Den ensamme badaren var på väg upp ur vattnet nu. Han hade sin handduk liggande i sanden. Där satte han sig med ryggen vänd emot dem. I hennes spegel såg det ut som om han hade börjat gräva en grop i sanden.

Allting var klart. Fotografen visade hur han hade tänkt sig de första positionerna. De diskuterade om de skulle vara allvarliga eller skratta. Fotografen föreslog att de skulle ta olika varianter. Klockan var bara nio minuter över fyra. De hade gott om tid.

De hade just tagit den första bilden när mannen med handduken plötsligt reste sig upp och började gå längs stranden. Fotografen gjorde sig beredd att ta nästa bild. Då upptäckte bruden att mannen plötsligt ändrade riktning. Fotografen skulle just knäppa när hon lyfte handen. Det var bäst att de väntade tills mannen hade passerat. Han var på väg rakt emot dem nu. Handduken hade han i ena handen på framsidan av kroppen. Fotografen nickade och log och vände sig sedan mot brudparet igen. Mannen log tillbaka. Samtidigt lyfte han handduken som var virad runt vapnet och sköt fotografen i nacken. Han gick snabbt några steg närmare och sköt brudparet. Det enda som hördes var några torra knallar. Han såg sig runt. Ingen var där, ingen hade sett någonting.

Därefter gick han lugnt över den närmaste dynen. På baksidan kunde ingen se honom från campingplatsen. Då började han springa tills han var framme vid bilen, han låste upp och for därifrån.

Det hela hade tagit mindre än två minuter. Han märkte att han frös. Det var ytterligare en risk han hade tagit. Att han kunde bli förkyld. Men frestelsen hade varit för stor. Att kunna stiga upp ur vattnet som den onåbara människa han verkligen var.

Precis vid infarten till Ystad stannade han och drog på sig den träningsoverall han hade liggande i baksätet.

Sedan satte han sig att vänta.

Det tog längre tid än han hade trott innan någon hade upptäckt vad som hänt. Kanske det var något av de barn som lekte på stranden? Eller någon från campingplatsen som tagit en promenad? Tids nog skulle han kunna läsa om det i tidningarna.

Men till sist hörde han ändå sirenerna på avstånd. De närmade sig hastigt. Klockan hade då blivit tre minuter i fem. Han såg dem passera förbi i hög fart. Där fanns också en ambulans. Han hade lust att vinka till dem. Men han behärskade sig. Sedan for han hem. Återigen hade han gjort det han bestämt sig för. Och därefter lugnt och värdigt undkommit.

*

De hade kommit och hämtat Wallander med ylande sirener där han stod i skuggan av trädet utanför Rut Lundins hus. De första uppgifterna hade varit förvirrande och motsägelsefulla. Han hade fått sitt samtal med Martinsson avbrutet. De polismän som beordrats att hämta honom visste inte annat än att de skulle till Nybrostrand. Att det var fråga om döda människor, hörde han på polisradion. Han lyckades inte få telefonkontakt med Martinsson igen. Han hade satt sig i baksätet. Martinssons röst ekade inom honom: »Det har hänt igen.«

Det som han fruktat. Han blundade och försökte andas alldeles lugnt. Sirenerna skrek inne i hans huvud. Bilen körde mycket fort. När de kom fram till Nybrostrand svängde de höger och körde ut på en väg som inte var mycket bredare än en gångstig. Wallander såg hur Martinsson och Ann-Britt Höglund steg ur en bil framför honom. Han öppnade dörren innan bilen ens hade bromsat in. En kvinna stod med händerna framför ansiktet och grät. Hon hade shorts och en tröja där omgivningen uppmanades att rösta på Sveriges inträde i Nato.

– Vad är det som har hänt? frågade Wallander.

Upprörda campare viftade och vinkade. De sprang mot sanddynerna. Wallander var framme först. Han tvärstannade. Han upplevde mardrömmen på nytt. Först begrep han inte vad det var han såg. Sedan insåg han att det var tre människor som låg där döda framför honom. På ett stativ satt en kamera.

– Ett bröllopspar, hörde han Ann-Britt Höglund säga någonstans från sidan. Wallander gick närmare och satte sig ner på huk. Alla tre var skjutna. Skotten hade träffat bruden och brudgummen mitt i pannan. Kvinnans vita slöja hade färgats röd av blod. Försiktigt snuddade han vid hennes bara arm. Hon var fortfarande varm. Han reste sig långsamt upp och hoppades att han inte skulle drabbas av yrsel. Hansson fanns nu också där, liksom Nyberg. Han gick fram till dem.

– Det har hänt igen. Dessutom alldeles nyligen. Finns det några spår? Har nån sett nånting? Vem upptäckte det här?

Alla runt honom tycktes lamslagna. Som om de förväntade sig att han själv skulle förklara vad som egentligen hade hänt. Eller att han redan hade svaren på de frågor han ställt.

– Vi måste sätta igång, röt han. Det har skett alldeles nyligen. Nu måste vi ta honom.

Den korta förlamningen var över. Inom loppet av några minuter hade Wallander fått klart för sig vad som hänt. Ett brudpar hade kommit i sällskap med en fotograf. De hade försvunnit bland sanddynerna. Ett barn som lekte på stranden hade lämnat de andra för att kissa. Han hade upptäckt de döda och skrikande sprungit upp mot campingplatsen. Ingen hade hört några skott. Ingen hade heller sett någon lämna platsen. Flera vittnen var också säkra på att det bara varit brudparet och fotografen som kommit dit tillsammans. Hansson och Ann-Britt Höglund försökte i all hast kombinera dessa upprörda och förvirrade iakttagelser. Martinsson organiserade avspärrningarna medan Wallander gjorde en hastig genomgång med Nyberg. Varannan minut frågade han varför det inte hade kommit någon hundpatrull. När Edmundsson till sist dök upp med Kall hade Hansson och Ann-Britt Höglund försökt avskärma sig från kaoset och göra en första rimlig bedömning av vad som kunde ha skett.

– Några av barnen såg en badande man, sa Hansson. Han kom upp från vattnet och satte sig i sanden. Sen försvann han.

– Försvann? Wallander lyckades dåligt dölja sin otålighet.

– En kvinna stod och hängde tvätt vid sin husvagn när brudparet kom, sa Ann-Britt Höglund. Hon tyckte sig se en man som simmade här ute. Men sen var han plötsligt borta.

Wallander skakade på huvudet.

– Vad betyder det? Att han har drunknat? Eller begravt sig i sanden?

Hansson pekade ner mot stranden, rakt nedanför den plats där de döda kropparna låg.

– Han satt där nere, sa han. Enligt den här ungen. Som faktiskt verkar trovärdig. Han har haft ögonen med sig.

De gick ner på stranden. Hansson sprang och hämtade en mörkhårig pojke som stod i sällskap med sin pappa. Wallander manade på dem att ta en lång omväg för att undvika att trampa i spår och försvåra för hunden. De upptäckte märken efter någon som suttit ner i sanden. Samt resterna av en grop och en liten bit avriven plastduk. Wallander ropade på Edmundsson och Nyberg.

– Den här plastduken påminner mig om nåt, sa Wallander.

Nyberg nickade.

– Det kan vara samma typ som dom avrivna bitar vi hittade ute i reservatet.

Wallander vände sig mot Edmundsson.

– Låt henne lukta på det här, sa han. Sen ska vi se om hon börjar söka.

De gick åt sidan. Hunden var ivrig. Efter att ha luktat på plasten började den genast dra upp mot sanddynerna. Sedan vek den av mot vänster. Wallander och Martinsson följde efter på avstånd. Hunden var fortfarande ivrig. De kom fram till en avtagsväg. Där stannade den. Spåret var borta. Edmundsson skakade på huvudet.

– En bil, sa Martinsson.

– Som nån kan ha sett, sa Wallander. Sätt igång varenda polis som finns här. En enda fråga. En man i badbyxor, randig handduk och en bil. En bil som har stått parkerad. Som gav sig av för ungefär en timme sen.

Wallander sprang tillbaka till mordplatsen. En av kriminalteknikerna höll på att säkra fotspår nere i den fuktiga sanden. Edmundsson letade vidare med sin hund.

– En badande man, sa Wallander till Ann-Britt Höglund. En badande man som försvinner.

Hansson avslutade just ett samtal med en kvinna utanför campingplatsen. Wallander vinkade honom till sig.

– Det är fler som har sett honom, sa Hansson.

– Den badande mannen?

– Han var i vattnet när brudparet kom. Sen gick han upp på stranden. Nån påstod att det såg ut som om han började gräva ett sandslott. Sen reste han sig och försvann.

– Man har inte sett nån annan? Ingen som följde efter dom?

– En man som var påtagligt onykter meddelade att det kommit två maskerade män på cykel längs stranden. Men honom tror jag vi kan avskriva.

– Då gör vi en provisorisk bedömning, sa Wallander. Vet vi vilka dom döda är?

– Mannen som låg vid kameran hade ett inbjudningskort i fickan, sa Ann-Britt Höglund. Hon gav det till Wallander. Hans obehag och vånda var nu så stor att han mest av allt hade lust att skrika rakt ut i luften och sen springa därifrån.

– Malin Skander och Torbjörn Werner, sa han. Dom gifte sig i dag klockan två.

Hansson hade tårar i ögonen, Ann-Britt Höglund stirrade i marken.

– Dom var alltså gifta i två timmar, sa han. Sen kom dom hit för att bli fotograferade. Vet vi vem fotografen är?

– Namnet står på insidan av kameraväskan, sa Hansson. Han hette Rolf Haag och har ateljé i Malmö.

– Vi måste hitta dom anhöriga, fortsatte Wallander. Snart kommer här att svärma av andra fotografer.

– Borde vi inte sätta upp vägspärrar? frågade Martinsson som nu hade anslutit sig till gruppen.

– Vägspärrar efter vad? Vi vet väl inte hur bilen såg ut? Vad ska vi spärra av? Ska vi leta efter en man i badbyxor? Trots att vi har en tidpunkt hittar vi honom inte med spärrar. Det är redan för sent.

– Jag vill bara att vi ska ta den jäveln, sa Martinsson.

– Det vill vi alla, sa Wallander. Vi vill ta honom och vi ska ta honom. Därför ska vi gå igenom vad vi vet så här långt. En badande man. Det är det enda spåret. Vi måste utgå från att det är samme man. Och han går till verket med två förutsättningar: Att han är välinformerad och att han planerar noga.

– Han skulle alltså ha varit ute i vattnet och simmat medan han väntade? sa Hansson tveksamt.

Wallander försökte se det som hade hänt framför sig.

– Han vet att brudparet ska fotograferas just här, sa han. På inbjudningskortet stod det att bröllopsmiddagen skulle börja klockan fem. Det innebär att han har en tidpunkt. Fotograferingen ska ske, just här, vid fyratiden. Han använder väntetiden till att bada. Sin bil har han parkerat en bit härifrån. På ett ställe där det är möjligt för honom att komma ner till vattnet utan att passera förbi camping-platsen.

– Har han haft vapnet med sig ut i vattnet?

Hanssons misstro var påtaglig. Men Wallander hade redan börjat se hur det hela hade gått till.

– Vi måste hålla oss kvar vid utgångspunkten, upprepade han. Vi vet att han är välinformerad och att han planerar. Han inväntar brudparet och fotografen ute i vattnet. En man som badar har inga kläder på sig. Vått hår förändrar en människas utseende. Ingen bryr sig egentligen om nån som badar. Alla ser honom och minns att han var där. Men ingen har egentligen lyckats beskriva honom.

Han såg sig runt och möttes av bekräftelser. Inget av de vittnen som de hittills talat med hade kunnat ge en bild av hans ansikte.

– Brudparet kommer, fortsatte Wallander. Tillsammans med sin fotograf. Han går upp ur vattnet och sätter sig på stranden.

– Han har handduk, sa Ann-Britt Höglund. En randig handduk. Flera tycker sig ha kommit ihåg handduken.

– Det är bra, sa Wallander. Alla detaljer betyder nånting. Han sätter sig på sin handduk. Den är randig. Och vi har ett vittne som tycker att han gör nånting. Vad?

– Han gräver i sanden, svarade Hansson.

Wallander insåg nu att han hade rätt. Ett första vagt mönster började framträda. Mannen följde sina egna regler. Han varierade dem. Men Wallander tyckte att han nu hade kunnat börja tyda dem.

– Han gräver inte för att bygga sandslott, sa han. Han gräver undan en plastbit som täcker över ett vapen.

Nu kunde också de andra följa honom. Wallander gick försiktigt vidare.

– Vapnet har han planterat tidigare, sa han. Allt han nu behöver göra är att invänta rätt tillfälle. När brudparet och fotografen är upptagna med sitt. När ingen finns i närheten. Då reser han sig. Vapnet har han förmodligen inlindat i sin handduk. Ingen bryr sig om honom. Han är en ensam badare på väg upp från vattnet. Sen avlossar han tre skott. Offren dör genast. Han måste ha använt ljuddämpare. Han skjuter dom och fortsätter sen förbi sanddynerna och försvinner i sin bil. Det hela är över på nån minut. Vart han sen har tagit vägen vet vi inte.

Nyberg hade anslutit sig till gruppen under samtalet.

– Vi vet inget mer om den här mannen än det han har gjort, slutade Wallander. Men vi kommer att upptäcka fler beröringspunkter.

– Jag vet en sak till om honom, sa Nyberg. Han snusar. Han har spottat ut snus där nere vid gropen. Det verkar som om han har försökt täcka över det. Men hunden grävde fram det. Vi samlar ihop det nu. I saliv kan man hitta mycket som berättar om en människa.

Wallander såg att Lisa Holgersson var på väg. Snett bakom henne kom Thurnberg. I en hastig och avundsjuk drömsyn såg Wallander Per Åkesson framför sig, sittande någonstans i ett fjärran paradis, långt från de makabra rester en galning lämnat efter sig. Han tänkte att tiden nu var inne för honom att lämna ifrån sig ansvaret för spaningsarbetet. Han hade misslyckats. Även om han inte hade misskött sitt arbete så var misslyckandet ett faktum. De hade inte hittat gärningsmannen som dödat deras kollega, tre ungdomar i ett naturreservat, en ensam flicka inkrupen i en grotta på en ö i Östergötlands skärgård, och nu ett brudpar, tillsammans med en fotograf.

Det fanns bara detta enda att göra. Be Lisa Holgersson ge ansvaret till någon annan. Eller inse att Thurnberg skulle hämta någon från rikskriminalen för att ta över utredningen.

Han orkade inte ens informera dem om vad som hade hänt. Det överlät han till de andra. Istället gick han ner till Nyberg som stod intill kamerastativet.

– Han har tagit en bild, sa Nyberg. En enda. Sen blev det inte mer. Men vi ska naturligtvis kopiera den så fort det låter sig göra.

– Dom hann vara gifta i två timmar, sa Wallander.

– Det verkar som om den här galningen inte tycker om lyckliga människor. Eller som om han ser som sin livsuppgift att förvandla glädje till sorg.

Wallander lyssnade frånvarande på Nybergs sista kommentar. Men han sa ingenting. Nere på stranden höll Edmundsson på med Kall. En annan hundpatrull fanns längre upp på stranden. Utanför avspärrningarna hade det redan samlats mycket folk. Långt ute vid synranden såg Wallander ett fartyg stäva med kurs mot väster. Om några timmar skulle det passera genom Sundet och sedan vidare över öppet hav.

Fortfarande orkade han inte gripa tag i det som hänt. Han hade anat att det skulle ske igen. Men han hade hoppats något helt annat. *En bra polis hoppas alltid*, hade Rydberg sagt många gånger. *En bra polis hoppas att ett mord inte ska ske. Att en gärningsman ska missa när han riktar sitt vapen mot en värnlös människa. Men en bra polis hoppas också att de brott som inträffar ska lösas på ett sådant sätt att åklagarna blir nöjda och domstolarna kan utdöma påföljder. Framförallt hoppas en bra polis att brottsligheten ska minska. Men en bra polis vet samtidigt att det knappast kommer att ske. Så länge samhället ser ut som det gör. Med orättvisorna inbyggda, som själva förutsättningen, för samhällsmekanikens kraftutväxling.*

Han brukade också säga något annat, tänkte Wallander. *Att bekämpa brottslighet är alltid en fråga om uthållighet. Vem orkar mest och längst?*

Lisa Holgersson och Thurnberg dök upp vid hans sida. Wallander hade varit så djupt inne i sina tankar att han ryckte till.

– Här borde ha upprättats vägspärrar, sa Thurnberg.

Wallander såg på honom. Han hade inte ens hälsat, inte en gång med en nick.

I det ögonblicket bestämde sig Wallander för två saker. Han skulle inte lämna ifrån sig ledningen för spaningen frivilligt. Han skulle dessutom säga precis vad han tyckte. Och han skulle börja nu.

– Nej, svarade han. Några vägspärrar skulle inte alls ha upprättats. Du kunde naturligtvis ha beordrat det. Men då hade du fått ta på dig att själv förklara varför. Nån hjälp av mig hade du inte fått.

Thurnberg hade inte förväntat sig ett sådant svar från Wallander. För ett ögonblick tappade han sin självsäkerhet.

Han vred upp sig för mycket, tänkte Wallander belåtet. Han vred upp sig så fjädern gick av.

Wallander vände demonstrativt ryggen mot Thurnberg. Lisa Holgersson var blekare än han någonsin tidigare hade sett henne. I hennes rädsla kunde han se sin egen.

– Det är alltså samme man? sa hon.

– Ja. Utan tvekan.

– Men ett brudpar?

Det var den första tanke som hade slagit även honom. Men han visste också att svaret bara kunde bli ett enda.

– Också ett brudpar kan beskrivas som utklädda människor.

– Det är alltså det han är ute efter?

– Jag vet inte.

– Vad skulle det annars vara?

Wallander svarade inte. Eftersom han inte visste. Även om det var alldeles för tidigt att dra några slutsatser upplevde han att den grund till en förklaring de så mödosamt hade försökt bygga nu hade rasat samman.

Han såg bara en galning framför sig. En galning som inte var någon galning. Men som nu hade dödat åtta människor. Varav en polis.

– Jag tror aldrig jag har varit med om nåt så ohyggligt i mitt liv, sa hon.

– En gång var Sverige känt för sina duktiga uppfinnare, sa Wallander. Sen blev vi kända för det som kallades folkhem. Dessutom omgavs vi under en period av ett efterhängset rykte som felaktigt kallades den svenska synden. Nu är frågan om vi inte kommer att dra uppmärksamheten till oss på grund av en mördare som beter sig som ingen annan före honom.

Han ångrade genast vad han hade sagt. Jämförelserna var utan mening, tillfället olämpligt, situationen alldeles fel.

– Dom anhöriga, sa hon. Hur underrättar man familjer och vänner till ett brudpar som gått ut ur kyrkan för mindre än ett par timmar sen? Om att brudparet inte längre finns i livet?

– Jag vet inte, sa Wallander. Jag är precis lika lamslagen som du. Vi vet inte heller om den här fotografen har familj.

– Jag har förstått det så att dom gifte sig här i närheten?

– I Köpingebro. Bröllopsmiddagen ska snart börja.

Hon såg på honom. Han visste vad blicken betydde.

– Jag föreslår att Martinsson tar sig an fotografens anhöriga, sa han. Med hjälp av kollegorna i Malmö. Du och jag får åka till Köpingebro.

Thurnberg stod och talade i sin mobiltelefon. Wallander undrade hastigt med vem. Sedan samlade han helt kort sina närmaste medarbetare. Tills han kom tillbaka fick Hansson ta över ansvaret.

– Svara på allt som Thurnberg frågar om, sa Wallander. Men börjar han styra och ställa får ni höra av er till mig över telefonen.

– Varför skulle en åklagare börja lägga sig i polisens arbete på en brottsplats?

Hanssons fråga var berättigad. Men Wallander brydde sig inte om att besvara den. Istället tog han Ann-Britt Höglund åt sidan.

– Jag vet inte hur lång tid det här kommer att ta, sa han. Men när jag kommer hit igen vill jag att du har tänkt igenom situationen. Hur ska vi egentligen bedriva den här spaningen härifrån och vidare? Bortom alla rutiner? Det vi alltid gör. Ingen spaning liknar nån annan. På vilket sätt ska den här skilja ut sig? Hur har det som hänt förändrat allt annat? Har nånting blivit tydligare? Finns det nu nåt spår som är viktigare? Eller tvärtom?

– Det vet jag inte om jag klarar, svarade hon. Det är ditt arbete.

– Inte mitt. Vårt. Och jag ska underrätta anhöriga till ett brudpar som sa ja till varandra för ett par timmar sen. Jag kommer inte att ha möjlighet att tänka på nåt annat. Därför måste du tänka i mitt ställe.

– Jag vet fortfarande inte om jag kan.

– Du kan i alla fall försöka.

Han lämnade henne och gick till bilen där Lisa Holgersson satt och väntade.

De for från platsen under tystnad. Wallander såg på landskapet som passerade förbi. På avstånd kunde han se att en åskfront höll på att torna upp. Säkert skulle den ha nått Skåne innan kvällen.

Det började regna när klockan blivit tio, denna lördagskväll den 17 augusti. Wallander hade då återvänt till mordplatsen. Mötet med de anhöriga, känslan av att bryta sig in i ett lyckligt rum och sprida död och förintelse runt sig hade varit värre än han någonsin tidigare hade upplevt. Ändå hade han genom åren tvingats framföra många dödsbud. Lisa Holgersson hade varit oväntat passiv, som om hon inte hade orkat upprepa det hon tvingats göra veckan innan. Kanske en polis har ett visst antal dödsbud att framföra i sitt liv, hade Wallander tänkt. I så fall har jag nått min gräns nu. Den går inte att töja längre.

Det hade varit som att medverka i ett mardrömslikt skådespel. Den overkliga inramningen, en dragspelstrio, ett pensionat, en festlokal med girlander, matos från ett väntande kök. Människor i grupper, i väntan. Och sedan hade polisbilen svängt in på gården.

Det hade varit en lättnad när han äntligen hade kunnat ge sig av tillbaka mot Nybrostrand. Lisa Holgersson hade då redan återvänt till Ystad. Wallander hade vid flera tillfällen talat med Hansson i telefon. Men ingenting dramatiskt hade inträffat. Hansson hade dessutom kunnat meddela att fotografen Rolf Haag var ensamstående. Martinsson hade fått besöka ett vårdhem där Haags åldrige far vistades. Dödsbudet hade en avdelningssköterska framfört, efter att ha försäkrat Martinsson om att den gamle mannen sedan länge hade glömt att han överhuvudtaget hade en son som hette Rolf och var fotograf.

Nyberg hade sett regnet komma. Han hade i stor hast fått spänt en plastduk över både den plats där kropparna hittats och på stranden där den badande mannen hade suttit på sin randiga handduk. Utanför avspärrningarna hade det fortfarande funnits mycket folk när Wallander kom till platsen. Flera journalister hade försökt få hans kommentarer. Men han hade bara skakat på huvudet och skyndat vidare. Hansson hade gett en lägesrapport medan Martinsson och polismännen från Malmö höll på att förhöra tänkbara vittnen på campingplatsen. Ingen hade hittills kunnat minnas en bil som hade stått parkerad på avtagsvägen. Nyberg hade fått det enda fotografiet som Rolf Haag hunnit ta framkallat. Brudparet skrattade rakt in i kameran. Wallander betraktade bilden. Samtidigt mindes han vagt någonting Nyberg hade sagt tidigare på dagen.

– Vad var det du sa? frågade han. När vi stod här vid kamerastativet. Och du hade upptäckt att han hade tagit ett fotografi.

– Sa jag nånting?

– Du gjorde en kommentar.

Nyberg tänkte efter.

– Jag tror jag sa att den här galningen inte tycker om lyckliga människor.

– Vad menade du med det?

– Svedberg kan väl knappast karaktäriseras som en översvallande och livsglad människa. Men ungdomarna där ute i reservatet. Nog måste man tro att deras fest innebar glädje.

Wallander mer anade än förstod Nybergs tanke. Han såg ännu en gång på bröllopsfotografiet.

Han lämnade tillbaka bilden till Nyberg och nickade sedan åt Ann-Britt Höglund att följa med. De satte sig i en av de tomma polisbilarna.

– Var är Thurnberg? frågade Wallander.

– Han försvann ganska fort.

– Sa han nånting?

– Inte vad jag vet.

Det regnade kraftigt nu. Dropparna smattrade mot biltaket.

– Jag övervägde ett tag att lämna ifrån mig ansvaret, sa han. Vi har åtta döda människor. Och vi är inte ett dugg närmare nåt som kanske kunde bli ett genombrott.

– Vad skulle bli bättre om du lämnade ansvaret till nån annan? Och till vem?

– Jag kanske bara ville slippa ifrån det.

– Men du har ändrat dig?

– Ja.

Wallander skulle just be henne om svar på det han talat med henne om innan han farit till Köpingebro, när det knackade på en av bilrutorna. Det var Martinsson som kom. Han var våt och satte sig i framsätet.

– Jag tänkte att du borde veta om att en man har lämnat in en anmälan mot dig.

Wallander såg oförstående på honom.

– Mot mig? Varför det?

– För påstådd misshandel.

Martinsson kliade sig bekymrat i pannan.

– Kommer du ihåg den där joggaren ute i reservatet? Nils Hagroth?

– Han hade ingenting där att göra.

– Han har i alla fall anmält dig för misshandel. Thurnberg har fått reda på det. Och han betraktar det tydligen som mycket allvarligt.

Wallander satt mållös.

– Jag ville bara att du skulle veta, sa Martinsson. Ingenting annat.

Regnet smattrade. Martinsson försvann.

På avstånd lyste en strålkastare över den plats där ett brudpar några timmar tidigare hade blivit dödat.

Klockan hade blivit halv elva på kvällen.

26

Regnet upphörde strax efter midnatt.

På avstånd, ute mot Bornholm hade blixtar varit synliga. Men åskvädret hade aldrig nått in över Skåne. När de sista dropparna hade fallit gick Wallander undan från strålkastarljuset och ner på stranden där det var mörkt. Fortfarande stod människor samlade utanför avspärrningarna. Men där bortom var stranden öde. Han vände sig om och såg upp mot de brinnande strålkastarna. Kropparna var nu borta. Men Nyberg och hans män arbetade fortfarande kvar.

Wallander hade gått ner på stranden för att göra det han mest av allt behövde. Tänka. Försöka bilda sig en uppfattning om vad som egentligen hade hänt, och hur de nu skulle gå vidare.

Det luktade friskt efter regnet som fallit. Lukten av rutten tång var borta. I över fjorton dagar hade det torra och varma vädret varat. Regnet hade dragit bort. Men värmen var kvar. Återigen var det vindstilla. Havets rörelse mot strandlinjen var nästan omärklig. Wallander pissade ut i vattnet. I huvudet tyckte han sig se de vita sockeröarna torna upp sig som små isberg i hans vener. Han var ständigt torr i munnen, hade ibland svårt att fixera olika föremål med blicken, och anade att hans blodsockernivå blivit alltmer förhöjd.

Just nu fanns det dock ingenting han kunde göra åt det. Men efteråt, när och om de väl lyckades gripa mördaren, skulle han sjukskriva sig tills han hade fått sin hälsa under kontroll.

Om han nu inte fick hjärtslag och föll rakt ner och dog.

Han påminde sig den gång för fem år sedan då han en natt vaknat av våldsamma smärtor i bröstet och trott att han drabbats av en hjärtattack. På sjukhuset hade de kunnat konstatera att så inte var fallet. Men en läkare hade utfärdat en varning. Och den hade han sedan metodiskt gjort allt för att glömma.

Han såg ut över vattnet. Långt ute tyckte han sig ana det bleka återskenet av ljusen från ett fartyg.

Sedan tvingade han sig att bli polis igen.

Medan han långsamt vandrade längs den mörka stranden gick han igenom allt det som hänt. Han klev försiktigt fram, både på stranden och i huvudet, rädd för att glömma något, rädd för att vika av från den osynliga kompassriktning han hade inom sig. Han byggde och rev bland olika tankegångar, försökte få olika omaka tankepar att passa ihop. Han tänkte att han tassade fram i gärningsmannens spår. Försökte känna honom alldeles intill sig. Rydberg hade aldrig tvekat när han talat om de osynliga avtryck som en mördare alltid lämnade efter sig. De fingeravtryck man fick ana sig till.

Ofta var de avgörande.

Wallander var övertygad om att mannen som dykt upp ur havet, mannen med den randiga handduken, var den de sökte. Någon annan tänkbar kandidat fanns inte. Det var han som en gång hade funnits ute i reservatet, förmodligen bakom det träd som Wallander hade hittat. Först hade han varit där, sedan hade han befunnit sig i Svedbergs lägenhet. Och nu hade han stigit upp ur havet. På stranden, i en liten grop hade han lagt sitt vapen. På en väg intill hade han haft en bil.

Allt det här hade Wallander redan talat med de andra om. Han hade påpekat vikten av att alla de människor hos vilka de nu sökte informationer skulle påminnas om förutsättningen.

Mannen som steg upp ur havet hade varit där minst en gång tidigare. Förmodligen fler. Han måste ha suttit på samma plats och grävt i sanden. Det kunde ha skett på natten. Men det kunde också ha hänt under dagtid. De behövde beskrivningar av honom. Hur lång hade han varit? Hade han rört sig på något speciellt sätt? Allt var viktigt.

Någonstans finns han, tänkte Wallander. Den yttre spaningen måste vävas ihop med den inre. Hittar vi honom inte på en gata så hittar vi honom till sist i vår utredning. Någonstans kommer han att visa sig i dessa pappershögar som hela tiden växer.

Någonstans finns han.

Wallander försökte följa den allra enklaste och mest grundläggande logiken. De visste att det var samme gärningsman de följde i spåren. Ingenting talade för att det var mer än en. De visste dessutom att han måste vara välinformerad. Om sina offer, deras liv, deras vanor. Inte minst om deras hemligheter. Wallander hade redan gett besked om att Malmöpolisen måste leta igenom Rolf Haags fotoateljé. På vilket sätt hade han blivit kontaktad av brudparet? Hur hade platsen blivit bestämd? Någonstans fanns den springande punkten, som skulle öppna upp hela utredningen. De letade efter den plats där väggarna var som svagast, där de kunde tränga igenom.

De visste att gärningsmannen var ytterst väl informerad. Men hur får han tillgång till sina informationer? Och vad är det som driver honom? De visste också att morden i reservatet och mordet på brudparet hade en slående likhet: Det handlade om människor som var utklädda. Men fanns det andra beröringspunkter? Det var det viktigaste av allt att utreda. På vilket sätt kunde man knyta ihop Torbjörn Werner och Malin Skander med exempelvis Astrid Hillström? Det visste de inte än. Men de skulle snart veta.

Wallander kände att han var i närheten nu. Alldeles intill den stora hemligheten. Men han kom inte åt den. Inte än. Förklaringen kan vara enkel, tänkte han. Så enkel att jag inte hittar den. Det är som att leta efter de glasögon som redan sitter på näsan.

Långsamt började han gå tillbaka. Strålkastarna lyste på avstånd. Nu försökte han följa i Svedbergs spår. Vem var det han hade släppt in i sin lägenhet? Vem var Louise? Vem skrev vykorten från olika platser runt om i Europa? Vad var det du visste, Svedberg? Varför ville du inte ens tala om det för mig? Jag, som enligt Ylva Brink var din närmaste vän.

Återigen stannade han upp. Den fråga han ställt sig blev med ens viktigare än han tidigare föreställt sig. Varför hade Svedberg egentligen inte velat tala om någonting? Det kunde bara finnas en rimlig förklaring. Han hade hoppats att han hade fel. Att hans fruktan för att en förfärlig sanning skulle uppenbaras gjorde att han ingenting sa.

Det fanns ingen annan möjlighet.

Svedberg hade haft rätt. Hans fruktan hade inte varit ogrundad. Därför hade han blivit dödad.

Wallander hade närmat sig avspärrningarna igen. Fortfarande stod folk samlade och betraktade epilogen till det dystra skådespel de egentligen inte kunnat se någonting av.

När Wallander kom upp till sanddynerna stod Nyberg och gjorde anteckningar i ett block.

– Vi har fotspår, sa han. Eller rättare sagt fotavtryck. Eftersom han som sköt var barfota.

– Vad ser du framför dig?

Nyberg stoppade ner anteckningsblocket i fickan.

– Fotografen har blivit dödad först, svarade han. Det råder det inget tvivel om. Kulan har gått in snett i nacken. Det betyder att han delvis stått med ryggen vänd mot den som skjutit. Hade det första skottet varit riktat mot brudparet hade fotografen naturligtvis vänt sig om. Då hade skottet träffat honom framifrån.

– Och sen?

– Svårt att säga. Jag antar att brudgummen blev nästa. En man, som kan utgöra en större fysisk fara. Till sist flickan.

– Nånting annat?

– Inget som vi inte redan vet. Att han som skjuter behärskar sitt vapen till fulländning.

– Han darrar alltså inte på handen?

– Knappast.

– Du ser en lugn och målmedveten gärningsman framför dig?

Nyberg såg bistert på Wallander.

– Jag ser en kallblodig och hjärtlös galning.

Nyberg hade inget mer av omedelbar betydelse att rapportera. Wallander gick bort till en väntande polisbil och bad att få bli körd in till Ystad. Han behövde inte stanna kvar på stranden längre.

När han kom till polishuset ringde telefonerna oupphörligt inne på larmcentralen. En av de polismän som var upptagen i telefon vinkade honom till sig. Wallander väntade medan han avslutade samtalet. En misstänkt rattfyllerist hade varit synlig i Svarte. Polismannen lovade att de skulle sända en patrullbil så fort som möjligt. Wallander visste att den bilen inte skulle komma till Svarte det närmaste dygnet.

– Dom har ringt från polisen i Köpenhamn. Nån som heter Kjær. Eller kanske Kræmp.

– Vad ville han?

– Tala med dig. Jag tror det handlade om det där fotografiet vi skickade över.

Wallander tog emot lappen med namnet och telefonnumret. Utan att ge sig tid att ta av jackan satte han sig vid sitt skrivbord och ringde över till Danmark. Samtalet hade kommit till Ystad strax före midnatt. Kanske Kjær eller Kræmp fanns kvar fortfarande.

Wallander kom fram, sa vem han sökte, och väntade.

– Kjær.

Wallander hade förväntat sig en man. Den som hette Kjær var kvinna.

– Kurt Wallander i Ystad. Du hade ringt.

– Godkväll. Det gäller det där fotografiet av en kvinna. Som kanske heter Louise. Vi har fått två reaktioner. Två personer som känner igen henne.

Wallander slog näven i bordet.

– Äntligen.

– Jag har själv talat med en av dom. Han verkar mycket trovärdig. Han heter Anton Bakke och är informationschef på ett företag som tillverkar kontorsmöbler.

– Känner han henne?

– Nej. Men han menar absolut att han har sett henne. Här i Köpenhamn. På en bar. Alldeles i närheten av Hovedbangården. Han har sett henne flera gånger.

– Det är väldigt viktigt att vi får kontakt med den här kvinnan.

– Har hon begått nåt brott?

– Det vet vi inte. Men hon förekommer i en mordutredning som växer. Det var därför vi skickade ut hennes fotografi.

– Jag har hört om vad som hänt. Ungdomarna ute i parken som hade fest. Och en polis.

Wallander fyllde på med det som hade hänt under dagen.

– Du tror alltså att kvinnan har med det här att göra?

– Inte nödvändigtvis. Men jag har viktiga frågor till henne.

– I perioder brukar Bakke gå på den där baren ett par gånger i veckan. Ungefär varannan gång har han sett henne.

– Har hon varit ensam?

– Bakke var osäker. Men han trodde att hon hade haft nån i sällskap.

– Frågade du honom om när han hade sett henne där senast?

– När han själv var på baren sista gången. I mitten av juni.

– Du sa att ni hade fått ytterligare en reaktion?

– Det var en taxichaufför. Han menade att han hade kört henne en gång i Köpenhamn för några veckor sen.

– Risken måste vara ganska stor att en taxichaufför tar miste.

– Han kom ihåg henne eftersom hon talade svenska.

– Hade han hämtat henne på nån adress?

– Hon hade stoppat hans bil på gatan på natten. Eller rättare sagt tidigt på morgonen. Vid halv femtiden. Hon skulle med den första flygbåten till Malmö.

Wallander försökte fatta ett beslut. Den här kvinnan från fotografiet i Svedbergs lägenhet var fortfarande viktig. Men hur viktig? Han bestämde sig för att de måste ha tag på henne så fort som möjligt. De kunde inte vänta.

– Vi kan inte be er om att gripa henne, sa han. Men däremot att ta in henne. Och hålla henne kvar tills nån härifrån kan resa över. Vi behöver tala med henne. I första hand det. Sen får vi se vad det leder till.

– Det ska vi väl kunna hjälpa till med. Vi får väl hitta på nåt bra skäl.

– Jag behöver alltså få veta när hon dyker upp på den där baren nästa gång. Vad heter stället?

– »Amigo.«

– Vad har det för rykte?

– Såvitt jag vet är det bra. Även om det ligger på Istedgade.

Wallander visste var det var. I centrala Köpenhamn.

– Jag är väldigt tacksam för att vi får den här hjälpen.

– Vi hör av oss genast hon dyker upp igen. Vi kan också tala med dom som arbetar där. Kanske nån vet var hon bor?

– Helst inte, sa Wallander. Risken är att hon försvinner.

– Men du sa att hon inte var misstänkt för nåt brott?

– Det är hon inte heller. Men jag kan ta fel.

Kjær förstod. Wallander skrev upp hennes namn och olika telefonnummer. Hon hette Lone i förnamn.

Wallander la på luren. Klockan hade blivit halv två. Han reste sig tungt och gick ut på toaletten. Sedan drack han vatten i matrummet.

Det låg några torra smörgåsar på ett fat. Han tog en av dem. Martinssons röst hördes ute i korridoren. Han talade med någon av polismännen från Malmö. De kom in i matrummet där Wallander stod och tuggade i sig smörgåsen.

– Hur går det? frågade han.

– Ingen har sett nån annan än den där mannen som kom upp från havet.

– Har vi nåt signalement?

– Vi hade tänkt försöka samordna det vi har fått fram.

– Var är dom andra?

– Hansson är fortfarande kvar därute. Ann-Britt Höglund var tvungen att åka hem. Hennes dotter hade börjat kräkas.

– Danska polisen ringde. Dom har hittat Louise.

– Säkert?

– Det verkar så.

Wallander hällde upp kaffe. Martinsson väntade på fortsättningen.

– Har dom gripit henne?

– Det har dom ju ingen anledning att göra. Men hon har blivit sedd av en taxichaufför och på en bar. Fotografiet i tidningarna gav resultat.

– Hon heter alltså Louise?

– Det vet vi däremot inte.

Wallander gäspade. Martinsson gäspade. En av Malmöpoliserna försökte gnugga tröttheten ur ögonen.

– Vi går in och sätter oss, sa Wallander.

– Ge oss en kvart att stämma av först, svarade Martinsson. Dessutom tror jag Hansson är på väg. Vi kan ringa hem till Ann-Britt om det behövs.

Wallander tog med sig kaffekoppen in på sitt kontor. Fortfarande hade han inte tagit av sig jackan. När han satte sig ner spillde han kaffe på ärmen. Han ställde ner koppen med en smäll, slet av sig jackan och slängde den i ett hörn. Han tänkte att vad han egentligen gjorde var att slå ner den gärningsman de fortfarande inte hade lyckats gripa.

Han drog till sig ett av sina kollegieblock där streckgubbar och osystematiska anteckningar trängdes på sidorna. På ett blankt blad skrev han ner tre frågor:

Var får han sina informationer ifrån?

Vad har han för motiv?

Varför Svedberg?

Han lutade sig bakåt i stolen. Såg på det han skrivit. Men han var inte nöjd. Han böjde sig framåt och gjorde några tillägg.

Varför stod Svedbergs teleskop hemma hos hans kusin?

Varför ger han sig på utklädda människor?

Varför Isa Edengren?

Den springande punkten. Vilken?

Det var tydligare nu. Men ännu saknades något. För tredje gången skrev han:

Louise besöker Köpenhamn. Talar svenska.

En hemlig sekt?

Bror Sundelius.

Vad sa Lennart Westin i förarhytten?

Så kunde han sammanfatta situationen. En man stiger upp ur havet. En man som inte darrar på handen. Som är en skicklig skytt.

Wallander gick fram till väggen och såg på en karta över Skåne. Först Hagestad. Nu Nybrostrand. Däremellan Ystad. Området var mycket begränsat. Men någon omedelbar ledtråd gav det inte. Wallander tog kollegieblocket och gick till mötesrummet. Trötta och olustiga ansikten. Skrynkliga kläder, tunga kroppar. Och gärningsmannen kanske ligger och sover, tänkte han. Medan vi famlar oss vidare i hans fotspår.

De gjorde en avstämning. Någon bil som kunde vara den rätta hade inte iakttagits. Någon annan än den badande mannen hade dock inte dykt upp som alternativ gärningsman, vilket var ett stort framsteg. Ingen hade kunnat ligga gömd på platsen där fotografierna skulle tas. Eller komma från andra hållet, där de räknade med att bilen stått. Två olika personer hade passerat platsen just när brudparet och fotografen varit på väg. Då hade där inte funnits någon.

Frågan om hur mördaren egentligen hade sett ut var svårare att reda ut. De försökte lägga ihop de uppgifter som fanns tillgängliga. Men helheten förblev otydlig. Mannen de sökte fortsatte att glida undan. Martinsson ringde vid flera tillfällen hem till Ann-Britt Höglund och konfererade om vilka uppgifter hon hade fått fram.

Till slut kom de inte längre. Wallander tittade igenom sina anteckningar.

– Det vi har är ett mycket märkligt och motsägelsefullt signalement, sa han dystert. Är han kortklippt eller flintskallig? Där råder det delade meningar. Om han har hår, kortklippt eller inte, så vet vi ändå inte vilken färg det är. Alla tycks dock vara överens om att hans ansikte inte är runt. Snarast avlångt. »Hästaktigt« har vi märkligt nog två oberoende vittnen som använder som liknelse. Dessutom är man överens om att mannen som steg upp ur vattnet inte var solbränd. Han är av normal kroppslängd. Där råder också enighet. Men det kan betyda allt utom att han är dvärg eller osedvanligt lång. Han tycks heller inte vara tjock. Han rör sig inte på nåt särskilt sätt. Vad han har för ögonfärg har man naturligtvis inte kunnat svara på. Ingen har befunnit sig i hans omedelbara närhet. En man med hund passerar honom på ungefär fem meters håll. Det är det närmaste. Den största förvirringen råder när det gäller den här mannens ålder. Vi har antaganden som sträcker sig från 20 till 60. Det finns en liten men svag övervikt för dom som menar att han är mellan 35 och 45. Men ingen har egentligen kunnat motivera sina antaganden.

Wallander sköt blocket ifrån sig.

– Vi har med andra ord inget signalement alls, sa han. Vi vet att det är en man. Utan synliga skavanker. Och att han inte är solbränd. Allt annat är motstridande.

Tystnaden låg tung över rummet. Wallander insåg att han genast måste vända på stämningen.

– Ändå är det imponerande, sa han. Att vi har fått fram alla dom här uppgifterna på så kort tid. Med fortsatt arbete i morgon kommer nog mycket att kunna förtydligas. Att vi dessutom kan vara säkra på att det är just han är helt avgörande. Jag tvekar inte att kalla det ett genombrott.

Där satte han den första punkten. Sedan berättade han kort om samtalet som kommit från Lone Kjær i Köpenhamn. Kvinnan på fotografiet de funnit hemma hos Svedberg var ännu inte identifierad. Men väl lokaliserad.

Där satte Wallander den andra och sista punkten. Klockan var tjugo minuter i tre. Uppbrottet var snabbt. Var och en försvann till sitt. Bara Martinsson dröjde sig kvar. Han var grå i ansiktet av bristen på sömn.

– Det har börjat komma in material från både Interpol och FBI, sa han, om den här organisationen som kallar sig »Divine Movers«. Tydligen är det en utbrytargrupp från en annan sekt med det egendomliga namnet »Jesu döttrar.« Som i sin tur lär ha rötter både i Rastarörelsen, den grekiska gudaläran och en hel del annat. Stiftare var en katolsk präst i Uruguay som drabbats av vansinne och avsatts. På ett mentalsjukhus fick han uppenbarelser, ansågs egendomligt nog frisk efter ett tag och startade den här rörelsen.

– Frågan gäller våldet, avbröt Wallander otåligt. Har medlemmar i den här sekten drabbats tidigare?

– Inte som jag kan se av det som har kommit in hittills. Men det är förvarnat att det kommer mer. Både från Washington och Bryssel. Jag tänkte jag skulle läsa igenom det nu när mötet är över.

– Du ska gå hem och sova, sa Wallander.

– Jag trodde det var viktigt?

– Det är viktigt. Men vi hinner inte göra allt på en gång. Nu måste vi koncentrera oss på Nybrostrand. Där kom vi trots allt den här galningen nära.

– Har du ändrat uppfattning?

– Vad menar du med det?

– Du talar om »galningen«?

– En man som mördar är alltid galen. Men han kan vara beräknande och feg. Han kan vara precis som du och jag.

Martinsson nickade och misslyckades med att kväva en gäspning.

– Jag åker hem nu, sa han. Varför blev man egentligen polis?

Wallander sa ingenting. Istället hämtade han ytterligare en kopp kaffe, trots att han hade ont i magen. Han plockade upp jackan som låg på golvet och blev stående. Vad skulle han egentligen göra själv? Han var för trött för att tänka. Men han var förmodligen också för trött för att kunna somna.

Han satte sig i stolen. Vid sidan av telefonen upptäckte han plötsligt att någon hade lagt in ett besked om att han skulle ringa till Linda. Kanske krogen där hon arbetade var öppen fortfarande? Men han lät det bero. Han orkade inte.

Under några papper stack en kopia av fotografiet på Louise fram. Han såg på det. Känslan av att det var något egendomligt med bilden kom tillbaka, men han lyckades fortfarande inte komma på vad det var. Tankspritt stoppade han fotot i jackfickan och la upp benen på bordet.

Han slöt ögonen för att vila dem från ljuset.

Nästan genast somnade han.

Han vaknade med ett ryck utan att veta var han befann sig. Någon gång under sömnen hade han tagit ner fötterna från bordet. Han hade vaknat av att han fått kramp i en vad. Klockan var nio minuter i fyra. Han hade sovit nästan en timme. Det värkte i hela kroppen. Länge satt han orörlig utan att tänka en enda tanke. Sedan gick han ut på toaletten och sköljde ansiktet. Innan hade han förgäves letat i sina skrivbordslådor efter en tandborste.

Efteråt kände han samma tyngande obeslutsamhet. Han borde sova, om så bara några få timmar. Han behövde ett bad och rena kläder. Utan att ha fattat något riktigt beslut lämnade han polishuset.

Det blåste en svag bris. Vinden var varm. Han gick genom den öde staden. När han kom till Mariagatan bestämde han sig för att sömnen fick vänta. Klockan var fyra. Om en timme kunde han faktiskt ringa på hos Bror Sundelius. Bankdirektören hade varit mycket tydlig när det gällde sina morgonvanor. Klockan fem var han uppe och klädd. Wallander hade fortfarande inte släppt tanken på att det samband som fanns mellan en tio år gammal JO-anmälan, Svedberg och Bror Sundelius kanske kunde innebära att de kom något närmare Svedbergs hemlighet.

Det ena beslutet gav det andra. Han satte sig i bilen och for ut mot Nybrostrand. Det borde vara folktomt där när klockan var fyra. Bara de vaktande poliserna. Wallander visste att han ofta kunde upptäcka nya detaljer när han var ensam på en brottsplats.

Det tog honom inte många minuter att köra ut till Nybrostrand. Som han hade förutsatt var det lugnt kring avspärrningarna. En polisbil stod parkerad nere på stranden. Bakom ratten satt någon och sov. Utanför stod en polisman och rökte. Wallander gick fram och hälsade. Han upptäckte att det var samma polisman som en tidigare natt hade stått och bevakat infarten till naturreservatet. Någonting gick hela tiden igen i den här utredningen.

– Allt lugnt? frågade han.

– Det har hängt nyfikna här ända tills för en stund sen. Jag förstår inte vad det är dom väntar sig ska hända.

– Det är nog mest känslan av att vara i närheten av det ohyggliga, sa Wallander. I vetskapen om att man själv inte har blivit drabbad.

Han klev över avspärrningen och gick upp till mordplatsen. En ensam strålkastare lyste upp det nertrampade gräset. Wallander ställde sig där han menade att fotografen hade stått. Sedan vände han sig långsamt runt och gick ner till den plats i sanden där gropen var avspärrad och övertäckt.

Han som satt här med sin randiga handduk visste allt, tänkte Wallander. Han är inte bara välinformerad. Han vet i detalj vad som ska ske. Som om han varit med redan vid planeringen.

Kunde det vara möjligt? Wallander gjorde antagandet att Rolf Haag hade haft en assistent. Det kunde förklara att han visste hur bilderna av brudparet skulle tas. Men hur visste denne assistent om den fest som planerades i naturreservatet? Hur kände han till Bärnsö? Och hur såg hans förhållande till Svedberg ut?

Wallander lät tanken tills vidare falla. Men han skulle inte glömma den. Han gick upp mot sanddynerna igen. Försökte föreställa sig motivet – unga utklädda människor – där Svedberg utgjorde ett undantag. Men det undantaget skulle kunna vara möjligt att tolka. Svedberg var inget egentligt offer. Han ingick inte i planen. Han hade kommit för nära någonting. Trätt över en osynlig gräns.

Wallander tänkte plötsligt att även fotografen Rolf Haag kunde vara möjlig att tänka bort. Han hade varit i vägen. Då återstod sex unga människor. Sex unga utklädda människor. Sex glada och festande människor. Han tänkte på det Nyberg hade sagt. *Den här galningen tycker tydligen inte om lyckliga människor.* Så långt stämde det. En yta var gemensam. Men det var inte nog.

Han gick upp till vägen där en bil måste ha stått parkerad. Återigen något som varit välplanerat. Det låg inget hus i närheten. Några närboende vittnen fanns inte.

Han gick tillbaka samma väg han hade kommit. Polismannen stod fortfarande och rökte.

– Jag tänkte på det vi talade om, sa han och trampade ner cigarettfimpen bland flera andra som redan låg i sanden. Alla dessa nyfikna. Men jag antar att man själv hade stått där om man inte varit polis.

– Säkert, svarade Wallander.

– Det är många underliga typer man ser. Några som faktiskt låtsas som om dom inte är intresserade. Men dom kan stå här och hänga i timmar. En av dom sista som gick ikväll var en kvinna. Hon måste ha stått här redan när jag kom och tog över vakten.

Wallander lyssnade förstrött. Men han kunde lika gärna stå här som någon annanstans och vänta på att klockan blev fem.

– Först trodde jag det var nån jag kände, sa polismannen. Nån jag hade sett tidigare. Men det var det inte. Jag tog miste.

Orden trängde långsamt in i Wallanders medvetande. Han såg frågande på polismannen.

– Vad var det du sa?

– Jag trodde det var nån jag kände som stod här och glodde utanför banden. Men det var det alltså inte.

– Du sa att du trodde att du hade sett henne tidigare?

– Jag trodde kanske det var nån släkting.

– Men det är inte samma sak? Känna igen och tro sig ha sett?

– Det var nåt bekant med henne. Det kommer jag inte ifrån.

Wallander tänkte att det var galenskap. Ändå tog han upp fotografiet av Louise som han hade stoppat i fickan. De befann sig i mörker. Men polismannen hade en ficklampa.

– Se på den här bilden.

Han lyste och såg. Först på bilden, sedan på Wallander.

– Visst är det hon. Hur kunde du veta det?

Wallander höll andan.

– Är du säker?

– Absolut. Visst var det hon. Jag var säker på att jag hade sett henne tidigare.

Wallander svor inom sig. En vaknare polisman hade kanske identifierat henne och kunnat se till att hon stannade kvar. Samtidigt visste han att det var en orättvis tanke. Det var mycket folk vid avspärrningarna. Han hade trots allt känt igen henne och lagt henne på minnet.

– Var stod hon?

Polismannen lyste och pekade. Längst ut mot strandkanten.

– Hur länge var hon här?

– I många timmar.

– Var hon ensam?

Polismannen tänkte efter.

– Ja.

Svaret verkade bygga på övertygelse.

– Och hon var den sista som gick?

– I alla fall en av dom sista.

– Åt vilket håll?

– Bort mot campingplatsen.

– Kan det betyda att hon bor i tält? Eller husvagn?

– Jag såg inte exakt vart hon tog vägen. Men hon såg inte ut som en campingturist.

– Hur ser en campare ut? Och hur såg hon ut?

– Hon var klädd i blått. En byxdress kallas det nog. Campare har mest träningsoveraller.

– Om hon dyker upp igen så hör du av dig, sa Wallander. Se till att dom som byter av dig får samma besked. Har ni nån bild av henne i bilen?

– Jag kan väcka honom och fråga.

– Det är inte nödvändigt.

Wallander gav honom det fotografi han hade i handen.

Sedan gick han. Klockan närmade sig fem. Han kände sig mindre trött.

Känslan av att vara nära var nu mycket stark.

Kvinnan som kanske hette Louise var inte den de sökte.

Men hon visste vem gärningsmannen var.

27

Wallander parkerade sin bil på en av tvärgatorna till Vädergränd. Klockan hade blivit kvart över fem.

Han steg ur bilen. Söndagsmorgonen var stilla. Ännu en vacker och varm augustidag låg framför dem. Han vek om hörnet till Vädergränd. Porten till huset var öppen. Han gick en trappa upp och ringde på Sundelius dörr. Hoppades att han inte hade andra vanor på söndagarna. Dörren öppnades. Sundelius betraktade honom förvånat. Han var klädd i mörk kostym och välknuten slips.

– En oväntad tid för ett oväntat återbesök, sa han och steg åt sidan. Wallander gick in i tamburen.

– Jag beklagar att jag ringer på en söndagsmorgon, sa Wallander. Jag kan naturligtvis återkomma vid ett annat tillfälle om det inte passar.

– Som jag sa redan vid förra besöket har jag alltid kaffe klart om nån oväntad besökare skulle dyka upp. Det gäller även för söndagsmorgnar.

Sundelius räckte fram en galge. Wallander hängde av sig jackan. Telefonen tog han med sig.

– Hur stor är risken för att den ringer nu igen?

– Vid den här tiden på dygnet inte särskilt stor.

De hade kommit in i vardagsrummet. Wallander satte sig på samma plats som senast. Sundelius hade försvunnit ut i köket. Efter några minuter återkom han med en kaffebricka och serverade.

– Egentligen förvånar det mig att ni kommer nu, sa Sundelius. Med tanke på vad som hände i går ute i Nybrostrand.

Wallander kastade en blick mot bordet. Någon morgontidning kunde han inte se. Sundelius hade förstått hans tanke.

– Jag börjar dagarna med att ringa till TT:s nyhetsservice, förklarade han. Tre personer har blivit funna döda i Nybrostrand. Man kan anta att det är samma gärningsman som dödade dom tre ungdomarna i Hagestad. Har polisen en förmodan om att den här personen förvandlas till en bärsärk inför siffran tre?

Wallander tänkte på Isa Edengren och Svedberg.

– Inte nödvändigtvis.

– Men annars stämmer det jag hört?

– Ja.

Sundelius lutade sig tillbaka i stolen och la det ena benet över det andra.

– Jag får besök av polisen klockan sjutton minuter över fem på morgonen. Och jag har ännu inte blivit anhållen. Det gör mig alltså nyfiken på vad det är ni vill.

Wallander tänkte att Sundelius var en man som alltid varit van att bestämma och kunnat säga vad han tyckt. Om han dessutom var allmänt dryg kunde Wallander dock inte avgöra.

– Skulle vi ha nån orsak att gripa er?

– Naturligtvis inte. Det var ett skämt.

Wallander gick rakt på sak.

– För några år sen dog en man som hette Nils Stridh här i Ystad. Han kallades för Nisse. Kände ni honom?

En reaktion av förvåning och kanske också något annat drog förbi över Sundelius ansikte. Det gick hastigt. Men Wallander hann uppfatta det eftersom han var beredd.

– Jag vet inte. Jag har träffat så många människor i mitt liv. Säg nåt mer.

– Nils Stridh var alkoholist. Nåt vettigt arbete kan man nog knappast säga att han utförde under sitt liv. Han hade en bror som hette Stig Stridh. Dessutom levde han ihop med en kvinna som hette Rut Lundin.

Sundelius hade samlat sig nu. Hans svar kom med stor bestämdhet.

– Jag har ett vagt minne av att en man vid namn Nils Stridh en gång besökte banken och försökte få ett lån. Det blev avslaget. Han krävde då att få tala med mig. Jag förklarade för honom varför han inte kunde beviljas nåt lån. Sen återsåg jag honom aldrig mer. Om det nu är den mannen vi talar om.

– När hände det här?

Sundelius tycktes fundera. Men Wallander var osäker på om han egentligen behövde göra det.

– Jag skulle säga att det inträffade i början av 80-talet. Mer precis kan jag inte vara.

– Det var alltså den enda kontakt ni nånsin hade med Nils Stridh?

– Ja. Om det nu är den man vi talar om.

– Vi utgår från att det är så. Namnet Stridh är inte så vanligt. Ni såg honom aldrig igen? Han kom inte tillbaka till banken?

– Han begärde aldrig nånsin att få tala med mig. Om han besökte banken vet jag inte.

– Låt oss se på det här från ett annat håll, fortsatte Wallander. Jag har en uppgift som motsäger det jag nu har hört. Som menar tvärtom. Att ni och Nils Stridh kände varandra mycket väl. Trots att man måste säga att ni är ett omaka par.

Sundelius förblev på ytan behärskad. Men Wallander anade att han inte alls var oberörd.

– Vem påstår nåt sånt?

– Rut Lundin. Som betraktas som Nils Stridhs änka. Även om dom aldrig var gifta.

– Hon påstår alltså att jag skulle ha umgåtts med hennes man? En arbetslös alkoholist?

– Kanske inte umgåtts. Men haft nära kontakter med.

– Det är ett insinuant påstående. Jag träffade Nils Stridh en enda gång. Jag minns nu att han var påstridig och besvärlig. Sannolikt onykter. Jag var tvungen att avvisa honom efter att ha klargjort bankens låneregler.

– Sen träffade ni honom alltså aldrig mer?

– Det har jag redan svarat på. Nu vill jag gärna veta varför ni kommer hit klockan fem på morgonen för att tala om nåt som antingen är ovidkommande eller alldeles fel. Jag trodde vi skulle tala om Karl Evert.

– Det gör vi redan, sa Wallander. Nils Stridh var som ni själv tycks ha upplevt en ganska besvärlig man. Vid ett tillfälle angrep han sin egen bror. Slog sönder hans lägenhet. Det handlade också om pengar. Hans begäran avvisades av Stig Stridh på samma sätt som ni hade gjort några år tidigare på banken. Det blev polisanmälan av misshandeln. Det är här Svedberg kommer in i bilden. Han har hand om ärendet. Men han lägger ner utredningen. Stig Stridh anmäler honom för JO. Som i sin tur friar Svedberg från misstanken om tjänstefel. Nu, mer än tio år efteråt, börjar jag gräva i det här igen. Jag talar med både Stig Stridh och Rut Lundin. Av henne får jag ert namn. Som en av Nils Stridhs närmaste vänner.

– Det är fullkomligt orimligt.

– Varför skulle hon påstå nåt som inte alls är sant? Som det inte kommer att bli svårt för mig att vederlägga?

– Det bör ni nog fråga henne om.

– Talade Svedberg om den här händelsen nån gång?

– Aldrig.

Svaret kom så fort att Wallanders uppmärksamhet skärptes ytterligare. Sundelius var på sin vakt nu. Han hade förskansat sig. Wallander gick försiktigt vidare.

– Det är ingen risk för att ni minns fel? Trots allt ligger händelserna långt tillbaka i tiden?

– Svedberg nämnde aldrig med ett ord nån person som skulle ha JO-anmält honom.

– Talade han överhuvudtaget om sitt arbete?

– Det hände. Men han var mycket noga med att aldrig bryta mot tystnadsplikten.

– Talade han nånsin om mig?

– Varför undrar ni det?

– Nyfikenhet kanske.

– Han nämnde vid olika tillfällen ert namn. Alltid i mycket uppskattande ordalag.

Wallander tömde det sista i kaffekoppen och tackade nej till påfyllning.

– Ni förnekar alltså med bestämdhet att ni träffade Nils Stridh mer än den enda gången på banken?

– Ja.

Wallander insåg att han inte skulle komma längre. Sundelius hade byggt ett högt bröstvärn. Samtidigt var han säker på att Sundelius inte alls talade sanning. Varför skulle han ta reda på.

– Jag lovade att informera er om begravningen, sa han. Den äger rum nu på tisdag. Klockan två.

– Jag har redan sett dödsannonsen, svarade Sundelius.

Det hade inte Wallander. Han hade tänkt resa sig. Men förblev sittande. En fråga återstod.

– Kan Svedberg ha haft några fiender?

– Inte som jag kände till.

– Gav han nånsin intryck av oro? Kanske fruktan?

– Nej. Han var en mycket balanserad människa. Det var en förutsättning för att vi skulle kunna umgås.

Wallander övervägde om han skulle säga det han tänkte. Sedan bestämde han sig.

– Den kvinna som Svedberg umgicks med har blivit lokaliserad.

Skuggan av oro drog över Sundelius ansikte igen. Wallander hade förväntat sig just den reaktionen.

– Har hon nåt namn?

– Vi tror att hon heter Louise.

– Och mer?

– Det vet vi inte.

Wallander reste sig. Benen var tunga av trötthet. Sundelius följde honom ut i tamburen. När Wallander stod med jackan i handen insåg han att han hade en fråga till.

– Adamsson? sa han. Säger det namnet er nånting?

– Jag känner bara till en Adamsson, svarade Sundelius. Han bor i Svarte och är naturläkare. Sven-Erik Adamsson.

– Kände Svedberg också till honom?

– Vi brukade besöka honom tillsammans.

– Varför det?

– Av det skälet att vi båda trodde på naturmediciner.

Så enkelt, tänkte Wallander. Förklaringen kunde knappast ifrågasättas. Wallander var ändå betänksam. Några naturmediciner hade han inte sett hemma hos Svedberg.

När Wallander kommit ner på gatan hade han en bestämd känsla av att Sundelius stod i något av sina fönster och såg efter honom. Men han vände sig inte om. Känslan av att Sundelius inte talat sanning, att han dolde något var mycket stark. Wallander satte sig i bilen och började gå igenom samtalet i huvudet. Men tankarna hoppade. Han orkade inte. Han körde hem till Mariagatan, gick upp till lägenheten och sträckte ut sig på sängen efter att ha satt klockan på ringning en dryg timme senare.

Han vaknade av att en telefonsignal trängde in i hans medvetande. Han ryckte till, satte sig upp i sängen, och vacklade ut i köket.

Det var Lennart Westin. Han ringde från sitt hem ute i den östgötska skärgården.

– Du kanske sov? sa han ursäktande.

– Inte alls, svarade Wallander. Men jag höll just på att duscha. Jag sitter här med en handduk runt mig. Kan jag ringa tillbaka om några minuter?

– Det går bra. Jag är hemma.

Det låg en penna på bordet. Men något papper hittade han inte. Inte heller någon tidning. Han skrev ner numret direkt på bordsskivan.

Efteråt blev han sittande och lutade huvudet i händerna. Han hade sprängande huvudvärk. Tröttheten var nu om möjligt ännu värre än innan han lagt sig. Han baddade ansiktet med kallvatten, letade reda på magnecyl och satte på kaffe. Det var den sista koppen. Sedan var kaffet slut. Det hade gått nästan en kvart innan han ringde upp Lennart Westin igen. Klockan på köksväggen visade nio minuter över åtta. Det var Westin själv som svarade.

– Jag tror nog ändå du sov, sa han. Men du sa att jag skulle ringa om jag hade kommit på nåt som kanske var viktigt.

– Vi arbetar nästan dygnet runt, sa Wallander. Det blir för lite sömn. Men du gjorde naturligtvis rätt i att ringa.

– Egentligen är det två saker. Det första handlar om den gången när polismannen åkte med mig ut. Han som blev skjuten sen. I morse när jag vaknade kom jag ihåg nåt han sa.

Wallander ursäktade sig och gick in i vardagsrummet och hämtade ett av sina anteckningsblock.

– Han undrade om jag hade haft nån kvinnlig passagerare med mig ut till Bärnsö nyligen.

– Hade du det?

– Ja.

– Vem var det?

– Hon heter Linnea Vederfeldt och bor i Gusum.

– Varför skulle hon ut till Bärnsö?

– Isas mamma hade beställt nya gardiner till huset. Vederfeldt och hon var visst gamla barndomsvänner. Hon skulle åka ut till ön och mäta upp allting. Jag skulle hämta henne tillbaka till fastlandet efter postturen.

– Det berättade du för Svedberg?

– Egentligen tyckte jag ju inte att han hade med det att göra. Jag svarade nog lite undvikande.

– Hur reagerade han på det?

– Han insisterade på att jag skulle svara. Till slut sa jag bara att det var en väninna till mamman. Då tappade han intresset.

– Frågade han om nånting mer?

– Inte som jag kan komma ihåg. Men han blev upprörd när han förstod att jag hade haft en kvinnlig passagerare med mig ut. Det minns jag bestämt. Jag förstår inte hur jag kunde glömma det.

– På vilket sätt blev han upprörd?

– Jag är nog inte så bra på att beskriva såna saker. Rädd, kanske.

Wallander nickade för sig själv. Svedberg hade trott att det var Louise, tänkte han. Och det gjorde honom rädd.

– Vad var det andra? Du sa att det var två saker?

– Jag måste ha sovit bra i natt. I morse kom jag också på nåt mer vi talade om där i styrhytten. Innan vi la till vid första bryggan. Jag sa att man vet det mesta om folk. Vare sig man vill eller inte. Minns du?

– Ja.

– Viktigare än så var det alltså inte.

– Det är viktigt nog. Jag är väldigt tacksam över att du ringde.

– Du skulle komma hit ut nån gång när det är höst, sa Westin. När det är stilla på fjärdarna.

– Ska jag tolka det som en inbjudan? frågade Wallander.

– Du får tolka det som du vill, sa Westin och skrattade. Men jag brukar hålla vad jag lovar.

Samtalet var över. Wallander tog med sig kaffekoppen och gick långsamt in i vardagsrummet.

Han mindes nu. Samtalet i styrhytten. Om hur det var att köra post ute i skärgården.

Plötsligt insåg han vad det var han hade letat efter. Känslan hade inte varit utan grund.

De letade efter en gärningsman som planerade och noga förberedde de ohyggligheter han hade satt sig i sinnet att utföra. Denna planläggning förutsatte att han kunde skaffa sig de informationer han behövde utan att det märktes.

Som att ha tillgång till andras post, att läsa vad som stod skrivet i igenklistrade brev.

Wallander stod orörlig på golvet i vardagsrummet. Kaffekoppen hade han i handen.

Kunde det vara så enkelt? Så gastkramande enkelt? Vem kunde ha tillgång till alla dessa informationer? Lennart Westin hade gett en bit av svaret: en lantbrevbärare. Oavsett om han befann sig till lands eller till sjöss.

En brevbärare. Som öppnade och läste andras brev. Som sedan klistrade igen kuverten på nytt och såg till att de kom fram till adressaterna. Utan att intrånget märktes.

Någonting sa Wallander att det var fel. Det gick inte till så i världen. Det var alltför enkelt, alltför fantastiskt för att vara möjligt.

Samtidigt kom han inte ifrån att det faktiskt var en tänkbar förklaring på det stora problem de slet med i utredningen. Frågan om hur gärningsmannen fick tag på sina informationer.

Dessutom fanns vykorten. Postade från olika platser i Europa. De imiterade namnteckningarna.

Tröttheten var borta nu. Tankarna kom av sig själva. Utredningen, det hopkopplade händelseförloppet rullade fram genom hans huvud.

Han insåg att han hade kommit en tänkbar förklaring på spåren. Eller snarare en tänkbar modell. Men den skulle naturligtvis kunna falla ihop eftersom det fanns många svaga fästpunkter. Inte minst att alla de som blivit gärningsmannens offer inte bodde längs samma lantbrevbärarlinje. Han visste inte heller om man kunde öppna brev utan att det avsatte spår. Kanske var det någon som sorterade post på någon terminal? Inte någon som körde omkring med en postväska i bilen.

När han satte sig i soffan med kaffekoppen visste han att han kunde ha både rätt och fel. Förmodligen skulle det visa sig vara ett blindspår. Men han kom inte ifrån att tanken i sig själv hade stor betydelse.

Det fanns en lösning på problemet med informationen.

Frågan var helt avgörande: Hur tog man del av andras hemligheter i hemlighet?

Han tömde kaffekoppen, duschade och klädde på sig. Klockan kvart över nio gick han in genom polishusets dörrar. Han hade ett omedelbart behov av att diskutera sina tankar. Han hittade också den han helst av allt ville tala med på hennes kontor.

– Hur är det med barnen? frågade han.

– Barn blir alltid sjuka när det är som minst lämpligt, sa hon. Det är nåt som man skulle kunna kalla för Höglunds första lag.

Wallander slog sig ner i hennes besöksstol. Hon satt på andra sidan bordet och såg på honom.

– Jag hoppas jag inte ser ut som du, sa hon. Om du ursäktar. Har du sovit alls i natt?

– Några timmar.

– Om fyra dagar reser min man till Dubai. Tror du att vi har klarat av det här helvetet till dess?

– Nej.

Hon slog ut med armarna.

– Då vet jag inte hur det ska gå.

– Du arbetar så mycket du kan. Så enkelt är det.

– Nej, svarade hon. Så enkelt är det inte alls. Men det förstår knappast en man.

Wallander ville helst inte dras in i ett samtal om hennes problem med att få någon att se till barnen när hon arbetade. Därför styrde han över på det som hade hänt under natten. Polismannen som hade känt igen kvinnan som kanske hette Louise utanför avspärrningarna. Han berättade också om samtalet med Lone Kjær några timmar tidigare.

– Då finns Louise ändå. Jag hade börjat tro att hon var nån spöklik ande.

– Som i sin tur kanske hade haft med den där sekten som kallar sig »Divine Movers« att göra. Om hon verkligen heter Louise kan jag inte svara på. Men hon finns. Det är jag övertygad om. Och hon visar intresse för den här utredningen.

– Är det hon?

– Det är naturligtvis ingenting vi kan utesluta. Men hon kan också vara nån som beter sig som Svedberg.

– Följer i nån annans spår?

– Ungefär så. Vi bör kontrollera att dom som arbetar på mordplatsen och har ansvar för avspärrningarna håller ögonen ordentligt öppna. Vidöppna. Om hon skulle dyka upp igen.

Wallander övergick till att tala om sitt telefonsamtal med Westin och de tankar det hade väckt. Hon lyssnade uppmärksamt. Han såg hur hennes tveksamhet hela tiden ökade.

– Det är naturligtvis värt att undersöka, sa hon när han talat till punkt. Men jag är rädd att det finns många ställen där idén kommer att spricka. Skickar människor överhuvudtaget privata brev längre?

– Jag föreställer mig kanske att det är en del av en lösning. Eller en tanke som kan föda en annan tanke. Som bättre passar ihop med dom fakta vi har tillgång till.

– Har det inte redan förekommit en lantbrevbärare i den här utredningen?

– Det har förekommit två, sa Wallander. Om vi räknar med Westin. Jag minns att Erik Lundberg, Isa Edengrens granne, berättade att lantbrevbäraren hade kommit förbi samma dag Isa förts till sjukhus. Han hade fått höra att hon förts till sjukhus.

– Det kanske skulle vara en idé att jämföra hans röst med den som ringde till sjukhuset, sa hon.

Det tog ett ögonblick innan Wallander förstod.

– Du menar han som utgav sig för att vara Lundberg?

– Lantbrevbäraren visste om att hon fanns där. Dessutom visste han att Lundberg också visste det.

Wallander kände sig för ett ögonblick förvirrad. Kunde det trots allt finnas någon mening i hans tankebygge? Men trötttheten gjorde att han inte längre tyckte sig kunna lita på sitt omdöme.

Han övergick till att tala om sitt möte med Bror Sundelius. Om känslan av att det var någonting Sundelius inte sa. Och att han dessutom for med osanning.

– Nånstans i bilden dyker alltså sen också Svedberg upp.

– Man kan få ett intryck av hållhakar, sa Wallander. Svedberg beter sig egendomligt. Det går inte att komma ifrån. Han borde ha inlett en förundersökning av Stridhs överfall på sin bror. Det hela var upplagt. Men han stämplar av det. Dessutom uppträder han hotfullt. Han går aktivt och aggressivt in för att Nils Stridh aldrig ska dras inför rätta. Att sen JO lämnar det hela utan åtgärd verkar vara rena turen. Svedberg kunde ha riskerat en kraftig reprimand för sitt agerande.

– Det låter inte som Svedberg? Att han skulle uppträda hotfullt?

– Just därför måste man misstänka att det låg nåt bakom. Svedberg beter sig inte som han borde. Eller som han brukade. Han kände en press på sig.

– Från Nils Stridh?

– Jag kan inte förstå det på annat vis. På nåt sätt är dessutom Bror Sundelius inblandad.

De begrundade under tystnad det Wallander hade sagt.

– Utpressning, sa hon. Kan det vara det?

– Vänd på det. Vad skulle det annars ha kunnat vara?

– Vad kunde Stridh ha för hållhake på Svedberg?

– Det återstår att ta reda på.

– Vi borde nog sätta press på Sundelius, sa hon.

– Vi ska, svarade Wallander. Så fort vi nånsin får tid. Bland allt annat som är viktigt anser jag nog att vi ska hålla en plats för Sundelius.

Klockan hade blivit drygt tio. Martinsson och Hansson hade kommit, liksom de tre polismännen från Malmö. Nyberg befann sig fortfarande ute på mordplatsen. Lisa Holgersson hade barrikaderat sig i sitt rum för att organisera kontakterna med massmedierna. Wallander skymtade Thurnberg i korridoren. Men denne höll sig undan. I alla fall tills vidare. Det väckte viss munterhet i mötesrummet när en kopia på Nils Hagroths anmälan mot Wallander visades runt. »Fällning till marken medelst användande av våld mot fredligt springande mansperson«, var en fras som väckte speciell glädje. Wallander var av naturliga skäl den minst roade. Inte för att han fruktade följderna. Men för att det splittrade spaningsgruppens koncentration.

Alltså drev han på. De gjorde en kort positionsbestämning och bröt sedan mötet. Arbetsuppgifterna var många. Tillsammans med Ann-Britt Höglund for Wallander ut till Köpingebro för att tala med Malin Skanders chockade föräldrar. Martinsson och Hansson skulle samtidigt ha ett samtal med Torbjörn Werners närmaste anhöriga. Wallander nickade till så fort han satt sig i Ann-Britts bil och hon lät honom sova.

Han vaknade först när bilen stannade. De befann sig på en gård strax utanför Köpingebro. Trots att dagen var vacker och varm vilade en tystnad över gården. Dörrar och fönster var stängda. När de gick upp mot huset kom en man runt ett hörn. Han var i övre medelåldern, lång och kraftig. Klädd i mörk kostym. Ögonen var röda. Han presenterade sig som brudens far, Lars Skander.

– Det är med mig ni får tala, sa han. Min fru orkar inte.

– Vi beklagar det som hänt, sa Wallander. Vi beklagar också att det här samtalet inte kan vänta.

– Naturligtvis kan det inte vänta, sa Lars Skander och dolde inte sin bitterhet och sin sorg. Meningen är väl att ni ska gripa den här galningen?

Han såg nästan vädjande på dem.

– Hur kan en människa göra så här? Hur kan en människa mörda ett brudpar som ska ta sitt bröllopsfotografi?

Wallander undrade oroligt om mannen skulle bryta ihop. Ann-Britt Höglund var den som grep tag i situationen.

– Vi ska bara ställa dom viktigaste frågorna. Men det är några saker vi måste veta för att vi ska kunna gripa den som har dödat din dotter.

– Kan vi sitta ute? sa Lars Skander. Det är så oroligt inne.

De gick runt huset. Där fanns några utemöbler under ett gammalt körsbärsträd.

Lars Skander var veterinär. Han var född i Hässleholm men hade kommit till Ystadstrakten när han var utexaminerad. Han och hans hustru hade tre barn, två döttrar och en son. Malin var den yngsta. De andra hade redan gift sig och flyttat hemifrån. Hon och Torbjörn Werner hade känt varandra redan från skoltiden. Det hade aldrig föresvävat någon annat än att det skulle bli de två. Torbjörn Werner hade just övertagit sin fars gård. Dit hade de flyttat redan i början av sommaren. Av olika praktiska skäl hade dock bröllopet blivit skjutet på till augusti.

Så långt hade Wallander låtit Ann-Britt Höglund sköta frågorna. Han märkte att hon var försiktig och varsam.

Nu var det hans tur.

– Det finns några frågor jag måste ställa, sa han. Kan du tänka dig nån som kan ha gjort det här? Hade dom några fiender?

Lars Skander såg oförstående på honom.

– Varför skulle såna som Malin och Torbjörn haft några fiender? Dom var vänner med alla. Fredligare människor fanns inte.

– Ändå måste jag ställa frågan. Och jag måste också be dig om att tänka noga innan du svarar.

– Jag har tänkt. Det finns ingen.

Wallander gick vidare. Informationen, tänkte han. Det är den springande punkten igen. Hur fick gärningsmannen veta det han behövde för att kunna lägga sin plan?

– När blev dagen för bröllopet bestämd?

– Jag minns inte exakt. Nån gång i maj. Senast första veckan i juni.

– När bestämdes det att bröllopsfotografierna skulle tas nere i Nybrostrand?

– Det vet jag inte. Torbjörn och Rolf Haag kände varandra sen långt tillbaka. Dom måste ha gjort upp platsen tillsammans. Men jag antar att Malin var med på beslutet.

– När hörde du talas om det första gången? Att det skulle bli i Nybrostrand?

– Torbjörn och Malin planerade allting mycket noga. Ingenting skulle gå fel. Fotograferingen blev säkert bestämd när allting annat avgjordes.

– Alltså senast för två månader sen?

– Ja.

– Vilka visste om det här? Att fotograferingen skulle ske nere på stranden?

Svaret som kom var överraskande.

– Nästan ingen alls.

– Varför inte?

– Dom ville vara ifred dom där timmarna. Mellan vigseln och festen på kvällen. Därför var det bara dom och fotografen som visste om det. Det var som om dom begav sig ut på en hemlig bröllopsresa som skulle vara i två timmar.

Wallander och Ann-Britt Höglund utbytte blickar.

– Det här är mycket viktigt, sa Wallander. Innebär det här att inte ens du visste om det?

– Varken jag eller min hustru. Jag är övertygad om att det också gäller Torbjörns föräldrar.

– Låt mig ta det här igen, sa Wallander. Jag måste vara säker på att jag har förstått det rätt. Förutom Malin och Torbjörn var det bara fotografen som visste var fotografierna skulle tas?

– Det stämmer.

– Och platsen blev bestämd nån gång i maj. Eller senast juni.

– Meningen var att dom skulle ha fotograferat sig uppe vid Ale stenar, sa Lars Skander. Så var det bestämt. Men sen blev det ändrat.

Wallander rynkade pannan. Han var osäker på om han verkligen hade begripit det hela.

– Du visste trots allt om var dom skulle fotograferas?

– Den ursprungliga planen kände jag till. Men sen blev det ändrat. Dom tyckte Ale stenar blev för vanligt. Vartenda bröllopspar åker dit nuförtiden.

Wallander drog häftigt efter andan.

– När blev det ändrat?

– För några veckor sen.
– Och då höll dom den nya platsen hemlig?
– Ja.

Wallander såg på Lars Skander utan att säga någonting. Sedan vände han sig mot Ann-Britt Höglund. Han visste att de tänkte samma tanke. För några veckor sedan hade platsen blivit ändrad. Då hade den också blivit deras väl förborgade ensak. Men de veckorna hade varit tillräckliga för någon att bryta sig in i det de trodde var en väl bevarad hemlighet.

– Ring till Martinsson, sa Wallander. Be honom få det här bekräftat av Werners föräldrar.

Hon reste sig och gick en bit undan för att ringa. Så här nära har vi inte varit tidigare, tänkte Wallander.

Sedan vände han sig mot Lars Skander igen och fortsatte att ställa sina frågor.

– Du kan alltså inte tänka dig nån utomstående som visste om att dom hade tänkt ta bilden nere på stranden?

– Nej.

Wallander försökte i huvudet omfatta alla tänkbara möjligheter. Han visste fortfarande inte om Rolf Haag hade haft någon assistent. Det fanns också en möjlighet att det trots allt var någon i den närmaste vänkretsen som kände till platsen. Någon som Lars Skander inte kunde veta om.

I samma ögonblick slogs ett fönster plötsligt upp i husets övervåning.

En kvinna böjde sig ut. Och skrek.

28

I minnet skulle Wallander återkalla kvinnan i fönstret och det som skedde efteråt som något overkligt. Det hade varit vindstilla, en av de varmaste augustidagar de upplevde det året, trädgården mycket grön, Ann-Britt Höglund intill ett päronträd med telefonen vid kinden, och han själv på en vitmålad trästol mitt emot Lars Skander. Både han och Ann-Britt hade haft samma omedelbara känsla av att något redan var för sent. Kvinnan som slog upp fönstret skulle kasta sig ut. De skulle aldrig kunna hindra henne. Hon skulle falla mot stenläggningen som sträckte sig som en bård runt huset. Kanske skulle hon överleva, eftersom fallet inte var särskilt högt. Men det hade sett ut som om hon hade tänkt kasta sig ut med huvudet före.

Det hade funnits ett ögonblick av stillhet, som om allt hade frusit fast i sig självt. Sedan hade Ann-Britt Höglund slängt ifrån sig telefonen och sprungit fram mot fönstret, medan Wallander med full kraft ropat något som han sedan inte kunde komma ihåg. Lars Skander hade rest sig långsamt, som om han egentligen inte förstod vad som höll på att hända. Hela tiden skrek kvinnan där i fönstret, hon som var den döda brudens mamma, och hennes smärta hade skurit sönder augustidagen som man rispar med en diamant i glas.

De hade varit överens när de efteråt talat om händelsen. Det var hennes skrik som plågat dem mest.

Ann-Britt Höglund hade sprungit runt huset medan Wallander stått kvar nedanför fönstret med utsträckta händer. Lars Skander hade plötsligt funnits där vid hans sida, nästan som en vålnad, utan annan kraft än att han riktade blicken upp mot den olyckliga som hängde i fönstret.

Sedan hade Ann-Britt Höglund funnits där bakom kvinnan och med ett enda ryck dragit in henne i rummet.

Allting hade plötsligt blivit tyst.

Kvinnan hade slutat skrika. När de kom in i rummet satt Ann-Britt Höglund på golvet och höll om henne. Wallander hade gått nerför trappan igen och ringt efter en ambulans. De hade återvänt till baksidan av huset när ambulansen kommit och farit. Hon plockade upp telefonen som låg i gräset. Wallander hade satt sig i en av trädgårdsstolarna.

– Jag hade just fått Martinsson till telefonen när fönstret slogs upp. Han måste ha undrat, sa Ann-Britt Höglund.

– Ring honom igen, sa Wallander.

Hon satte sig på andra sidan bordet. En geting surrade fram och tillbaka mellan deras ansikten.

Svedberg hade haft en vettlös skräck för getingar.

Nu var han död.

Det var därför de satt i Lars Skanders trädgård. Många andra var också döda. Alltför många.

– Jag ska tala om precis som det är, sa Wallander. Jag är rädd för att den här mannen kommer att slå till igen. Jag fruktar varje minut att nån ska ringa och berätta för mig att det har hänt. Jag letar febrilt efter några tecken på att den här mardrömmen snart ska vara över. Åtminstone att vi ska slippa stå lutade över nya människor som blivit skjutna. Men jag hittar inga.

– Den rädslan känner vi alla, svarade hon. Men vi delar den utan att behöva tala om den.

Något mer behövde inte sägas. Fruktan drev dem. Och skulle fortsätta att driva dem tills de hade gripit någon och överbevisats om att han var den rätte.

– Hon var mycket nära att kasta sig ut, sa Ann-Britt. Ingen av oss kan föreställa sig vad hon upplever just nu.

Ann-Britt ringde Martinsson som undrade vad som hade hänt. Wallander flyttade sin stol så att han hamnade i skuggan. Han grep tag i tankarna igen. Under några veckor hade beslutet om fotograferingen i Nybrostrand existerat. Vem hade kunnat komma åt informationen?

Han märkte att han var otålig. Varför hade de ännu inte fått besked om det existerade en assistent till Rolf Haag eller inte?

Ann-Britt Höglund avslutade sitt samtal med Martinsson. Flyttade med sig stolen in i skuggan.

– Han ringer tillbaka. Tydligen är Werners föräldrar mycket gamla. Han sa att han inte kunde avgöra var nerbrutenheten slutade och seniliteten tog vid.

– Hade Rolf Haag nån assistent? sa Wallander. Det är nästa viktiga fråga. Malmöpolisen skulle ta sig an den saken. Vem kan man ringa till?

– Kommer du ihåg Birch som vi samarbetade med i Lund häromåret?

– Hur skulle jag ha kunnat glömma honom?

Birch var en polisman av den gamla stammen som Wallander hade haft stor glädje av att möta.

– Han har flyttat till Malmö, fortsatte hon. Jag tror att det var han som skulle ta sig an det.

– Då har det också blivit gjort, sa Wallander bestämt.

Han plockade upp sin egen telefon ur fickan och ringde till Malmöpolisen. Växelnumret hade han inprogrammerat. Han hade tur. Birch fanns på sitt kontor. De utväxlade några hälsningar. Birch visste vad saken gällde.

– Jag har gett besked till Ystad, sa han. Men det har alltså inte nått dig?

– I alla fall inte än.

– Då ska du få det av mig här och nu. Rolf Haag hade sin ateljé i närheten av Nobeltorget. Han arbetade mest som ateljéfotograf. Men har gjort ett par rese- och fotoböcker under dom senaste åren. En från Eritrea, en annan från Azorerna.

– Jag avbryter dig här, sa Wallander. Det jag framförallt vill veta är om han hade nån assistent.

– Det hade han.

Wallander gav tecken till Ann-Britt Höglund att han behövde en penna. I en av bröstfickorna på skjortan hittade han ett gammalt kvitto som fick duga att skriva på.

– Vad heter han?

– Det är inte ovanligt att manliga fotografer har kvinnliga assistenter. Hur det är omvänt vet jag faktiskt inte.

– Vad heter hon?

– Maria Hjortberg.

– Har du talat med henne?

– Det har inte varit möjligt. Hon reste till sitt föräldrahem utanför Hudiksvall i fredags. Det ligger ute i skogen. Där finns ingen telefon. Hon har heller inte med sig sin mobil. Den ligger kvar på kontoret. Jag har talat med en flicka som hon delar lägenhet med. Hon påstod att Maria då och då vill befria sig från alla tekniska underverk. Bara vara ute i skogen utan att kunna bli uppringd av en enda människa. Men hon kommer tillbaka till Malmö i kväll. Hennes plan landar kvart över sju på Sturup. Jag hade själv tänkt möta henne. Men jag tror vi kan utgå från att det knappast var hon som sköt ihjäl sin arbetsgivare. Eller brudparet.

Wallander hade fått ett svar han inte ville ha. Han märkte att otåligheten och irritationen växte, vilket gjorde honom till en dålig polis.

– Vad vi framförallt behöver veta är om nån utomstående kan ha vetat om var fotograferingen skulle ske. Vi har börjat förstå att det kanske inte var så många. Det skulle ge oss en möjlighet att ringa in dom som haft tillgång till den nödvändiga informationen.

– Jag gick igenom ateljén igår kväll, sa Birch. Det drog ut på halva natten. Det finns ett brev daterat den 28 juli. Från Torbjörn Werner till Haag. Där bekräftar han platsen och tidpunkten.

– Var är brevet postat?

– Det är daterat i Ystad.

– Var finns det brevet nu?

– Det ligger på en hylla här i mitt rum.

– Kuvertet är alltså inte med? Du har ingen poststämpel?

– Jag har för mig att det stod en plastsäck med papper inne på ateljéns kontor. Kanske det ligger där? I annat fall har det nog blivit slängt. Trots allt är det ett par veckor sen.

– Vi skulle behöva hitta kuvertet. Om det finns kvar.

– Varför är det viktigt? Om brevet är daterat i Ystad måste man väl också kunna anta att det är postat där?

– Det jag framförallt är intresserad av är om det kan finnas tecken på att kuvertet har blivit öppnat mer än en gång. Därför måste vi hitta det så vi kan göra en ordentlig teknisk undersökning av det.

Birch begärde inga ytterligare förklaringar. Han skulle genast åka till ateljén.

– Det är en riskabel teori du arbetar efter, varnade han.

– För närvarande har jag ingen annan, svarade Wallander. Kanske är det mest en fråga om att få en negativ bekräftelse. På att brevet inte har blivit öppnat mer än en gång så att jag kan avskriva dom här tankarna. Men att gärningsmannen är välinformerad kan vi slå fast en gång för alla. Frågan kvarstår alltså hur han får tag i dom informationer han behöver.

Birch lovade att höra av sig när han hade några nyheter.

De återvände till Ystad. Klockan hade hunnit bli tolv. Wallander bad att få bli avsläppt på Österleden. Han måste äta någonting. Ann-Britt Höglund avböjde när han frågade om hon ville följa med.

Han gick hem till Mariagatan och stekte några ägg. Sedan la han sig på sängen och ställde klockan på väckning efter en halvtimme. Tio minuter över ett var han tillbaka på polishuset igen.

Han gick in på sitt kontor, rotade igenom telefonlapparna, och skrev sedan i ett enda svep en översikt över allt som hade hänt. Hans ambition var enkel. Han ville försöka bilda sig en uppfattning om vilken information som gärningsmannen måste ha haft. Som ett absolut minimum. När han gick igenom det han skrivit fick han en känsla av att han kanske alltför fort hade avvisat sin egen teori, om de öppnade breven. Han gick ut i receptionen och frågade den flicka som brukade ersätta Ebba på helgerna om hon kände till var posten som delades ut i Ystadstrakten sorterades. Det visste hon inte.

– Det skulle kanske vara möjligt att ta reda på, föreslog Wallander.

– På en söndag?

– För oss är det en vanlig arbetsdag.

– Men knappast för Posten?

Wallander övervägde hastigt om han inte borde bli arg. Men han lät det bero.

– Såvitt jag vet töms brevlådor även på söndagar, försökte han vänligt. Åtminstone en gång. Det betyder att det nånstans finns en eller annan person inom Posten som arbetar även på söndagarna.

Hon lovade att försöka hitta ett svar på hans fråga. Wallander skyndade sig tillbaka till sitt kontor. Han hade en stark känsla av att han hade stört henne. Just när han hade stängt dörren bakom sig dök en minnesbild upp i hans huvud. I samtalet med Ann-Britt Höglund hade de kommit fram till att två brevbärare hade förekommit i utredningen. Nu insåg han plötsligt att det fanns ytterligare en. Han satte sig vid bordet och höll fast vid minnesbilden. Vad var det Sture Björklund hade sagt? Han hade haft en känsla av att någon varit på hans gård. Någon som inte hade något där att göra. Hans grannar visste att han ville vara ifred. Den enda som regelbundet kom dit var lantbrevbäraren.

En lantbrevbärare som ställer in Svedbergs teleskop i hans uthus,

393

tänkte Wallander. Det är inte bara en orimlig tanke. Den är vansinnig. Något man möjligen kan tänka när ingenting annat återstår.

Han morrade misslynt för sig själv och övergick till att bläddra igenom olika rapporter han ännu inte hunnit läsa. Men han hade knappt börjat när Martinsson stod i dörren. Wallander lät papperen falla.

– Hur gick det? frågade han.

– Jag hörde av Ann-Britt hur ni hade haft det. En kvinna som försökte hoppa ut genom ett fönster. Det hade inte vi. Det var nog Torbjörn Werners föräldrar för gamla för. Men tragedin kan knappast vara större. Torbjörn hade övertagit gården. Dom gamla kunde dra sig tillbaka. Kontinuiteten var säkrad, en ny generation tog över. De hade haft en annan son som omkom i en bilolycka för några år sen. Nu har dom ingen.

– Det tänker inte mördaren på, svarade Wallander.

Martinsson hade ställt sig vid fönstret. Wallander kunde se att han var skakad. Han undrade hur länge Martinsson skulle uthärda. En gång hade han valt att bli polis med de bästa ambitioner. Det var i en tid då polisyrket knappast hade haft någon särskild dragningskraft på unga människor. Det hade sedan kommit en period när polisyrket hade setts på med förakt. Men Martinsson hade hållit fast vid sin ursprungliga ambition. Varje samhälle hade de poliser det förtjänade. Och han ville vara en bra polis. Vilket han också hade blivit. Men under senare år hade Wallander kunnat märka hur han blivit alltmer tveksam, alltmer avskuren från det han en gång hade tänkt. Nu tvivlade Wallander på att Martinsson skulle fortsätta ända till pensionen. Om han lyckades hitta något alternativ.

Martinsson stod kvar vid fönstret. Men nu hade han vänt sig mot Wallander.

– Han kommer att slå till igen.

– Det vet vi inte. Men risken finns.

– Vad talar för att han inte skulle göra det? Hans hat mot människor tycks gränslöst. Det finns inget rimligt motiv. Annat än att han dödar för dödandets skull.

– Det är mycket sällan det sker. Problemet är att vi inte har funnit hans drivkraft. Hans motiv.

– Jag tror du har fel.

Martinssons ord kom med stor kraft. I Wallanders öron lät det som en anklagelse. Riktad mot honom.

– På vilket sätt tar jag fel?

– För några år sen hade jag hållit med dig. Det finns inget våld som inte har en förklaring. Men så är det inte längre. Utan att vi märkte det skedde en förändring här i landet. Våldet blev naturligt. Vi passerade över en osynlig gräns. Hela generationer av ungdomar håller på att förlora fotfästet. Ingen lär dom längre vad som är rätt eller fel. Det finns inget rätt eller fel längre. Alla hävdar sin egen rätt. Vad är det då för mening med att vara polis?

– Den frågan måste du svara på själv.

– Det är det jag försöker göra.

Martinsson satte sig i Wallanders nersuttna besöksstol.

– Vet du vad Sverige har blivit? sa han. Ett laglöst land. Vem hade trott det för 15–20 år sen? Att Sverige skulle präglas av laglöshet?

– Vi är inte där än, svarade Wallander. Alltså håller jag inte med dig. Men utvecklingen pekar åt det håll du säger. Därför är det viktigare än nånsin att såna som du och jag håller emot.

– Så har jag alltid tänkt. Men just nu känns det som om vi håller på att förlora.

– Det finns inte en polisman i det här landet som inte då och då känner samma sak, sa Wallander. Men det förändrar inte det jag säger. Vi måste stå emot. Trots allt försöker vi bjuda den här galningen motstånd. Vi jagar honom. Vi spårar. Vi ger oss inte. Vi ska ta honom.

– Min son har fått för sig att han ska bli polis, sa Martinsson. Han frågar mig hur det är. Jag vet aldrig vad jag ska svara.

– Skicka honom till mig, sa Wallander. Så ska jag förklara för honom.

– Han är elva år.

– Det är en bra ålder för att förstå saker och ting.

– Jag ska säga till honom.

Wallander grep tillfället och återförde samtalet till utredningen.

– Vad visste Werners föräldrar om fotograferingen?

– Ingenting annat än att den skulle ske efter vigseln och innan middagen. Wallander lät handflatorna falla mot bordsskivan.

– Det betyder att vi har ett genombrott. Nu ska den här utredningen vridas upp ytterligare.

– Vi knäar redan. Hur har du tänkt dig att det ska gå till?

– Genom att vi slutar tänka på våra knän, sa Wallander och reste sig. Klockan tre vill jag ha alla samlade. Thurnberg också. Jag vill att du ordnar det.

Martinsson nickade. I dörren vände han sig om.

– Står du fast vid löftet att prata med min son?

– När det här är över, svarade Wallander. Då ska jag svara på alla frågor han har. Han ska till och med få prova min uniformsmössa.

– Har du en sån? frågade Martinsson förvånat.

– Det har jag säkert. Fast var vet jag inte.

Wallander återvände till rapporterna. Telefonen ringde. Det var flickan i receptionen som meddelade att posten till lantbrevbärarnas distrikt sorterades på postterminalen i Ystad. Den låg på Mejerigatan, strax bortom sjukhuset. Wallander noterade telefonnumret och tackade för hjälpen. Ingen svarade på terminalen trots att han lät ett stort antal signaler gå fram. Han övervägde om han skulle åka dit. Det kunde vara någon där som inte brydde sig om telefonen. Men han bestämde sig för att vänta. Han behövde förbereda sig.

Den eftermiddagen gick Wallander till spaningsgruppens möte med en känsla av han skulle hamna i en öppen konfrontation med åklagare Thurnberg. Riktigt varför han trodde att det skulle ske visste han inte. Frånsett det olyckliga mötet ute i Nybrostrand hade Thurnberg inte gjort något som Wallander hade haft orsak att reagera mot. Vad som skulle komma ut av den anmälan som Nils Hagroth riktat mot Wallander visste han inte heller. Men Wallander hade ändå en känsla av att han befann sig i någon sorts krigstillstånd gentemot Thurnberg.

När mötet var över insåg Wallander att han hade tagit fel. Thurnberg hade överraskat genom att ge honom sitt stöd när spaningsgruppen visade tecken på splittring eller vacklan. Han insåg att han hade varit alltför snabb, eller kanske fördomsfull, när han gjort sin första bedömning av Thurnberg. Kanske hade han tolkat den arrogans han tyckte sig finna hos Thurnberg alldeles fel? Kanske var den i grunden bara ett utslag av osäkerhet?

Wallander hade börjat mötet med att slå fast det som kunde tyda på att de nu stod inför ett genombrott. De skulle koncentrera sig på en enda fråga. Vem hade kunnat veta var och när bröllopsfotografierna skulle tas? Det arbetet skulle fortsätta med oförminskad kraft direkt efter det att mötet var över. Allt annat skulle tills vidare komma i andra hand.

Det kom en ström av invändningar. Inte minst från Hansson som menade att Wallander överdrev förutsättningen. Werners föräldrar var så gamla och glömska att de kanske hade vetat om vad som skulle ske men inte längre var medvetna om det. Både Malin Skander och Torbjörn Werner hade haft många och nära vänner. Det var omvittnat. Någon av dem kunde också ha vetat. Hansson menade att Wallander kunde ha rätt. Men det vore fel att lägga alla ägg i samma korg redan nu.

Det var vid den punkten som Thurnberg blandade sig i samtalet. Han hade uttryckt sig mycket kort och precist. Som läget var i utredningen gjorde han den bedömningen att Wallander hade rätt. Under de närmaste dagarna, eller kanske rättare sagt timmarna, borde de koncentrera sig på denna springande punkt: Vem hade känt till var och när fotografierna skulle tas?

Efteråt hade Thurnberg dragit sig inom sitt skal igen. Diskussionen hade också upphört. När Wallander hade fått stöd av åklagaren var det inte så mycket mer att tala om. Resten av tiden hade de använt till att göra en plan och fördela arbetsuppgifterna. Vem skulle prata med vem? I vilken ordning? Wallander hade då bestämt sig för att själv ägna sig åt fotografens assistent som skulle komma till Sturup några timmar senare.

De avtalade preliminärt en återsamling redan samma kväll. Om något dramatiskt inträffade under de samtal som skulle äga rum under eftermiddagen kunde återsamlingen ske tidigare.

Efter det gjorde Wallander sin sammanfattning. Den var mycket kort.

– Det är möjligt att vi är nära att bryta igenom väggen, började han. Vi kan bara hoppas att det sker. Det existerar en förutsättning för vårt arbete just nu som vi inte talar så mycket om. Men som vi alla vet, den här gärningsmannen kan slå till igen. Idag, imorgon, nästa vecka. Vi vet inte. Därmed vet vi inte heller hur mycket tid vi har till förfogande. Om vi ens har nån tid alls.

Efter mötet, när de höll på att skingras, tänkte Wallander att han kanske borde säga något till Thurnberg. Men eftersom han inte kom på vad lät han det bero.

Klockan hade blivit halv fem. Om drygt två timmar skulle Rolf

Haags assistent landa. Wallander försökte ringa till Birch utan att få tag på honom.

Då gjorde han något han aldrig tidigare hade gjort. Han låste dörren till sitt kontor och sträckte ut sig på golvet, med en gammal portfölj som kudde. Vid ett tillfälle, just innan han somnade, knackade någon på dörren. Han svarade inte. Skulle han orka arbeta vidare måste han sova nån timme. Han hade haft en gammal väckarklocka liggande i en skrivbordslåda. Varför visste han inte. Nu kom den till användning.

Han drömde om sin far igen. Oroliga bilder från barndomen. Lukten av terpentin. Hastiga kliv genom tidsåldrarna. Resan till Rom. Plötsligt hade Martinsson dykt upp i Spanska trappan. Han hade sett ut som ett litet barn. Wallander hade ropat på honom. Men Martinsson hade inte hört honom. Sedan mindes han inte mer. Drömmen var avhuggen, borta.

Han reste sig mödosamt upp från golvet. Det knäckte till i ryggen. Han låste upp dörren och vacklade bort till toaletten. Det fanns ingenting som han tyckte så illa om i sitt liv som denna förlamande trötthet. Som drog ner honom, gjorde honom illamående. Som var allt svårare att uthärda, ju äldre han blev. Han spolade huvudet med kallt vatten och pissade länge. Han undvek att se på sitt ansikte i spegeln.

Kvart över sex körde han ut från Ystad, på väg mot Sturup. Himlen var fortfarande alldeles klar, vinden måttlig, temperaturen 15 grader. En knapp halvtimme senare parkerade han utanför den gula flygplatsbyggnaden. Han gick bort mot ankomsthallen och upptäckte genast den storvuxne Birch som stod lutad mot en vägg med korslagda armar. När han fick syn på Wallander sprack hans dystra ansikte upp i ett överraskat leende.

– Du här? sa han.

– Jag tänkte du skulle slippa vänta på henne ensam.

– Planet ska landa i rätt tid, sa Birch. Men vi hinner med en kopp kaffe.

De gick bort mot serveringen.

– Jag har stått lutad över plastsäckar med papper, sa Birch. Nog fanns där ett och annat kuvert. Men inte det som du hoppades på.

– Den här utredningen är inte precis förföljd av tur, sa Wallander. Det hade nog varit för mycket att hoppas på.

Birch tog en kaka och ett wienerbröd till kaffet. Wallander tvingade sig att avstå.

– Däremot ringde jag till en av våra kriminaltekniker, fortsatte Birch medan de väntade på att få betala. Det är en fantasifull och uppslagsrik man som man kan ha mycket glädje av på brottsplatser. Håkan Tobiasson? Har du hört talas om honom?

Wallander skakade på huvudet.

– Jag hade ett långt samtal med honom. Han satt ute i en båt i Sundet och fiskade men hade telefonen med sig. Han fick för övrigt napp två gånger medan vi pratade med varandra. Vad det var för fisk glömde jag att fråga om.

De lystrade till ett högtalarutrop. Men det gällde ett försenat charterflyg från Marbella.

– Håkan kunde tänka sig många möjligheter att öppna brev, fortsatte Birch. Förr höll man på att ånga upp klister och petade med strumpstickor. Nu finns det betydligt mer avancerade metoder. Han lovade på rak arm att öppna vilket som helst brev jag la framför honom. Och han tvivlade på att jag efteråt skulle kunna avgöra vilka som hade blivit öppnade.

– Vi hade behövt kuvertet, sa Wallander.

Birch torkade sig om munnen och betraktade Wallander.

– Jag förstår nog inte riktigt det här med kuvertet. Jag undrar förstås också varför du har kommit hit. Det betyder att du bedömer Maria Hjortberg som en viktig person.

Wallander förklarade vad som hade hänt under det senaste dygnet. Han hade just blivit klar när det plan de väntade på hade taxat in till sin port och passagerarna började komma ut. Birch förvånade Wallander genom att dra fram och veckla ut ett ark från ett ritblock ur innerfickan, där Maria Hjortbergs namn stod textat. Han ställde sig mitt i korridoren och höll upp skylten. Wallander avvaktade i bakgrunden.

Maria Hjortberg var en mycket vacker kvinna. Hon hade intensiva ögon och långt mörkbrunt hår. Över ena axeln hängde en ryggsäck. Wallander tänkte att hon sannolikt inte visste om att Rolf Haag var död. Men Birch hade redan börjat berätta. Hon skakade vantroget på huvudet. Birch grep hennes ryggsäck samtidigt som han presenterade Wallander. Hon hade inget ytterligare bagage.

– Är det nån som väntar på dig? frågade Birch.

– Jag hade tänkt ta bussen.

– Då kör vi dig. Dessvärre måste vi ha ett samtal med dig som inte kan vänta. Antingen på polishuset eller i fotoateljén.

– Är det verkligen sant? frågade hon. Att Rolf är död?

– Det är sant och jag beklagar det, sa Birch. Hur länge hade du arbetat som hans assistent?

– Inte särskilt länge. Sen i april.

Det betyder att sorgen kanske inte behöver bli så svår, tänkte Wallander. Såvida hon nu inte hade haft ett förhållande med fotografen.

Hon sa att hon föredrog att åka till fotoateljén.

– Det är bäst att hon åker med dig, sa Wallander. Jag behöver ringa några telefonsamtal.

– Det är inte att rekommendera när man kör, svarade Birch.

Wallanders tanke hade varit att tala med Nyberg. Men när han hade kommit ut på huvudvägen mot Malmö bestämde han sig för att vänta. Det enda som var viktigt just nu var det Maria Hjortberg hade att säga.

Två timmar senare visste Wallander att Maria Hjortberg inte hade kunnat hjälpa dem vidare. De hade suttit inne i fotoateljén, bland pappersfonder och strålkastarstativ. Hon hade överhuvudtaget inte känt till att Rolf Haag hade en fotografering ute vid Nybrostrand. Han hade berättat att han skulle vara med om ett bröllop på lördagen. Men det hade hon tolkat som att han var bjuden som gäst. Själv hade hon rest till Hudiksvall på fredag eftermiddag. På måndagen skulle de förbereda en fotografering av ett nyöppnat bankkontor i Trelleborg. Hon hade aldrig hört talas om vare sig Malin Skander eller Torbjörn Werner. De gick gemensamt igenom den dagbok där de olika uppdragen skrevs in. För lördagen den 17 augusti fanns ingenting. Sidan var blank. När Birch kvällen innan hade tagit sig in i ateljén, med hjälp av den nyckelknippa de hittat i Haags byxficka, hade han gått igenom korrespondensen. Nu visade han henne och Wallander det brev han hittat. Hon hade inte sett det tidigare.

– Det var han som öppnade alla brev, sa hon. Jag hjälpte till med fotograferingen och efterarbetet. Ingenting annat.

– Är det nån annan som kan ha sett det här brevet? frågade Wallander. Vem besöker ateljén mer än ni? Finns här nån städerska? Vaktmästare?

– Vi städar själva. Och dom som vi fotograferade i ateljén kom aldrig in på kontoret.

– Det var alltså bara Rolf och du?

– Knappast ens jag. Jag hade ingenting härinne att göra.

– Har det varit inbrott här nyligen?

– Nej.

– Jag har gått igenom plastsäckarna med papperssopor, fortsatte Birch. Men jag hittade inte kuvertet till det här brevet.

– Soporna töms på måndagarna. Rolf var väldigt noga med att här hölls rent.

Wallander såg på Birch. Det fanns ingen orsak att betvivla hennes svar. De insåg båda att de inte kom längre.

– Hade Rolf några fiender? frågade han.

– Varför skulle han ha haft det?

– Han verkade inte orolig sista tiden? Du märkte ingenting ovanligt med honom?

– Han var som vanligt.

– Hur var ert förhållande?

Hon förstod frågan. Men tycktes inte ta illa upp.

– Det var ingenting personligt, svarade hon. Vi arbetade bra ihop. Jag lärde mig mycket. Jag hoppas att själv bli fotograf.

– Vem stod Rolf Haag närmast? Hade han nån flickvän?

– Han var enstörig av sig. Om hans privatliv vet jag faktiskt ingenting. Han talade aldrig själv om det. Jag känner inte till att han hade nån flickvän.

– Vi ska gå igenom hans lägenhet, sa Birch. Men nu tror jag inte vi kommer så mycket längre.

– Vad ska jag göra i morgon? sa hon. Nu när Rolf är död?

Varken Wallander eller Birch kunde ge henne något svar. Birch lovade att köra henne hem. Wallander skulle återvända till Ystad. De skildes på gatan utanför ateljén.

– Jag förstår det nog fortfarande inte, sa hon. I två dagar har jag varit ensam i ett hus i en lika ensam skog. Och så kommer jag hem till det här.

Hon började gråta. Birch la armarna beskyddande om hennes axlar.

– Jag kör henne hem nu, sa han. Ringer du?

– Jag hör av mig från Ystad, sa Wallander. Var är du då?

– Jag ska se på hans lägenhet redan ikväll.

Wallander kontrollerade att han hade Birchs mobilnummer. Sedan gick han till sin bil som stod parkerad på andra sidan gatan. Birch och Maria Hjortberg for iväg. Klockan hade blivit halv elva.

Han skulle just låsa upp bildörren när det surrade i hans ficka. Han svarade.

– Talar jag med Kurt Wallander?

– Det är jag.

– Lone Kjær här. Jag ville bara tala om för dig att den kvinna som kanske heter Louise finns på »Amigo« just nu. Vad vill du att vi ska göra?

Wallander bestämde sig omedelbart.

– Jag är i Malmö. Jag kommer över. Om hon lämnar baren så vill jag att nån följer efter henne.

– Du bör hinna med flygbåten klockan elva. Då är du i Köpenhamn kvart i tolv. Jag ska möta dig innanför stängslet.

– Förlora henne inte ur sikte, sa Wallander. Jag behöver henne.

– Vi ska vakta henne väl. Det lovar jag.

Wallander for ner till hamnen och parkerade.

Precis klockan elva lämnade »Löparen« kajen och satte kurs mot Köpenhamn.

Wallander satt på övre däck och stirrade ut i mörkret. Sedan började han leta i jackfickan efter sin telefon. Den var borta. Han hade lagt den ifrån sig på sätet.

Dessutom undrade han plötsligt om han kommit ihåg att släcka lyset på sin bil. Han frågade en av båtvärdinnorna varifrån han kunde ringa.

– Telefonen är tyvärr ur funktion.

Wallander nickade. Lone Kjaer hade säkert en mobiltelefon.

Han stirrade ut i mörkret. Inom honom steg spänningen.

29

Wallander upptäckte henne så fort han gått över landgången. Hon hade skinnjacka, kort ljust hår och var yngre än han föreställt sig. Dessutom kortvuxen. Men att hon var polis var det ingen tvekan om. Varför, det kunde han som vanligt inte ge ett vettigt svar på. Men det var mycket sällan han inte kunde identifiera en polisman i en samling okända människor.

De möttes och hälsade.

– Louise är fortfarande kvar på baren, sa hon.

– Om det nu är Louise hon verkligen heter, svarade Wallander.

– Vad har du egentligen föreställt dig om henne?

Wallander hade tänkt igenom situationen under överresan. Det fanns inga anklagelser han kunde rikta mot henne. Hon var inte misstänkt för att ha begått eller ens känt till något brott. Det enda han ville var att tala med henne. Frågor tyckte Wallander sig ha tillräckligt av.

– Jag tror hon kan sitta inne med olika och viktiga informationer. Det viktigaste är alltså att hon inte försvinner.

– Har du nån anledning att tro att hon ska försöka ge sig av?

Wallander insåg att frågan var mer än rimlig. Det kunde ju vara så att hon inte varit medveten om att man sökt efter henne. Eller att hennes fotografi hade funnits i tidningarna. Att ingen hade sett henne kunde mycket väl ha den enkla förklaringen att hon av något högst naturligt skäl sällan visade sig.

De hade under samtalet gått genom tullen och kommit ut på gatan. Där stod en polisbil med chaufför och väntade. De satte sig i baksätet och for iväg.

– En bar är knappast nåt bra ställe att ha ett samtal på, sa Wallander.

– Mitt kontor står till förfogande.

De for vidare under tystnad. Wallander tänkte på senaste gången han varit i Köpenhamn. Då hade han besökt Det Kongelige för att se en föreställning av Tosca. Ensam hade han varit. Efter föreställningen hade han gått på bar och varit ganska berusad när han omsider tagit kvällens sista flygbåt tillbaka mot Malmö.

Han skulle just be att få låna hennes telefon när bilen bromsade in. Lone Kjær talade kort i en radio.

– Hon är kvar, sa hon.

Sedan pekade hon ut genom bilrutan.

– På andra sidan gatan. Vill du att jag ska vänta?

– Du kan lika gärna följa med in.

En trasig ljusskylt där det endast gick att läsa bokstäverna »igo« hängde utanför dörren. Wallander kände spänningen. Nu skulle han äntligen träffa den kvinna han undrat så mycket över sedan den gång han hittat hennes fotografi i Svedbergs hemliga gömställe under golvplankorna i lägenheten på Lilla Norregatan.

De öppnade dörren, föste undan ett draperi och var inne i baren. Där var varmt och rökigt, ett rödaktigt ljus, mycket folk. En man kom emot dem, på väg ut.

– Längst bort vid bardisken, sa han till Lone Kjær.

Wallander hade hört. Medan Lone Kjær väntade vid dörren började han tränga sig fram genom den överfulla baren.

Det var då han upptäckte henne.

Hon satt längst ut vid bardiskens ena ände. Hennes hår var som på fotografiet. Wallander stod orörlig och betraktade henne. Han fick ett intryck av att hon var ensam, trots att det fanns människor på båda sidor om henne. Hon drack vin. När hon kastade en blick mot hans håll tog han ett steg åt sidan för att hamna bakom ryggen på en storvuxen man som stod mitt på golvet med ett ölglas i handen. Wallander klev fram igen. Hon hade åter riktat sin uppmärksamhet mot vinglaset. Wallander vände sig om, nickade mot Lone Kjær, och fortsatte att tränga sig fram genom lokalen.

Han hade tur. Just som han kommit fram till henne reste sig den man som suttit vid hennes vänstra sida och gick. Wallander gled in på den tomma platsen. Hon kastade en blick på honom och återvände sedan till sitt vinglas.

– Jag tror att du heter Louise, sa Wallander. Själv heter jag Kurt Wallander och är polis i Ystad. Jag har kommit hit till Köpenhamn eftersom jag behöver tala med dig.

Han märkte att hon spände sig. Sedan slappnade hon av igen, såg på honom och log.

– Det går bra, sa hon. Jag ska bara besöka damrummet först. Jag var just på väg.

Hon reste sig och försvann bort mot bakväggen där det var skyltat till toaletterna.

Wallander skakade på huvudet när bartendern visade honom sitt intresse. Hon hade inte talat skånska, tänkte han. Men hon var svenska.

Lone Kjær hade kommit närmare. Wallander upptäckte henne längre ner vid bardisken. Han gav henne ett tecken på att allt var som det skulle. Det hängde en klocka på väggen bakom bardisken. Reklam för ett whiskymärke, en sort som Wallander insåg att han aldrig hade hört talas om. Det hade gått fyra minuter. Wallander kastade en blick bort mot toaletterna. En man kom ut, strax efter ytterligare en. Medan han väntade försökte han bestämma sig för vilken som skulle bli hans första fråga. Det fanns många han kunde välja mellan.

Plötsligt insåg han att det hade gått sju minuter. Någonting var fel. Han reste sig och gick bort mot toaletterna. Lone Kjær hade märkt hans hastiga uppbrott från bardisken. Nu dök hon upp vid hans sida.

– Gå in på damtoaletten, sa han.

– Varför det? Hon har inte kommit ut. Hade hon försökt lämna baren skulle jag ha lagt märke till det.

– Det är nånting som inte stämmer, sa Wallander. Jag vill att du går in.

Lone Kjær försvann in genom dörren. Wallander väntade. Vad som var galet visste han inte. Men när känslan dykt upp hade den varit tveklös. Lone Kjær kom hastigt ut igen.

– Hon finns inte därinne.

– Helvete, sa Wallander. Fanns det nåt fönster?

Istället för att vänta på svar ryckte han upp dörren och störtade in. Två kvinnor stod och målade sig framför speglarna. Wallander märkte dem knappt.

Louise var borta. Han rusade ut igen.

– Hon måste vara kvar, sa Lone Kjær vantroget. Jag skulle ha sett henne.

– Men hon är inte här, sa Wallander.

Han bröt sig fram genom trängseln som hela tiden tycktes öka. Mannen som vaktade dörren såg ut som en brottare.

– Fråga honom, sa Wallander. En kvinna i mörkt halvlångt hår.

Har hon gått ut härifrån? För högst tio minuter sen?

Hon ställde frågan. Brottaren skakade på huvudet.

– Skulle han ha märkt det? insisterade Wallander. Fråga honom om det.

Brottaren svarade något som Wallander inte lyckades uppfatta.

– Han är säker, ropade hon för att överrösta oväsendet.

Wallander började tränga sig tillbaka in i lokalen. Nu letade han. Men han visste redan innerst inne att hon var borta.

Till sist gav han upp.

– Hon är inte kvar här, sa han. Vi kan lika gärna gå.

Wallander återvände till bardisken. Vinglaset var borta. Han vände sig till bartendern.

– Glaset? frågade han.

– Det är redan diskat.

Wallander såg på bardisken och vinkade till sig Lone Kjær.

– Jag tror knappast det går, sa han. Men se om vi kan få fram några fingeravtryck här på disken. Jag behöver dom för att jämföra.

– Det är första gången jag har spärrat av en halv meter av en bardisk, svarade hon. Men jag ska se till att det blir gjort.

Hon talade länge med bartendern innan han förstod. Via radion tog hon sedan kontakt med tekniker som skulle försöka säkra avtrycken.

Wallander gick ut på gatan.

Han märkte att han var genomsvettig. Dessutom var han ursinnig. Han hade låtit lura sig. Hennes leende. Hon ville gärna tala med honom. Bara först ett kort besök på toaletten. Det hade han inte genomskådat.

Efter ungefär tio minuter kom Lone Kjær ut.

– Jag begriper inte hur hon bar sig åt, sa hon. Jag skulle ha upptäckt henne.

I Wallanders huvud hade en bild börjat ta form. Långsamt förstod han hur det hade gått till. Det fanns bara en möjlighet. Förklaringen var så oväntad att han behövde tid att begripa vad den egentligen betydde.

– Jag måste tänka, sa han. Kan vi åka till ditt kontor?

Under resan till polishuset sa Wallander inte ett ord. Hon frågade heller ingenting. De for upp till tredje våningen. När hon frågat om han ville ha kaffe svarade han ja.

– Jag begriper inte hur hon kom ut, sa hon igen. Jag förstår det inte.

– Hon kom aldrig ut, svarade Wallander. Louise är kvar därinne.

Hon såg förvånat på honom.

– Är hon kvar? Vad gör vi då här?

Wallander skakade långsamt på huvudet. Han kände en hopplös leda över sin långsamhet. Redan första gången han sett fotografiet han hittat hemma hos Svedberg hade han fått en känsla av att det var något egendomligt med hennes hår.

Jag borde ha sett det, tänkte han. Att det var en peruk.

Hon upprepade sin fråga.

– Louise är kvar på baren, svarade han. Av det enkla skälet att Louise var nån helt annan. Louise var en man. Och brottaren som vaktade dörren sa att tre olika män hade lämnat baren dom sista minuterna. En av dem var Louise. Med peruken i fickan och sminket avtorkat.

Han märkte att hon inte trodde honom. Egentligen orkade han heller inte förklara. Det viktigaste var ändå att han själv nu visste.

Ändå tyckte han att hon förtjänade en förklaring. Klockan var över midnatt. Hon hade hjälpt honom.

– För några år sen var jag på besök i den karibiska övärlden, sa han. Det var under en mycket dålig period av mitt liv. En kväll satt jag på en bar och konverserade en sällsamt vacker kvinna. Jag satt nära henne, jag såg hennes ansikte mycket tydligt. Men det var först när hon sa det som jag förstod.

– Sa vad?

– Att hon var en man.

Lone Kjær tycktes långsamt acceptera den förklaring Wallander gav henne.

– Hon försvann in på toaletten, tog av peruken och sminket, och vandrade sen ut igen, fortsatte Wallander. Förmodligen hade hon också ändrat sina kläder på nåt sätt. Ingen av oss såg nånting. Eftersom vi väntade på att en kvinna skulle komma. Vem lägger då märke till en man som passerar?

– Såvitt jag vet är inte »Amigo« känt för att vara ett tillhåll för transvestiter.

– Kanske han gick dit för att spela rollen av kvinna, sa Wallander tankfullt. Inte för att visa sig bland likar.

– Vad betyder det här för din utredning?

– Jag vet inte. En hel del, förmodligen. Men jag kan inte helt överblicka alla konsekvenser än.

Hon såg på sin klocka.

– Sista båten till Malmö har just gått. Nästa avgång är kvart i fem i morgon bitti.

– Jag får ta in på ett hotell, sa Wallander.

Hon skakade på huvudet.

– Du kan sova på en soffa hemma hos mig, sa hon. Min man arbetar som kypare. Han kommer hem ungefär vid den här tiden. Då brukar vi äta en smörgås tillsammans.

De lämnade polishuset. Wallander blev aldrig klar över var i staden Lone Kjær bodde. Men hennes man som hette Torben hade precis kommit när de steg in genom dörren. Det var en vänlig man, lika kortvuxen som sin hustru. De åt smörgås och drack öl i köket. Sedan bäddade hon åt Wallander på en soffa. Han insisterade på att ta första båten till Malmö. Hon lovade att väcka honom i tid och lämnade honom sedan.

Wallander sov oroligt den natten. En gång steg han upp och ställde sig vid fönstret. Såg ner på den tomma nattgatan. Tänkte att alla nattgator liknar varandra. Man väntar att någon ska komma. Men ödsligheten består.

Louise var en man. Redan från början hade han sett att det var något med hennes hår. Förklaringen hade varit enkel, kanske alltför enkel. En peruk. Han påminde sig att han hade sett en perukstock nere i Svedbergs källare. Han borde ha genomskådat hemligheten på ett tidigare stadium.

Louise var en man. Som hade kallat sig Louise när hon bytte identitet. Men vad denne man egentligen hette visste de inte. Inte heller hur han såg ut.

Wallander kände hur obehaget växte. De som hade hittats döda hade varit utklädda och maskerade. Precis som Louise. När Wallander sagt vem han var hade hon genast gett sig av.

Det är han, tänkte Wallander. Det måste vara han. Det finns ingen annan förklaring. Jag hade gärningsmannen alldeles intill mig. Men jag lyckades inte se igenom maskeringen. Och sedan försvann han. Nu vet han också att vi befinner oss i hans närhet. Men han inser också att vi ingenting vet om hans identitet.

Ingenting.

Wallander la sig igen. Då och då slumrade han till. Men mest av allt väntade han på att klockan skulle bli fyra.

När Lone Kjær kom in för att väcka honom var han redan klädd och hade rullat ihop sängkläderna. Hon såg granskande på honom.

– Ingen blir en bättre polis av att inte sova, sa hon.

– Jag har alltid haft problem med sömnen, svarade han. Även innan jag blev polis.

De drack en kopp kaffe i köket. Torbens snarkningar kom rullande genom den öppna dörren.

– Jag ska se om jag kan få fram nåt mer om Louise, sa hon. Som inte var nån Louise.

Han tackade för hjälpen. Den han redan hade fått och den hon nu erbjöd. Sedan ringde hon efter en taxi åt honom.

– Är det han? frågade hon. Som ni letar efter?

– Ja, svarade Wallander. Det måste vara han. Det finns ingen annan rimlig förklaring.

Han kom ner till flygbåtsterminalen när klockan var tjugo i fem. Inne i avgångshallen var det redan mycket folk. Det förvånade honom. Vilka behövde resa över till Malmö så tidigt på dagen? Han fick sin biljett och satte sig att vänta. Han hade nästan somnat på plaststolen när passagerarna började gå ombord. Han satte sig intill ett fönster och somnade redan innan båten hade lämnat kajen. Först när de var inne i Malmö vaknade han igen.

Det var först när han redan hade gått igenom tullen som han insåg sitt stora misstag.

Louise hade varit en man. En svensktalande man. På besök i Köpenhamn, liksom han själv. Naturligtvis kunde han ha hunnit med den sista båten kvällen innan.

Men han kunde lika gärna ha varit en av passagerarna den här morgonen. Wallander visste inte vad han egentligen kunde ha gjort. Gått runt på båten och försökt känna igen ett ansikte, en kvinna utan smink, omgjord till man. Han kunde ha gett besked till polisen i Malmö om att de skulle kontrollera identiteten på alla de som kom.

Framförallt borde han ha tänkt tanken.

Men han hade varit alldeles för trött. Hela han var ett skal över en organism som bestod av trötthet, för höga blodsockervärden och en förlamande brist på sömn.

Han kom ut från terminalen. Passagerarna från båten försvann åt olika håll. Det fanns ingenting han kunde göra.

Han gick bort till sin bil. Mobiltelefonen låg på sätet. Dessutom hade han haft rätt. Han hade glömt att stänga av lyset. När han provade att starta var batteriet dött. Han lutade sig bakåt i sätet och dunkade en näve mot pannan. Tänkte att han skulle lämna bilen, gå över till Savoy, ta ett rum och sova. Men han slog bort tanken och ringde till Birch. Hoppades att denne var morgontidig. Birch svarade att han just höll på att dricka kaffe.

– Var blev du av igår? Jag trodde vi skulle talas vid?

Wallander förklarade vad som hade hänt.

– Så nära, sa Birch efteråt. Var du verkligen så nära?

– Jag lät lura mig. Jag borde ha bevakat dörren till toaletten.

– Det är mycket man borde, sa Birch. Och nu har du alltså kommit tillbaka till Malmö? Du måste vara trött?

– Värre är att jag inte får igång i bilen.

– Jag kommer, sa Birch. Jag har startkablar. Var är du?

Wallander förklarade.

Birch kom efter nitton minuter. Wallander hade då sovit ytterligare några minuter.

– Jag var i Haags lägenhet, sa Birch. Mycket spartansk. Uppförstorade fotografier av fjärilar på väggarna. Jag hittade ingenting som jag tror har omedelbart intresse för oss.

– Han dog för att han råkade befinna sig på platsen, sa Wallander. Det är jag säker på. Det var brudparet mannen var ute efter.

– Den man som du träffade igår? Utklädd till kvinna?

– Jag tror det.

– Du har ett fotografi, sa Birch. Du har ett ansikte. Ta bort hennes hår. Du kanske har mer än vad du tror.

– Det är också i den änden vi ska börja, svarade Wallander. Möjligheten finns att nån känner igen Louise när hon inte längre är kvinna.

Birch såg granskande på Wallander.

– Först borde du nog sova några timmar. Inget blir bättre av att du kollapsar.

De monterade kablarna och bilen startade. Klockan hade blivit fem minuter i halv sju.

– Vi ska fortsätta att gå igenom ateljén och lägenheten, sa Birch. Vi håller kontakten.

– Jag ska berätta hur det går, svarade Wallander.

Sedan lämnade han Malmö. Men redan vid avfarten till Jägersro körde han in till vägrenen och slog numret till Martinsson.

– Jag har försökt ringa, klagade Martinsson. Vi skulle ju haft möte i går kväll. Men din telefon är aldrig på. Eller så är det omöjligt att få kontakt.

– Jag har varit i Danmark, svarade Wallander. Men jag vill att du samlar spaningsgruppen till möte klockan åtta.

– Har det hänt nåt?

– Ja. Men vi tar det då.

Wallander fortsatte mot Ystad. Det vackra augustivädret fortsatte. Molnfri himmel, nästan vindstilla. Han kände sig mindre trött nu. Huvudet hade börjat arbeta igen. Gång på gång återvände han till mötet med Louise. Han försökte se det ansikte som fanns bakom sminket. Ibland tyckte han nästan att han lyckades.

När han kom till Ystad hade klockan blivit tjugo minuter i åtta. Ebba satt och nös i receptionen.

– Förkyld? frågade han. I augusti?

– Gamla kärringar kan få allergier, svarade hon ironiskt.

Sedan såg hon strängt på honom.

– Har du inte sovit i natt?

– Jag har varit i Köpenhamn. Där brukar det inte bli så mycket sömn.

Hon tycktes inte ha uppfattat hans försök att skämta.

– Om inte du börjar ta vara på din hälsa kommer det att sluta illa. Bara så du vet.

Han brydde sig inte om att svara. Ibland kunde han bli irriterad på hennes förmåga att se rakt igenom honom. Och hon hade naturligtvis rätt. Sockeröarna i hans blod tornade upp sig, högre och högre.

Han hämtade en kopp kaffe och satte sig på kontoret.

Någon hade lagt in ett brev och textat en klisterlapp som sa att innehållet var viktigt. Han kastade en blick på klockan och rev sedan upp kuvertet.

Det var från Mats Ekholm. Med honom hade Wallander samarbetat några år tidigare, när de letade efter en vettvilling som först dödade människor och sedan skalperade dem. Mats Ekholm var psykolog. Han hade hjälpt Wallander med att försöka ge en profil på den gärningsman de letade efter. Vilka motiv som kunde ligga bakom att en man skalperade sina offer. I stort sett hade deras samarbete gått bra. Efteråt, när de väl hade gripit mördaren, hade Wallander ställt sig frågan hur mycket Ekholms hjälp egentligen hade varit värd. Han hade aldrig lyckats komma överens med sig själv om en slutlig bedömning. Men Ekholm hade varit viktig, inte minst som diskussionspartner.

Wallander läste igenom brevet. Ekholm hade skrivit det på eget bevåg. Ingen hade begärt hans assistans, ingen hade formellt efterfrågat hans synpunkter. Men Wallander insåg att Ekholm grundligt hade satt sig in i det som hänt. I slutet av brevet var Ekholm mycket tydlig. Wallander märkte att knuten i magen kom tillbaka.

Det måste anses som ett rimligt antagande att den här gärningsmannen kommer att slå till igen. Det finns ingenting i bilden hittills som talar för att han är färdig. Något tidsmönster går inte att urskilja. Den symboliska fullmånen över hans huvud som utlöser våldet tycks kunna lysa när som helst. Att han väljer att döda människor som på något sätt är maskerade kan tolkas på olika sätt. För mig framstår det som mest troligt att han därmed fjärmar sig från ansvar. Han dödar rollfigurer, inte människorna som de egentligen är. Jag kan naturligtvis ta fel. Men jag ställer mig frågan om det inte finns ytterligare ett motiv med i bilden. Ett motiv som jag inte förmår urskilja. Något som binder de här människorna samman på annat sätt än att de råkar vara utklädda, till festande människor på 1700-talet, eller i bröllopskläder. När det gäller att karaktärisera gärningsmannen drar jag samma slutsatser som jag förstått att du har gjort. Att det är en man som har insyn och tillgång till informationer. Han tar inga risker. Han kan mycket väl leva det vi brukar kalla ett vanligt liv. Förmodligen är han innesluten i en alldeles odramatisk livsmiljö. Han kan ha ett arbete som han sköter utmärkt. Han kan ha familj, vänner, allt det som ingår i normaliteten. Troligtvis har han aldrig tidigare gjort sig skyldig till brott. Åtminstone inget som innebär att han använt våld. Någonting har hänt. Ett plötsligt vulkanutbrott i det inre som ingen, minst av allt han själv, kunnat förutspå.

Wallander la ifrån sig brevet. Ekholms olika telefonnummer stod på brevarket. Han slog arbetsplatsnumret. Någon svarade att Ekholm ännu inte hade kommit. Wallander lämnade sitt namn och bad att Ekholm skulle höra av sig.

Klockan hade blivit tre minuter i åtta.

Wallander tänkte på det som Ekholm inte visste. Att också gärningsmannen klädde ut sig, maskerade sig. På samma sätt som sina offer.

Om det nu var han. Men Wallander hittade inga redskap med vilka han kunde rasera bilden. Det var gärningsmannen han hade mött kvällen innan i Köpenhamn. Det kunde helt enkelt inte vara på något annat sätt.

Han tänkte på Isa Edengren. Hopkrupen inne i grottan bakom ormbunkarna. Han rös till.

Han reste sig. I mötesrummet satt hans kollegor säkert redan och väntade. Han skulle berätta vad som hade hänt kvällen innan. Gärningsmannen hade visat sig, gått på toaletten och försvunnit.

Kvinnan som gick upp i rök. Och återvände i askans form som en man. Det fanns ingen Louise längre. Det fanns bara en okänd man som tagit av sig peruken och sedan försvunnit spårlöst. En man som redan hade dödat åtta människor och som just kunde vara på väg att slå till igen.

Wallander blev stående i dörren till sitt kontor. Ekholm hade gjort ännu en kommentar. Frågan om det fanns ytterligare ett motiv som band dessa människor samman, frånsett att de hade varit maskerade.

Intuitivt anade Wallander att Ekholm hade rätt. Frågan var bara hur de skulle kunna identifiera den beröringspunkten.

Vad säger jag nu? tänkte Wallander. Hur hittar jag det riktiga spåret i den här oklara terrängen? Vi måste dessutom utgå från att tiden är knapp. Vilket innebär att alla tankar inte hinner tänkas, alla spår inte följas upp, alla reservationer inte beaktas. Men hur vet man vilken tanke som är den rätta?

Wallander lät frågan bli hängande och gick in på toaletten, kissnödig och törstig.

Han stirrade på den spegelbild som mötte honom. Han var uppsvullen och blek, med vattniga påsar under ögonen. För första gången i sitt liv upplevde han en känsla av illamående inför sin egen spegelbild.

Jag måste gripa den här gärningsmannen, tänkte han. Inte minst för att jag ska kunna sjukskriva mig och börja vårda min hälsa.

Sedan drack han vatten ur en plastmugg. Återigen grep han fatt i frågan: Hur vet man vilken tanke som är den rätta? Svaret är enkelt. Man vet inte. Det blir som att spela roulette med sina intuitiva impulser. Svart leder in i en återvändsgränd, rött leder rätt. Tiden är ett kapital som snabbt är förbrukat.

Marginalerna är obefintliga. Vad som måste till är det som alla föraktar och förnekar, men som alla hoppas på. Turen. Att den tanke man väljer visar sig vara rätt, att spåret man följer inte leder rakt ut i ett oväntat tomrum.

Klockan hade blivit sju minuter över åtta. Wallander lämnade toaletten.

Alla hade kommit. Han var den försenade eleven. Eller den sene läraren. Thurnberg fingrade på sin perfekta slipsknut, Lisa Holgersson log sitt oroliga, flackande leende. De andra, hans kollegor, mötte honom på det enda sätt de förmådde, med sin uttröttade närvaro. Wallander satte sig ner och sa precis som det var. Han hade haft gärningsmannen alldeles intill sig. Men han hade låtit honom slippa undan. Lugnt och sakligt lotsade han dem igenom allt som hade skett. Från det ögonblick han hade mött Birch och Maria Hjortberg, det oväntade telefonsamtalet från Lone Kjær, överresan till Köpenhamn, baren på en av gatorna bakom Hovedbangården, Louise som hade suttit där och hukat över sitt vinglas, hennes leende och hennes vilja att tala med Wallander. Men först hade hon alltså gått på toaletten.

– Där tog hon av sig peruken, sa han. För övrigt samma peruk hon har på fotografiet. Hon torkade av sig sitt smink. Eftersom hon, eller rättare sagt han, är en noga planerande människa, hade han troligen räknat med risken att bli upptäckt. Förmodligen hade han någon kräm med sig som gjorde att sminket lättare gick av. När han lämnade baren hade Wallander inte sett honom, eftersom han suttit och väntat på en kvinna.

– Kläderna? undrade Ann-Britt Höglund.

– Hon hade nån sorts byxdress, svarade Wallander. Låga skor. Hade man tittat noga kanske man kunde ha misstänkt att det var en man. Men inte vid bardisken.

Hennes fråga var den enda.

– I mitt huvud råder inte några tvivel, sa Wallander när tystnaden inte längre inrymde någon eftertanke. Det är han som är den person vi söker. Varför ger han sig annars av? Varför flyr han?

– Du tänkte inte på möjligheten att han var med samma båt som du i morse? frågade Hansson.

– Jag tänkte på det, svarade Wallander. Men alldeles för sent.

De borde klandra mig, tänkte han. För det och mycket annat i den här utredningen. Egentligen såg jag att hon hade peruk första gången jag hade fotografiet i handen. Hade jag då insett att också hon var förklädd hade det mesta varit annorlunda. Det var henne vi letade efter. Louise som egentligen var en man. Alla andra spår skulle ha kunnat vänta. Men jag märkte det inte. Jag orkade inte se vad jag faktiskt hade upptäckt redan från början.

Wallander hällde upp ett glas mineralvatten innan han fortsatte.

– Jag har fått brev från Mats Ekholm, sa han. Om ni minns den psykolog som för några år sedan hjälpte oss att gripa pojken som skalperade folk. Han har oombedd gjort sina reflexioner. Han påpekar risken att den här mannen kan slå till igen. Eftersom vi inte vet var eller hur vi ska leta måste vi utgå från att han kan slå till när som helst. Det gör att vi inte har nån tid att förlora.

– Finns perukmannen i utredningen? frågade en av Malmöpoliserna.

– Det vet vi inte. Men det är en av dom viktigaste frågorna vi har framför oss. Vi måste göra ett återtåg. Rakt igenom allt material vi har. Kanske hittar vi honom.

– Fotografiet, sa Martinsson. På en dataskärm kan vi ta bort peruken och börja plocka fram en mansperson.

– Vilket är det allra viktigaste, sa Wallander. Det ska vi börja med när vi lämnar det här rummet. Med en peruk och skicklig sminkning kan ett ansikte förändras. Men det kan inte förvandlas helt.

Wallander märkte att det plötsligt fanns en ny energi i rummet. Han hade heller ingen avsikt att förlänga mötet i onödan. Lisa Holgersson märkte att han höll på att runda av. Hon lyfte handen.

– Jag vill bara påminna om det alla naturligtvis redan vet. Att begravningen av Svedberg sker i morgon klockan två. Med tanke på situationen i utredningen ställer vi tills vidare in den minnesstund vi skulle haft här på polishuset efteråt.

Ingen hade någon kommentar. Alla hade bråttom. Ingen behövde längre fråga efter vad som skulle ske.

Wallander hade gått till sitt kontor för att hämta jackan. Han hade ett viktigt besök att göra som inte kunde vänta. Han ville följa en tanke och ett spår som sannolikt skulle visa sig vara alldeles fel. Men han visste att han aldrig skulle förlåta sig själv om det trots allt var det riktiga. Det skulle heller inte ta lång tid, knappast mer än en timme. Någonstans föreställde han sig att han hade den timmen till godo.

Han skulle just lämna rummet när Thurnberg dök upp.

– Har vi resurser att ta fram den där bilden? frågade han. Retuscheringen av fotografiet?

– Den som kan det där är Martinsson, svarade Wallander. Men om han hyser den minsta tveksamhet till sin egen eller vår allmänna tekniska kapacitet kommer han att lämna det till dom som vet säkert hur man bär sig åt.

Thurnberg nickade.

– Jag ville bara försäkra mig.

Wallander märkte att det var något mer Thurnberg ville säga.

– Jag tycker inte du bör anklaga dig för att han klev ur sin förklädnad och försvann. Det hade varit alltför mycket begärt att du skulle kunna förutse det.

Wallander insåg att Thurnberg menade vad han sa. Möjligen skulle han tolka uttalandet som ett försök till ett närmande. Han bestämde sig omedelbart för att anta det.

– Jag är mer än villig att lyssna på synpunkter, sa han. Den här utredningen innehåller ingenting som är enkelt.

– Jag lovar att säga till när jag har nåt att komma med, svarade Thurnberg.

Samtalet var över. Wallander lämnade hastigt polishuset. Han tvekade ett ögonblick om han skulle ta bilen. Sedan bestämde han sig för att gå. Det var bara vägen ner mot centrum. Det enda sätt på vilket han kunde bekämpa sitt sömnunderskott var att hålla sig i gång.

Det tog honom tio minuter ner till postterminalens röda byggnad. Vid en lastbrygga höll några gula postbilar på att lasta säckar. Wallander hade aldrig varit där tidigare. Han letade sig fram till ingången som var låst. Han tryckte på ringklockan och blev insläppt.

Mannen som tog emot honom var föreståndare. Han var ung, knappast mer än trettio år och hette Kjell Albinsson. Wallander fattade genast förtroende för honom.

Albinsson tog med honom in på ett kontor. En bordsfläkt surrade på ett skåp intill ena väggen.

Wallander tog fram papper och penna. Samtidigt frågade han sig hur han skulle börja. »Hur ofta händer det att lantbrevbärare läser andras brev?«

Den frågan var omöjlig. Det var en förolämpning mot en hel yrkeskår. Wallander tänkte på Westin. Han skulle ha ogillat frågan i allra högsta grad.

Wallander bestämde sig för att ta det hela från början.

Klockan hade blivit sjutton minuter i elva. Måndagen den 19 augusti.

Det satt en karta på väggen i Albinssons rum.

Wallander hade börjat med den. Frågat om hur de olika lantbrevbärarnas distrikt såg ut. Albinsson hade naturligt nog frågat varför polisen var intresserad av att veta just detta. Wallander hade varit mycket nära att säga som det var. Att han misstänkte att det fanns en lantbrevbärare inom Ystadsregionen som förutom att dela ut post var massmördare. Men han insåg att påståendet inte bara skulle vara orimligt. Det skulle dessutom vara felaktigt. Ingenting talade för att den man Louise hade visat sig vara skulle arbeta inom Posten. Tvärtom fanns det mycket som talade emot det. Inte minst att brevbärare ofta började sitt arbete tidigt på morgonen. Och alltså inte kunde tillbringa sina nätter på barer i Köpenhamns centrum, åtminstone inte nätter till vardagar. Därför hade han bara svarat undvikande. Han sa inte ens att det hade med mordet på Svedberg att göra. Eller ungdomarna i Hagestad och Nybrostrand. Han la en viss kraft i sitt vaga svar så att Albinsson inte skulle undgå att förstå att något mer klarläggande svar kunde han inte räkna med.

Albinsson pekade och förklarade med stor iver. Wallander gjorde då och då en anteckning i sitt block.

– Hur många lantbrevbärare är det allt som allt? frågade Wallander när Albinsson hade lämnat kartan och satt sig vid skrivbordet.

– Vi har åtta postiljoner.

– Finns det möjligen en förteckning över deras namn? Helst också fotografier.

– Posten är offensiv och affärsdrivande, svarade Albinsson. Vi har faktiskt tagit fram en broschyr i färg över våra lantbrevbärare och deras arbete.

Albinsson försvann ut ur rummet. Wallander tänkte att han nu faktiskt hade haft tur. Med fotografier på brevbärarna skulle han omedelbart kunna bekräfta sin misstanke om att mannen från Köpenhamn inte arbetade på posten.

Det innebar inte att han inte hoppades. I ett enda slag skulle de då ha identifierat gärningsmannen.

Albinsson återvände med broschyren. Wallander letade förgäves och svärande efter sina glasögon.

– Kanske mina duger, föreslog Albinsson. Vilken styrka har du?

– Jag vet inte riktigt. 10,5.

Albinsson såg undrande på honom.

– Det skulle i så fall innebära att du var blind, sa han. Jag antar att du menar 1,5. Jag har 2,0. Det bör kunna gå.

Wallander satte glasögonen på näsan. Det hjälpte. Färgbroschyren var påkostad. Han undrade om det kunde vara svaret på varför portot ständigt steg. Men han tänkte också på vad Westin hade berättat när han kört honom ut till Bärnsö. Att den elektroniska posten inom bara några år skulle ha kapat åt sig närmare hälften av det som idag gick ut som vanliga brev. Vad skulle Posten göra då? Westin hade inte haft något svar. Det hade inte Wallander heller, men han undrade om broschyren hade något annat användningsområde än att den faktiskt var honom till stor hjälp just för ögonblicket.

Broschyren gick att veckla ut. Där fanns de åtta postiljonerna. Fyra män och fyra kvinnor. Wallander studerade männens ansikten. Ingen av dem hade den minsta likhet med Louise. Han tvekade ett ögonblick inför en man som hette Lars-Göran Berg. Sedan insåg han att också det var en omöjlighet. Han såg därefter på kvinnornas ansikten. En av dem kände han igen. Hon hade i alla år kommit med posten till hans far ute i Löderup.

– Kan jag behålla broschyren? frågade han.

– Du kan få fler om du vill.

– Det räcker utmärkt med den här.

– Har du fått svar på dina frågor?

– Inte riktigt. Jag har några till. Breven sorteras alltså här. Gör brevbärarna det själva?

– Ja.

– Det finns alltså inga andra anställda här?

– Förutom mig är det en man till. Sune Boman. Han är här. Vill du träffa honom? Ska jag hämta honom?

Wallander ville ha svar på frågan om Boman kunde vara den person han letade efter. Vagt undrade han vad som skulle hända om det visade sig vara den man han sett kvällen innan, förklädd till kvinna.

– Vi kanske kan gå ut och hälsa på honom.

De gick ut i den hall där posten sorterades. En man stod lutad över en postsäck som han just hade knutit till. Redan på avstånd insåg Wallander att det inte kunde vara han. Sune Boman vägde säkert mer än hundra kilo. Han var dessutom närmare två meter lång. Wallander hälsade. Boman spände ögonen i honom.

– Varför har ni inte gripit den där galningen än?

– Vi håller på, svarade Wallander.

– Han borde ha varit fast för länge sen.

– Tyvärr går det inte alltid som man skulle önska.

Wallander och Albinsson återvände till rummet de just lämnat.

– Han kan vara lite svår till humöret, ursäktade sig Albinsson.

– Vem kan inte det? svarade Wallander. Dessutom har han ju rätt. Ingen önskar väl nåt annat än att den där gärningsmannen redan vore gripen.

Wallander satte sig på stolen och försökte bestämma sig för om han hade några flera frågor eller inte. Lösningen hade inte funnits här på postterminalen. Det hade han heller inte räknat med.

Han räckte över glasögonen till Albinsson.

– Det var nog allt. Jag ska inte störa mer. Såvida du inte har några fler som arbetar här.

– Vi har förstås chaufförerna, sa Albinsson. Men dom har hand om grovhanteringen av postsäckar och brevlådor. Dom har ju ingenting med sorteringen eller utdelningen att göra.

– Du har inte händelsevis en broschyr över dom också?

– Tyvärr inte.

Wallander reste sig. Han hade inga fler frågor.

– Vad är det egentligen du försöker ta reda på? frågade Albinsson.

– Det är som jag redan sagt. En rutinmässig kartläggning.

Albinsson skakade på huvudet.

– Det är möjligt att det kan lura nån annan. Men inte mig. Varför skulle den ledande kriminalpolisen här i stan åka runt och ställa rutinfrågor? När ni håller på med att försöka lösa mordet på en av era kollegor. Dessutom ett antal ungdomar. Och ett brudpar. Du är här eftersom det på nåt sätt har med morden att göra.

– Det förändrar inte saken, sa Wallander. Att det här är en förutsättningslös kartläggning.

– Jag tror dig inte, svarade Albinsson. Jag tror du letar efter nånting.

– Jag har sagt så mycket jag kan. Men jag har kanske ändå ytterligare några frågor.

Han satte sig ner igen.

– En postsäck idag måste se annorlunda ut mot vad den gjorde för tio eller tjugo år sen. Vilka är det egentligen som skickar brev idag?

– Du har rätt i att förändringen är stor. Om några få år kommer den att vara ännu större. Posten håller på att bli omodern. Man faxar och skickar e-post istället för brev.

– Jag antar att privatbreven har minskat drastiskt.

– Inte så mycket som man kanske skulle kunna tro. Fortfarande är det många som misstror både fax och e-post. Man är rädd om sitt privatliv. Då föredrar man det igenklistrade kuvertet.

– Postväskorna är alltså inte bara fyllda med reklam och brev från olika myndigheter.

– Långt ifrån.

Wallander nickade. Han och Albinsson reste sig samtidigt.

– Har du fått svar på dina frågor?

– Jag tror det. Tack för hjälpen.

Albinsson frågade inget mer. De skildes vid ytterdörren. Wallander kom ut i solskenet. Denna egendomliga augustimånad, tänkte han. Värmen som inte verkar ge sig. Den annars ständiga blåsten som nu alldeles tycks ha försvunnit.

Han gick tillbaka mot polishuset. I tankarna undrade han om han skulle vara klädd i uniform dagen efter, när de begravde Svedberg. Han undrade också om Ann-Britt Höglund kanske hade ångrat att hon tagit på sig att hålla ett tal. Som hon dessutom inte hade skrivit själv.

När han kom in i receptionen sa Ebba att Lisa Holgersson ville tala med honom. Wallander märkte att Ebba verkade nerstämd.

– Hur har du det egentligen? frågade han. Vi hinner aldrig pratas vid nuförtiden.

– Man har det som man har det, svarade hon.

Wallander mindes att hans far brukade använda samma ord när han talade om ålderdomens elände.

– Bara det här är över ska vi prata, sa Wallander.

Hon nickade. Wallander hade en känsla av att det också var något annat med henne. Men han hade inte tid att fråga. Han gick in till Lisa Holgersson. Som vanligt stod hennes dörr öppen.

– Det är ju ett väldigt genombrott, sa hon när han satt sig i den bekväma besöksstolen. Thurnberg är imponerad.

– Imponerad av vad då?

– Det måste du nog fråga honom om. Men du lever upp till ditt rykte.

Wallander häpnade.

– Är det så dåligt?

– Snarare tvärtom.

Wallander slog ut med armarna. Han ville inte tala om sina insatser, eftersom han bedömde dem som alldeles otillräckliga.

– Rikspolischefen kommer att övervara begravningen, sa hon. Liksom justitieministern. Dom kommer till Sturup klockan elva. Jag möter dom där. Sen har dom framfört ett gemensamt önskemål om en föredragning. Låt oss säga halv tolv. I stora mötesrummet. Du, jag och Thurnberg.

– Kan inte du göra den föredragningen? Eller Martinsson. Han pratar mycket bättre än jag.

– Det är ändå du som leder arbetet, sa hon. Vi hade tänkt att det skulle ta högst en halvtimme. Sen ska dom äta lunch. Direkt efter begravningen reser dom tillbaka till Stockholm igen.

– Ska nån av dom hålla tal?

– Båda två.

– Jag gruvar mig för den här begravningen, sa Wallander. Det är trots allt skillnad när den döde har blivit brutalt mördad.

– Tänker du på din gamle vän Rydberg?

– Ja.

Telefonen ringde. Hon svarade, lyssnade och bad någon ringa tillbaka senare.

– Hur gick det med musiken? frågade Wallander.

– Vi lät kantorn bestämma. Det blir säkert värdigt. Vad är det det brukar vara? Bach och Buxtehude? Och så »Härlig är jorden«, förstås.

Wallander reste sig för att gå.

– Jag hoppas du tar tillfället i akt, sa han. När du har både rikspolischefen och justitieministern här.

– Tillfället i akt för vad då?

– Att tala om för dom att det inte går längre. Med fler nerskärningar kommer jag att hävda att det inte längre är en besparingskampanj. Utan en konspiration. Med både den organiserade och osorterade brottslighet vi dras med här i landet.

– Vad i herrans namn menar du med det?

– Precis det jag säger. En konspiration. För att göra polisen alldeles oduglig att sköta sitt åtagande. Säg det till dom. Att vi inte är riktigt där än. Men snart.

Hon skakade på huvudet.

– Jag tror inte jag är helt överens med dig om det där.

– Du vet att jag har rätt. Alla som arbetar inom polisen märker att det håller på att spåra ur.

– Varför säger du det inte själv?

– Jag kanske borde göra det. Men helst av allt borde jag gripa den där gärningsmannen.

– Inte du, påpekade hon. Men vi.

Wallander gick till Martinssons kontor. Ann-Britt Höglund var där. Tillsammans granskade de en bild på en dataskärm: Louises ansikte. Men utan hår. Det hade Martinsson suddat ut.

– Jag använder ett program som är utvecklat av FBI, sa Martinsson. Nu kan vi börja lägga på hår i hundratals olika frisyrer. Sen kommer skägg och mustascher. Man kan till och med plocka dit finnar i ansiktet.

– Det tror jag inte han hade, sa Wallander. Det enda som är intressant är vad som fanns under peruken.

– Jag har gjort lite fotarbete, sa Ann-Britt Höglund. Jag ringde till en perukmakare i Stockholm och frågade om det fanns nån gräns för hur mycket eget hår man kunde stoppa in under en peruk. Det visade sig att det var mycket svårt att ge ett entydigt svar på den frågan.

– Han kan alltså i verkligheten ha en fyllig frisyr, sa Wallander.

– Det här programmet kan göra mer, insköt Martinsson. Vi kan vika ut öron och platta till näsor.

– Likheten med fotografiet är stor, sa Wallander. Vi behöver alltså varken vika ut eller vika in nånting.

– Ögonfärgen? frågade Martinsson.

Wallander tänkte efter.

– Blå, svarade han.

– Såg du hennes tänder?

– Inte hennes tänder. Hans tänder.

– Såg du dom?

– Inte särskilt tydligt. Men jag tror dom var välskötta och vita.

– Psykopater är ofta pedantiska med att sköta sin hygien, sa Martinsson.

– Vi vet inte om det är en psykopat, sa Wallander.

Martinsson förde in det Wallander sagt om ögonen och tänderna i datorn.

– Hur gammal var hon? frågade Ann-Britt Höglund.

– Inte hon, sa Wallander. Han.

– Men det var en kvinna du såg. Först efteråt förstod du att det var en man.

Wallander insåg att hon tänkte rätt. Det var en kvinna han hade sett. Det måste vara utgångspunkten när han bedömde hennes ålder.

– Det är alltid svårt att träffa rätt med åldern när det gäller en hårt sminkad kvinna, sa han. Men fotografiet vi använder oss av måste ha tagits ganska nyligen. Jag skulle säga att hon är ungefär 40 år gammal.

– Hur lång var hon? sa Martinsson. Hon var fortfarande kvinna när hon reste sig från bardisken och gick till toaletten.

Wallander försökte minnas.

– Jag är osäker, svarade han. Men hon var nog ganska lång. Mellan 170 och 175 centimeter.

Martinsson knappade på datorn.

– Hennes kropp, sa han. Hade hon lösbröst?

Wallander insåg att han inte hade gjort särskilt grundliga iakttagelser.

– Jag vet faktiskt inte vad jag ska svara.

Ann-Britt Höglund såg på honom med något som kunde vara ett leende.

– Enligt alla tillgängliga undersökningar lägger en man mycket tidigt märke till en kvinnas byst, sa hon. Om den är stor eller liten. Efter det lär han se på benen. Och baken.

Martinsson skrockade vid datorn. Wallander insåg det idiotiska i situationen. Han skulle bedöma en kvinna som var en man. Men som ändå skulle betraktas som kvinna. Tills Martinsson fått de uppgifter han ville mata in i datorn.

– Hon hade en jacka på sig, sa han. Det är möjligt att jag är en otypisk betraktare. Men jag såg ingen särskilt markerad byst. Dessutom var bardisken hög. Inte heller kunde jag uppfatta hur hon såg ut bakifrån. När hon lämnat bardisken täcktes hon genast av andra människor. Det var mycket på folk på baren den där kvällen.

– Vi har ändå ganska mycket, sa Martinsson uppmuntrande. Vad som gäller nu är att försöka lista ut vad den här människan eventuellt kan ha haft för frisyr under peruken.

– Det måste finnas hundratals varianter, sa Wallander. Frågan är om vi inte bara ska skicka ut själva ansiktet. Trycka upp det i tidningarna. Hoppas att nån kan identifiera honom på ansiktsdragen när den där förvirrande peruken är borta som leder till fel kön.

– Enligt undersökningar som FBI har gjort är det nästan omöjligt.

– Låt oss göra det i alla fall, sa Wallander.

En annan sak hade plötsligt slagit honom.

– Vem var det som talade med den där sköterskan? Som hade tagit emot ett telefonsamtal från nån som utgett sig för att vara Erik Lundberg?

– Det var jag, sa Ann-Britt Höglund. Egentligen skulle Hansson ha gjort det. Men det blev jag.

– Vad kunde hon minnas?

– Inte särskilt mycket. Han talade skånska.

– Lät den äkta?

Hon såg förvånat på honom.

– Faktiskt inte. Det var en kommentar sköterskan gjorde. Att det hade varit nåt konstigt med dialekten. Men hon kunde inte säga vad.

– Man kan alltså tolka det som om den var tillgjord?

– Ja.

– Hur hade rösten låtit? Ljus eller mörk?

– Mörk.

Wallander återvände i tankarna till »Amigo«. Louise hade gett honom ett leende. Sedan hade hon sagt att hon skulle gå på toaletten. Och hennes röst hade varit mörk. Bakom den ljusa stämma hon hade anlagt.

– Då var det han som ringde, sa Wallander. Det kan vi nog vara ganska säkra på. Även om vi förstås inte har några bevis.

Wallander kände behov av att samla sina närmaste kollegor runt sig. I den här situationen var det enbart Ann-Britt och Martinsson. Inte ens Hansson ingick i denna hans innersta cirkel.

– Låt oss göra en avstämning, sa han. Bara vi tre. Vi sätter oss i det lilla mötesrummet.

– Jag borde fortsätta med det här, sa Martinsson. Det är inte alldeles okomplicerat att ta fram en sån här bild.

– Det behöver inte bli långvarigt.

Martinsson reste sig. Tillsammans gick de till det minsta av polishusets mötesrum och stängde dörren. Wallander berättade om sitt besök på postterminalen.

– Jag hade inga förhoppningar, sa han. Men jag ville försäkra mig.

– Det förändrar ändå inte utgångspunkten, sa Martinsson. Att vi letar efter nån som har goda informationer. Häpnadsväckande goda informationer. Nån som kan skaffa sig tillträde till människors innersta hemligheter.

– Vi har hittills inte fått fram nåt som tyder på att det fanns utomstående som kände till när och var bröllopsfotografierna skulle tas, sa Ann-Britt Höglund.

– Det är just här vi måste koncentrera oss, sa Wallander. Den här utredningen är oerhört omfattande och spretar i alla möjliga riktningar. Men nu har vi ändå lyckats hitta något som kan likna ett vettigt centrum. Vi har en gärningsman som delar en vana med sina offer. Han klär ut sig. Dessutom tränger han sig alltså in i en värld som åtminstone delvis är hemlig. Hur bär han sig åt? Var befinner han sig? Hur kommer han åt dessa informationer?

Sedan funderade han vidare kring sitt besök på postterminalen.

– Jag hittade bara en gemensam nämnare, sa Wallander. Isa Edengren och Sture Björklund har samma brevbärare. Men därutöver räknade jag hastigt till att det var tre olika brevbärare. Plus nån som arbetar utanför Ystads distrikt. Vi kan alltså avskriva den här teorin. Att tänka sig en konspiration mellan brevbärare blir absurt. Det är orimligt nog som det är.

Martinsson var ändå tveksam.

– Går vi inte för fort fram? Låt oss anta att den här mannen som är utklädd till kvinna bara finns nånstans i den här utredningens marginaler. Vi kan faktiskt inte med säkerhet veta att det är hon som ligger bakom det hela.

Wallander insåg att Martinssons invändning hade fog för sig.

– Du har rätt, sa han. Låt oss alltså titta lite närmare på dom fyra manliga brevbärare det handlar om. Plus nån som måste finnas inom Simrishamns distrikt. Postverket underlättar uppgiften för oss genom att tillhandahålla en broschyr.

De noterade namnen och delade upp dem mellan sig.

– Det är knappast nåt att hoppas på, sa Wallander. Men det kan finnas en möjlighet att dom får fram nåt fingeravtryck på bardisken. Tyvärr hann dom diska vinglaset.

Sedan övergick de till att försöka betrakta detta provisoriska centrum från olika håll. Vad var det de förbisåg? På vilka sätt kunde människor egentligen skaffa sig informationer? Att öppna brev eller avlyssna telefoner? Det var två möjligheter. Men därutöver? De diskuterade alla möjligheter, ifrån skvaller till utpressning, från elektronisk post till fax. Men de kom inte närmare något som kunde fylla detta centrum med innehåll. Wallander märkte att hans oro hade återkommit med full styrka. Han tänkte på brevet från Mats Ekholm.

– Vi har inget mönster, sa han. Vi har förklädnaderna och hemligheterna. Men ingenting mer.

– Det har kommit information om den här sekten, sa Martinsson. »Divine Movers.« Några våldsbrott tycks inte ha förekommit. Däremot har skattemyndigheterna en hel del otalt med dom. Men det tror jag gäller dom flesta religiösa sekter som verkar i Västerlandet idag.

– Vad händer om vi stryker förklädnaderna? sa Ann-Britt Höglund. Om vi betraktar det som en yta vi egentligen kan bortse ifrån. Vad har vi då?

– Ungdomar, sa Wallander. Glada ungdomar. Som har fest eller som gifter sig.

– Du räknar alltså bort Haag?

– Ja. Han faller utanför.

– Och Isa Edengren?

– Hon skulle ha varit med på festen.

– Det förändrar ändå bilden, sa Ann-Britt Höglund. Ett nytt moment kommer in. Hon ska inte tillåtas att undkomma. Men undkomma vad? Motivet? Vad är det? Hat eller hämnd? Vi hittar heller inga beröringspunkter mellan brudparet och dom här ungdomarna.

Dessutom finns Svedberg med i bilden. Vad var det för spår han följde?

– Det sista tror jag vi kan svara på, sa Wallander. Åtminstone kan vi ställa upp ett provisoriskt svar. Svedberg kände den här mannen som var utklädd till kvinna. Nåt måste ha gjort honom misstänksam. Under sommaren när han gör sina undersökningar inser han att han har rätt. Det måste vara skälet till att han dödas. Han vet för mycket. Innan han hinner ge oss besked om vad han vet är han borta.

– Men vad innebär allt det här egentligen? sa Martinsson. Till sin kusin säger Svedberg att han umgås med en kvinna som heter Louise. Nu visar det sig att det egentligen är en man. Nåt som Svedberg väl efter alla år trots allt borde ha upptäckt. Vad är det vi egentligen talar om? Transvestiter? Att Svedberg ändå var homosexuell?

– Det kan tydas på annat sätt, svarade Wallander. Jag tror knappast Svedberg hade nån böjelse för att gå i kvinnokläder. Men naturligtvis kan han ha varit homosexuell. Utan att nån av oss hade en aning om det.

– Det finns en person i det här som förefaller att bli allt viktigare, sa Ann-Britt Höglund.

Wallander visste vem hon menade. Bror Sundelius. Den pensionerade bankdirektören.

– Det är också min tanke, svarade han. Jag tror det finns alla skäl till att vi ställer upp ännu ett centrum. Inte som alternativ. Men som komplement. Det är människor och händelser som grupperar sig runt en elva år gammal JO-anmälan. Vi vet att Svedberg betedde sig mycket underligt. Man kan gott föreställa sig att han varit utsatt för nån form av utpressning. Eller så hade han andra skäl till att tysta ner nånting som hade med Stridh att göra.

– Om Bror Sundelius också har avvikande böjelser går det att förstå, sa Martinsson.

Wallander ogillade hans sätt att uttrycka sig. Där fanns ett illa dolt förakt.

– Homosexualitet kan knappast betraktas som avvikande böjelse, sa han. På 50-talet såg man det så. Men inte nu längre. Att folk däremot fortfarande ibland vill dölja sin läggning är inte riktigt samma sak.

Martinsson märkte Wallanders ogillande. Men han sa ingenting.

– Frågan är alltså vad som band Sundelius, Stridh och Svedberg samman, fortsatte Wallander. Tre män vars efternamn alla börjar på S. En bankdirektör, en alkoholiserad småtjuv och en polis.

– Undrar om Louise fanns med den gången, anmärkte Ann-Britt Höglund.

Wallander gjorde en grimas.

– Vi måste kalla honom nåt annat, sa han. Louise försvann på den där toaletten i Köpenhamn. Vi förvirrar våra egna tankar om vi inte byter ut namnet Louise.

– Louis, sa Martinsson. Mycket enkelt.

Alla var överens. Louise var provisoriskt omdöpt och hade bytt kön. Nu var det en man som hette Louis de letade efter.

– Stridh är död, fortsatte Wallander. Från graven kan vi inte plocka fram några vittnesmål. Däremot kanske Rut Lundin har nåt mer att säga. Även om jag faktiskt tvivlar på det. Jag tror hon var uppriktig. Hon har knappast känt till allt det Stridh kan ha hållit på med.

– Då återstår alltså Sundelius?

Wallander såg på Martinsson och nickade.

– Han är viktig, sa Wallander. Så viktig att vi bör koncentrera oss lite extra på honom. Vi bör undersöka närmare vad han egentligen är för en person.

– Varför tar vi inte in honom? undrade Martinsson.

– Tar in honom för vad då?

– Är han viktig för utredningen så är han viktig.

– Innan vi tar in honom ska vi i alla fall veta så mycket att vi har nåt att fråga honom om.

De bestämde att Martinsson skulle ägna en del av sin uppmärksamhet åt Sundelius. Wallander lämnade rummet och gick till sitt eget kontor. I korridoren mötte han Edmundsson.

– Vi hittade inget på det ställe i naturreservatet där du bad oss leta, sa han.

Det tog ett ögonblick innan Wallander kom ihåg.

– Ingenting?

– Nån hade stått vid ett träd och spottat snus, svarade Edmundsson. Ingenting annat.

Wallander såg granskande på honom.

– Jag hoppas du tog vara på det snuset. Eller att du berättade om det här för Nyberg.

Edmundsson överraskade honom.

– Jag gjorde faktiskt det.

– Den upptäckten kan vara viktigare än vi tror, sa han.

Han fortsatte till sitt kontor. Han hade alltså haft rätt. Platsen där han hade fått känslan av att vara iakttagen. Det var det ställe där man bäst kunde ha uppsikt över stigen. Mördaren hade funnits där. Och han hade spottat snus. Precis som på stranden. Han hade också funnits utanför avspärrningarna i Nybrostrand. Då hade han varit förklädd.

Han följer oss, tänkte Wallander. Han finns i vår närhet. Hela tiden både steget före och steget efter. Kanske försöker han hålla sig informerad om vad vi vet? Eller så är han bara ute efter att bevisa för sig själv att vi inte hittar honom.

En tanke hade slagit honom. Han ringde in till Martinsson.

– Har du eller nån annan haft en känsla av att nån visat utredningen oväntat intresse?

– Vem skulle det vara? Förutom journalister som försöker rota sig fram till nyheter.

– Kan du ge besked om att vi ska vara uppmärksamma på om det är nån som verkar oväntat intresserad. Som beter sig underligt. Som inte riktigt passar in. Jag kan inte vara tydligare än så.

Martinsson lovade att föra det vidare. Wallander avslutade samtalet.

Klockan blev tolv. Wallander märkte plötsligt att han mådde illa av hunger. Han lämnade polishuset och gick ner till en av restaurangerna i centrum. Halv två var han tillbaka igen. Han hängde av sig jackan och slog upp den broschyr han fått på postterminalen.

Den förste av de brevbärare han skulle försöka få tag på hette Olov Andersson.

Wallander lyfte luren och slog numret. Samtidigt undrade han hur länge till han skulle orka.

*

Han hade kommit tillbaka till Ystad strax efter elva.

Eftersom han inte hade velat riskera att möta polismannen som hittat honom i Köpenhamn hade han valt att återvända över Hel-

430

singør. Han hade tagit tåget och sedan gått ombord på färjan. I Helsingborg hade han sedan tagit en taxi till Malmö där han hade sin bil parkerad. Det oväntade arv han fått efter en släkting gjorde att han inte behövde spara. Innan han kom fram till den hade han länge stått och spanat mot parkeringsplatsen. Han tvivlade inte på att han skulle undkomma. Lika lite som han hade tvivlat kvällen innan, på baren i Köpenhamn. Det hade varit en stor triumf. Han hade inte förväntat sig att en polisman skulle komma och sätta sig bredvid honom. Men han hade inte tappat fattningen. Bara gjort som han långt tidigare planerat, om situationen skulle uppstå.

Alldeles lugnt gå ut i damrummet, ta av peruken, stoppa den innanför skärpet på ryggsidan, torka bort sminket med den kräm han alltid hade i fickan. Och sedan gå därifrån. Lämna toaletten samtidigt som någon annan man. Förmågan att undkomma hade inte övergett honom.

När han varit säker på att parkeringsplatsen inte hölls under bevakning hade han satt sig i bilen och kört till Ystad. Sedan hade han tagit en lång dusch och krupit ner mellan lakanen i det ljudisolerade rummet. Det var mycket han behövde tänka igenom. Hur den här polismannen som hette Wallander hade hittat honom visste han inte. Men någonstans hade han ändå efterlämnat ett spår. Det gjorde honom mer upprörd än oroad. Den enda förklaring han kunde tänka sig var att Svedberg trots allt hade haft något fotografi av honom i sin lägenhet. Ett fotografi av Louise. Något han inte hittat trots att han rivit ut allting som fanns i lägenheten. Tanken gjorde honom samtidigt lugn. Polismannen hade kommit för att tala med en kvinna. Ingenting pekade på att han före sitt besök på baren vare sig hade vetat eller anat att Louise inte fanns utan bara var en förklädnad. Men nu hade han naturligtvis förstått det.

Tanken på att han så lätt hade undkommit gjorde honom upphetsad. Det manade honom att gå vidare. Trots att det innebar ett problem. Han hade inga utvalda människor att döda. Lagret var tömt. Enligt den ursprungliga planen skulle han nu ha väntat. Kanske så mycket som ett år. Noga tänka ut hur han skulle gå vidare för att överträffa sig själv. Han skulle vänta så länge att man hade börjat glömma honom. Tills alla skulle tro att han inte längre fanns. Först då skulle han visa sig igen.

Mötet med polismannen hade ändå upprört honom. Han kunde inte längre uthärda tanken att låta det gå ett helt år innan han åter gjorde ett framträdande.

Hela eftermiddagen låg han kvar i sängen och försökte metodiskt bearbeta problemet. Det fanns många tänkbara möjligheter, många utvägar. Han hade varit nära att ge upp flera gånger.

Till sist tyckte han sig dock ha kommit på en lösning. Den skulle vara avvikande mot den plan han tidigare gjort upp och därmed på många sätt otillfredsställande. Men som situationen var hade han inget alternativ. Dessutom fanns där en stor lockelse. Ju mer han tänkte tanken, dess klarare framstod den som alldeles genialisk. Han skulle arrangera en bild som ingen kunnat föreställa sig. Och som ingen heller efteråt skulle förstå sig på. Han skulle skapa en gåta som ingen någonsin skulle kunna lösa. Den osynliga nyckeln skulle han kasta ut i mörkret där ingen kunde hitta den.

Sent på eftermiddagen fattade han sitt beslut. Det fick bli Wallander. Polismannen. Och det skulle ske snart. Dagen efter skulle Svedberg begravas. Den dagen behövde han också för att göra sina förberedelser. Han log vid tanken på att Svedberg faktiskt skulle kunna hjälpa honom. Under den tid begravningen pågick skulle polismannens lägenhet stå tom. Svedberg hade flera gånger sagt att Wallander var frånskild och för det mesta tillbringade sin tid ensam.

Längre än till onsdagen skulle han sedan inte vänta.

Tanken gjorde honom återigen upphetsad.

Han skulle skjuta den där polismannen. Och sedan ge honom en förklädnad. Men inte vilken som helst.

Måndagen hade varit en förlorad dag.

Det var den första tanke som gick genom Wallanders huvud när han vaknade på tisdagsmorgonen. För första gången på mycket lång tid kände han sig utsövd. Redan klockan nio på kvällen hade han lämnat polishuset. Det var som om han tvingats till en personlig reträtt. Han hade helt enkelt inte orkat längre. Han hade kört raka vägen hem till Mariagatan, ätit ett par torra smörgåsar i köket och sedan gått och lagt sig. Han hade inget minne av något som helst efter det att han släckt sänglampan.

Klockan var sex. Han låg orörlig i sängen. Genom glipan i gardinen såg han att himlen var blå. Måndagen hade varit en förlorad dag, tänkte han igen. Ingenting hade fört dem vidare. Han hade talat med två lantbrevbärare. Ingen av dem hade haft något av betydelse att meddela honom. Det var två vänliga män som svarat mångordigt på hans frågor. Men utredningen hade förgäves väntat på vind. Wallander hade vid sextiden på kvällen konfererat med de andra i spaningsledningen. De hade då gemensamt hunnit tala med alla de lantbrevbärare som fanns uppsatta på deras listor. Men vad hade de egentligen haft att fråga om? Och vad hade de fått för svar? Wallander hade tvingats inse att spåret varit fel, en ingivelse som inte lett dit han önskat. Men det var inte bara lantbrevbärarna som hade varit en återvändsgränd. Lone Kjær hade ringt från Köpenhamn och meddelat att några fingeravtryck inte hade kunnat friläggas på »Amigos« bardisk. De hade också försökt med barstolen. Ingenstans hade de kunnat säkra något avtryck. Wallander hade knappast förväntat sig det. Men han hade ändå hoppats. Med ett fingeravtryck som de kunnat jämföra med vad de hade tidigare kunde de ha slagit undan alla tvivel om att de nu hade identifierat gärningsmannen. Att den de sökte var en man som klädde ut sig till kvinna. Nu fanns där fortfarande den vaga men oroande möjligheten att det trots allt skulle visa sig vara fel, att mannen i den mörka peruken bara var ett steg på vägen, inte det slutliga målet.

Martinsson hade envist fortsatt med sina fantombilder. Han hade lagt fram ett stort antal frisyrförslag på bordet och bett om synpunkter. Wallander hade vagt påmint sig de klippdockor som förekommit när han varit barn. Olika klädesplagg som med flikar kunde hängas på de från veckotidningar urklippta dockorna. Men han kunde inte erinra sig att det hade varit möjligt att även byta frisyrer på dessa dockor.

Problemet var att ingen hade någon som helst aning om vilken som kunde vara den rätta. Wallander hade dock skickat ut några poliser att visa upp bilder av det peruklösa ansiktet för de som bodde i Svedbergs hus på Lilla Norregatan. Men alla hade skakat på huvudet. Ingen tyckte sig känna igen det ansikte som visades fram.

Diskussionen om att sända ut en bild av ansiktet i tidningarna hade varit lång, onödigt lång enligt Wallanders åsikt. Han hade velat ha Thurnberg med på det beslutet och sett till att han blivit inkallad till mötet. Det hade rått ytterst delade meningar. Men Wallander hade insisterat på att de skulle gå ut med bilden. Han hade argumenterat med att någon trots allt måste känna igen ansiktet nu när den förvirrande peruken var borta. Han påminde dem om att det räckte med en enda människa. Thurnberg hade länge suttit tyst utan att antyda att han hade någon lust att yttra sig. Till sist hade han dock gått in i samtalet och gett Wallander sitt fulla stöd. Bilden skulle ut. Och det skulle ske så fort som möjligt.

De hade bestämt sig för att vänta till onsdagen, dagen efter begravningen. Men då skulle de också ha möjlighet att få den placerad på framträdande plats i alla tänkbara svenska massmedier.

– Alla älskar fantombilder, hade Wallander sagt. Det spelar ingen roll om bilden liknar eller inte. Men det finns en speciell ohygglighet i detta, nästan något magiskt, att lägga ut ett ofullständigt huvud för folk och hoppas att nån ropar till.

Måndagseftermiddagen hade präglats av en febril aktivitet. Hansson, som näst Martinsson hade bäst förmåga att använda den nya tekniken, hade letat i den svenska polisens olika register efter Bror Sundelius. Men naturligtvis hade han inte funnits där. Han var i datorernas värld en oförvitlig medborgare. De hade dock beslutat att Wallander skulle ha ett förnyat samtal med honom redan på onsdagen, dagen efter Svedbergs begravning. Då skulle han pressas hårdare. Wallander påminde om att Sundelius också skulle komma till jordfästningen.

Men det hände också annat denna måndagseftermiddag, trots att Wallander nu i efterhand såg den som förlorad. Strax efter fyra hade det ringt på Wallanders telefon. Det var en journalist på en av de större rikstidningarna som kunde meddela att Eva Hillström hade varit i kontakt med honom. Föräldrarna till de döda barnen skulle gå ut i pressen med kritik av det arbete polisen hittills hade utfört. De ansåg inte att polisen hade gjort nog. De tyckte inte heller att de fick den information de hade rätt till. Journalisten hade sagt som det var. Kritiken skulle bli hård. Eva Hillström hade vid flera tillfällen namngett just honom som den ansvarige. Eller rättare sagt: den som inte levde upp till sitt ansvar. Artikeln skulle få stor plats och den skulle komma redan dagen efter. Journalisten hade ringt för att Wallander skulle få möjlighet att kommentera. Men Wallander hade, delvis till sin egen förvåning, avböjt med stor beslutsamhet. Han bad att få återkomma när han hade läst vilka påståenden som föräldrarna hade gjort. Han ville varken ha Eva Hillströms ord upplästa i telefon eller få dem på fax. Han skulle läsa vad som stod i tidningen och fann han då orsak skulle han höra av sig med en reaktion. Punkt och slut.

Efter samtalet märkte han att han fått ännu en knut i sin redan hårt prövade mage. Ännu en, vid sidan av oron för att gärningsmannen skulle slå till igen. Nu var det hans eget goda namn och rykte det gällde. Han försökte rannsaka sig själv och kom fram till att de trots allt hade gjort vad som stått i deras makt. Att de inte hade lyckats gripa gärningsmannen berodde varken på slöhet, bristande intresse eller allmänt dåligt polisarbete. Orsaken var helt enkelt att utredningen var komplicerad. De hade hela tiden haft mycket lite att gå efter. Att de sedan hade begått interna misstag var en annan sak. Det perfekta spaningsarbetet existerade inte. Det kunde knappast heller Eva Hillström ha någon åsikt om.

Vid det improviserade mötet klockan sex, där de en gång för alla avskrivit lantbrevbärarna och med trötta ögon betraktat Martinssons bilder, hade Wallander dock berättat om samtalet. Thurnberg hade blivit bekymrad och ifrågasatt det lämpliga i att Wallander avböjt att få höra eller läsa vad som skulle stå i tidningen dagen efter.

– Det handlar om vad man hinner och inte hinner, hade Wallander svarat. Just nu är vi så överhopade med arbete att till och med kritiken får vänta.

– Rikspolischefen kommer hit i morgon, sa Thurnberg. Och justitieministern. Det är mycket olyckligt om dom samma dag i en morgontidning får läsa en kritisk artikel om vårt arbete.

Wallander förstod plötsligt vad som var Thurnbergs egentliga bekymmer.

– Ingen skugga faller på dig, sa han. Om jag förstod den här journalisten rätt hade Eva Hillström och dom andra föräldrarna åsikter om *polisens* arbete. Inte om åklagarens insats.

Thurnberg hade inte sagt något mer. Strax efter hade de också brutit mötet. Men Ann-Britt Höglund hade efteråt i korridoren berättat för Wallander att Thurnberg tidigare under dagen ställt en del frågor till henne om vad som egentligen hade hänt ute i naturreservatet vid det tillfälle då joggaren Nils Hagroth påstod sig ha blivit misshandlad av Wallander.

Han hade då drabbats av en stor och uppgiven trötthet. Hade de inte nog från tidigare? Skulle de verkligen använda sin tid till att ta Nils Hagroths anklagelser på allvar? Det var i det ögonblicket måndagen, trots all aktivitet, började framstå som en förlorad dag.

Klockan hade blivit halv sju. Wallander steg upp. Med olust såg han dagen an. På garderobsdörren hade han hängt sin polisuniform. Eftersom tiden var mycket knapp mellan samtalet med rikspolischefen och justitieministern och den efterföljande begravningen skulle han inte ha tid att åka hem och byta kläder. När han hade klätt sig ställde han sig framför spegeln. Byxorna stramade betänkligt över midjan. Den översta knappen fick förbli oknäppt under bältet. Han försökte minnas när han senast hade burit uniformen. Han var osäker. Men det måste ha varit många år sedan.

På vägen till polishuset stannade han vid en kiosk och köpte den tidning där artikeln skulle vara införd. Journalisten hade inte överdrivit. Den var stort uppslagen. Där fanns bilder. Eva Hillströms och de andra föräldrarnas anklagelser mot polisen bestod av tre delar. För det första hade polisen reagerat alldeles för sent på deras barns försvinnande. För det andra hade de känslan av att utredningen inte bedrivits särskilt effektivt. För det tredje ansåg de sig ha fått mycket dålig information.

Rikspolischefen kommer inte att bli glad, tänkte Wallander. Sedan spelar det ingen roll vad jag eller någon annan säger. Om att de här beskyllningarna, möjligen med undantag av att vi kom igång sent, inte har något fog för sig. Att kritiken framförs är tillräckligt för att det ska anses vara till skada för polisens anseende.

Med en känsla av obehag och ilska anlände Wallander till polishuset strax före åtta.

Det skulle bli en lång och deprimerande dag. Trots att augustivädret fortfarande var varmt och vackert.

Strax före halv tolv ringde Lisa Holgersson från bilen. De var nu på väg från Sturup och skulle vara framme vid polishuset inom fem minuter. Wallander gick ut i receptionen för att möta dem. Thurnberg var redan där. De växlade några ord. Ingen av dem sa någonting om tidningsartikeln.

Bilen stannade. Rikspolischefen var i uniform och justitieministern i passande begravningsdräkt. De utbytte presentationer och hälsningar. Inne i Lisa Holgerssons rum var kaffe framdukat. Just innan de steg in i rummet drog hon Wallander åt sidan.

– Dom har läst tidningen på flyget, sa hon. Rikspolischefen är mycket missnöjd.

– Och ministern?

– Mer avvaktande. Hon vill nog veta hur sant det här är innan hon anmäler sin åsikt.

– Ska jag kommentera artikeln?

– Bara om dom själva tar upp det.

De satte sig vid kaffekopparna. Wallander mottog beklaganden om Svedbergs död. Därefter var det hans tur. När han kommit till polishuset några timmar tidigare hade han antecknat vad han skulle säga. Nu kunde han inte hitta sitt papper. Han visste att han hade haft det i handen när han lämnade sitt kontor. Förmodligen hade han glömt det på toaletten.

Han brydde sig aldrig om att hämta det. Det han skulle säga hade han ändå i huvudet. Det viktigaste var att de nu hade ett spår. Han kunde ge dem en nyhet. De hade identifierat den troliga gärningsmannen. Det fanns en rörelse i utredningen. De stod inte längre alldeles stilla och stampade.

– Det hela är mycket beklagligt, sa rikspolischefen när Wallander hade tystnat. Beklagligt och allvarligt. Hotbilderna förstärks. Poliser och glada ungdomar som skjuts ihjäl. Dessutom ett brudpar. Jag förutsätter att vi med det snaraste får se en lösning. Om ni nu har gjort ett genombrott är ingen gladare än jag.

Wallander fick en känsla av att rikspolischefen verkligen var bekymrad. Det var inte en ytlig försäkran, utan något som gick på djupet.

– Ett samhälle kan aldrig helt skydda sig mot vettvillingar, sa justitieministern. Massmord sker i demokratier och diktaturer, på alla kontinenter.

– Det är en sak till, sa Wallander. Vettvillingar beter sig aldrig på samma sätt. Dom kan aldrig beskrivas som grupp. Dessutom är dom ofta grundliga när dom planerar. Dom kommer från ingenstans, har ofta ingen tidigare brottslig belastning, och kan sen försvinna spårlöst in i skuggorna igen.

– Närpoliser, sa rikspolischefen. Det är med dom det måste börja.

Wallander förstod inte riktigt kopplingen mellan galningar och närpoliser. Men han sa ingenting. Och inget mer blev heller sagt om de nya polisiära strategier som ständigt tycktes vara på jäsning i rikspolisstyrelsen. Justitieministern ställde några frågor till Thurnberg. Sedan var föredragningen över. När de skulle gå för att äta lunch upptäckte rikspolischefen att några papper fattades i hans väska.

– Jag har en vikarierande sekreterare, sa han dystert. Då blir det alltid fel. Man lär sig knappt vad dom heter innan dom är borta.

De gjorde en kort rundvandring genom polishuset. Wallander höll sig i bakgrunden. Justitieministern föll in vid hans sida.

– Jag har hört om en anmälan mot dig. Ligger det nåt i den?

– Jag bekymrar mig inte, svarade Wallander. Han befann sig inom avspärrat område. Det var ingen misshandel.

– Det trodde jag inte heller, sa hon uppmuntrande.

När de hade återvänt till receptionen ställde rikspolischefen också en fråga till Wallander om anmälningen.

– Det är mycket beklagligt, sa han. Inte minst nu.

– Det är alltid beklagligt, svarade Wallander. Men jag svarar dig samma sak som jag svarade ministern. Det var ingen misshandel.

– Vad var det då?

– Ingenting annat än att en man befann sig inom avspärrat område.

– Det är mycket viktigt att poliskåren har ett gott förhållande till allmänheten och massmedierna.

– När anmälan är utredd ska jag se till att tidningarna får besked, svarade Wallander.

– Jag vill gärna ha en kopia, sa rikspolischefen. Innan det går ut till medierna.

Wallander lovade. Sedan avböjde han att följa med på lunchen. Istället gick han till Ann-Britt Höglunds rum. Det var tomt. Han återvände till sitt kontor. Stämningen var mycket dämpad på polis-huset. Ebba satt svartklädd i receptionen. Wallander ringde Ann-Britt Höglund hem.

– Hur går det med talet? frågade han när hon tagit telefonen.

– Jag gruvar mig, sa hon. Att jag ska bli nervös, börja stamma, få en klump i halsen.

– Du klarar det bra, sa Wallander. Mycket bättre än nån annan skulle ha gjort.

Efter telefonsamtalet blev Wallander sittande vid skrivbordet. En otydlig tanke dansade förbi i hans huvud utan att han fick grepp om vad det var. Något som justitieministern hade sagt? Eller rikspolis-chefen?

Han lyckades inte fånga den.

Klockan två var Sankta Mariakyrkan vid Stortorget full. Wallander hade varit med och burit in kistan i kyrkan. Den var vit och hade en enkel dekoration av rosor. Några minuter innan klockorna började ringa hade han hälsat på Ylva Brink.

– Sture kommer inte, sa hon. Han är motståndare till begravning-ar.

– Jag vet, sa Wallander. Han anser att askan ska strös på närmaste ställe.

Wallander hade gått runt och sett på människorna som var samla-de. Louise skulle inte dyka upp igen. Ändå sökte han hennes ansikte i mängden. Ett mansansikte nu. Louis. Men han såg det inte. Bror Sundelius var där. Wallander hälsade på honom och fick frågan hur det gick med utredningen.

– Det har skett ett genombrott, svarade Wallander. Utan att jag kan gå närmare in på vad.

– Bara ni griper honom, sa Sundelius.

Wallander märkte att Sundelius menade vad han sa. Mordet på Svedberg upprörde honom. Plötsligt började Wallander undra om

Sundelius hade vetat något av detsamma som Svedberg måste ha gjort. Eller hade han känt samma fruktan?

Hans tanke förstärkte nödvändigheten av att ha ett förnyat samtal med Sundelius. Det var en av de saker som inte kunde vänta.

Klockorna hade ringt. Orgelmusiken hade varit Bach, prästen sansad och Wallander hade suttit längst fram med en växande vånda inom sig. Våndan inför sin egen förestående förintelse, när den nu än skulle komma. Begravningar var en plåga och han undrade om det verkligen behövde vara så. Justitieministern hade talat om demokrati och rättssäkerhet, rikspolischefen om det upprörande och det tragiska. Wallander hade länge undrat om han på något sätt skulle lyckas föra in begreppet närpolis även i detta tal. Sedan hade han tänkt att han var orättvis. Det fanns inget skäl för honom att misstro rikspolischefens uppsåt. Efteråt hade det varit Ann-Britt Höglunds tur. Wallander hade aldrig tidigare sett henne i uniform. Hon talade med hög och klar röst, och Wallander uthärdade till sin förvåning att höra sina egna ord. Sedan var det mer musik, defilering, fanor och genom de blyinfattade fönstren sken den märkvärdigt envisa augustisolen.

Det var mot slutet, strax innan utgångspsalmen, som Wallander fångade in den tanke som tidigare skymtat i hans medvetande. Det var något som rikspolischefen hade sagt. När han letade efter de bortglömda papperen i sin väska. Något om vikarier. Som kom och gick. Och som man snart hade glömt namnen på.

Först förstod Wallander inte varför den minnesbilden hade hängt sig kvar.

Mitt under psalmsången kom han plötsligt på vad det var. I hans undermedvetna hade minnesbilden formulerat en fråga.

Hade inte också lantbrevbärare vikarier?

Han tappade bort sig i psalmboken. Ingivelsen närmast irriterade honom.

Men när han kom ut från kyrkan och allt det plågsamma var över kunde han fortfarande inte släppa tanken. Ett telefonsamtal till Albinsson på postterminalen skulle vara nog för att skapa klarhet.

Klockan var över fem när Wallander kom tillbaka till polishuset. Då hade ministern och rikspolischefen redan begett sig till flygplatsen. Wallander hade gått hem för att ta av sig den stramande uniformen.

Han letade reda på numret till postterminalen. Där var det ingen som svarade. Innan han slog upp Albinssons hemnummer tog han en dusch och bytte kläder. Han letade reda på ett par glasögon och bläddrade sig fram till den rätta bokstaven. Kjell Albinsson bodde i Rydsgård. Wallander slog numret. Det var hans fru som svarade. Hon kunde meddela att mannen just nu spelade fotboll. Han var med i Postens korplag. Var matchen spelades visste hon däremot inte. Wallander bad henne ge maken besked om att ringa. Han uppgav sitt hemnummer.

Sedan lagade han middag. Tomatsoppa på burk och hårt bröd. Efteråt sträckte han ut sig på sängen. Han var trött trots att han sovit länge natten innan. Begravningen hade tagit på hans krafter.

Han vaknade av att telefonen ringde. Klockan var redan halv åtta. Det var Kjell Albinsson.

– Hur gick matchen? frågade Wallander.

– Inte så bra. Vi spelade mot ett privatslakteri. Dom har ganska tunga spelare. Men det var bara en träningsmatch. Serien har inte börjat än.

– Det är säkert ett bra sätt att hålla sig i form.

– Eller att få benen avsparkade.

Wallander gick rakt på sin fråga.

– När vi talades vid glömde jag en sak. Jag antar att ni då och då måste anlita vikarier för lantbrevbärarna.

– Det händer. Både långa och korta vikariat.

– Vilka är det då som vikarierar?

– Idag är det naturligtvis många som gärna tar ett vikariat. Med den arbetslöshet vi har. Men vi vill ju helst ha erfaren personal. Och vi har haft tur. Vi har två stycken som återkommer regelbundet när det behövs.

– Vilka är det? Dom fanns väl inte med i broschyren?

– Det var nog också därför jag själv glömde bort att nämna dom. Vi har en kvinna som heter Lena Stivell. Hon hade fast anställning tidigare men gick över till deltid och sen till att ta vikariat.

– Är den andra också en kvinna?

– Han heter Åke Larstam. Tidigare var han ingenjör. Han omskolade sig.

– Till brevbärare?

– Det är faktiskt inte så ovanligt som det låter. Arbetet är ju fritt.

441

Man träffar många människor.

– Arbetar han just nu?

– Han hade ett vikariat till för nån vecka sen. Just nu vet jag inte vad han gör.

– Kan du säga nåt mer om honom?

– Han är ganska tillbakadragen. Men mycket noggrann. Jag tror han är 44 år gammal. Han bor här i Ystad. Harmonigatan 18, om jag inte tar fel.

– Nåt annat?

– Det är väl i stort sett det.

Wallander tänkte efter.

– Dom här vikarierna kan alltså sättas in på vilken linje som helst?

– Det är det som är meningen. Posten måste ju ut även när nån drabbas av några dagars förkylning.

– Var hade Larstam sitt senaste vikariat?

– Det var i distriktet alldeles väster om Ystad.

Fel igen, tänkte Wallander. Där har det inte hänt nåt. Där har det varken bott brudpar eller midsommarfestande ungdomar.

– Då tror jag inte det var nåt mer, sa han. Tack för att du gjorde dig besväret att ringa.

Wallander avslutade samtalet. Han hade då redan bestämt sig för att gå upp till polishuset. Spaningsgruppen skulle inte ha något möte under kvällen. Den tiden tänkte han använda till att närmare granska allt det utredningsmaterial han ännu bara hade ögnat igenom.

Telefonen ringde. Det var Albinsson igen.

– Jag tog fel, sa han. Jag blandade ihop Lena och Åke. Det var Lena som körde väster om Ystad.

– Åke Larstam hade alltså ingenting?

– Det var där jag tog miste. Han körde sitt sista vikariat i Nybrostrand.

– När var det?

– Några veckor i juli.

– Kan du påminna dig vad han hade för vikariat innan dess?

– Han körde ett långt vikariat ut mot Rögla. Det måste ha varit mellan mars och juni.

– Det var bra att du ringde, sa Wallander.

Wallander la på luren. Den vikarie som hette Larstam hade alltså kört i det område där både Torbjörn Werner och Malin Skander bodde. Innan dess, tidigare under våren, hade han haft ett distrikt som bland annat omfattade Skårby. Där Isa Edengren hade bott.

Något sa Wallander att det inte alls stämde. Att han jagade tillfälliga samband. Ändå satte han sig med telefonkatalogen igen och letade efter en abonnent som hette Larstam. Det fanns ingen. Han ringde till upplysningen och fick besked om att numret var hemligt.

Han klädde sig och gick upp till polishuset. Stack in huvudet på larmcentralen och frågade om någon av kriminalpoliserna var inne. Till sin förvåning fick han veta att Ann-Britt Höglund fanns på sitt rum. Han gick dit. Hon satt och letade efter någonting i en tjock bunt med papper.

– Jag trodde ingen var här, sa han.

Hon hade fortfarande uniformen på sig. Wallander hade tidigare på eftermiddagen berömt henne för det sätt på vilket hon framfört talet.

– Jag har barnvakt, sa hon. Jag får passa på. Det är så oerhört mycket papper jag inte har hunnit gå igenom.

– Samma med mig. Det är därför jag är här.

Han satte sig i hennes besöksstol. Hon sköt undan pappersbunten eftersom hon förstod att han hade något han ville tala om.

Wallander berättade om sin ingivelse efter det att rikspolischefen hade talat om sin vikarierande sekreterare och om vad han fått fram i samtalen med Albinsson.

– På din beskrivning låter det knappast som en massmördare, svarade hon.

– Vem gör det? Min poäng är att vi faktiskt har en person här som varit i rörelse i det område där några av dom som blivit dödade bodde.

– Vad har du tänkt att vi ska göra?

– Jag kom inte in hit med nån annan ambition än att jag ville tala om det jag fått veta.

– Vi har ju haft kontakt med dom ordinarie postiljonerna. Vi bör med andra ord även tala med vikarierna. Är det så du menar?

– Kanske inte nödvändigtvis med Lena Stivell.

Hon såg på klockan.

– Vi kunde ta en promenad, sa hon. Lufta våra huvuden. Vi kunde gå ner till Harmonigatan och ringa på Larstams dörr. Klockan är inte så mycket.

– Så långt hade jag inte tänkt, svarade Wallander. Men jag håller med dig.

De lämnade polishuset. Det tog dem tio minuter till Harmonigatan som låg i stadens västra del.

– Jag tror fortfarande inte jag har förstått att Svedberg är borta, sa hon plötsligt. Varje gång vi har möte väntar jag mig att han ska sitta där.

– Ingen har använt hans stol ännu. Det kommer att dröja innan nån gör det.

De kom fram till Harmonigatan. Nummer 18 var ett äldre hyreshus i tre våningar. Där fanns en porttelefon till varje lägenhet. Larstam bodde högst upp i huset. Wallander tryckte på klockan. De väntade. Han tryckte igen.

– Åke Larstam är inte hemma, sa hon. Wallander gick över gatan och såg upp mot lägenheten. Det lyste i två av fönstren. Han gick tillbaka och kände på porten. Den var konstigt nog öppen och de gick in. I huset fanns ingen hiss. De gick uppför de breda trapporna. Wallander ringde på dörren. Signalen ekade inne i lägenheten. Ingenting hände. Wallander ringde igen. Tre långa signaler. Ann-Britt Höglund böjde sig ner och öppnade brevinkastet.

– Det är tyst därinne, sa hon. Men ljuset är tänt.

Wallander ringde ytterligare en gång. Sedan bultade han.

– Vi får försöka i morgon igen, sa hon.

Wallander hade plötsligt fått en känsla av att det var något som inte stämde. Hon upptäckte det genast.

– Vad tänker du på?

– Jag vet inte. Det är nånting som inte är som det ska.

– Förmodligen är han inte hemma. Vad var det mannen på postterminalen sa? Han har inget arbete just nu. Kanske han har rest bort? En enkel och logisk förklaring.

– Du har förmodligen rätt, sa Wallander tveksamt.

Hon började gå mot trappan.

– Vi får försöka i morgon igen.

– Såvida vi inte går in trots att ingen öppnar.

Hon såg förvånat på honom.

– Du menar väl inte allvar? Att vi skulle bryta oss in? Är han misstänkt för nånting?

– Jag bara tänkte, sa Wallander. När vi nu ändå är här.

444

Hon skakade bestämt på huvudet.

– Det kan jag inte gå med på. Det strider mot allt vad jag har lärt mig.

Wallander ryckte på axlarna.

– Du har rätt. Vi försöker i morgon igen.

De återvände till polishuset. Under vägen gick de igenom uppläggningen av arbetet för de närmaste dagarna. I receptionen skildes de åt. Wallander satte sig på sitt kontor och gick igenom alla de pappershögar som väntade. Strax före elva ringde han till Stockholm och lyckades komma igenom på den restaurangtelefon som nästan alltid var upptagen. Linda hade inte mycket tid. De bestämde att hon skulle ringa honom någon gång nästa förmiddag.

– Är allting bra? frågade han. Har du bestämt dig för vart du ska resa?

– Inte än. Men jag ska.

Samtalet med Linda hade gett honom förnyad energi. Han återvände till pappersbuntarna igen. När klockan blivit halv tolv stod Ann-Britt Höglund i dörren.

– Jag går hem nu, sa hon. Det är en del detaljer jag skulle vilja diskutera med er andra i morgon.

– Då gör vi det, svarade Wallander.

– Jag ska försöka vara här före åtta. Vi kan ju börja dagen med att besöka Larstam igen.

– Vi lägger in det när det passar, svarade Wallander.

Hon gick. Wallander väntade i fem minuter. Sedan tog han upp en knippe dyrkar ur en av skrivbordslådorna och lämnade kontoret.

Han hade bestämt sig redan när de hade stått där i trappuppgången. Ville hon inte vara med om att bryta upp dörren skulle han göra det själv.

Det var någonting med Åke Larstam som oroade honom. Något han ville veta.

Han gick tillbaka till Harmonigatan igen. Klockan var nio minuter i midnatt. Det hade börjat blåsa en svag ostlig vind. Wallander kände att det fanns ett svagt stråk av höstkyla i vinden. Kanske den långa värmeböljan nu höll på att ta slut.

Han ringde på porttelefonen. Det var fortfarande ljust i fönstren på övervåningen. Samma fönster, hade han noterat. När det inte kom något svar sköt han upp dörren och gick uppför trapporna.

Han hade en känsla av att vara tillbaka vid en utgångspunkt. Den natt han i Martinssons sällskap hade gått upp till Svedbergs lägenhet. En känsla av plötsligt obehag gjorde att han rös till. Han lyssnade utanför dörren. Allt var stilla. Försiktigt öppnade han brevlådan. Ingenting. Bara en svag strimma av ljus. Han ringde på. Långa signaler. Väntade. Ringde igen. Efter att ha väntat i fem minuter tog han upp dyrkarna.

Det var först då han på allvar började granska dörrlåsen. Först visste han inte vad det var han såg på. Sedan insåg han att det var det mest avancerade dörrlås han någonsin hade sett.

Åke Larstam var en människa som stängde noga om sig.

Wallander insåg att han aldrig skulle kunna öppna dörren med sina dyrkar. Samtidigt hade ingivelsen förvandlats till något som inte kunde vänta.

Han tvekade bara helt kort innan han tog upp sin telefon och ringde till Nyberg.

Det var en irriterad röst som svarade. Wallander behövde inte fråga om Nyberg sovit.

– Jag behöver din hjälp, sa han.

– Det har väl inte hänt igen? stönade Nyberg.

– Inga döda, lugnade Wallander. Men jag behöver din hjälp med att bryta upp en dörr.

– Det behövs väl ingen polistekniker till det?

– I det här fallet gör det det.

Nyberg morrade. Men han hade vaknat nu. Wallander beskrev låsen. Gav besked om adressen. Nyberg lovade att komma. Wallander gick tyst nerför trapporna. Han ville vänta på Nyberg ute på gatan. Förklara för honom vad det handlade om. Nyberg kunde ibland protestera högljutt. Wallander insåg att risken i det här fallet var mycket stor.

Han insåg också att han höll på att göra något som han egentligen inte borde.

Nyberg kom efter tio minuter. Wallander anade pyjamasen under jackan. Som han hade förutsett började Nyberg genast protestera.

– Du kan inte bryta dig in hos folk hur som helst.

– Jag vill bara att du öppnar dörren, sa Wallander. Sen kan du gå hem. Ansvaret är helt och hållet mitt. Jag ska inte nämna för nån att du har varit här.

Nyberg fortsatte att visa sin ovilja. Men Wallander insisterade. Till sist fick han med sig Nyberg uppför trapporna. Han studerade dörrlåsen noga.

– Ingen kommer att tro dig, sa Nyberg. Ingen kommer att tro att du på egen hand har klarat att bryta dig in här.

Sedan började han arbeta.

När klockan var tio minuter i ett gick dörren äntligen upp.

Det första han tänkte på var lukten.

Han hade stigit in i tamburen, stått alldeles orörlig, lyssnande, och då hade han lagt märke till den. Nyberg hade varit kvar utanför dörren. Lukten hade omgett honom och varit mycket stark.

Sedan hade han förstått att det var instängdheten.

Lägenheten var helt enkelt så ovädrad att luften blivit skämd.

Wallander gav tecken till Nyberg att komma in. Han var ovillig men steg in i tamburen och drog igen dörren bakom sig. Wallander sa åt honom att vänta och började gå in i lägenheten. Den bestod av tre rum och ett litet kök. Den gav intryck av att vara välvårdad och prydlig. Wallander tänkte att det var en väldig kontrast till den dåliga luften.

En av sovrumsdörrarna skilde sig från de andra. Den verkade specialgjord. När Wallander sköt upp den märkte han att den var mycket tjock. Den påminde om en av de studiodörrar han gått igenom när han vid olika tillfällen blivit intervjuad i radio. Wallander steg in. Det var något egendomligt med hela rummet. Där fanns inga fönster. Väggarna var lika tjocka som dörren. I rummet fanns bara en säng och en lampa. Ingenting mer. Sängen var bäddad och hade överkast. Men Wallander kunde se märket efter någon som legat där. Det tog ett ögonblick för honom att inse varför rummet såg ut som det gjorde: det var ljudisolerat. En bil närmade sig ute på gatan. Han drog igen dörren. Ljudet från bilen gick inte att uppfatta längre. Fundersam lämnade Wallander sovrummet och gick igenom de övriga rummen en gång till. Vad han framförallt letade efter var ett fotografi på den man som bodde där. Men han hittade inget. I all den välstädade prydlighet han hade runt sig fanns ett otal hyllor med porslinsstatyetter och andra prydnadssaker. Men inte ett enda fotografi. Wallander blev stående på golvet i vardagsrummet. Ett annat obehag än det han tidigare känt hade börjat inta honom. Känslan av att ha begått ett övergrepp. Han hade brutit sig in i en lägenhet där han inte hade något att göra. Frånsett den skämda luften gav lägenheten intryck av välstädad fredlighet. Han tänkte att han borde gå därifrån.

Något höll honom ändå kvar.

Han gick ut till Nyberg som fortfarande stod kvar i tamburen.

– Fem minuter, sa han. Inte mer.

Nyberg svarade inte. Wallander återvände in i lägenheten. Han visste vad han letade efter. Garderober. Han hittade tre stycken och öppnade dem en efter en. I de första två fanns bara manskläder. Han skulle just stänga också den tredje när något i ett hörn fångade hans uppmärksamhet. Han drog undan några galgar där det hängde skjortor. Bakom fanns en inbuktning i garderoben. Han stoppade in handen och lyfte ut en av galgarna. På den hängde en röd klänning. Han blev stående med den i handen. Vaksam, lyssnande. Hans uppmärksamhet hade nu skärpts. Han började metodiskt gå igenom olika byråer. Kände med händerna inne i hörn och under prydligt hopvikta mansunderkläder. Känslan av att han måste skynda sig, att tiden var knapp, drev på honom. Sedan hittade han återigen det han sökte. Undanstoppade damunderkläder. Han återvände till garderoberna igen, kröp omkring på alla fyra och hittade då också skor. Han såg hela tiden till att inte lämna några spår efter sig. Nyberg kom in i vardagsrummet. Wallander kunde se att han var rasande. Eller kanske rädd.

– Det har gått nästan en kvart, väste han. Vad gör vi egentligen här?

Wallander svarade inte. Nu letade han efter ett skrivbord som inte fanns. Men däremot en sekretär. Den var låst. Han hämtade Nyberg som omedelbart började protestera.

Wallander avbröt honom och gav honom den kortaste förklaring han kunde komma på.

– I den här lägenheten bor Louise, sa han. Kvinnan på bilden vi hittade hemma hos Svedberg. Kvinnan i Köpenhamn. Kvinnan som inte finns. Hon bor här.

– Det kunde du ha sagt med en gång, svarade Nyberg.

– Jag visste det inte, sa Wallander. Inte förrän nu. Kan du öppna sekretären? Utan att det syns?

Nyberg hade snart fått upp låset med sina verktyg. Skrivklaffen kunde fällas ner.

Wallander hade ofta tänkt att polisarbete präglades av förvänt-

449

ningar som inte infriades. Vad han hade väntat sig just i det ögonblick sekretären öppnades kunde han aldrig efteråt helt klargöra för sig själv. Men det hade knappast varit det som nu låg framför honom.

En plastficka med tidningsurklipp. Som alla handlade om mordutredningen. Där fanns också Svedbergs dödsannons. Den Wallander hittills inte ens hade sett.

Nyberg väntade i bakgrunden.

– Jag tror du ska se på det här, sa Wallander sakta. Så du förstår varför vi befinner oss i lägenheten.

Nyberg steg fram. Stelnade. De såg på varandra.

– Vi har två vägar att gå, sa Wallander. Antingen ger vi oss av. Och sätter huset under bevakning. Eller så ringer vi runt och börjar vända upp och ner på den här lägenheten redan nu.

– Han har dödat åtta människor, sa Nyberg. Han är alltså beväpnad. Och farlig.

Wallander hade inte ens tänkt tanken. Att de kunde befinna sig i fara. Beslutet var ögonblickligt: utryckning. Nyberg stängde sekretären. Wallander hade sett att det stått några odiskade glas i köket. Ett av dem virade han in i hushållspapper och stoppade i fickan. Han skulle just lämna köket när han upptäckte att där fanns en bakdörr. När han gick fram till den såg han att den stod på glänt.

Rädslan var våldsam. Han tänkte att någon plötsligt skulle slå upp dörren och stå framför honom med ett vapen i handen. Men ingenting hände. Försiktigt sköt han upp den. Baktrappan var tom. Nyberg var redan på väg ut ur lägenheten genom den andra dörren. Wallander följde efter. De lyssnade i trappuppgången. Allt var stilla. Nyberg stängde försiktigt dörren. Med en ficklampa synade han sedan dörrkarmen.

– Det är några rispor, sa han. Men dom märks knappast. Om man inte letar efter dom.

Wallander tänkte på bakdörren. Som hade stått på glänt.

Han höll tills vidare det han tänkte för sig själv.

De kom ut på gatan som låg öde. Nyberg hade parkerat sin bil nere vid teatern. Under tystnad for de upp till polishuset. Klockan hade blivit halv två.

– Vilka ska vi kalla hit? frågade Nyberg när de kommit in i receptionen.

– Alla, svarade Wallander. Inklusive Thurnberg och Lisa Holgersson.

– Bevakningen av huset?

– Inga polisbilar. Bara civila fordon och jag vill ha folk som förstår att det är allvar. Vi bestämmer vilka som ska spana när alla har kommit.

De fördelade samtalen mellan sig. Wallander sprang genom korridoren till sitt kontor. Den första han ringde till var Martinsson. Det var honom han först av alla ville ha på plats.

Under de närmaste tio minuterna talade han med ett antal sömndruckna personer som snabbt vaknade till liv när de förstod vad han sa. Martinsson var den förste som kom. Sedan Ann-Britt Höglund och de andra i tät följd.

– Jag har tur, sa hon. Min mamma är här.

– Jag gick tillbaka till Harmonigatan, sa Wallander. Jag kände att jag inte kunde vänta.

Klockan fjorton minuter över två var de samlade. Wallander såg sig runt bordet. Undrade hur Thurnberg hade fått tid att knyta sin perfekta slipsknut. Sedan berättade han hastigt vad som hade hänt.

– Hur kom du på tanken att gå dit mitt i natten? frågade Hansson.

– Jag är mycket tveksam till min intuition, svarade Wallander. Men den här gången höll den.

Han hade skakat av sig all trötthet. Nu skulle han skapa ett dragarlag av spaningsgruppen. Och de skulle dra tills de hade fångat gärningsmannen.

– Var han befinner sig vet vi inte, sa han. Men bakdörren stod på glänt. Med tanke på dom lås han hade i ytterdörren tror jag han hörde oss. Och gav sig av. I stor brådska. Han vet med andra ord att vi befinner oss i hans närhet.

– Det betyder att han knappast återvänder, sa Martinsson.

– Det vet vi inte. Men vi ska ha vakter på gatan. Tvåmannalag. Med minst ett par bilar som säkring på angränsande gator.

Wallander lät handflatorna falla tungt mot bordet.

– Den här mannen är farlig, sa han. Alla ska ha vapen.

Hansson och en av polismännen som var inlånade från Malmö gav sig av för att ta första vakten. Nyberg följde med för att peka ut huset och kontrollera om något hade skett med ljuset i fönstren.

– Kjell Albinsson i Rydsgård ska väckas, fortsatte Wallander. Och han ska hit. Skicka en bil att hämta honom.

Ingen hade en aning om vem Albinsson var. Wallander förklarade. Och drev på.

– Åke Larstam, sa han. Finns han i våra register? Det blir Martinssons arbete. Det är mitt i natten. Men för oss är det full dag. Ring och väck vem som helst om det är nödvändigt. Albinsson kan ge oss personuppgifter. Men frågan är om dom räcker. Och om dom ens stämmer. Han klär ut sig till kvinna. Han förändrar sig. Kanske hans namn egentligen är nåt helt annat än Larstam. Dessutom verkar Larstam vara ett taget namn. Vi måste söka på alla tänkbara och otänkbara håll för att skapa oss en bild av vem han är.

Wallander hade ställt dricksglaset som var invirat i papper på bordet.

– Har vi tur finns här fingeravtryck, sa han. Tar jag inte alldeles fel kommer dom att överensstämma med dom vi fann i Svedbergs lägenhet, dom som vi hittade ute i naturreservatet och dom som vi aldrig fann i Nybrostrand.

– Sundelius? undrade Ann-Britt Höglund. Borde inte han också väckas? Om det är som vi tror? Att han på nåt sätt känner Larstam?

Wallander nickade och kastade en blick på Thurnberg som inte gjorde några invändningar.

– Jag vill ha in honom nu. Det är nåt du kan ta dig an. Och han ska tas hårt. Han har ljugit tidigare. Det är jag säker på. Nu har vi inte mer tid för lögner.

Thurnberg nickade.

– Det låter rimligt, sa han. Låt oss bara ställa oss frågan om det finns den minsta risk för att vi tar fel.

– Nej, sa Wallander. Vi tar inte fel.

– Är du helt säker på att det är Åke Larstam? Det enda vi har är trots allt några urklipp från tidningar.

Wallander kände ett stort lugn när han svarade.

– Visst är det han. Det råder inget tvivel.

Det sista som diskuterades innan de bröt upp och grep sig an alla arbetsuppgifter var frågan om hur länge de skulle vänta med att gå in i lägenheten. Om Wallander hade rätt, att Larstam funnits där och hastigt gett sig av, var det ingenting som talade för att han frivilligt skulle återvända. Wallander tyckte själv inte han hade något fullvärdigt svar på varför de inte lika gärna gick in genast. Något gjorde dock att han tvekade. På Martinssons förslag bestämde de att avvakta tills de åtminstone hade talat med Kjell Albinsson som redan hade ryckts upp ur sin säng i Rydsgård och var på väg till Ystad i en polisbil.

– Jag vill veta vilka som bor i huset, sa Wallander. Skicka in nån i trappuppgången och ta reda på namnen. Vem äger fastigheten? Jag vill ha tillgång till källare och vindsutrymmen.

De upprättade ett provisoriskt högkvarter i mötesrummet. Wallander satt vid sin kortända och väntade när Kjell Albinsson kom in. Han var mycket blek och tycktes inte helt ha förstått varför han hade blivit väckt och förd till Ystad. Wallander såg till att han fick kaffe. Samtidigt skymtade han Ann-Britt Höglund ute i korridoren, i sällskap med en ilsken Sundelius.

– Jag ska säga precis som det är, började han. Vi tror att Åke Larstam är den person som för några veckor sen dödade en polis som hette Svedberg och som begravdes igår.

Albinsson bleknade.

– Det kan inte vara möjligt?

– Det kommer mer, fortsatte Wallander. Vi är dessutom övertygade om att han dödade dom tre ungdomarna i Hagestads naturreservat. Dessutom en flicka på en ö i Östergötlands skärgård. Och slutligen brudparet ute i Nybrostrand. Det är alltså en person som på kort tid dödat inte mindre än åtta personer. Det gör honom till en av dom absolut värsta mördarna i svensk historia.

Albinsson skakade på huvudet.

– Det måste vara ett misstag. Inte Åke.

– Jag skulle inte säga det här om jag inte var säker. Du gör alltså klokast i att ta mig på orden. Och svara så gott du kan på mina frågor. Är det förstått?

– Ja.

Thurnberg kom in genom dörren. Han satte sig utan ett ord på andra sidan bordet, mitt emot Albinsson.

– Det här är åklagare Thurnberg, förklarade Wallander. Men att han är här innebär alltså inte att du är misstänkt för nånting.

Albinsson tycktes inte ha förstått vad Wallander menat.

– Jag har inte gjort nånting?

– Det var precis det jag sa. Nu ska du koncentrera dig på mina frågor. Eftersom vi behöver ha vissa svar tidigare än andra kommer mina frågor inte att verka systematiska.

Albinsson nickade. Långsamt var han på väg att upptäcka att det som hände runt honom var allvar och inte en egendomlig dröm.

– Åke Larstam bor på Harmonigatan 18, sa Wallander. Vi vet att han inte är där just nu. Vi tror att han har gett sig av. Att han är på flykt. Frågan är om du kan tänka dig var han befinner sig?

– Jag känner honom inte på det viset.

– Har han nån sommarstuga? Några nära vänner?

– Jag vet inte.

– Nåt måste du veta?

– Det finns en del uppgifter om honom i hans personakt. Men den förvaras på postterminalen.

Wallander svor inom sig. Det borde han ha tänkt på tidigare.

– Då hämtar vi den, sa han. Nu.

Han reste sig och vinkade åt Albinsson att följa med. En nattpatrull var just på väg in för att lämna en rapport. Wallander lämnade över Albinsson till dem och förklarade vad som gällde. Sedan återvände han till mötesrummet. Thurnberg gjorde anteckningar på ett block.

– Hur tog du dig egentligen in i lägenheten? frågade han.

– Jag bröt mig in, svarade Wallander. Nyberg var närvarande. Men ansvaret ligger helt och hållet på mig.

– Jag hoppas du har rätt i dina misstankar mot Larstam. Om inte, kommer det att vålla problem.

– Jag avundas dig. Att du har tid att fundera på såna saker i det här läget.

– Det händer att poliser tar fel, sa Thurnberg. Du måste förstå varför jag ställer frågan.

Wallander blev arg. Det var bara med största svårighet han lyckades behärska sin ilska.

– Jag vill inte ha ett mord till, svarade han. Så enkelt är det. Och Åke Larstam är den person vi letar efter.

– Ingen vill ha några flera mord, sa Thurnberg. Men ingen vill heller att polisen ska göra onödiga misstag.

Wallander kände sig angripen. Han skulle just fråga om Thurnberg menade att det var han som gjorde misstag när Martinsson kom in i rummet.

– Nyberg ringde, sa han. Det verkar som om det är samma ljussättning i fönstren.

– Grannarna, sa Wallander. Vem bor i fastigheten? Vem äger den?

– Var börjar jag? undrade Martinsson. Med polisens register? En sökning på Larstam? Eller med grannarna?

– Helst borde du göra allt på samma gång. Men hittar vi Larstam i våra egna källarvalv så kan det ge en viktig bit av hans historia som vi har ett stort behov av.

Martinsson gick. Wallander satt tyst. Thurnberg skrev. En hund skällde någonstans. Wallander undrade frånvarande om det var Kall. Klockan hade blivit tre minuter i tre. Wallander hämtade mer kaffe. Dörren till Ann-Britt Höglunds rum var stängd. Hon satt därinne med Sundelius. Wallander övervägde om han skulle gå in.

Men han lät det vara. Någon kom och gav honom en telefon. Det var Hansson som meddelade att bevakningen hade börjat fungera för tio minuter sedan.

– Är alla klara över att det är en mycket farlig man vi är ute efter? frågade han.

– Det garanterar jag. Jag har upprepat det gång på gång.

– Säg det igen. Påminn dom om att det inte är många timmar sen vi begravde en kollega.

Wallander gick tillbaka till mötesrummet. Thurnberg var inte längre kvar. Wallander läste vad han hade skrivit på sitt anteckningsblock.

Thurnberg hade skrivit ner rimord. *Flaska, aska, maska.* Wallander skakade på huvudet. Det gick ytterligare fem minuter. Sedan kom Albinsson in genom dörren igen. Han verkade mindre blek nu. I handen hade han en gul pärm.

– Det här är konfidentiella uppgifter, sa han. Jag borde egentligen ringa till postmästaren och fråga hur jag ska göra.

– Då hämtar jag in åklagaren, sa Wallander. Och ser till att du blir häktad för att du ger skydd åt en mördare.

Albinsson tycktes tro honom. Wallander räckte ut handen och fick pärmen. Det var några få sidor varav största delen utgjordes av tjänstgöringslistor. Wallander kunde snabbt konstatera att Åke Larstam under de senaste två åren hade tjänstgjort i alla de aktuella postdistrikten utom ett. Det som Albinsson tidigare sagt visade sig också stämma. Från början av mars till mitten av juni hade han vikarierat i Skårbytrakten, där Isa Edengren bott. I juli hade han delat ut post i Nybrostrand.

Han övergick till att läsa personuppgifterna. Åke Larstam var född den 10 november 1952 i Eskilstuna. Hans fullständiga namn var Åke Leonard Larstam. 1970 hade han avlagt studentexamen i Eskilstuna. 1971 hade han gjort sin militärtjänst på pansarregementet i Skövde. 1972 hade han börjat studera på Chalmers i Göteborg. Han hade avlagt sin examen 1979. Samma år hade han börjat en tjänst som ingenjör vid Strands Konsultativa Ingenjörsbyrå i Stockholm. Där hade han sedan arbetat till 1985 då han slutat på egen begäran och omskolat sig till postiljon. Samma år hade han flyttat till Höör och sedan vidare till Ystad. Därefter följde en lång lista med olika tjänstgöringsförordnanden. Han var ogift och hade inga barn. I rutan för »närmaste anhörig« fanns bara ett streck.

– Har den här mannen verkligen inte en enda släkting? frågade han misstroget.

– Tydligen inte.

– Men han måste ha umgåtts med nån?

– Han är mycket tillbakadragen. Det har jag sagt tidigare.

Wallander la ifrån sig pärmen. Allt det som stod skulle undersökas närmare. Men Wallander behövde först av allt veta var Larstam kunde tänkas befinna sig. Just denna natt, mot onsdagen den 21 augusti.

– Ingen människa är så ensam, insisterade Wallander. Vem talade han med? Vem drack han kaffe med? Hade han överhuvudtaget inga åsikter? Det måste finnas nån som vet mer om honom än vad som står i den här pärmen?

– Vi talade om honom ibland, sa Albinsson. Att han var svår att komma inpå livet. Men eftersom han alltid var lika vänlig, alltid lika hjälpsam, lät man honom ju vara som han var. Man kan faktiskt tycka riktigt bra om människor som man inte vet nånting om.

Wallander begrundade det Albinsson hade sagt. Sedan valde han ett annat spår.

– Han hade vikariat. Ibland längre, ibland kortare. Hände det nån gång att han tackade nej?

– Aldrig.

– Han var alltså inte upptagen med nånting annat?

– Inte som vi kunde märka. Han ställde upp med några timmars varsel om det behövdes.

– Det betyder att du alltid fick tag på honom?

– Ja.

– Han satt alltså hemma och passade telefonen.

Albinsson var allvarlig när han svarade.

– Han kunde ge det intrycket.

– Du har beskrivit honom som plikttrogen, hjälpsam, noggrann och tjänstvillig. Dessutom var han alltid tillbakadragen. Hände det aldrig att han gjorde nåt som förvånade?

Albinsson tänkte efter.

– Han sjöng ibland.

– Sjöng han?

– Ja. Han sjöng. Eller gnolade kanske man ska säga.

– Vad sjöng han? När sjöng han? Uttryck dig lite tydligare. Man kan till exempel fråga sig om han sjöng bra.

– Jag tror det var psalmer han sjöng. När han sorterade sina brev och tidningar. När han gick ut till sin bil. Om han sjöng bra vet jag inte. Han sjöng lågt. Förmodligen för att han inte ville störa.

– Det här verkar mycket underligt. Sjöng han psalmer?

– Väckelsesånger, kanske.

– Var han religiös?

– Hur ska jag kunna veta det?

– Du ska svara på mina frågor. Inte ställa några egna.

– Det råder religionsfrihet i det här landet. Åke Larstam kan ha varit buddist utan att nån visste om det.

– Buddister skjuter inte brudpar eller ungdomar som festar, svarade Wallander skarpt. Hade han några andra egenheter?

– Han tvättade händerna väldigt ofta.

– Nånting mer?

– Den enda gång jag såg honom sur var när andra skrattade och var glada. Men det gick fort över.

Wallander stirrade på Albinsson.

– Kan du utveckla det där sista lite närmare?

– Egentligen inte. Det är som jag säger.

– Han tyckte inte om glada människor?

– Det vet jag inte. Men han kunde dra sig undan när människor

457

skrattade. Jag antar att man kallar det glädje? Och det störde honom tydligen.

Wallander hade kommit att tänka på det som Nyberg sagt. På den plats i Nybrostrand där de hade funnit det döda brudparet och fotografen. Något om att mördaren inte tyckte om lyckliga människor.

– Visade han nånsin tecken på att kunna bli våldsam?

– Aldrig.

– Hade han några andra egenheter?

– Han hade inga egenheter. Han märktes inte.

Wallander fick en känsla av att det var något mer Albinsson försökte säga. Han väntade.

– Kanske kan man säga att det var det mest utmärkande drag han hade? Att han till inget pris ville märkas. Han var en människa som aldrig vände ryggen mot en dörr.

– Vad menar du med det?

– Att han alltid ville se vem som kom in. Och vem som gick.

Wallander anade vad Albinsson menade. Han såg på klockan. Den hade blivit nitton minuter i fyra. Han ringde in till Ann-Britt Höglund.

– Sitter du fortfarande med Sundelius?

– Ja.

– Då ses vi i korridoren.

Wallander reste sig.

– Kan jag åka hem och sova nu? frågade Albinsson. Min fru är säkert orolig.

– Ring henne. Du kan tala så länge du vill på statens bekostnad. Men du kan inte åka hem riktigt än.

Wallander gick ut i korridoren och stängde dörren. Ann-Britt Höglund väntade redan på honom.

– Vad säger Sundelius?

– Han nekar till att nånsin ha hört talas om Åke Larstam. Han upprepar att han och Svedberg aldrig ägnade sig åt nåt annat än att se på stjärnor och besöka en naturläkare. Han är mycket upprörd. Jag tror inte han tycker om att tala med kvinnliga poliser.

Wallander nickade tankfullt.

– Jag tror nog vi kan skicka hem honom, sa han. Han kände säkert inte Larstam. Mitt i allt det här har vi två sorters hemligheter.

458

Larstam bryter sig in i andras förseglade rum. Svedberg hade en hemlighet som han dolde för Sundelius.

– Vilken skulle det ha varit?

– Tänk efter!

– Du menar alltså att det ligger ett triangeldrama gömt bakom allt det här?

– Inte bakom. Utan mitt i.

Hon nickade.

– Jag ska skicka hem honom. När ska Hansson och dom andra bytas av?

Wallander insåg att han redan hade fattat sitt beslut.

– Dom kan stanna. Vi går in i lägenheten. Åke Larstam kommer knappast tillbaka i natt. Han gömmer sig. Frågan är bara var. Ska vi hitta svaret hittar vi det i hans lägenhet.

Wallander återvände till mötesrummet. Albinsson talade fortfarande i telefon med sin hustru. Wallander gav honom tecken att han skulle avsluta samtalet.

– Har du kommit på nåt mer? frågade han efteråt. Var kan du tänka dig att Åke Larstam gömmer sig?

– Jag vet inte. Men kanske det också är ett sätt att beskriva honom.

– Hur?

– Att han var en man som ständigt letade efter gömställen.

Wallander nickade.

– Vi ska se till att du blir hemkörd, sa han. Men om du kommer på nåt mer så ringer du.

Wallander följde Albinsson ut i receptionen och såg till att en patrullbil körde hem honom. Sedan letade han reda på Nyberg och gav besked om att de skulle gå in i lägenheten.

– Det kommer att gå fort den här gången, sa Nyberg. Jag har ju träning på dörren.

Kvart över fyra gick de in i Åke Larstams lägenhet. Wallander samlade dem runt sig utanför dörren till det ljudisolerade rummet.

– Det vi framförallt behöver få svar på är två frågor, sa han. Var befinner han sig? Var har han ett gömställe? Var kan vi röka ut honom? Den andra frågan kan ni själva tänka er: Håller han på att förbereda några nya mord? Det här är vad vi först av allt måste få svar på. Kan nån dessutom hitta ett fotografi av honom vore det bra.

Efteråt tog han Nyberg åt sidan.

– Fingeravtryck, sa han. Thurnberg är orolig. Vi behöver nåt som i ett enda slag kan binda Larstam vid brottsplatserna. Åtminstone reservatet och Svedbergs lägenhet. Om nån svensk polis någonsin tidigare har haft behov av förtur eller prioritering så är det nu. Du måste få gå före alla andra.

– Jag ska göra vad jag kan, sa Nyberg.

– Mer, sa Wallander. Ring rikspolischefen om det är nödvändigt.

Wallander gick in och satte sig på sängen i det ljudisolerade rummet. Hansson visade sig i dörren. Wallander gav ett tecken att han just då inte ville bli störd. Hansson försvann.

Varför bygger man ett ljudisolerat rum? tänkte han. För att stänga ljud ute. Eller för att hålla ljud instängda så att de inte kan höras av någon annan. Men varför i en stad som Ystad? Där trafiken inte är mer än måttlig. Han såg sig runt i rummet. Samtidigt märkte han att sängen var hård. Han reste sig och lyfte på lakanen. Sängen saknade madrass. Den som sov gjorde det direkt på sängbottnen. En självplågare, tänkte han. Varför? Han gick ner på knä och tittade under sängen. Där fanns ingenting. Inte ens damm. Han satte sig på sängen igen. Väggarna var nakna. Frånsett en lampa fanns ingenting. Han försökte känna mannens närvaro. Åke Larstam, 44 år. Född i Eskilstuna. Chalmerist. Omskolad ingenjör. *Plötsligt går du ut och dödar åtta människor. Frånsett polismannen och fotografen var de alla utklädda. Men fotografen hörde inte till. Han råkade bara finnas där. Och polismannen dödade du eftersom han hade kommit på din hemlighet. Hans fruktan hade besannats. Men de andra var utklädda. De var glada. Varför dödade du dem? Var det här inne, i ditt ljudisolerade rum, som du planerade allting?*

Wallander kunde inte känna hans närvaro. Han reste sig och gick ut i vardagsrummet. Såg sig runt. Överallt dessa porslinsfigurer. Hundar och tuppar, mamseller från sekelskiftet, tomtar och troll. Det är som ett dockskåp, tänkte Wallander. Ett dockskåp med en galning i. En galning som dessutom har dålig smak. Du fyller ditt liv med billiga souvenirer. Frågan är nu var du befinner dig. Nu när vi har jagat ut dig.

Ann-Britt Höglund dök upp i dörren till köket. Wallander såg genast att hon hade hittat något.

– Jag tror det är bäst att du tittar på det här, sa hon.

Wallander följde efter henne ut i köket. En av kökslådorna var utdragen. Hon hade ställt den på bordet. Det fanns papper i lådan. Några hade hon redan tagit ut. Räkningar och broschyrer. Överst i lådan låg nu ett rutigt papper, utrivet ur något block. Någonting var skrivet på papperet, med en blyertspenna. Om det var Larstams handstil skrev han ryckigt och oregelbundet. Wallander satte på sig glasögonen och läste texten. Det var bara åtta ord. Som en makaber dikt. *Nummer 9. Onsdag 21. Lyckan kommer, lyckan går.* Betydelsen stod genast klar för Wallander, på samma sätt som Ann-Britt Höglund hade förstått den.

– Han har redan dödat åtta personer, sa Wallander. Här talar han om nummer nio.

– Den 21 är idag, sa hon. Och det är onsdag.

– Vi måste ta honom, sa Wallander. Innan han gör det.

– Vad betyder det sista? »Lyckan kommer, lyckan går«?

– Det betyder att Åke Larstam inte står ut med glada människor. Wallander berättade om det Albinsson hade sagt.

– Hur hittar man en glad människa? frågade hon.

– Det gör man inte. Man letar upp dem.

Han kände hur värken i magen hade återkommit.

– En sak är underlig, sa hon. Han talar om nummer nio. En ensam person. Tidigare har han bara gett sig på flera personer. Om man bortser från Svedberg.

– Svedberg ingår inte i bilden. Du har rätt i att han avviker. Frågan är viktig.

Klockan hade blivit tjugo minuter över fyra. Wallander gick fram till fönstret och såg ut. Fortfarande ingen gryning. Någonstans där ute i mörkret fanns Åke Larstam. Wallander kände hur han höll på att få panik. Vi tar honom inte, tänkte han. Han slår till igen. Och vi kommer för sent.

Han har valt ut ett offer. Vi vet inte alls vem det är. Vi letar nästan fullständigt i blindo. Vi vet inte ens åt vilket håll vi ska vända oss. Vi vet ingenting.

Wallander vände sig mot Ann-Britt Höglund.

Sedan satte han på sig ett par gummihandskar och började gå igenom resten av papperen i lådan.

33

Havet.

Så hade han alltid föreställt sig den sista och absoluta vägen att undkomma. Att vandra rakt ut. Sakta sjunka mot ett oändligt djup där mörker och tystnad härskade, där ingen skulle kunna följa några spår.

I havets djup föreställde han sig det sista gömstället. Det sista sättet att komma undan.

Han hade tagit en av sina bilar och kört ner till havet väster om Ystad. Mossbystrand hade legat övergivet i augustinatten. Bara enstaka bilar hade passerat uppe på Trelleborgsvägen. Han hade parkerat så att inga ljus från vägen skulle kunna lysa upp honom där han satt. Men han hade ställt bilen så att han skulle kunna undkomma. Om någon kom efter honom.

Han hade släckt billjuset. Runt honom mörker. Genom det öppna fönstret anade han bruset från havet. Det var vindstilla och varmt. Han hade långsamt och metodiskt gått igenom vad som hade hänt. Det var en sak i det hela som störde honom. Han hade haft tur. I vanliga fall stängde han dörren till det ljudisolerade rummet. Just den här kvällen hade han låtit den stå på glänt när han gått och lagt sig. Han försökte föreställa sig att hans förmåga att undkomma hade blivit en organisk del av hans medvetande. Men han kunde inte bortse från möjligheten att det hade varit ren tur.

Om dörren varit stängd skulle han inte ha hört dem, när de bröt sig in på natten. Han hade vaknat med ett ryck, genast förstått vad som höll på att ske, och gett sig av genom bakdörren. Hade han lyckats stänga den eller inte? Han visste inte. Det enda han fått med sig var pistolen och sina kläder. Redan från början hade det också stått klart för honom att det var polismän som höll på att ta sig in.

Sedan hade han kört ut från Ystad. Trots att han varit upprörd hade han tvingat sig att köra långsamt. Han ville inte riskera att råka ut för en olycka.

Klockan hade blivit fyra nu. Ännu skulle det dröja innan gryningen kom. Han hade tänkt igenom allt som hade hänt. Ställt sig frågan om han gjort något fel. Men han kunde inte finna något. Han skulle inte behöva ändra sina planer.

Allt hade gått som han tänkt. Medan Svedberg begravdes hade han sökt upp adressen på Mariagatan där polismannen bodde. Det hade varit mycket enkelt att dyrka upp dörren. Han hade gått igenom lägenheten, insett att mannen som bodde där var ensam, och sedan gjort upp sin plan. Allt hade gått mycket lättare än han trodde. Han hade till och med hittat ett par reservnycklar i en kökslåda. Det innebar att han inte skulle behöva använda dyrk när han tog sig in nästa gång. Han hade till och med lagt sig på sängen i sovrummet. Men sängen var alldeles för mjuk. Han hade genast fått en känsla av att han höll på att sjunka.

Efteråt hade han gått hem. Tagit en dusch, ätit och sedan lagt sig inne i det tysta rummet. Senare på dagen hade han gjort något han länge planerat. Han hade polerat alla sina porslinsfigurer. Det hade tagit längre tid än han tänkt sig. När han äntligen var färdig hade han ätit och gått och lagt sig. När de bröt sig in hade han redan sovit i flera timmar.

Han gick ut ur bilen. Natten var varm och vindstilla. Hade han någonsin upplevt en liknande augustimånad? Kanske när han var barn. Men han var inte säker. Han gick ner till stranden. Knappt märkbara dyningar gungade mot stranden. Han tänkte på de poliser som nu fanns i hans lägenhet. Hur de drog ut lådor, smutsade ner golven och flyttade på hans porslinsfigurer. Det gjorde honom ursinnig. Lusten att återvända, att rusa uppför trapporna och skjuta alla som fanns där var stark. Men han behärskade sig. Ingen hämnd var så viktig att han var beredd att offra sin förmåga att undkomma. Han visste att de inte skulle finna något som gjorde att de kunde spåra honom. Inga papper, inga fotografier. Ingenting. De kände inte till det bankfack han hyrde under falskt namn. Där han förvarade alla dokument som skulle kunna avslöja hans ansikte, hans bilars registreringsnummer, hans bankböcker.

De skulle säkert vara kvar i lägenheten under många timmar. Men förr eller senare skulle polismannen återvända till sin lägenhet, mycket trött efter alla timmar utan sömn.

Då skulle han finnas där och vänta.

Han återvände till bilen. Det viktigaste av allt var att han nu själv tog igen den sömn han redan förlorat. Han kunde välja mellan att sova i någon av sina bilar. Men risken fanns alltid att han blev upptäckt, hur skickligt han än valde sin parkeringsplats. Dessutom ville han inte ligga hopkrupen i ett baksäte. Det var honom inte värdigt. Han ville sträcka ut sig, vila i en ordentlig säng, där han först tagit bort madrassen för att få det hårda underlag han behövde.

Under en kort stund föresvävade honom möjligheten att ta in på ett hotell. Men då skulle han bli tvungen att skriva in sig. Det ville han inte, ens under något annat namn än sitt eget.

Sedan insåg han att han förbisett den självklara lösningen. Det fanns en plats där han skulle kunna vila ut. Sannolikheten för att någon skulle komma dit var liten. Eftersom där också fanns en bakdörr skulle han hinna därifrån om någon trots allt skulle försöka ta sig in.

Han startade motorn och tände ljuset. Gryningen skulle snart komma. Han behövde sova nu. Vila inför det som väntade.

Han körde upp på vägen igen. Och återvände till Ystad.

*

När klockan närmade sig fem började Wallander inse vad som kännetecknade Åke Larstam. Han var en människa som levde ett nästan spårlöst liv, omgiven av sina billiga och smaklösa porslinsfigurer. De hade då gått igenom det mesta av lägenheten utan att finna ett enda vittnesbörd om vem som faktiskt bodde där. De hade inte hittat några personliga papper, vare sig brev eller någonting annat. De hade överhuvudtaget inte hittat ett enda dokument där Åke Larstams namn stod skrivet. Ännu mindre hade de lyckats upptäcka något fotografi. Tillsammans hade de också gått igenom källarutrymmet och vindskontoret. Källaren var tom. Wallander hade till och med kunnat konstatera att där inte ens fanns damm. På vindskontoret hade stått en gammal låst klädkista. När de bröt upp den konstaterade Wallander till sin förtvivlan att den var full med trasiga porslinspjäser. Efteråt hade han samlat sina medarbetare nere i lägenhetens kök medan kriminalteknikerna under Nybergs ledning höll på att avsluta arbetet i vardagsrummet.

– Jag har aldrig varit med om nåt liknande, sa Wallander. Den här mannen som heter Åke Larstam tycks inte existera. Vi hittar inte ett papper, inte ett dokument som bekräftar hans existens. Ändå så vet vi att han finns.

– Kan han ha nån annan lägenhet? föreslog Martinsson.

– Han kan ha tio lägenheter, svarade Wallander. Han kan ha hus och sommarstugor. Problemet är bara att vi inte hittar nånting som ger oss ett spår till dom.

– Kan han ha gett sig av? sa Hansson. Har han insett att vi kommit alldeles inpå honom?

– Den här tomheten ger inte intryck av att vara resultat av en städning, sa Wallander. Han har levt så här. I ett ljudisolerat rum. Men det hindrar naturligtvis inte att du i princip kan ha rätt. Jag skulle nästan önska att det var så. Men du vet lika väl som jag vad som talar emot det.

Det rutiga papperet låg på bordet framför dem.

– Kan vi tolka det fel? undrade Ann-Britt Höglund.

– Det som står där, det står. Nyberg påstår dessutom att det är skrivet nyligen. Han menar sig kunna se det på blyertsspårets konsistens. Hur han nu bär sig åt för att avgöra det.

– Man kan undra varför han har skrivit det?

Det var Martinsson som ställde frågan. Wallander insåg genast att den var viktig.

– Du har rätt, sa han. Det kan vara ett betydelsefullt påpekande. Det är det enda personliga papper vi har hittat här. Vi finner det bland en massa andra papper. Vad betyder det? Om vi utgår ifrån att jag har rätt i att han var här när Nyberg och jag kom. Bakdörren som inte var stängd. En hastig flykt.

– Trots allt var det ett papper han inte hann få med sig?

Samtalet fördes nu mellan Wallander och Martinsson.

– Det är den troliga förklaringen. Eller snarare den första förklaringen vi kommer fram till. Frågan är bara om den är riktig.

– Vad skulle det finnas för alternativ?

– Att han har skrivit det här för att vi ska hitta det.

Ingen förstod vad Wallander menade. Han visste också med sig att hans tankegång var ytterst bräcklig.

– Vad vet vi om Åke Larstam? Att han har förmåga att skaffa informationer. Att han dyrkar upp hemligheter. Jag påstår inte att han har tillgång till resultaten av vår utredning. Men jag tror att de här informationerna han skaffar sig paras ihop med ett stort mått av förutseende. Låt oss anta att han har spekulerat i möjligheten att vi hittar honom. Att vi följer honom tätt i spåren. Åtminstone bör den tanken ha föresvävat honom sen jag dök upp på den där baren i Köpenhamn. Vad gör han? Han förbereder en flykt. Men lämnar samtidigt en hälsning till oss. Som han inser att vi kommer att hitta. I detta papperslösa hus.

– Men varför skulle han ha gjort det? Vad är hans avsikt?

Det var Martinsson som ställde en fråga igen.

– Han retar oss. Det är inte ovanligt. Att galningar försöker förödmjuka polisen. Han måste ju ha triumferat efter Köpenhamn. Att våga sig ut när bilden av Louise just varit publicerad i danska tidningar och sen klara sig undan mig.

– Ändå verkar det mycket egendomligt. Att vi ska hitta det samma dag han anger att han ska slå till igen.

– Han kunde inte veta att det var just i natt vi skulle komma hit.

Wallander hörde hur vag och tveksam hans tankegång hade varit. Därför lät han den nu falla.

– Vi måste ändå ta det här på allvar, sa han. Att han tänker slå till idag.

– Har vi överhuvudtaget nånting att utgå ifrån?

Frågan hade kommit från dörren. Där stod Thurnberg.

– Nej, sa Wallander. Vi har ingenting. Det är lika bra att vi erkänner det.

Ingen sa någonting. Wallander insåg att han måste bryta den uppgivenhet som höll på att sprida sig.

– Det finns bara en enda sak vi kan göra, sa han. Gå igenom allt utredningsmaterial på nytt. Göra ytterligare ett återtåg. Och hoppas att vi då kan upptäcka nåt vi inte sett tidigare. Ett mönster. Som också talar om för oss vem den här nionde personen är. Trots allt är det en förutsättning som dramatiskt har förändrats. Vi vet vem mördaren är som vi letar efter. En före detta ingenjör som omskolat sig till brevbärare.

– Du tror alltså att det kan vara så? sa Thurnberg. Att det finns en avläsbar logik i den här mannens agerande? Som vi inte har sett tidigare?

– Mitt svar måste bli att jag inte vet. Men jag kan framförallt inte se att vi har nåt alternativ. Annat än att passivt vänta på att ytterligare en katastrof ska inträffa.

Klockan hade blivit tjugo minuter över fem. Wallander föreslog att de skulle mötas klockan åtta igen. Det skulle ge alla möjlighet att vila någon timme. Bevakningen på gatan skulle fortsätta. Dessutom skulle man nu börja väcka de som bodde i huset. Vad visste de om sin granne? Fastigheten ägdes av ett byggbolag. Wallander menade det vara värt att genast undersöka om fastighetsbolaget kanske hyrde ut ytterligare någon lägenhet till Larstam. Hansson lovade att ta reda på det.

Nyberg väntade tills alla utom Wallander hade gått.

– Det är en mycket välstädad lägenhet, sa han. Men vi har fingeravtryck.

– Nånting annat?

– Egentligen inte.

– Inga vapen?

– Det skulle jag ha talat om.

Wallander nickade. Nyberg var grå i ansiktet av trötthet.

– Du har nog rätt, sa Wallander, när du säger att den här mannen inte tycker om lyckliga människor.

– Hittar vi honom?

– Förr eller senare. Men jag fruktar vad som ska hända den här dagen.

– Kan man inte göra nån sorts allmänt upprop? Gå ut i radion?

– Och säga vad då? Att folk ska akta sig för att skratta? Han har redan valt ut vem det är han ska döda. Förmodligen är det en person som inte har den minsta aning om att nån följer i hans spår.

– Möjligheten kanske är större att vi kan lista ut var han gömmer sig.

– Det är också min tanke. Men vi vet inte hur mycket tid vi har på oss. Dom som dog ute i reservatet gav han sig på under kvällen eller natten. Brudparet dödade han på eftermiddagen. Och Svedberg kan ha blivit skjuten på morgonen. Han slår alltså till när som helst på dygnet.

– Borde man inte också ställa sig en annan fråga? Han kanske inte har nåt gömställe? Ingen annan lägenhet, ingen släkting, ingen sommarstuga? Var gömmer han sig då?

Wallander tänkte att Nyberg naturligtvis hade rätt. Han hade förbisett den möjligheten. Tröttheten grävde djupa spår i hans förmåga att göra bedömningar.

– Hur ser ditt svar ut?

Nyberg ryckte på axlarna.

– Vi vet att han måste ha bil. Man kan alltid rulla ihop sig i ett baksäte. Dessutom är det fortfarande varmt. I värsta fall kan han väl sova ute. Han kanske har byggt en koja nånstans? Eller så har han en båt. Det finns många möjligheter.

– För många, sa Wallander. Och ingen tid att leta.

– Jag förstår vilket helvete du befinner dig i, sa Nyberg. Nåt annat ska du inte tro.

Det var mycket sällan Nyberg gav uttryck för känslosamhet. Wallander kände hans stöd. Just då gjorde det att han kände sig mindre ensam.

När Wallander kommit ner på gatan blev han stående obeslutsam. Han borde gå hem, ta en dusch, sova en halvtimme. Men oron drev honom vidare. En patrullbil körde honom upp till polishuset. Han mådde illa och tänkte att han borde äta någonting. Men han drack bara kaffe och tog sina tabletter mot blodtrycket och det höga blodsockret. Sedan satte han sig vid skrivbordet och började gå igenom utredningsmaterialet. Ännu en gång såg han sig själv i Svedbergs tambur, med Martinsson alldeles bakom sig. Åke Larstam hade varit där och han hade skjutit Svedberg. På vilket sätt deras relation hade sett ut kunde Wallander fortfarande inte avgöra. Men det var ett fotografi av Larstam utklädd till kvinna som Svedberg hade gömt undan. Nu framstod det som alldeles klart för honom vad som var förklaringen till att lägenheten hade gett intryck av att ha varit utsatt för ett inbrott. Larstam tycktes vara maniskt rädd för att lämna personliga spår. Efter det att han skjutit Svedberg hade han letat efter fotografiet i lägenheten.

Svedberg hade alltså haft en hemlighet även för Larstam.

Wallander gick vidare i utredningsmaterialet. Kunde det han visste om händelserna i naturreservatet berätta för honom var Larstam befann sig just nu? Han sökte och spårade utan att han tyckte sig hitta några svar. Inte heller händelserna i Nybrostrand gav någon ledtråd. Var och varannan minut såg han på klockan. Vem var den nionde personen? Han letade och grävde. Men det fanns inget svar.

När klockan blivit åtta samlades de i mötesrummet. När Wallander såg alla dessa trötta och oroliga ansikten runt sig fick han på nytt en känsla av att ha misslyckats. Han hade kanske inte lett dem fel. Men han hade inte lett dem åt rätt håll heller. Eller i alla fall inte ända fram. De stampade fortfarande omkring i detta ingenmansland, utan att veta åt vilket håll de skulle vända sig.

Wallander hade en enda klar tanke i huvudet.

Från och med nu måste de sitta och arbeta tillsammans. De skulle inte lämna högkvarteret om det inte var alldeles nödvändigt. Sökandet skulle försiggå i det utredningsmaterial som fanns tillgängligt, i deras egna huvuden. Inte på gatorna. Först när de hade en hållbar teori om var Larstam kunde befinna sig eller vem som var hans påtänkta offer skulle de skicka ut sina patruller igen. Wallander bad dem hämta sina utredningspärmar och ta med dem till mötesrummet.

– Från och med nu är vi samlade, sa han. Det är från det här rummet spaningen utgår. Ingen annanstans.

De försvann åt olika håll för att hämta det de behövde. Bara Martinsson dröjde sig kvar.

– Har du överhuvudtaget sovit nånting? frågade han.

Wallander skakade på huvudet.

– Det måste du, sa Martinsson bestämt. Vi klarar inte det här om du rasar ihop.

– Jag orkar lite till.

– Du har redan passerat gränsen. Jag lyckades sova en hel timme. Det hjälpte.

– Jag ska ta en promenad, sa Wallander. Jag ska gå hem och byta skjorta. Men inte riktigt än.

Martinsson tänkte säga något. Men Wallander höjde handen. Han orkade inte höra mer utan satte sig vid sin bordsände. Han undrade om han skulle ha krafter att resa sig från stolen igen. När alla hade kommit stängdes dörren. Thurnberg hade lossat på sin slipsknut. Också han hade börjat se trött ut. Lisa Holgersson meddelade att hon fanns på sitt rum och motade undan journalister.

Alla såg på Wallander.

– Vi måste försöka förstå hur han tänker, började han. Var i det här utredningsmaterialet finns svar på just det? Men vi ska inte bara leta oss bakåt i den här utredningen. Några av oss måste också börja leta i hans förflutna. Stämmer det som stod i personakten att han inte har några anhöriga eller finns hans föräldrar i livet? Har han några syskon? Vem minns honom från Chalmers? Hans tidigare arbetsplats? Var fick han sin omskolning till brevbärare? Vårt stora problem är att vi sitter här med en förfärande känsla av att vi inte har tid. Vilket också är sant. Vi måste utgå från att lappen som låg i kökslådan var ett exakt formulerat budskap. Till oss eller till honom själv. Frågan är alltså vad vi ska börja med i hans förflutna.

– Vi ska naturligtvis ta reda på om han har några föräldrar, sa Ann-Britt Höglund. Framförallt kan vi hoppas på att han fortfarande har en mor i livet som är klar i huvudet. En mor känner sina barn. Det vet vi.

– Det är en uppgift för dig, sa Wallander.

– Jag är inte riktigt färdig, fortsatte hon. Sen tycker jag att det finns nåt anmärkningsvärt i det här att han omskolar sig till brevbärare.

– Nyligen var det en biskop som började köra taxi, sa Hansson. Sånt händer.

– Men i alla fall, envisades hon. Jag har hört om den där biskopen. Han var 55 år gammal. Kanske man då har behov av att göra nåt annat innan livet är slut? Men Åke Larstam omskolar sig innan han ens har fyllt 40.

Wallander anade att hon hade kommit på något som kanske var viktigt.

– Du menar att nåt kan ha hänt?

– Varför slutar han? Varför bryter han upp? För mig tyder det på att nåt avgörande har inträffat. Som innebär att han gör ett plötsligt uppbrott.

– En ingenjör, sa Wallander. Som plötsligt bränner sina skepp och ger sig av.

– Han flyttade samtidigt, påpekade Thurnberg. Det kan tyda på att Ann-Britt har rätt.

– Jag ska ta mig an det, sa Wallander. Jag ska ringa den där ingenjörsbyrån. Vad var det den hette?

Martinsson bläddrade.

– Strands Konsultativa Ingenjörsbyrå. Han lämnade den 1985. Då var han alltså 33 år gammal.

– Vi börjar med det här, sa Wallander. Ni andra måste fortsätta att leta i materialet vi har här på bordet. Var kan han befinna sig? Vem är hans nästa offer?

– Borde vi inte ta hit Kjell Albinsson igen? föreslog Thurnberg.

Det är ju möjligt att han kommer på nåt mer. Om han följer våra diskussioner.

– Jag håller med, sa Wallander. Vi tar in honom. Nån måste dessutom köra Larstam i registren. Tydligen är det hans riktiga namn.

– Jag tror inte han finns där, sa Martinsson. Jag har redan letat.

Wallander undrade förvånat när han hade hunnit det. Sedan insåg han att det bara fanns ett svar. Martinsson hade inte talat sanning när han påstått att han sovit en timme. Han hade varit lika verksam som Wallander själv. Han hade ljugit av omtanke.

Wallander kände sig osäker på om han borde bli rörd eller arg. Han valde att bli ingetdera.

– Vi börjar, sa han. Finns det nåt telefonnummer till den där ingenjörsbyrån?

Han slog det nummer någon gav honom och fick hänvisningston. Det nya numret var till en adress i Vaxholm utanför Stockholm. Wallander försökte igen. Den här gången fick han svar.

– Strands Ingenjörer, var det en kvinna som sa.

– Jag heter Kurt Wallander och är kriminalpolis i Ystad. Jag behöver några uppgifter om en tidigare anställd.

– Vem gäller det?

– En ingenjör som heter Åke Larstam.

– Det finns ingen med det namnet som arbetar här.

– Det var just det jag sa. En tidigare anställd. Jag måste be er att lyssna ordentligt.

– Inte den tonen, tack. Hur ska jag kunna veta att ni är polis? Ni kan vara vem som helst.

Wallander höll på att slita telefonen ur väggen. Men han lyckades lugna sig.

– Det är riktigt, sa han. Du kan inte veta vem jag är. Men jag behöver dom här upplysningarna. Åke Larstam slutade 1985.

– Det var före min tid. Då är det bättre att du talar med Persson.

– För att det inte ska bli fler missförstånd lämnar jag mitt telefonnummer. Om han vill kontrollringa till polishuset i Ystad.

Hon skrev upp numret.

– Det är mycket viktigt, sa Wallander. Finns han som heter Persson där?

– Han sitter i ett möte med ett byggnadsföretag. Men jag ska be att han ringer upp när han blir ledig.

– Det går inte, sa Wallander. Han måste bryta mötet och ringa nu.

– Jag ska säga till honom att det är viktigt. Mer kan jag inte göra.

– Du kan hälsa honom en sak till: att en helikopter från polisen i Stockholm kommer att landa på ert tak om han inte har hört av sig inom tre minuter.

Wallander la på luren. Alla i rummet såg på Wallander. Han i sin tur såg på Thurnberg som plötsligt brast i skratt.

– Jag beklagar, sa Wallander. Men jag var tvungen.

Thurnberg nickade.

– Jag hörde ingenting. Absolut ingenting.

Efter mindre än två minuter ringde telefonen. En man presenterade sig som Hans Persson. Wallander förklarade sitt ärende. Utan att nämna vad Larstam var misstänkt för.

– Enligt uppgift slutade han hos er 1985, sa Wallander.

– Det stämmer. Jag tror han gav sig av i november.

– Gav han sig av? Det låter ganska dramatiskt.

– Det var det också.

Wallander tryckte luren tätare till örat.

– På vilket sätt?

– Han fick sparken. Han är faktiskt den enda ingenjör som jag har avskedat. Jag kanske bör förklara att jag är grundare av företaget.

– Vem var då Strand?

– Jag tyckte det lät bättre än Perssons Konsultativa Ingenjörsbyrå. Det har aldrig funnits nån Strand här på företaget.

– Du gav alltså Åke Larstam sparken? Varför det?

– Det är egentligen mycket svårt att svara på. Det viktigaste skälet var ändå att han inte passade in i gemenskapen.

– Varför inte?

– Jag inser att det jag nu säger kommer att låta mycket märkligt.

– Jag är polis. Jag är van.

– Han var för osjälvständig. Han höll alltid med. Trots att vi insåg att han hade en avvikande mening. Det går inte att resonera med en människa som bara tänker på att vara andra till lags. Det för aldrig diskussionen framåt.

– Sån var han?

– Ja. Det gick bara inte längre. Han framförde aldrig en egen idé. Av rädsla för att nån skulle ha en annan åsikt.

472

– Hur var hans tekniska kvalifikationer?

– Utmärkta. Det var aldrig tal om det.

– Hur reagerade han när han blev uppsagd?

– Han reagerade inte alls. Inte som jag kunde se. Jag hade tänkt att han kunde vara kvar ett halvår. Men han försvann direkt. Han gick ut från mitt kontor, hämtade sin rock och var borta. Han kvitterade inte ens ut det avgångsvederlag som han hade rätt till. Han bara försvann.

– Hade du kontakt med honom senare?

– Vi försökte. Men han var borta.

– Vet du om att han blev brevbärare?

– Det förekom vissa kontakter mellan Arbetsförmedlingen och oss. Jag hörde alltså talas om det.

– Vet du om han hade nån nära vän under den där tiden?

– Om hans privatliv visste vi ingenting. Att han inte hade några vänner här på byrån tror jag har framgått. Det hände nån gång att han passade lägenheten eller huset till nån som var bortrest. Men annars höll han sig för sig själv.

– Vet du om han hade syskon? Eller föräldrar i livet?

– Nej. Hans liv utanför byrån var totalt okänt. På ett litet företag som det här skapar det problem.

– Jag förstår. Men jag vill ändå tacka för hjälpen.

– Du förstår nog att jag blir nyfiken. Vad är det som har hänt?

– Efter hand kommer du att förstå. Men just nu kan jag inte säga nånting.

Wallander la på luren med en smäll. En tanke höll på att ta form. Det var något som Persson hade sagt. Att Larstam passade andras lägenheter. Han tvivlade. Men det kunde ändå vara värt att undersöka.

– Vad har hänt med Svedbergs lägenhet? frågade han.

– Ylva Brink sa till mig efter begravningen att hon ännu inte hade börjat tömma den.

Wallander tänkte på de nycklar han fortfarande förvarade i en av sina skrivbordslådor.

– Hansson, sa han. Ta med dig nån och åk ner till Svedbergs lägenhet. Se efter om du har en känsla av att nån har varit där.

– Ingenting annat?

– Nej. Nycklarna ligger i min översta skrivbordslåda.

473

Hansson försvann tillsammans med en av polismännen från Malmö. Klockan var tre minuter i nio. Ann-Britt Höglund höll på att leta efter Larstams föräldrar. Martinsson hade försvunnit för att söka vidare i registren. Wallander gick på toaletten. Han undvek att se på sitt ansikte i spegeln. Sedan återvände han till mötesrummet igen. Någon räckte fram en kartong med smörgåsar. Han skakade på huvudet. Ann-Britt Höglund kom tillbaka.

– Båda Larstams föräldrar är döda.
– Hade han några syskon?
– Två äldre systrar.
– Dom bör vi nog få tag på.

Hon försvann igen. Wallander tänkte på sin egen syster Kristina. På vilket sätt skulle hon beskriva honom om polisen plötsligt började ställa frågor?

Han satte sig vid bordet igen och drog till sig smörgåskartongen. Nu var den tom. Thurnberg talade i telefon. Wallander hörde att det gällde ett sammanträde som skulle ställas in. Martinsson kom tillbaka och hämtade en pärm. Thurnberg avslutade telefonsamtalet. Samtidigt kom Kjell Albinsson in i rummet. Thurnberg tog med honom till ett hörn av rummet och började föra ett lågmält samtal.

Någon började plötsligt ropa ute i korridoren. Wallander reste sig häftigt ur stolen. En polisman dök upp i dörren.

– Det är skottlossning! skrek han. Nere vid Torget.

Wallander visste genast vad som hade hänt.

– Svedbergs lägenhet, ropade han. Är nån skadad?
– Jag vet inte. Men det har varit skottlossning.

Inom mindre än en minut var fyra bilar med påslagna sirener på väg. Wallander satt med sin pistol i handen. Han kramade den så att det gjorde ont. Larstam var alltså där, tänkte han. Vad hade hänt med Hansson? Och kollegan från Malmö? Han anade det värsta. Men tanken var för outhärdlig. Ingenting fick helt enkelt ha hänt.

Wallander var ute ur bilen innan den hade stannat på Lilla Norregatan. En folksamling hade bildats utanför porten till huset. Wallander rusade rakt mot porten. Någon påstod efteråt att han vrålat som en anfallande soldat.

Sedan upptäckte han Hansson och kollegan från Malmö. De var oskadade.

– Vad är det som har hänt? ropade Wallander.

Hansson var mycket blek. Han skakade. Kollegan från Malmö hade satt sig på trottoaren.

– Han var där, sa Hansson. Jag hade just låst upp. Vi stod inne i tamburen. Då dök han upp och sköt. Det var rena turen att vi inte blev träffade. Sen var han borta. Och vi sprang. Det var rena turen. Ingenting annat.

Wallander sa ingenting. Men han visste genast att det inte var sant. Larstam var en skicklig skytt. Han skulle ha skjutit Hansson och kollegan i pannan om han hade velat. Men han ville inte. Det var någon annan som skulle offras just den dagen.

Hansson hade inte haft tur. Han hade bara inte varit den nionde personen.

Wallander var övertygad om att Larstam redan hade lämnat lägenheten bakvägen. Han säkrade alltid sina reservutgångar. Ändå gick de upp först när det fanns skottsäkra västar på plats och gatan hade blivit avspärrad.

Lägenheten var tom. Bakdörren stod på glänt. Larstam har lämnat en hälsning, tänkte Wallander. Den andra dörren på glänt. Han visar oss hur han undkommer.

Martinsson kom ut från Svedbergs sovrum.

– Han har legat där inne på sängen. Nu vet vi i alla fall nåt om hur han tänker. Han hittar sina gömställen i övergivna bon.

– Vi vet hur han *tänkte*, sa Wallander. Vi kan alltså vara säkra på att han inte gör samma sak en gång till.

– Gå ett steg till, sa Martinsson. Vi frågar oss hur han tänker. Men han gör förmodligen samma sak. Hur tänker vi? Kanske vi borde lämna bevakning här? Eftersom vi är övertygade om att han inte kommer tillbaka kanske det är just vad han gör.

– Han kan inte läsa tankar, sa Wallander.

– Jag undrar, sa Martinsson. Det verkar som om han kan vara både steget efter och steget före på en och samma gång.

Wallander svarade inte. Också han hade börjat undra.

Klockan hade blivit halv elva. Wallander var den siste som lämnade Svedbergs lägenhet. Han gjorde det med en känsla av att vara tillbaka på den första rutan igen. För vilken gång i ordningen visste han inte.

En enda sak tyckte han sig kunna vara säker på. Larstam hade ännu inte dödat sin nionde person. Hade han gjort det skulle Hans-

475

son vid det här laget ha varit död. Som den tionde. Och kollegan från Malmö den elfte.

Varför väntar han? tänkte Wallander. För att han måste? För att det offer han har utsett ännu inte är tillgängligt? Eller finns det någon annan förklaring?

Wallander gick nerför trapporna.

Frågorna tycktes oändligt många.

Men han hade inte ett enda svar.

Det var som han nyss hade tänkt.

Han var tillbaka igen på ruta nummer ett.

34

Efteråt hade han upplevt en vag känsla av ånger.

Kanske skulle han trots allt ha siktat mot de två männens huvuden? De som hade väckt honom, gjort intrång ända in i hans drömmar, genom att öppna dörren och klampa in i tamburen.

Att de hade varit poliser hade han genast förstått. Vem skulle annars haft anledning att stiga in i den lägenhet som fortfarande tillhörde Karl Evert, trots att han nu var både död och begraven. Att de hade kommit för att söka efter honom hade varit lika givet. Någon annan förklaring kunde inte finnas.

Men ännu en gång hade han kommit undan. Det var både en lättnad och en tillfredsställelse. Även om han inte hade väntat att det skulle ske hade han naturligtvis förberett sig. Han hade låst upp till baktrappan och sedan lutat en stol mot insidan av ytterdörren. Den skulle falla om någon låste upp. Pistolen hade han haft liggande bredvid sig i sängen. Han hade heller inte tagit av sig skorna.

Ljuden från gatan hade oroat honom. Det var inte som i hans eget ljudisolerade rum. En tystnad som också den var ett gömställe. Han hade flera gånger försökt övertala Karl Evert att göra om sovrummet, stänga ljuden ute. Men det hade aldrig blivit av. Och nu var det för sent.

Han hade drömt om sin barndom när han blivit väckt. Bilderna hade varit undanglidande och otydliga. Men han hade stått bakom en soffa, han hade varit mycket liten, och han hade hört människor, förmodligen hans föräldrar, som grälat. En mansröst, hård och befallande. Det hade varit som om en skrämmande fågel hade flaxat till ovanför hans huvud. Sedan hade han hört en kvinnostämma. Den hade varit svag och rädd. Han hade upplevt det som om det varit sin egen röst han hört, trots att han stod stum och osynlig bakom soffan.

Det var då han hört ljuden från tamburen. De hade brutit sig in i drömmen med våld. När stolen föll hade han redan varit uppe ur sängen med pistolen i handen.

Nu tänkte han att han ångrade sig. Även om det skulle ha varit att avvika från den ursprungliga planen. Kanske han ändå borde ha skjutit ihjäl dem?

Han hade lämnat huset med pistolen i jackfickan. Bilen hade han parkerat nere vid järnvägsstationen. På avstånd hade han hört sirener. Han hade kört ut i Sandskogen och sedan vidare mot Österlen. Men han hade stannat redan i Kåseberga. Tagit en promenad nere i hamnen. Funderat på vad han skulle göra. Fortfarande kände han behov av att sova. Men han insåg också att klockan redan hade blivit mycket. Han kunde inte veta när den polisman som hette Wallander skulle bestämma sig för att gå hem. Då måste han redan befinna sig i lägenheten. Han hade bestämt att det skulle ske idag. Det kunde han inte ändra på, eller riskera att se hur tillfället gled honom ur händerna.

När han kom längst ut på piren hade han fattat sitt beslut. Han körde tillbaka mot Ystad. Bilen parkerade han på baksidan av det hus han skulle besöka. Ingen märkte honom när han gled in genom porten på Mariagatan. Han ringde på dörren och lyssnade. Det var ingen där.

Då låste han upp och satte sig i vardagsrummets soffa att vänta. Pistolen hade han lagt på bordet framför sig.

Klockan hade blivit några minuter över elva.

*

Både Hansson och polismannen från Malmö hade blivit chockade av händelserna på Lilla Norregatan. De hade inte tagit kroppslig skada, men ingen av dem klarade av att fortsätta arbeta. Hansson hade visserligen velat, nästan insisterat. Men Wallander hade talat med honom och insett att Hansson mådde mycket sämre än vad han ville erkänna. Med polismannen från Malmö hade det varit enklare. En läkare vid sjukhuset hade omedelbart gett besked om att han var i mycket dålig psykisk kondition.

Spaningsgruppen hade därmed minskat med två personer. När Wallander åter samlade sina medarbetare efter den kaotiska händelsen nere vid Lilla Norregatan märkte han hur spänd stämningen var. Lisa Holgersson tog honom åt sidan och frågade om det inte nu var dags att kalla in massiva förstärkningar från omkringliggande polisdistrikt. Wallander vacklade, inte minst på grund av sin egen trötthet och känsla av tillkortakommande. Men han sa ändå nej. Det var inte förstärkningar de behövde. Utan koncentration. Ingenting skulle gå lättare för att polisbilar rusade fram och tillbaka längs gatorna. Vad de behövde var tid att fortsätta sitt lugna och åtminstone hjälpligt metodiska sökande efter den punkt i utredningen där dörrarna slogs upp.

– Finns den punkten? frågade hon. Eller är det nåt som du bara hoppas?

– Jag vet inte, svarade han.

Sedan satte de sig runt mötesbordet igen. Stämningen var orolig och hetsig. Wallander försökte styra så gott det gick. Hela tiden återvände han till det som först och främst gällde. Var befinner sig Larstam nu? På en plats där vi kan komma åt honom? Vem är hans nästa offer? Den nionde personen? Och vad hade händelserna på Lilla Norregatan berättat?

Martinsson hade inte hittat något vid den första körningen i polisens register. Åke Larstam hade aldrig haft med rättvisan att göra. Nu hade Martinsson lämnat över till en annan polisman som skulle rota sig djupare ner i källarvalven för att se om det någonstans ändå fanns ett avtryck av Larstam. Ann-Britt Höglund hade fortfarande inte lyckats spåra de två systrarna. Nu när Hansson var borta bad Wallander henne tills vidare att vänta. Han behövde henne i sin närhet, kände han. Systrarna fick komma senare. Allt fick komma senare. Bara de hittade honom. Innan han hade ställt sig med ett lyft vapen framför den okända nionde personen.

– Vad vet vi? sa Wallander. För vilken gång i ordningen han ställde frågan visste han inte.

– Han är kvar i stan, svarade Martinsson. Det är med andra ord här eller nånstans i närheten han kommer att slå till igen.

– På nåt sätt måste han påverkas, sa Thurnberg som sällan yttrade sig. Han vet att vi är honom i hälarna. Han kan inte vara helt oberörd av vår närvaro.

– Det är möjligt att han vill ha det så här, sa Wallander. Det kan vi inte veta. Men det kan naturligtvis också vara så att du har rätt. Vi har rökt ut honom två gånger inom ett dygn. Han märker att saker och ting faller samman runt honom. Hans noggrant uppgjorda planer börjar brista. Men vad det i sin tur leder till för reaktioner kan vi inte veta.

Kjell Albinsson satt för sig själv i ett hörn av rummet. Vad han hade fått för instruktioner av Thurnberg visste inte Wallander. Men plötsligt upptäckte han att Albinsson ville säga någonting. Han nickade åt honom. Albinsson reste sig och kom fram till bordet.

– Jag vet inte om det betyder nånting, sa han med osäker röst. Men jag kom på att det gick ett rykte om att nån hade sett Larstam vid ett tillfälle nere i småbåtshamnen. Det var förra sommaren. Det är alltså möjligt att han har en båt.

Wallander slog ena handen i bordsskivan.

– Hur pass säkert är det här ryktet?

– Det var en av brevbärarna som hade sett honom. Han var säker.

– Men han såg aldrig Larstam stiga ner i nån båt?

– Nej. Men han hade visst haft en bensindunk i handen.

– Då kan vi utesluta att han seglar, sa en av poliserna från Malmö. Han möttes genast av protester.

– Segelbåtar har hjälpmotorer, sa Martinsson. Vi kan inte utesluta nånting. Inte ens att han äger ett sjöflygplan.

Martinssons sista uttalande höll i sin tur på att mötas av protester. Men Wallander höll tillbaka dem.

– En båt kan naturligtvis fungera som ett gömställe, sa han. Frågan är hur mycket vi ska satsa på det här.

Han vände sig till Albinsson igen.

– Du är säker på att du minns rätt?

– Ja.

Wallander såg på Thurnberg som nickade.

– Civilklädda spanare ska ner i småbåtshamnen, sa Wallander. Det hela ska ske diskret, med fart och utan frågor. Vid minsta misstanke om att Larstam finns där ska dom dra sig tillbaka. Sen får vi avgöra hur vi går vidare.

– Där är säkert mycket folk, sa Ann-Britt Höglund. Med det här vädret.

Martinsson och en av poliserna från Malmö gav sig av till småbåtshamnen. Wallander hade bett Albinsson sätta sig vid bordet.

– Frågan är nu om du har kommit på nåt mer, sa han. Nyss dök småbåtshamnen upp. Har du fler såna hamnar vore det bra om vi fick reda på det nu.

– Allt är så förvirrande, svarade han. Jag har försökt tänka efter.

Det är väl först nu jag har insett hur lite jag egentligen visste om honom.

Wallander förstod att svaret var ärligt. Albinsson gick och satte sig i sitt ensamma hörn igen. Wallander såg på klockan. Halv tolv. Vi tar honom inte, tänkte han. När som helst kommer beskedet om att ytterligare en person är död.

Ann-Britt Höglund förde över samtalet på motivet. Varför gjorde Larstam egentligen allt det här? Varför detta dödande?

– Det måste vara nån sorts hämnd, sa Wallander.

– Hämnd för vad? undrade hon. För att han en gång fick sparken från en ingenjörsbyrå? Det hänger inte ihop. Vad har ett brudpar med hans avsked att göra? Dessutom verkade det ju som om han tog ganska lätt på sitt avsked. Sen omskolar han sig till brevbärare.

– Frågan är varför han valde just det yrket, sa Wallander. Steget från att vara ingenjör till att bära ut brev är stort. Men kan han redan den gången ha varit på väg att utveckla sin förfärliga plan? Eller var det nåt som kom senare?

– Det kan vi inte veta.

– Lika lite det som så mycket annat.

Samtalet dog ut. Wallander såg på sin klocka. Han väntade på det han fruktade skulle komma. Han reste sig för att hämta kaffe. Ann-Britt följde med honom.

– Motivet är ett helt annat, sa Wallander när de stod i matrummet med sina kaffemuggar. Även om det kanske finns ett hämndbehov längst ner i grunden. Men Larstam dödar människor som på olika sätt har det bra. Som är glada. Nyberg slogs av den tanken ute i Nybrostrand. Viktigare ändå är att Albinsson kunde bekräfta den. Åke Larstam tycker inte om människor som skrattar.

– Han måste vara mer galen än vi tror. Man dödar väl inte människor bara för att dom är lyckliga? Vad är det då för värld vi lever i?

– Det är kanske just som du säger, sa Wallander. Frågan är ytterst vad det egentligen är för värld vi lever i. Men tanken är alldeles för outhärdlig för att vi egentligen ska orka tänka den. Frågan är om inte det vi fruktar ska ske redan har inträffat. Steget efter rättssamhällets slutliga förfall, om man nu kan uttrycka sig så. Ett samhälle där allt fler människor känner sig obehövda eller direkt oönskade. Då vi kan förvänta oss ett våld som helt saknar logik. Som håller på att bli en naturlig beståndsdel i vår vardag. Vi klagar över utvecklingen. Ibland undrar jag om det egentligen inte har gått mycket längre än vi egentligen inser.

Han skulle just fortsätta sin tankegång när han fick besked om att Martinsson var i telefon. Wallander spillde kaffe på sin skjorta när han sprang tillbaka till mötesrummet.

– Det verkar inte ge nåt resultat, sa Martinsson. Jag har i stor diskretion gått igenom registret över dom som har båtplatser här. Men ingen finns i Åke Larstams namn.

– Har ni gått runt på bryggorna?

– Han verkar inte finnas här.

Wallander tänkte efter.

– Kan han ha sin båt på en plats som är hyrd i annat namn? Kan han ha uppgett falskt namn?

– Den här småbåtshamnen är inte större än att dom flesta känner varandra. Jag tror knappast Larstam skulle vågat sig på att hyra här under falskt namn. Det verkar inte stämma med hans försiktighet.

Wallander gav sig inte riktigt än.

– Nån annan kan ha hyrt båtplatsen?

– Vem? Åke Larstam har ju inga vänner.

– Jag förutsätter att du har sett efter om Svedbergs namn finns i registret?

– Jag tänkte faktiskt på det. Men det finns ingenting.

En annan tanke for genom Wallanders huvud. Han tänkte först låta den fara förbi. Men sedan grep han den.

– Se igenom registret ännu en gång, sa han. Påminn dig alla namn som har funnits med i den här utredningen. Mitt i eller i periferin. Ett namn som plötsligt dyker upp på nytt.

– Du tänker till exempel på Hillström eller Skander?

– Just det.

– Jag förstår hur du menar. Men tror du verkligen det är rimligt?

– Ingenting är rimligt. Gå igenom allt igen. Hör av dig om du hittar nånting.

Wallander la på. Kaffefläcken lyste brun på hans vita skjorta. Han trodde att han hade en sista ren skjorta kvar i sin garderob. Det skulle ta honom mindre än tjugo minuter att åka hem och byta. Men han ville vänta tills Martinsson hade hört av sig igen. Thurnberg hade kommit bort till honom.

– Jag tänker skicka iväg Albinsson, sa han. Jag tror inte han har nåt mer att tillföra.

Wallander reste sig, gick bort till Albinsson och tog i hand.

– Du har varit till stor hjälp.

– Jag förstår det fortfarande inte.

– Det gör nog ingen av oss.

– Det här får inte komma ut, sa Thurnberg. Då kan det bli tråkigheter.

Albinsson lovade och lämnade sedan rummet. Wallander gick på toaletten. Sedan började han fundera på Svedbergs stjärnkikare. Varför hade någon ställt in den hemma hos Björklund? Han gick tillbaka till mötesrummet igen.

– Är det nån som vet var Nyberg befinner sig?

– Han sitter inne i Hanssons rum och telefonerar.

– Om Martinsson ringer är jag där.

Wallander gick till Hanssons rum. Nyberg satt med telefonluren vid örat och skrev på ett block. Han såg upp när Wallander kom in. Han kunde höra att Nyberg talade med SKL i Linköping. Samtalet tog slut.

– Vi får besked under dagen, sa Nyberg. Om det är Larstams tummar som går igen.

– Det måste det vara, sa Wallander. Vi behöver inte ett svar. Vi behöver en bekräftelse.

– Vad händer om vi för ett ögonblick antar att det *inte* är Larstams fingrar?

– Då lämnar jag ifrån mig ledningen för spaningsarbetet.

Nyberg begrundade det Wallander hade sagt. Han hade satt sig ner i Hanssons stol.

– Stjärnkikaren, sa Wallander. Varför stod den hemma hos Björklund? Vem hade ställt dit den?

– Kan det ha varit nån annan än Larstam?

– Men varför?

– Kanske för att förvirra. Skapa oreda i våra huvuden. Ett försök att skjuta över skulden på Svedbergs kusin.

– Larstam måste ha tänkt på nästan allting.

– Om han inte har tänkt på allt kommer vi förr eller senare att hitta luckan. Och då tar vi honom.

– Vi bör alltså hitta hans fingeravtryck på stjärnkikaren också?

– Om han inte har torkat bort dom.

Det ringde på telefonen. Wallander högg luren. Det var Martinsson igen.

– Du hade rätt.

Wallander reste sig så häftigt att stolen ramlade.

– Vad har du?

– En båtplats i Isa Edengrens namn.Jag har dessutom sett på kontraktet. Om det nu är Larstam som har förfalskat hennes namnteckning har han gjort det mycket skickligt. Jag minns hur hon skrev. Mannen som tog emot kontraktet har jag pratat med. Han sa att det var en kvinna som kom hit.

– Mörkhårig?

– Just det. Louise.

– Men det kunde alltså inte båtklubben veta?

– Hon hade dessutom meddelat att det mest var hennes bror som skulle använda båten.

– Larstam är skicklig, sa Wallander.

– Det är en gammal träsnipa, fortsatte Martinsson. Den är överbyggd och har alltså sovplatser ombord. Det ligger en segelbåt alldeles intill den på ena sidan. På den andra är det tomt.

– Jag kommer ner, sa Wallander. Håll er undan från bryggan. Har ni för övrigt kommit ihåg att se er över axeln? Om han skulle vara på väg. Jag tror vi kan utgå från att han är mycket försiktig nu. Innan han närmar sig sin båt håller han säkert hamnen under uppsikt.

– Det har vi nog inte tänkt på så mycket som vi borde.

Wallander avslutade samtalet och förklarade hastigt för Nyberg vad som hade hänt. Han återvände till mötesrummet. Ann-Britt Höglund skulle tillsammans med Thurnberg förbereda en utryckning om det blev aktuellt.

– Vad gör du om han finns ombord? frågade hon.

Wallander skakade på huvudet.

– Jag vet inte. Jag måste se hur det ser ut först.

Klockan hade blivit ett när Wallander kom ner till småbåtshamnen. Det var varmt och blåste en svag bris från sydväst. Wallander hade kommit ihåg att ta med sig en kikare. På avstånd kunde de betrakta båten.

– Den ger intryck av att vara övergiven, sa Martinsson.

– Finns det människor ombord på segelbåten till vänster? frågade Wallander.

– Den är tom.

Wallander lät kikaren vandra över båtarna. I många sittbrunnar fanns människor.

– Vi kan inte ställa till med skottlossning här, sa Martinsson. Vi kan knappast heller tömma hamnen på människor.

– Vi kan inte heller vänta, sa Wallander. Vi måste veta om han finns ombord eller inte. Är han där måste vi ta honom. Är han inte där så vet vi i alla fall det.

– Ska vi börja spärra av?

– Nej, sa Wallander. Jag tänker gå ombord.

Martinsson ryckte till.

– Är du galen?

– Det tar minst en timme att spärra av här och få bort alla människor. Den tiden har vi inte. Jag går ombord. Du får täcka mig från bryggan. Jag gör det fort. Han sitter knappast och spanar. Är han där tror jag han ligger och sover.

Martinsson var helt avvisande.

– Jag kan inte gå med på det, sa han. Det kan sluta med rena katastrofen.

– Det är en sak till, sa Wallander. Som du nog inte har tänkt på. Men Larstam sköt inte Hansson och kollegan från Malmö. Ingen ska få mig att tro att han missade. Det var bara det att ingen av dom var den nionde personen.

– Vilket alltså inte du heller är?

– Knappast.

Martinsson hade ytterligare en invändning.

– Det här är en båt i en hamn. Det finns ingen baktrappa han kan försvinna genom. Vad ska han göra? Hoppa i hamnbassängen?

– Den risken får vi ta, sa Wallander. Att bristen på reservutgång kan förändra allting.

Martinsson gav sig inte.

– Jag menar att det är oansvarigt.

Wallander hade redan fattat sitt beslut.

– Då gör vi som du säger. Åk upp till polishuset och se till att vi får full utryckning hit ner. Jag vaktar så länge.

Martinsson gav sig av. Polismannen från Malmö skickades av

Wallander att hålla uppsikt över parkeringsplatsen och vägen till båthamnen.

Wallander gick ut på bryggan. Han insåg att det han höll på att göra var ett flagrant brott mot de mest grundläggande polisreglerna. Han skulle ge sig in i en situation där han kunde ställas mot en man som var fullständigt hänsynslös. Han skulle göra det ensam, utan uppbackning, och han skulle göra det utan att platsen ens var avspärrad.

Det lekte några pojkar på bryggan. Wallander försökte göra sig myndig och sa åt dem att de fick hållas uppe på land. I fickan hade han sin pistol. Han hade redan osäkrat den. På avstånd försökte han beräkna om han klarade att hoppa från bryggan. Vad skulle han göra sedan? Om Larstam fanns ombord skulle han se honom genom styrhyttens framruta. Wallander skulle vara alldeles oskyddad.

Han insåg att det inte gick. Den enda möjligheten var att han tog sig ombord bakifrån, genom att riva upp kapellet. Men till det behövde han en båt. Han såg sig runt. Strax intill honom låg en lustjakt där det tydligen pågick en mindre fest i den väl tilltagna sittbrunnen. Vid sidan av båten flöt en liten röd jolle. Wallander betänkte sig inte. Han klev ombord och visade sin polislegitimation för de förvånade människorna.

– Jag behöver låna jollen, sa han.

En skallig man med ett vinglas i handen hade rest sig.

– Varför det? Har det hänt en olycka?

– Ingen olycka, svarade Wallander. Och det finns heller ingen tid att svara på frågor. Ni håller er kvar här i båten. Ingen går in på bryggan. Den som gör det kommer att få efterräkningar. Är det förstått?

Ingen sa någonting. Wallander klättrade klumpigt ner i jollen. Han fumlade med årorna tills han tappade den ena. När han böjde sig efter den höll pistolen på att halka ur fickan. Han svor och svettades, men fick till sist ordning på årorna. Den skallige mannen hade lösgjort fånglinan. Wallander rodde iväg. Han undrade om jollen skulle sjunka under hans tyngd. Försiktigt närmade han sig träsnipan bakifrån. Han tog emot med ena handen när han kom fram till aktern. Båten hade inombordsmotor, såg han. Han kände hur hjärtat bankade. Försiktigt, för att inte sätta snipan i gungning, la han fast fånglinan. Sedan lyssnade han. Det enda han hörde var sina egna hjärtslag. Han hade pistolen i handen nu. Försiktigt började han knäppa upp kapellet. Fortfarande ingen rörelse. När han hade knäppt upp tillräckligt kom det svåraste momentet. Han skulle fälla upp det samtidigt som han måste flytta sin egen kropp åt sidan. Annars skulle han utgöra ett perfekt mål för någon som satt därinne med ett vapen i handen. Huvudet var alldeles tomt. Handen som höll i vapnet var svettig och skakade.

Sedan vräkte han undan kapellet och kastade sig själv åt sidan. Jollen vaggade till så att han höll på att hamna i vattnet. Men han lyckades hugga tag i en fender. Ingenting hade hänt. Han slet med ett enda tag upp kapellets ena sida. Sittbrunnen var tom. De små mahognydörrarna till den nedre kajutan var öppna. Han kunde se dit ner. Kajutan var tom. Han tog sig ombord i båten. Fortfarande hade han pistolen i handen. Det var två trappsteg ner till de två britsarna och de små runda ventilerna. Ingen var där. Där fanns heller inga sängkläder, bara madrasser med plastöverdrag.

Wallander steg upp i sittbrunnen igen. Han var genomvåt av svett. Pistolen stoppade han tillbaka i fickan. Sedan rodde han tillbaka med jollen. Människorna med vinglasen stod vid relingen och stirrade på honom. Den skallige tog emot fånglinan. Wallander klättrade ombord.

– Nu kanske man kan få en förklaring, sa han.

– Nej, sa Wallander.

Han hade bråttom nu. Utryckningen kunde vara på väg. Det måste han förhindra. Larstam hade inte funnits i båten. Det kunde innebära att de för första gången befann sig ett steg före honom. Wallander stod på bryggan och ringde till Martinsson.

– Vi är just på väg, sa han.

– Ställ in! ropade Wallander. Inte en bil hit ner. Kom ensam.

– Har det hänt nåt?

– Han är inte här.

– Hur vet du det?

– Jag vet.

Martinsson tystnade.

– Du gick ombord, sa han sedan. Eller hur?

– Det är bråttom, sa Wallander. Resten kan vi tala om en annan gång.

Martinsson kom efter fem minuter. Wallander förklarade sin tanke, att Larstam kunde vara på väg. När Martinsson fick syn på det upprivna kapellet skakade han på huvudet.

– Vi måste återställa det, sa Wallander. Medan en av oss vaktar här på bryggan. Om han skulle komma. Hamnen ska hållas under bevakning.

Martinsson ställde sig på bryggan och höll uppsikt mot land. Wallander gick hastigt igenom sittbrunnen och de nedre kojplatserna. Han fann ingenting. Larstam lämnade aldrig papper efter sig. När kapellet var på plats återvände han upp till bryggan.

– Hur kom du ombord? frågade Martinsson.

– Jag lånade en jolle.

– Du är galen.

– Kanske. Men jag är inte helt säker på att du har rätt.

Martinsson gick och talade med polismannen som Wallander skickat upp till parkeringsplatsen. Nu skulle han bevaka hamnen och bryggan. Martinsson ringde också efter ytterligare poliser.

– Du borde åka hem och byta skjorta, sa Martinsson och såg granskande på Wallander.

– Jag ska, sa han. Men först behöver vi gå igenom det här med dom andra.

På polishuset var det ingen som ställde några frågor om hur han hade kommit ombord i båten. Ingen tänkte heller på att fråga om han hade gjort det ensam. Martinsson satt stum vid bordet. Wallander insåg hur upprörd han var. Men det var ingenting han kunde göra någonting åt nu.

– Vi kan för första gången ligga ett steg före honom, sa Wallander. Men det behöver naturligtvis inte betyda att han kommer att sova i båten. Han räknar förmodligen med möjligheten att vi redan har hittat den.

– Då är vi alltså tillbaka vid utgångspunkten igen, sa Ann-Britt Höglund. Finns det verkligen ingenting vi kan göra för att spåra honom? Och vem är den här nionde personen?

– Vi måste fortsätta att leta, sa Wallander. Han hade använt Isa Edengrens namn för att hyra sin båtplats. Han följer inga mönster. Varje steg han tar överraskar oss. Det enda vi kan göra är att leta vidare i utredningen. Nånstans finns den springande punkten. Som kommer att öppna allting. Det är jag övertygad om.

Wallander hade en stark känsla av att han hade börjat mässa. Som om han skulle övertyga ett antal otrogna medarbetare om den enda sanna läran. Han visste å andra sidan inte vad han skulle göra istället. För ögonblicket hade han bara en enda oprövad tanke i huvudet.

– Isa Edengren, sa han. Varför valde Larstam hennes namn? Är det en tillfällighet? Eller ligger det nånting bakom det valet?

– Isa ska begravas i övermorgon, sa Martinsson.

– Jag vill att nån ringer hennes föräldrar. Och att nån av dom kommer hit. Jag vill undersöka historien med den där båtplatsen närmare.

Wallander reste sig.

– Innan dess tänker jag ta tjugo minuter på mig att åka hem och byta skjorta.

Ebba hade kommit in i rummet med flera kartonger som innehöll smörgåsar.

– Om du ger mig nycklarna kan jag åka hem till dig, sa hon. Det är inget besvär.

Wallander tackade nej. Han var i stort behov av att komma ifrån, om så bara för tjugo minuter. Han skulle just lämna rummet när telefonen ringde. Ann-Britt Höglund svarade och gav genast tecken åt Wallander att stanna kvar.

– Det är polisen i Ludvika, sa hon. En av Åke Larstams systrar bor där.

– Jag skickade ut en rundfråga, sa Martinsson. Tydligen har dom hittat ett svar.

Wallander bestämde sig för att stanna. Han såg sig om efter Ebba. Men hon hade gått. Martinsson hade övertagit telefonen. Wallander satt på bordshörnet och stirrade på kaffefläcken på sin skjorta. Ann-Britt Höglund hade satt sig vid en annan telefon och ringde till Isa Edengrens föräldrar. I samma ögonblick hon fick svar la Martinsson på.

– Berit Larstam, sa han. 47 år, arbetslös socionom. Hon bor i Fredriksberg. Var det nu ligger.

– Vapenstölden, sa Wallander. Larstam kan alltså ha varit där uppe och hälsat på sin syster.

Martinsson viftade med en lapp. Sedan började han slå numret.

Wallander kände sig för ett ögonblick överflödig. Han tänkte att han kunde gå ut i receptionen och ge Ebba nycklarna. Han hittade henne inte i receptionen. Förmodligen hade hon gått på toaletten. Wallander återvände till mötesrummet igen. Martinsson hade fått svar. Ann-Britt Höglund satt med rynkad panna och lyssnade i sin telefon. Wallander travade fram och tillbaka i rummet. Thurnberg hade försvunnit. Wallander började kasta använda kaffemuggar i en papperskorg. Ann-Britt Höglund la på och svor.

– Pappan lovade att komma hit, sa hon. Axel Edengren. Jag tror vi kan förvänta oss en ganska så arrogant herre som inte tycker om poliser.

– Varför inte det?

– Han föreläste länge för mig om hur odugliga vi var. Jag höll på att börja svära åt honom.

– Det borde du ha gjort.

Martinsson hade nu blivit färdig med sitt telefonsamtal.

– En gång vart tredje år brukade Åke Larstam komma på besök, sa han. Jag fick ett intryck av att deras kontakt inte var särskilt djupgående.

Wallander stirrade häpet på Martinsson.

– Var det allt?

– Vad menar du med det?

– Frågade du henne inget mer?

– Naturligtvis gjorde jag det. Men hon bad att få ringa tillbaka. Hon var upptagen med nånting.

Wallander märkte att han höll på att bli grinig. Och Martinsson försvarade sig. Det blev tyst i rummet. Wallander reste sig och gick på nytt ut i receptionen. Ebba var tillbaka på sin plats bakom glasrutan.

– Jag måste nog ändå be dig, sa han och gav henne nyckelknippan. Jag tror det finns en ren skjorta i garderoben, sa han. Om inte får du ta nån av dom som ligger i smutskorgen.

– Jag har ordnat det förr, svarade hon. Jag klarar det nog en gång till.

– Har du nån som kör?

– Jag har min gamla PV, sa hon. Har du glömt det?

Wallander log. Han stod och såg henne gå ut från polishuset. Han tänkte på hur fort hon hade åldrats de senaste åren.

Det första han gjorde när han kommit tillbaka till mötesrummet var att be Martinsson om ursäkt för sin griniga kommentar en stund tidigare.

Sedan fortsatte de.

Klockan hade blivit tio minuter över två.

35

När Axel Edengren dök upp på polishuset hade Ebba ännu inte återvänt. Wallander undrade varför det tog så lång tid. Kunde det bero på att Ebba helt enkelt inte hade hittat någon ren skjorta? Det var med en vag förnimmelse av obehag Wallander gick ut i receptionen för att ta emot Edengren. Kanske inte främst för att hans skjorta var fläckig. Utan mer för att han påminde sig den känsla han tidigare hade haft inför den egendomliga behandling Edengrens hade utsatt sin dotter för. Han undrade vad det var för en man han egentligen skulle komma att möta. För en gångs skull var det också som om verkligheten kom att överensstämma med den bild han hade gjort upp. Axel Edengren var mycket lång och kraftig. Han var en av de största män Wallander någonsin hade sett. Han hade stickigt, kortklippt hår, och intensiva ögon. Det fanns något frånstötande och tungt över honom. Till och med hans handslag var avvisande. Wallander hade bestämt sig för att ta med honom till sitt eget kontor. När de gick genom korridoren hade Wallander en känsla av att en hotfull buffel kom travande precis bakom, beredd att när som helst sätta hornen i honom. Wallander pekade på sin besöksstol. Edengren satte sig tungt. Det knakade i stolen. Men han tycktes inte ha märkt det. Han började tala innan Wallander ens hade hunnit slå sig ner i skrivbordsstolen.

– Det var ni som fann min dotter, sa han. Hur kom det sig att ni hade rest till Bärnsö?

– Det går bra att säga du, svarade Wallander.

Edengrens svar kom oväntat häftigt.

– Jag föredrar att säga ni. Till folk jag inte känner. Och som jag bara träffar en gång. Vad gjorde ni på Bärnsö?

Wallander försökte bestämma sig för om han skulle bli arg eller inte. Den tunge mannens framtoning irriterade honom. Samtidigt trodde han sig inte om att ha tillräckligt med krafter att börja hävda sin normala auktoritet.

– Jag hade skäl att tro att Isa fanns där ute. Vilket ju också visade sig vara sant.

– Jag har fått händelserna beskrivna för mig. För mig är det en gåta att ni kunde låta det här hända.

– Det var ingen som lät nånting hända. Hade jag haft den minsta möjlighet att ingripa hade jag naturligtvis gjort det. Jag antar att det också gäller dig. Inte bara i förhållande till Isa. Utan även till Jörgen.

Edengren ryckte till när Wallander nämnde sonens namn. Det var som om han hade tvärstannat under en språngmarsch. Wallander grep tillfället att föra samtalet åt det håll han ville ha det.

– Tiden medger inte att vi just nu talar om det som har hänt. Låt mig bara säga att jag naturligtvis beklagar sorgen efter Isa. Jag träffade henne vid några tillfällen och fick ett gott intryck av henne.

Återigen skulle Edengren säga något. Men Wallander släppte inte greppet.

– Det gäller en båtplats här i Ystad, fortsatte han, som har ett kontrakt tecknat i Isa Edengrens namn.

Edengren såg misstänksamt på Wallander.

– Det är lögn.

– Det är alldeles sant.

– Isa hade ingen båt.

– Det tror jag inte heller. Har du haft nån båtplats tidigare?

– Mina båtar finns på en marina i Östergötland.

Wallander hade ingen orsak att betvivla det Edengren sa. Han gick vidare.

– Förmodligen är det så att nån annan har tecknat kontrakt i din dotters namn.

– Vem då?

– Den person vi misstänker för att ha dödat henne.

Edengren stirrade på Wallander.

– Vem är det?

– Han heter Åke Larstam.

Ingen reaktion. Edengren visste inte vem det var.

– Har ni gripit honom?

– Inte än.

– Varför inte? Om han dödade min dotter.

– Vi har ännu inte lyckats spåra honom. Det är därför du är här. För att underlätta vårt arbete.

– Vem är han?

– Av olika skäl kan jag inte ge dig alla dom informationer vi har.

493

Låt mig bara säga att han under dom senaste åren har arbetat som lantbrevbärare.

Edengren skakade på huvudet.

– Ska jag uppfatta det här som ett skämt? Skulle en brevbärare ha dödat Isa?

– Tyvärr är det nog så det har gått till.

Edengren var på väg att ställa en ny fråga. Men Wallander stoppade honom. Ögonblicket av kraftlöshet var över.

– Kan du erinra dig om Isa hade nån annan kontakt med båtklubben? Brukade hon segla? Hade hon vänner med båtar?

Svaret från Edengren överraskade honom.

– Inte Isa. Men Jörgen. Han hade en segelbåt. På somrarna låg den i Gryt. Då seglade han kring Bärnsö. På höstar och vårar hade han den här nere.

– Han hade alltså en båtplats?

– Ja. Dessutom låg den upplagd här på vintern.

– Men Isa seglade inte?

– Hon brukade vara med sin bror. Dom kom bra överens. Åtminstone i perioder.

För första gången anade Wallander närvaron av sorg hos mannen som satt mitt emot honom och som hade förlorat sina två barn. Wallander fick en känsla av att ytan egentligen ingenting berättade. I den stora kroppen fanns en vulkan av känslor som aldrig tilläts komma fram.

– Under vilka år var det Jörgen seglade?

– Jag tror han fick båten 1992. Dom hade en liten informell klubb. Dom seglade och festade. Förde underliga protokoll. Skickade flaskpost. Jörgen var för det mesta sekreterare. Jag fick lära honom hur man satte upp paragrafer.

– Finns dom protokollen kvar?

– Efter det att han var död la jag dom i en låda. Där finns dom fortfarande.

Namn, tänkte Wallander. Det är vad jag behöver. Först och främst namn.

– Kan du påminna dig vad Jörgens vänner hette?

– Några av dom. Men inte alla.

– Men namnen står förmodligen i protokollen?

– Antagligen.

– Då ska vi hämta dom, sa Wallander. Det här kan vara viktigt.

Han sa det så övertygande att Edengren inte kom sig för att göra några invändningar, om han hade haft några. Wallander erbjöd sig att skicka en polisbil till Skårby. Men Edengren avböjde. Han skulle hämta dem själv.

I dörren vände han sig om.

– Jag vet inte hur jag ska uthärda, sa han. Att mista båda sina barn. Vad återstår då?

Han väntade inte på något svar. Wallander tänkte att han heller inte skulle haft något att säga. Han reste sig och gick tillbaka till mötesrummet. Ebba hade inte varit där. Han fortsatte ut i receptionen. Ingen hade sett henne komma tillbaka. Wallander gick till sitt kontor och slog sitt eget hemnummer. Han lät åtta signaler gå fram innan han gav upp. Ebba måste ha lämnat lägenheten.

Efter fyrtio minuter var Edengren tillbaka. Han la ett brunt kuvert på bordet framför Wallander.

– Det är allt. Jag tror det finns sammanlagt elva protokoll. Dom tog inte protokollskrivandet så högtidligt.

Wallander bläddrade igenom papperen. De var skrivna på maskin och hade många felslagna bokstäver. Sammanlagt identifierade han sju namn. Inget av dem kände han igen. Såvitt han kunde minnas hade inget av efternamnen tidigare funnits med i utredningen. Ännu ett blindspår, tänkte han. Jag tror fortfarande att Åke Larstam lämnar spår efter sig, som emellanåt kan förenas till logiska mönster. Men han lämnar nästan inga avtryck alls.

Ändå gick han in till mötesrummet och lämnade protokollen till Martinsson. Förklarade vad det handlade om. Bad honom undersöka namnen. Wallander hann inte lämna rummet förrän Martinsson hojtade till. Wallander gick tillbaka till bordet. Martinsson pekade på ett namn. Stefan Berg.

– Fanns det inte en brevbärare som hette Berg? Ett av namnen i den vackra broschyren från Posten?

Det hade han glömt. Wallander insåg genast att Martinsson hade rätt.

– Jag ringer honom, sa han. Nu genast.

Martinsson var redan på väg till telefonen. Wallander återvände till Edengren. Precis utanför dörren stannade han upp. Fanns det något mer han behövde fråga om? Han bestämde sig för att så inte var fallet. När han kom in i rummet hade Edengren ställt sig vid fönstret. Han vände sig om när han hörde Wallander. Till sin förvåning kunde Wallander se att han var rödögd.

– Du kan åka hem nu, sa han. Jag tror inte vi behöver uppehålla dig längre.

Edengren såg på honom med forskande ögon.

– Tar ni honom? Han som dödade Isa?

– Ja. Vi tar honom.

– Varför gjorde han det?

– Det vet vi inte.

Edengren sträckte fram handen. Wallander följde honom ut i receptionen. Ebba satt fortfarande inte på sin vanliga plats.

– Vi stannar i Sverige över begravningen, sa Edengren. Sen vet jag inte mer. Kanske vi lämnar Sverige? Kanske säljer jag gården ute i Skårby? Tanken på att återvända till Bärnsö är heller inte lätt.

Edengren gick utan att vänta på något svar. Wallander såg länge efter honom.

När han kom tillbaka till mötesrummet satt Martinsson i telefon med den lantbrevbärare som hette Berg. Wallander ställde sig bredvid och lyssnade. Sedan tog rastlösheten över. Han gick ut i korridoren igen. Vi väntar, tänkte han. Vi inlåter oss i oavbrutna aktiviteter. Vi ringer telefonsamtal, bläddrar i våra pärmar, för korthuggna samtal, drar slutsatser. Men egentligen gör vi bara detta enda, väntar. Åke Larstam har åtminstone för ögonblicket ett försprång vi inte förmår att hämta in.

Han hörde hur Martinsson avslutade samtalet. Han gick in igen.

– Det stämmer, sa han. Stefan Berg är hans son. Just nu studerar han på ett universitet i Kentucky.

– Vart leder det oss?

– Ingenstans, så vitt jag kan se. Berg var mycket uppriktig. Han sa att han ofta brukade prata om sig och sin familj på postterminalen. Vare sig det var nån som lyssnade eller inte. Åke Larstam borde haft många möjligheter att höra historierna om sonen och hans båtklubb.

Wallander hade satt sig på sin vanliga plats.

– Men vad innebär det? Nånting vi kan ta på och utveckla vidare?

– Det verkar inte så.

I ett plötsligt utbrott sopade Wallander undan alla papper som låg framför honom på bordet.

– Vi kommer inte åt honom! ropade han. Var gömmer han sig? Vem är den nionde personen?

De som fanns i rummet såg avvaktande på honom. Wallander slog ut armarna i en urskuldande gest. Han lämnade rummet och började gå fram och tillbaka i korridoren. För vilken gång i ordningen denna dag visste han inte. Han gick ut i receptionen. Ebba var fortfarande borta. Tydligen har hon inte hittat någon skjorta som var tillräckligt ren i garderoben, tänkte han. Förmodligen har hon åkt någonstans för att köpa en ny.

Klockan hade blivit sju minuter över tre. Det var mindre än nio timmar kvar av denna onsdag då Åke Larstam hade lovat dem att han skulle slå till igen.

Wallander fattade ett beslut. Om mötesrummet hade förvandlats till ett provisoriskt upprättat högkvarter ville han nu minska kärnan i spaningsgruppen ännu mer. Han ställde sig i dörren och väntade tills han hade lyckats fånga Ann-Britt Höglunds blick.

– Ta med dig Martinsson, sa han. Vi sätter oss inne hos mig en stund.

När de kom hade Martinsson tänkt på att ta med en stol.

– Låt oss gå igenom situationen ännu en gång, började Wallander. Bara vi tre. Frågorna är fortfarande två: Var befinner han sig? Vem är hans tilltänkta offer? Om vi tänker oss att han slår till en minut i midnatt har vi knappt nio timmar på oss. Men naturligtvis är det en hopplös önskan. Vi måste utgå från att vi har mindre tid. Vi kan inte heller bortse från att det faktiskt redan är för sent. Att det bara är vi som fortfarande inte har underrättats om vad som har hänt.

Han visste att både Martinsson och Ann-Britt Höglund naturligtvis redan tänkt på den möjligheten. Ändå var det som om det först nu gick upp för dem vad det egentligen betydde.

– Var finns Larstam? upprepade Wallander. Hur tänker han? Vi hittar honom i Svedbergs lägenhet. Utgångspunkten måste ha varit att vi aldrig skulle komma på att leta efter honom just där. Men det gjorde vi. Sen har vi hittat hans båt. Men vi kan inte vara säkra på att han tänkt använda den som tillflyktsort. Kanske bedömer han att den redan är bränd. Vad gör han då?

– Han mäter sina krafter med våra, sa Martinsson. Om han följer sina tidigare vanor har han valt offer och en situation där allt går mycket hastigt. Där offret aldrig kan utgöra nåt hot eller hinder.

497

Alltså är det just nu med oss han tar spänntag. Han vet att vi är efter honom. Han vet att vi har avslöjat hans kvinnliga identitet.

– Bra, sa Wallander. Det är en tydlig översikt. Frågan blir då hur han tänker.

– Han frågar sig hur vi tänker, sa Ann-Britt Höglund.

Wallander hade båda sina närmaste medarbetare med sig nu.

– Då är du Larstam, sa han. Hur tänker han?

– Han tänker genomföra det han har bestämt. Han är förmodligen säker på att vi inte vet vem den nionde personen är.

– Varför kan han vara så säker på det?

– Då skulle vi ha omgett honom eller henne med bevakning. Det har han säkert kontrollerat att vi inte har gjort.

– Det kan leda oss till en annan slutsats, insköt Martinsson. Han kan ägna alla sina krafter åt att välja det bästa gömstället. Så länge han nu behöver ett. Han behöver inte bekymra sig om sitt tilltänkta offer.

– Så tror han att vi tänker, sa Ann-Britt Höglund. Och så tänker vi också.

– Alltså måste vi tänka annorlunda, sa Wallander. Ytterligare ett steg ut i det okända.

– Han väljer att hålla sig undan på den plats där vi minst av allt kan tänka oss att leta efter honom.

– I så fall borde han välja källaren till polishuset, sa Martinsson.

Wallander nickade.

– Eller åtminstone ett symboliskt polishus. Frågan är då var det ligger.

De grubblade över svaret. Men de fann inget.

– Tror han att vi känner till hans utseende som man?

– Han kan inte ta risken att vi gör det.

Wallander kom att tänka på en sak. Han vände sig till Martinsson.

– Kom du ihåg att fråga systern i Ludvika om ett fotografi?

– Jag gjorde faktiskt det. Men det enda hon påstod att hon hade var en bild som tagits när han var fjorton år gammal. Som dessutom inte var särskilt lik.

– Då får vi inte nån hjälp där heller.

– Jag har varit i kontakt med alla dom centrala verk där det ska finnas fotografier. Men den här mannen tycks inte ha vare sig körkort, ID-kort, pass eller nånting annat.

– Det har han säkert, sa Wallander. Om vi bara visste vilket efternamn han hade gett Louise. Då skulle du ha hittat alla dom fotografier du velat.

– Men han måste ha kört bil utan peruken? Han måste ha räknat med risken att bli stoppad? Vad visade han då?

Wallander kom plötsligt att tänka på något som hade inträffat ett antal år tidigare. Det var först nu han kopplade ihop händelsen med Svedberg och Åke Larstam.

– Det var före Ann-Britts tid, sa han. Men du Martinsson borde minnas. Den där gången när det försvann några passunderlag härifrån. Utplockade från ett kassaskåp. Det blev en internutredning som aldrig ledde nånstans. Men det stod klart att det var nån som arbetade här som hade begått stölden.

– Jag minns. Det var en väldigt olustig stämning. Alla gick och sneglade på varandra.

– Jag minns en sak till, sa Wallander. Vid nåt tillfälle sa Rydberg till mig att han var säker på att det var Svedberg som hade tagit dom. Men jag fick aldrig klart för mig varför han var övertygad om att det varit just Svedberg.

– Du menar alltså att det var Svedberg som skaffade identitetspapper åt Louise?

– Eller Åke Larstam. Eller båda två.

De begrundade under en stunds tystnad händelserna som hade utspelats för så många år sedan.

Wallander återvände därefter trevande till huvudspåret.

– Frågan är alltså var han gömmer sig. Det är vad vi söker svar på. Var finns Åke Larstam just i detta ögonblick?

Ingen hade något svar. Det fanns ingenting att hålla sig till. Bara gissningar som strävade åt oförenliga håll.

Wallander kände paniken närma sig. Tiden höll obönhörligt på att rinna ut.

– Låt oss gå över till att tala om den person han är ute efter, sa Wallander. Vem är det? Hittills har han dödat sex yngre människor, en något äldre fotograf samt en medelålders polisman. Dom två sista kan vi bortse ifrån. Återstår sex ungdomar. Vid två olika tillfällen. I två grupper.

– Tre, invände hon. Isa Edengren dödade han senare. På en ö ute i havet.

– Det berättar för oss att han fullföljer, sa Wallander. Det han har bestämt sig för ska slutföras. Till vilket pris som helst. Frågan blir då om det finns nåt ofullbordat i det som redan hänt? Eller startar han nu på nåt nytt?

Innan någon hann svara knackade det på dörren. Det var Ebba. Hon hade en skjorta hängande på en galge.

– Jag är ledsen att det tog sån tid, sa hon. Men jag hade besvär med att låsa upp din dörr.

Wallander visste att det inte var något fel på hans dörrlås. Ebba måste ha försökt med fel nyckel. Han tog emot skjortan och tackade. Sedan ursäktade han sig och försvann ut på toaletten för att byta om.

– Ska man föras till sin avrättning ska man i alla fall ha en ren skjorta på sig, sa han när han kommit tillbaka. Den smutsiga skjortan stoppade han ner i en av sina skrivbordslådor.

– Vi hittar inget ofullbordat inslag, sa Martinsson. Vi är säkra på att ingen utom Isa Edengren skulle ha varit med på festen i reservatet. Fler än två personer lär inte heller fira samma bröllop.

– Alltså börjar han om, sa Wallander. Vilket är det värsta tänkbara alternativet. Det innebär att vi inte har nånting alls att gå efter. Absolut ingenting.

Det blev tyst. Vad fanns egentligen mer att säga? En enda sak, tänkte Wallander. Av två omöjliga val måste vi göra det som förefaller minst omöjligt.

– Vi kan aldrig lista ut var han gömmer sig. Vår enda möjlighet är att försöka ringa in offret. Innan han slår till. Från och med nu koncentrerar vi oss på detta enda. Om ni håller med mig.

Wallander visste att beslutet var obehagligt. Eftersom det i grunden var omöjligt.

– Tjänar det egentligen nåt till? frågade Ann-Britt Höglund. Vi hittar varken honom eller offret hur vi än bär oss åt.

– Vi kan inte heller ge upp, svarade Wallander.

De började om från början igen. För vilken gång i ordningen visste de inte. Klockan hade blivit över fyra. Wallander hade värk i magen. Av oro och hunger. Han var så trött att han inte längre betraktade det som något annat än ett naturligt tillstånd. Han anade samma desperata trötthet hos de övriga i rummet.

– Stickord, sa han. Glada människor. Lyckliga människor. Vad mer?

– Unga människor, sa Martinsson.

– Utklädda, la Ann-Britt Höglund till.

– Han upprepar sig inte, sa Wallander. Det kan vi givetvis inte vara säkra på. Men det är inte troligt. Frågan är alltså var vi kan hitta unga, glada och utklädda människor idag. Som inte gifter sig. Och som kanske inte heller tänker ha fest i ett naturreservat.

– Kan det vara nån maskerad? föreslog Martinsson.

– Tidningen, sa Wallander plötsligt. Vad händer i Ystad idag?

Han hade knappt hunnit slutföra meningen innan Martinsson hade försvunnit.

– Ska vi inte gå in till dom andra? frågade Ann-Britt Höglund.

– Inte riktigt än. Snart. Bara ett steg till. Nånting vi kan lägga på bordet. Även om det sen också visar sig vara ett blindspår.

Martinsson kom stormande med Ystads Allehanda. De bredde ut den på skrivbordet och lutade sig över den. En mannekänguppvisning i Skurup fångade genast Wallanders uppmärksamhet.

– Modeller måste anses vara utklädda, sa han. Och dom får man väl anta är på gott humör. När dom ska visa upp kläder.

– Det är först nästa onsdag, sa Ann-Britt Höglund. Du har sett fel.

De bläddrade vidare. Och upptäckte det nästan samtidigt. Samma kväll skulle det vara möte på Hotell Continental i den lokala föreningen »Ystads vänner«. Medlemmarna ombads komma i kläder från 1800-talet.

Wallander var tveksam. Utan att han kunde säga varför. Men Martinsson och Ann-Britt Höglund delade inte hans osäkerhet.

– Det har säkert varit bestämt länge, sa Martinsson. Han kan alltså haft lång tid på sig till förberedelser.

– Människor som är med i en förening av den här typen är knappast särskilt unga, invände Wallander.

– Det brukar vara mycket blandat, sa Ann-Britt Höglund. Det är i alla fall mitt intryck.

Wallander kunde inte rå på sin tveksamhet. Men de hade inte längre något att förlora. Middagen skulle börja klockan halv åtta. De hade alltså fortfarande några timmar på sig.

För säkerhets skull bläddrade de dock igenom tidningen ytterligare en gång. Fanns det något alternativ? De hittade ingenting.

– Det är ditt beslut, sa Martinsson. Går vi på det här eller inte?

– Det är inte mitt beslut, sa Wallander. Det är vårt. Och det är som ni säger. Vad har vi egentligen för alternativ?

De återvände till mötesrummet. Någon hämtade Thurnberg. Wallander ville också att Lisa Holgersson skulle vara med. Medan de väntade försökte Martinsson spåra någon som var ansvarig för kvällens arrangemang.

– Hotellet måste veta vem som har gjort beställningen, sa Wallander. Ring dit.

Wallander märkte att Martinsson hade börjat ropa trots att han stod alldeles bredvid honom. Tröttheten och spänningen gjorde honom upphetsad.

När Thurnberg och Lisa Holgersson kommit in i rummet markerade Wallander allvaret genom att stänga dörren. Han förklarade hur de hade kommit fram till slutsatsen att Åke Larstam möjligen kunde slå till mot den fest som skulle äga rum på Hotell Continental några timmar senare. Wallander underströk hela tiden det osäkra. Det kunde vara fel, det kunde vara ett nytt blindspår. Men de hade ingenting annat. Alternativet var passivitet och väntan. Han hade räknat med att framförallt Thurnberg skulle komma med invändningar, kanske ställa sig helt avvisande. Men till Wallanders förvåning gav han sitt godkännande. Med samma argument som de han själv hade använt. Att det inte fanns några alternativ.

– Vi kan bara hoppas att tolkningen av det papper vi fann i hans lägenhet är fel, sa Thurnberg. Vad vi framförallt behöver är tid. För att släppa ut ansiktet i massmedia. För att tränga djupare in i den här dunkla människan.

– Vi vet vid tolvslaget, sa Wallander. Han är en man som inte avviker från sina planer.

Därmed var de igång. Klockan hade blivit kvart över fem. De hade drygt två timmar på sig att organisera sig och se till att ingenting hände. Wallander tog med sig Martinsson ner till Hotell Continental medan han lämnade Ann-Britt Höglund kvar på polishuset. De hade från första stund beslutet var fattat bestämt att be omkringliggande distrikt om personal. Wallander underströk att skyddsutrustning för samtliga inblandade också var en förutsättning. Åke Larstam var farlig. Om det behövde det inte råda några tvivel. Sedan for de ner till hotellet.

– Jag tror aldrig jag har haft på mig en skottsäker väst, sa Wallander. Annat än under övningar.

– Om han använder samma vapen som tidigare hjälper västen, sa Martinsson. Problemet är bara att han siktar mot huvudet.

Wallander insåg att Martinsson hade rätt. Från bilen ringde han upp till polishuset och meddelade att hjälmar var lika viktiga som skyddsvästar.

De parkerade utanför hotellets huvudingång.

– Källarmästaren heter Orlovsky, sa Martinsson.

– Honom har jag träffat, svarade Wallander.

Orlovsky var förvarnad om deras ankomst. Det var en lång och välbyggd man i femtioårsåldern. Han väntade på dem i receptionen. Wallander hade bestämt sig för att säga precis som det var. De gick in i matsalen där förberedelserna för kvällens festligheter var i full gång.

– Vi behöver spara tid, sa Wallander. Därför vore det bra om nån som känner till hotellbyggnaden utan och innan kunde visa Martinsson.

Orlovsky ropade till sig en servitör som just höll på med dukningen.

– Han har varit här i tjugo år.

Servitören hette Emilsson. Han såg förvånad ut när han fick veta vad som önskades av honom. Men han sa ingenting utan försvann bara i Martinssons sällskap.

Wallander berättade. Inte allt. Men tillräckligt för att Orlovsky skulle förstå allvaret.

– Borde inte den här festen ställas in? frågade han när Wallander hade tystnat.

– Den möjligheten finns. Men det sker först om vi bedömer att vi inte kan ge gästerna och personalen tillräckligt skydd. Vi är inte riktigt där än.

Wallander ville se hur gästerna skulle sitta. Han bad om en placeringslista med namn. Det var sammanlagt trettiofyra personer som skulle komma. Wallander gick runt i matsalen och försökte tänka sig in i Åke Larstams förberedelser. Han vill inte åka fast, tänkte Wallander. Någonstans ifrån kommer han. Och han har sedan en reträtt klar. Han kan knappast ha för avsikt att döda 34 personer. Men han behöver komma nära bordet.

En tanke hade genast slagit honom.

– Hur många servitörer är här ikväll? frågade han.

– Sammanlagt blir dom sex.

– Känner du alla? Eller finns här nån just för den här kvällen?

– En servitör är extrainkallad.

– Vem är det? Vad heter han?

Orlovsky pekade.

– Han heter Leijde och brukar rycka in vid olika större fester. Det är han där borta vid bordsänden.

Wallander såg en liten korpulent man i 65-årsåldern syna och ställa ut glas.

– Vill du jag ska kalla på honom?

Wallander skakade på huvudet.

– Hur är det med kökspersonalen? Rockvaktmästare? Barpersonal?

– Alla är ordinarie.

– Finns det några nattgäster på hotellet?

– Vi har några tyska turister. Två barnfamiljer.

– Det finns ingen annan här ikväll?

– Matsalen är abonnerad. Även om det inte är fler på festen än att vi kunde haft öppet för andra. Frånsett personalen i matsalen finns bara receptionisten.

– Är det fortfarande Hallgren? sa Wallander. Honom känner jag.

Det var Hallgren, bekräftade Orlovsky. Martinsson och servitören kom ut från köket. Emilsson återvände till sitt avbrutna dukande. Wallander undrade hastigt om även serveringspersonalen borde utrustas med hjälmar och skyddsvästar. Men det skulle Larstam genast avslöja. Wallander fick plötsligt en känsla av att han fanns någonstans alldeles i närheten. Att han höll hotellet under bevakning.

Han insåg att det var den svåraste delen av den valsituation han befann sig i. Ställde de ut fullt med synliga och beväpnade poliser runt hotellet skulle Larstam inte komma. Då skulle de lyckas förhindra att han dödade någon. Men de skulle heller inte kunna gripa honom. Och den omöjliga jakten skulle fortsätta.

Wallander ville om nödvändigt ha in Larstam i matsalen. Han ville ta honom. Men innan han hunnit avlossa sitt vapen.

Martinsson ritade med hjälp av Orlovsky en skiss över in- och utgångar, matsalen, toaletterna och köket. I Wallanders huvud hade ett tillvägagångssätt långsamt börjat ta form.

Tiden var knapp. Wallander och Martinsson återvände till polishuset. Där möttes de av beskedet att förstärkningar redan var på väg. Ann-Britt Höglund hade med hjälp av Lisa Holgersson handlat snabbt.

De la ut Martinssons skiss som ljusbild.

– Det hela är mycket enkelt, sa Wallander. Vid någon tidpunkt måste Åke Larstam ta sig in på hotellet. Alltså ska byggnaden omringas. I möjligaste mån ska poliserna vara osynliga. Jag inser att det blir svårt. Men jag vill ändå att vi försöker. Risken finns annars att vi skrämmer bort honom.

Han såg sig omkring. Ingen hade några kommentarer. Han fortsatte:

– Om han ändå lyckas ta sig igenom den yttre ringen ska vi ha bevakning inne i matsalen. Jag föreslår att Martinsson och Ann-Britt får serveringskläder på sig och låtsas hjälpa till med serveringen.

– Med skottsäker väst och hjälm? undrade Martinsson.

– Kommer han in matsalen måste vi ta honom direkt. Därför ska alla utgångar utom den som leder från receptionen vara spärrade. Själv tänker jag hålla mig i rörelse. Jag är ju den som faktiskt kan identifiera honom.

Wallander tystnade.

– Vad gör vi om han dyker upp?

– Vid den yttre ringen ska alla misstänkta personer rapporteras till mig. Det går fort att ta sig runt hotellbyggnaden. Är det han ska han gripas. Försöker han fly skjuter vi.

– Och om han trots allt tar sig in?

– Ni ska ha vapen, sa Wallander. Dom måste ni i så fall använda.

Wallander manade på. Tiden blev allt knappare. Förstärkningar hade redan börjat anlända från andra distrikt. Klockan var sex.

Innan de bröt mötet hade Wallander ytterligare något att säga.

– Vi får inte bortse från att han kan ha klätt ut sig till kvinna igen. Inte till Louise. Men nån annan. Vi kan heller inte vara helt säkra på att han verkligen dyker upp.

– Vad gör vi då?

– Då sover vi ut till i morgon bitti. Det är vad vi alla behöver mest av allt.

Strax efter sju var de på plats. Martinsson och Ann-Britt Höglund hade fått på sig serveringskläder. Wallander höll till i ett rum bakom receptionen. Han hade radiokontakt med åtta olika mottagare på utsidan av hotellet, samt en inne i köket. Pistolen hade han i fickan. Gästerna hade börjat anlända. Ann-Britt Höglund hade haft rätt, kunde han se. Flera av de som kom var unga. Lika unga som Isa Edengren hade varit. De var utklädda. Stämningen var hög. Skratten fyllde receptionen och matsalen. Wallander tänkte att Åke Larstam skulle ha hatat denna glädje.

Wallander väntade. Klockan blev åtta. Ingenting hände. Han talade oavbrutet med de yttre stationerna. Ingenting misstänkt. Sju minuter i halv nio kom ett anrop från Supgränd, söder om hotellet. En man hade stannat vid på trottoaren och såg upp mot hotellfönstren. Wallander var genast på väg. Men redan innan han kommit ut på gatan hade mannen gått därifrån. I skenet av en gatlampa hade han blivit igenkänd av en av poliserna som ägaren till en skoaffär i Ystad. Wallander återvände till receptionen igen. Från matsalen hördes ålderdomliga dryckesvisor, strax efteråt höll någon ett tal. Ingenting hände. Martinsson visade sig i dörren till matsalen. Wallander märkte att anspänningen hela tiden höll honom i sitt grepp. Klockan blev tio. Efterrätten var redan uppäten. Nya visor och nya tal. Klockan blev tjugo i elva. Festen närmade sig slutet. Larstam hade inte visat sig. Vi hade fel, tänkte Wallander. Han kom inte. Eller så insåg han att vi hade hotellet under bevakning.

Han upplevde en blandning av lättnad och besvikelse. Den nionde personen, vem det än var, levde fortfarande. I morgon skulle de gå igenom alla som varit med på festen. Försöka identifiera vem den utpekade personen hade varit. Men de hade fortfarande inte lyckats gripa Larstam.

Halv tolv låg gatan utanför hotellet öde. Gästerna var borta, poliserna återsamlade vid polishuset. Wallander hade just kontrollerat att småbåtshamnen hölls under bevakning hela natten. Liksom lägenheten på Harmonigatan. Sedan gjorde han sällskap med Martinsson och Ann-Britt Höglund. Ingen av dem hade krafter kvar att börja utvärdera kvällen. De bestämde bara att träffas klockan åtta morgonen efter. Thurnberg och Lisa Holgerson höll med. Inget möte nu. Larstam hade inte visat sig. Varför fick de försöka förstå nästa dag.

– Vi har ändå fått tid, sa Thurnberg. Om inte annat så kanske den här insatsen gav oss just det.

Wallander gick in på sitt kontor och låste in pistolen i skrivbordslådan.

Sedan tog han bilen hem till Mariagatan.

Klockan var fyra minuter i midnatt när han började gå uppför trapporna till sin lägenhet.

36

Wallander satte nyckeln i låset och vred om.

Någonstans långt bortifrån, ur djupet av hans medvetande, kom en påminnelse om något Ebba hade sagt. Något om att låset hade kärvat. Men Wallander visste att låset bara var besvärligt om det satt en nyckel i på insidan. Vilket i sin tur bara hände om någon var där. Linda brukade sätta nyckeln i låset. När han då kom hem och låset kärvade var det en påminnelse om att hon var där.

Efteråt skulle han många gånger tänka att hans långsamma reaktion inte kunde ha berott på annat än den stora trötthet som tyngde honom. Han låste upp dörren och tänkte på det Ebba hade sagt. Men låset kärvade inte längre. Insikten om vad det betydde kom samtidigt som han öppnade dörren. Han mer anade än såg gestalten som fanns där längst bort i tamburen. Han kastade sig åt sidan och kände samtidigt hur en brinnande reva slets upp i hans högra kind. Han kastade sig handlöst nerför trappan och tänkte att varje ögonblick var det sista. Åke Larstam fanns där inne i hans lägenhet. Och han var där för att döda honom. Nu var det inte längre som med Hansson och kollegan från Malmö. Inte heller som med Ebba, trots att Larstam befunnit sig i lägenheten också när hon hade kommit dit för att hämta en ren skjorta åt honom. Det var han själv, Wallander, som var den nionde personen. Den som Larstam ville döda. Han störtade utför trappan, rev upp ytterdörren och sprang. Först när han kommit till änden av gatan stannade han och vände sig om. Men det fanns ingen där. Gatan var öde. Blodet rann över kinden. Det sved och dunkade i huvudet. Han letade i fickan efter sitt vapen. Sedan kom han ihåg att han hade låst in det i skrivbordslådan. Hela tiden höll han också uppsikt över porten, beredd att vilket ögonblick som helst se Larstam komma ut. Han höll sig precis i gatans bortre hörn. Det enda han skulle kunna göra när Larstam visade sig var att fly. Samtidigt visste han att det var det han minst av allt borde. Nu visste de var han fanns. Till lägenheten fanns heller ingen baktrappa. Larstam hade bara en väg ut. Och det var genom porten.

Wallander letade i fickan efter telefonen med sina nerblodade händer. Hade han lagt den i bilen? Sedan mindes han. När han stoppat ner pistolen i lådan hade han lagt telefonen på skrivbordet. Där hade han glömt den. Han svor så det skrek inom honom. Han hade varken vapen eller telefon. Alltså kunde han inte kontakta någon för att få hjälp. Han försökte febrilt att finna en lösning. Men det fanns ingen. Hur länge han stod där med jackkragen uppdragen mot den blödande kinden visste han inte. Hela tiden stirrade han på porten. Då och då kastade han en blick upp mot de mörka fönstren. Larstam står där uppe, tänkte han. Han ser mig här nere på gatan. Men han vet inte att jag är utan vapen. Han vet inte heller att jag är utan telefon. Om inga förstärkningar dyker upp kommer han att förstå sammanhanget. Och då kommer han ut.

Han såg upp mot himlen. Det var fullmåne. Men den täcktes nästan helt av en molnskärm som dragit in över Skåne under kvällen. Det var fortfarande varmt men hade börjat blåsa. Vad gör jag? tänkte han. Och vad tänker Larstam?

Han såg på klockan. Sju minuter över midnatt. Torsdagen den 22 augusti. Men att klockan passerat midnatt hjälpte honom inte nu. Larstam hade fångat honom. Kanske hade han anat att Wallander och hans kollegor skulle leta sig fram till festen på hotellet?

Wallander försökte också hitta en förklaring till hur Larstam hade kunnat ta sig in i lägenheten. Han behövde inte tänka länge förrän han insåg hur det måste ha gått till. Det gav honom också för första gången en känsla av att ha hittat ett mönster i Larstams beteende. Han utnyttjade tillfällen. Dagen innan, när Svedberg begravdes, hade varenda polisman varit i kyrkan. Det hade gett Larstam obegränsad tid att ta sig in i lägenheten. Sedan hade han antagligen letat reda på reservnycklarna.

Tankarna rusade runt i Wallanders huvud. Kinden värkte. Rädslan pumpade runt i hans kropp. Den viktigaste frågan av alla, varför Larstam hade valt ut just honom, sköt han undan. Jag måste lösa det här, tänkte han. På något sätt. I huset bakom honom fanns bara kontor. Annars hade han kunnat knacka på en ruta och väcka någon. Om han ställde sig att ropa på hjälp skulle kanske någon ringa till polisen. Men risken var då att det blev kaos. Han skulle inte ha möjlighet att varna de som kom i patrullbilen.

Då hörde han det. Fotsteg på avstånd. Någon kom gående. Steg som närmade sig. Sedan såg han en man svänga runt hörnet. Han gick rakt mot Wallander som klev fram ur skuggorna. Mannen tvärstannade och ryckte till. Han hade händerna nerkörda i en skinnjacka. Nu tog han upp dem och såg rädd ut. När Wallander gick fram mot honom tog han ett steg tillbaka.

– Jag är polis, sa Wallander. Det har hänt en olycka. Jag behöver din hjälp.

Mannen som var i trettioårsåldern såg oförstående på honom.

– Hör du inte vad jag säger? Jag är polis. Du måste ta kontakt med polishuset. Säga åt dom att Larstam finns i Wallanders lägenhet på Mariagatan. Och att dom måste ta det försiktigt. Har du förstått?

Mannen skakade på huvudet. Sedan sa han någonting. Wallander hörde att det var ett främmande språk. Polska. Helvete, tänkte han. Naturligtvis är en kringirrande polack det jag får tag på i Ystad.

Han försökte med engelska. Mannen svarade enstavigt. Wallander höll på att tappa tålamodet. Han tog ett steg närmare mannen och röt. Då sprang mannen därifrån.

Wallander var ensam igen. Larstam fanns där uppe bakom de mörka fönstren. Snart skulle han förstå varför ingen kom. Och då skulle Wallander inte kunna göra någonting annat än fly.

Han försökte tänka. Det måste finnas en annan lösning. Det tog ett ögonblick innan han kom på vad det var. Han lyfte ena handen som om han gav tecken till någon som fanns på andra sidan gathörnet. Pekade upp mot sin lägenhet och ropade. Han steg runt hörnet, utom synhåll från fönstret där Larstam fanns. Larstam kan inte veta att det inte finns någon här, tänkte han. Det ger mig kanske några minuter. Men risken är samtidigt att Larstam ger sig av. Innan det blir alldeles omöjligt för honom att skjuta sig ut.

Då hände det han inte hade vågat hoppas på. En bil svängde in på gatan. Wallander ställde sig mitt i vägen och fäktade med armarna. Bilen tvärbromsade. Wallander sprang fram. Mannen bakom ratten hade ilsket vevat ner rutan. När han fick syn på Wallanders blodiga ansikte började han veva upp den igen. Men Wallander stoppade in handen och ryckte samtidigt upp dörren. Mannen, som såg ut att vara i 50-årsåldern, hade en kvinna bredvid sig i framsätet. En betydligt yngre kvinna. Wallander fick genast en känsla av att det var någonting som inte stämde. Men han hade inte tid att grubbla över vad. Han hade inte tid med något annat i sitt liv än att få Larstam gripen och hela den förfärliga utredningen avslutad.

– Jag är polis, röt han.

Samtidigt lyckades han få fram sin polislegitimation.

– Det har hänt en olycka. Har ni nån telefon i bilen?

– Nej.

Har inte alla telefon i sina bilar eller fickor nuförtiden? tänkte han desperat.

– Vad är det som har hänt? frågade mannen oroligt.

– Det spelar ingen roll. Men nu rekvirerar jag dig och den här bilen. Du kör raka vägen härifrån till polishuset. Vet du var det ligger?

– Jag kommer inte från stan, sa han.

– Jag vet var det är, svarade kvinnan.

– Ni kör dit, fortsatte Wallander. Ger besked om att Larstam finns i Wallanders lägenhet. Kan ni komma ihåg det?

Mannen nickade.

– Upprepa, sa Wallander.

– Larstam finns i Wallgrens lägenhet.

– Fan också! *Wallander*.

– Larstam finns i Wallanders lägenhet.

– Sen ska du säga att Wallander behöver assistans. Och att dom ska ta det försiktigt.

Mannen upprepade, korrekt den här gången.

– Vad är det som har hänt? frågade kvinnan.

– Det kan jag inte svara på. Kör nu.

Mannen nickade. Bilen försvann. Wallander skyndade tillbaka till hörnet av huset och kikade fram. Hur länge kunde han ha varit borta? Knappast mer än en dryg minut. Larstam måste fortfarande finnas kvar däruppe. Wallander såg på klockan. Det skulle ta högst tio minuter innan den första polisbilen var här. Frågan var nu om Larstam tänkte vänta så länge.

Värken hade gått upp i huvudet nu. Dessutom behövde Wallander kissa. Han knäppte upp gylfen utan att ta blicken från porten. Det hade gått tre minuter. Om kvinnan verkligen hittade borde de redan vara vid polishuset. Vem som än hade vakten skulle förstå att det var viktigt. Wallander märkte att han långsamt började hoppas.

Efter sjutton minuter hade det inte kommit någon bil. Wallander insåg då att de aldrig hade kört till polishuset. De hade lurat honom. Han var tillbaka vid utgångspunkten igen.

Han sökte fortfarande efter en lösning när han plötsligt hörde ett ljud. Först kunde han varken lokalisera eller identifiera det. Han lyssnade. Men ljudet kom inte tillbaka. Samtidigt hade han börjat överväga om det skulle vara möjligt för honom att barrikadera dörren utifrån. Stänga in Larstam. Men vad skulle han använda för att spärra dörren? Larstam skulle vara på sin vakt. Om han öppnade och Wallander stod ute i trappuppgången skulle han inte ha en chans. Den här gången skulle Larstam inte missa.

Han blev avbruten i sina tankar av att en bil startade på baksidan av huset där han bodde. Utan att han kunde förklara varför visste han att det var Larstam. Ljudet han nyss hade hört var någon som försiktigt tog sig fram över ett tegeltak. Han hade förbisett en flyktväg för Larstam. En halvtrappa ovanför Wallanders lägenhet fanns ett takfönster. Det måste Larstam ha upptäckt. På något sätt hade han sedan firat sig ner. Redan medan Wallander tänkte tankarna hade han sprungit över gatan. Han kom fram till det motsatta gathörnet lagom för att se en röd bil fara iväg. Även om han inte kunde se vem som satt bakom ratten var han övertygad om att det var Larstam. Wallander betänkte sig inte utan sprang till sin egen bil, startade och följde efter. Han lyckades fånga upp bakljusen på Larstams bil. Om han inte redan vet det kommer han snart att inse att det är jag som följer efter honom, tänkte Wallander. Men han kan fortfarande inte vara säker på att jag inte har något vapen. De kom ut på väg 19, mot Kristianstad. Larstam körde fort. Bensinmätaren i Wallanders bil stod precis i utkanten av det röda fältet. Han försökte föreställa sig vart Larstam var på väg. Säkert hade han något mål. Även om bilen framför honom körde fort behövde det inte betyda att Larstam var på en vild och planlös flykt. De passerade genom Stora Herrestad. Trafiken var gles. Wallander räknade till två mötande bilar. Vad gör jag om Larstam stannar? tänkte han. Och stiger ur bilen? Med vapen i hand. Han höll avståndet, hela tiden beredd att tvärbromsa. Larstam måste vara övertygad nu om att det var Wallander som följde efter honom. Plötsligt märkte Wallander att bilen framför honom hade börjat öka farten. De kom till ett avsnitt av vägen med många kurvor. Wallander tappade ögonkontakten med Larstams bil. Vid utgången av varje kurva gjorde han sig beredd på att Larstam skulle ha stannat och stod på vägen och väntade på honom. Han försökte hela tiden hitta en lösning. Han var ensam. Ingen visste var han befann sig, ingenstans ifrån skulle han kunna få den hjälp han behövde.

Larstams bil dök upp framför honom igen. Wallander upptäckte att han svängde av vid avtagsvägen till Fyledalen.

Samtidigt släckte han ljuset.

Wallander tvärbromsade. Långsamt närmade han sig avtagsvägen. Fullmånen skymtade då och då genom revor i molntäcket. Men augustinatten var mörk. Wallander stannade vid vägkanten. Slog av sina egna strålkastare. Hastigt lämnade han bilen och gick några steg åt sidan. Allt var stilla. Också Larstam hade stannat sin bil. Något motorljud hördes inte. Wallander gled djupare in i mörkret, på sidan av vägen. Han drog igen jackans blixtlås och stoppade ner den vita skjortkragen. Jackan var mörkblå. Den vita skjortan kunde synas alltför tydligt. Han råkade komma åt kinden som började blöda igen. Wallander klättrade över ett dike och kom in på en betesvall. Han trampade på något, som skramlade till. Han svor tyst och flyttade sig längs diket för att komma från platsen. Det är inte bara jag som lyssnar, tänkte han. Det gör Larstam också. Han gick ner på huk och försökte tränga igenom mörkret med blicken. Sedan såg han upp mot molnen. Månen var alldeles borta nu. Men en spricka i molnen närmade sig. Snart skulle ljuset tränga igenom.

Han fortsatte försiktigt längs diket tills han märkte några buskar vid sin sida. Han kröp ihop bakom dem. Om han inte hade räknat fel befann han sig nu mitt emot infarten till Fyledalen. När han flyttade på ena foten stötte han emot ett föremål. Han trevade med handen. Det var en trasig plankbit. Han tog upp den. Jag håller långsamt på att förvandla mig till en urtidsmänniska, tänkte han. Den svenska polismakten försvarar sig med plankor. Kanske det är den sanna bilden av det Sverige som håller på att växa fram? En återgång till de ålderdomliga landskapslagar som en gång rättfärdigade blodshämnden.

Månen gled fram i sprickan mellan molnen. Wallander hukade bakom buskarna som doftade jord och lera. Han kunde se Larstams bil nu. Den stod parkerad strax innanför avtagsvägen mot Fyledalen. Runt den var allt stilla. Wallander försöka tränga in med blicken i skuggorna där bortom. Revan i molnen drog ihop sig. Mörkret var tillbaka. Wallander försökte tänka. Larstam fanns med all säkerhet inte kvar inne i bilen. Men hur tänkte han? Han visste att Wallander hade följt efter honom. Eftersom Larstam var försiktig måste han hela tiden räkna med att Wallander var beväpnad. Förklaringen till den bristande uppföljningen, polisbilarna som aldrig kommit, hade han säkert redan avslöjat. Wallander hade aldrig kunnat upprätta den nödvändiga förbindelsen. Alltså var de ensamma ute i Fyledalen. Två beväpnade män. Wallander insåg att det enda försprång han hade, den enda fördelen, var att Larstam inte kände till att den planka han hade i handen var hans enda vapen.

Han försökte tänka. Vad kunde han göra? Vänta ut gryningen? Stoppa ytterligare bilar? För att sedan spärra av hela Fyledalen som utgjorde den nordostliga gränsen till Ystads kommun? Det skulle inte ge någonting. När avspärrningen äntligen var utsatt och hundpatrullerna på väg skulle Larstam för länge sedan vara borta. Wallander hade insett hans stora förmåga att gräva reservutgångar, hans förmåga att undkomma.

Wallander letade bland alternativ som inte fanns. Samtidigt lyssnade han hela tiden efter ljud. Men allt som hördes var suset från vinden. Vid flera tillfällen fick han en isande förnimmelse av att Larstam fanns alldeles bredvid honom. Någonstans bakom, någonstans intill. Med pistolen lyft. Den pistol som tidigare avlossat ett ljudlöst skott mot hans panna. Wallander hade aldrig hört smällen. Bara känt smärtan och hur något rivit upp hans kind. Vapnet hade ljuddämpare.

Han försökte hela tiden föreställa sig hur Larstam tänkte. Något hade skett som han inte hade kunnat planera. Någonstans fanns också en gräns för hur många reservutgångar eller lönndörrar en människa kunde hålla reda på. Han anade att Larstam var förvirrad och att han hade reagerat som Wallander själv. I bilen kunde han inte sitta kvar. Frågan var om han fanns i närheten eller om han redan var på väg allt djupare in i Fyledalen.

Han ser lika dåligt i mörker som jag, tänkte Wallander. Han ser inte mer än vad jag gör. Vi befinner oss under samma molntäcke.

Wallander bestämde sig för att ta sig över vägen och närma sig bilen från sidan. Det fanns just då inga revor i molnen. Månen skulle inte komma fram. Han sprang hastigt på huk över vägen och dolde sig bakom andra buskar. Larstams bil var nu bara tjugo meter ifrån honom. Han lyssnade. Allt var stilla. Plankan hade han med sig.

Då hörde han det. Ett knakande. En gren som knäcktes. Ljudet hade kommit någonstans snett framifrån. Wallander tryckte sig tätt intill buskarna. Sedan hörde han knakandet igen, svagare den här gången. Det var en människa som rörde sig, bort från bilen, in mot dalgången. Larstam hade alltså väntat som han själv hade gjort. Nu hade han börjat röra sig. Hade Wallander inte korsat vägen skulle han aldrig ha uppfattat stegen.

Jag har ett försprång, tänkte han. Jag hör dig. Men du vet inte att jag är alldeles i närheten.

Det knakade till igen. Den här gången som om Larstam hade stött emot ett träd. Ljuden kom hela tiden på större och större avstånd. Wallander gled fram ur buskaget och började gå längs vägen. Han gick hela tiden nerhukad och höll sig tätt intill buskagen på vägens ena sida. Efter vart femte steg stannade han. Vägen sluttade svagt neråt, in mot Fyledalen. Till vänster påminde han sig att det rann en å. Om det var Fyleån eller Nybroån visste han dock inte. När han räknade med att ha gått ungefär femtio meter stannade han. Lyssnade. En nattfågel skrek till någonstans i närheten. Han väntade i mer än fem minuter. Men några fler knakande grenar hörde han inte. Vad betydde det? Hade Larstam stannat? Eller rörde han sig nu så snabbt och ljudlöst att Wallander hade hamnat utom hörhåll? Wallander kände plötsligt rädslan återkomma. Någonting hade han åter förbisett. Hur tänkte Larstam? Hade han knäckt grenarna med flit? För att locka Wallander med sig? Han kände hur hjärtat bultade. Återigen fanns mannen med pistolen alldeles i hans närhet. Han kastade en blick upp mot molnen. En ny reva närmade sig. Snart skulle månen börja lysa igen. Wallander insåg att han inte kunde stanna där han var. Om Larstam hade lockat honom med sig måste han finnas alldeles framför. Wallander sprang över till motsatt sida av vägen och rörde sig hastigt uppför en liten slänt. Där hukade han sig bakom ett träd och väntade.

Månen kom.

Landskapet färgades blått. Wallander försökte urskilja vägkanten framför den plats där han hade stannat. Där fanns ingenting. Samtidigt märkte han att buskarna glesades ut. Längre fram fanns en sluttning. Överst på kullen stod ett ensamt träd.

Sedan gled månen in i molnskuggan igen.

Wallander tänkte på trädet i reservatet. Det träd han funnit och som han varit säker på att mördaren hade använt som gömställe. Den gången hade mördaren varit en man utan ansikte. Nu visste de att han hette Åke Larstam. Han är som en katt, tänkte Wallander. Han väljer höga och ensliga positioner för att kunna ha överblick och kontroll.

Genast var han övertygad om att Larstam befann sig bakom just det ensamma trädet. Det fanns ingen orsak för honom att fortsätta flykten. I alla fall inte förrän han hade dödat Wallander. Vilket han bestämt sig för. Och vilket nu dessutom var en nödvändighet för att han skulle kunna fullborda sin flykt.

Wallander förstod att detta var hans möjlighet. Larstam skulle knappast kunna ana att han hade genomskådat honom så här långt. Dessutom skulle hans uppmärksamhet vara riktad mot vägen. Det var där han väntade sig att Wallander skulle dyka upp. Det var också där Larstam skulle kunna smyga sig upp alldeles intill honom och döda honom med ett skott istället för det som hade missat senast.

Wallander visste vad han måste göra. En lång kringgående rörelse. Tillbaka längs vägen, uppför den vänstra slänten och därefter fram till en punkt där han befann sig rakt bakom trädet.

Vad som skulle ske då visste han inte. Han ville heller ännu inte tänka tanken.

Han gjorde rörelsen i tre delar. Först gick han tillbaka längs vägen. Sedan uppför slänten, oändligt långsamt för att inte avslöja var han befann sig. Till slut en långsam rörelse parallellt med vägen. Där stannade han. Molntäcket hade tätnat. Utan hjälp av en månstrimma skulle han inte kunna bedöma var han befann sig. Han väntade. Klockan hade blivit sex minuter över två.

Inte förrän klockan tre minuter i halv tre lyste månen under några korta ögonblick genom molnen igen. Wallander såg att han nu befann sig bakom trädet. Om där fanns någon människa kunde han inte avgöra. Avståndet var stort. Dessutom låg det täta buskage emellan. Men han försökte lägga terrängen på minnet. En svagt stigande brant, sedan buskage, därefter mellan tjugo och trettio meter fram till trädet.

Månljuset försvann. Nattfågeln skrek, nu någonstans långt bortifrån. Wallander försökte tala förnuft med sig själv. Larstam hade säkert alla sinnen på helspänn. Han räknade knappast med att Wallander hade funderat ut hans position och att han skulle komma bakifrån. Men Larstams beredskap fick inte underskattas. Varifrån Wallander än närmade sig skulle han finnas där och han skulle vara beredd.

Ändå började Wallander närma sig. Det gick oändligt långsamt, ett blint trevande i ett stort mörker. Svetten rann. Han var säker på att hans bultande hjärta måste höras. Till sist hade han dock kommit fram till buskaget. Han såg upp mot himlen igen. Molntäcket var nu mycket tjockt. För tredje gången hördes den fågel som Wallander hade bestämt sig för var en och densamma. Han tittade försiktigt fram genom buskarna. Men där fanns ingenting annat än mörker. Han insåg att han måste vänta.

Det tog nästan tjugo minuter innan han anade sig till att månen återigen skulle kunna bryta igenom molntäcket. Han gjorde sig beredd, oklar över vad han egentligen skulle ta sig till, om Larstam nu fanns där vid trädet. Han visste inte. Och han fruktade sina egna impulser.

Månen bröt igenom. Ljuset skar sig igenom molnen. Då upptäckte han Larstam. Han stod tryckt intill trädstammen och tycktes helt absorberad av att hålla uppsikt över vägen. Wallander kunde se hans händer. Pistolen måste han förvara i fickan. Det skulle ta honom ett par sekunder att få upp den och vända sig om. Det var den tid Wallander hade till förfogande. Han försökte uppskatta avståndet till trädet, strök med ögonen tätt över terrängen. Han kunde inte upptäcka några hinder. Inga plötsliga svackor, inga stenar. Han såg hastigt mot himlen igen. Snart skulle månstrimman försvinna. Skulle han ha någon möjlighet att komma fram till Larstam måste han ge sig iväg just i det ögonblick ljuset försvann och molnen återigen tätnade. Han kände på plankan i handen.

Det är vansinne, tänkte han. Jag gör nåt jag inte borde. Jag gör det jag tror att jag måste.

Månstrimman började bli svagare. Han reste sig sakta, gjorde sig beredd. Larstam hade inte rört sig. Just när ljuset försvann gav han sig av. Någonstans anade han en lust att upphäva ett stridstjut. Som kanske skulle ge honom ytterligare ett par sekunder. Om Larstam blev rädd. Men ingen visste hur mannen vid trädet skulle reagera. Ingen.

Ljuset dog sakta ut. Wallander tog ett språng och var iväg. Plankan höll han lyft över huvudet. Han kom nästan ända fram. Larstam hade ännu inte vänt sig om. Månljuset var mycket svagt. Då fanns där en osynlig sten eller en rot. Wallander störtade handlöst framåt. Larstam vände sig om. Wallander lyckades hugga tag om hans ena ben. Larstam stönade och slet sig loss. Men innan han hade fått upp vapnet ur fickan var Wallander över honom igen. Det första slaget med plankan träffade bara trädstammen. Plankan splittrades. Ljuset var nu nästan helt borta. Wallander kastade resten av plankan mot Larstams bröstkorg. Och slog sedan till med knuten näve. Varifrån kraften kom visste han inte. Men han lyckades av ren tur träffa Larstam mitt på käken. Det krasade till och han stöp, utan ett ljud. Wallander vältrade sig över honom, slog ännu en gång, och ännu en, innan han förstod att mannen han hade under sig redan var medvetslös. Då tog han fram pistolen ur hans ficka, den med vilken Larstam dödat så många människor.

Där fanns hos honom en impuls att sätta pistolen mot Larstams panna och trycka av. Men han motstod den.

Sedan släpade han ner den fortfarande medvetslöse Larstam till vägen. Först när de kom fram till Wallanders bil började han stöna. Wallander letade fram sin bogserlina ur bagageluckan och band hans armar. Efteråt surrade han fast honom i framsätet.

Wallander satte sig bakom ratten och såg på Larstam. Han tyckte plötsligt det var Louise som satt där.

Klockan var kvart i fyra när Wallander kom fram till polishuset. Då han steg ur bilen märkte han att det hade börjat regna. Han lät dropparna skölja över ansiktet. Sedan gick han in och talade med vakthavande befäl. Till hans förvåning var det Edmundsson. Han satt och drack kaffe och åt smörgås när Wallander steg in. Edmundsson ryckte till när han fick syn på Wallander som ännu inte hade sett sitt ansikte i en spegel. Dessutom var hans kläder leriga och fulla med stickor.

– Vad är det som har hänt?

– Inga frågor, sa Wallander bestämt. Jag har en man bunden ute i bilen. Ta med nån, sätt på honom handbojor och ta in honom.

– Vem är det?

– Åke Larstam.

518

Edmundsson hade rest sig upp med smörgåsen i hand. Wallander såg att det var leverpastej. Utan att betänka sig tog han smörgåsen ur handen på kollegan och började äta. Det gjorde ont i kinden. Men hans hunger var större än smärtan.

– Menar du att du har gärningsmannen i bilen?

– Du hör vad jag säger. Han ska ha handbojor. Sätt in honom i ett rum och lås dörren. Vad har Thurnberg för telefonnummer?

Edmundsson slog fram det på dataskärmen. Sedan gick han. Wallander åt färdigt smörgåsen. Han tuggade långsamt. Ingenting var bråttom längre. Han slog numret till Thurnberg. Det dröjde länge innan någon svarade. Det var en kvinnoröst. Wallander sa vem han var. Thurnberg kom till telefonen.

– Det är Wallander här. Jag tror det är bäst du kommer in.

– Varför det? Vad är klockan?

– Vad klockan är bryr jag mig inte om. Men du bör komma hit och göra en formell intagning av Åke Larstam.

Wallander hörde hur Thurnberg andades.

– En gång till.

– Jag har Larstam här.

– Hur i helvete har du fått tag på honom?

Det var första gången Wallander hade hört Thurnberg svära.

– Jag hittade honom ute i skogen.

Thurnberg hade nu förstått att Wallander menade allvar.

– Jag kommer, sa han.

Edmundsson och en annan polis förde just in Larstam. Wallander mötte hans blick. Ingen av dem sa någonting.

Wallander gick in i mötesrummet. Larstams vapen la han framför sig på bordet.

Thurnberg kom efter en kort stund. Han ryggade till när han såg Wallander som fortfarande inte hade varit på toaletten och sett sig i spegeln. Däremot hade han hittat några värktabletter i en av sina skrivbordslådor. Telefonen hade legat där på bordet. Med en trött gest av ilska hade han sopat ner den i papperskorgen. Han lät den ligga. Någon som städade skulle säkert ta upp den igen.

Wallander berättade kortfattat vad som hade hänt. Pekade på vapnet.

Som inför en högtidlig begivenhet tog Thurnberg upp en slips ur fickan och började knyta den.

– Du tog honom, alltså. Det var inte illa.

– Det var just precis vad det var, svarade Wallander. Men det kan vi tala om en annan gång.

– Vi kanske ska ringa till dom andra och ge besked, föreslog Thurnberg.

– Varför det? När dom nu äntligen sover? Varför ska vi väcka dom?

Thurnberg drog tillbaka sitt förslag. Sedan lämnade han rummet för att ta sig an Larstam.

Wallander reste sig tungt och gick ut på toaletten. Revan i ansiktet var djup. Sannolikt borde han sy ett antal stygn. Men tanken på att bege sig till sjukhuset kändes omöjlig. Det fick vänta.

Klockan hade blivit halv fem.

Han gick in på sitt kontor och stängde dörren bakom sig.

Martinsson var den förste som kom på morgonen. Han hade sovit dåligt och drevs till polishuset av sin oro. Thurnberg var kvar och kunde berätta nyheten. Martinsson ringde då i rask takt till Ann-Britt Höglund, Nyberg och Hansson. Strax efter kom också Lisa Holgersson.

Det var först när alla hade samlats som någon frågade sig vart Wallander hade tagit vägen. Enligt Thurnberg hade han bara försvunnit. Förmodligen till sjukhuset för att se om sitt sår i ansiktet.

När klockan blivit halv nio ringde Martinsson honom hem. Där var det ingen som svarade. Det var då Ann-Britt Höglund ställde frågan om det kanske var så enkelt som att han fanns på sitt kontor. De gick dit. Dörren var stängd. Martinsson knackade försiktigt. Ingen svarade.

De öppnade dörren.

Wallander låg på golvet och sov. Under huvudet hade han en telefonkatalog och sin jacka.

Han sov djupt och snarkade.

Ann-Britt Höglund och Martinsson såg på varandra.

Sedan drog de igen dörren och lät honom sova.

EPILOG

Fredagen den 25 oktober föll ett ihållande regn över Ystad.

Vinden var byig och kom från sydost. När Wallander steg ut ur porten till huset vid Mariagatan strax efter åtta var temperaturen 7 grader. Trots att han hade föresatt sig att promenera fram och tillbaka till polishuset så ofta som möjligt tog han denna morgon bilen. Han hade nu varit sjukskriven i två veckor. Dagen innan hade doktor Göransson förlängt det med ytterligare en vecka. De hade nu lyckats få ner blodsockret. Men Wallanders blodtryck var fortfarande alldeles för högt. Han hade vilat en kvart innan de hade mätt det. Ändå hade det varit 160/120. Minst en vecka till skulle han hålla sig borta från arbetet. Men Wallander insåg att det också kunde bli längre.

När han nu körde upp till polishuset var det inte heller för att arbeta. Han hade däremot ett viktigt möte framför sig. Ett möte som hade blivit bestämt under de kaotiska dagarna i augusti, när de fortfarande inte visste vem den brutale gärningsmannen var, eller om han skulle slå till igen.

Wallander kunde fortfarande återkalla ögonblicket alldeles klart. Martinsson hade varit inne på hans kontor. Han hade berättat om sin elvaårige son som börjat tala om att bli polis. Martinsson hade klagat över att han inte visste vad han skulle säga. Wallander hade då lovat att tala med pojken. När allting var över. Det löftet skulle han nu infria. Han hade den gången också lovat något annat. Att pojken som hette David skulle få pröva Wallanders uniformsmössa. Kvällen innan hade Wallander efter mycket besvär letat fram den i en påse längst inne i en garderob. Han hade inte hittat den till Svedbergs begavning.

Han hade nu satt den på sitt eget huvud och sedan betraktat sitt ansikte i badrumsspegeln. Det hade varit som att se på ett avlägset och nästan bortglömt fotografi av sig själv. Många minnen hade väckts till liv.

Wallander parkerade bilen och skyndade hukande genom blåsten mot entrén. Ebba var förkyld. Hon vinkade åt honom att hålla sig på avstånd medan hon snöt sig. Wallander tänkte att hon om ett år inte skulle finnas kvar längre på polishuset. Pensionen väntade. Som hon både såg fram emot och fruktade.

David skulle komma kvart i nio. Väntetiden använde Wallander till att rensa sitt skrivbord. Om några timmar skulle han resa bort från Ystad. Fortfarande kände han sig tveksam om beslutet varit riktigt eller inte. Men han tänkte att han ändå såg fram mot att sitta i sin bil, lyssna på operamusik och köra genom höstens landskap.

David var punktlig. Ebba hade följt honom till Wallanders dörr.

– Du har besök, sa hon och log.

– Ett viktigt besök, svarade Wallander.

Pojken liknade sin far. Det fanns något tillbakadraget hos honom, ett drag som ofta var märkbart även hos Martinsson.

Wallander hade lagt uniformsmössan på bordet.

– Vad ska vi börja med? frågade han. Mössan eller dina frågor?

– Frågorna.

David tog upp ett papper ur fickan. Han hade förberett sig.

– Varför blev du polis? frågade han.

Den enkla frågan överrumplade Wallander. Han var tvungen att tänka efter. Han hade bestämt sig för att ta mötet med David på allvar. Skulle han ge några svar skulle de också vara ärliga och genomtänkta.

– Jag ville nog bli det för att jag trodde att jag skulle bli en bra polis.

– Är inte alla poliser bra?

Pojken hade inte hämtat följdfrågan från sitt papper.

– Dom flesta. Men kanske inte alla. Alla lärare är ju inte heller bra.

– Vad sa dina föräldrar när du berättade att du tänkte bli polis?

– Min mamma sa ingenting. Hon dog innan jag hade bestämt mig.

– Vad sa din pappa?

– Han var emot det. Han var så starkt emot det att vi nästan slutade tala med varandra.

– Varför det?

– Jag vet fortfarande inte. Det låter kanske konstigt. Men så var det.

– Du måste ha frågat honom?

– Jag fick aldrig nåt svar.

– Är inte han död?

– Han dog ganska nyligen. Nu kan jag alltså inte fråga honom längre. Även om jag skulle vilja.

Wallanders ord tycktes bekymra David. Han letade osäkert efter nästa fråga på sitt papper.

– Har du nån gång ångrat att du blev polis?

– Många gånger. Det tror jag alla har gjort.

– Varför det?

– Man tvingas se så mycket elände. Man känner sig otillräcklig. Man undrar om man ska orka ända tills man blir gammal.

– Tycker du att du gör nåt bra nån gång?

– Ibland. Men inte alltid.

– Tycker du att jag ska bli polis?

– Jag tror du ska vänta med att bestämma dig. Först när man är 17–18 år tror jag man vet vad man egentligen vill.

– Jag tänker bli antingen polis eller vägbyggare.

– Vägbyggare?

– Det måste vara ett fint arbete att göra det lättare för människor att resa.

Wallander nickade. Pojken var klok. Men utan att verka lillgammal.

– Jag har bara en fråga kvar, sa David. Är du rädd nån gång?

– Det händer faktiskt ganska ofta.

– Vad gör du då?

– Jag vet inte. Jag sover dåligt. Jag försöker tänka på nånting annat. Om det går.

Pojken stoppade ner sin lapp i fickan och såg på mössan. Wallander gav honom den. Han satte polismössan på huvudet. Wallander tog med honom till en spegel så han fick se sig själv. Mössan var så stor att den sjönk ner över öronen på honom. Sedan följde Wallander honom ut i receptionen.

– Du får komma tillbaka om du har fler frågor, sa Wallander.

Han stod och såg pojken försvinna ut i regnet och blåsten. När han återvänt till sitt kontor fortsatte han att rensa i pappershögarna. Lusten att komma bort hade ökat. Han ville lämna polishuset så fort som möjligt.

Plötsligt stod Ann-Britt Höglund i dörren.

– Jag trodde du var sjukskriven?

– Det är jag också.

– Hur gick mötet?

Wallander såg oförstående på henne.

– Vilket möte?

– Martinsson skvallrade.

– David är en klok liten kille. Jag försökte svara så ärligt jag kunde på hans frågor. Men jag undrar om inte hans pappa hade hjälpt honom med dom.

Han ställde undan ytterligare några pärmar. Skrivbordet var tomt. Hon hade satt sig i hans besöksstol.

– Har du tid?

– En stund. Jag ska åka bort några dagar.

Hon reste sig och stängde dörren.

– Egentligen vet jag inte varför jag berättar det här, sa hon när hon satt sig igen. Tills vidare vill jag också be dig att låta det stanna mellan oss.

Hon slutar, tänkte Wallander. Hon orkar inte. Det är vad hon har kommit för att berätta.

– Lovar du?

– Jag lovar.

– Ibland känns det som om man måste dela med sig av sina plågor till åtminstone *en* annan människa.

– Jag har det nog likadant.

– Jag ska skilja mig, sa hon. Vi har kommit fram till nån sorts enighet. Om man nu egentligen kan bli enig om nåt sånt när man har två små barn.

Wallander insåg att han inte blev alldeles överraskad. Hon hade redan strax efter sommaren antytt att allt inte var som det skulle.

– Jag vet inte vad jag ska säga, svarade han.

– Du behöver inte säga nånting. Jag vill inte att du ska säga nånting. Det räcker att du vet.

– Jag skilde mig själv, sa han. Eller jag blev snarast utskild. Jag vet trots allt nåt om vilket helvete det kan vara.

– Ändå har du klarat dig bra.

– Har jag? Jag skulle vilja påstå motsatsen.

– I så fall döljer du det väl.

– Det har jag nog lyckats med. Det kan du ha rätt i.

Regnet smattrade mot rutan. Byarna var hårdare nu.

– Det är en sak till, sa hon. Larstam håller på att skriva en bok.

– Vad då för sorts bok?

– Om sina åtta mord. Om hur det kändes.

– Hur vet du det?

– Jag såg det i en tidning.

Wallander blev upprörd.

– Vem är det som betalar honom för det?

– Ett bokförlag. Summan är naturligtvis okänd. Men man kan nog förutsätta att den är väl tilltagen. En massmördares innersta hemligheter kommer säkert att sälja.

Wallander skakade vildsint på huvudet.

– Det är så man mår illa.

– Han blir kanske en rik man. Det är mer än vad man kan säga om oss.

– Brott kan löna sig på många sätt.

Hon reste sig.

– Jag ville bara att du skulle veta, sa hon. Ingenting annat.

I dörren vände hon sig om.

– Trevlig resa, vart du än ska.

Hon försvann. Wallander tänkte på det hon hade berättat om, skilsmässan och mördarens bok. På sin egen upprördhet. Och på sitt blodtryck.

Han hade tänkt lämna polishuset så fort han var klar. Men nu blev han ändå sittande. Händelserna för två månader sedan återvände i hans huvud.

De hade lyckats gripa Larstam, innan han dödade för nionde gången. Efteråt hade alla som kommit i kontakt med honom slagits av hans försynta och tillbakadragna väsen. De hade förväntat sig ett monster, och de hade om man såg till de handlingar han begått naturligtvis också gripit ett monster. Men det var inte en människa Sture Björklund kunde karikera och sedan föreslå sina uppdragsgivare inom den internationella skräckfilmsindustrin. Wallander hade ibland tänkt att Åke Larstam var den vanligaste människa han någonsin träffat.

Han hade ägnat många och utdragna dagar åt att förhöra honom. Ofta hade han gjort den reflexionen att Åke Larstam inte bara var obegriplig för omvärlden utan även för sig själv. Han svarade öppet och ärligt på de frågor som Wallander ställde. Ändå var det som om de egentligen aldrig fick veta någonting.

– Varför dödade du dom? hade Wallander frågat. Dom tre ungdomarna ute i naturreservatet. Du hade öppnat deras brev, du hade utspionerat att dom skulle ha en fest. Där väntade du på dom. Och du sköt ihjäl dom.

– Kan man få ett bättre slut än när man har det som bäst i sitt liv?
– Var det därför du dödade dom? För att göra dom en välgärning?
– Jag tror det.
– Tror? Du måste veta. Du hade planerat allting.
– Man kan planera även om man bara tror.
– Du reste ut i Europa och postade vykort. Du gömde deras bilar. Du gömde deras kroppar. Varför?
– Jag ville inte att dom skulle upptäckas.
– Men varför begravde du dom då på ett sånt sätt som du gjorde? Så att du skulle kunna ta fram dom igen?
– Jag ville ha den möjligheten.
– Men varför?
– Jag vet inte. För att synas. Jag vet inte.
– Du gjorde dig besväret att resa ut till Bärnsö och döda Isa Edengren. Varför kunde du inte låta henne få leva?
– Man ska göra färdigt det man har bestämt sig för.

Ibland hade förhören nått en punkt där Wallander inte hade stått ut längre. Han hade då lämnat förhörsrummet, och tänkt att det inte var något annat än ett monster som satt där inne, trots det vänliga leendet och försynta sättet. Sedan hade han tvingat sig att återvända, tvingat sig vidare. De hade talat om brudparet som han också hade spionerat på. Som han heller inte hade kunnat låta leva eftersom de utstrålat en lycka han inte förmått uthärda.

Till sist hade de också talat om Svedberg. Om den långa och komplicerade kärlekshistoria som i hemlighet hade utspelats. Om det triangeldrama som inneslutit också Bror Sundelius som inte känt till att Svedberg hade bedragit honom med en annan man. De hade talat om Stridh som hade känt till historien och hotat avslöja den. De hade talat om Svedbergs fruktan, när han förstått att det kanske varit den man han känt i tio år som låg bakom ungdomarnas försvinnande. De hade till och med talat om stjärnkikaren som Larstam

528

ställt in i Björklunds uthus. Som ett villospår, som en avledande manöver.

Under de utdragna förhören hade Wallander ofta fått en känsla av att han egentligen inte fick några fullständiga svar. Det fanns alltid något svävande över det Larstam sa. Han var alltid vänlig, bad om ursäkt när han inte riktigt tyckte sig komma ihåg. Men där fanns ett hålrum i honom som han aldrig lyckades tränga in i. Den relation som funnits mellan Larstam och Svedberg kunde Wallander heller aldrig förstå.

– Vad var det som hände den där morgonen? frågade han.

– Vilken morgon?

– När du gick upp till Svedbergs lägenhet och sköt honom? Med det vapen du hade stulit vid ett inbrott i Ludvika? När du besökte din syster i Fredriksberg?

– Jag var tvungen att döda honom.

– Varför?

– Han anklagade mig. För att ha nåt med dom försvunna ungdomarna att göra.

– Dom var inte försvunna. Dom var döda. Hur hade han börjat misstänka att det kunde vara du?

– Jag hade talat om det.

– Hade du berättat för honom om vad du gjort?

– Nej. Men jag berättade för honom om mina drömmar.

– Vilka drömmar?

– Att få människor att sluta skratta.

– Varför skulle människor inte få skratta?

– Förr eller senare leder lycka till sin motsats. Jag ville bespara dom det. Jag drömde om det och berättade för honom.

– Att du ibland tänkte på att döda människor som var glada?

– Ja.

– Han började alltså misstänka dig?

– Jag märkte det inte förrän några dagar innan.

– Innan vad då?

– Jag sköt honom.

– Vad hände då?

– Han började ställa frågor. Det var som om han förhörde mig. Jag blev nervös. Jag tycker inte om att bli orolig.

– Sen gick du alltså upp till honom och sköt honom?

– Han satt i stolen. Först hade jag bara tänkt be honom att sluta göra mig nervös med sina frågor. Men han fortsatte. Då var jag tvungen att avsluta det hela. Jag hade tagit med mig geväret. Det stod ute i tamburen. Jag hämtade det och sköt honom.

Wallander hade länge suttit tyst. Han hade försökt föreställa sig Svedbergs sista ögonblick i livet. Hade han hunnit förstå? Eller hade det gått alltför fort?

– Det måste ha varit svårt, sa han sedan. Att döda den människa man älskar?

Larstam hade inte svarat. Hans ansikte hade varit uttryckslöst. Inte heller när Wallander hade ställt frågan på nytt hade han fått något svar.

Efteråt hade Wallander mödosamt tvingat sig vidare. När de hade gått igenom Larstams kläder, efter det att Wallander tagit honom i skogen, hade de hittat en liten kamera i hans ficka. På den framkallade filmen hade funnits två bilder. Den ena hade tagits ute i natur-reservatet, strax efter det att Larstam dödat de tre ungdomarna. Den andra hade tagits med blixt ute på Bärnsö. Isa Edengren hade legat hopsjunken på marken bland ormbunkarna.

Wallander hade lagt bilderna framför sig på bordet.

–Varför fotograferade du dina offer?

– Jag ville minnas.

– Minnas vad då?

– Hur det hade varit.

– Du menar känslan av att ha dödat några oskyldiga ungdomar?

– Snarare att jag verkligen hade gjort det jag föresatt mig.

Wallander hade haft flera frågor. Men illamåendet hade blivit så starkt att han sköt undan bilderna. Han orkade inte. I alla fall inte just då.

Istället hade han gått över till den sista natten, när Larstam hade väntat på honom i lägenheten på Mariagatan.

–Varför hade du egentligen utsett mig till ditt nästa offer?

– Jag hade ingen annan.

–Vad menar du med det?

– Jag hade tänkt vänta. Kanske ett år, kanske längre. Sen kände jag ett behov av att fortsätta. När allting gick så bra.

– Men varför just jag? Jag är ingen särskilt lycklig person. Jag skrattar inte ofta.

– Du har ändå ett arbete att gå till. I tidningarna har jag sett bilder av dig när du ler.

– Men jag var inte heller utklädd. Jag hade inte ens polisuniform på mig.

Larstams svar överraskade honom.

– Det hade jag tänkt göra.

– Göra vad?

– Klä ut dig. Jag hade tänkte sätta på dig min peruk. Jag hade tänkt försöka få ditt ansikte att likna Louise. Hon behövdes inte längre. Hon kunde dö. Jag hade bestämt mig för att återuppstå som en annan kvinna.

Larstam hade sett honom rakt i ögonen. Och Wallander hade mött hans blick. Vad det var han tyckte sig se kunde Wallander aldrig reda ut för sig själv.

Men han skulle heller aldrig glömma ögonblicket.

Till slut hade det inte funnits flera frågor. Wallander hade suttit med en bild av en man som blivit galen, som aldrig passat in någonstans, och som till slut hade exploderat i ett våld han inte alls kunde kontrollera. I den sinnesundersökning som gjordes klarnade bilden ytterligare. Ett hunsat och eftersatt barn som aldrig lärt sig något annat än konsten att gömma sig och undkomma. Som inte hade orkat med att bli utkastad från ingenjörsbyrån. Och som sedan bestämt sig för att leende människor var onda människor.

Wallander hade tänkt att det mitt i allt detta fanns en skrämmande slagskugga som låg tung över hela landet. Allt fler obehövda människor skulle slås ut till ovärdiga liv i obarmhärtiga marginaler. Där skulle de stå och stirra in på de som hamnat på den rätta sidan, de som förunnats en orsak att vara glada.

Wallander hade påmint sig ett oavslutat samtal han vid något tillfälle hade haft med Ann-Britt Höglund. De hade talat om att sammanbrottet i det svenska samhället var mycket längre gånget än de kanske var på det klara med. Det irrationella och planlösa våldet som blivit en nästan naturlig del av vardagen. Känslan av att de redan befann sig steget efter. När rättssamhället på många områden redan upphört att fungera. För första gången i sitt liv hade Wallander ställt sig frågan om det inte var så att också det svenska samhället helt och hållet kunde bryta samman. På en viss punkt, när bristningarna blivit tillräckligt många. Hur långt borta ligger egentligen Bosnien? hade han tänkt. Kanske det är betydligt närmare än jag har anat. Tankarna hade hela tiden funnits i hans huvud när han suttit med Larstam framför sig. En människa som kanske inte var så obegriplig som han borde ha varit. En människa som visade vad som höll på att ske. Ett inre sammanbrott som kunde vävas samman med ett yttre.

Till slut hade det inte funnits mer att säga. Wallander hade satt punkt, Åke Larstam hade förts bort, och det hade inte varit mer.

Några dagar senare hade Eva Hillström begått självmord. Det var Ann-Britt Höglund som hade berättat det för honom. Wallander hade lyssnat under tystnad. Sedan hade han lämnat polishuset, köpt en flaska whisky och druckit sig berusad.

Men han hade efteråt aldrig kommenterat det som hade hänt. Aldrig sagt något om det han känt. Att det till slut var hon som hade blivit Åke Larstams nionde och sista offer.

Till slut tog han sin jacka, reste sig och gick. Väskan hade han redan ställt in i bakluckan. Mobiltelefonen hade han med sig. Men han la den i baksätet och kontrollerade att den var avstängd.

Klockan var tio minuter över tio när han körde ut ur Ystad. Han for mot Kristianstad och sedan vidare mot Kalmar.

Klockan två på eftermiddagen svängde han in vid kaféet utanför Västervik. Han visste att det var stängt under vinterhalvåret. Men ändå hade han en vag förhoppning om att hon skulle vara där. Många gånger under hösten hade han tänkt ringa henne. Men det hade aldrig blivit av. Han hade aldrig helt kunnat förstå vad det var han egentligen ville henne. Han steg ur bilen. Blåsten och regnet hade följt honom från Skåne. Höstlöven klibbade mot marken. Allt var igenbommat. Han gick runt huset, till baksidan, till det rum där han sovit på vägen tillbaka från Bärnsö. Trots att det bara låg några månader tillbaka i tiden fick han en upplevelse av att det aldrig hade hänt. Eller för så länge sedan att minnesbilden redan börjat bli grumlig.

Det tillbommade huset gjorde honom orolig.

Han återvände till bilen och fortsatte sin resa. Mot det slutmål han fortfarande betvivlade var ett riktigt val.

Han stannade i Valdemarsvik och köpte en flaska whisky.

På ett konditori drack han kaffe och åt några smörgåsar. Vid beställningen gav han besked om att de skulle vara utan margarin. När klockan var fem och mörkret redan hade sänkt sig körde han den krokiga vägen längs Valdemarsviken, ut mot Gryt och Fyrudden.

Lennart Westin hade oväntat ringt i början av september. När allting var över, Larstam infångad, utredningen hopknuten och överlämnad till Thurnberg. Det hade varit en eftermiddag när Wallander suttit och förhört en ung man som hade misshandlat sin far. Det hade varit ett tungt och tröstlöst samtal. Wallander hade inte lyckats få klarhet i vad som egentligen hade hänt. Till slut hade han gett upp och Hansson hade tagit över. När han kommit in på sitt kontor hade telefonen ringt och det var Westin. Han hade frågat när Wallander hade tänkt komma till skärgården och hälsa på. Wallander hade då glömt att Westin erbjudit honom att komma ut redan vid ett tidigare telefonsamtal. Han hade velat säga nej. Men han hade sagt ja i förvissningen om att det säkert aldrig skulle bli av. Det hade bestämt slutet av oktober. Westin hade därefter ringt och påmint honom. Och nu var han på väg.

De hade avtalat att Wallander skulle vara på Fyrudden klockan sex. Då skulle Westin komma och hämta honom. Wallander skulle bo hos dem till söndagen.

Wallander var tacksam över erbjudandet. Men samtidigt rädd. Sällan eller aldrig i sitt liv hade han umgåtts med människor han inte kände. Den här hösten var den tyngsta han upplevt på många år. Han tänkte ständigt på sin hälsa, fruktade ofta att ett slaganfall kunde inträffa när som helst, trots att doktor Göransson tålmodigt försökte lugna honom. Han var på rätt väg. Sockervärdena hade stabiliserats, han hade gått ner i vikt och ändrat sin mathållning. Men Wallander hade ofta en känsla av att det redan var för sent. Trots att han ännu inte fyllt femtio föreställde han sig i sina mörka stunder att han levde på övertid. En osynlig pipa kunde när som helst blåsa av spelet.

Han svängde ner på Fyruddens hamnplan. Det blåste hårt. Regnet trummade mot bilrutorna. Han parkerade på samma ställe där han stått under sommaren. Stängde av motorn och hörde vågorna som slog mot kajen. Strax före sex såg han lanternor närma sig. Det var Westin.

Han steg ur bilen, tog sin väska och gick honom till mötes.

Westin kom ut ur styrhytten. Wallander påminde sig hans leende.

– Välkommen! ropade han i blåsten. Vi åker direkt. Maten är klar.

Han tog emot Wallanders väska. På ostadiga ben klättrade Wallander ombord. Han frös i blåsten. Temperaturen var på väg att falla.

– Du kom till slut, sa Westin när Wallander tagit sig in i styrhytten.

I det ögonblicket förstod Wallander inte längre sin tvekan. Han var glad att han befann sig i Westins båt, på väg ut i mörkret och blåsten.

Westin gjorde en gir. Wallander höll i sig. När de kom ut ur hamnbassängen kände han hur vågorna högg mot bordläggningen.

– Är du sjörädd? frågade Westin.

Det fanns ingen retsamhet i hans röst. Snarast omtanke.

– Det är jag säkert, sa Wallander.

Westin drog långsamt upp farten. Wallander märkte plötsligt att han njöt. Han undrade varför. Sedan insåg han vad svaret måste vara.

Ingen visste var han befann sig. Ingen kunde nå honom. För första gången på mycket lång tid var han helt och hållet ifred.

Dagen efter vaknade Wallander redan klockan sex. Han hade ont i huvudet. Det hade blivit många glas whisky kvällen innan. Wallander hade genast känt sig hemma i det westinska huset. Två blyga barn, Westins hustru som genast betraktat honom som en gammal vän. Fiskmiddag, kaffe och whisky. De hade berättat för honom om sitt liv ute i skärgården. Wallander hade lyssnat, då och då skjutit in en fråga. Barnen hade gått och lagt sig, därefter Westins hustru. De hade suttit kvar tills flaskan nästan varit tom. Då och då hade Wallander gått ut i blåsten och pissat. Regnet hade upphört. Men det hade blivit kallare. Westin trodde att det skulle mojna fram emot morgontimmarna.

Han hade sovit i en vinterbonad veranda. Klockan hade blivit två innan de gått och lagt sig. Wallander hade legat och lyssnat på vinden. Inte vid något tillfälle hade han tänkt på Larstam. Eller polishuset. Eller ens Ystad.

Trots att han bara sovit i fyra timmar kände han sig utsövd när han vaknade. Han blev liggande i sängen och såg ut i mörkret. Först när klockan blivit sju steg han upp, klädde sig och gick ut. Westin hade haft rätt. Blåsten hade avtagit. På en termometer intill köksfönstret kunde Wallander se att det var nollgradigt. Tunga moln hängde över himlen. Han gick stigen mot havet. Det luktade friskt bland träden. Snart hade han kommit ner på klipporna. Rakt ut var öppet hav. Westins båt låg i en vik intill som var skyddad från nordliga och ostliga vindar. Han gick längs klipporna och följde hur gryningen långsamt avtäckte horisonten. Plötsligt såg han Westin komma gående längs stigen från huset.

– Tack för igår, sa Wallander. Jag kan inte minnas när jag senast upplevde en sån kväll.

– Jag hörde att du steg upp, sa Westin. Jag tänkte vi skulle ta en tur med båten. Det är nåt jag vill visa dig. Ingenting märkvärdigt. Men ändå.

– Vad?

– En ö. Ett utskär. Hammarskär.

Westin hade en plastkasse i handen.

– Jag har kaffe med, sa han. Men whiskyn tog nog slut.

De gick bort till båthuset. Morgonen kom fort nu. Havet var blygrått, vinden hade nästan alldeles försvunnit. Westin backade ut och styrde rakt mot öppet hav. De passerade trädbevuxna holmar, därefter allt kalare och glesare klippor. Westin pekade mot ett skär som låg ensamt längst ute i havsbandet. Båten gled mjukt över dyningarna som kom rullande. Snart närmade de sig skäret. Westin drog ner på farten och började långsamt gå in på sydsidan.

– Jag tänkte du skulle hoppa iland, sa Westin. Det går inte att lägga till. Jag håller båten här utanför så länge. Men jag kan få in stäven. Klarar du att hoppa iland?

– Ramlar jag i får du väl dra upp mig.

– Om du går mot väster kommer du att se rester av gamla husgrunder, fortsatte Westin. Det bodde människor här ute förr i tiden. Hur dom klarade sig är en gåta. Jag hade släkt som levde här i slutet av 1700-talet. Ett ungt par. En dag i oktober, nästan som nu, kom en plötslig storm från nordost. Dom måste ut för att försöka bärga garnen. Båten gick runt. Båda omkom. Dom hade småbarn i stugan. Bland annat en pojke som togs om hand av fosterföräldrar sen. Han

hette Lars Olson. Ett av hans barnbarn bytte namn till Westin. Jag är
släkt till honom i rakt nerstigande led.

Westin hade hällt upp kaffe i några muggar medan han talade.

– Jag tänkte du skulle gå iland, fortsatte han. Sverige börjar där
ute. Och slutar. Beroende på från vilket håll man vill se det.

De drack kaffet medan båten låg och gungade på dyningarna. Se-
dan satte Westin försiktigt in stäven mot en utskjutande klippa där
det var tillräckligt djupt. Wallander lyckades hoppa iland utan att
halka. Båten backade undan. Westin kom ut från styrhytten.

– Ta tid på dig, ropade han. Jag väntar.

Ljungmattorna bredde ut sig. I några sänkor stod täta och sam-
manslingrade alsnår. Annars var klipporna kala. Ett fågelkranium
låg övergivet i en skreva. Wallander gick mot väster. Han klättrade
och halkade sig fram över de våta klipporna där mossan gav efter
under hans tyngd. Bortom några täta snår såg han en inskjutande
vik. En naturhamn. Där fann han också de rester av husgrunder
Westin hade talat om. Båten kunde han inte längre se. Den doldes av
klipporna han hade klättrat över. Allt var stilla. Bara havet som rul-
lade. Känslan av ensamhet var stor. Men också av att befinna sig i en
mittpunkt. En plats där utblicken hela tiden vidgades.

Här börjar Sverige, tänkte Wallander. Precis som han sa. Här bör-
jar det och här slutar det. Skäret som fortfarande, långsamt och
osynligt, reser sig ur havet. Det svenska hälleberget.

Han märkte att han blev gripen. Utan att egentligen veta av vad.
Han försökte föreställa sig hur det hade varit att leva här ute. Ytterst
i havsbandet, i gistna trähus, i fattigdom och under ständiga umbä-
randen.

Här började Sverige och här slutade det. Här befann han sig mitt i
någonting som han inte riktigt kunde omfatta vad det var. Om his-
torien var ett landskap kunde han vända sig både framåt och bakåt,
på en och samma gång.

Norr om sänkan med resterna av husgrunder fanns en bergknalle
som måste vara skärets högsta punkt. Han letade med ögonen efter en
väg att ta sig dit upp. Flera gånger halkade han, en gång hasade han
ner och skrapade hål på byxbenet. Men till slut hade han nått toppen.
Båten som låg och gungade på dyningarna verkade liten på det här
avståndet. Wallander såg sig runt. Öppet hav, bådor och grynnor mot
öster och norr. Mot söder och väster tätnade skärgården. Ensamma

fåglar steg och sjönk på uppvindarna. Men inga fartyg, inga ensamma segelbåtar som höll på att länsa undan mot vinterns hemmahamnar. Farlederna låg övergivna, sjömärken stod på osynliga grund, som övergivna statyer i ett museum som stängt för säsongen.

Wallander tänkte att han befann sig i ett högt torn. Härifrån kunde han göra en positionsbestämning. Skäret och utsikten mot havet tillät honom heller inga undanflykter.

Han skulle snart fylla femtio år. Den största delen av livet var redan undangjort. Han kunde inte gå bakåt och börja om. Några år tidigare hade han länge levt med ett övervägande. Skulle han sluta som polis och söka sig en annan yrkesbana? Kanske som säkerhetsansvarig på något företag? Han hade klippt ut annonser, han hade nästan fattat sitt beslut, och sedan rivit upp det igen. Nu visste han att det inte skulle bli av. Han var polis och skulle så förbli. Han skulle heller aldrig lämna Ystad. I minst tio år till skulle han sitta på sitt kontor i polishuset. Sedan skulle han gå ut genom dörrarna en sista gång, som pensionär, och vad som då hände visste han inte.

Hur skulle han orka? Han spejade ut mot havet i hopp om att hitta ett svar. Men där fanns bara de stumma dyningarna.

Han tänkte att det skulle fortsätta att hårdna. Allt fler utslagna människor, allt fler ungdomar som aldrig skulle få annat i arv än en känsla av att vara obehövda. Galler och nyckelknippor skulle prägla de kommande åren.

Han tänkte också att polisyrket egentligen innebar en enda sak. Att bjuda motstånd. Att trots allt bekämpa dessa negativa krafter med sitt spänntag.

Men han visste att svaret inte var tillräckligt. Frågan var om det ens var sant. Svenska politiker var till allra största delen oförvitliga, fackföreningarna inte kontrollerade av vare sig maffia eller triader. Svenska företagare gick inte beväpnade, strejkande arbetare slogs sällan ner med batong. Men sprickan som gick genom samhället vidgades hela tiden. Kanske påminde det om landhöjningen, att det gick så långsamt att det inte märktes förrän efteråt? Men sprickan fanns där, den gick inte att tänka bort. En ny stor folkuppdelning höll på att ske i landet. De som behövdes och de som var onödiga. Att vara polis i den verkligheten skulle innebära allt svårare valsituationer. De skulle fortsätta hålla rent på en yta trots att rötan fanns kvar där under, i samhällets grundstomme.

Allting skulle bli hårdare. Han borde med bävan se fram mot de år han hade kvar.

Med blicken fångade han in Westins båt.

Han tänkte att han inte kunde stanna kvar längre. Westin hade sagt att han hade tid. Men han hade redan varit borta länge.

Ändå var det något som höll honom kvar. Känslan av att stå i skärets osynliga torn. Utsikten, överblicken, att befinna sig mitt i sitt eget centrum.

Han hade gärna stannat ännu en stund. Men han ville inte pressa Westins tålamod. Långsamt och försiktigt började han hasa nerför klipporna.

På vägen tillbaka stannade han ytterligare en kort stund vid de gamla husgrunderna. Här och där hade stenarna fallit loss. Han fick en känsla av att de långsamt var på väg tillbaka mot den plats där de en gång hade blivit hämtade.

När han kom ner på stranden plockade han en stenskärva och stoppade i fickan som minne. Sedan fortsatte han mot den udde där han hoppat iland.

Westin upptäckte att han var på väg och började försiktigt navigera in mot klipporna.

Just när Wallander skulle klättra ombord märkte han att det hade börjat snöa.

Först enstaka snökorn, sedan ett snöfall som genast tätnade.

Ovädret kom från nordost och drog med stor hastighet in över skären som låg i det yttersta havsbandet. Temperaturen hade nu sjunkit under noll.

Vintern var på väg, hösten förbi.

Wallander klättrade ombord. Båten vände. Han stod och såg hur skäret långsamt tonade bort i det täta snöfallet.

Dagen efter, söndagen den 27 oktober, for han tillbaka till Ystad.

Snöfallet hade då upphört.

I Skåne var det ännu höst.

Efterskrift

I romanens värld existerar en frihet. Det som skildras kunde ha hänt precis som det står skrivet. Men kanske det ändå skedde på ett något annorlunda sätt.

Så skrev jag i ett efterord till *Den femte kvinnan.*

De orden förtjänar nu att upprepas. Eftersom de naturligtvis fortfarande är giltiga.

I dessa friheter ingår alltså alla de jag tar mig. Inte minst gäller det min alldeles egna omdaning av Postens interna organisation för sortering och utbärning av post samt olika postlinjers sträckning. Det bör i detta sammanhang kraftigt understrykas att mitt eget förhållande till lantbrevbärare är det allra bästa. Naturligtvis är inga personer i den här boken skapade efter förebilder i verkligheten.

Jag har även tagit mig andra friheter. Vägar är flyttade, förkortade eller förlängda. Ett naturreservat har också gjorts om på ett sådant sätt att många nog skulle gå vilse. En och annan cementblandare kanske skramlar högre än vad som är brukligt. Därtill har jag utan att fråga någon om lov bildat en förening och låtit dem äta en festmiddag. Bland mycket annat.

Men historien är buren av sin idé.

Den största frihet jag tagit mig är alltså att jag skrivit den.

STENHEJDAN I APRIL 1997
Henning Mankell

Andra böcker av Henning Mankell

Henning Mankell
Mördare utan ansikte

"N ågonting har han glömt, det vet han med säkerhet när han vaknar. Någonting han har drömt under natten. Någonting han bör komma ihåg.

Han försöker minnas. Men sömnen är som ett svart hål. En brunn som ingenting avslöjar av sitt innehåll.

Ändå har jag inte drömt om tjurarna, tänker han. Då skulle jag ha varit svettig, som om jag hade värkt ut en feber under natten. Den här natten har tjurarna lämnat mig ifred.

Han ligger stilla i mörkret och lyssnar. Hustruns andhämtning är så svag vid hans sida att han knappt kan uppfatta den.

En morgon kommer hon att ligga död bredvid mig utan att jag märker det, tänker han. Eller jag. En av oss dör före den andre. En gryning kommer att innebära att en av oss har blivit lämnad ensam.

Han ser på klockan som står på bordet intill sängen. Visarna skimrar och pekar på kvart i fem.

Varför vaknar jag, tänker han. I vanliga fall sover jag till halv sex. Det har jag gjort i över fyrtio år. Varför vaknar jag nu?

Han lyssnar ut i mörkret och plötsligt är han alldeles klarvaken.

Någonting är annorlunda. Någonting är inte längre som det brukar vara.

Försiktigt trevar han med ena handen tills han når sin hustrus ansikte. Med fingertopparna känner han att hon är varm. Det är alltså inte hon som har dött. Ännu har ingen av dem blivit lämnad ensam.

EN TIDIG MORGON på nyåret 1990 gör en lantbrukare
i södra Skåne en fruktansvärd upptäckt. Under natten
har hans grannar mördats. Den enda ledtråden Kurt Wallander
och hans kolleger har att gå efter är ett ord den gamla kvinnan
uttalade innan hon dog: »Utländsk.«

Han lyssnar ut i mörkret.

Hästen, tänker han. Hon gnäggar inte. Det är därför jag vaknar.
Stoet brukar skria om natten. Det hör jag utan att vakna och i mitt
undermedvetna vet jag att jag kan fortsätta att sova.

Försiktigt reser han sig ur den knarrande sängen. I fyrtio år har de
haft den. Det var den enda möbel de köpte när de gifte sig. Det är
också den enda säng de kommer att ha i sitt liv.

Han känner hur det värker i vänster knä när han går över trägolvet
fram till fönstret.

Jag är gammal, tänker han. Gammal och förbrukad. Varje morgon
när jag vaknar blir jag lika förvånad över att jag redan är sjuttio år.

Han ser ut i vinternatten. Det är den 8 januari 1990 och någon snö
har inte fallit i Skåne denna vinter. Lampan utanför köksdörren kas-
tar sitt sken över trädgården, den kala kastanjen och åkrarna där
bortom. Han kisar med ögonen mot granngården där Lövgrens bor.
Det vita, låga och långsträckta huset är mörkt. Stallet som ligger i
vinkel mot bostadshuset har en blekgul lampa ovanför den svarta
stalldörren. Det är där inne stoet står i sin box och det är där hon
plötsligt gnäggar av oro om nätterna.

Han lyssnar ut i mörkret. **"**

Utkom 1991. 308 sidor. ISBN 91-7324-416-3 (inb)

Henning Mankell
Hundarna i Riga

"Wallander for upp till sjukhuset. Trots att han hade varit där många gånger hade han fortfarande svårt att hitta i det nybyggda komplexet. Han stannade i cafeterian på nedre botten och köpte en banan. Sen begav han sig till Patologen. Obducenten som hette Mörth hade ännu inte börjat den grundliga kroppsliga undersökningen. Men han kunde ändå ge Wallander svar på hans första fråga.

– Båda männen är skjutna, sa han. Från nära håll, rakt i hjärtat. Jag förmodar att det är dödsorsaken.

– Jag vill gärna ha resultatet så fort som möjligt, sa Wallander. Kan du redan nu säga nånting om hur länge dom varit döda?

Mörth skakade på huvudet.

– Nej, sa han. Och det är på sätt och vis ett svar.

– Hur menar du?

– Att dom sannolikt har varit döda ganska länge. Då blir det svårare att fastställa tidpunkten när dom har avlidit.

– Två dagar? Tre? En vecka?

– Jag kan inte svara, sa Mörth. Och jag vill inte gissa.

Mörth försvann in i obduktionssalen. Wallander tog av sig jackan, satte på sig gummihandskar, och började gå igenom de dödas kläder som låg framlagda på något som såg ut som en gammaldags diskbänk.

Den ena kostymen var tillverkad i England, den andra i Belgien.

EN VINTERDAG 1991 flyter en räddningsflotte i land
vid den skånska sydkusten. I flotten ligger två män mördade.
Vilka är de döda männen? Varifrån kommer flotten?

Skorna var italienska och Wallander tyckte sig förstå att de var dyr-
bara. Skjortor, slipsar och underkläder talade samma språk. De var
av god kvalitet och säkert inte billiga. När Wallander hade gått ige-
nom kläderna två gånger insåg han att där knappast fanns några spår
som förde honom vidare. Det enda han visste var att de döda männen
sannolikt hade gott om pengar. Men var fanns plånböckerna? Vigsel-
ringar? Klockor? Ändå mer förbryllande var det faktum att båda män-
nen hade varit utan sina kavajer när de blivit skjutna. Det fanns inga
hål eller märken efter krut på kavajerna.

Wallander försökte se det hela framför sig. Någon skjuter två män
rakt genom hjärtat. När männen är döda sätter gärningsmannen på
dom deras kavajer innan de lämpas i en räddningsflotte. Varför?

Han gick igenom kläderna en gång till. Det är någonting jag inte
ser, tänkte han. 〟

Utkom 1992. 340 sidor. ISBN 91-7324-436-8

Henning Mankell
Den vita lejoninnan

"**H**on knackade på dörren, men inget hände. Hon knackade igen, den här gången hårdare, men fortfarande fick hon inget svar. Hon försökte kika in genom ett fönster intill dörren, men gardinerna var fördragna. Hon knackade en tredje gång, innan hon gick runt för att se om det kanske också fanns en dörr på baksidan av huset.

Där låg en övervuxen fruktträdgård. Äppelträden hade säkert inte beskurits på tjugo, trettio år. Några halvruttna utemöbler stod under ett päronträd. En skata flaxade till och lyfte. Hon hittade ingen dörr och återvände till framsidan av huset.

Jag knackar en gång till, tänkte hon. Om ingen kommer och öppnar åker jag tillbaka till Ystad. Och jag hinner stanna en stund vid havet innan jag måste laga middag.

Hon bultade kraftigt på dörren.

Fortfarande inget svar.

Hon mer anade än hörde att någon dök upp bakom henne på gårdsplanen. Hastigt vände hon sig om.

Mannen befann sig ungefär fem meter ifrån henne. Han stod alldeles orörlig och betraktade henne. Hon såg att han hade ett ärr i pannan.

Hon kände sig plötsligt illa till mods.

Var hade han kommit ifrån? Varför hade hon inte hört honom? Det var grus på gårdsplanen. Hade han smugit sig mot henne?

Hon tog några steg emot honom och försökte låta som vanligt.

FREDAGEN DEN 24 april 1992 på eftermiddagen försvinner
fastighetsmäklare Louise Åkerblom spårlöst
från sitt hem i Ystad. Samtidigt, på andra sidan jordklotet,
planerar en grupp fanatiska boer i Sydafrika ett attentat
mot en ledande politiker för att stoppa demokratiserings-
processen. När Kurt Wallander inser sambandet,
står det också klart att hundratusentals människors öden
ligger i hans händer...

— Förlåt om jag tränger mig på, sa hon. Jag är fastighetsmäklare
och jag har kört fel. Jag ville bara fråga om vägen.

Mannen svarade inte.

Kanske var han inte svensk, kanske förstod han inte vad hon sa?
Det var något främmande över hans utseende som fick henne att tro
att han kanske var utlänning.

Plötsligt visste hon att hon måste bort därifrån. Den orörlige man-
nen med sina kalla ögon gjorde henne rädd.

— Jag ska inte störa mer, sa hon. Förlåt att jag har trängt mig på.

Hon började gå men stannade i steget. Den orörlige mannen hade
plötsligt blivit levande. Han tog upp någonting ur jackfickan. Först
kunde hon inte se vad det var. Sedan insåg hon att det var en pistol.

Långsamt lyfte han vapnet och siktade mot hennes huvud.

Gode Gud, hann hon tänka.

Gode Gud, hjälp mig. Han tänker döda mig.

Gode Gud, hjälp mig.

Klockan var kvart i fyra på eftermiddagen den 24 april 1992. **"**

Utkom 1993. 480 sidor. ISBN 91-7324-454-6

Henning Mankell
Mannen som log

"_Det är nånting som inte stämmer. Jag vill veta vad det var.
— Jag kan inte hjälpa dig, sa Wallander. Även om jag skulle vilja.

Det var som om Sten Torstensson inte hörde honom.

— Nycklarna, sa han. Bara som exempel. Dom satt inte i tändningslåset. Dom låg på golvet.

— Dom kan ha pressats ut, invände Wallander. När en bil knycklas samman kan vad som helst hända.

— Tändningslåset var oförstört, sa Sten Torstensson. Ingen av nycklarna var ens böjd.

— Ändå kan det finnas en förklaring, sa Wallander.

— Jag skulle kunna ge dig fler exempel, fortsatte Sten Torstensson. Jag vet att nånting hände. Min pappa dog i en bilolycka som var nånting annat.

Wallander tänkte efter innan han svarade.

— Skulle han ha begått självmord?

— Jag har tänkt på möjligheten, svarade Sten Torstensson. Men jag avskriver den som omöjlig. Jag kände min pappa.

— Dom flesta självmord kommer oväntat, sa Wallander. Men du vet naturligtvis bäst själv vad du vill tro.

— Det finns ännu ett skäl till att jag inte kan acceptera bilolyckan, sa Sten Torstensson.

Wallander betraktade honom uppmärksamt.

— Min pappa var en glad och utåtriktad man, sa Sten Torstensson.

EN GRÅKALL OKTOBERDAG 1993 på Skagen. Kurt Wallander
har just fattat beslutet att sluta som polis.
Då blir han uppsökt av advokat Sten Torstensson,
vars far nyligen omkommit i en bilolycka.
Men sonen är misstänksam. Det är alltför mycket
som inte stämmer med faderns död, anser han,
och ber Wallander om hjälp.

Hade jag inte känt honom så väl hade jag kanske inte märkt föränd-
ringen, den lilla, knappt synliga, men ändå alldeles bestämda sin-
nesförändringen hos honom under sista halvåret.

— Kan du beskriva det närmare? frågade Wallander.

Sten Torstensson skakade på huvudet.

— Egentligen inte, svarade han. Det var bara en känsla jag hade.
Av att nånting upprörde honom. Nåt som han absolut inte ville att jag
skulle märka.

— Talade du aldrig med honom om det?

— Aldrig.

Wallander sköt ifrån sig den tomma kaffekoppen.

— Hur gärna jag än vill så kan jag inte hjälpa dig, sa han. Som din
vän kan jag lyssna på dig. Men som polisman finns jag helt enkelt inte
längre. Jag känner mig inte ens smickrad av att du reser ända hit för
att tala med mig. Jag känner mig bara tung och trött och ner-
stämd. "

Utkom 1994. 372 sidor. ISBN 91-7324-490-2

Henning Mankell
Villospår

"Kvinnan befann sig ungefär femtio meter ut i rapsfältet. Wallander såg att hennes år var mycket mörkt. Det avtecknade sig skarpt mot den gula rapsen.

— Jag ska tala med henne, sa Wallander. Vänta här.

Han tog ett par stövlar ur bakluckan på bilen. Sedan gick han mot rapsfältet med en känsla av att situationen var overklig. Kvinnan stod alldeles orörlig och betraktade honom. När han kom närmare såg han att hon inte bara hade långt svart hår utan att hennes hy också var mörk. Han stannade när han hade kommit fram till åkerfästet. Han lyfte ena handen och försökte vinka henne till sig. Fortfarande stod hon alldeles orörlig. Trots att hon fortfarande var långt ifrån honom och den vajande rapsen då och då skymde hennes ansikte, anade han att hon var mycket vacker. Han ropade till henne att hon skulle komma fram till honom. När hon ändå inte rörde sig tog han det första steget ut i rapsen. Genast försvann hon. Det gick så hastigt att han tänkte på henne som ett skyggande djur. Samtidigt märkte han att han blev irriterad. Han fortsatte ut i rapsen och spanade åt olika håll. När han upptäckte henne igen hade hon rört sig mot fältets östra hörn. För att hon inte skulle slippa undan igen började han springa. Hon rörde sig mycket hastigt och han märkte att han blev andfådd. När han kommit henne så nära som drygt tjugu meter befann de sig mitt ute i rapsfältet. Han ropade till henne att hon skulle stanna.

SOMMAREN 1994. Den varmaste i mannaminne.
Svenskarna sitter som fastklistrade framför teven för att följa
fotbolls-VM. Men för kriminalkommissarie Kurt Wallander
i Ystad blir det ingen fotbollsfest. Sommarstiltjen bryts
av att en lantbrukare ringer och säger att en ung kvinna
uppträder märkligt i hans rapsåker.

— Polis! röt han. Stå stilla!

Han började gå mot henne. Sedan tvärstannade han. Allt gick nu
mycket fort. Plötsligt lyfte hon en plastdunk över sitt huvud och bör-
jade hälla ut en färglös vätska över sitt hår, sitt ansikte och sin
kropp. Han tänkte hastigt att hon måste ha burit den med sig hela
tiden. Han uppfattade nu också att hon var mycket rädd. Hennes
ögon var uppspärrade och hon såg oavbrutet på honom.

— Polisen! ropade han igen. Jag vill bara tala med dig.

I samma ögonblick drev en lukt av bensin emot honom. Hon hade
plötsligt en brinnande cigarettändare i ena handen som hon satte till
sitt hår. Wallander skrek till samtidigt som hon flammade upp som en
fackla. Lamslagen såg han hur hon vacklade runt i rapsfältet medan
elden fräste och flammade mot hennes kropp. Wallander kunde själv
höra hur han skrek. Men kvinnan som brann var tyst. Efteråt kunde
han inte minnas att hon hade skrikit på hela tiden. **"**

Utkom 1995. 430 sidor. ISBN 91-7324-520-8

Henning Mankell
Den femte kvinnan

"Plötsligt tvärstannade han. Han hade då kommit fram till spången som ledde över diket.

Det var någonting med tornet på kullen. Någonting var annorlunda. Han kisade för att urskilja detaljer i mörkret. Han kunde inte avgöra vad det var. Men någonting hade förändrats.

Jag inbillar mig, tänkte han. Allt är som vanligt. Tornet jag byggde för tio år sedan har inte förändrats. Det är mina ögon som har blivit grumliga. Ingenting annat. Han tog ytterligare ett steg så att han kom ut på spången och kände träplankorna under fötterna. Han fortsatte att betrakta tornet.

Det stämmer inte, tänkte han. Hade jag inte vetat bättre kunde jag ha trott att det blivit en meter högre sedan igår kväll. Eller att det hela är en dröm. Att jag ser mig själv stå där uppe i tornet.

I samma ögonblick han tänkte tanken insåg han att det var sant. Det stod någon uppe i tornet. En orörlig skugga. Ett hastigt stråk av rädsla drog förbi inom honom, som en ensam vindpust. Sedan blev han arg. Någon gjorde intrång på hans marker, besteg hans torn utan att först ha frågat honom om lov. Antagligen var det en tjuvjägare, på spaning efter något av de rådjur som brukade röra sig kring skogsdungen på andra sidan kullen. Att det skulle vara någon annan fågelskådare hade han svårt att föreställa sig.

Han ropade till skuggan i tornet. Inget svar, ingen rörelse. Åter blev han osäker. Det måste vara hans ögon som var grumliga och som

EN STJÄRNKLAR NATT i september 1994. Holger Eriksson, en stillsam äldre herre, fågelskådare och fritidspoet, har just avslutat en dikt och ger sig ut på en promenad på sina ägor för att följa flyttfåglarnas avfärd från Skåne.

bedrog honom. Han ropade ännu en gång utan att få svar. Sedan började han gå längs spången.

När plankorna knäcktes föll han handlöst. Diket var över två meter djupt. Han föll framåt och hann aldrig sträcka ut armarna för att ta emot sig.

Sedan kände han en stingande smärta. Den kom från ingenstans och skar rätt igenom honom. Det var som om någon höll glödande järn mot olika punkter på hans kropp. Smärtan var så stark att han inte ens förmådde skrika. Strax innan han dog insåg han att han aldrig hade kommit till botten av diket. Han hade blivit hängande i sin egen smärta.

Det sista han tänkte på var nattfåglarna som sträckte någonstans långt ovanför honom.

Himlen som rörde sig mot söder.

En sista gång försökte han ta sig loss ur smärtan.

Sedan var allting över.

Klockan var tjugo minuter över elva, kvällen den 21 september 1994.

Just den natten flög stora flockar av taltrastar och rödvingetrastar söderut. *"*

Utkom 1996. 476 sidor. ISBN 91-7324-560-7

Henning Mankell
Comédia infantil

"Den milda vinden från havet som strök över mitt ansikte kändes plötsligt kall och hotfull. Jag såg ut över den mörka staden som klättrade längs sluttningarna ner mot havet, såg de flammande eldarna och de enstaka gatlyktorna där nattfjärilarna dansade, och tänkte: Här levde Nelio en kort tid, mitt ibland oss. Och jag är den ende som känner hela hans historia. Till mig anförtrodde han sig när han hade blivit skjuten och jag burit upp honom på taket och lagt ner honom på den smutsiga madrassen som han aldrig mer skulle resa sig ifrån.

— Det är inte för att jag är rädd för att bli bortglömd, hade han sagt. Det är för att ni inte ska glömma bort vilka ni själva är.

Nelio påminde oss om vilka vi egentligen var. Människor som var och en bar på hemliga krafter vi inte kände till. Nelio var en märkvärdig människa. Hans närvaro gjorde att vi alla kände oss märkvärdiga.

Det var hans hemlighet.

Det är natt vid den Indiska oceanen.

Nelio är död.

Och hur osannolikt det än kan låta verkade det på mig som om han dog utan att ens vara rädd.

Hur kan det vara möjligt? Att en tioåring dör utan att avslöja ens en glimt av fasa över att inte få lov att vara med i livet längre?

Jag förstår det inte. Inte alls.

I EN AFRIKANSK HAMNSTAD står en man om natten på ett tak
och ser ut över staden. Vid hans fötter, på en smutsig madrass,
ligger, mager och medfaren, en döende pojke som under
nio nätter berättar sitt livs historia för honom.

Jag, som är en vuxen människa, kan inte tänka på döden utan att
känna en isande hand runt min strupe.

Men Nelio bara log. Tydligen hade han ändå en hemlighet han
inte delade med sig av till oss andra. Det var märkligt, eftersom
han varit mycket generös med de få ägodelar han hade, vare sig
det gällde de smutsiga skjortor av indisk bomull han alltid bar eller
någon av hans ständigt lika oväntade tankar.

Att han inte längre finns tar jag som ett tecken på att jorden
snart kommer att gå under.

Eller tar jag miste?

Jag står på taket och tänker på första gången jag såg honom, när
han låg på det smutsiga golvet och hade blivit träffad av den förvir-
rade mördarens kulor.

Jag tar den mjuka nattvinden som driver in från havet till min
hjälp för att minnas.

Nelio brukade fråga:

— Känner du vad vinden smakar?

Jag visste aldrig vad jag skulle svara. Kan vinden verkligen ha
någon smak?

Det menade Nelio. **"**

Utkom 1995. 257 sidor. ISBN 91-7324-522-4

Henning Mankell
Sagan om Isidor

"**D**et hade dragit mot november och varje ledig stund, när fisket eller arbetet med det karga jordbruket medgav, hade Isidor tagit ökan, satt segel och gett sig ut att söka. Fåordiga frågor om varför detta rastlösa flängande, avvisade han med mummel, och Gustafsons, både äldre och yngre generation visste bättre än att vara påstridiga, tids nog brukade det man ville veta uppenbara sig ändå.

Till slut fann han också sitt Stupö Klint. En mulen eftermiddag i november, när kallvindarna från Lapphavet sved i ansiktet, drog han ökan i land och stretade genom de täta törnsnåren för att överblicka ön. Den var inte stor, han gick lätt runt den utan att bli andfådd på en dryg halvtimme, men så fort han steg i land började han ana att han var framme, att han hade sökt till ända.

Runt skäret fanns gott om fiskegrynnor, omväxlande med torskrev, och det var bara några bösskott ut till själbådorna. En god vik för bodar och båthus anade han vid skärets sydvästra udde. Han räknade samman de skrevor där det kunde vara möjligt att få potatis att överleva och han såg också hur snåren röjdes bort och gav magert bete åt en ensam ko. Mitt på ön fann han slutligen en rymlig sänka, inbäddad mellan magra havstallar: Där kunde huset stå, skyddat mot vädret, varifrån det än behagade komma.

Stupöklinten låg övergiven, bara i sällskap med de utslängda gryn-

SVENSK ÖSTERSJÖSKÄRGÅRD på 1850-talet.
Den unge fiskaren Isidor, yngste son till Magnus Gustafson
på Klagsskäret, måste bort från hemmet för att söka sig
en utkomst. För inte ville han tjäna dräng hemmavid.
Långt ut i ytterskärgården skulle han söka sig
för att hitta något eget.

norna. Över en sjömil öppen fjärd skulle han få till lä bakom första
större holme, och två mil till närmaste granne. Han klättrade upp till
skärets högsta topp och inom sin kände han att han nu var hemma.
Det var härifrån han kunde ta upp sin kamp med havet. En oavbruten
möda skulle det bli, men något annat frågade han inte efter. Dåligt
fiske, år efter år, bortrivna skötar som fick ersättas under vinter-
kvällarnas garnknytning, dräpande luckor i vårisar, tomma brödskrin
och ihjälsvulten portmonnä, det väntade han sig.
Livet var nu en gång bara en fråga om att ge igen. **"**

Nyutgåva 1997. 227 sidor. ISBN 91-7324-558-5